TERRY BROOKS

Dämonenfeuer

Buch

Seit vielen Jahren wird John Ross von Albträumen einer verwüsteten Erde geplagt, die von Dämonen beherrscht wird. Und unermüdlich kämpft er gegen die Mächte des Bösen, damit diese Schreckensvision nicht zur Wirklichkeit wird. Da erfährt John von der Geburt einer magischen Kreatur. Wenn es gelingt, das Rätsel dieses Geschöpfs zu ergründen, kann es sich als unschätzbare Waffe im Kampf gegen die Dämonen erweisen. Doch auch die Gegner haben von dem geheimnisvollen Wesen erfahren und wollen es zum Bösen verführen – oder vernichten. Gemeinsam mit Nest Freemark nimmt John den scheinbar aussichtslosen Kampf auf, in dem die Seelen und die Zukunft der ganzen Welt auf dem Spiel stehen …

Autor

Terry Brooks, geboren 1944 in Illinois, gehört zu den erfolgreichsten und angesehensten Fantasy-Autoren der Welt. Seine »SHANNARA«- und »LANDOVER«-Romane stürmen regelmäßig die Bestsellerlisten. Dies gelang ihm ebenfalls mit seinem bislang ambitioniertesten Projekt: den Abenteuern von Nest Freemark und John Ross, die mit »Dämonensommer« ihren Anfang nahmen. Durch den Roman zu »Episode I. Die dunkle Bedrohung« ist sein Name inzwischen auch mit der Erfolgsgeschichte von STAR WARS verknüpft. Terry Brooks lebt mit seiner Frau Judine an der Pazifikküste im Nordwesten der USA und auf Hawaii.

Bereits erschienen:

Dämonensommer. Roman (41636), Stadt der Dämonen. Roman (35244)

Der SHANNARA-Zyklus in 18 Bänden, zuletzt:
Der Ausgestoßene von Shannara. Roman (24812)

Der LANDOVER-Zyklus in 5 Bänden, zuletzt:
Hexenzauber. Roman (24687)

Hook. Roman zum Film von Steven Spielberg (41326)

STAR WARS. Episode I. Die dunkle Bedrohung.
Roman zum Film von George Lucas (35243)

Weitere Bände sind in Vorbereitung.

Terry Brooks

Dämonenfeuer

Roman

Aus dem Amerikanischen
von Rainer Gladys

BLANVALET

Die amerikanische Originalausgabe erschien 1999
unter dem Titel »Angel Fire East«
bei Del Rey/Ballantine Books, New York

Umwelthinweis:
Alle bedruckten Materialien dieses Taschenbuches
sind chlorfrei und umweltschonend.

Blanvalet Taschenbücher erscheinen im Goldmann Verlag,
einem Unternehmen der Verlagsgruppe Bertelsmann.

Deutsche Erstveröffentlichung 10/2000

Umschlaggestaltung: Design Team München
Satz: deutsch-türkischer fotosatz, Berlin
Druck: GGP Media GmbH, Pößneck
Verlagsnummer: 35335
Redaktion: Alexander Groß
V. B. · Herstellung: Peter Papenbrok
Printed in Germany
ISBN 3-442-35335-1
www.blanvalet-verlag.de

1 3 5 7 9 10 8 6 4 2

Für meinen Vater, Dean Brooks,
der damals als aufstrebender
Autor Opfer brachte,
damit ich heute ein
veröffentlichter Autor sein kann.

Prolog

Er steht am Rande eines öden und verwüsteten Obstgartens und schaut vom Fuß einer sanften Erhebung hinauf zu dem Mann, der an einem hölzernen Kreuz hängt. Eiserne Nägel sind durch seine Hände und Füße getrieben worden, und die Gelenke sind fest zusammengebunden, damit er sich nicht losreißen kann. Schnittwunden bedecken seinen geschundenen Körper, und er blutet aus einer tiefen Stichwunde in der Seite. Sein herabhängender Kopf liegt im Schatten der langen, strähnigen Haare, und seine Brust hebt und senkt sich nur schwach bei seinen flachen Atemzügen.

Hinter ihm steht die vom Feuer geschwärzte Ruine einer winzigen, ausgebrannten Kirche. Das Kreuz, an dem der Mann hängt, wurde aus dem Altarraum gestohlen. Es wurde mit Gewalt von den eisernen Klammern gerissen, mit denen es an der Wand befestigt war, und in die Erde gerammt. Flecken polierten Eichenholzes glitzern schwach im grauen Tageslicht und zeugen von der Bedeutung, die dem Holzkreuz einst in der Anbetung Gottes zugekommen war.

Irgendwo in der Ferne, dort, wo die kleine Stadt liegt, zu der die Kirche einst gehörte, erheben sich Schreie über die unverkennbaren Geräusche eines Gemetzels.

John Ross steht lange Zeit bewegungslos da und lässt die schreckliche Szene und ihre Bedeutung auf sich wirken. Es gibt nichts, was er für den Mann am Kreuz tun kann. Er ist kein Arzt; er verfügt über keine medizinischen Kenntnisse. Seine Magie vermag nur ihn selbst zu heilen und bei Kräften zu halten, niemanden sonst. Er ist ein Ritter des Wortes, aber er ist auch ein Gescheiterter. Er verlebt seine Tage allein in einer Zukunft, die er nicht verhindern konnte. Die Szenerie, die sich ihm bietet, ist nichts Außergewöhnliches in dem postapokalyptischen Horror des Verfalls der Zivilisation. Sie ist vielmehr von trauriger Alltäglichkeit und verstörender Normalität.

Schließlich kommt er zu dem Ergebnis, dass er den Mann vom Kreuz herunterholen sollte, auch wenn er ihm nicht zu helfen vermag. Durch seine Gegenwart kann Ross ihm zumindest ein gewisses Maß an Frieden und Ruhe vermitteln.

Unter einem Winterhimmel, der dem eigentlich herrschenden Sommer Hohn spricht, steigt er die Anhöhe zu dem Mann am Kreuz hinauf. Der Mann hebt weder den Kopf, noch gibt er auf andere Weise zu erkennen, dass er die Anwesenheit von Ross bemerkt hat. Sein hagerer, muskulöser Körper ist unter dem glänzenden Schimmer von Schweiß und Blut von alten Wunden und Narben überzogen. Er hat irgendwann in der Vergangenheit Mühsalen und Qualen erlebt, und es erscheint ungerecht, dass er seine Tage unter noch mehr Schmerzen und Verzweiflung beenden soll.

Ross wird langsamer, als er näher kommt, während seine Augen über die rußgeschwärzte Fassade der Kirche und die Bäume, die sie umgeben, gleiten. In den Schatten schimmern Augen und verraten die Anwesenheit von Fressern. Sie halten sich am Rand seines Gesichtsfeldes auf, verbergen sich in sonnenlosen Winkeln und warten darauf, dass sie ihren Hunger stillen können. Sie warten nicht auf Ross. Sie warten auf den Mann an dem Kreuz. Sie warten darauf, dass er stirbt, damit sie sich an seinem Übergang vom Leben zum Tod laben können – dem exquisitesten, köstlichsten und seltensten der menschlichen Gefühle, nach denen es sie gelüstet.

Ross starrt sie an, bis das Licht in ihren lampenartigen Augen verglimmt und sie wieder zurück in das Dunkel huschen, um auf ihre Zeit zu warten.

Ein zersplittertes Stück Holz erregt die Aufmerksamkeit des Ritters, und seine Augen richten sich auf den Fuß des Kreuzes. Die Überreste eines polierten, schwarzen Stockes liegen vor ihm – eines Stockes wie jener, den er selbst in der Hand hält. Ein Schock durchfährt ihn. Er starrt intensiv hin, kann nicht glauben, was er entdeckt hat. Das muss ein Fehler sein, denkt er. Es muss eine andere Erklärung geben.

Doch die gibt es nicht. Der Mann am Kreuz ist, wie er selbst, ein Ritter des Wortes.

Er geht jetzt rascher, eilt hinauf, um zu helfen, um das Kreuz hinzulegen, die Nägel zu entfernen und den Mann zu befreien, der hilflos vor ihm hängt.

Aber der Mann spürt jetzt seine Gegenwart und sagt mit krächzender, wispernder Stimme: Fass mich nicht an.

Ross bleibt sofort stehen, gestoppt von der Kraft der Worte des anderen und von der Überraschung, dass er bei Bewusstsein ist.

Sie haben mich vergiftet, sagt der Mann.

Ross saugt die Luft in einem langen, langsamen Zug ein und stößt sie mit müder Resignation wieder aus: Die Kreaturen, die diesen Ritter des Wortes gekreuzigt haben, haben ihn mit einem Gift bestrichen, das aus Dämonenmagie gebraut wurde. Es gibt keine Hoffnung für ihn.

Ross tritt zurück und schaut zu dem Ritter an dem Kreuz hinauf. Er sieht das flache Heben und Senken seiner Brust, die Bäche von Blut, die aus seinen Wunden strömen, und auf den Schatten seines Gesichts, das noch immer hinter seinen langen Haaren verborgen ist.

Sie haben mich gefangen, als ich nicht über meine Magie verfügte, um mich zu schützen, sagt der sterbende Ritter leise. Ich hatte sie vollständig für eine frühere Flucht vor ihnen aufgebraucht. Ich konnte sie nicht rasch genug regenerieren. Sie spürten meine Schwäche und verfolgten mich. Sie spürten mich auf. Dämonen und Einst-Menschen, eine kleine Armee, die auf der Jagd nach Widerstandskämpfern war, die sich aus dem Schutz der Stadt-Festungen herausgewagt hatten. Sie fanden mich in dem Ort dort unten, wo ich mich verbarg. Sie schleppten mich hierher und hängten mich an dieses Kreuz, wo sie mich zum Sterben zurückließen. Jetzt töten sie alle, die versuchten, mir zu helfen.

Das lenkt die Aufmerksamkeit von Ross erneut auf die Schreie, die aus der Stadt heraufschallen. Sie beginnen zu verebben, ersterben und geben einer tiefen, unheilvollen Stille Raum.

Ich war nicht sehr erfolgreich in meinen Bemühungen, die Menschheit zu retten, flüstert der Ritter. Blut strömt über seine Lippen und sickert ihm über Kinn und Brust.

Das war keiner von uns, sagt Ross.

Es gab Chancen. Es gab Zeiten, zu denen wir etwas hätten bewirken können.

Ross seufzt. Wir taten, was wir konnten.

Das leise Gezwitscher eines Vogels dringt durch die Bäume. Schwarzer Rauch kräuselt sich von der Stadt her in den Himmel und ist mit dem Geruch menschlichen Blutes geschwängert.

Vielleicht wurdest du zu mir geschickt.

Ross wendet sich von dem Rauch ab und schaut verständnislos zu dem Mann hinauf.

Vielleicht hat das Wort dich zu mir geschickt. Eine letzte Chance auf Erlösung.

Niemand hat mich geschickt, denkt Ross, doch er sagt es nicht.

Du wirst in der Gegenwart aufwachen und weitermachen. Ich werde hier sterben. Du wirst noch immer die Chance haben, etwas zu bewirken. Ich habe sie nicht.

Niemand hat mich geschickt, sagt Ross jetzt schnell und ihm ist plötzlich unbehaglich zumute.

Aber der andere hört nicht zu. Am Ende des Herbsts, drei Tage nach Thanksgiving, als ich mich an der Küste von Oregon befand, habe ich vor langer Zeit ein Gypsy-Morph gefangen.

Er haucht die Worte nur, die in den Geräuschen seines Sterbens fast untergehen. Doch dann wird seine Stimme drängender.

Es ist mein größtes Bedauern, dass ich diese seltene, wertvolle Kreatur fand und besaß, ohne das Rätsel ihrer Magie zu ergründen. Es war die Chance meines Lebens, und ich ließ sie verstreichen.

Der Mann an dem Kreuz verstummt. Er ringt nach Luft, kämpft darum, nur noch ein paar Augenblicke länger am Leben zu bleiben.

Er ist innerlich und äußerlich gebrochen und denkt in diesen letzten Momenten über die Fehlschläge nach, die er sich anlastet. In den Schatten der ausgebrannten Kirche und in dem verwüsteten Obstgarten tauchen wieder Augen auf, die Fresser rotten sich voller Erwartung zusammen. Ross kann ihre knorrigen Körper zerschmettern, er kann ihre verschlagenen Augen in alle Winde zerstreuen, aber das ist sinnlos. Die Fresser sind ein Teil des Lebens und der natürlichen Ordnung der Dinge, und man könnte ebenso gut sagen, dass auch die Menschen kein Recht zu leben haben, denn es sind die Menschen, von denen die Fresser angezogen werden und von denen sie sich ernähren.

Der Ritter des Wortes, der am Kreuz hängt, spricht erneut, erzählt ihm von dem Gypsy-Morph. Er erklärt ihm, wo, wann und wie es gefunden wurde und welche Chance Ross hat, es erneut zu finden. Er berichtet Ross alle Einzelheiten, gibt ihm Anweisungen für die Jagd, will einem anderen die kostbare Chance geben, die er selbst vertan hat. Aber er gibt Ross damit auch die Chance, ebenso zu versagen, und das ist das Einzige, über das der Zuhörer düster nachgrübelt.

Tue dies für mich, wenn du kannst, wispert der Mann, und seine Stimme ist kurz davor, vollständig zu versagen. Sie trocknet aus, wird in seiner Kehle brüchig und rau. Tue es für dich selbst.

Ross spürt, wie ihn der Auftrag des sterbenden Ritters mit der Schärfe eines Rasiermessers durchzuckt. Wenn er eine so wichtige und schwere Mission übernimmt, kann dies zu seinem eigenen Verderben führen.

Und doch, hat er eine Wahl?

Versprich es mir.

Die Worte sind leise, schwach und ohne Leben. Ross starrt den Mann schweigend an.

Versprich es mir …

John Ross erwachte, und sein Gesicht wurde von der Sonne gewärmt, während Kinderstimmen an seine Ohren drangen. Die Luft war heiß und stickig, und der Geruch von frischer Erde und neuen Blättern strömte mit einer plötzlichen Brise zu ihm. Er blinzelte und setzte sich auf. Er trampte durch Pennsylvania nach Westen und hatte in einem Park außerhalb von Allentown Rast gemacht, wo er unter dem Baldachin eines großen alten Baumes eingeschlafen war. Er hatte nur ein paar Minuten dösen wollen, doch er hatte seit Tagen nicht gut geschlafen, und die Müdigkeit hatte ihn schließlich übermannt.

Er sah sich langsam um, während er allmählich zu sich kam. Der Park war groß und dicht bewaldet, und er hatte sich für seine Rast eine Stelle ausgesucht, die weit von der Straße und den Spielplätzen entfernt war. Er war allein. Er schaute zu seinem Rucksack und dem Seesack und dann zu dem polierten schwarzen Stock, den er in der Hand hielt. Seine Kehle war trocken, und der Kopf tat ihm weh. Eine Stelle, tief in seiner Brust, brannte wie glühende Kohlen.

Sein Traum schwebte im Wabern des Sonnenlichts vor ihm wie Bilder aus einer ganz privaten Hölle.

Er war ein Ritter des Wortes und lebte ein Leben in der Gegenwart und ein weiteres in der Zukunft. Eines, während er wach war, und das andere, während er schlief. In dem einen hatte er die Möglichkeit, die Welt zu verändern, in dem anderen musste er mit den Konsequenzen leben, die es hatte, wenn er versagte. Er hatte diese Bürde vor fast fünfundzwanzig Jahren auf sich genommen und seither mit ihr gelebt. Beinahe sein gesamtes Leben als Erwachsener hatte er an einem Krieg teilgenommen, der begonnen hatte, als das erste Leben erschaffen wurde, und der erst enden würde, wenn das letzte erloschen war. Es gab keine Grenzen für das Schlachtfeld, auf dem er kämpfte – weder räumlich noch in der Zeit. Es konnte keine endgültige Lösung geben.

Doch die Magie eines Gypsy-Morphs könnte einen Vorteil verschaffen, der alles veränderte.

Er griff in seinen Rucksack und zog eine verbeulte Wasserflasche hervor. Er schraubte die Kappe ab und nahm einen tiefen Schluck des lauwarmen Inhalts, der für kurze Zeit die Trockenheit aus seinem Mund und seiner Kehle vertrieb. Er hatte Schwierigkeiten, die Kappe wieder zuzuschrauben. Der Traum hatte ihn aufgewühlt. Das taten seine Träume oft, denn sie handelten von einer Welt, in der Wahnsinn und Grauen an der Tagesordnung waren. In der Gegenwart seines wachen Lebens gab es Hoffnung, doch nicht in der Zukunft seines Schlafes.

Aber dieser Traum war dennoch anders gewesen.

Er stand auf, griff nach seinem Gepäck und ging durch den Park zu der zweispurigen Asphaltstraße zurück, die sich nach Westen in Richtung Pittsburgh wand. Wie immer würden die Ereignisse seines Traums in Kürze in seiner Gegenwart stattfinden, so dass er die Chance hatte, sie auf positive Weise zu beeinflussen. Es war Juni. Das Gypsy-Morph würde drei Tage nach Thanksgiving geboren werden. Wenn er dann dabei war und schnell genug reagierte, konnte er es fangen.

Von da an würde er ungefähr dreißig Tage Zeit haben, den Lauf der Geschichte zu verändern.

Diese Herausforderung hätte jeden Mann nervös gemacht, doch es war nicht der Gedanke an das Gypsy-Morph, der Ross im Kopf herumspukte, als er den Park verließ, um seine Reise nach Westen zu beginnen. Es war die Erinnerung an den Mann am Kreuz in seinem Traum, an den gefallenen Ritter des Wortes. Es war das Gesicht des Mannes, als es sich in den letzten Augenblicken seines Lebens aus den Schatten seiner langen Haare gehoben hatte.

Denn das Gesicht des Mannes, der an dem Kreuz gehangen hatte, war sein eigenes gewesen.

Sonntag, 21. Dezember

Kapitel 1

Nest Freemark hatte sich gerade für die Kirche angezogen, als sie das Klopfen an der Vordertür hörte. Sie hörte damit auf, vor dem Badezimmerspiegel Mascara aufzutragen und warf einen Blick über die Schulter. Sie glaubte sich verhört zu haben, denn sie erwartete niemanden, und für einen Besucher, der ohne Ankündigung vorbeikam, war es noch sehr früh.

Sie wandte sich wieder ihrem Make-up zu. Kurz darauf klopfte es erneut.

Sie verzog das Gesicht und schaute dann zur Bestätigung kurz auf die Uhr. Es stimmte schon. Viertel vor neun. Sie legte den Mascara weg, strich ihr Kleid glatt und überprüfte ihr Aussehen im Spiegel. Sie war knapp einen Meter siebzig groß, schlank und durchtrainiert, mit den langen Beinen einer Langstreckenläuferin, mit schmalen Hüften und einer schlanken Taille. Als Teenager hatte sie immer knochig und schlaksig gewirkt, außer wenn sie gerannt war, doch jetzt war sie endlich in ihren Körper hineingewachsen. Mit neunundzwanzig bewegte sie sich mit der fließenden Anmut eines Models, die die Stärke und Ausdauer verbarg, die sie sich durch Jahre harten Trainings erworben und bewahrt hatte.

Sie musterte sich im Spiegel mit dem gleichen offenen Blick, mit dem sie alles betrachtete. Ihre grünen Augen standen auf ihrem runden, glatten Charlie-Brown-Gesicht unter den gewölbten Brauen weit auseinander. Ihr zimtfarbenes Haar war kurz geschnitten, kräuselte sich dicht am Kopf und umrahmte die ebenmäßigen Züge ihres Gesichts. Die Leute sagten ihr ständig, dass sie hübsch wäre, aber sie glaubte ihnen nicht so recht. Ihre Freunde kannten sie schon ihr ganzes Leben und neigten dazu, großzügig in ihren Beurteilungen zu sein. Und Fremde waren einfach nur höflich.

Trotzdem, dachte sie mit einem Hauch Ironie, während sie ihr Haar zurecht strich, man konnte nie wissen, wann der Märchenprinz auftauchte. Man sollte vorbereitet sein, um nur ja keine Chance zu vergeben.

Sie löste sich von dem Spiegel, verließ das Badezimmer und ging den Hausflur entlang. Sie war seit halb sechs wach und hatte bereits einen Lauf auf den fast leeren Straßen hinter sich, die vom Sinnissippi-Park nach Osten zur Moonlight Bay führten. Der Winter hatte vor ein paar Wochen mit dem ersten richtigen Schneefall des Jahres begonnen, aber der Schnee war vor einer Woche während eines kurzen Temperaturanstiegs geschmolzen, und es war kein neuer gefallen. In den schattigeren, dunkleren Teilen der Wälder und in den Gräben und Bewässerungskanälen waren noch Flecken aus schmutzigem Weiß zu sehen. Die Asphaltdecken der Straßen aber waren sauber und trocken. Nest war fünf Meilen gelaufen, hatte dann geduscht, sich fertig gemacht und angezogen. Man erwartete sie um halb zehn in der Kirche, um bei der Kinderbetreuung zu helfen, und wer immer sie jetzt besuchen wollte, sollte sich besser kurz fassen.

Sie schritt an den vergilbten Kupferstichen und Fotografien der Frauen ihrer Familie vorbei, deren Gesichter ernst und streng aus ihren dunklen Holzrahmen blickten. Gwendolyn Wills, Carolyn Glynn und Opal Anders. Auch das Bild ihrer Großmutter hing dort. Nest hatte es nach Grannys Tod hinzugefügt. Sie hatte eine frühe Fotografie ausgesucht, auf der Evelyn Freemark jugendlich und wild aussah, das Haar zerzaust, die Augen vor Energie und Lebensfreude sprühend. So erinnerte sich Nest am liebsten an ihre Großmutter. Es zeigte die Stärken und Schwächen, die ihr Leben bestimmt hatten.

Nest ließ ihren Blick über die Bilder schweifen, während sie den Gang entlang ging, und bewunderte die Entschlossenheit, die aus den Augen der Frauen sprach. Die Freemark-Frauen, wie sie sie gerne nannte. Alle waren in den Dienst des Wortes getreten und hatten sich mit Pick zusammengetan. Sie hatten dem Waldschrat dabei geholfen, das Gleichgewicht der starken, grundlegenden Magie zu bewahren, die in dem Park existierte. Alle waren mit ihrer eigenen Magie geboren worden, auch wenn nicht alle damit gut zurecht gekommen waren. Sie dachte kurz an die dunklen Geheimnisse, die ihre Großmutter gehütet hatte, an die Täuschungen, die sie selbst beim Gebrauch ihrer eigenen Magie verwendet hatte, und an den Preis, den sie dafür gezahlt hatte.

Das Bild ihrer Mutter fehlte in der Gruppe. Caitlin Anne Freemark war zu zerbrechlich für das gewesen, was die Magie von ihr gefordert hatte. Sie war jung gestorben, kurz nach Nests Geburt – vernichtet durch die Tücke ihres Dämonen-Liebhabers. Nest hatte ihre Fotos auf einem Tisch im Wohnzimmer aufgestellt, wo es immer sonnig und schön war.

Es klopfte zum dritten Mal, als sie gerade an der Tür ankam, und sie öffnete. Die winzigen Silberglöckchen, die in einen Kranz aus Zweigen geflochten waren, der unter dem Guckloch hing, klingelten leise. Sie hatte nicht viele Weihnachtsdekorationen angebracht – keinen Baum, keine Lichter, nur frisches Grün, ein paar bunte Bänder und einige Wandbehänge, die ihrer Großmutter gehört hatten. Weihnachten würde in diesem Jahr hauptsächlich in ihrem Herzen begangen werden.

Die kühle, trockene Winterluft war beißend und durchdringend, als sie die Fliegentür entriegelte, öffnete und auf die Veranda hinaustrat.

Der alte Mann, der dort wartete, war ganz in Schwarz gekleidet. Er trug etwas, das man früher Gehrock genannt hätte. Die Jacke war zweireihig, und ihre breiten Schöße reichten bis zu den Knien. Ein flacher schwarzer Hut saß fest über weißen Haarsträhnen, die darunter hervorstanden, als wollten sie ihm entkommen. Sein Gesicht war verwittert und von Sonne und Wetter gebräunt, und er blinzelte sie mit Augen von einem wässrigen Grau an. Wenn er lächelte, wie er es jetzt tat, schien sich sein ganzes Gesicht daran zu beteiligen und von der Stirn bis zum Kinn in Falten zu legen. Er war um mehrere Zentimeter größer als Nest und stand mit hängenden Schultern da, als wolle er diesen Unterschied ausgleichen.

Er erinnerte sie plötzlich an einen Priester aus alten Zeiten, von der Art, wie sie in Schauerromanen und Geistergeschichten vorkamen – solche, die gegen Gottlosigkeit und den moralischen Verfall der Menschheit wetterten.

»Guten Morgen«, sagte er mit voller, tiefer Stimme. Er neigte leicht den Kopf und tippte mit dem Finger an den Rand des seltsamen Huts.

»Guten Morgen«, erwiderte sie.

»Miss Freemark, mein Name ist Findo Gask«, verkündete er. »Ich bin ein Mann des Glaubens und ein Verkünder des heiligen Wortes.«

Er hob, als wolle er seine Worte bekräftigen, ein schwarzes, in Leder gebundenes Buch, aus dem ein seidenes Lesezeichen herausragte.

Nest nickte abwartend. Irgendwoher kannte er ihren Namen, obwohl sie sich nicht erinnern konnte, ihn schon einmal gesehen zu haben.

»Es ist ein schöner Morgen, um hinauszugehen, daher werde ich Sie nicht lange aufhalten«, erwiderte er ihr lächelnd. »Ich sehe, dass Sie auf dem Weg zur Kirche sind. Ich möchte eine junge Dame nicht von ihrer Zeit der Andacht abhalten. Nimm dir Zeit, wo du sie bekommst, sage ich immer. Wir leben in einer ruhelosen, unbefriedigten Welt, voller Ungewissheiten und drohender Katastrophen, und wir täten wohl daran, nicht zu vergessen, dass kleine Schritte und eine stete Vorsicht zu jeder Zeit angeraten sind.«

Es waren weniger die Worte selbst, als die Art, wie er sie aussprach, die ein vages Unbehagen in Nest auslöste. Es klang wie eine Ermahnung.

»Was kann ich für Sie tun, Mr. Gask?«, fragte sie und wünschte sich, dass er endlich zur Sache kam.

Er neigte den Kopf leicht zur Seite. »Ich suche nach einem Mann«, sagte er. »Sein Name ist John Ross.«

Nest zuckte sichtlich zusammen, ohne ihre Reaktion verbergen zu können. John Ross. Sie hatte ihn seit über zehn Jahren weder gesehen noch Kontakt mit ihm gehabt.

»John Ross«, erwiderte sie tonlos. Ihr Unbehagen wurde stärker.

Der alte Mann lächelte. »Hat er Sie in letzter Zeit kontaktiert, Miss Freemark? Hat er geschrieben oder Sie angerufen?«

Sie schüttelte verneinend den Kopf. »Warum sollte er das tun, Mr. Gask?«

Sein Lächeln wurde breiter, als solle es die Albernheit einer solchen Frage unterstreichen. Die wässrig grauen Augen spähten suchend über ihre Schulter. »Ist er bereits hier, Miss Freemark?«

Eine Spur Ärger schlich in ihre Stimme. »Wer sind Sie, Mr. Gask? Warum interessieren Sie sich für John Ross?«

»Ich habe Ihnen bereits gesagt, wer ich bin, Miss Freemark. Ich bin ein Mann des Glaubens. Was mein Interesse an Mr. Ross betrifft, so besitzt er etwas, das mir gehört.«

Sie starrte ihn an. Irgendetwas war hier nicht in Ordnung. Die Luft um sie herum wurde deutlich wärmer, wechselte die Farbe, den Geschmack und fühlte sich anders an. Sie spürte, wie sich in ihrem Inneren etwas regte, dort wo Geist in gefährlicher Ruhe verharrte, der Beschützer, der an ihre Seele gebunden war.

»Vielleicht könnten wir drinnen darüber reden«, schlug Findo Gask vor.

Er bewegte sich, als wolle er eintreten – ein leises Verlagern des Gewichts von einem Fuß auf den anderen –, und sie war versucht, einfach zur Seite zu treten und ihn durchzulassen. Doch sie blieb stehen, und ihr Unbehagen wurde zu einem Kribbeln in ihrem Magen. Sie zwang sich dazu, ihn genau anzusehen, ihm direkt in die Augen zu schauen.

Das Kribbeln wurde abrupt zu einer Welle der Übelkeit.

Sie holte tief Luft und stieß sie nach einem Moment der Sammlung wieder aus. Sie befand sich in der Gegenwart eines Dämons.

»Ich weiß, was Sie sind«, sagte sie ruhig.

Das Lächeln blieb bestehen, doch jede Spur von Wärme verschwand daraus. »Und ich weiß, was Sie sind, Miss Freemark«, erwiderte Findo Gask geschmeidig. »Also, ist Mr. Ross im Haus oder nicht?«

Nest spürte zum ersten Mal die Kühle der Winterluft und begann, gegen ihren Willen zu schaudern. Ein Dämon, der mit einem so kühnen Ansinnen zu ihr nach Hause kam, war beunruhigend. »Wenn er da wäre, würde ich es Ihnen nicht sagen. Warum verschwinden Sie nicht einfach von meiner Veranda, Mr. Gask?«

Findo Gask verlagerte erneut das Gewicht, machte es sich auf eine Art bequem, die erkennen ließ, dass er nicht vorhatte zu gehen, bevor er fertig war. Sie fühlte, wie sich Geist in ihr regte, der die Gefahr spürte, in der sie sich befand.

»Lassen Sie mich Ihnen nur ein paar Dinge erzählen, Miss Freemark, und dann werde ich gehen«, sagte Findo Gask, und ein gelangweilter Seufzer entschlüpfte seinen Lippen. »Wir sind nicht so verschieden, Sie und ich. Als ich sagte, ich wüsste, was Sie sind, meinte ich das auch. Sie sind die Tochter Ihres Vaters, und wir wissen, was er war, nicht wahr? Sie legen vielleicht nicht viel Wert auf Ihre Herkunft, aber die Wahrheit ist unabänderlich, Miss Freemark. Sie sind, was Sie sind, es macht also wenig Sinn, etwas anderes vorzugeben, auch wenn Sie sich sehr darum bemühen, dies zu tun, nicht wahr?«

Zornesröte stieg Nest ins Gesicht, doch Findo Gask winkte ab. »Ich sagte außerdem, dass ich ein Mann des Glaubens bin. Sie nahmen natürlich an, dass ich damit Ihren Glauben meinte, aber das war ein Irrtum. Ich bin ein Diener der Leere, und es ist der Glaube der Leere, dem ich anhänge. Sie würden behaupten, das sei ein böser, schlimmer Glaube. Aber das ist eine höchst subjektive Schlussfolgerung. Ihr Glaube und der meine sind nicht so verschieden, genau wie Sie und ich selbst. Beides sind Verschlüsselungen jener hohen Macht, die wir zu verstehen und so gut es geht zu manipulieren versuchen. Beide können heilsam oder zerstörerisch sein. Beide haben ihre Anhänger und ihre Gegner, und beide versuchen, den anderen zu beherrschen. Der Kampf zwischen den beiden währt schon seit Äonen; er wird weder heute noch morgen oder in der näheren Zukunft enden.«

Er trat vor, auf dem freundlichen Gesicht ein leutseliges Lächeln, das nicht im Geringsten versuchte, die Drohung zu verbergen, die dahinter stand. »Doch eines Tages wird er enden, und das Wort wird vernichtet werden. Es wird geschehen, Miss Freemark, denn die Magie der Leere war immer die stärkere der beiden. Immer. Die Verführbarkeiten und Schwächen der Menschheit sind unüberwindlich. Der fehlgeleitete Glaube, dass die menschliche Natur es wert sei, gerettet zu werden, ist absolut lächerlich. Schauen Sie sich an, wie die Welt funktioniert, Miss Freemark. Überall menschliches Laster und Schwächen. Moralische Verfehlungen hier, lüsternes Verlangen dort. Gier, Neid, Trägheit und der ganze Rest, wo man nur hinschaut. Die Anhänger des Wortes kämpfen endlos und vergebens dagegen an. Die Leere umarmt sie und verwandelt eine Schwäche in eine Stärke. Pazifismus und sanftes Hinnehmen? Wohltätigkeit und guter Wille? Freundlichkeit und Tugend? Unsinn!«

»Mr. Gask …«

»Nein, nein, hören Sie mich bis zum Ende an, junge Dame. Ein wenig von dieser berühmten Höflichkeit, bitte.« Er schnitt ihren Protest mit einem scharfen Zischen ab. »Ich erzähle Ihnen dies nicht, um Sie zu ängstigen. Ich erzähle es nicht, um Sie zu meiner Seite zu bekehren. Es ist mir reichlich egal, was Sie von mir halten. Ich erzähle es Ihnen, um Ihnen die Stärke meiner Überzeugung und meines Engagements zu demonstrieren. Ich lasse mich nicht so einfach von etwas abhalten. Ich möchte, dass Sie begreifen, dass mein Interesse an Mr. Ross von unerhörter Wichtigkeit ist. Stellen Sie sich mich als Flutwelle vor und sich selbst als Sandburg an einem Strand. Nichts kann Sie retten, wenn Sie sich mir in den Weg stellen. Es wäre für Sie am besten, wenn Sie mir erlauben würden, Sie beiseite zu schieben. Es gibt keinen Grund, mich dies nicht tun zu lassen. Keinen einzigen. Sie haben mit dieser Angelegenheit nichts zu schaffen. Sie haben durch Ihre Einmischung nichts zu gewinnen und alles zu verlieren.«

Er hielt inne, hob das in Leder gebundene Buch und drückte es sich fast ehrerbietig an die Brust. »Dies sind die Namen jener, die sich mir entgegengestellt haben, Miss Freemark. Die Namen der Toten. Ich führe gern über sie Buch, denke daran zurück, wer und was sie waren. Ich lebe schon sehr, sehr lange, und ich werde noch leben, wenn Sie bereits längst vergessen sind.«

Er senkte das Buch und legte einen Finger an die Lippen. »Dies ist es, was Sie tun sollen. Sie werden keine Schwierigkeiten haben, es zu verstehen, denn ich werde es in Begriffen formulieren, die Ihnen vertraut sind. In Begriffen Ihres eigenen Glaubens. Ich will, dass Sie sich von John Ross lossagen. Ich will, dass Sie ihn aus Ihrem Herzen, Ihren Gedanken und Ihrer Seele verbannen. Ich will, dass Sie ihn meiden wie einen Aussätzigen. Tun Sie dies für sich selbst, Miss Freemark, nicht für mich. Am Ende wird er mir sowieso gehören. Es ist nicht nötig, dass ich zudem auch noch Sie vernichte.«

Nest wurde von so vielen Gefühlen aufgewühlt, dass sie sie nicht länger verbergen konnte. Sie hatte während seiner gesamten bösartigen Tirade geschwiegen und immer stärker dagegen ankämpfen müssen, sich selbst und den immer aufgebrachteren Geist unter Kontrolle zu behalten. Sie glaubte nicht, dass Findo Gask von Geist wusste, solange es nicht unvermeidbar war. Zuerst musste sie mehr über das erfahren, was vor sich ging, denn sie verschwendete nicht einen einzigen Gedanken daran, auch nur auf eine seiner Forderungen einzugehen.

»John Ross ist nicht hier«, brachte sie heraus und klammerte sich dabei so fest an den Rahmen der Fliegentür, dass die Knöchel ihrer Hand weiß hervortraten.

»Das akzeptiere ich«, sagte Findo Gask mit einem leichten Senken seines flachkrempigen Huts. »Aber er wird kommen.«

»Was macht Sie da so sicher?«

Sie konnte in seinen Augen sehen, dass er glaubte, er hätte sie überzeugt, und dass er annahm, sie suche nach einer Möglichkeit, mit ihm zusammenzuarbeiten. »Nennen Sie es eine Ahnung. Ich habe seine Entwicklung eine ganze Weile verfolgt, und ich glaube, ich kenne ihn ziemlich gut. Er wird kommen. Wenn er das tut, oder wenn er auch nur versucht, Kontakt aufzunehmen, so tun Sie nichts, um ihm zu helfen.«

»Was hat er, das Sie haben wollen?«, hakte sie neugierig nach.

Der Dämon zuckte mit den Achseln. »Einen Zauber, Miss Freemark. Einen Zauber, den er gegen uns zu benutzen versuchen würde, fürchte ich.«

Sie nickte langsam. »Doch den stattdessen Sie gegen ihn benutzen wollen?«

Findo Gask trat zurück und berührte die Krempe seines Huts. »Ich habe genug von Ihrer Zeit beansprucht. Ihre Sonntagsandacht wartet. Ich erwarte Ihre Nachricht.«

»Mr. Gask«, rief sie ihm nach, als er die Stufen ihrer Veranda hinabstieg. Er drehte sich zu ihr um und blinzelte in die helle Dezembersonne. »Mein Großvater bewahrte eine Schrotflinte für die Entenjagd in seinem Schlafzimmerschrank auf. Als mein Vater vor fünfzehn Jahren versuchte, wieder in dieses Haus zu gelangen, benutzte meine Großmutter sie dazu, ihn davon abzuhalten. Ich habe diese Schrotflinte noch immer. Wenn Sie jemals wieder einen Fuß auf meinen Grund und Boden setzen, werde ich sie gegen Sie benutzen. Ich werde Ihre jämmerliche Verkleidung davonblasen und Sie nackt in Ihrer Dämonengestalt zurücklassen, bis es Ihnen gelingt, einen neuen Körper zu erschaffen. Und die ganze Zeit werde ich darum beten, dass es Ihnen nicht gelingt!«

Findo Gask starrte sie sprachlos an, und dann verzerrte sich sein Gesicht so grässlich, dass sie fürchtete, er würde sich auf sie stürzen. Stattdessen wandte er sich ab, schritt ohne sich umzudrehen den Weg zur Straße entlang und verschwand.

Nest Freemark wartete, bis er außer Sicht war. Dann ging sie wieder ins Haus und knallte die Tür so heftig zu, dass von der Erschütterung die Bilder der Freemark-Frauen verrutschten.

Kapitel 2

Während der Fahrt zur Kirche dachte Nest über die Möglichkeit eines neuen Zusammentreffens mit John Ross nach.

Wie üblich waren ihre Gefühle ihm gegenüber gemischt. Denn trotz der wenigen Zeit, die sie zusammen verbracht hatten – alles in allem vielleicht sieben Tage, verteilt über fünfzehn Jahre –, hatte er doch einen enormen Einfluss auf ihr Leben gehabt. Viel von dem, wer und was sie war, konnte direkt auf ihre seltsame und traurige Beziehung zurückgeführt werden.

Das erste Mal war er zu ihr gekommen, als sie noch ein Mädchen gewesen war; sie war gerade vierzehn geworden und dabei zu entdecken, dass sie nicht die war, für die sie sich gehalten hatte. Die Geheimnisse ihrer Familie entwirrten sich um sie herum, und Ross hatte an den losen Enden gezerrt, bis sie von den Schlingen fast erwürgt worden wäre. Aber ihre Einschätzung war nicht wirklich fair. Ross hatte getan, was notwendig war, um ihr die Wahrheit zu enthüllen. Hätte er es nicht getan, wäre sie jetzt wahrscheinlich tot. Oder Schlimmeres. Ihr Vater hatte ihre Mutter und ihre Großmutter getötet und versucht, ihren Großvater umzubringen. Er hatte dies getan, um an Nest heranzukommen, um sie in seine Gewalt zu bekommen, sie auf seine Seite zu ziehen und zu einem Teil jenes Lebens zu machen, das er vor langer Zeit angenommen hatte. Findo Gask hatte Recht gehabt, was ihn betraf. Ihr Vater war ein Dämon gewesen, ein Monster, das von Grund auf böse war. Ross hatte Nest geholfen, ihn zu vernichten. Ross hatte Nest ihr Leben zurückgegeben und damit die Chance herauszufinden, wer sie eigentlich war oder sein sollte.

Natürlich hätte er ihr das Leben ebenso schnell genommen, wenn sie sich der Seite des Dämons zugewandt hätte, und dies war der Grund, warum ihre Gefühle für ihn so gemischt waren. Dies und der Umstand, dass sie Ross einst für ihren Vater gehalten hatte. Es kam ihr seltsam vor, als sie jetzt daran zurückdachte. Der Gedanke, dass er ihr Vater wäre, hatte sie glücklich gemacht. Sie hielt ihn für sanft und für fürsorglich; sie nahm an, dass er sie wahrscheinlich liebte. Sie war noch ein Mädchen gewesen und hatte ihren Vater niemals getroffen. Sie hatte sich ein Leben für ihren Vater ausgedacht, hatte sich einen Platz in ihrem eigenen für ihn ausgemalt. Es war ihr so vorgekommen, als wäre John Ross gekommen, um diesen Platz auszufüllen.

Granny hatte sie natürlich gewarnt. Auf ihre eigene Weise, ohne viel zu sagen, hatte sie wieder und wieder angedeutet, dass ihr Vater jemand wäre, den Nest gar nicht kennen lernen wollte. Aber für sie hatte es so ausgesehen, als wären die Warnungen ihrer Großmutter selbstsüchtig und fehlgeleitet gewesen. Nest hielt John Ross für einen guten Mann. Als sie erfuhr, dass nicht er ihr Vater war, sondern der Dämon, war sie am Boden zerstört gewesen. Als sie erfuhr, dass er gekommen war, um sie zu retten, wenn er konnte, sie aber sonst vernichten würde, brach ihr dieses Wissen fast das Herz.

Der größte Teil ihrer Wut und ihrer Bestürzung war abgeklungen, als sie ihn funf Jahre später in Seattle wiedersah, wo diesmal er das Opfer und sie die Retterin war. Ross war es gewesen, der Gefahr lief, verführt zu werden, und wenn Nest ihn nicht gerettet hätte, wäre das auch geschehen.

Seit damals waren zehn Jahre verstrichen, und sie hatte von ihm weder etwas gehört noch gesehen.

Sie schüttelte den Kopf und betrachtete die Häuser von Hopewell, Illinois, die an ihr vorbeizogen, während sie mit ihrem neuen Taurus über den Lincoln Highway in Richtung Innenstadt fuhr. Der Tag war hell und sonnig, der Himmel wolkenlos, blau und endlos. Die Temperatur war über den Nullpunkt gestiegen, und die letzten Spuren des Schneefalls von vor zwei Wochen schmolzen dahin. Für Dienstag war ein neuer Sturm vorhergesagt worden, doch im Augenblick war das kaum zu glauben.

Sie öffnete das Fenster einen Spalt, um frische Luft hereinzulassen, und hörte dem Geräusch der Reifen zu, die knirschend über eine Mischung aus Straßendreck und Streumittel rollten. Als sie am Postamt vorbeikam, hielten die Petersons gerade am Briefkasten. Sie waren ihr ganzes Leben über Nests Nachbarn gewesen und hatten ihre Großmutter bereits als junge Frau gekannt. Doch jetzt wurden die Petersons alt, und sie machte sich Sorgen um sie. Sie nahm sich vor, sie später zu besuchen und ihnen ein paar Kekse zu bringen.

Nest bog von der Fourth Street in die Second Avenue ab, fuhr an der First Congregational Church vorbei und fand erst auf dem Stellplatz der angrenzenden Bank eine Parkmöglichkeit. Sie stieg aus, verriegelte die Türen und ging zur Kirche.

Josie Jackson kam von ihrem Lokal an der Third Street herbei, und Nest wartete auf sie. Fröhlich, munter und voller Leben, gehörte Josie zu jener Art von Frauen, die nie zu altern schienen. Selbst mit achtundvierzig wirkte sie noch jugendlich und energiegeladen. Sie winkte und lächelte wie ein junges Mädchen, während sie näher kam, und ihr zerzaustes Haar wogte wild um ihr hübsches Gesicht. Auch dieses Lächeln hatte sie noch. Niemand vergaß jemals Josie Jacksons Lächeln.

Nest fragte sich, ob John Ross sich noch daran erinnerte.

»Guten Morgen, Nest«, sagte Josie, während sie zu der jungen Frau aufschloss und sich genau der Geschwindigkeit ihrer langen Beine anpasste. »Ich habe gehört, dass wir beide heute zusammen Baby-Dienst haben.«

Nest lächelte. »Ja. Erfahrung zählt, und du hast davon eine Menge mehr als ich. Wie viele erwarten wir denn?«

»Oh, mal sehen, wohl etwa ein gutes Dutzend, wenn man die Drei- und Vierjährigen mitrechnet.« Josie zuckte mit den Achseln. »Alice Wilton wird uns helfen, und auch ihre Nichte, Dingsda-Anna.«

»Royce-Anna.«

»Royce-Anna Colson.« Josie verzog das Gesicht. »Was für eine Art Name ist das überhaupt?«

Nest lachte. »Einer, den wir unseren eigenen Kindern niemals geben würden.«

Sie stiegen die Stufen zur Kirche hinauf und traten durch die schwere Eichentür in das kühle Dunkel des Vorraums. Nest fragte sich, ob Josie gelegentlich noch an John Ross dachte. Es hatte eine Art Beziehung zwischen den beiden gegeben, als Ross das erste Mal nach Hopewell gekommen war und Nest noch ein junges Mädchen war. Noch Monate nach seinem Verschwinden hatte sie Nest nach Ross gefragt. Aber jetzt war es bereits mehrere Jahre her, dass sie auch nur seinen Namen erwähnt hatte.

Es wäre seltsam, wenn er nach all dieser Zeit nach Hopewell zurückkehren sollte, dachte Nest. Findo Gask schien so sicher zu sein, dass er das tat, und trotz ihrer Skepsis allem gegenüber, was ein Dämon ihr erzählte, neigte sie dazu, diese Möglichkeit zu akzeptieren. Der Dämon hatte sich so viel Mühe gemacht, sie davon zu überzeugen, dass etwas daran sein musste.

Es war eine beunruhigende Aussicht. Ein Erscheinen von John Ross, insbesondere, wenn er bereits von einem Dämon gesucht wurde, bedeutete Ärger. Es kündigte fast mit Sicherheit einen neuen Aufruhr in ihrem Leben an, etwas, das sie nicht im Mindesten brauchte, da sie sich gerade an ihr Leben, so wie es war, gewöhnte.

Was konnte ihn nach so langer Zeit wieder hierher führen?

Ohne zu einer Antwort zu gelangen, folgte sie Josie den leeren, schattigen Gang entlang, wo Buntglasfenster und poliertes Holz sie in einen Kokon der Stille hüllten.

Die nächsten beiden Stunden arbeitete sie im Kinderzimmer. Sie hatte viel Spaß mit Josie und den Babys und tat etwas, das sie davon abhielt, zu viel über Dinge nachzudenken, die sie am liebsten vergessen hätte. Stattdessen konzentrierte sie sich darauf, Windeln zu wechseln, Fläschchen zu geben, Geschichten zu erzählen und zu spielen. Die Welt außerhalb dieses hellen, fröhlichen Raums mit den Buntstiftbildern und farbigen Postern an den Wänden überließ sie gerne sich selbst.

Ein- oder zweimal dachte sie an Paul. Es war unmöglich für sie, in der Nähe von Babys zu sein und nicht an Paul zu denken, aber sie hatte einen Weg gefunden, den Schmerz abzublocken, indem sie bei dem Gedanken Zuflucht suchte, dass sie vielleicht nicht dazu bestimmt war, selbst Kinder zu haben, sondern stattdessen die Mutter von Kindern anderer zu sein. Es war ein Gedanke, der ihr im Herzen wehtat, aber es war das Beste, was sie tun konnte. Ihr Vermächtnis, die Magie der Freemark-Frauen, erlaubte ihr nicht, etwas anderes zu glauben.

Josie half, die Zeit zu vertreiben, indem sie ironische Witze machte und schillernde Geschichten über Leute erzählte, die sie beide kannten, und die meiste Zeit fand Nest, dass sie eigentlich ziemlich glücklich war.

Als der Gottesdienst vorüber war, fand in dem Versammlungssaal vor dem Andachtsraum eine Zusammenkunft statt. Nachdem Nest ihre kleinen Schützlinge an die jeweiligen Eltern übergeben hatte, gesellte sie sich zu der Gemeinde, wo man Kaffee und Punsch trank, Kekse und Kuchen aß und Nettigkeiten und Klatsch austauschte. Sie wanderte von einem Grüppchen zum nächsten, sagte hallo, erkundigte sich nach alten Leuten und nach Kindern, die über die Feiertage nach Hause kommen wollten, und wünschte allen eine schöne Weihnachtszeit.

»Wohin ist es nur mit dieser Welt gekommen, junge Dame?«, fragte eine entrüstete Blanche Stern, als Nest eine Gruppe ältlicher Witwen begrüßte, die bei der Tür zum Vorraum standen. Sie funkelte

Nest durch ihre Brille an. »Das hat eure Generation zu verantworten, diese Kinder, die so schreckliche Dinge tun! Das bringt mich zum Weinen!«

Nest hatte keine Ahnung, wovon sie sprach.

»Es geht um diesen Jungen, der gestern in Pennsylvania in einer Pause seine Lehrer erschossen hat«, erklärte Addie Hull, die dabei die Lippen verzog und zur Bekräftigung ernst mit dem Kopf nickte. »Das stand heute in allen Zeitungen. Er ist erst dreizehn.«

»Hat die Schrotflinte seines Vaters genommen, ist mit dem Fahrrad zur Schule gefahren und hat vor den Augen von zwei Dutzend anderer Schüler auf sie geschossen!«, fauchte Winnie Ricedorf im Ton einer Lehrerin, die keinen Widerspruch duldete.

»Ich habe die Zeitung noch nicht gelesen«, erklärte Nest. »Das klingt ja schrecklich. Warum hat er es getan?«

»Er war nicht mit den Noten einverstanden, die er in einem Leistungskurs bekommen hatte«, fuhr Blanche fort, deren Gesicht sich immer mehr anspannte. Sie seufzte. »Gütiger Himmel, er war ein viel versprechender Schüler, wie es heißt, und wegen einer schlechten Zensur dreht er völlig durch.«

»Fährt zu seinem samstäglichen Sonderkurs«, sagte Winnie, »und ist mit einer Schrotflinte und einem Herzen voller Hass bewaffnet. Was sagt uns das über die Kinder von heute, Nest?«

»Erinnert ihr euch an den Jungen, letztes Jahr in Tennessee?«, fragte Addie Hull plötzlich. Ihre dünnen Hände umklammerten ihre Kaffeetasse. »Der ein automatisches Gewehr mit zur Schule gebracht hat und während der Mittagspause auf andere Schüler geschossen hat? Er hat drei von ihnen getötet und ein halbes Dutzend verwundet. Er hat gesagt, er wäre es Leid gewesen, dass man auf ihm herumhackte. Nun, ich bin es auch Leid, dass man auf mir herumhackt, aber ich mache keine Jagd auf die Müllmänner, den Postboten oder den Steuerbeamten, der ständig nach Quittungen für Spenden fragt.«

»Dieser Steuerbeamte, den sie Anfang des Monats in Frauenkleidern aufgegriffen haben, um alles in der Welt!«, schnaubte Winnie Ricedorf und trank einen Schluck von ihrem Kaffee.

»Seiner Frau hat das nichts ausgemacht, soweit ich mich erinnere«, warf Blanche Stern spitz ein und zwinkerte Nest zu. »Sie kleidet sich gern als Mann.«

Nest verabschiedete sich und ging weiter. Fast überall wurde über ähnliche Themen gesprochen, außer bei der Gruppe von Golfspielern, die das Saisonende bedauerten, sich auf ein paar Wochen in Florida freuten, ihre schönsten Schläge rekapitulierten und nebenbei die Sportprobleme der Welt erläuterten. Und auch die Teenager nebenan unterhielten sich lieber über Kino, Rap und Computer. Sie ließ sich von Gruppe zu Gruppe treiben und konnte sich überall eingliedern, da sie nirgends wirklich dazu gehörte. Sie konnte sich in jedes Thema und jeden Slang einfinden und vorgeben, sie würde dazugehören, doch sie würde immer ein Außenseiter bleiben. Sie wurde akzeptiert, weil sie in Hopewell geboren war und zu seiner Geschichte gehörte. Doch ihre ererbte Magie, das Wissen um Picks Welt und das vielschichtigere Leben, das sie führte, sonderten sie ebenso ab, als wäre sie gerade erst aus dem Bus aus New York gestiegen.

Sie nippte an ihrem Kaffee und schaute durch die hohen Fenster in den blauen Winterhimmel hinauf. Was fing sie eigentlich mit ihrem Leben an?

»Wünschst du dir, da draußen zu laufen?«, fragte eine freundliche Stimme.

Sie drehte sich um und sah Larry Spence neben sich stehen. Sie lächelte ihm flüchtig zu. »Etwas in der Art.«

»Du könntest es noch immer tun, Mädchen. Du könntest wieder mit dem Training anfangen und rechtzeitig für St. Petersburg in Form sein.«

Er meinte die Olympischen Spiele in vier Jahren. »Meine Wettkampfzeit ist vorbei, Larry. Das habe ich alles hinter mir.«

Er machte nur Small Talk, aber sie hatte das Gefühl, dass er mehr wollte, und das ärgerte sie. Er war ein großer, gut aussehender Mann Mitte dreißig, sportlich und charmant, der geschiedene Vater von zwei Kindern. Er arbeitete als Deputy Sheriff und verdiente sich abends als Rausschmeißer in einem Tanzschuppen etwas dazu. Seine ganze Familie stammte aus Hopewell und von den kleinen Farmen, die um die Stadt herum verstreut lagen. Sie kannte ihn erst seit kurzem und eher flüchtig, aber irgendwie hatte er beschlossen, die Art ihrer Beziehung zu verändern. Er hatte sie wiederholt gebeten, mit ihm auszugehen, und sie hatte höflich, aber entschieden abgelehnt.

»Du warst die Beste, Mädchen«, sagte er und setzte ein ernstes Gesicht auf. Er nannte sie immer »Mädchen«. Als ob das eine Art Kompliment wäre, ein Kosename, bei dem sie sich geschmeichelt fühlen sollte. Stattdessen fühlte sie sich versucht, ihm eine zu kleben.

»Wie geht es den Kleinen?«, fragte sie.

»Gut. Sie wachsen wie Unkraut.« Er rückte näher. »Sie vermissen es allerdings, ihre Mutter bei sich zu haben. Als ob es da irgendetwas zu vermissen gäbe.«

Marcy Spence war nie sonderlich verlässlich gewesen, selbst bevor die Kinder gekommen waren, und Mutter zu werden hatte daran nichts verbessert. Sie war ein Party Girl mit dem Geschmack eines Party Girls. Nach einer ganzen Reihe von Affären und einer Anzahl von lautstarken und handfesten Streitereien war die Ehe vorbei gewesen. Marcy war bereits aus Hopewell verschwunden, bevor die Scheidungspapiere überhaupt ausgestellt waren – zum Teufel mit Mann und Kindern. Sie war vierundzwanzig, als sie verschwand. »Babys, die Babys aufziehen«, hatte Nest die alten Damen tuscheln gehört.

»Hast du irgendwelche Pläne für Weihnachten?«, fragte Larry sie plötzlich. Seine Stirn war in Falten gelegt. »Weißt du, es wäre gut für die Kleinen, wenn eine Frau dabei wäre, wenn die Geschenke ausgepackt werden und das alles.«

Nest nickte, ohne das Gesicht zu verziehen. »So eine Art Ersatzmutter.«

Larry stockte. »Ja, wohl so in der Art, schätze ich. Aber ich würde mich auch freuen, wenn du da wärst.«

Sie blickte ihn bedeutungsvoll an. »Larry, wir kennen uns kaum.«

»Das liegt nicht an mir«, sagte er.

»Außerdem habe ich deine Kinder genau einmal getroffen. Sie wissen wahrscheinlich nicht einmal, wer ich bin.«

»Natürlich tun sie das. Sie wissen es.«

Sie schüttelte den Kopf. »Es ist nicht die richtige Zeit dafür«, sagte sie diplomatisch. »Außerdem habe ich sowieso eigene Pläne.«

»Hey, ich dachte bloß, ich frag mal.« Er zuckte mit den Achseln und versuchte, die Bedeutung der Sache herunterzuspielen. »Nicht so wichtig.«

Larry hatte bereits mit Marcy bewiesen, dass er bei Frauen nicht gerade eine glückliche Hand hatte. Wie auch immer, mit Nest hatte er sich übernommen. Er hatte keine Ahnung, worauf er sich einließ, indem er ihr nachstellte, und sie hatte nicht vor, ihn dadurch zu ermutigen, dass sie Weihnachten bei ihm zu Hause mit seinen Kindern verbrachte. In seinem Fall war Unwissenheit ein Segen. Sollte er sich mit jemand Normalem einlassen; damit würde er viel besser fahren.

Auf der anderen Seite des Raums erspähte sie Robert Heppler. »Larry, ich sehe da jemanden, mit dem ich sprechen muss. Vielen Dank für die Einladung.«

Sie eilte an ihm vorbei, bevor er etwas erwidern konnte, wollte schnell von ihm weg, bevor er noch weitere, unangebrachte Angebote machen konnte. Larry war ein netter Kerl, aber sie hatte nicht das geringste Interesse an ihm. Warum er das nicht einsah, war ihr ein Rätsel, aber es war die Art von Rätsel, die in der Beziehung von Männern und Frauen an der Tagesordnung war.

Sie kam grinsend bei Robert an. »Hi«, sagte sie.

»Hi, da bist du ja«, erwiderte er und grinste ebenfalls.

Sie streckte die Arme aus, umarmte ihn und gab ihm einen Kuss auf die Wange. Robert, der noch immer gertenschlank und flachsblond war, sah noch immer wie ein kleiner Schuljunge aus. Wer ihn längere Zeit nicht gesehen hatte, konnte ihn leicht für denselben Sprücheklopfer halten, der er in der High School gewesen war. Aber Robert war erwachsen geworden, als niemand hingesehen hatte. Direkt nach dem Schulabschluss hatte er eine kleine, willensstarke junge Frau namens Amy Pruitt geheiratet, und Amy hatte ihm den Kopf zurechtgerückt. Sie war geradeheraus, ernsthaft, fast schon zu praktisch veranlagt und liebte Robert so sehr, dass sie bereit gewesen war, ihn als Projekt anzusehen. Robert verbrachte den größten Teil seines Lebens mit dem Kopf ganz woanders, während er Codes, Sprachen, Programme und Systeme für Computer entwickelte. Als jemand, der immer von seiner eigenen Brillanz überzeugt war und keinerlei Geduld für die angeblichen Unzulänglichkeiten anderer hatte, war er hauptsächlich durch gute Noten so weit gekommen – und durch die Erwartung seiner Professoren, dass sie einst mit Stolz auf ihn verweisen könnten, wenn sie ihre akademischen Leistungen zusammenstellten. Die wirkliche Welt hat jedoch ein völlig anderes Bewertungssystem, und Amy hatte schnell erkannt, dass Robert ohne eine ernsthafte Verhaltenskorrektur nur schlecht in ihr zurechtkommen würde.

Sie vollzog diesen chirurgischen Eingriff mit fehlerfreier Präzision. Nest konnte kaum glauben, welche Veränderung in Robert in den knappen zehn Monaten vorgegangen war, die zwischen dem Kennenlernen der beiden und ihrer Heirat verstrichen war. Robert schien sich der Verwandlung, die sie bewirkt hatte, nicht im Geringsten bewusst zu sein. Er hielt sich noch immer für denselben, der er früher gewesen war. Doch nachdem Nest sie ein wenig besser kennen gelernt hatte, hatte sie schnell erkannt, dass Amy das Beste war, was ihrem alten Freund hatte passieren können.

Jetzt hatten die beiden ein Kind, einen zweijährigen Jungen, der sich spielerisch an Roberts Bein klammerte, und ein zweites war unterwegs. Robert besaß eine Familie und ein Leben. Er war tatsächlich zu einer echten Person geworden.

»Hallo, Kyle«, sagte sie und bückte sich, um dem Jungen durch die blonden Haare zu fahren. »Wir haben dich heute unten vermisst.«

»War inner Kirche«, nuschelte der Kleine und warf ihr dann eine Kusshand zu.

»Ich habe ihn bei mir behalten«, gab Robert achselzuckend zu. »Ich wollte etwas Begleitung. Amy ist zu Hause geblieben. Sie fühlte sich heute Morgen nicht so gut, als sie aufwachte. Diese Schwangerschaft verläuft ziemlich heftig.«

»Ist alles in Ordnung?«

»Ja, klar. Du kennst Amy. Beinhart. Aber sie ist vorsichtig. Sie ist jetzt gut im sechsten Monat. Das ist eine ziemlich heikle Zeit.«

»Du sagst doch Bescheid, wenn ich helfen kann?«

Robert lachte. »Ich sage dir Bescheid, wenn *ich* helfen kann. Mit meinen Eltern, meiner Schwester und ihrem Mann, die alle vierundzwanzig Stunden am Tag um sie herumwuseln, komme ich nicht dicht genug an sie heran, um es herauszufinden!«

Er warf einen schnellen Blick zu Larry Spence hinüber, der sie heimlich hinter seiner Kaffeetasse beobachtete. »Ich sehe, dass du noch immer Bienen anziehen kannst wie Honig. Oder vielleicht wäre *Schmeißfliegen* hier die bessere Wortwahl.«

Sie zog eine Augenbraue hoch. »Ich sehe, du hast deinen messerscharfen Witz noch nicht verloren, Robert.«

Er zuckte mit den Schultern. »Das ist nur mein Schutzinstinkt. Er erinnert mich ein wenig an den Kerl, der in dem Sommer hinter dir her war, bevor wir auf die High School kamen. Derjenige, dem ich eine verpasst hätte, wenn du ihn nicht hypnotisiert hättest, sodass er über seine eigenen Füße stolperte. Wie hieß er noch gleich? Bobby Irgendwas?«

»Danny Abbott«, sagte sie ruhig.

»Ja. Das war ein Sommer, was? Ich war die ganze Zeit in irgendwelchen Schwierigkeiten. Natürlich warst du diejenige, die mit Magie herumspielte.«

Er meinte es als Scherz, doch er kam der Wahrheit näher, als er ahnte. Nest zwang sich zu einem Lächeln.

»Erinnerst du dich an die Sache am Vierten Juli mit John Ross und diesen Feuerwerkskrachern, die überall explodierten?«, fuhr er fort. »Ich jagte dir durch den Park hinterher, und dann fiel ich hin und schlug mit dem Kopf auf. Ich erinnere mich noch immer, wie du mich angeschaut hast. Hinterher hast du gesagt, du hättest Magie benutzt.« Er stockte und wurde plötzlich nachdenklich. »Weißt du, ich habe nie verstanden, was eigentlich wirklich passiert ist.«

Nest schnappte sich abrupt den sich windenden Kyle und streckte ihn seinem Vater hin. »Hier, Kyle, erklär du es ihm«, forderte sie ihn auf.

»Er'lär«, wiederholte Kyle kichernd.

Robert nahm seinen Sohn auf den Arm und schaukelte ihn sanft. »Vergiss nicht die Weihnachtsfeier am Dienstagabend«, sagte er zu Nest und küsste Kyle auf die pralle Wange. »Du hast doch die Einladung bekommen?«

Sie nickte. »Sicher. Ich werde da sein.«

»Gut. Meine Eltern werden irgendeinen Weg finden, mir die Schuld zu geben, wenn du nicht kommst.«

»Das geschähe dir recht«, sagte sie und bewegte sich von ihm fort. »Bis später, Robert. Bye, Kyle.« Sie wackelte mit den Fingern in Richtung des kleinen Jungen, der seinen Kopf an der Schulter seines Vaters versteckte.

»Hey, mach ihm nicht solche Angst!«, rief Robert ihr noch nach.

Sie stellte ihre Tasse auf ein Tablett neben der Küchentür und wollte sich auf den Heimweg machen. Larry Spence beobachtete sie noch immer, aber sie versuchte, es nicht zu bemerken. *Das Leben in einer Kleinstadt ist voller Zeiten, in denen man sich bemüht, etwas nicht zu bemerken,* dachte sie resigniert.

Sie verließ gerade den Versammlungssaal, um ihren Mantel aus dem Vorraum zu holen, als eine große, hagere junge Frau mit wildem rotem Haar und acrylgrünen Augen auf sie zutrat.

»Sind Sie Nest Freemark?«, fragte die junge Frau, und ihre Augen waren weit aufgerissen. Sie schien höchstens zwanzig Jahre alt zu sein. Nest nickte. »Ich bin Penny«, verkündigte die andere.

Sie streckte die Hand aus, und Nest schüttelte sie. Pennys Griff war fest und selbstbewusst. »Ich wollte Ihnen nur sagen, wie sehr ich Sie bewundere. Ich verfolge Ihre Karriere schon seit den Olympischen Spielen in Melbourne. Ich war noch ein kleines Mädchen, aber Sie waren ein großes Vorbild für mich! Ich wollte Läuferin werden, aber meine Lungen waren nicht kräftig genug. Also wurde ich Schauspielerin. Merkt man das?« Sie kicherte. »Wie auch immer, ich dachte, Sie sollten wissen, dass es jemanden gibt, der sich noch an Sie erinnert. Sie wissen, aus der Zeit, als Sie berühmt waren.« Sie kicherte erneut. »Hey, es war schön, Sie zu treffen. Sie werden mich hier öfter sehen, schätze ich. Ciao.«

Sie war fort, bevor Nest etwas erwidern konnte, und verschwand in der Menschentraube, die sich um den Kaffeeausschank gebildet hatte. *Jemand, der sich an dich aus der Zeit erinnert, als du berühmt warst?* Nest verzog das Gesicht. Was für eine seltsame Bemerkung! Sie hatte die junge Frau noch nie zuvor gesehen und hatte keine Ahnung, wer sie war. Sie sah nicht einmal jemandem ähnlich, den Nest kannte, sodass sie sie nicht mit einer Familie aus Hopewell in Verbindung bringen konnte.

Muss neu in der Stadt sein, dachte sie und starrte der jungen Frau noch immer nach. *Die Dinge hier verändern sich so schnell*, dachte sie und zitierte damit *Alice im Wunderland*.

Und wie zur Bestätigung bewegte sich jetzt Larry Spence mit einem eindeutig hoffnungsvollen Blick in den Augen in ihre Richtung. Sie drehte sich um, als wäre ihr etwas eingefallen, und eilte hinaus.

Kapitel 3

Findo Gask stand gegenüber der First Congregational Church auf der anderen Straßenseite, direkt vor dem *Hopewell-Gazette-Gebäude* und wartete geduldig auf Pennys Rückkehr. Seine große, gebeugte Gestalt bildete einen Schattenriss vor dem weißen Stein des Zeitungsgebäudes, der von der hellen Wintersonne zum Strahlen gebracht wurde. Mit dem schwarzen Buch, das er wie einen Schild vor sich hielt, hätte er ein moderner Straßenprediger sein können, der einer nichts ahnenden Passantenschar den bevorstehenden Weltuntergang verkündete.

Die Wahrheit war jedoch weit erschreckender.

Selbst für einen Dämon war Findo Gask sehr alt. Er lebte schon seit Jahrhunderten, und das war ungewöhnlich. Normalerweise hatten Dämonen eine Tendenz zur Selbstvernichtung oder dazu, bereits sehr früh ihren eigenen Exzessen zum Opfer zu fallen. Wenn sie ihre Verwandlung vollendeten, streiften sie die menschlichen Hüllen ab und reduzierten sich auf harte, geflügelte Formen, sodass sie ohne ihre Verkleidung an Fledermäuse erinnerten.

Doch so sehr sie sich auch bemühten, ihre menschliche Hülle abzustreifen, sie blieben doch erstaunlich stark an ihren Ursprung gebunden. Um sich zu tarnen, waren sie gezwungen, erneut das Aussehen der Kreaturen anzunehmen, zu denen sie einst gehört hatten. Um ihren verzweifelten Drang zu befriedigen, ihrer Vergangenheit zu entkommen, waren sie gezwungen, auf jene Geschöpfe Jagd zu machen, zu denen zu gehören sie vorgaben. Und um in ihrer neuen Gestalt zu überleben, mussten sie ständig gegen eine kleine, aber unerschütterliche Wahrheit ankämpfen – sie hungerten endlos und hilflos nach einem Kontakt zu den Kreaturen, die sie so sehr verachteten.

Aus diesem Grund wurden sie von der Zwiespältigkeit ihrer

Existenz förmlich zerrissen. In dem Bemühen, ihre schizophrenen Persönlichkeiten abzureagieren, verfielen sie schnell in Wahnsinn und Bestialität. Ihre Kontrolle über sich selbst brach zusammen, ihr Geisteszustand zerfiel, und sie lösten sich auf wie Räder, die so schnell und heftig rotierten, dass sie der Hitze ihrer eigenen Reibung zum Opfer fielen.

Findo Gask war diesem Ende entgangen, da er nicht von Emotionen angetrieben wurde. Er hungerte nicht nach Macht oder persönlichen Befriedigungen. Rache interessierte ihn nicht. Er war nie versucht gewesen, seine Existenz zu rechtfertigen. Nein, er war einfach neugierig. Neugier versorgte Findo Gask mit einer grenzenlosen Quelle von Inspiration. Er war schlau, einfallsreich und sehr fähig. Als ein Mensch hätte er Geheimnisse aufdecken und Rätsel entschlüsseln können. Er hätte Großes als Forscher leisten können. Aber ein Mensch lebte nur eine gewisse Spanne von Jahren und wurde von Regeln behindert, die Findo Gask nicht unbedingt anerkannte. Ein Dämon, das hatte er schnell erkannt, konnte viel mehr tun. Wenn er bereit war, auf den Teil von sich, der menschlich war, zu verzichten, einen Teil, den er sowieso für nebensächlich und unwichtig hielt, konnte er auf ewig forschen, entdecken und sezieren.

Außerdem hatte er schon früh herausgefunden, dass Menschen hervorragende Forschungsobjekte für seine Studien darstellten. Sie entsprachen seinen Bedürfnissen perfekt. Und er musste nichts anderes tun, als sich von der Menschheit loszusagen.

Dies hatte er mit erstaunlicher Leichtigkeit getan. Es war schwierig, sich jetzt noch an die Einzelheiten zu erinnern. Er lebte schon so lange, war seit vielen Jahrhunderten ein Dämon, dass er sich an nichts mehr aus seiner menschlichen Vergangenheit erinnern konnte. Selbst das Jahrhundert seiner Verwandlung hatte er vergessen. Er war vielleicht der älteste seiner Art, auch wenn ihn dies nicht kümmerte, denn es bereitete ihm keine Befriedigung. Die Leere war sein Gebieter, aber dieser Gebieter war eine vage, substanzlose Präsenz, die ihn gewöhnlich tun ließ, was er wollte, und sich nur gelegentlich kurz bemerkbar machte – als ein Flüstern, ein Schatten, ein Traum von etwas, an das er sich vage erinnerte.

Andere Dämonen beneideten ihn. Einige hassten ihn ganz offen. Er besaß das, was sie haben wollten, sie wussten aber nicht, wie sie es verlangen konnten. Er war älter, klüger, stärker und immuner gegen die Überreste des Menschseins. Er verstand Menschen besser. Seine Anpassung sowohl an die Welt der Dämonen als auch an die der Menschen war vollständig. Er übernahm die Aufgaben, die ihn interessierten, und widmete sich den Studien, die ihn faszinierten.

Nur, dass die Leere ihn immer mal wieder daran erinnerte, dass alles seinen Preis hatte und er nicht immer die Möglichkeit besaß, eine Wahl zu treffen, wer immer er auch sein mochte …

Er beobachtete, wie Penny aus der Kirche kam. Das rote Haar stand ihr drahtig vom Kopf ab, wie eine Masse abgetrennter Elektroleitungen, ihre linkische Gestalt arbeitete sich den Bürgersteig entlang und kam über die Straße. Sie war eine missratene Marionette, die an unsichtbaren Fäden zappelte. Er lächelte nachsichtig, während er ihr zuschaute. Äußerlich war sie Stümperarbeit, doch man konnte ein Buch nicht immer nach seinem Umschlag beurteilen. Im Inneren war sie verschlagen, ätzend und tödlich. Penny Dreadful. Sie hatte diesen Namen gehört, der für die Krimi-Groschenhefte eines früheren Jahrhunderts benutzt worden war. Das bin ich, hatte sie mit einem bösen Grinsen gesagt.

Sie kam mit einer hüpfenden Bewegung bei Findo Gask an und setzte mit einem koketten Grinsen ihre Kleinmädchen-Maske auf. »Sei gegrüßt, Opa«, sprudelte sie hervor, umkreiste ihn einmal und warf dann mit solchem Ungestüm die Arme um ihn, dass zwei alte Damen, die auf der anderen Seite der Straße entlang gingen, stehen blieben und herüberschauten.

Sanft und geduldig löste er sich aus ihrer Umarmung. Er verstand ihre Exzesse, die größer waren als die der meisten Dämonen. Anders als er selbst, hatte sie kein Verlangen, am Leben zu bleiben. Penny Dreadful war auf Selbstzerstörung aus, sie war sogar verliebt in diese Idee, völlig erfüllt von ihrer eigenen Art des Wahnsinns und darauf erpicht, ihr Ende auf besonders spektakuläre Weise zu inszenieren. Gask hielt sie für eine lebende Handgranate, doch er hoffte, dass sie lange genug durchhielt, um ihm in dieser Angelegenheit von Nutzen zu sein.

»Hast du getan, was ich dir aufgetragen habe?«, fragte er und zog eine Augenbraue in einer Geste hoch, die als versöhnlich fehlinterpretiert werden konnte.

Penny, der nichts entging, stellte sich trotzdem dumm. »Sicher. Hey, weißt du was, Opa?« Sie nannte ihn die ganze Zeit so, betonte den Altersunterschied zwischen ihnen in einem dauerhaften, wenn auch fruchtlosen Versuch, ihn zu verärgern. »Dieses Mädchen ist nichts Besonderes, weißt du? Nest Freemark. Sie ist überhaupt nichts. Ich könnte sie einfach so auslöschen.«

Sie schnippte leichthin mit den Fingern und grinste ihn an.

Er nahm sie ohne ein Wort beim Arm und führte sie den Bürgersteig entlang zum Auto. »Steig ein«, befahl er, ohne sie auch nur anzusehen.

Sie tat es kichernd und warf dabei kurze Blicke in seine Richtung, ein kluges, kleines Mädchen, das den nachgiebigen Großvater umschmeichelte. Findo Gask hatte das Gefühl, mit seinen Augen rollen zu müssen. Oder vielleicht mit ihren.

Als sie im Wagen saßen und verhältnismäßig abgeschottet von Passanten waren, nahm er sich einen langen Moment Zeit, sie zu mustern, bevor er zu sprechen begann. »Wen hast du gefunden?«

Sie seufzte über seine Weigerung, ihr neuestes Spiel mitzumachen. Sie zuckte mit den Achseln. »So einen Trottel namens Larry Spence. Er ist Deputy Sheriff und hat einigen Einfluss in seinem Büro, weil er schon seit zehn Jahren dabei ist. Er war nur allzu glücklich, mir kleinem, beeindrucktem Mädchen alles über sich zu erzählen. Er ist wirklich völlig verschossen in unser Fräulein Flinkfuß. Und zwar echt so richtig. Würde alles tun, von dem er glaubt, dass es ihr helfen würde. Er ist perfekt für das, was du vorzuhaben scheinst.«

Sie zog die Augenbrauen hoch und sah ihm zum ersten Mal in die Augen. »Was genau ist das eigentlich, Opa? Warum verschwenden wir unsere Zeit mit diesem Idioten?«

»Pass auf die Kirchentür auf«, sagte er und ignorierte ihre Fragen. »Sag es mir, wenn er herauskommt.«

Sie schaute ihn noch einen Moment lang an, schnaubte dann verächtlich, fläzte sich hinter das Lenkrad und tat, was er ihr befohlen hatte. Sie war ziemlich gut darin, trotz all der Widerrede, die sie ihm ständig gab. Er ließ es ihr durchgehen, weil diese Widerrede bei Penny wirklich nie mehr als Gerede war. Bei Twitch war das natürlich eine andere Sache.

Sie saßen schweigend in der Wärme der Sonne, während der Sonntagmorgen allmählich zum Mittag wurde. Die Kirchengemeinde strömte in stetig wachsender Zahl aus dem Gebäude, und die Menschen eilten, in ihre Mäntel gehüllt, nach Hause, wo das Mittagessen wartete.

»Ich wünschte, er würde sich beeilen«, maulte Penny.

»Lass mich dir einen guten Rat geben«, sagte Findo Gask ruhig. »Einen großväterlichen Rat, wenn du so willst. Unterschätze Nest Freemark nicht. Sie ist zäher, als du denkst.«

Sie blickte ihn mit einer verächtlichen Grimasse an und wollte etwas darauf erwidern, doch er schüttelte den Kopf und deutete wieder auf die Kirche.

Ein paar Momente später tauchte Larry Spence auf. An einer Hand hatte er ein kleines Mädchen, an der anderen zappelte ein etwas älterer Junge. Penny identifizierte ihn, und Findo Gask wies sie an, den Motor anzulassen. Als Spence aus der Parklücke setzte, bedeutete der Dämon Penny, dem Wagen zu folgen. Es war lästig, all diese Instruktionen geben zu müssen, aber er konnte sich bei keinem von ihnen darauf verlassen, dass sie von alleine taten, was notwendig war. Drei Dämonen, von denen der eine schwerer im Zaum zu halten war als der nächste, und jeder selbst für die Begriffe ihrer Art höchst widersprüchlich. Er hatte sie nach Salt Lake City rekrutiert, als ihm klar geworden war, dass er es bei Ross mit jemandem zu tun hatte, der sich als fatal für ihn erweisen könnte. Schließlich kannte er zu jenem Zeitpunkt bereits die Wünsche der Leere und wusste, dass es keinen Spielraum für Fehler gab.

Er seufzte resigniert und schaute aus dem Fenster zu den vorbeiziehenden Häusern hinüber, während Penny dem Wagen von Larry Spence über die First Avenue in Richtung des nördlichen Teils der Stadt folgte. Er war bereits seit einer Woche in Hopewell und wartete geduldig auf Ross. Er wusste, dass dieser kommen würde, er spürte es instinktiv, so wie er es immer tat. Das war ein Vorteil, den er vor anderen Dämonen hatte, auch wenn er nicht genau wusste, warum er diese Macht besaß. Vielleicht waren seine Instinkte einfach schärfer, weil er bereits so lange lebte und so vieles überlebt hatte. Vielleicht lag es daran, dass er ein Sucher nach Antworten war und stärker auf die Möglichkeiten menschlichen Benehmens eingestellt als andere seiner Art. Was auch immer die Ursache war, er würde Erfolg haben, wo sie es nicht hatten. Dämonen suchten Ross die ganze Zeit überall in den Vereinigten Staaten, schauten in jeden Schrank und unter jedes Bett. Aber er war es, der ihn das letzte Mal gefunden hatte, und er würde es auch diesmal tun.

Seine Hände strichen liebevoll über den Ledereinband seines Buches der Namen. So nannte er es, eine einfache Bezeichnung für seine Auflistung der Menschen, die er über die Jahrhunderte hinweg auf die eine oder andere Weise vernichtet hatte. Zeiten, Daten oder Orte kümmerten ihn nicht, wenn er ihren Tod notierte. Die Details interessierten ihn nicht. Ihm war einzig wichtig, Leben zu sammeln und sie sich einzuverleiben. Was ihn interessierte, war die Art ihres Sterbens, was sie aufgaben, wie sie sich wehrten, welche Gefühle sie in ihm weckten, während sie ihren letzten Atemzug taten. Etwas in ihrem Sterben konnte man ihnen entreißen, das hatte er schon früh entdeckt. Etwas von ihnen konnte man sich zu Eigen machen. Es war seinem unermüdlichen Interesse am Sammeln der Namen zu verdanken, dass er sich noch immer an jene erinnern konnte, zu denen sie einst gehört hatten. Normale Erinnerungen waren blass und substanzlos. Doch die Erinnerung an den Tod war stark und dauerhaft, und er hatte jeden Einzelnen von ihnen, viele hundert insgesamt, sorgsam katalogisiert und gelagert.

Er seufzte. Wenn er aufhörte, sich dafür zu interessieren, ihnen beim Sterben zuzuschauen, würde er wohl auch aufhören, ihre Namen zu sammeln, nahm er an.

»Er ist zu Hause, Opa«, verkündete Penny und riss ihn aus seinen Tagträumen.

Er richtete seine Augen nach vorn und beobachtete, wie Larry Spence seinen Wagen in eine Auffahrt lenkte, die zu einem kleinen Bungalow an der Second Avenue kurz hinter der LeFevre Road führte.

»Fahr ein paar Blocks weiter, bevor du wendest und zurückkommst«, wies er sie an.

Penny fuhr die Second ein Stück entlang, bevor sie dann in einer Auffahrt wendete und die Straße in der anderen Richtung zurückfuhr. Kurz vor Spences Haus fuhr sie an den Bordstein und hielt an. Sie drehte den Kopf, während sie die Zündung ausschaltete. »Was jetzt, Opa Gask?«

»Komm mit«, sagte er.

Larry Spence war bereits mit seinen Kindern im Haus, und Gask und Penny hörten das Ticken seines noch warmen Motors, als sie die Einfahrt entlang gingen. Das Haus wirkte von außen klein und karg. Der nahende Winter hatte das schmückende Blätterwerk der Bäume und Büsche vertrieben, die es umgaben, sodass die verblichene, abblätternde Farbe und die rissigen Bretter deutlich hervortraten. Findo Gask dachte kurz über das jämmerliche Leben der Menschen nach, während er an die Tür klopfte.

Larry Spence tauchte fast sofort auf. Er trug noch immer seine Kirchenkleidung, doch sein Schlips war gelockert, und er hatte ein Geschirrtuch in der Hand. Er schob die Fliegentür auf und schaute sie fragend an.

»Mr. Spence?«, fragte Findo Gask mit freundlicher, aber geschäftsmäßiger Stimme. Spence nickte. »Mr. Larry Spence?«

»Was wünschen Sie?«, erwiderte Larry vorsichtig.

Findo Gask zog eine lederne Brieftasche hervor und klappte sie auf. »Special Agent George Robinson, Mr. Spence. Ich bin vom FBI. Haben Sie einen Augenblick Zeit?«

Die Selbstsicherheit des anderen verwandelte sich in Unsicherheit, während er den Ausweis in der Plastikhülle betrachtete. »Ist irgendetwas nicht in Ordnung?«

Jetzt lächelte Gask ihn beruhigend an. »Nichts, was mit Ihnen direkt zu tun hat, Mr. Spence. Aber wir müssen mit Ihnen über jemanden sprechen, den Sie kennen. Dies ist meine Assistentin, Penny. Dürfen wir reinkommen?«

Larrys große, athletische Gestalt drehte sich ein wenig im Türrahmen, und er fuhr sich mit den Fingern durch das dunkle Haar. »Na ja, die Kinder sind hier, Mr. Robinson«, erwiderte er unsicher.

Findo Gask nickte. »Ich wäre nicht an einem Sonntag zu Ihnen gekommen, wenn es nicht wichtig wäre, Mr. Spence. Ich würde auch nicht zu Ihnen nach Hause kommen, wenn ich diese Angelegenheit in Ihrem Büro erledigen könnte.« Er machte eine bedeutungsvolle Pause. »Es wird nicht lange dauern. Penny kann solange mit den Kindern spielen.«

Spence zögerte noch einen Augenblick mit gerunzelter Stirn, dann nickte er. »Also gut. Kommen Sie rein.«

Sie betraten einen kleinen Flur, der zu einem winzigen engen Wohnzimmer führte, das mit Spielzeug, Magazinen und Seiten der Sonntagsausgabe der *Chicago Tribune* übersät war. Es war offensichtlich, dass Larry Spence seine Hausarbeit nicht erledigt hatte, bevor er zur Kirche gegangen war. In einem anderen Flur, der weiter ins Innere des Hauses führte, tauchte der kleine Junge auf und schaute sie fragend an.

»Es ist okay, Billy«, sagte Spence rasch, klang dabei aber, als sei er sich dessen gar nicht so sicher.

»Mr. Spence, vielleicht würde Billy gerne Penny sein Zimmer zeigen«, schlug Findo Gask vor und lächelte erneut. »Penny hat einen Bruder, der fast genauso alt ist wie er.«

»Sicher, das wäre schön«, griff Spence den Vorschlag rasch auf. »Was meinst du, Billy?«

»Hallo, kleiner Mann«, begrüßte Penny den Jungen und trat vor. »Hast du ein paar tolle Sachen, die du mir zeigen möchtest?«

Sie führte ihn den Flur entlang, während sie wie ein Wasserfall auf ihn einredete und Billy zu ihr hochstarrte wie ein Reh, das in einem Scheinwerferkegel gefangen war. Findo Gask hoffte, dass sie sich benehmen würde.

»Warum setzen wir uns nicht, Mr. Spence«, schlug er vor.

Er machte sich nicht die Mühe, seinen Mantel auszuziehen. Er machte sich nicht die Mühe, sein Buch wegzulegen. Larry Spence sah keines von beidem. Er sah nicht einmal Findo Gask so, wie dieser wirklich aussah. Gask hatte Spences Blick in dem Augenblick verschleiert, als er die Tür geöffnet hatte, sodass dieser sich nur vage bewusst war, wie der Mann aussah, mit dem er sprach. Dieser Trick würde bei jemandem wie Nest Freemark nicht funktionieren, aber Larry Spence war eine andere Sache. Da er sowieso bereits von Zweifeln und Verwirrung geplagt wurde, würde er wahrscheinlich in diesem Zustand bleiben, bis Findo Gask mit ihm fertig war.

Sie gingen zu zwei abgewetzten Sesseln hinüber und setzten sich. Sonnenlicht fiel durch die Spalten in den zugezogenen Jalousien, und auf dem Teppich lagen Matchbox-Autos herum wie Miniatur-Unfälle.

»Mr. Spence, da Sie selbst ein Gesetzeshüter sind, sind Sie zweifellos mit unserer Arbeit vertraut«, eröffnete Findo Gask das Gesprach. »Ich bin aus beruflichen Gründen in Hopewell, und ich brauche Ihre Hilfe. Aber ich möchte nicht, dass irgendjemand hiervon erfährt, nicht einmal Ihre Vorgesetzten. Normalerweise versuchen wir, offen mit den Polizeikräften vor Ort zusammenzuarbeiten, aber in diesem Fall ist das nicht möglich. Zumindest noch nicht. Das ist der Grund, warum ich zu Ihnen nach Hause gekommen bin, statt Sie in Ihrem Büro aufzusuchen. Niemand außer Ihnen weiß, dass wir hier sind.«

Er machte eine kurze Pause. »Soweit ich weiß, ist Ihnen eine junge Frau namens Nest Freemark bekannt.«

Larry Spence sah verblüfft aus. »Nest? Sicher, aber ich glaube nicht, dass sie jemals ...«

»Bitte, Mr. Spence, ziehen Sie keine voreiligen Schlüsse«, unterbrach ihn Gask geschmeidig. »Lassen Sie mich bitte erst ausreden. Das Büro ist an Miss Freemark in dieser Angelegenheit nur am Rande interessiert. Unser eigentliches Augenmerk gilt einem Mann namens John Ross.«

Spence hielt noch immer das Geschirrtuch und verknotete es nervös zwischen seinen großen Händen. Er bemerkte, was er tat, und legte das Tuch beiseite. Er räusperte sich. »Ich habe noch nie von jemandem gehört, der John Ross heißt.«

Findo Gask nickte. »Das nahm ich auch nicht an. Aber Nest Freemark kennt ihn ziemlich gut. Ihre Freundschaft begann vor einer Reihe von Jahren, als sie noch ein kleines Mädchen und leicht zu beeinflussen war. Er war ein älterer Mann, auf eine raue Art recht gut aussehend und ihr gegenüber sehr aufmerksam. Er war ein Freund ihrer toten Mutter, und Nest war schon aus diesem Grund sehr um ihn bemüht. Ich vermute, dass sie ziemlich verschossen in ihn war. Auf jeden Fall bildete sich bei ihr eine starke Zuneigung zu ihm, und sie sieht in ihm noch heute einen engen Freund.«

Gask wählte seine Worte sehr sorgfältig und ging von der Vermutung aus, dass Larry Spence bereits sehr besitzergreifend war, was Nest anging, und den Gedanken an einen Rivalen nur schwer ertragen konnte, insbesondere, wenn die junge Frau sich zu ihm hingezogen fühlte.

»John Ross ist nicht der Mann, für den Miss Freemark ihn hält, Mr. Spence«, fuhr er mit ernster Stimme fort. »Er ist ein sehr gefährlicher Krimineller. Sie hält ihn für ihren Ritter in strahlender Rüstung, für den Mann, den sie vor fünfzehn Jahren kannte, den gut aussehenden, älteren Mann, der einem jungen, unsicheren Mädchen so viel Aufmerksamkeit geschenkt hatte. Sie unterliegt einer Selbsttäuschung und wird davon nicht so ohne weiteres abweichen.«

Er trug ein wenig zu dick auf, aber wenn man es mit einem Mann zu tun hatte, der so in eine Frau verliebt war wie Larry Spence in Nest Freemark, konnte man damit durchkommen.

»Was hat er getan?«, wollte Spence wissen, der sich steif in seinem Sessel aufrichtete und aussah, als sei er bereit, sofort loszustürmen und gegen seinen doppelzüngigen, widerlichen Rivalen zu kämpfen. Gask lächelte innerlich.

»Ich ziehe es vor, diesen Aspekt des Falls nicht mit Ihnen zu erörtern, Mr. Spence.« *Lass ihn doch seine Fantasie benutzen*, dachte Gask. »Sie sollten sich nicht um das sorgen, was er woanders getan hat, sondern, ebenso wie wir, um das, was er tun wird, wenn er hierher kommt.«

»Er kommt nach Hopewell?«, keuchte Spence. »Sie glauben also, dass er Nest aufsuchen wird?«

Gask nickte und war hochzufrieden, dass der Deputy die ganze Arbeit für ihn leistete. »Es gibt gute Gründe anzunehmen, dass er versuchen wird, Kontakt mit ihr aufzunehmen. Wenn er das tut, wird er sie bitten, seine Anwesenheit geheim zu halten. Er wird sich für die Dauer seines Besuchs sehr bedeckt halten. Er wird sich nicht offen zeigen. Das ist der Punkt, an dem Sie ins Spiel kommen.«

Larry Spence beugte sich mit krampfhaft geballten Fäusten vor. »Was soll ich tun?«

Findo Gask wünschte, alles im Leben wäre so einfach. »Miss Freemark ist Ihre Freundin. Sie weiß von Ihrem Interesse an ihr, und sie wird nicht misstrauisch werden, wenn Sie einen Grund finden, sie zu besuchen. Tun Sie das. Tun Sie es mindestens einmal pro Tag. Gelangen Sie, wie auch immer, in ihr Haus und sehen Sie sich dort um. Sie werden vielleicht nicht Ross entdecken, aber vielleicht ein Indiz für seine Anwesenheit. Wenn Sie etwas finden, tun Sie nichts Unüberlegtes. Rufen Sie nur sofort diese Nummer an.«

Gask zog eine weiße Visitenkarte hervor und reichte sie Larry Spence. Darauf standen seine gefälschte Identität, inklusive seines Dienstgrads, und eine örtliche Telefonnummer.

»Ich muss Ihnen sagen, wie dankbar das Büro für Ihre Kooperation ist, Mr. Spence«, verkündete Gask und erhob sich. »Ich will Ihnen heute nicht noch mehr von Ihrer Zeit rauben, aber wir werden in Verbindung bleiben.«

Er schüttelte dem Deputy die Hand und hinterließ dabei einen letzten Erinnerungszauber, sodass der andere nicht so schnell vergessen würde, was man ihm erzählt hatte. »Penny!«, rief er in den Flur.

Penny Dreadful erschien wie aufs Stichwort, lächelte artig und versuchte, den hungrigen Blick in ihren Augen zu verbergen. So war sie immer, wenn sie in die Nähe von Kindern kam. Gask ergriff sie am Arm und steuerte sie durch die Haustür, während er grüßend in die Richtung von Larry Spence nickte.

»Ich fing gerade an, Spaß zu haben«, schmollte sie. »Ich hatte ein paar von meinen Spielzeugen ausgepackt und zeigte ihnen, wie man Dinge zerschneidet. Ich habe einen meiner Finger mit einem Rasiermesser abgesäbelt.« Sie kicherte, hielt ihm das abgetrennte Glied hin und setzte es dann wieder an seinen Platz, wo sich Sehnen und Fleisch nahtlos verbanden.

»Penny, Penny, Penny«, seufzte er müde.

»Mach dir nicht ins Hemd, Opa. Ich habe dafür gesorgt, dass sie sich nicht daran erinnern, bis sie heute Abend eingeschlafen sind. Dann werden sie schreiend aufwachen. Deputy-Daddy wird denken, dass sie einen bösen Traum hatten.«

Sie stiegen wieder in den Wagen und schnallten sich an. Findo Gask fragte sich, wie lange er sie noch kontrollieren konnte. Mit Twitch war es schon schlimm genug, aber dass auch Penny derart aus der Reihe tanzte, war ein bisschen zu viel. Er kurbelte das Fenster herunter und sog die Winterluft ein. Die Temperatur war auf fast vier Grad angestiegen, und der Tag fühlte sich warm auf seiner Haut an. Seltsam, dachte er, dass er noch immer solche Dinge empfinden konnte, selbst in einem Körper, der nicht der seine war.

Einen Augenblick dachte er über die Gewaltigkeit des Kampfes zwischen Wort und Leere nach. Er währte schon seit Anbeginn der Zeit, ein gnadenloser, erbitterter Krieg um die Kontrolle über die menschliche Rasse. Manchmal gewann die eine Seite die Oberhand, dann wieder die andere. Aber die Leere gewann bei diesem Hin und Her jedes Mal ein wenig mehr an Boden, da sich das Wort auf die Stärken der Menschen verließ, um das Gleichgewicht der Magie zu bewahren, die die Welt zusammenhielt. Die Leere hingegen baute auf ihre Schwächen, um diese Balance aus dem Lot zu bringen. Es war eine ausgemachte Sache, wer am Schluss triumphieren würde. Die Schwächen der Menschen würden stets ihre Stärken zermürben. Es mochte mehr Menschen als Dämonen geben, aber Zahlen allein waren bedeutungslos, um diesen Kampf zu gewinnen.

Und obwohl es stimmte, dass Dämonen zur Selbstzerstörung neigten, traf dies auf Menschen in noch viel stärkerem Maße zu.

»Nach Hause, Penny«, wies er sie an, als er bemerkte, dass sie darauf wartete, dass er ihr sagte, was sie tun sollte.

Sie fuhr an und schwenkte plötzlich auf eine Katze zu, die sich erst in letzter Sekunde in Sicherheit bringen konnte. »Ich habe dir da drinnen zugehört«, verkündete sie plötzlich.

Er nickte. »Gut für dich.«

»Also was bringt es uns, wenn dieser Trottel sich bei Miss Olympische Langeweile herumtreibt, um herauszufinden, ob dieser Ross bei ihr ist?«

»Was ist mit dir, Penny? Hältst du nichts davon, mit deinen Polizeikräften vor Ort zusammenzuarbeiten?«

Sie starrte verbissen auf die Straße. »Als ob du darauf aus wärst, Opa. Wir könnten auch ohne den idiotischen Deputy herausfinden, ob Ross da draußen ist. Ich begreife es einfach nicht.«

Er reckte sich und zuckte mit den Achseln. »Du brauchst es nicht zu begreifen, Penny. Tu einfach nur, was man dir sagt.«

Sie schmollte schweigend einen Augenblick vor sich hin und sagte dann: »Er wird uns bloß in die Quere kommen, Opa. Du wirst schon sehen.«

Findo Gask lächelte. *Ganz recht, Penny*, dachte er. *Das ist genau, was er tun wird. Ich zähle darauf.*

Kapitel 4

Während sie von der Kirche nach Hause fuhr, grübelte Nest Freemark erneut über John Ross nach. Es war ein vergebliches Unterfangen, das ihre Stimmung düsterer werden ließ, als sie vorgehabt hatte. Ross war ein Knotenpunkt für all die Dinge in ihrem Leben, die ihr Ärger machten. Obwohl er für keines davon direkt verantwortlich war, war er doch das verbindende Glied. Zu dem Zeitpunkt, als sie den Wagen in ihrer Ausfahrt parkte und ausstieg, war sie so weit, dass sie am liebsten wieder eingestiegen und in eine andere Zeitzone gefahren wäre.

Sie ging resigniert ins Haus und wusste, dass sie nichts tun konnte, um ihn davon abzuhalten herzukommen, nichts, um einen neuen Aufruhr in ihrem Leben zu verhindern. Sie zog sich Jeans und einen Pullover an, schlüpfte in schwere Wanderschuhe und ging in die Küche, um sich Essen zu machen. Sie saß allein an dem abgewetzten Holztisch, den sie sich so viele Jahre mit ihrer Großmutter geteilt hatte, und fragte sich, was die alte Dame ihr wohl für einen Rat in Bezug auf John Ross geben würde. Sie konnte es sich gut ausmalen. Granny hatte eine pragmatische Art gehabt, sie gehörte zu den Leuten, die die Herausforderungen des Lebens nahmen, wie sie waren, und das Beste daraus machten. Sie hatte nicht zu jenen gehört, die über Möglichkeiten und verpasste Gelegenheiten fantasierten.

Nachdem sie ein Glas Milch getrunken und ein Sandwich mit

übrig gebliebenem Hühnerfleisch gegessen hatte, zog sie ihren Winterparka an und verließ das Haus durch die Hintertür. Morgen war Wintersonnenwende, und die Tage hatten sich auf kaum acht Stunden verkürzt. Die Sonne begann bereits mit ihrem Abstieg nach Westen und zeigte an, dass der Nachmittag sich dem Ende näherte. Um halb fünf würde es dunkel sein. Dennoch war die Luft an diesem Wintertag warm, und sie ließ den Parka offen, während sie durch ihren Garten zu der Hecke und dem dahinterliegenden Park ging. Ihre alte Sandkiste und die Schaukel aus Autoreifen waren fort, Alter und Vernachlässigung hatten sie vor Jahren verfallen lassen. Die Bäume und Büsche waren ein Gewirr aus nackten, skelettartigen Zweigen, die vor dem blauen Himmel miteinander verflochten waren und seltsame Schatten auf das winterlich graugrüne Gras warfen. Es war eine Zeit des Schlafes, des Übergangs des alten Jahres in das neue, des geduldigen Wartens auf die Wiedergeburt. Nest Freemark fragte sich, ob ihr eigenes Leben mithielt, oder ob es einfach stillstand.

Sie zwängte sich durch eine Lücke in den kahlen Ästen der Hecke und überquerte den Feldweg, der hinter ihrem Haus entlang führte. Vor ihr erstreckte sich der Sinnissippi-Park, der im Winterlicht öd und leer wirkte. Die Schranke am Eingang war gesenkt. Anwohner, die in den Häusern lebten, die sich an seine Grenze schmiegten, gingen hier mit ihren Hunden oder alleine spazieren oder spielten mit ihren Kindern. Im Augenblick war jedoch niemand da. Wenn es das Wetter erlaubte, wurde der Park abends von sechs bis zehn geöffnet, sodass man auf der Rodelbahn fahren oder auf dem Bayou Schlittschuh laufen konnte.

Falls die Temperatur fiel und der vorhergesagte Schnee fallen sollte, würde am kommenden Abend beides erlaubt sein.

Sie wanderte zielstrebig auf die Klippen zu und kam dabei durch eine vertraute Ansammlung von Fichten, die sich direkt hinter einem Baseballfeld befanden. Pick ließ sich von den Ästen der Bäume auf ihre Schulter fallen.

»Du hast dir reichlich Zeit gelassen, herzukommen!«, herrschte er sie ärgerlich an, während er es sich neben der zurückgeklappten Kapuze ihres Mantels bequem machte.

»Die Kirche hat ein wenig länger gedauert«, erwiderte sie, ohne sich reizen zu lassen. Pick war immer entweder verärgert oder kurz davor, sauer zu werden, daher war sie an seine abrupten Ausbrüche und manchmal verletzenden Sticheleien gewöhnt. »Du hast wahrscheinlich auch ohne mich eine Menge erledigt.«

»Darum geht es nicht!«, schimpfte er. »Wenn du eine Verpflichtung eingehst ...«

»... musst du sie auch einhalten«, beendete sie den Satz, den sie bereits tausendmal von ihm gehört hatte. »Aber ich kann auch den Rest meines Lebens nicht einfach ignorieren.«

Pick murmelte etwas Unverständliches vor sich hin und rutschte unruhig herum. Er war ein hundertsechzig Jahre alterWaldschrat, eine Waldkreatur, die aus Zweigen und Moos bestand. Magie hatte ihn erschaffen, und geboren war er in einer Hülse. In jedem Wald der Welt arbeiteten Waldschrate daran, das Gleichgewicht der Magie zu erhalten, die dort konzentriert war, damit alle Lebewesen auf die Weise miteinander existieren konnten, die das Wort bestimmt hatte. Es war kein leichter Job und nicht ohne Enttäuschungen; viele Tierarten waren durch natürliche Evolution oder den Raubbau der Menschen ausgerottet worden. Selbst Wälder waren vernichtet worden, und dabei waren alle Wesen, die in ihnen lebten, getötet worden, einschließlich der Waldschrate. Der Verfall der Waldmagie über die Jahrhunderte war langsam, aber stetig gewesen, und Pick verkündete häufig und düster, dass die Zeit knapp wurde.

»Der Park sieht ziemlich gut aus«, meinte sie, verbannte solch dunkle Gedanken aus ihrem Kopf und versuchte, den Dingen zumindest für diesen Nachmittag positive Seiten abzugewinnen.

Pick ging nicht darauf ein. »Das Aussehen täuscht. Es braut sich Ärger zusammen.«

»Was für eine Art von Ärger?«

»Ha! Du hast es nicht einmal bemerkt, was?«

»Warum erzählst du es mir nicht einfach?«

Sie überquerten den Zugangsweg und gingen auf den Wendekreis auf den Klippen am Westende zu, von wo aus man einen freien Blick auf den Rock River hatte. Hinter dem Maschendrahtzaun, der den hintersten Teil des Parks begrenzte, lag der Riverside-Friedhof. Sie war seit über einer Woche nicht mehr bei den Gräbern ihrer Mutter und ihrer Großeltern gewesen, und ihr Versäumnis versetzte ihr einen Stich.

»Die Fresser waren draußen«, erläuterte Pick mit einem Grunzen. »Sie sind in größerer Zahl durch den Park gewieselt, als ich seit langer Zeit gesehen habe.«

»Wie viele?«

»Eine Menge. Zu viele, um sie zu zählen. Irgendetwas hat sie aufgestachelt, und ich weiß nicht, was.«

Fresser waren schattenhafte Kreaturen, die am Rand der menschlichen Existenz lauerten und gierig die Energie aufsaugten, die beim Ausbruch von Emotionen frei wurde. Je dunkler und stärker diese Gefühle waren, desto mehr Fresser rotteten sich zu ihrem Festmahl zusammen. Sie waren parasitäre Wesen, die einzig ihren Instinkten folgten, ohne Urteile zu fällen oder Entscheidungen zu treffen. Die meisten Menschen sahen sie niemals, außer wenn ihr Tod gewaltsam und unerwartet kam. Dann waren sie das Letzte, was ihre ersterbenden Augen erblickten. Nur Menschen, die wie Nest mit eigener Magie geboren wurden, wussten, dass es dort draußen Fresser gab.

Pick sah sie scharf an. Sein verkniffenes Holzgesicht war ausgedörrt und rau, seine knotigen Glieder hatte er an den knorrigen Körper gezogen, sodass er wie ein Vogelnest aussah. Seine seltsamen, flachen Augen senkten sich in ihre. »Du weißt etwas darüber, nicht wahr?«

Sie nickte. »Vielleicht.«

Sie erzählte ihm von Findo Gask und der Möglichkeit, dass John Ross nach Hopewell zurückkam. »Die Anwesenheit eines Dämons könnte für all die Fresser verantwortlich sein, schätze ich«, schloss sie ihren Bericht.

Sie gingen zwischen den Spielgeräten und Picknicktischen hindurch, die in dem bewaldeten Gebiet standen, das von dem Weg begrenzt wurde, auf dessen anderer Seite sich die indianischen Grabhügel und die Klippen befanden. Als sie beim Wendekreis ankamen, wurde sie langsamer, und ihr fiel auf, dass Pick kein Wort gesagt hatte, seit sie ihm von Findo Gask und John Ross erzählt hatte. Er hatte ihr nicht einmal gesagt, welche Arbeiten sie für ihn im Park erledigen sollte.

»Was meinst du dazu?«, versuchte sie ihn zu einer Reaktion zu bringen.

Er saß reglos auf ihrer Schulter, schweigend und geistesabwesend. Sie überquerte die Straße zum Rand der Klippen und trat dicht heran, um die zugefrorene Oberfläche des Rock River zu betrachten. Trotz der wärmeren Temperaturen in den letzten Tagen war der Bayou, der sich zwischen dem Ufer und dem Damm, auf dem die Eisenbahnschienen verliefen, befand, von einer Eisschicht bedeckt. Dahinter, wo der breiteste Teil des Flusslaufes sich nach Süden dem Mississippi entgegenreckte, war der Rock River von einzelnen Eisflächen übersät, während die Strömung verhinderte, dass er komplett zufror. Das würde sich ändern, wenn der Januar kam.

»Ein neuer Dämon«, sagte Pick leise. »Man sollte meinen, dass einer im Leben genug wäre.«

Sie nickte wortlos, während sie mit den Augen das Durcheinander von Baumstämmen und Zweigen absuchte und nach Bewegungen in den länger werdenden Schatten Ausschau hielt. Wenn die Fresser schon draußen waren, würden sie dort lauern und sie beobachten.

»Manche Waldschrate treffen ihr ganzes Leben hindurch auf keinen Dämon.« Picks Stimme war leise und nachdenklich. »Hunderte von Jahren, und kein Einziger.«

»Es ist meine Schuld«, sagte sie.

»Nicht im Mindesten!«

»Es ist so«, beharrte sie. »Es begann mit meinem Vater.«

»Der ein Fehler deiner Großmutter war!«, blaffte er.

Sie schaute zu ihm herab, wie er sie mit wild blitzenden Augen verteidigte, und lächelte ihn an. »Wo wäre ich bloß ohne dich, Pick?«

»Woanders, nehme ich an.«

Sie seufzte. Die letzten fünfzehn Jahre hatte sie immer wieder versucht, vom Park wegzuziehen. Für Pick war es undenkbar, den Park zu verlassen; er war seine Heimat und auch seine Aufgabe. Für den Waldschrat existierte nichts anderes. Für sie war das natürlich nicht so, aber das sah Pick nicht ein. Pick sah die Dinge immer nur schwarzweiß. Selbst eine ererbte Verpflichtung – in diesem Fall eine Verpflichtung, die über sechs Generationen von Freemark-Frauen weitergegeben worden war, sich um den Park zu kümmern – durfte nicht ignoriert werden, komme, was da wolle. Sie gehörte hierher, um mit ihm zusammen daran zu arbeiten, dass die Magie im Gleichgewicht blieb und der Park versorgt wurde. Doch das war alles, was Pick kannte. Es war alles, was er seit über hundertfünfzig Jahren getan hatte. Nest hatte keine hundertfünfzig Jahre, und sie war sich nicht sicher, ob sie sich für den Rest ihres Lebens um nichts als den Park und die Magie kümmern wollte.

Sie schaute wieder zum Rock River hinüber, zu dem diesigen Zwielicht, das sich am späten Nachmittag aus dem Osten heranschlich, während der kurze Wintertag sich nach Westen zurückzog. »Was soll heute getan werden, Pick?«, fragte sie ruhig.

Er zuckte mit den Achseln. »Ich schätze, es ist zu spät, um noch viel zu schaffen.« Er sagte es nicht auf knurrige Art; er klang einfach nur resigniert. »Schauen wir uns einfach nur um, ob etwas zu erledigen ist, und wir können uns dann morgen darum kümmern.« Er schnaubte und richtete sich gerade auf. »Natürlich nur, wenn du glaubst, dass du dir dafür Zeit nehmen kannst.«

»Natürlich«, wiederholte sie.

Sie verließen die Klippen und wanderten die Straße vom Wendekreis bis dorthin entlang, wo sie sich teilte. Ein Weg führte von hier in einem Bogen zurück und unter einer Brücke hindurch zum Fluss der Klippen und zu dem, was sie die Fresserhöhlen nannte. Der andere Weg führte zum Ostende des Parks, wo sich die meisten kleinen Gehölze und Picknickplätze befanden. Sie folgten dieser zweiten Route, arbeiteten sich am Rand der Baumgrenze entlang und musterten genau, in welchem Zustand alles war. Sie fanden nicht viel, was nicht so war, wie es sein sollte. Der Park war in guter Verfassung, auch wenn Pick das nicht zugeben wollte. Der Winter hatte ihn schlafen geschickt, und die Magie, die in dieser gemächlichen Jahreszeit ebenfalls zur Ruhe gekommen war, befand sich in perfektem Gleichgewicht.

Die Welt im Sinnissippi-Park ist friedvoll, dachte Nest und ließ ihren Blick über die offenen Wiesen, die Sportplätze und Spielgebiete gleiten, über die kahlen Bäume und das hügelige, bewaldete Gebiet im Hintergrund. Warum konnte ihre eigene Welt das nicht auch sein?

Aber sie kannte die Antwort auf diese Frage. Sie kannte sie seit langer Zeit. Die Antwort war Geist.

Vor drei Jahren war sie als die größte amerikanische Langstreckenläuferin aller Zeiten gefeiert worden. Sie hatte an einer Olympiade teilgenommen und zwei Goldmedaillen gewonnen und zwei Weltrekorde aufgestellt. Sie hatte seither zweiunddreißig Rennen in Folge gewonnen. Sie besaß insgesamt acht Titel über drei- und fünftausend Meter. Sie bestritt ihre zweite Olympiade und hatte die dreitausend Meter bereits mit so großem Abstand gewonnen, dass eine Goldmedaille über fünftausend fast selbstverständlich erschien.

Sie erinnerte sich in allen Einzelheiten an dieses letzte Rennen. Sie hatte das Video tausendmal gesehen. Sie konnte es vor ihrem inneren Auge in allen Einzelheiten abspulen, jeden Augenblick, jede Sekunde.

Und das tat sie jetzt, während sie zu den Bäumen hinüberschaute.

Sie kommt gut von der Startlinie weg und ist bereit, für ein paar Runden beim Hauptfeld zu bleiben, denn diese längere Strecke stellt größere Anforderungen an Geduld und Ausdauer als an Schnelligkeit. Während der ersten zweitausend Meter gibt es acht Führungswechsel, und dann beginnen ihre Konkurrentinnen sie einzuschachteln. Indem sie sich dabei ablösen, drängen die Ukrainerinnen, die Äthiopierinnen, eine Marokkanerin und eine Spanierin sie an die Innenseite der Bahn. Vier Jahre lang ist sie über drei- und fünftausend Meter nicht besiegt worden. Egal, wie beliebt oder respektiert man ist, das kann einem nicht gelingen, ohne sich Feinde zu machen. Auf jeden Fall ist sie den anderen Sportlerinnen nie sehr nahe gekommen. Sie trainiert mit ihrem College-Trainer oder alleine. Wenn sie zu Rennen fährt, bleibt sie für sich. Die Art ihres Lebens hat dafür gesorgt, dass sie sich abseits hält. Sie ist darauf bedacht, niemandem zu nahe zu kommen. Ihr magisches Erbe hat sie vorsichtig gemacht.

Fünfzehnhundert Meter vor dem Ziel, und sie ist in der Mitte einer Läufergruppe eingeschlossen, ohne ausbrechen zu können.

Bei der Tausend-Meter-Marke beginnt ein Positionsgerangel, sie wird angerempelt, verliert das Gleichgewicht und fällt aus der Bahn.

Sie kommt fast ebenso schnell wieder auf die Beine, wie sie hingefallen ist, und kehrt auf die Bahn zurück. Wütend darüber, dass sie abgeblockt, angerempelt und zu Boden geschubst wurde, nimmt sie die Verfolgung auf, ohne zu bemerken, dass sie heftig aus einer Spike-Wunde am Fußgelenk blutet. Sie lässt sich in jenen Ort fallen, in den sie sich manchmal beim Laufen zurückzieht, wo es nur das Geräusch ihres Atems und ihres pochenden Herzens gibt, schließt zur Gruppe auf und zieht an ihr vorbei. Etwas Rohes, Urtümliches arbeitet in ihr, während sie ihre Geschwindigkeit immer weiter steigert. Der Rand ihres Blickfelds wird rot und verschwommen, ihr Atem brennt in der Kehle wie Feuer, und das Pumpen ihrer Arme und Beine droht, ihren Körper auseinander zu reißen.

Sie rennt mit solcher Entschlossenheit und so wenig Rücksicht auf sich selbst, dass sie nicht erkennt, dass etwas nicht stimmt.

Dann hört sie das erstaunte Keuchen der Äthiopierinnen, die an dritter und vierter Position laufen, als sie an ihnen vorbeizieht, und sie sieht den entsetzten Blick auf dem Gesicht der Spanierin, als sie diese zweihundert Meter vor dem Ziel überholt.

Ein gestreiftes Gesicht taucht vor ihr in der Luft auf und ist im Schimmern von Hitze und Staub vage zu erkennen. Geist kommt aus ihr hervor. Er kommt aus ihr heraus, ungefragt und ungewollt. Geist, der aus der Dämonenmagie ihres Vaters geformt und dem sie als Kind anvertraut wurde. Geist, der als ihr Beschützer erschaffen wurde, der aber zu etwas geworden ist, das auf eine Art bedrohlich ist, die sie kaum tolerieren kann. Geist, der jetzt in ihr lebt, eine Magie, derer sie sich nicht entledigen kann, die sie verbergen muss.

Es geschieht alles auf einmal. Zunächst nur als schwacher Schemen zu sehen, der durch einen Lichtschimmer mit ihr verbunden ist, beginnt er, erkennbar Gestalt anzunehmen. Nur jene, die dicht bei ihr sind, können sehen, was passiert, und selbst sie sind sich nicht sicher. Doch ihre Unsicherheit wird nicht lange anhalten. Wenn er ganz aus ihr herauskommt, wird es keinen Zweifel mehr geben. Wenn er vollständig frei ist, greift er vielleicht die anderen Läuferinnen an.

Sie kämpft verzweifelt darum, die Kontrolle über ihn zurückzugewinnen, versteht nicht, warum er auftaucht, ohne dass sie ihn rief oder in Gefahr ist.

Sie rast die letzte Gerade entlang, während ihr Körper von dem Schmerz, der Erschöpfung und dem Kampf um die Kontrolle über den Geisterwolf fast zusammenbricht, und fängt die Marokkanerin an der Fünfzig-Meter-Linie ab.

Die starren, verängstigten Augen der Frau treffen kurz auf ihre eigenen, als sie vorbeizieht. Nests Zähne sind gefletscht, und Geist wallt in schnellen kurzen Bewegungen immer wieder aus ihrer Haut hervor, seine angsteinflößende Schnauze flackert im strahlenden Sonnenlicht wie eine schillernde Fata Morgana. Die Marokkanerin schwenkt furchterfüllt von beiden weg, und Nest hat alleine die

Führung. Sie überquert die Ziellinie als Erste, gewinnt mit zehn Metern Vorsprung die Goldmedaille. Sie weiß, dass dies das Ende ihrer Karriere ist, noch bevor die Fragen, wie sie sich von dem Sturz erholen und das Rennen gewinnen konnte, zu Gerüchten über die Verwendung von leistungssteigernden Mitteln werden. Ihre Kontrolle über Geist, die schon zuvor bestenfalls dürftig war, ist noch schwächer geworden, und sie versteht nicht, warum. Seine Präsenz ist erträglich, wenn sie sich darauf verlassen kann, ihn im Zaum halten zu können. Wenn er jedoch jedes Mal auftauchen kann, sobald sie die Kontrolle über ihre Gefühle verliert, markiert das ebenso sicher das Ende ihrer Wettkampf-Laufbahn wie der Sonnenuntergang den Anbruch der Nacht.

»Ich werde alt«, sagte Pick plötzlich und trat Nest in einer Geste gegen die Schulter, die sie für Frustration hielt.

»Du warst schon immer alt«, erinnerte sie ihn. »Du warst alt, als ich geboren wurde. Du lebst schon doppelt so lange wie die meisten Menschen.«

Er funkelte sie böse an, sagte aber nichts.

Sie sah, wie hinter den dürren Kronen der kahlen Laubbäume Wolken, die aus der Ebene herantrieben, die Ränder des westlichen Himmels bedeckten. Der erwartete Sturm zog auf. Sie spürte ein Abfallen der Temperatur, einen eisigen Hauch in dem Wind, der aus den Schatten herüberwehte. Sie zog den Parka fest um sich und schloss den Reißverschluss.

»Starker Frost zieht auf«, sagte Pick von seinem Platz auf ihrer Schulter. »Lassen wir es für heute gut sein.«

Sie drehte sich um und begann den langen Heimweg. Totes Laub raschelte in ganzen Trauben zu Boden. Sie trat gegen Reisig, ihre Gedanken waren missmutig und unstetig, während ihr noch immer Fragmente des Rennens und seines Nachspiels durch den Kopf gingen.

Es hatte Monate gedauert, den Zeitungsartikeln ein Ende zu bereiten, selbst nachdem sie einen freiwilligen Dopingtest gemacht hatte, um die Spekulationen zu beenden. Jeder hatte wissen wollen, warum sie mit dem Rennen aufhörte, obwohl sie auf dem Höhepunkt ihrer Karriere war, obwohl sie so jung war und so oft gewonnen hatte. Sie hatte monatelang bereitwillig Interviews zu dem Thema gegeben und es schließlich einfach aufgegeben. Sie konnte es ihnen natürlich nicht erklären. Es gab keine Möglichkeit, es ihnen begreiflich zu machen. Sie konnte ihnen nichts von der Magie oder von Geist erzählen. Sie konnte nur sagen, dass sie genug vom Laufen hätte und etwas anderes machen wolle.

Erst vor einem Monat hatte sie einen Anruf von einem Redakteur des Sportmagazins erhalten, für das Paul arbeitete. Der Journalist erzählte ihr, das Magazin wolle eine Geschichte über sie machen. Sie erinnerte ihn daran, dass sie keine Interviews mehr gab.

»Ändere deine Politik, Nest«, bat er sie. »Im nächsten Sommer sind die Olympischen Spiele. Die Leute wollen wissen, ob du ein Comeback startest und wieder läufst. Du bist die größte Langstreckenläuferin in der Geschichte deines Landes – du kannst nicht so tun, als würde das nichts bedeuten. Wie sieht es damit aus?«

»Nein danke.«

»Warum? Hat es etwas mit den Doping-Gerüchten zu tun? Es gab eine Menge Spekulationen darüber, was damals passiert ist …«

Sie hatte abrupt aufgelegt. Er hatte nicht zurückgerufen.

In Wahrheit war das Aufhören das Schwerste gewesen, was sie jemals getan hatte. Sie liebte die Wettkämpfe. Sie liebte das Gefühl, die Beste zu sein. Sie konnte nicht leugnen, dass das Ende ihrer Sportkarriere eine Leere in ihr zurückgelassen hatte. Sie trainierte noch immer, weil sie sich ein Leben ohne die Art von Disziplin und Ordnung nicht vorstellen konnte, die das Training ihr abverlangte. Sie blieb fit und in Form, und hin und wieder besuchte sie heimlich ihren alten Trainer und ließ sich die Zeit abnehmen. Sie tat es aus Stolz und aus dem Bedürfnis zu wissen, dass sie noch etwas wert war.

Seither war ihr Leben eine merkwürdige Angelegenheit gewesen. Sie lebte ganz bequem von dem Geld, das sie von Sieggeldern und Auftrittsgagen gespart hatte, und verdiente sich hin und wieder ein wenig mit Artikeln dazu, die sie für Sportmagazine schrieb. Das Schreiben brachte nicht viel ein, aber es gab ihr etwas zu tun. Etwas außer der Hilfe, die sie Pick im Park zukommen ließ. Etwas außer Wohltätigkeits- und Kirchenarbeit. Etwas außer herumsitzen und über die Ehe mit Paul und ihr Scheitern nachzudenken.

Sie stieg aus der Senke, die den Hauptteil des Parks vom dichteren Wald trennte, und stieg die Anhöhe hinauf, die zu der Rodelbahn und dem Pavillon führte. Aus der Ferne erscholl das durchdringende Pfeifen eines Frachtzugs. Sie hielt an, um nach Süden zu schauen, und sah den langen Zug, der nach Westen in Richtung Chicago fuhr und sich verlassen und einsam von der kahlen, ebenen Winterlandschaft abhob.

Sie wartete, bis er fort war, und ging dann weiter. Erstaunlicherweise hatte Pick sich mit keinem Wort beschwert. Vielleicht spürte er ihre Traurigkeit. Vielleicht grübelte er auch über eigene Sorgen nach. Sie ließ ihn in Frieden, während sie die Baseballfelder überquerte und auf den Feldweg und die Hecke zuwanderte, die die Grenze zwischen dem Park und ihrem Garten markierte. Irgendwann unterwegs verließ Pick sie. Völlig in Gedanken versunken, bemerkte sie es nicht einmal. Sie schaute irgendwann auf ihre Schulter, und er war nicht mehr da.

Als sie den Garten durchquerte, jagte Hawkeye an der Rückseite des Hauses entlang und verfolgte etwas, das Nest nicht sehen konnte. Er war ein großer, orangefarbener Streuner, der Nest adoptiert hatte und zu jener Sorte von Katzen gehörte, die es mit einem aushielten, wenn man sie fütterte, aber erwarteten, dass man sie den Rest der Zeit in Ruhe ließ. Sie hatte gern einen Mäusejäger in der Nähe, doch Hawkeye machte sie nervös. Sein Name kam von der Weise, wie er sie anschaute, wobei sie ihn ständig ertappte. Es war eine Art Starren aus dem Augenwinkel, voller Verschlagenheit und kühler Abschätzung. Pick sagte, der Kater überlege bloß, wie er sie in ein Mittagessen verwandeln könnte.

Als sie zu der Garage kam, sah sie eine junge Frau und ein kleines Mädchen, die auf ihren Stufen saßen. Das Mädchen war in einen alten, schäbigen roten Parka mit hochgeschlagener Kapuze gehüllt. Ihr Gesicht war über eine Puppe gebeugt, die sie beschützend im Schoß hielt. Die Frau war höchstens Anfang zwanzig. Sie war klein und schlank, und wirres dunkles Haar fiel ihr bis über die Schultern. Sie trug eine Motorradjacke, einen Minirock und hohe Stiefel. Keine Handschuhe, kein Hut, kein Schal.

Ihr Kopf hob sich, als Nest näher kam, und sie stand wachsam auf. Das fahle Nachmittagslicht ließ die Silberringe schwach aufblinken, die sie in Ohren, Nase und einer Augenbraue trug. Auf der Rückseite einer Hand waren die tiefblauen Striche einer Tätowierung zu sehen.

Nest trat langsam auf sie zu und dachte: *Ich kenne dieses Mädchen.*

Dann tauchte plötzlich, nur für einen kurzen Augenblick, etwas in dem Gesicht der jungen Frau auf, was sie an das Kind erinnerte, das sie vor fünfzehn Jahren gekannt hatte.

»Ben Ben?«, fragte Nest ungläubig.

Ein Lächeln erschien. »Was sagst du dazu, Nest? Ich bin nach Hause gekommen.«

Tatsächlich, es war Bennett Scott.

Kapitel 5

Der Dämon, der sich Findo Gask nannte, erhob sich vom Beifahrersitz des Wagens und ließ ihn von Penny Dreadful in die schmale Garage einparken. Er reckte sich, strich die Falten seines Gehrocks glatt und sah sich in seiner neuen Nachbarschaft um. Die Häuser waren große, verblichene Gebäude, die schon bessere Tage gesehen hatten. Die Gegend hatte einmal zu den besten von Hopewell gehört, früher, als nur die Wohlhabenden und Vornehmen hier gewohnt hatten. Die meisten Häuser standen auf mindestens zwei Morgen welligen Rasens und besaßen Swimmingpools, Tennisplätze, Ziergärten und Balkone. Hier fanden prächtige Partys unter den Sternen statt, während feine Brandys und Portweine getrunken und importierte Zigarren geraucht wurden und Bands bis zum Morgengrauen Musik machten.

Das war so gewesen, bevor Midwest Continental Steel expandiert hatte und westlich der Stadt, direkt hinter diesen Grundstücken, eine Wand als Wellblech, Altmetall und geschmolzenem Feuer zwischen sich und dem Fluss errichtete. Als das geschah, zogen die Wohlhabenden und Vornehmen in weniger laute, abgeschiedenere Gegenden der Stadt, und die Grundstückspreise sackten ab. Eine Zeit lang zogen Familien der gehobenen Mittelschicht ihre Kinder in diesen alten Häusern groß und waren froh, einen Stadtteil gefunden zu haben, der Prestige verlieh und zugleich viel Platz bot. Doch diese Familien hielt es kaum ein Jahrzehnt lang hier, bis klar wurde, dass die Unterhaltskosten und die Nähe zum Stahlwerk jeden Vorteil der Grundstücke unterminierten.

Danach wurden die meisten Häuser in Mietsgebäude und Apartmentanlagen umgebaut. Doch selbst die Umwandlung in Mehrfamilienhäuser hatte gemischte Resultate erbracht. Da die Häuser alt waren, fehlte es an angemessenen Heizungen, Klimaanlagen, sanitären Einrichtungen und einer vernünftigen Verkabelung. Selbst mit all diesen Modernisierungen und Verbesserungen waren sie noch immer altmodisch, düster und auf unbestimmte Weise unheimlich. Außerdem konnte nichts gegen die unübersehbare Nachbarschaft von MidCon Steel getan werden, und die meisten Leute, die sich bei der Preislage überlegt hätten, hierher zu ziehen, suchten etwas, das ihnen zumindest ein Mindestmaß an Ruhe und Stil bot.

Schon bald fielen die Mieten auf eine Stufe, die Kurzzeitmieter und jene anzog, die im Jargon der Stadt »Wohnwagen-Prolls« hießen. Mieter kamen und gingen mit der Regelmäßigkeit von schlechten Fernsehserien. Die Banken und Kreditanstalten verkauften von ihrem Bestand, was sie nur konnten, und führten keine Reparaturen oder Modernisierungen durch, die nicht absolut notwendig waren. Das Viertel verkam zusehends, bis es ganz unten angekommen war.

Findo Gask hatte dies alles von der Immobilien-Dame von der ERA erfahren, mit der er vor zwei Tagen sein jetziges Haus besichtigt hatte. Es war ein altes viktorianisches Gebäude, vier Schlafräume, drei Bäder, Wohnzimmer, Esszimmer, Arbeitszimmer und Ankleideraum. Dazu kamen ein Aufenthaltsraum im Keller, zwei abgeschirmte Verandas, ein Swimmingpool, der zu einem lächerlichen japanischen Steingarten umgewandelt worden war, und ein ausgedehnter Rasen, der von einer Reihe von Fichten begrenzt wurde, die zwar nicht die Gerüche und Geräusche der Eisenhütte abschirmten, aber zumindest ihren Anblick verbargen. Das Haus selbst war lavendel- und blaubeerfarben gestrichen, und an allen Fenstern im Erdgeschoss waren Blumenkästen angebracht.

Die Frau von der Immobilienfirma hatte darauf bestanden, dass es ein echtes Schnäppchen sei.

Er musste lächeln, als er jetzt an sie dachte. Sie war sehr begierig gewesen, ihm das Haus zu verkaufen, die arme Frau. Sie ahnte nicht, dass er nicht vorhatte, es zu mieten, geschweige denn zu kaufen. Er brauchte ein paar hässliche Minuten, um sie davon zu überzeugen. Als er damit fertig war, war sie so verängstigt, dass sie kaum die nötigen Papiere fertig machen konnte, aber wenigstens hatte sie mit ihren Lobpreisungen aufgehört. Bis sie sich wieder so weit gefasst hatte, um zu erkennen, was sie getan hatte, würde er schon lange fort sein.

Findo Gask überließ Penny sich selbst und ging die Auffahrt hinauf zur Vordertür des Hauses. Mit dem ledergebundenen Buch in beiden Händen stand er vor dem alten Gebäude, betrachtete es und bewunderte seine Dauerhaftigkeit. Überall in den Wänden waren Risse zu sehen. Er überlegte, dass es einfach zusammenfallen würde, wenn er tief Luft holte und es anblies.

Er schüttelte den Kopf. Es war einfach nur ein weiteres verfallenes, jämmerliches Bauwerk in einer verfallenen, jämmerlichen Welt.

Er stieg die Stufen hinauf und trat durch die Vordertür. Der Flur war dunkel und kühl, und es war still im Haus. So war es immer, wenn Penny nicht da war. Die anderen beiden machten nie ein Geräusch. Er hätte nicht gewusst, dass Twitch da war, wenn er nicht den Fernseher gehört hätte, denn Twitch schaute unablässig in die Glotze, wenn er nicht durch die Bars zog und nach jemandem suchte, dem er ein Trauma verschaffen konnte.

Findo Gask runzelte die Stirn. Bei Twitch gab es wenigstens das Fernsehen, auf das man achten konnte, wenn man wissen wollte, ob er da war. Doch bei dem anderen …

Wo mochte er jetzt übrigens sein?

Er schaute aus Gewohnheit in Wohn- und Esszimmer und ging dann nach oben. Er stieg langsam und bedächtig hinauf, legte sein volles Gewicht in jeden Schritt, sodass das Knarren der alten Stufen sein Kommen ankündigte. Es war am besten, nicht zu überraschend aufzutauchen. Manche Dämonen mochten das nicht, und dieser hier gehörte dazu. Man konnte nie sagen, wie er reagieren würde, wenn man ihn überraschte.

Findo Gask suchte in allen Schlafzimmern, Badezimmern, Schränken und Winkeln. Er würde eher hier oben als bei Twitch sein, da er Twitch ebenso wenig mochte wie Fernsehen oder Licht. Die meiste Zeit über zog er es vor, sich alleine an stillen, dunklen Orten aufzuhalten, an denen er vollständig verschwinden konnte.

Gask schaute sich verwundert um. *Komm heraus, komm heraus, wo immer du bist.*

Findo Gask mochte Twitch ebenso wenig. Und auch kein Licht, Fernsehen oder Penny oder irgendetwas an diesem Haus und der

Zeit, die er darin verbrachte. Er erduldete dies alles nur, weil ihn die Aussicht antrieb, John Ross in sein Buch aufnehmen zu können.

Und vielleicht, dachte er plötzlich, *auch noch Nest Freemark*. Er nickte. *Ja, vielleicht.*

Ein leises Geräusch erregte seine Aufmerksamkeit – ein Kratzen, nicht mehr. Gask schaute zur Decke hoch. Natürlich, der Speicher. Er ging den Flur entlang bis zu der verborgenen Treppe, öffnete die Tür und stieg hinauf. Das Deckenlicht war aus, sodass die einzige Beleuchtung von dem Sonnenlicht kam, das durch zwei dreckverkrustete Dachfenster sickerte, die an gegenüberliegenden Seiten der Dachkammer angebracht waren. Gask erreichte das obere Ende der Treppe und hielt inne. Alles war in dunkle, unheimliche Schatten gehüllt, die sich vielfach überlappten. Die Luft roch nach Staub und altem Holz, und er hörte das Geräusch seines eigenen Atems in der Stille.

»Bist du hier oben?«, fragte er ruhig.

Der Ur'droch streifte ihn, bevor er auch nur bemerkte, dass er dicht genug bei ihm war, um dies zu tun, und dann war er wieder fort, verschmolz erneut mit den Schatten. Seine Berührung ließ Gask unwillkürlich erschaudern. Er wünschte, der andere würde hin und wieder reden, doch er sagte nie ein Wort oder gab auch nie ein Geräusch von sich. Er zeigte sich nur selten, und das war gut so, wie Gask fand. Es gab nicht viele Dämonen wie den Ur'droch, und die wenigen, von denen er wusste, wurden normalerweise gemieden. Sie nahmen nicht die Gestalt von Menschen an, wie es die meisten taten; sie nahmen überhaupt keine Gestalt an. Irgendetwas in ihnen sorgte dafür, dass sie sich als ungreifbare Form wohler fühlten, als ein Teil der Schatten, in denen sie sich verbargen.

Nicht, dass dies sie zu schlechteren Mördern machte.

»Wir gehen heute Abend aus«, verkündete er und ließ seine Augen in dem vergeblichen Versuch umherschweifen, den anderen auszumachen. »Ich will, dass du mitkommst.«

Keine Antwort. Nichts rührte sich. Findo Gask war versucht, das ganze Haus von oben bis unten zu erleuchten, um dieses Wiesel einmal genau untersuchen zu können, doch das wäre sinnlos. Der Ur'droch war nützlich, weil er genau so war, wie er war, und es war der Preis, den man für seine Dienste zahlte, dass man seine schattenhafte Gegenwart ertragen musste.

Gask drehte sich um, stieg die Treppe wieder hinunter und schloss die Tür hinter sich. Sein Mund wurde hart, als er im Flur stand und mit dem Finger über sein Buch strich. Penny, Twitch und der Ur'droch. Sie waren ein seltsamer, unberechenbarer Haufen, aber sie waren genau das, was er brauchte.

Diese Lektion hatte er in Salt Lake City gelernt.

Der größte der fünf Männer, die er angeheuert hatte, beugte sich zu der Hoteltür vor und lauschte. Der schwach erleuchtete Flur war um ein Uhr morgens leer und still. Findo Gask hörte das Geräusch seines eigenen Atems.

Der Mann mit dem Ohr an der Tür richtete sich auf und schüttelte, zu Gask und den anderen beiden gewandt, den Kopf. Kein Schnarchen, kein schweres Atmen, kein Fernseher, nichts.

Gask machte drängende Gesten. *Geht rein. Erledigt die Sache endlich.*

Der große Mann warf den beiden, die links und rechts von ihm standen, einen Blick zu und schaute dann den Gang entlang, wo die übrigen beiden postiert waren, der eine vor dem Fahrstuhl, der andere vor dem Treppenhaus. Dann zog er die Glock mit dem aufgeschraubten Schalldämpfer hervor, trat einen Schritt zurück und schob vorsichtig den Schlüssel ins Schloss.

Findo Gasks Suche nach John Ross hatte vor drei Wochen mit einem Ruf begonnen. Er war zu jener Zeit in Chicago gewesen und hatte in den Elendsvierteln im Süden der Stadt gearbeitet. Er hatte Zwietracht gesät, geschickt den Frust und die Wut geschürt und war eine unsichtbare Kraft in einem intellektuellen und kulturellen Ödland gewesen, wo Hoffnung eine Fata Morgana und die Realität ein

Vorschlaghammer war. Die Unruhen im Sommer waren sein Werk gewesen, ebenso wie die Mietshausbrände im Herbst. Mit dem Winter war eisige Kälte, aber keine Heizung gekommen, gute Fundamente, um weiteren Ärger zu stiften.

Der Ruf kam mitten in der Nacht als das Weinen eines Kindes zu ihm. Für menschliche Ohren war er unhörbar gewesen, er selbst vernahm ihn jedoch laut und deutlich. Er wusste sofort, was es war. Er war schon früher gerufen worden, und er erkannte die Gefühle, die dieser Ruf in ihm weckte. Hunger, Blutlust, Wut und eine tiefe, durchdringende Leerheit. Es war, als würde die Leere ihn aushöhlen, als würde sie sein Inneres – sein Herz, seinen Verstand und seine Seele – mit einem winzigen Metalllöffel auskratzen. Der Schmerz war unerträglich, und er verließ rasch sein Zimmer und machte sich auf die Suche nach Milderung.

Er fand sie im Keller des leer stehenden Wohnblocks, in dem er sein Spinnennetz des Hasses gewoben hatte, ein Ort, an dem Gang-Mitglieder Dinge taten, die so schrecklich waren, dass es keinen Namen dafür gab. Das Weinen hatte seinen Ursprung in einer dunklen Ecke, in der sich Ratten herumtrieben und die Überreste von ausgelöschten menschlichen Leben so beiläufig hingeworfen worden waren wie eine alte Zeitung. Es gab keine Fenster in den Betonwänden, nur Schlitze in der Decke. Es drang gerade genug Licht von Straßenlampen herein, dass Findo Gask sich seinen Weg dorthin suchen konnte, woher das Weinen kam.

Das Jammern wurde zu einem Raunen, als er ankam; es wurde zu einer Stimme, die nicht aus den Schatten zu ihm sprach, sondern aus seinem eigenen Kopf. Die Gegenwart der Leere war unverkennbar, kalt, verödet und leblos, ein Wispern von dem Vergehen aller Dinge und dem Anfang von nichts Neuem.

Hör gut zu, warnte ihn das Raunen. *An einem Ort namens Cannon Beach in Oregon hat ein Ritter des Wortes ein Gypsy-Morph gefangen. Der Name des Ritters ist John Ross. Er ist ein erfahrener, gefährlicher Veteran unseres Krieges. Er versucht, die Magie des*

Morphs zu entfesseln. Er muss gefunden und vernichtet werden. Findo Gask. Findo Gask.

Die Worte hallten nach und erstarben dann. Die Dunkelheit des Kellers verlagerte sich und hüllte ihn immer enger ein, während er auf den Rest wartete.

Bring mir das Morph. Findo Gask. Findo Gask.

Etwas wie ein elektrischer Schlag durchzuckte ihn, riss ihn von den Beinen, erfüllte seine Sicht mit roten Flammen und zog sich dann zu einem Licht zurück, das so klar war wie Glas. In diesem Licht erschien eine Vision von John Ross und dem Gypsy-Morph an einem Tag, der so hart und grau wie Schiefer war. Sie traten aus einer Höhle, die sich in einer Uferböschung aus Stein und Gestrüpp befand, auf einen Strand hinaus. Das Morph war in einem seltsamen Netz gefangen, das voller Lichter und blitzschneller Bewegungen war, und der Ritter des Wortes schaute sich bereits wachsam nach den Feinden um, von denen er wusste, dass sie bald nach ihm suchen würden.

Die Vision verblasste, und Findo Gask fand sich zusammengesackt auf dem kalten Betonboden des Kellers wieder. Im Dunkeln huschten Ratten umher, die Schatten waren wieder bewegungslos, überall war Stille.

Findo Gask wusste, dass nicht viele Dämonen solche Rufe erhielten. Nur die ältesten und erfahrensten, jene, auf die sich die Leere am meisten verließ. Ein Gypsy-Morph war selten und gefährlich. Ein Morph, das aus freier, wilder Magie gebildet wurde, die sich im Äther zusammengeschlossen hatte, besaß das Potenzial, zu einer Waffe von unglaublicher Macht zu werden. Wie es einem Ritter des Wortes gelungen war, eines zu fangen, war unerklärlich. Es musste ein unglaublicher Glücksfall gewesen sein. Wie auch immer, das Glück des Ritters würde ihn jetzt verlassen.

Findo Gask verließ den Keller, das Viertel und Chicago noch in dieser Nacht. Ein oder zwei weitere Dämonen würden von der Leere ausgesandt werden. Aber Gask wusste, dass er die besten Erfolgsaussichten haben würde.

Zu Beginn war es nicht schwer, die Spur von John Ross aufzunehmen. Jedes Mal, wenn das Gypsy-Morph eine neue Verwandlung durchlief, was manchmal stündlich geschah, sandte es einen Impuls verbrauchter Magie aus. Diese Impulse konnte ein Jäger wie ein Funksignal anpeilen und sich davon zu seiner Beute führen lassen. Doch das menschliche Verhalten war komplex, und John Ross würde wissen, dass er gejagt wurde und dass das Gypsy-Morph ihn verriet. Er würde in Deckung gehen. Er würde nicht darauf warten, dass er gefangen wurde.

Findo Gask verfolgte John Ross achtzehn Tage, bevor er ihn fand. Er las bei jeder Verwandlung des Morphs dessen Impuls und verließ sich auf seinen Instinkt, um herauszufinden, was Ross tun würde. Er fand den Ritter des Wortes zehn Tage vor Weihnachten in einem schmierigen Hotel am Nordrand der Innenstadt von Salt Lake City. Mit fünf rauen, gut bezahlten Burschen im Schlepptau betrat er nachts die leere Empfangshalle des Hotels, zeigte dem Portier einen gefälschten Ausweis der US-Marschalls und fragte nach dem Schlüssel zu Ross' Zimmer. Der Portier, ein dümmlicher und verängstigter Jüngling, übergab ihn Gask ohne Widerrede.

»Es wird doch keinen Ärger geben, oder?«, fragte er.

Gask lächelte beruhigend. »Erzählen Sie mir, was Mr. Ross mit auf sein Zimmer genommen hat«, befahl er.

Der Angestellte schaute ihn dümmlich an und versuchte herauszufinden, nach was genau er gefragt worden war. »Ich weiß nicht. Ein Seesack und ein Rucksack, das ist alles. Er kam mit dem Bus hier an.« Er dachte nach. »Ach ja, er hatte noch ein Frettchen dabei. Muss wohl so eine Art Haustier sein.«

Gask führte die Männer in den zweiten Stock hinauf, wo Ross sein Zimmer hatte. Ein Mann wurde am Lift postiert, einer bei der Treppe, und die drei anderen sollten bei Ross eindringen. Man hatte ihnen gesagt, dass Ross ein gefährlicher Mann war, ein Verräter und Spion. Sie sollten nicht versuchen, ihn zu überwältigen; sie sollten ihn einfach nur töten. Er würde bewaffnet sein, und er würde sie töten, wenn sie nicht zuerst ihn töteten. Sie hatten Glocks mit Schalldämpfern erhalten und waren als Deputy-Marshalls vereidigt worden. Sie würden für ihre Taten nicht zur Rechenschaft gezogen werden. Sie alle befanden sich unter dem Schutz der Regierung der Vereinigten Staaten. Alles, was sie taten, wurde vollständig gedeckt.

Ein Dämon konnte gewalttätige Männer zu allem überreden, und Findo Gask hatte mit diesen hier keine Probleme. Tötet John Ross, betonte er, aber verletzt unter keinen Umständen das Frettchen. Das Tier sollten sie ihm überlassen.

Findo Gask stand am anderen Ende des Gangs in den Schatten und beobachtete von dort aus alles. Der Zimmerschlüssel fuhr geschmeidig in das Schloss, die Tür ging einen Spalt auf, der große Mann entfernte die Sicherheitskette, und die drei Attentäter stürmten in den Raum, während ihre Waffen feuerten – *phfft, phfft phfft*. Einen Herzschlag später gab es einen strahlenden Lichtblitz, als wären tausend Kameras gleichzeitig eingeschaltet worden. Die Wand, die das Zimmer vom Gang abtrennte, zersplitterte, als zwei leblose Körper hindurchgeschleudert wurden. Der dritte Attentäter war, wie Gask später feststellte, durch das Fenster auf die Straße geflogen.

Dann kam John Ross in kampfbereiter Haltung durch die Tür. Sein Stock strahlte vor Magie, den Rucksack hatte er über die Schulter geworfen, den Seesack ließ er zurück. Für einen kurzen Moment schaute er in Findo Gasks Richtung, doch der Dämon blieb in den Schatten und verhielt sich absolut reglos.

Der Mann am Fahrstuhl begann zu feuern. Ross schleuderte ihn mit einem einzigen Energiestoß aus seinem Stock zwanzig Fuß durch die Luft, und als sein Kopf gegen die metallene Heizungsleitung prallte, die an der Wand entlanglief, hörte Gask sein Genick brechen. Mittlerweile schoss auch der letzte Mann, doch Ross warf ihn mit einem Hieb seines Stockes zu Boden und war so schnell an ihm vorbei, dass der Attentäter ebenso gut mit einer Fliegenklatsche hätte bewaffnet sein können.

In weniger als zwei Minuten war der Ritter des Wortes mit allen fünf Attentätern fertig geworden und durch den Notausgang verschwunden. Vier der fünf waren tot, und Findo Gask erledigte den letzten auf dem Weg nach draußen. Er hielt kurz in der Empfangshalle an, um auch den Nachtportier zu beseitigen.

Es war eine blutige Angelegenheit, und sie hatte ihm nicht das Geringste eingebracht. Was er daraus jedoch lernte, war, dass er ganz besondere Hilfe brauchte, wenn er gegen John Ross irgendeine Chance haben wollte.

Hilfe von einer Art, die ihm nur andere Dämonen geben konnten.

Doch vor drei Tagen, während er seine Suche nach Ross fortsetzte, geschah etwas Unerwartetes.

Die weiterhin regelmäßigen Veränderungen des Morphs boten nicht nur eine Möglichkeit, ihm zu folgen, sie verrieten auch, dass es sich noch nicht für eine Gestalt entschieden hatte. John Ross hatte also noch nicht den Schlüssel gefunden, um seine Magie zu entfesseln. Seine Zeit wurde knapp. Ein Morph überlebte im Durchschnitt nur etwa dreißig Tage, bevor es auseinander zu fallen begann. Wenn Ross sein Rätsel lösen wollte, musste er sich damit beeilen. Im Verlauf der Geschichte hatte es nur wenige Gelegenheiten gegeben, bei denen es Dienern des Wortes gelungen war, diese Magie zu entfesseln.

Doch dann, mitten in der Nacht vor drei Tagen, hatte das Gypsy-Morph die Gestalt gefunden, die es wollte. Seither hatte es sich nicht mehr verändert, kein einziges Mal, nicht einmal für einen winzigen Moment. Findo Gask hatte die Machtlinien, die die Erde umzogen, sorgsam nach jeder Störung abgesucht, und es hatte keine gegeben.

Noch unerwarteter als der Umstand, dass das Morph sich für eine ständige Gestalt entschieden hatte, war, dass es gesprochen hatte. Ein Morph besaß keine Stimme. Es war Energie, nichts anderes. Doch irgendwie hatte es kommuniziert, ein einziges Wort nur, das es dreimal wiederholt hatte. Zweifellos war dieses Wort nur für die Ohren von John Ross bestimmt gewesen, doch es war mit solcher Dringlichkeit ausgesandt worden, dass es auf die Machtlinien übergesprungen war, die alle Magie der Welt miteinander verbanden, und es war als ein Wispern durch den Äther getrieben, das Findo Gask erlauscht hatte.

Das Wort war *Nest* gewesen.

Findo Gask ging den Flur des viktorianischen Gebäudes entlang zur Treppe und dachte über sein Glück nach. Kein anderer Dämon hatte es gehört, da war er sich sicher; kein anderer verfügte über sein Talent und seine Instinkte. Der Fund gehörte ihm allein. John Ross würde nach Hopewell kommen, weil er dieselben Schlüsse ziehen würde wie Findo Gask. Er würde in der Hoffnung kommen, dass Nest Freemark ihm den Anhaltspunkt lieferte, den er brauchte, um das Geheimnis der Magie des Gypsy-Morphs zu entschlüsseln. Er würde kommen, um die Hilfe von jemandem zu erbitten, dem er vertraute und den er respektierte. Er würde kommen, weil er keinen anderen Ort hatte, zu dem er gehen konnte.

Wenn er das tat, würde Findo Gask ihn bereits erwarten.

Kapitel 6

Ich bin nach Hause gekommen.

Einen Augenblick lang registrierte Nest die Worte überhaupt nicht, während sie mit der Tatsache kämpfte, dass es wirklich Bennett Scott war, die vor ihr stand. Nicht mehr das kleine Mädchen, sondern sogar so weit von dem Kind entfernt, an das sie sich erinnerte, dass sie kaum akzeptieren konnte, dass eine solche Veränderung möglich war.

»Nach Hause?«, wiederholte sie verwirrt.

Bennett sah verlegen aus. »Ja, ich weiß, es ist lange her, dass ich hier gewohnt habe. Ich hätte schreiben oder anrufen sollen oder so. Aber du kennst mich. Ich war nie sehr gut darin, in Verbindung zu bleiben.«

Nest starrte sie an und versuchte immer noch zu begreifen, dass sie wirklich hier war. »Es ist fast zehn Jahre her«, sagte sie schließlich.

Bennetts Lächeln fiel ein wenig zusammen. »Ich weiß. Es tut mir Leid.« Sie strich sich das glatte Haar zurück. »Ich hoffte, es wäre okay, dass ich hier einfach so auftauche.«

Ihre Worte hatten einen verteidigenden Tonfall angenommen, und es lag ein unverkennbarer Hauch von Verzweiflung in ihrer Stimme. Sie sah verbraucht, erschöpft und nicht sehr gesund aus. Nest spürte die Düsterkeit des Tages plötzlich viel heftiger. Die Sonne war ganz nach Westen gewandert, und in den kahlen Zweigen der Bäume hing Dunkelheit wie ein Leichentuch.

»Natürlich ist es in Ordnung«, versicherte sie Bennett sanft.

Das Lächeln kehrte zurück. »Ich wusste, dass es so sein würde. Du warst immer meine große Schwester, Nest. Selbst damals, als ich noch bei Big Mama und den anderen Kindern war und wir in diese hinterwäldlerische Bauernstadt in Indiana zogen …«

Ihre Stimme wurde angespannt, und sie zitterte nicht nur wegen der Kälte.

»Mami?«, sagte das kleine Mädchen neben ihr und zupfte an ihrem Ärmel.

Bennett streichelte ihre runden Wangen. »Hallo, Spatz, es ist alles in Ordnung. Das ist deine Tante Nest. Nest, das ist meine Tochter Harper.«

Nest trat heran und hockte sich vor das Kind. »Hallo, Harper.«

»Sag hallo zu Tante Nest, Baby«, ermutigte Bennett sie.

Das kleine Mädchen schaute zweifelnd hoch. »'lo Ness.«

Bennett hob sie hoch und nahm sie fest in den Arm. »Zu Anfang ist sie immer etwas scheu, aber wenn sie dich erst kennt, wird sie zutraulicher. Redet die ganze Zeit. Sie kennt schon eine Menge Worte. Nicht wahr, Baby, du kennst viele?«

Harper vergrub ihr Gesicht an der Schulter ihrer Mutter und verknotete ihre kleinen Fäuste in Bennetts dunklen Haaren. »Appelsaff.«

Nest richtete sich auf. »Ich habe vielleicht noch Apfelsaft im Kühlschrank. Kommt rein.«

Bennett nahm einen kleinen Rucksack, der neben ihr stand, ohne Harper abzusetzen, und folgte Nest durch die Hintertür ins Haus.

Nest führte sie in die Küche und ließ sie am Küchentisch Platz nehmen. Bennett gab ihr einen Kinderbecher, den sie mit Apfelsaft füllte. Das Baby begann, die Flüssigkeit in mächtigen, gierigen Zügen aus der Tülle zu saugen.

Nest räumte den Geschirrspüler aus, während Bennett ihre Tochter sanft auf den Knien wippte. Immer wieder schaute Nest zu ihrem Gast hinüber, um sich zu vergewissern, dass es wirklich Bennett Scott war. Auch wenn sie sich die Piercings und Tätowierungen wegdachte, sah die junge Frau, die an ihrem Küchentisch saß, überhaupt nicht so aus wie das Mädchen, an das sie sich erinnerte. All die Weichheit und Rundungen waren verschwunden; alles war scharf und kantig. Bennett war voller Leben gewesen und hatte die Welt aus strahlenden Augen betrachtet; sie war ein Füllhorn viel versprechender Möglichkeiten gewesen. Jetzt wirkte sie ausgehöhlt, als hätte ihr Leben sie auf die harten Wahrheiten reduziert, die sie einengten.

»Möchtest du etwas essen?«, fragte Nest, noch immer besorgt darüber, wie Bennett aussah.

»Was hast du denn?«, fragte Bennett Scott.

»Wie wäre es mit etwas Hühnersuppe für dich und Harper? Es ist nur Campbell's, aber es vertreibt vielleicht die Kälte aus den Gliedern.« Sie schaute das Mädchen an. »Bist du hungrig?«

»Sicher.« Bennett schaute zu Harper hinab. »Wir hatten nichts zu essen seit …«

Nest öffnete eine Dose Nudelsuppe, machte ein paar Brote mit

Erdnussbutter und Marmelade und schälte eine Orange. Sie nahm sich selbst nichts, und das war gut so. Harper und Bennett aßen alles auf.

Während sie den beiden beim Essen zusah, ertappte sich Nest dabei, dass sie darüber nachdachte, wie lange es her war, dass sie Bennett gesehen hatte. Das Mädchen hatte fast zwei Jahre bei ihr gelebt, während ihre alkoholkranke Mutter von einer Entziehungsklinik zur nächsten driftete und versuchte, ihr Leben in den Griff zu bekommen. Vor fünfzehn Jahren, als Nest vierzehn war, hatte Enid Scotts Freund ihren ältesten Sohn Jared, Nests besten Freund, so schlimm verprügelt, dass er fast gestorben wäre. Das Ergebnis war, dass Enid vom Gericht das Sorgerecht entzogen wurde und die Kinder bei Pflegefamilien untergebracht wurden. Damals hatte Old Bob noch gelebt, und Nest hatte ihren Großvater gebeten, die kleine Bennett, die damals erst fünf gewesen war, aufzunehmen. Old Bob, der sich vielleicht an Grannys Versprechen erinnerte, Enid zu helfen, wo sie nur konnte, beantragte die vorläufige Vormundschaft über das kleine Mädchen, und das Gericht gewährte sie ihm.

Es war für alle eine schwere Zeit gewesen. Nest und Bennett hatten ein traumatisches Erlebnis hinter sich, das ihr ganzes Leben veränderte. Es war an einem Wochenende, an dem der Vierte Juli begangen wurde, als John Ross wie eine Einmann-Abbruchmannschaft nach Hopewell gekommen und wieder verschwunden war. Granny war tot. Enid in Behandlung. Alle Scott-Kinder waren bei unterschiedlichen Familien untergebracht. Irgendetwas an dem, was sie überlebt hatten, hatte sie einander sehr nahe gebracht. In den Wochen und Monaten, die folgten, wurden sie wie Schwestern, und Nest erinnerte sich noch heute, wie glücklich Bennett bei ihnen gewesen war.

Doch schließlich war Enid zurückgekehrt, stabil genug, um ihre Kinder von den Pflegefamilien zurückzufordern. Es war für Nest und Bennett eine herzzerreißende Prüfung gewesen, und Old Bob hatte Enid sogar gebeten, Bennett bei ihnen zu lassen, bis sie älter war. Aber Enid war entschlossen, ihre Familie wieder zu vereinen, und es war schwer, dies einer Mutter zu verdenken. Bennett kehrte mit den anderen zu ihr zurück, und nach einer Bewährungsfrist von einem Jahr erhielt Enid die Erlaubnis, mit den Kindern den Staat zu verlassen und in eine Kleinstadt in Indiana zu ziehen, wo eine Hand voll ihrer Verwandten lebte.

Am Anfang waren Briefe von Bennett gekommen, aber sie war erst neun, und Neunjährige waren keine besonders fleißigen Briefschreiber, wenn sie nicht ermutigt wurden. Nach einer Zeit kamen keine Briefe mehr. Nest schrieb ihr dennoch weiter und versuchte schließlich auch, sie anzurufen. Sie fand heraus, dass Enid erneut im Entzug war und die Kinder bei Verwandten lebten. Sie bekam wieder Karten von Bennett, aber nicht lange.

Als Old Bob starb, verlor Nest Bennett völlig aus den Augen. Ihr Leben wurde komplett vom Training für die Olympischen Spiele und von den Anforderungen des Colleges in Anspruch genommen. Die Beziehung driftete, wie so viele in ihrem Leben, einfach davon.

Nest räumte das Geschirr von Bennett und Harper ab. Das kleine Mädchen war im Schoß seiner Mutter eingeschlafen, den Wuschelkopf in einer tiefen Falte der Lederjacke vergraben. Nest bedeutete Bennett, Harper auf den Arm zu nehmen, und führte sie zu einem der leeren Schlafzimmer. Gemeinsam machten sie es dem Baby auf dem Doppelbett bequem, zogen ihm Schuhe und Parka aus, deckten es zu und schlichen auf Zehenspitzen hinaus.

»Ich mache uns einen Tee«, verkündete Nest und winkte Bennett wieder an den Küchentisch.

Während sie Wasser aufsetzte und im Küchenschrank nach Kräutertee suchte, fragte sie sich, was in den vergangenen zehn Jahren mit Bennett Scott passiert war. Nichts Gutes, vermutete sie; es war nur sehr wenig von dem Kind übrig geblieben, das Bennett gewesen war, als sie in Hopewell gelebt hatte. Sie sah verbraucht und erschöpft aus. Die Tätowierungen und Piercings deuteten auf Dinge hin, über die Nest lieber nicht nachdenken wollte.

Aber vielleicht urteilte sie vorschnell; sie schob diese Gedanken ärgerlich von sich.

»Reist Harpers Vater mit euch?«, fragte sie, während sie Bennett eine Tasse Tee reichte und sich ihr gegenüber hinsetzte.

Bennett schüttelte den Kopf. »Nur Harper und ich.«

»Trefft ihr ihn zu Weihnachten?«

»Nicht, wenn sie ihn nicht aus dem Knast lassen.«

Nest zuckte zurück.

»Es tut mir Leid, Nest, das war eine Lüge.« Bennett schaute weg und schüttelte den Kopf. »Ich erzähle sie ständig. Ich erzähle sie so oft, dass ich sie schon selbst glaube. Bobby denkt, er wäre der Vater, weil ich ihm das gesagt habe, als ich Geld brauchte. Aber er ist es nicht. Ich weiß nicht, wer Harpers Vater ist.«

Die alte Uhr im Flur tickte laut während des folgenden Schweigens. Nest seufzte müde. »Warum hast du mir nicht geschrieben, dass ich zu dir kommen soll, Bennett?«, fragte sie schließlich. »Ich hätte es getan.«

Bennett nickte. »Das weiß ich. Du warst meine große Schwester, Nest. Du warst die Einzige, die sich außer Jared um mich gekümmert hat. Er lief davon, sobald er sechzehn war. Seither habe ich ihn nicht mehr gesehen. Ich hätte dich anrufen sollen, als ich die Chance dazu hatte. Aber ich war mir nicht sicher. Ich war mir einfach nicht sicher. Big Mama sagte mir immer wieder, dass alles gut werden würde, selbst nachdem sie wieder mit dem Trinken angefangen hatte und üble Typen aus den Bars mit nach Hause brachte. Und ich glaubte ihr, weil ich wollte, dass es die Wahrheit war.«

Sie stellte ihre Tasse ab und starrte aus dem Fenster. »Sie ist tot, weißt du. Hat sich schließlich zu Tode getrunken. Vor fünf Jahren. Lungenentzündung, haben sie gesagt, aber ich habe gehört, wie der Arzt zu Onkel Timmy sagte, dass jedes Organ ihres Körpers durch das Trinken kaputt sei.

Also tat ich das, was Jared getan hatte. Ich lief davon. Ich lebte auf der Straße, in Parks, an Stränden, überall, wo ich konnte. Ich wurde sehr schnell erwachsen. Du kannst es dir nicht vorstellen, Nest. Oder wenn du es kannst, willst du es nicht. Ich war allein und die ganze Zeit verängstigt. Die Leute, bei denen ich war, haben Dinge mit mir gemacht, die du nicht einmal einem Hund antun würdest. Ich war so hungrig, dass ich aus Mülltonnen gegessen habe. Ich war oft krank. Ich war mehrmals in Krankenhäusern und wurde an Pflegefamilien gegeben. Ich bin immer wieder weggelaufen.«

»Aber niemals hierher«, sagte Nest ruhig.

Bennett Scott schnaubte kurz und lachte. »Hast du eine Zigarette, Nest?« Nest schüttelte den Kopf. Bennett nickte. »Dachte ich mir. Weltrekordläuferinnen wie du rauchen nicht, oder? Ich wette, du trinkst auch nicht.«

»Nein.«

»Nimmst du irgendwelche Drogen?«

»Warum bist du nicht hergekommen, Bennett?«

Bennett reckte sich und schlüpfte dann aus ihrer Lederjacke. Sie trug einen ärmellosen Baumwollpulli, der eng an ihrem Körper anlag und so gut wie keine Wärme speicherte. Nest stand auf, holte eine Wolldecke hinter der Couch hervor und legte sie ihr um die Schultern. Bennett starrte die Teetasse an, die vor ihr stand.

»Ich habe eine Menge Drogen genommen«, sagte sie nach einer Minute, noch immer, ohne hochzuschauen. Sie nippte an dem Tee. »Ich habe so ziemlich jede Droge genommen, die du kennst, und noch ein oder zwei mehr. Eine Zeit lang nahm ich sie alle gleichzeitig, nur um von mir selbst und meinem beschissenen Leben wegzukommen. Aber die Highs halten nie lange an; du kommst immer wieder runter, und da bist du dann wieder, und nichts hat sich geändert.«

Jetzt blickte sie auf. »Ich war sechzehn, als ich das alles gleichzeitig tat, aber angefangen habe ich viel früher.« Sie schüttelte langsam den Kopf. »Das war der Grund, warum ich dich nicht anrief, dir schrieb oder zu dir kam. Ich wollte nicht, dass du mich siehst. Ich wollte nicht, dass du erfährst, was aus mir geworden war. Mein Leben war ...« Sie zuckte mit den Achseln.

»Das hätte mir nichts ausgemacht, das weißt du«, sagte Nest.

Bennett schüttelte den Kopf. »Hör mir zu, Nest. Ich weiß, dass es dir nichts ausgemacht hätte. Aber *mir* hätte es etwas ausgemacht. Darum geht es.« Sie zitterte unter der Decke, ihr schmaler Körper krümmte sich zusammen und spannte sich an. »Als ich mit Harper schwanger wurde, versuchte ich mit den Drogen aufzuhören. Ich konnte nicht. Ich wollte aufhören, ich wollte es unbedingt. Ich wusste, was das Zeug ihr antun konnte, aber ich konnte es nicht. Ich machte verschiedene Programme durch, aber es half nichts. Nichts half.«

Sie strich sich das dunkle Haar zurück. »Als Harper geboren war, ging ich zu Hazelden. Du hast wahrscheinlich davon gehört, ein großes Antidrogenprogramm in Minneapolis. Ich kam in ein Behandlungszentrum für junge Mütter, eine Langzeitsache. Dort war es besser. Wir waren alles drogensüchtige Frauen, die gerade Kinder bekommen hatten oder bald bekommen würden. Ich ging dorthin, weil Harper gesund geboren wurde, und das war ein echtes Wunder. Mein neuer Schwung gab mir eine neue Chance, und ich wusste, dass ich dumm wäre, sie nicht zu ergreifen. Ich war dabei, mich in Big Mama zu verwandeln.« Sie schnaubte. »Ach, wen versuche ich damit zu täuschen? Ich war bereits wie sie, schlimmer, als sie je war. Hast du noch etwas von dem Tee, Nest?«

Nest stand auf und holte das heiße Wasser und neue Teebeutel. Dann setzte sie sich wieder. »Geht es dir jetzt gut?«, fragte sie.

Bennett lachte bitter auf. »Gut? Nein, es geht mir nicht gut! Es wird mir niemals gut gehen!Ich bin süchtig, und Süchtigen geht es nie wieder gut!«

Sie funkelte Nest wütend und trotzig an. Nest wartete eine Weile und sagte dann: »Du weißt, was ich meine.«

Bennetts Seufzer klang traurig und leer. »Es tut mir Leid. Ich bin nicht wütend auf dich. Wirklich nicht. Ich bin wütend auf mich. Vierundzwanzig Stunden am Tag, sieben Tage die Woche. Auf mich Versager.« Sie zuckte mit den Schultern. »Wie auch immer, es geht mir nicht gut. Ich bin wieder zwischen Behandlungen. Ich halte mich immer eine Weile, und dann komme ich wieder unter die Räder. Schau im Wörterbuch unter *Rückfall* nach, und du findest mein Bild. Es ist erbärmlich. Ich will nicht, dass es passiert, aber ich bin einfach nicht stark genug, um es zu verhindern. Jedes Mal, wenn ich ein Hilfsprogramm mitmache, denke ich, dass ich diesmal endgültig von den Drogen loskomme. Aber ich schaffe es nicht.«

»Ich schätze, es ist nicht leicht«, sagte Nest.

Bennett Scott lächelte. »Nein.« Sie stieß den Atem aus und stellte die Tasse ab. »Es war kein so großes Problem, als es nur mich gab. Aber jetzt ist Harper da, und sie ist fast drei und hat mich noch nie länger als ein paar Monate clean gesehen. Das erste Jahr über bin ich in Entziehungsprogramme gegangen, wohin ich sie mitnehmen durfte. Jetzt erlauben sie das nicht mehr. Ich habe nicht viele Freunde, daher muss ich sie bei jedem lassen, der sie aufnimmt.«

Sie schaute auf ihre Hände hinab, die auf dem Tisch lagen. Sie waren aufgesprungen und trocken, und die Nägel waren schmutzig. Sie faltete sie beschämt ineinander. »Vor ein paar Wochen bin ich wieder mal rausgekommen. Ich habe nicht vor, wieder reinzugehen.«

»Wenn du es musst«, sagte Nest ruhig, »könntest du Harper bei mir lassen.«

Bennetts Augen hoben sich. Einen Augenblick lang sagte sie gar nichts. »Danke, Nest. Das ist ein liebes Angebot.«

»Sie wäre hier sicher.«

»Das weiß ich.«

Nest schaute aus dem Fenster in die kalte schwarze Nacht. Es war fast fünf Uhr abends. »Möchtest du zum Abendessen bleiben?«, fragte sie.

Bennett Scott schaute wieder auf ihre Hände. »Wir möchten keine Umstände machen.«

Aus diesen wenigen Worten hörte Nest eine so verzweifelte Bitte heraus, dass sie erkannte, dass die Dinge viel schlimmer waren, als sie geglaubt hatte. Dann erinnerte sie sich an den zerschlissenen

Rucksack, den Bennett dabeihatte. Er stand neben der Hintertür, wo Bennett ihn abgestellt hatte. Nest hatte geglaubt, es wäre nur ein Tragegestell für das Baby, aber jetzt fragte sie sich, ob er nicht alles enthielt, was die beiden besaßen.

»Vielleicht würdest du auch gerne über Nacht bleiben«, sagte sie vorsichtig und tastete sich über heikles Terrain. »Wartet jemand auf dich? Besuchst du jemanden hier in der Gegend?«

Bennett schüttelte den Kopf. »Nein. Niemand.« Sie schwieg eine lange Zeit, als versuche sie, sich zu etwas durchzuringen, und blickte dann hoch. »Die Wahrheit ist, dass Harper und ich hergekommen sind, weil wir sonst nirgends hinkönnen.«

Tränen glitzerten in ihren Augenwinkeln, und sie schaute schnell wieder nach unten. Nest langte über den Tisch und legte ihre Hand über die von Bennett. »Ich bin froh, dass du gekommen bist. Ihr könnt gerne solange bleiben, wie es nötig ist.«

Sie stand auf und ging um den Tisch herum. »Komm schon«, drängte sie und zog Bennett sanft auf die Beine. »Ich möchte, dass du erst mal ein langes, heißes Bad nimmst. Ich kümmere mich um Harper. Wenn du fertig bist, reden wir weiter.«

Sie brachte Bennett ins Gästebad, half ihr beim Ausziehen und verfrachtete sie in die große, auf Füßen stehende Badewanne, die früher Granny gehört hatte. Sie ließ Bennett allein und schaute nach Harper, bevor sie in die Küche ging, um aufzuräumen. So wie Bennett über sich selbst dachte, musste sie eine starke Mischung aus Mut und Verzweiflung aufgebracht haben, um nach all dieser Zeit zu ihr zu kommen. Nest fragte sich, über wie viel Bennett von dem, was sie durchgemacht hatte, gesprochen hatte, und wie viel noch tief in ihr verborgen war.

Als sie mit dem Abwasch fertig war, begann sie das Abendessen vorzubereiten. Sie machte einen Thunfisch-Nudelauflauf und stellte ihn in den Kühlschrank, damit Bennett ihn später aufwärmen konnte. Nest hatte sich bereit erklärt, die Jugendgruppe der Kirche als Aufpasserin zu begleiten, während sie als Weihnachtssänger die

Alten und Kranken besuchten, und musste bald gehen. Sie würde sich etwas zu essen machen, wenn sie zurückkam.

Als sie mit den Vorbereitungen fertig war, stand sie an der Spüle und starrte durch das Fenster in die Dunkelheit hinaus. Der Park lag direkt vor ihr, gleich hinter dem Garten, aber Mond und Sterne wurden von Wolken verhüllt, sodass sie kaum etwas sehen konnte. Die Temperatur war deutlich unter den Nullpunkt gefallen, und sie bezweifelte, dass es heute schneien würde. Als sie die Hand hob und einen Finger gegen das Fensterglas legte, drang die Kälte wie mit Nadeln in ihre Haut ein.

Wie hielt sich Pick in einer solchen Nacht warm? Vergrub er sich irgendwo tief in einem Baum, oder war seine Borkenhaut unempfindlich gegen die Kälte? Sie hatte ihn nie gefragt. Sie musste daran denken, es zu tun.

Sie dachte daran, wie die Magie mit ihrem allgegenwärtigen, unentrinnbaren Einfluss ihrer beider Leben beherrschte. Manchmal wünschte sie, sie könnte mit jemandem darüber reden, aber in ihrem ganzen Leben hatte es nur Pick und Granny gegeben. Ihre Großmutter war dazu bereit gewesen, aber für Pick war ein Gespräch über Magie das Gleiche wie eines über das Wetter: eine sinnlose Zeitvergeudung. Er konnte Anweisungen geben, aber er wusste nicht, wie er sie erklären sollte. Magie zu besitzen, bedeutete für ihn nicht dasselbe wie für sie. Für ihn war es ein natürlicher Teil von dem, wer und was er war. Für sie war es, trotz ihres Vermächtnisses, eine Abweichung.

Das Licht auf der hinteren Veranda der Petersons ging an, und sie erinnerte sich an ihren Vorsatz, nach ihnen zu sehen. Sie ging zur Flurtür hinüber und horchte, ob sie etwas von Bennett oder Harper hörte. Alles war ruhig, also ging sie wieder in die Küche zurück und machte sich daran, Kekse zu backen. Ihre Großmutter hatte es ihr beigebracht, als Nest noch ein Kind war, und sie hatte es sich zur Gewohnheit gemacht, in Übung zu bleiben, auch nachdem sie allein lebte. Sie backte die ganze Zeit über für die Kirche und für Nachbarn. Backen hatte etwas Tröstliches und Befriedigendes; danach fühlte sie sich immer sehr gut.

Die Keksbleche verschwanden im Ofen, und der süße Teiggeruch stieg in der Küche auf. Sie nahm die roten und grünen Streuselblätter und stellte sie auf die Anrichte. Hawkeye kam durch die Katzentür herein und stolzierte zu seinem Fressnapf, wobei er sie betont ignorierte. Er fraß geräuschvoll, warf Stücke seiner Mahlzeit durch die Gegend, während er in seinem Napf herumsuchte, und kaute laut auf jedem Bissen herum. Als er fertig war, verließ er das Haus auf dem gleichen Weg, wie er hereingekommen war, ohne auch nur einen Blick in ihre Richtung zu werfen.

Einige Augenblicke später tauchte Harper Scott mit schläfrigen Augen und verlorenem Blick in der Türöffnung auf. »Mami?«, fragte sie.

Nest ging zu ihr und hob sie hoch. »Mami nimmt ein Bad, Spatz. Sie kommt gleich. Was hältst du von einem frisch gebackenen Keks, während du auf sie wartest?«

Große, dunkle Augen musterten sie ernst. Es folgte ein zaghaftes Nicken. Nest setzte sie an den Tisch, goss Milch in ihren Becher und holte dann die erste Ladung Kekse aus dem Ofen und stapelte sie auf einem Teller. Als sie genug abgekühlt waren, dass man sie in die Hand nehmen konnte, gab sie Harper einen davon und schaute dem Kind zu, wie es an dem Rand knabberte, während es den Keks sorgsam mit beiden Händen festhielt.

Oh, Kind, Kind.

Vor fünfzehn Jahren hatte sie Bennett Scotts Leben gerettet, als die Fresser das verängstigte, schlaftrunkene Kind auf die Klippen am Wendekreis gelockt hatten. Als Pick und Nest sie fanden, war sie kurz davor gewesen, über den Rand der Felsen zu fallen. Vor Panik und Verwirrung hatte das kleine Mädchen kaum gewusst, wo es war.

Das war lange her, dachte Nest, während sie Harper dabei zusah, wie sie ihren Keks aß. Bennett war damals nicht viel älter gewesen als ihre Tochter jetzt – war selbst nur ein kleines Kind gewesen. Es war schwer, die Erwachsene mit dem kleinen Mädchen in Verbindung zu bringen. Sie erinnerte sich, wie Bennett damals ausgesehen hatte und wie sie vor einer Stunde aussah, als Nest ihr geholfen hatte, in die alte Badewanne zu steigen. Wie hatte Bennett sich so weit von sich selbst entfernen können? Oh, mit dem Verstand war es einfach zu erklären, wenn man Drogenmissbrauch und Kindesmisshandlung berücksichtigte. Aber gefühlsmäßig war da dennoch eine große Schwelle; die Erinnerung an das Kind, das sie einmal gewesen war, konnte nicht so einfach abgeschüttelt werden.

Als Harper gerade die letzten Krümel ihres Kekses verspeiste, tauchte Bennett wieder auf; sie trug den alten Frottee-Bademantel, den Nest für sie neben der Wanne bereitgelegt hatte. Sie umarmte Harper und setzte sich, um einen Keks mit ihr zu teilen. Ihre blasse Haut wirkte im Küchenlicht durchsichtig, und ihre dunklen Augen waren eingesunken und ohne Tiefe. Unter dem Mantel zogen sich Nadelspuren über ihre Arme und Beine; Nest hatte sie gesehen, und ihr Anblick blitzte vor ihrem inneren Auge auf.

Sie lächelte Nest an. »Du hattest Recht mit dem Bad. Ich fühle mich viel besser.«

Nest lächelte zurück. »Gut. Steck als nächstes Harper in die Wanne. Nimm dir an Kleidern, was du brauchst. Im Kühlschrank steht ein Auflauf für das Abendessen; du brauchst ihn nur warm zu machen. Ich muss zur Jugendgruppe der Kirche, aber ich werde gegen acht oder neun zurück sein.«

Sie machte den Ofen zu und wusch die Metallbleche ab. Dann warf sie einen Blick auf die Uhr. Zehn vor sechs. Allen Kruppert und seine Frau Kathy holten sie um halb sieben mit ihrem großen Suburban ab. Sie hatte gerade noch genug Zeit, um den Petersons einen Teller mit Keksen zu bringen.

Sie nahm den Hörer ab und rief sie an, um zu hören, ob sie schon mit dem Abendessen begonnen hatten, was nicht der Fall war.

»Ich muss los«, rief sie Bennett über die Schulter zu, während sie Kekse auf einen Teller legte. »Kümmer dich nicht um das Telefon, der Anrufbeantworter ist eingeschaltet. Und warte nicht auf mich. Du brauchst etwas Schlaf.«

Sie ging in den Flur, um ihren Parka, einen Schal und Handschuhe anzuziehen, kam dann zurück, um die Kekse zu holen und trat aus der Hintertür.

Die Kälte prickelte kalt auf ihrer Haut, als sie die Verandastufen hinabstieg, und sie begann unwillkürlich zu zittern. Mondlicht erhellte die kahlen, skelettartigen Zweige der Bäume und verlieh ihnen einen silbrigen Schimmer. Überall um sie herum war es still in der Dunkelheit. Sie stieß eine weiße Atemwolke aus, senkte das Kinn auf die Brust und eilte durch den Garten auf das Haus ihrer Nachbarn zu.

Sie hatte erst wenige Schritte gemacht, als sie die Fresser erblickte. Sie hatten sich am hinteren Ende ihres Gartens zusammengerottet, drängten sich vor der Hecke in formlosen Klumpen zusammen, und ihre gelben Augen leuchteten in der Nacht wie Glühwürmchen. Nest wurde langsamer und beobachtete sie. So dicht bei ihrem Haus hatte sie schon monatelang keinen Fresser mehr gesehen. Sie schaute sich in alle Richtungen um und entdeckte noch mehr von ihnen, die sich am Hausrand und bei der Garage herumtrieben, schattenhafte Gestalten, die verstohlen und lautlos durch die kalte Nacht krochen.

»Haut ab!«, zischte sie leise.

Ein paar verschwanden. Die meisten huschten jedoch nur ein wenig zur Seite oder tauschten die Plätze. Sie schaute sich beunruhigt um. Es waren so viele. Sie fragte sich plötzlich, ob die Fresser von John Ross wussten, ob seine bevorstehende Ankunft sie angelockt hatte.

Es war jedoch wahrscheinlicher, dass es der Gestank des Dämons war, der sie am Morgen besucht hatte, der sie anzog.

Sie drängte die Angelegenheit beiseite und eilte über den reifbedeckten Rasen.

Sie sah nichts von der Gestalt, die am Anfang ihrer Auffahrt in den tiefen Schatten der Zedern stand.

Kapitel 7

Findo Gask wartete ab, bis Nest über den Rasen zu den Petersons lief und nach einiger Zeit wieder herauskam. Dann bog der große Suburban in ihre Auffahrt. Er stand bewegungslos in der Dunkelheit, hatte das ledergebundene Buch an die Brust gepresst und war in seinem schwarzen Gehrock praktisch unsichtbar. Die Nacht war bitterkalt, die feuchte Wärme des sonnigen Tages bildete jetzt eine feine Frostkruste auf der Landschaft, die allem einen silbrigen Schimmer verlieh und wie winzige Muscheln knirschte, wenn man darüber lief. Selbst die Asphaltdecke vor dem Freemark-Haus glitzerte im Licht der Straßenlampen.

Nachdem Nest Freemark in den Suburban gestiegen und dieser davongefahren war, wartete Findo Gask noch eine Weile. Er war geduldig und vorsichtig. Er beobachtete die weiße Atemwolke, die aus seinem Mund kam. Ein Mensch würde bereits fürchterlich frieren, nachdem er über eine Stunde hier draußen gestanden hatte. Dämonen nahmen Temperaturveränderungen jedoch nicht sonderlich wahr, da ihre Körper Hüllen und nicht wirklich sie selbst waren. Die meisten menschlichen Reaktionen hatte Findo Gask schon vor so langer Zeit abgelegt, dass er sich nicht einmal mehr erinnern konnte, wie sie sich angefühlt hatten. Hitze, Kälte, Schmerz oder Freude, es war für ihn alles dasselbe.

So wartete er ab, ohne sich von der Verzögerung aus der Ruhe bringen zu lassen, umgeben von der dunklen Hülle, zu der er sich vor vielen Jahren reduziert hatte, und ließ die Zeit verstreichen. Es hatte einige Mühe gekostet herauszufinden, dass Nest heute Abend fort sein würde. Er wollte diese Mühe nicht zunichte machen.

Er vertrieb sich die Zeit, indem er das Haus beobachtete und interessiert die schattenhaften Bewegungen verfolgte, die darin vor sich gingen. In einigen Räumen brannte Licht, und sie verrieten, dass unerwarteterweise jemand dort war. Nest hatte jemanden zu Hause zurückgelassen. Das faltige alte Gesicht erhielt plötzlich zusätzliche Falten, als Gask lächelte. Wer mochte das wohl sein?

Als es keinen vernünftigen Grund mehr gab anzunehmen, dass Nest Freemark noch einmal zurückkehrte, um etwas zu holen, das sie vergessen hatte, verließ Findo Gask sein Versteck, ging zur Vordertür und klopfte leise.

Hinter der sich öffnenden Tür kam eine junge Frau zum Vorschein, die in einen Frottee-Bademantel gehüllt war. Sie war recht klein und schlank, hatte glattes Haar und dunkle Augen. Diese Augen waren es, die seine Aufmerksamkeit erregten. Schmerz lag in ihnen, Enttäuschungen und Verrat; ein kaum verborgener Zorn brodelte in ihnen und ein unverkennbarer Durst. Er erkannte sofort, was sie war, welches Leben sie geführt hatte und auf welche Weise er sie möglicherweise benutzen konnte.

Sie betrachtete ihn durch die Fliegentür und machte keine Anstalten, ihn hereinzulassen. »Guten Abend«, sagte er und zeigte sein bestes Menschen-Lächeln. »Ich bin Reverend Findo Gask?« Er machte es zu einer Frage, damit sie annahm, dass sie ihn eigentlich erwarten sollte. »Ist Nest fertig, um mitzukommen?«

Ein Hauch von Verwirrung zog über ihr blasses Gesicht. »Nest ist nicht hier. Sie ist schon fort.«

Jetzt war es an ihm, einen verwirrten Blick aufzusetzen. Er tat sein Bestes. »Oh, ist sie das? Hat jemand anders sie abgeholt?«

Die junge Frau nickte. »Vor fünfzehn Minuten. Sie ist mit einer Kirchengruppe zum Weihnachtssingen gegangen.«

Findo Gask schüttelte den Kopf. »Da muss es ein Missverständnis gegeben haben. Könnte ich von Ihrem Telefon einen Anruf machen?«

Seine Hand bewegte sich zum Griff der Fliegentür und ermutigte sie, seinem Wunsch nachzugeben. Doch die junge Frau blieb, wo sie war, die Arme in den Mantel vergraben, die Augen fest auf ihn gerichtet.

»Das kann ich nicht machen«, verkündete sie tonlos. »Dies ist nicht mein Haus. Ich kann niemanden hereinlassen.«

»Es dauert nur einen Moment.«

Sie schüttelte den Kopf. »Tut mir Leid.«

Er verspürte den Impuls, durch das Glas nach ihr zu greifen und ihr das Herz herauszureißen, eine Handlung, zu der er durchaus in der Lage war. Es war nicht Wut oder Frustration, die diesen Gedanken in ihm auslösten, sondern der simple Umstand ihres Widerstands. Doch dies war weder die Zeit noch der Ort für Gewalttätigkeiten, daher nickte er verständnisvoll.

»Ich werde von unten an der Straße anrufen«, erwiderte er geschmeidig und trat einen Schritt zurück. »Ach, ist übrigens Mr. Ross mit ihr mitgegangen?«

Sie schürzte die Lippen. »Wer ist Mr. Ross?«

»Der Herr, der bei ihr lebt. Ihr Wohnungsgenosse.«

Von irgendwo aus dem Haus rief eine Kinderstimme nach ihr, und sie schaute über die Schulter zurück. »Ich muss gehen. Ich kenne Mr. Ross nicht. Hier wohnt niemand sonst. Guten Abend.«

Sie schloss die Tür vor seiner Nase. Er blieb noch einen Augenblick stehen und schaute ins Nichts. Anscheinend war Ross noch nicht eingetroffen. Er ertappte sich dabei, dass er sich plötzlich fragte, ob er einen Fehler gemacht hatte, nach Hopewell zu kommen, ob seine Intuition ihn irgendwie getrogen hatte. Seine Instinkte versagten bei solchen Dingen nur selten, aber möglicherweise war es diesmal der Fall.

Er konnte es sich nicht leisten, dass dies geschah.

Er drehte sich um und ging zur Straße zurück. Nach einigen Schritten schloss sich ihm der Ur'droch an, eine schattenhafte Präsenz, eine wellenhafte Bewegung am Rand des Wahrnehmbaren.

»Irgendetwas?«, fragte er.

Als der Schatten-Dämon nichts erwiderte, hatte er seine Antwort. Er war nicht überrascht. Es war unwahrscheinlich, dass Ross hier war, ohne dass die junge Frau ihn gesehen hatte. Wer war sie überhaupt? Wo kam sie her? *Ein weiterer Bauer auf dem Brett, der darauf wartet, an seine Position gerückt zu werden,* dachte er. Es würde interessant sein herauszufinden, wie er sich ihrer bedienen konnte.

Er ging die Straße hinunter zu der Kurve, hinter der er den Wagen geparkt hatte, und stieg ein. Der Ur'droch glitt hinter ihm hinein und verschwand auf dem Boden des Rücksitzes. Er würde Ross noch drei Tage geben, bis Weihnachten, bevor er seinen Wachposten aufgab. Es bestand noch kein Grund, panisch zu werden. Panik war etwas für niedere Dämonen, für solche, die sich nicht wie er auf Erfahrung und Vernunft verließen, um zu überleben.

Er ließ den Wagen an und setzte auf die Straße zurück. Es war an der Zeit, nach Hause zu fahren, damit er die kleine Überraschung genießen konnte, die er für Nest Freemark vorbereitet hatte.

Nest stieg neben Kathy Kruppert ein und schob diese dabei auf der Sitzbank des Suburban zu ihrem Mann hinüber. Hinten drängelten und schubsten sich Kinder und Jugendliche zwischen sechs und neun herum, darunter zwei von den Krupperts, während sie miteinander alberten und plapperten. Sie begrüßte jeden Einzelnen und lehnte sich dann gegen das Lederpolster zurück, während Allen den großen Chevy zurück auf die Woodlawn setzte und zum nächsten Treffpunkt fuhr.

Ihre Gedanken trieben von John Ross und Findo Gask zu Bennett und Harper Scott und wieder zurück.

»Alles in Ordnung, Nest?«, fragte Kathy nach ein paar Minuten des Schweigens, während hinten das Chaos tobte. Sie war eine große Blondine, die mehr Gewicht mit sich rumschleppte, als ihr lieb war, wie sie gerne sagte, aber an ihr sah dieses Gewicht gut aus.

Nest nickte. »Sicher, alles klar.«

»Du bist heute schrecklich schweigsam.«

»Für eine normalerweise eher lärmige Person«, fügte Allen hinzu, ohne das Gesicht zu verziehen.

Nest grinste schief. »Ich hebe es mir nur für später auf, wenn das Singen anfängt.«

»Oh, ist das so?«, sagte Allen und nickte ernst. Er blickte sie über den Rand seiner Brille hinweg an, und seine buschigen Augenbrauen hoben sich seiner beginnenden Glatze entgegen. »Du weißt, Kate, es sind immer die Stillen, auf die du am meisten achten musst.«

Sie fuhren in ein Schlagloch, wo das Wetter einen Teil der Straße ausgehöhlt hatte. *Autsch! Hey, pass auf!*, begannen die Kinder hinten alle auf einmal zu schreien und sprudelten unzählige unerbetene Fahrtipps heraus.

»Ruhig jetzt, ihr Bestien!«, rief Allen über die Schulter nach hinten und warf ihnen einen gespielten bösen Blick zu. Als sie es taten – für vielleicht eine Nanosekunde – feixte er: »Denen habe ich es gezeigt, schätze ich.«

Kathy tätschelte ihm liebevoll das Knie. »Vater weiß es halt immer am besten, Schatz.«

Allen und Kathy hatten gleich nach der High School geheiratet und waren sechs oder sieben Jahre älter als Nest. Allen hatte nach der Schule als Vertreter bei einer Immobilienfirma angefangen und festgestellt, dass er ein Talent dafür besaß. Zehn Jahre später führte er sein eigenes Unternehmen. Vor zehn Jahren hatte er Nest ein Angebot für ihr Haus gemacht, als sie gerade ernsthaft daran gedacht hatte, es zu verkaufen. Obwohl sie sich schließlich dagegen entschieden hatte, waren sie und die Krupperts seither Freunde.

»Wie geht es den Petersons?«, fragte Kathy sie plötzlich.

»Sie sind ziemlich gebrechlich.« Nest vergrub mit einem Seufzer die Hände in den Taschen ihres Parkas. Die Wahrheit war, dass die Zeit der Petersons ablief. Ihr Gesundheitszustand wurde immer schlechter, es gab niemanden, der nach ihnen sah, und nichts, was man sagte oder tat, konnte sie davon überzeugen, in ein Pflegeheim zu ziehen.

»Du tust für sie alles, was du kannst, Nest«, sagte Kathy.

Allen rutschte auf seinem Fahrersitz umher und strich sich das dünne Haar zurück. »Es sind starrköpfige Leute. Denen kann man nur bis zu einem gewissen Grad helfen. Sie werden so weitermachen, wie sie es immer getan haben, bis irgendetwas sie dazu zwingt, ihre Lebensweise zu ändern. Das musst du respektieren.«

»Das tue ich, aber ich mache mir trotzdem Sorgen. Das ist so, als würde man darauf warten, dass ein Unglück geschieht.«

»Das stimmt«, sagte Kathy und seufzte. »Mein Onkel Frank war auch so.«

»Granny ebenfalls«, meinte Nest.

Allen lachte leise. »Wie schön, dass ihr beide das Problem so gut versteht. Da werdet ihr später nicht zu einem Teil von ihm werden. Das wird für eine Menge Leute eine Erleichterung sein.«

Sie lasen noch zwei Jugendliche aus der Moonlight Bay Area auf und fuhren dann in die Innenstadt zurück. Hier trafen sie sich mit einer Wagenladung weiterer Kids, die von Marilyn Winthorn gefahren wurden, einer der älteren Damen, die noch immer engagiert mit den Jugendgruppen arbeiteten. Von hier aus begannen sie ihre Runde, wobei sie einer Namens- und Adressliste folgten, die sie von Reverend Andrew Carpenter erhalten hatten, der das Amt übernommen hatte, nachdem Ralph Emery vor drei Jahren in den Ruhestand getreten war. Bei jedem Halt sangen sie ein paar Lieder vor der Haustür, gaben einen Beutel mit Weihnachtsgaben ab, wünschten frohe Weihnachten und ein gutes neues Jahr und machten sich auf zum nächsten Haus.

Beim zwölften Besuch hatte Nest aufgehört, an irgendetwas zu denken, außer daran, wie gut sie sich dabei fühlte.

Es war etwa gegen halb neun, als sie die Auffahrt eines alten viktorianischen Hauses hinauffuhren, das an der Third Street West stand, einer Gegend vergangenen Prunks und ehemaligen Wohlstands. Der Name, der bei dieser Adresse auf der Liste stand, war verwischt, und keiner konnte ihn richtig entziffern. Hattie oder Harriet Soundso. Weder Name noch Adresse kamen jemandem bekannt vor, aber es mochte sich um Verwandte eines Kirchenmitglieds handeln. Sie stiegen aus den Autos, gingen zum Vordereingang und stellten sich in einem Halbkreis vor der Tür auf.

Es waren Lichter an, aber es kam niemand, um sie zu begrüßen. Allen trat an die Tür, klopfte laut und wartete auf eine Reaktion.

»Grusliges altes Haus, was?«, flüsterte Kathy Kruppert Nest ins Ohr.

Nest nickte und fand, dass es eher traurig wirkte, wie ein Grabstein für die Bewohner, die vor langer Zeit hier gelebt hatten. Sie schaute sich um, während die Kinder begannen, miteinander zu flüstern, und von einem Fuß auf den anderen traten, ungeduldig, endlich beginnen zu können. Es war eine ganze Gegend voller Grabsteine. Alles war dunkel und still zwischen den Reihen alter Häuser und uralter Bäume. Selbst die Straße war leer.

Jetzt kam jemand an die Tür und zog die Gardine fort, die das Glas bedeckte. Ein Gesicht lugte heraus, dessen Züge in der Düsternis nur schattenhaft und vage zu erkennen waren.

Die Tür öffnete sich einen Spalt, und eine verzagte Stimme sagte: »Gütiger Himmel.«

Allen nahm dies als Signal anzufangen, stieg die Treppenstufen wieder hinab, und die Jugendgruppe begann, »Joy to the World« zu singen. Ihre Stimmen schallten durch die Dunkelheit und die Kälte, und ihr Atem ließ viele Wolken aufsteigen. Die Tür blieb einen Spalt breit geöffnet, doch niemand kam heraus.

Sie hatten gerade mit dem Refrain »Let heaven and nature sing« begonnen, als die Tür mit solcher Wucht aufgestoßen wurde, dass ihre Glasscheibe zersprang, und eine monströse Gestalt durch die Öffnung und die Treppe hinunter stürmte. Es war ein riesiger Mann, haarlos und weiß wie ein Albino. Er wog sicher dreihundert Pfund, bewegte sich aber mit solcher Geschwindigkeit, dass er bereits mitten unter der Gruppe war, als das Singen zu Schreien aus Überraschung und Angst wurde.

»Joy to the world! Joy to the world! Joy to the world!«, brüllte der riesige Mann unmelodisch.

Die Kinder schossen in alle Richtungen davon, als er Allen Kruppert erreichte, den erschrockenen Immobilienhändler mit einer mächtigen Faust am Parka packte und ihn von den Beinen riss. Er hielt Allen mit einer Hand vor sich in der Luft, schüttelte ihn wie einen jungen Hund und brüllte ihn wütend an.

»Joy to the world! Joy to the world! Joy to the world!«

Kathy Kruppert, die sich angstvoll die Fäuste vor den Mund presste, schrie Allens Namen. Marilyn Winthorn scheuchte die Kinder mit blutleerem, angespannten Gesicht zurück zu den Autos.

Allen trat um sich und schrie, aber der riesige Mann hielt ihn mit festem Griff und schüttelte ihn noch immer.

»Joy to the world! Joy to the world!«

Das alles geschah innerhalb weniger Sekunden, und in dieser kurzen Zeit war Nest Freemark wie gelähmt vor Entsetzen. Ihr erster Impuls war, ihre Magie gegen den riesigen Mann zu benutzen, jene Magie, die Leute dazu brachte, die Kontrolle über ihre Muskeln zu verlieren und hilflos zusammenzubrechen. Es war die gleiche Magie, die sie vor vielen Jahren bei Danny Abbott und Robert Heppler benutzt hatte, die gleiche Magie, die sie auch gegen ihren Vater verwendet hatte.

Aber wenn sie diese jetzt beschwor, riskierte sie, Geist freizulassen. Sie konnte nicht wissen, was seine Befreiung auslösen würde. Das hatte sie vor drei Jahren bei den Olympischen Spielen entdeckt, und seither hatte sie ihre Magie nicht mehr benutzt.

Jetzt hatte sie jedoch keine Wahl, wie es schien.

Sie schrie den großen Mann an und eilte auf ihn zu, wobei sie in seinem Schatten klein und unbedeutend wirkte. Er schaute sie kaum an, doch sein Schütteln verlangsamte sich, und er ließ Allen ein Stück sinken. Er war missgestaltet, erkannte sie jetzt, so als sei er nicht richtig zusammengesetzt worden; die einzelnen Teile passten nicht wirklich, einige waren zu groß, andere zu klein für den Körper. Er sah aus wie jemand, der aus Resten und überschüssigen Teilen bestand, aus dem Bodensatz des menschlichen Gen-Pools.

Nest schrie lauter, und jetzt richteten sich die seltsamen rosafarbenen Augen auf sie. Sie nahm ihren ganzen Mut zusammen, während sie mit aller Kraft Geist zurückhielt, der bereits erwacht war und sich zu befreien versuchte, und hämmerte mit ihrer Magie auf den Mann ein. Sie versuchte ihn zu einem plötzlichen Fehltritt in ihre Richtung zu verleiten, ihn aus dem Gleichgewicht zu bringen, sodass er Allen freiließ. Doch es war, als renne sie gegen eine Wand an. Er schüttelte ihre Magie ab, als sei sie nicht einmal vorhanden, und in seinen Augen sah sie nur eine große Leere, als lebte dort nichts Menschliches.

Nichts Menschliches …

Er warf Allen beiseite, und der Immobilienhändler brach zusammen. Den Kopf zwischen die Schultern gezogen, wie ein besiegter Kämpfer, richtete er sich mühsam auf Hände und Knie auf, während Kathy zu ihm stürzte und sich weinend neben ihn hockte.

Der riesige Mann wirbelte zu Nest herum. »Joy to the world! Joy to the world!«

Er kam auf sie zu, und sie schleuderte ihm einen neuen Stoß Magie entgegen, während sie ihm fest in die Augen blickte. Dieses Mal wurde er langsamer und kam durch die Wucht ihres Angriffs leicht ins Wanken. Im Hintergrund schrien noch immer die Kinder, und einige riefen, sie solle weglaufen, da sie glaubten, dass sie vor Furcht gelähmt sei. Sie wich nicht zurück und beobachtete, wie Kathy vergeblich versuchte, Allen auf die Füße zu ziehen.

Der riesige Mann knurrte sie mit einem tiefen, kehligen Laut an, der Geist in ihr aufsteigen ließ. Der Wolf war so kurz davor, auszubrechen, dass sie bereits die Tigerstreifen seines Gesichts sehen und das dicke, raue Fell seines mächtigen Körpers fühlen konnte. Sie wich zurück und versuchte ihn zurückzuhalten. Wenn ihr das nicht gelang, würden alle die Wahrheit über sie herausfinden. Was immer auch sonst geschah, das konnte sie nicht zulassen.

»Joy to the world!«, heulte der Mann, während er auf sie zustolperte. »Joy to the world!«

»Twitch!«, gellte eine Stimme.

Der riesige Mann stoppte, als sei er an einer unsichtbaren Leine zurückgerissen worden. Er zuckte, und sein missgestalteter Kopf hob sich wie der eines erschreckten Vogels.

»Du kommst sofort ins Haus!«, befahl die Stimme. »Du bist böse! Ich meine es ernst! Jetzt, sofort!«

Auf dem Treppenabsatz stand eine einzelne Gestalt, die in einen dicken Mantel und einen Schal gewickelt war und von deren Kopf krause rote Haare abstanden. Es war die junge Frau, die sich ihr am Morgen in der Kirche vorgestellt hatte und sich Penny nannte. Beim Klang ihrer Stimme drehte der Riese sich langsam um und trottete zum Haus zurück. Nest holte tief Luft, um sich zu beruhigen, während hinter ihr das Schreien in allgemeines Flüstern und gelegentliche Schluchzer überging.

Die junge Frau trat zur Seite, als der Riese täppisch an ihr vorbeiwankte und im Haus verschwand. Dann kam sie die Treppe herunter und schüttelte dabei ärgerlich den Kopf.

»Nest, es tut mir wirklich sehr, sehr Leid.« Sie ergriff Nests behandschuhte Hand mit ihrer eigenen und hielt sie fest. »Das ist mein Bruder. Er ist nicht ganz richtig im Kopf. Er meint es nicht böse, aber er weiß nicht, wie stark er ist.«

Sie schaute zu Allen hinüber, der jetzt endlich auf die Füße kam. »Sind Sie in Ordnung, Mister? Hat er Sie verletzt?«

Allen Kruppert sah aus, als sei er gerade aus einem Zementmixer geklettert. Er versuchte zu sprechen, musste schrecklich husten und schüttelte den Kopf.

»Ich glaube, er ist okay«, sagte Kathy ruhig und umarmte seinen korpulenten Körper mit beiden Armen. »Das war eine sehr schlimme Sache, was Ihr Bruder da getan hat, Miss.«

Penny nickte zustimmend. »Ich weiß. Ich hätte besser auf ihn aufpassen sollen, aber ich habe oben gearbeitet. Meine Großmutter hat die Tür geöffnet, aber sie ist so alt und schwach, dass sie ihn nicht mehr zurückhalten kann. Er hat sie einfach zur Seite geschoben und ist rausgelaufen.« Sie schaute schnell von Nest zu den Krupperts. »Er wollte nur spielen. Er dachte, darum ginge es hier. Spielen.«

Nest lächelte ihr kurz und unsicher zu. Sie hatte ein ganz seltsames, übles Gefühl. Penny schien ihre Entschuldigung ernst zu meinen, aber da lag ein leiser Hinweis in ihrer Stimme, der andeutete, dass sie es nicht tat.

Nest schaute zum Haus. »Leben Sie hier, Penny?«, fragte sie im Tonfall einer normalen Unterhaltung.

»Manchmal.« Pennys rotes Haar leuchtete und ihre grünen Augen glitzerten. »Im Augenblick bin ich jedoch nur zu Besuch.«

»Zusammen mit Ihrem Bruder?«

»Ja. Mit Twitch. Wir nennen ihn Twitch.«

»Ist es Ihre Großmutter, die zur Kirche gehört?«

Penny zuckte mit den Achseln. »Ich nehme es an.«

»Wie heißt Ihre Großmutter?«

Penny lächelte. »Ich gehe besser wieder hinein, Nest. Ich lasse Twitch nach so einem Vorfall nicht gern allein. Sie wissen, wie das ist. Aber vielen Dank, dass Sie mit der Kirchengruppe hergekommen sind. Das war sehr freundlich von Ihnen.«

Sie stieg wieder die Stufen hinauf, trat durch die zerbrochene Tür und schloss sorgfältig den fensterlosen Rahmen hinter sich. Nest schaute ihr nach, bis sie fort war, und ließ dann beiläufig ihren Blick über die Fenster schweifen, während sie sich wieder zu den anderen umdrehte.

Im Inneren des Hauses war es vollständig dunkel geworden.

Sie half Kathy dabei, Allen in den Suburban zu bugsieren, setzte ihn auf den Beifahrersitz und schnallte ihn an. Er behauptete, dass es ihm gut ginge, und das schien auch zu stimmen. Die Jugendgruppe war ziemlich gedrückter Stimmung, und es gab einige, die vorschlugen, für heute Schluss zu machen. Doch davon wollte Allen nichts wissen. Es waren noch vier Namen auf ihrer Liste, darunter das Northway-Altersheim. All diese Leute zählten auf sie. Allen gehörte nicht zu der Sorte, die jemanden enttäuschte. Er beharrte darauf, dass sie zu Ende brachten, was sie begonnen hatten.

Es war fast zehn Uhr, als Nest schließlich nach Hause kam. Alle anderen, einschließlich Allen, schienen den Zwischenfall an der Third Street West überwunden zu haben, aber sie war deswegen noch immer beunruhigt. Zwei Treffen mit Penny – wie immer sie weiter heißen mochte – waren schon ein seltsamer Zufall. Außerdem fand sie, dass es auf jeden Fall zwei Treffen zu viel waren. Diese ganze Sache machte ihr Sorgen, insbesondere, da es sie aufs Neue dazu gezwungen hatte, sich dem zu stellen, was es bedeutete, ihre Magie als Waffe zu benutzen. Das war etwas, von dem sie gehofft hatte, es nie wieder tun zu müssen. Das Geschehen am heutigen Abend ließ diesen Wunsch als reichlich naiv erscheinen.

Sie ging die Auffahrt entlang und schlüpfte durch die Hintertür. Es waren Lichter an, aber das Haus war ruhig. Hawkeye lag zusammengerollt in der Küche auf seinem Stuhl – oder zumindest dem, den er in dieser Woche zu seinem Besitz erkoren hatte – und öffnete nicht einmal ein Auge, als sie an ihm vorbeikam. Sie ließ ihren Mantel, den Schal und die Handschuhe an der Garderobe im Flur und ging durch den Gang zum Arbeitszimmer, wo der Fernseher lief. Bennett döste in dem großen Ledersessel ihres Großvaters.

Sie öffnete die Augen, als Nest hereinkam. »Hi«, murmelte sie.

»Hi«, erwiderte Nest und setzte sich auf den Schreibtischstuhl. »Schläft Harper?«

Bennett reckte sich und gähnte. »Seit etwa einer Stunde. Sie war ziemlich erschöpft.« Sie stand auf. »Ich auch. Ich gehe ins Bett. Hat Reverend Gask dich noch erreicht? Er war vorhin hier.«

Nest wurde kalt, und ihr ganzer Körper versteifte sich. Sie hatte vergessen, Bennett vor Gask zu warnen. Aber andererseits: Was sollte sie sagen? »Nein, er muss mich verpasst haben.«

»Er sagte, er sei gekommen, um dich abzuholen. Er wollte hereinkommen, aber ich erklärte ihm, dass ich niemanden in das Haus von jemand anderem lassen dürfte. Ich hoffe, das war richtig so.«

Nest reagierte auf die Welle von Erleichterung, die in ihr aufstieg, indem sie die andere fest umarmte. »Das hast du gut gemacht.«

»Danke.« Sie machte sich auf den Weg zur Tür. »Oh, das hätte ich fast vergessen. Er suchte außerdem nach einem Mann namens John Ross. Er meinte, der würde hier wohnen, aber ich sagte, dass ich davon nichts wüsste.«

»Das hast du richtig gemacht«, versicherte ihr Nest und wurde erneut wütend auf Gask. »Geh jetzt ins Bett. Wir sehen uns morgen früh.«

Als sie alleine war, lehnte sie sich zurück und dachte erneut an John Ross, Findo Gask und daran, was ihr Kampf bedeutete. Gask würde nicht aufgeben. Er würde immer wiederkommen, bis er Ross und das fand, was immer dieser seiner Meinung nach vor ihm versteckte. Dämonen waren beharrlich. Zeit bedeutete ihnen nichts; sie agierten nach einem Terminplan, der für Menschen ebenso fremd war wie Leben auf dem Mars. Sie hatte ihr halbes Leben mit Dämonen zu tun gehabt und besaß eine ziemlich gute Vorstellung von dem, was auf sie zukam.

Sie stand auf und schaltete den Fernseher aus. Dann setzte sie sich wieder und starrte aus dem Fenster in die Dunkelheit. In Zeiten wie diesen wünschte sie sich, ihre Großmutter wäre noch am Leben. Granny mit ihrer nüchternen Art, an die Probleme des Lebens heranzugehen, und ihrer Erfahrung mit Dämonen und Waldkreaturen würde so viel besser als sie wissen, wie man mit dem ganzen Schlamassel fertig wurde. Granny hätte vielleicht auch ein paar Ideen, was man mit Bennett und Harper tun sollte. Nest würde ihr Bestes tun müssen, um so wie Granny zu denken und hoffen, dass dies ausreichte, um die Sache durchzustehen.

Nach einiger Zeit ging sie in die Küche. Sie aß etwas von den Resten des Thunfisch-Nudelauflaufs und trank ein Glas Milch dazu, während sie am Küchentisch saß und auf das Ticken der Uhr und das Wispern ihrer herumwirbelnden Gedanken lauschte. Es war nicht so, dass John Ross nicht auftauchen würde, erkannte sie. Zu viel von dem, was Gask ihr erzählt hatte, sprach dafür, dass er kommen würde. Das Problem war vielmehr, was sie tun sollte, wenn er kam. Oder, genauer, was sie wegen des Umstands tun sollte, dass er ihretwegen kam, denn das war der einzige Grund, warum er zurückkehrte.

Sie schüttelte den Kopf über diesen Gedanken. Es war so viel Zeit vergangen, ohne dass sie beide Kontakt gehabt hätten. Was brachte ihn jetzt zu ihr? Was brauchte er?

Umgeben von Erinnerungen an ihre Vergangenheit, an eine Kindheit und Jugend, die unauflöslich mit ihm verbunden waren, suchte sie vergeblich nach einer Antwort.

Als um Mitternacht das Klopfen an der Haustür erklang, war sie noch wach. Sie hatte die meisten Lampen ausgemacht und war ins Wohnzimmer umgezogen. Dort saß sie im Dunkeln und schaute erneut aus dem Fenster, während ihre Gedanken durch die frostbedeckte Landschaft des Parks drifteten. Sie war nicht müde, denn ihre Magie sang mit seltsamer Energie in ihrem Blut, und sie legte sich in Gedanken immer neue Möglichkeiten zurecht, die die Geschehnisse des Tages erklären konnten. Während sie so dasaß und sich durch die Vergangenheit arbeitete, um zu Vermutungen über die Zukunft zu gelangen, merkte sie plötzlich, wie sie den Wunsch verspürte, dasselbe zu tun, was ihre Großmutter als Mädchen getan hatte: in den Park hinauszugehen und mit den Fressern zu laufen, die dort lebten – wild, ungehemmt und frei. Es war ein seltsames Gefühl, und der Gedanke, dass sie nach allem, was sie durchgemacht hatte, um der Vergangenheit ihrer Großmutter zu entkommen, noch immer davon angezogen wurde, versetzte ihr einen leichten Schock.

Das Klopfen brachte sie auf die Beine und zerstreute ihre Gedanken in alle Winde. Sie zweifelte keine Sekunde, wer es war. Sie schritt schnell durch die Dunkelheit des Wohnzimmers zum Flur, wo weiter unten im Gang eine einsame Lampe brannte. Das Licht an der Eingangstür war ebenfalls an, aber sie machte sich nicht einmal die

Mühe, durch das Guckloch zu schauen. Sie wusste, wer es war. Sie wusste, wer es sein musste. Sie öffnete einfach die Tür, um ihr Wissen zu bestätigen, und da war er.

»Hallo, Nest«, sagte er.

Er stand im Lichtschein der Türbeleuchtung, seine Augen glänzten erwartungsvoll, und er wirkte jünger und gesünder als vor zehn Jahren in Seattle, als sie ihn zuletzt gesehen hatte. Die Veränderung erstaunte sie und machte sie zugleich misstrauisch.

Ein kleiner, schlanker Junge von vielleicht vier oder fünf Jahren stand neben ihm. Sein honigfarbenes Haar war zerzaust, und seine strahlend blauen Augen schauten sie forschend an. Er starrte sie so intensiv an, dass sie unwillkürlich zurückwich.

Sie schaute von dem Jungen zu Ross, und für einen winzigen Moment wisperte Findo Gasks düstere Warnung vernehmlich in dem hintersten Winkel ihres Verstandes, wohin sie sie verbannt hatte. Sie stand am Rande eines Abgrunds, und sie spürte, wie eine gewaltige Mischung aus Anziehung und Widerwille sie durchfuhr. Welchen Weg auch immer sie einschlug, welche Wahl sie auch traf, ihr Leben würde nie wieder dasselbe sein.

Sie schob die Fliegentür weit auf. »Komm rein, John.« Sie lächelte herzlich. »Ich habe dich erwartet.«

Montag, 22. Dezember

Kapitel 8

Nachdem er aus seinem Traum von dem gekreuzigten Ritter erwachte, begann John Ross seine Suche nach dem Gypsy-Morph.

Es waren weniger die Hinweise des Ritters, die ihn in seinen Bemühungen leiteten. Diese hatte er fast sofort vergessen, es waren nur Geräuschsplitter, die in der Gefühlswelle untergingen, die ihn überrollte, als er sah, dass der Ritter sein eigenes Gesicht besaß. Doch in den Augen des Ritters, in Augen, die unbestreitbar seine eigenen waren, fand er eine Straßenkarte, die er niemals vergessen würde. Innerhalb eines Augenblicks wurde diese Karte unauslöschlich in sein Bewusstsein eingebrannt. Alle Erinnerungen des Ritters, wo und wie das Gypsy-Morph zu finden war, wurden auf ihn übertragen. Um sie sich ins Gedächtnis zu rufen, brauchte er nur in sich hineinzublicken.

Es war Frühsommer, als er aufbrach, und das Wetter war noch fast überall mild. In Pennsylvania, wo er seine Suche begann, roch die Luft nach neuem Gras und Laub, die grünen Anfänge des Junis waren frisch und eindringlich. Zu der Zeit, als er die Westküste erreichte, war der Juli gekommen, und mit ihm glühend heiße Luft und feuchte Hitze, die atemberaubend war, ein Ozean schwebender Kondensation, der mit erdrückender Beharrlichkeit auf allem lastete. Auf den farbigen Wetterkarten in der *USA Today* waren sieben Achtel des Landes tiefrot und orange eingefärbt.

Die einzige Ausnahme bildete die pazifische Nordwestküste, wohin Ross gegangen war, um auf das Erscheinen des Morphs zu warten. In Oregon, wo er seine Vorbereitungen treffen würde, wurde die Hitze von den Brisen, die vom Ozean herüberwehten, ins Landesinnere getrieben, und die Küstenstriche und die Wälder westlich des Kaskadengebirges blieben grün und kühl. Die Windseite der Berge schützte wie ein Hafen gegen die brennenden Temperaturen, die von ihrer windabgewandten Seite bis zum Atlantik über dem gesamten Land brüteten, und die Küste war wie eine andere Welt.

John Ross wusste, was er zu tun hatte. Die Erinnerungen des gekreuzigten Ritters, was nötig war, waren klar und eindeutig. Er konnte nicht sagen, ob ihm der Traum sein eigenes Schicksal gezeigt hatte. Er wusste nicht, ob er dadurch, dass man ihm von dem Morph erzählt hatte, eine zweite Chance erhalten hatte, sein Leben zu ändern. Wenn er akzeptierte, dass sein Traum ihm erlaubt hatte, völlig aus sich herauszutreten, um Zeuge der Zukunft zu werden, für deren Verhinderung er so hart arbeitete, so musste er daraus schließen, dass es für einen solchen Vorgang einen außergewöhnlichen Grund geben musste, denn so etwas war noch niemals geschehen.

Es war einfacher zu glauben, dass seine Vorstellungskraft ihm einen Streich gespielt hatte, als er sein eigenes Gesicht an dem gekreuzigten Ritter gesehen hatte. Eine Täuschung, die von seiner Furcht ausgelöst worden war, genauso zu versagen, wie dieser Ritter versagt hatte, und auf die gleiche Weise zu enden wie dieser. Das zu glauben war nicht schwer. Die Chance, dass er erfolgreich ein Gypsy-Morph fangen und benutzen konnte, war verschwindend gering. In der gesamten Geschichte war es nur eine Hand voll Male gelungen. Die Methoden, die dabei benutzt wurden, und die unterschiedlichen Resultate, zu denen sie geführt hatten, waren niemals dokumentiert worden. Hierfür gab es keine Standard-Vorgehensweise. Doch wenn Notwendigkeit die Mutter der Erfindung war, würde John Ross einen Weg finden.

Gypsy-Morphs waren der Stoff, aus dem Legenden gemacht wurden. Er hatte in den fünfundzwanzig Jahren, die er im Dienst des Wortes stand, immer wieder Geschichten von diesen Geschöpfen gehört. Meist wurden sie ehrfurchtsvoll von Waldkreaturen erzählt, Geschichten, die von Generation zu Generation weitergegeben wurden. Wenn die Auswirkungen einer Magie, die ins Geschehen eingriff, besonders auffällig waren, ob zum Guten oder zum Bösen, wurde regelmäßig vermutet, dass es das Werk eines Morphs war. Soweit Ross wusste, hatte niemand, der heute lebte, jemals eines gesehen. Niemand wusste, wie sie zum Zeitpunkt ihrer Entstehung aussahen. Niemand wusste, wozu sie sich entwickeln würden, denn keines hatte bislang einem anderen geähnelt. Es gab Gerüchte, wozu sie werden mochten, doch keine echten Beweise. Eines, so hieß es, sei zu einem Antibiotikum geworden. Ein anderes zu einer Seuche. Gypsy-Morphs waren Rätsel; das musste er akzeptieren, wenn er Erfolg haben wollte.

Was John Ross mit Gewissheit wusste, als er nach Oregon reiste, war, dass derjenige, der die Kontrolle über ein Gypsy-Morph erlangte, damit die Möglichkeit erhielt, die Zukunft auf eine Weise zu verändern wie niemand sonst. Das war ein Ziel, das zu verfolgen sich lohnte, auch wenn er wusste, dass es fast unmöglich war, es zu erreichen. Es gab wenig, was zu seinen Gunsten sprach, aber zumindest wusste er genug, um anfangen zu können. Die Erinnerungen des gekreuzigten Ritters hatten ihm gesagt, dass das Morph drei Tage nach Thanksgiving in einer Strandhöhle an der Küste von Oregon, nahe der Stadt Cannon Beach, erscheinen würde. In diesen Erinnerungen fand er ein Bild der Höhle und der sie umgebenden Landschaft; er wusste also, wonach er Ausschau halten musste.

Die Offenbarungen des Traums von dem gekreuzigten Ritter waren nicht viel anders als das, was er gewöhnlich in seinen Träumen erfuhr – eine Zeit und einen Ort sowie ein Ereignis, das er durch sein Eingreifen vielleicht verändern konnte. Doch normalerweise kannte er die Einzelheiten des Ereignisses, die Richtung, die es genommen hatte, und den Grund, warum etwas schief gegangen war. Nichts von alledem war diesmal bekannt. Er wusste nicht, welche Gestalt das Gypsy-Morph bei seiner Entstehung annehmen würde.

Er wusste nicht, wie es zu fangen war. Er wusste nicht, was anschließend geschehen würde, weder mit ihm noch mit dem Morph.

Auf gewisse Weise war es beruhigend, dass es so war. Sein Nicht-Wissen wies darauf hin, dass er jemand anderer war als der Ritter am Kreuz, wie sehr er ihm auch ähnelte. Aber zugleich war es seltsam, dass die Erinnerungen des Ritters mit dem Auftauchen des Morphs endeten, als sei alles Spätere ausgelöscht worden oder nie geschehen. Der Ritter war eindeutig der Meinung, dass sein Versuch, die Magie des Morphs zu erlangen und ihre Geheimnisse zu entschlüsseln, gescheitert war. Lag das daran, dass er das Morph nicht einmal hatte einfangen können? Oder lag es daran, dass er das, was anschließend geschehen war, verbarg und nicht wollte, dass Ross es sah? Ross konnte es nicht ergründen, und Vermutungen brachten ihn nicht weiter.

Cannon Beach war eine kleine, charmante Küstenstadt, die etwas über eine Stunde westlich von Portland lag. Der kleine Ort quoll über von den Sommerurlaubern, die wie in jedem Jahr eingefallen waren. Die Geschäfte und Wohnhäuser der Stadt drängten sich an eine Umgehungsstraße, die vom Highway 101 abging und etwa drei Meilen an der Meeresküste entlang verlief. Eine zweite, kleinere Stadt namens Tolovana Park, die eigentlich nicht viel mehr war als eine Verbreiterung der Straße, befand sich am anderen Ende der Umgehung, wo sie wieder auf den Highway stieß. Zusammen bildeten die beiden Gemeinden ein langgestrecktes Zentrum für Dutzende von Gasthäusern, Hotels, Pensionen und Ferienhäusern, zwischen denen sich schindelgedeckte, rustikale Restaurants, Schnellimbisse, Souvenir- und Kunsthandwerksläden, Kunstgalerien und Kleidergeschäfte ausbreiteten. Es gab ein Theater, eine Bäckerei, zwei Weingeschäfte, eine Tankstelle, ein Kaufhaus, ein Postamt und mehrere Immobilienagenturen. Es gereichte Cannon Beach zur Ehre, dass der Ort dem allgegenwärtigen Schwall von überregionalen Ketten widerstanden zu haben schien, der praktisch jeden anderen Urlaubsort des Landes mit immer gleichen Läden überzog. Es fehlten daher dankenswerterweise die vertrauten, grellen Schilder, die Burger, Tacos, Brathähnchen und Ähnliches anpriesen.

Ross kam an einem Sonntag an. Er war von Portland aus von einem Fernfahrer mitgenommen worden, der Maschinenteile für eine der Sägemühlen transportierte. Fünf Meilen weiter im Landesinneren war er abgesetzt worden und wanderte den Rest des Weges zur Küste durch einen sonnigen, angenehmen Nachmittag. Es war noch hell, als er die Stadt erreichte. Cannon Beach war so geschäftig, dass Ross es für unmöglich hielt, den Sonntag von einem anderen Tag der Woche zu unterscheiden. Urlauber bevölkerten die Straßen, drängten sich durch die Läden, schleckten Eis oder kauten Bonbons und hatten Einkaufstüten, kleine Kinder oder Hunde dabei.

See- und Rucksack geschultert, humpelte Ross den Bürgersteig entlang und stützte sich dabei auf seinen schwarzen Stock. Die Sonne glitzerte auf dem Stock und ließ die Runengravuren auf seiner sonst völlig glatten Oberfläche schattenhaft hervortreten. Ross sah aus wie ein Herumtreiber, und dieser Eindruck war nicht völlig falsch. Er war nicht mittellos oder ohne Hoffnung und Antrieb, aber er war heimat- und wurzellos, ein Bürger der Welt. Er hatte fünfundzwanzig Jahre auf diese Art gelebt, und er hatte sich daran gewöhnt. Sein Dienst für das Wort verlangte, dass er ständig auf Reisen war, dass er in der Lage war, auf seine Träume zu reagieren, indem er dorthin fuhr, wohin sie ihn leiteten. Und dass er nach getaner Arbeit bereit war, gleich wieder weiterzuziehen. Es war eine seltsame, auslaugende Existenz, die an den Nerven zerrte.

Einmal, vor zehn Jahren, hatte er seinen Glauben verloren und sich selbst aufgegeben. Er hatte sich niedergelassen und versucht, so zu leben, wie andere Menschen es taten. Er hatte dabei versagt. Seine Vergangenheit hatte ihn eingeholt, wie sie es immer tun würde, das wusste er jetzt, und er war zu dem zurückgekehrt, was er immer sein würde.

Gedanken an Vergangenheit und Gegenwart wirbelten durch seinen Kopf, während er durch den Geschäftsbereich von Cannon

Beach ging. Hemlock, die Hauptstraße in Nord-Süd-Richtung, war das eigentliche Zentrum, und er wich in den vierzig Minuten, die sein Marsch dauerte, nicht von ihr ab. Er suchte nach einem Anfang, wie er es immer tat. Manchmal, wenn er sich in einer größeren Stadt befand, nahm er sich einfach ein Zimmer im YMCA und begann von dort aus. Diese Vorgehensweise taugte nicht für einen Ferienort oder seine gegenwärtige Aufgabe. Er würde bis Ende November in Cannon Beach sein. Daher brauchte er mehr als nur ein Zimmer für sechs oder sieben Tage.

Er fand schneller als erwartet, wonach er gesucht hatte. Im Fenster des Cannon Beach Bookstore, der sich am Südende der Hemlock befand, wo die Läden und Galerien allmählich weniger wurden, steckte ein kleines, handgeschriebenes Schild mit der Aufschrift AUSHILFE GESUCHT. Ross betrat den Laden und fragte, welche Art von Aushilfe sie suchten. Der Geschäftsführer, ein bleicher, freundlicher Mann um die fünfzig namens Harold Parks, erklärte ihm, dass sie jemanden für den Sommerverkauf brauchten. Ross sagte, er würde sich um den Job bewerben.

»Das mit dem Sommerverkauf war ernst gemeint, Mr. Ross«, betonte Harold Parks. »Der geht nur bis Mitte September. Und es sind nur dreißig, fünfunddreißig Stunden die Woche.« Er sah Ross stirnrunzelnd durch seinen Bart hindurch an. »Und wir zahlen nur sieben Dollar fünfzig die Stunde.«

»Das passt mir gut«, erwiderte Ross.

Doch Parks war noch immer skeptisch. Warum wollte John Ross einen Job, der nur für zwei Monate war? Wie viel Erfahrung hatte er mit Büchern und mit Verkauf? Wie hatte er von der Stelle erfahren?

Ross hatte seine Antworten parat, er hatte sie schon so oft gegeben. Er war Dozent für englische Literatur, der sich hatte beurlauben lassen, um sich selbst an einem Buch zu versuchen, einem Thriller. Die Handlung sollte an der Küste von Oregon spielen, und er war nach Cannon Beach gekommen, um die nötigen Recherchen zu betreiben und mit dem Schreiben zu beginnen. Er brauchte einen Job, um seinen Lebensunterhalt zu bestreiten, aber keinen, der ihn zu viel seiner Zeit kostete. Er gab zu, so gut wie keine Erfahrung als Verkäufer zu haben, aber er kannte sich mit Büchern aus. Er gab Parks eine kleine Demonstration und fragte dann erneut nach dem Job.

Parks stellte ihn auf der Stelle ein.

Als Ross nach einer Unterkunft fragte, führte Parks ein paar Telefonate und fand für ihn ein Zimmer bei einer älteren Dame, die früher in dem Buchladen gearbeitet hatte und jetzt ihre karge Rente dadurch aufbesserte, dass sie hin und wieder einen Mieter aufnahm. Zur Zeit waren beide Zimmer, die sie vermietete, frei, und Ross konnte sich eines aussuchen.

So besaß er am Sonntagabend bereits eine Unterkunft und einen Job und konnte damit beginnen, nach dem Gypsy-Morph zu suchen – oder zumindest nach der Stelle, wo es gleich nach Thanksgiving erscheinen würde. Er wusste, dass es irgendwo in der Nähe war, und dass es sich um eine Höhle handelte, die von den Gezeiten ausgehöhlt worden war. Er wusste, dass die Höhle bei Flut unter Wasser stand. Er wusste, wie es in ihr aussah, und ein wenig darüber, wie es um sie herum aussah.

Doch die Stränge an der Küste von Oregon bildeten den ganzen Weg von Astoria bis hinunter nach Kalifornien ein ununterbrochenes Band aus Sand, und es gab an ihnen tausende von Höhlen zu erforschen. Die meisten dieser Höhlen besaßen keinen richtigen Namen, und außerdem wusste er auch gar nicht, wie die hieß, nach der er suchte. Er nahm an, er würde die Küste in beide Richtungen ein Dutzend Meilen entlang wandern müssen, um die richtige zu finden.

Er begann seine Suche, indem er während seiner arbeitsfreien Zeit nach Norden bis Seaside und nach Süden bis Arch Cape wanderte. Er tat dies bei Ebbe und tagsüber, was seinen Spielraum ziemlich einschränkte. Er brauchte den gesamten Juli und einen großen Teil des Augusts, um dieses Pensum zu absolvieren. Als er damit fertig war, hatte er nichts vorzuweisen. Er hatte die Höhle nicht gefunden.

Sein Erfolg als Buchhändler war deutlich besser. Er besaß ein Talent fürs Verkaufen, und da er mit seinen Produkten vertraut war und an ihren Wert glaubte, konnte er Harold Parks mit seiner Arbeit beeindrucken. Seine Vermieterin, Mrs. Staples, mochte ihn so gern, dass sie ihm die Benutzung des gesamten Hauses gestattete, einschließlich ihres eigenen Kühlschranks, und sie besuchte ihn regelmäßig bei der Arbeit und bestand jedes Mal darauf, dass Mr. Ross ihr bei der Auswahl ihrer Bücher helfen sollte.

Mrs. Staples war es, die ihm vorschlug, mit Anson Robbington zu sprechen.

Mittlerweile war es fast September, und sein mangelnder Erfolg begann ihm Sorgen zu machen. Er hatte die Höhle noch nicht gefunden, in der das Gypsy-Morph erscheinen sollte, und er hatte noch immer keine Ahnung, wie das Wesen aussehen würde und wie er es einfangen sollte. Er hatte niemanden um Hilfe gefragt, da er geglaubt hatte, die Suche alleine durchführen zu können, und er keine anderen Leute darin verwickeln wollte. Als offensichtlich wurde, dass sein Plan nicht funktionierte, musste er sich überlegen, wie er um die Hilfe bitten konnte, die er benötigte, ohne zu enthüllen, was er wirklich vorhatte.

Daher erwähnte er einigen, sorgfältig ausgesuchten Personen gegenüber beiläufig, dass er gerne mit jemandem sprechen würde, der die Küste um Cannon Beach herum kannte.

»Der Mann, den Sie brauchen«, riet ihm Mrs. Staples sofort, »ist Anson Robbington. Er hat im Laufe seines Lebens jeden Meter der Küstenlinie zwischen Astoria und Lincoln City erforscht. Wenn Sie etwas über die Gegend wissen wollen, kann er es Ihnen mit Sicherheit sagen.«

Ross traf Robbington zwei Tage später bei Duane Johnson Realty, wo er teilzeit als Verkäufer arbeitete. Er war groß, wettergegerbt und bärtig und kleidete sich wie ein typischer Hinterwäldler. Er redete langsam, bewegte sich langsam und schien während ihres Gesprächs die meiste Zeit in seine eigenen Gedanken versunken zu sein. Er vermittelte das Gefühl, als sei er mit etwas völlig anderem beschäftigt und könne Ross nur einen kleinen Teil seiner Zeit und Aufmerksamkeit widmen.

Ross ging bei seiner Erkundigung auf Umwegen vor. Er stellte ein paar allgemeine Fragen über die geologische Beschaffenheit der Klippen, gab eine kurze Zusammenfassung seines angeblichen Buches und beschrieb dann ausführlich die Höhle, die darin eine Rolle spielen sollte.

»Oh, sicher«, sagte Robbington nach einer langen Pause, und seine grauen Augen kehrten von welchem Land auch immer zurück, das sie gerade betrachtet hatten. »Ich kenne genau so eine. Genau, wie Sie sie beschrieben haben.« Er nickte zur Bestätigung und sinnierte dann eine Weile, während Ross wie auf heißen Kohlen saß. »Ich sag Ihnen was«, setzte er neu an, als er wieder zurückkehrte. »Ich bring Sie da selbst am Montagmorgen hin. Können Sie da frei bekommen?«

Am Montagmorgen saßen sie in Robbingtons klapprigem altem Ford-Transporter und fuhren an der Küste entlang nach Süden. Sie verließen Cannon Beach, fuhren an Tolovana Park vorbei, folgten der Abbiegung nach Arcadia und weiter nach Arch Cape. Die Höhle, an die Anson Robbington dachte, lag gleich unter Arch Cape, auf der anderen Seite desTunnels. Sie befand sich sogar im selben Felsen wie dieser. Es war sechs Uhr morgens, und es herrschte Ebbe. Zu jeder anderen Zeit war nicht das Geringste von der Höhle zu erkennen.

Als sie ihr Ziel erreichten, parkten sie den Wagen, stiegen aus und arbeiteten sich am Rand der Klippen entlang, bis sie zu einem schmalen Pfad kamen, der so stark von Gestrüpp bedeckt war, dass er erst sichtbar wurde, als sie direkt davor standen. Der Pfad wand sich über Vorsprünge und Absätze hinab zum Strand. An einigen Stellen fiel er steil ab, um dann wieder ein Stück anzusteigen. Sie brauchten fast fünfzehn Minuten, um hinunter zu gelangen. Robbington gab zu, dass sie etwas weiter entfernt auf einem einfacheren

Weg zum Strand hätten hinabsteigen können. Er war jedoch der Meinung gewesen, dass Ross ein wenig Gefühl für die Klippen bekommen sollte, wenn er schon über sie schreiben wollte. Ross, der vorsichtig hinter dem Mann herstieg, wobei die Anstrengung sein verletztes Bein schmerzen ließ, verkniff sich einen Kommentar.

Als sie die Höhle erreichten, wusste Ross sofort, dass es die richtige war. Sie führte seitlich in den Felsen, wo die Klippen ein Hufeisen formten, dessen Öffnung mit Baumstümpfen, Felsbrocken und Muschelschalen übersät war. Es war kaum eine halbe Meile südlich von der Stelle, wo Ross seine Suche aufgegeben hatte, aber er hätte sie möglicherweise nicht einmal gefunden, wenn er weitergemacht hätte, so tief war sie in Schatten und Unterholz verborgen. Die Höhle wurde von verwitterten Zedern und Fichten bewacht, die sich in unterschiedlichen Stadien des Verfalls befanden, da die Böschung, in der sie wurzelten, allmählich von den Gezeiten weggespült wurde. Der Ort besaß all die kleinen Merkmale, nach denen er Ausschau gehalten hatte, und es sah so aus, wie er es in den Augen des gekreuzigten Ritters gesehen hatte.

Sie zwängten sich durch eine Felsspalte hinein und stießen im Licht ihrer Taschenlampen auf eine Höhle von beträchtlicher Größe, die über mehrere Kammern verfügte. Die Luft und der Fels waren kühl und feucht, und beides roch nach totem Fisch und dem Meer. Von der Decke hingen Baumwurzeln herab, und Wasser tropfte in einem stetigen Rhythmus zu Boden. Als sie weiter nach innen vordrangen, stieg der Boden an und bildete einen niedrigen Sims, wo der Felsen bei einem urzeitlichen Erdbeben auseinander gebrochen war. An der rechten Wand der Kammer, in der der Sims verschwand, befand sich eine seltsame Maserung, die einem Stierkopf ähnelte und die von der geschickten Hand der Natur über die Jahrtausende dort hingezeichnet worden war.

Die Entdeckung ließ eine Welle der Erleichterung in Ross aufsteigen. Der Rest, da war er sicher, würde jetzt viel einfacher werden.

Er erforschte die Höhle gemeinsam mit Robbington etwa zwanzig oder dreißig Minuten lang. Das war nicht nötig, aber er wollte seinen Führer davon überzeugen, dass er wirklich Anschauungsmaterial für sein Buch sammelte. Als sie den Ort verließen, gingen sie am Strand entlang nach Süden, wo es einen angenehmeren Aufstieg gab, und kehrten am Rand des Highways zu ihrem Wagen zurück.

Ross dankte Anson Robbington beim Einsteigen und versprach, dass er ihn in dem Buch erwähnen würde. Robbington schien damit zufrieden zu sein, dass er helfen konnte.

An diesem Nachmittag arbeitete John Ross im Buchladen, und am Abend lud er Mrs. Staples zum Essen ein. Er fühlte sich so gut, dass er seine Zweifel und Bedenken für einen Augenblick beiseite schieben konnte. Dies war wenig genug als Ausgleich für die schwere Bürde, die er sein ganzes Leben lang trug. Die ganze Zeit hindurch, in der er sich mit dieser Angelegenheit abgemüht hatte, hatten ihn in regelmäßigen Abständen weiterhin die düsteren Träume über die Zukunft heimgesucht. Ein- oder zweimal hatten sie ihm Dinge gezeigt, auf die er normalerweise reagiert hätte, was er diesmal nicht tat, um seine Suche nach dem Gypsy-Morph nicht zu gefährden. Es war schwer, die Schrecken der Zukunft zu ignorieren, die er jede Nacht in seinen Träumen durchlebte, und sein erster Impuls war jeden Morgen beim Aufwachen, etwas gegen das zu tun, was er gesehen hatte. Aber er konnte in seinem Leben nur eine begrenzte Anzahl von Dingen bewirken, selbst als ein Ritter des Wortes, selbst mit der Magie, über die er gebot. Er musste seine Wahl treffen, zu ihr stehen und mit den Konsequenzen leben.

In den folgenden Tagen kehrte er häufig zu der Höhle zurück und suchte nach etwas, das ihm helfen konnte, wenn das Gypsy-Morph schließlich auftauchen würde. Er untersuchte die Struktur und Form der Wände, der einzelnen Kammern und des Eingangs. Er versuchte sich auszudenken, wie er etwas fangen konnte, das in der Höhle auftauchte. Er tat sein Bestes, um sich vorzustellen, auf welche Weise er die Kreatur, der er eine Falle stellte, so weit für sich gewinnen konnte, dass sie ihm genug vertraute, um sich ihm zu zeigen.

Es war ein hoffnungsloses Unterfangen, und gegen Ende September war er den Antworten auf seine Fragen noch nicht näher gekommen, als er ihnen beim ersten Aufwachen war. Er hatte angenommen, dass der Traum sich noch einmal wiederholte, dass er noch einmal den Ritter am Kreuz sehen würde und dieser ihm mehr darüber verriet, was er tun musste. Doch der Traum war nie zurückgekehrt.

Er begann bereits zu verzweifeln, als er in einer dunklen, stillen Nacht aus einem besonders bösen Traum über die Zukunft hochschreckte und ein Tatterdemalion vorfand, das von der Lady geschickt worden war und ihn nach Wales beorderte.

Kapitel 9

John Ross unterbrach seine Erzählung und nahm einen Schluck von seinem Kaffee. Sein Blick wanderte zu den von Gardinen bedeckten Fenstern, wo der Sonnenaufgang mit einem goldenen Schimmer in der klaren, kalten Dezemberdämmerung brannte.

Nest Freemark saß ihm am Küchentisch gegenüber. Ihre aufmerksamen Augen waren konzentriert auf ihn gerichtet, während sie seine Geschichte einschätzte und auf die Konsequenzen untersuchte, die sie haben würde. Sie sah noch ziemlich genauso aus, wie er sich an sie erinnerte, nur selbstsicherer, als hätte sie gelernt, besser mit dem Leben umzugehen, das ihr gegeben war. Er bewunderte die Gelassenheit, die sie gezeigt hatte, als er gestern Nacht nach zehn langen Jahren auf ihrer Türschwelle aufgetaucht war. Sie hatte ihn hereingelassen, keine Fragen oder Bedingungen gestellt, sondern ihm einfach ein Zimmer gegeben und gesagt, er solle erst einmal schlafen. Sie besaß eine Art von Stärke, die die meisten Menschen nicht hatten und niemals haben würden.

»Also bist du nach Wales gegangen«, ermunterte sie ihn und fuhr sich durch das dichte, krause Haar.

Er nickte. »Das tat ich.«

Ihre Augen lösten sich keine Sekunde von seinem Gesicht. »Was hast du dort erfahren?«

»Dass ich es mit viel mehr zu tun hatte, als ich angenommen hatte.« Er lächelte und zog eine Augenbraue hoch. »So läuft es in der Mehrzahl der Fälle. Man sollte annehmen, dass ich es irgendwann lernen würde.«

Das große Haus war still, und das Ticken der alten Standuhr war deutlich zu hören, wenn es eine Pause in ihrer Unterhaltung gab. Die Sonne ging gerade auf, und die Dunkelheit überzog die Ecken und Nischen mit vielschichtigen Schatten. Draußen erwachten die Vögel. Keine Autoreifen knirschten über die reifbedeckte Straße. Keine Stimmen begrüßten den Morgen.

Der Junge, der mit ihm zu Nest Freemark gekommen war – der Junge, zu dem das Gypsy-Morph vor ein paar Tagen geworden war –, kniete auf der Couch. Er hatte das Kinn auf die Arme gestützt, während er sich gegen das Rückenpolster lehnte, und starrte aus dem Fenster zum Park hinüber.

»Ist er in Ordnung?«, fragte Nest leise.

Ross schüttelte den Kopf. »Ich wünschte, ich wüsste es. Ich wünschte, ich wüsste irgendetwas über ihn. Zumindest hat er aufgehört, die Gestalt zu wechseln. Aber ich habe keinen Schimmer, was er tut oder warum.«

Nest rutschte auf ihrem hölzernen Stuhl herum und zupfte an ihrem Morgenmantel. »Hat dir die Lady nichts darüber gesagt?«

»Sie hat mir ein wenig davon erzählt, was ich zu erwarten hatte.« Er brach ab, um sich zu erinnern. »Sie gab mir eine Art Netz, das so leicht und weich war, dass man glaubte, Spinnweben in der Hand zu haben. Damit sollte ich das Gypsy-Morph einfangen, wenn es nach Thanksgiving in der Höhle erschien.«

Er räusperte sich leise. »Sie erzählte mir, wie das Morph gebildet wurde, dass es wilde Magie war, die sich in Bruchstücken zusammenfügte, um ein Ganzes zu bilden. Das passiert nicht sehr oft, wie ich bereits gesagt habe. Doch wenn es geschieht, ist dieses Zusammenfügen so mächtig, dass es fast alles werden kann. Ich fragte sie, was dies wäre. Ein Heilmittel oder eine Seuche, sagte sie. Man konnte es nie vorhersagen; es sei jedes Mal etwas anderes und suche sich seine eigene Form und Gestalt. Deutlicher wollte sie nicht werden. Sie sagte, dass wilde Magie dieser Art so selten und instabil sei, dass das Morph nur für kurze Zeit bestehen bliebe, bevor es wieder auseinanderbreche. Wenn es eine Form fände, die ihm zusagte, würde es länger überleben und zu einem Machtfaktor in dem Kampf zwischen dem Wort und der Leere werden. Wenn nicht, würde es sich auflösen und in den Äther zurückkehren.«

Er drehte seine Kaffeetasse, und seine Augen senkten sich kurz. »Das Gypsy-Morph ist keine Schöpfung des Wortes, wie es die meisten anderen Dinge sind, sondern eine Konsequenz aus anderen Schöpfungen. Es entsteht, weil die Welt so ist, wie sie ist, mit ihren verschiedenen Arten von Magie und den Konsequenzen, die ihre Benutzung hat. Das Wort hat nicht vorhergesehen, dass so etwas wie das Morph entstehen könnte, daher hat es auch noch keine Handhabe dafür. Selbst das Wort lernt noch immer, wie es scheint.«

Nest nickte. »Das ergibt Sinn. Es gibt immer unvorhergesehene Konsequenzen im Leben. Warum für das Wort nicht ebenso wie für uns?«

Hawkeye wanderte von draußen herein, stolzierte durch den Korridor und in die Küche, um sich kurz umzuschauen, und ging dann ins Wohnzimmer. Ohne innezuhalten, sprang er neben dem Jungen auf die Couch und rieb sich an ihm. Der Junge begann geistesabwesend, ohne hinzuschauen, die Katze zu streicheln.

»Ich habe noch nie gesehen, dass Hawkeye das bei irgendjemandem tut«, sagte Nest ruhig. Ross lächelte schwach, und ihr Blick kehrte wieder zu ihm zurück. »Sie hat dir also ein Netz gegeben?«

Er nickte. »Wenn das Gypsy-Morph das erste Mal auftauchte, so erklärte sie mir, würde es sich in einem Schimmer aus Licht materialisieren, einer Art Ansammlung von leuchtenden Staubteilchen. Sobald dies geschah, sollte ich das Netz werfen. Das Licht würde es anziehen, und es würde sich von selbst darum schließen und es einhüllen. Sie warnte mich, dass das Morph sofort damit beginnen würde, seine Gestalt zu verändern. Wenn es das tat, sollte ich so schnell wie möglich dort verschwinden, weil die bei den Verwandlungen des Morphs frei werdende Magie von überall her Dämonen anlocken würde.«

»Und tat es das?«

Er hob die Tasse und hielt sie vor sich in der Luft.

Er erinnerte sich, wie es begonnen hatte, seine Worte riefen ihm das Geschehen wieder vor Augen. Er war am Tag des Ereignisses bei Sonnenaufgang zur Höhle gekommen. Er hatte seine Rolle viele Male geübt und die Grotte und ihre Umgebung so gründlich erforscht, dass er sich sogar blind zurecht gefunden hätte. Es war an diesem Tag bitterkalt und feucht. Der Regen der letzten beiden Tage hatte irgendwann in der Nacht aufgehört, aber seine Kälte und Feuchtigkeit hingen noch in der Erde und der Luft. Nebel stand als dichter, undurchdringlicher Vorhang am Rand des Strandes und über dem Wasser. Große Fetzen hatten sich von der Hauptmasse losgerissen und trieben landeinwärts, um sich zwischen den Bäumen und den Felsen niederzulassen, wie Flüchtlinge, die sich versteckten. Die Brandung des Ozeans, die an diesem windstillen Morgen nur schwach war, rollte stetig und monoton den Strand hinauf. Sie schwappte vor und zog sich zurück, wieder und wieder, in einer hypnotischen Bewegung. Möwen stießen auf der Suche nach Nahrung ihre fremdartigen, herausfordernden Schreie aus und zeichneten sich glatt und hell vor dem Grau ab.

Er hatte sich wieder einmal den Chevy von Mrs. Staples geborgt. Der Wagen hatte ihn in den letzten drei Monaten so oft zu der Höhle gebracht, dass er den Weg mittlerweile wahrscheinlich auch allein finden würde. Er parkte ihn dort am Straßenrand, wo sich der einfachere Weg zum Strand befand, und stieg durch das Grau, den Nebel und die Feuchtigkeit hinab wie ein einsamer Jäger im dämmrigen Licht. Unten angekommen, ging er über das breite Band aus Sand auf sein Ziel zu.

Im Inneren der Höhle war es so dunkel, dass er seine Taschenlampe anmachen musste, um den Weg zu dem Felssims zu finden. Er wusste nicht genau, wie lange er würde warten müssen, sondern nur, dass das Morph vor Sonnenuntergang erscheinen würde. Außer seiner Taschenlampe und dem spinnwebartigen Netz, das ihm von der Lady gegeben worden war, hatte er eine Decke und einen kleinen Korb mit etwas zu essen und zu trinken dabei. Die Erinnerungen des toten Ritters enthielten ein ziemlich genaues Bild davon, wo das Morph erscheinen würde, sodass Ross wusste, wo er sich positionieren musste.

Nach einiger Zeit bemerkte er die Fresser. Am Anfang waren es nur zwei, dann ein halbes Dutzend. Sie lauerten in den dunklen Ecken und Nischen, und ihre Augen leuchteten wachsam. Ross war nicht überrascht, sie zu sehen; Fresser beobachteten ihn die ganze Zeit über. Sie wurden von seiner Magie angezogen und warteten gierig darauf, dass er sie benutzte. Er konnte sich nicht erinnern, dass sie einmal nicht in der Nähe gewesen waren, daher kümmerte es ihn nicht, sie jetzt zu sehen.

Doch als der Morgen sich auf den Mittag zubewegte, wurden es immer mehr, und schon bald waren es so viele, dass er sie nicht mehr zählen konnte. Sie spürten, dass etwas Ungewöhnliches geschehen würde. Vielleicht spürten sie sogar, was es war. Doch dass sich so viele an einem einzigen Ort versammelten, war nicht gut. Andere magische Kreaturen würden ihre Anwesenheit spüren und ihrerseits davon angezogen werden.

Ross stand auf und ging in der Höhle auf und ab, um die Fresser zurück in die Dunkelheit zu scheuchen. Ihre Augen erloschen, nur um aufs Neue aufzutauchen, sobald er an ihnen vorbei war. Der Eingang der Höhle wurde von der mittäglichen Sonne durch den Vorhang aus Ästen und Gestrüpp hindurch fahl und schummrig erleuchtet. Er spähte vorsichtig zum Strand hinaus, der sich leer und ruhig vor ihm ausbreitete. Abgesehen von den Möwen gab es kein Anzeichen von Leben. Die Meeresbrandung schlug mit einem leisen Geräusch, das wie weißes Rauschen klang, gegen das Ufer.

Am frühen Nachmittag aß er etwas und trank eine Flasche Wasser, während ihn das lange Warten allmählich unruhig werden ließ. Die Zahl der Fresser war enorm, und jetzt tauchten Menschen am Strand auf, die spazieren gingen, Hunde ausführten oder mit ihren Kindern spielten. Sie alle gingen ohne anzuhalten an der Höhle vorbei, erregten aber dennoch seine Besorgnis. Die Flut von Fressern und sein eigenes Gefühl, das ihm eine fremde, magische Präsenz meldete, sagten ihm jetzt, dass das Morph erscheinen würde. Wilde Magie war um ihn herum, ihr heftiges Herumwirbeln im Äther durchzuckte seinen Geist wie ein Blitz und schärfte seine Instinkte.

Er war bereits auf den Beinen, das Netz wurfbereit in den Händen, als die Magie sich schließlich zusammenballte. Sie tat dies mit einem Schwall von Wind und Lärm, der ihn auf die Knie zwang, als er wild durch die Felsenkammer tobte. Feuchte Gischt sprühte in sein Gesicht, und die Augen der Fresser leuchteten auf und schlossen sich. Mit hochgezogenen Schultern blinzelte er durch zusammengekniffene Augen zu der Bewegung, die über dem Felssims Gestalt anzunehmen begann; erst war es eine Dunkelheit, dann wurde sie langsam heller. Es geschah! Er kroch inmitten des Lärms und des Sturms vor, das hauchzarte Netz fest gegen die Brust gepresst. Der Wind alleine könnte es zerreißen, befürchtete er. Doch es war alles, was er besaß und was die Lady ihm gegeben hatte.

Das heller werdende Licht wurde immer intensiver, eine Art Sog in der Luft, der sich langsam zusammenballte. Winzige Teilchen erschienen, die durch den schimmernden Nebel wirbelten und vor dem Hintergrund aus Schatten und Dämmerlicht glühende Gestalt annahmen. Ross ignorierte das tiefe Pfeifen des Windes, die Gischt, die ihm ins Gesicht trieb, und den Schub, der von der Vereinigung der Magie ausging. Er musste bereit sein, wenn der Augenblick kam. Er durfte nicht zögern.

Als die tanzenden Staubkörner sich plötzlich zusammenballten und in der Luft vor ihm Gestalt anzunehmen begannen, warf er das Netz. Es blähte sich im Wind auf wie ein Segel, während es durch die Dunkelheit flog, um sich um das Licht zu legen.

Sofort erstarb der Wind, und das Licht ging aus. Eine abrupte, alles umhüllende Stille breitete sich aus. John Ross stand erstarrt da, und seine Augen versuchten, sich an den plötzlichen Lichtwechsel anzupassen. Er atmete langsam und tief, beobachtete und wartete ab.

Dann tauchten nach und nach wieder die Augen der Fresser auf, die hell wie Laternen aus der Finsternis hervorleuchteten, in der die Kreaturen hockten. Von draußen waren die Schreie der Möwen und das Rollen der Brandung zu hören. Er tastete sich vorsichtig über den glatten, feuchten Felsen vor. Er wollte seine Taschenlampe nicht anknipsen, da er Angst hatte, welche Reaktion das Licht auslösen würde.

Er fand das Netz mit seinem kostbaren Inhalt in einer Höhlung, die sich in der Mitte des Simses befand. Das Gewebe war undurchsichtig und lag still da, bis er es berührte. Das darin Gefangene bewegte sich nun, und Licht strahlte davon aus. Er hob das Netz auf und trug es zum Eingang der Höhle, wo das gedämpfte Tageslicht darauf fiel und es enthüllte.

Das Netz veränderte mit solcher Geschwindigkeit seine Gestalt, dass er dem Geschehen kaum folgen konnte. Es krümmte sich zusammen, schüttelte sich und zuckte heftig, und bei jeder Bewegung drang ein wenig Licht aus ihm hervor.

Eine schnelle Überprüfung des Strandes zeigte, dass er gegenwärtig leer war. Er presste das Netz und seinen sich windenden Inhalt an die Brust und machte sich eilig auf den Rückweg.

Er hatte fast sein Auto erreicht, als der erste Dämon auftauchte.

Eine junge Frau und ein kleines Mädchen tauchten plötzlich in der Küchentür auf, und John Ross verstummte. Die junge Frau war dünn und wirkte erschöpft. Sie hatte den Blick von jemandem, der Probleme hatte, die Schlaf allein nicht zu lösen vermochte. Ihre dunklen Augen richteten sich herausfordernd auf Ross und blieben dort, schätzten ihn ab und musterten ihn auf eine ganz eigene Art.

Nest, die mit dem Rücken zur Tür saß, drehte sich um. »Guten Morgen«, sagte sie und lächelte die beiden an. »Habt ihr gut geschlafen?«

Die junge Frau nickte, ohne ihre dunklen, forschenden Augen von Ross zu lösen. »Haben wir das Frühstück verpasst?«

»Nein, wir haben auf euch gewartet.« Nest schaute zu Ross. »Das ist John Ross. John, das sind Bennett Scott und ihre Tochter Harper.«

Ross nickte. »Schön, euch kennen zu lernen.«

»Schön, Sie kennen zu lernen«, erwiderte Bennett, sah dabei aber skeptisch aus. »Ich schätze, Sie sind ziemlich spät angekommen?«

»Irgendwann nach Mitternacht.«

»Ist das Ihr Sohn?« Sie wies zum Wohnzimmer, wo der Junge, der das Gypsy-Morph gewesen war, auf dem Sofa kniete und in den Park starrte.

Ross zögerte, war sich nicht sicher, was er antworten sollte. »Ja.«

»Wie heißt er?«

Ross warf Nest einen Blick zu. »John junior. Wir nennen ihn Little John.«

»Little John«, wiederholte Bennett nachdenklich.

»Ein wenig abgedroschen, fürchte ich.« Ross lächelte ihr entschuldigend zu.

»Appelsaff«, sagte Harper leise und zupfte an der Hand ihrer Mutter.

Nest stand auf, um die Tüte aus dem Kühlschrank zu holen und Saft in einen der verschließbaren Becher zu gießen, aus denen das kleine Mädchen trank. Ross war währenddessen mit Bennett allein, die ihn weiterhin herausfordernd anblickte.

»Wie alt ist Little John?«, fragte sie beiläufig, doch es lag eine gewisse Schärfe in ihrer Stimme.

»Vier Jahre und zwei Monate.« Ross hielt sein Lächeln aufrecht. »Wir sind nur für ein paar Tage zu Besuch, dann machen wir uns wieder auf den Weg.«

Bennett Scott schürzte die Lippen. »Gestern Abend war ein Priester hier, der nach Ihnen gesucht hat. Findo Gask. Komischer Name. Ich sagte ihm, dass ich Sie nicht kennen würde. Aber jetzt habe ich das Gefühl, dass ich das doch tue.«

Er schüttelte den Kopf und hielt ihrem Blick stand. »Ich glaube nicht.«

Sie strich ihr glattes Haar zurück und verschränkte dann die Arme vor der Brust. »Nest scheint nicht viel von diesem Priester zu halten. Ich schätze, das tue ich auch nicht. Er war ziemlich aufdringlich.«

Ross stand langsam auf, wobei er sich schwer gegen den Tisch lehnte. »Es tut mir Leid, wenn ich Ihnen Ärger bereitet habe, Miss Scott. Ich weiß nicht, wer dieser Mann ist oder was er will.« *Aber ich kann es mir denken*, fügte er im Stillen hinzu.

Die junge Frau deutete plötzlich auf ihn. »Ich weiß, wer Sie sind. Sie waren hier vor, oh, das muss fünfzehn Jahre her sein. Ich war noch ein kleines Mädchen. Sie kamen Nests Großeltern besuchen. Sie kannten ihre Mutter, nicht wahr?«

Seine Kehle schnürte sich zusammen. »Ja. Das war vor langer Zeit.«

»Setzen Sie sich«, drängte sie, und Besorgnis spiegelte sich in ihren dunklen Augen. Sie machte entsprechende Gesten mit den Händen, und er gehorchte. »Ich sollte nicht erwarten, dass Sie sich nach all der Zeit noch an mich erinnern. Ich schätze, ich war nicht sicher, wo …«

Sie brach ab und schaute sich schnell nach Harper um, die an ihrem Apfelsaft nuckelte. »Bist du hungrig, Spatz?«

Harpers Augen hingen an dem Jungen im Wohnzimmer. »Junge«,

sagte sie, anscheinend ohne ihre Mutter zu hören. Sie tapste an Bennett vorbei ins Wohnzimmer und kletterte auf die Couch neben das Gypsy-Morph. Sie kniete sich hin wie der Junge, trank ihren Apfelsaft und starrte in den Park hinaus. Das Morph schaute sie nicht an.

»Warum ziehst du dich nicht an«, schlug Nest Bennett vor und kam an den Tisch zurück. »Harper kann mit Little John spielen. Ich werde ein Auge auf sie haben. Wenn du zurückkommst, können wir frühstücken.«

Bennett dachte darüber nach, nickte dann und ging durch den Gang zu ihrem Zimmer, dessen Tür sie leise hinter sich schloss. Ross sah ihr ohne etwas zu sagen nach und fragte sich, woher ihre Besorgnis darüber kam, wer er war. Es war mehr als Unbehagen, was sie gezeigt hatte; es war Angst. Er erkannte es jetzt, als er über ihre Reaktion nachdachte, über ihre Vermutung, dass ihre Wege sich schon einmal gekreuzt hatten. Sobald sich das Geheimnis ihrer früheren Begegnung jedoch aufgeklärt hatte, schien sie beruhigt gewesen zu sein. Vielleicht war *erleichtert* das bessere Wort.

Nest setzte sich wieder an den Tisch. »Little John?«, fragte sie mit hochgezogener Augenbraue.

Er zuckte mit den Achseln. »Das war das Einzige, was mir so schnell einfiel. Er ist erst seit drei Tagen ein Junge. Ich hatte bisher noch keinen Grund, mir einen Namen für ihn zu überlegen.«

»Little John ist gut. Erzähl mir von den Dämonen, bevor Bennett zurückkommt.«

Nachdem er seine Tasse von sich geschoben hatte, als wolle er sich von seinem Bericht distanzieren, kam er ihrer Bitte nach.

Er hatte noch nicht einmal seinen Wagen erreicht, als bereits der erste Dämon auftauchte. Mit dem Netz, in dem sich das Morph befand, in der einen Hand und seinem Walnussstab in der anderen kletterte er unbeholfen den sandigen Weg zum Highway 101 hinauf. Kaum oben angekommen, erblickte er den langhaarigen jungen Mann, der ein Stück von Ross entfernt zwischen ihm und dem Auto stand. Er schenkte Ross keinerlei Aufmerksamkeit, seine Augen waren auf das Meer gerichtet. Aber Ross spürte seine Instinkte prickeln, die Magie, die ihn schützte, wallte auf, und er wusste, was ihn erwartete.

Er ging die Straße entlang, als sei ihm die Anwesenheit des jungen Mannes gleichgültig. Ross beobachtete, wie der andere sein Gewicht verlagerte, und sah dann, wie er einen Schritt zurück machte und seine Augen beschattete, als hätte etwas am Strand seine Aufmerksamkeit erregt. Als Ross bei ihm ankam, wirbelte der junge Mann herum, um ihn anzugreifen, doch Ross war bereit und schmetterte dem anderen seinen Stock gegen die Stirn. Flammen schossen aus dem runenverzierten Stab hervor, und der Kopf des jungen Mannes explodierte in einem Blutschwall. Der Dämon, enthüllt als das, was er war, fiel über den Klippenrand und verschwand in der Tiefe.

Ross wischte eilig das Blut ab, stieg in seinen Wagen und fuhr in Richtung Cannon Beach. Mittlerweile würden sie bereits aus allen Richtungen zusammengeströmt sein und bei Mrs. Staples auf ihn warten, um ihn abzufangen. Aber das hatte er vorausgesehen. Er hatte nicht vor, nach Cannon Beach zurückzukehren. Er war nicht so lange am Leben geblieben, indem er berechenbar gewesen war.

Er fuhr an der Abfahrt vorbei, ohne langsamer zu werden, und bog nach Osten auf den Highway 26 in Richtung Portland ab. Auf dem Sitz neben ihm veränderte das Morph weiterhin seine Gestalt und strahlte Licht aus. Seine Magie pulsierte bei jeder Formwandlung wie ein Funksignal und leitete Ross' Feinde direkt zu ihm. Ross wusste, dass er in einer großen Menschenansammlung untertauchen musste, wenn er überhaupt eine Chance haben wollte. Wenn er in Cannon Beach blieb oder in einer anderen kleinen Gemeinde Unterschlupf suchte, würden ihn die Dämonen im Handumdrehen finden. In einer Stadt hingegen konnte er verschwinden. Die Anzahl und die Frequenz der Verwandlungen des Morphs würden nach einiger Zeit nachlassen, und auch wenn er nicht darauf hoffen durfte, seinen dämonischen Verfolgern komplett auszuweichen, so konnte er es ihnen doch erschweren, ihn aufzuspüren. Sobald das Morph sich nicht mehr veränderte, war es schwerer zu identifizieren, das hatte ihm die Lady mitgeteilt. Schrittweise würde Ross zum Zentrum ihrer Suche werden. Als einer unter Tausenden würde er nicht so einfach zu finden sein.

Aber er musste nach Portland gelangen, um überhaupt eine Chance zu haben, und die Dämonen waren bereits hinter ihm her. Ein großer Holztransporter drängte ihn kurz vor der Abfahrt nach Banks von der Straße ab. Er entkam in den Wald, fand einen Feldweg und wurde von einer alten Dame und ihrer Tochter in eine kleine Stadt mitgenommen. Er fühlte sich wegen des Wagens von Mrs. Staples schuldig, aber daran konnte er nichts ändern. Er fühlte sich auch wegen des Wagens schuldig, den er in der kleinen Ortschaft stahl, aber auch daran konnte er nichts ändern. Er ließ ihn außerhalb von Portland stehen und fuhr mit einem Linienbus in die Stadt.

In einer unterirdischen Eisenbahnstation im Westteil der Stadt, während er auf einen Zug in Richtung Süden nach San Francisco wartete, wurde er erneut angegriffen. Zwei Männer, bewaffnet mit Eisenrohren, überfielen ihn im Waschraum. Er setzte sie innerhalb von Sekunden außer Gefecht, doch der Dämon, der sie geschickt hatte und draußen wartete, überraschte ihn, als er sich davonschleichen wollte. Der Dämon war wild und urtümlich, doch zugleich auch intelligent. Er suchte sich einen guten Platz für seinen Hinterhalt aus, und mit ein wenig mehr Glück hätte er Erfolg haben können. Doch John Ross wurde wieder einmal von seinen Instinkten gerettet, und der Dämon starb in einer feurigen Entladung der Magie.

Ein Taxi brachte Ross zur Busstation, von wo aus er Mrs. Staples anrief, um ihr von dem Auto zu erzählen und sich dafür zu entschuldigen, was er getan hatte. Er sagte ihr, dass er Geld schicken würde. Sie nahm es verhältnismäßig ruhig auf, wenn man die Umstände bedachte. Dann löste er einen Fahrschein, stieg in den Bus, wartete, bis er abfahrbereit war, und stieg dann wieder aus. Er verließ die Station und ging die Straße hinab zu einem Gebrauchtwagenhändler. Er suchte sich einen Wagen für eine Testfahrt aus, nachdem er dem Verkäufer den Kaufpreis in bar als Sicherheit übergeben hatte, und kam nicht mehr zurück. Er fuhr nach Norden bis Vancouver, ließ den Wagen stehen, nahm einen Bus zurück nach Süden und war am nächsten Tag in Kalifornien.

So machte er noch mehr als eine Woche lang weiter. Er wich aus, täuschte an und zog sich zurück, wie ein Boxer in der Verteidigung. Wieder und wieder wechselte er den Ort; manchmal machte er sich nicht einmal die Mühe auszupacken. Er schlief unregelmäßig und immer nur kurz, und so war er die ganze Zeit über reizbar und müde, während seine Energie allmählich versiegte. Es half nicht gerade, dass er sich so oft verteidigen musste, dass er die ganze Zeit, die er in seinen Träumen in der Zukunft verbrachte, ohne den Schutz seiner Magie war. Dadurch war er auch dort ein Flüchtling, ständig gehetzt und verfolgt. Dass es ihm gelang, in beiden Welten am Leben zu bleiben, war beeindruckend. Dass es ihm gelang, das Gypsy-Morph nicht zu verlieren, war ein reines Wunder.

Die ersten sieben Tage wechselte das Morph weiterhin ständig die Gestalt, bevor es endlich langsamer wurde. Die ganze Zeit über blieb es in dem Netz und versuchte nie, es zu verlassen, während es seine unzähligen Verwandlungen durchlief. Es war Pflanze, Insekt, Vogel, Reptil und eine Unzahl andererDinge, die Ross nicht identifizieren konnte und wollte. Bei einer Gelegenheit schien es komplett verschwunden zu sein, doch als er in das Netz hineinschaute, sah er, dass es zu einer Schnecke geworden war. Ein anderes Mal wurde es zu einer Biene. Bei einer dritten Gelegenheit verwandelte es sich in eine Art Schimmel. Danach hörte Ross auf nachzuschauen und nahm einfach als gegeben an, dass es sich im Netz befand, auch wenn dieses sich gerade nicht ausbeulte. Es gab nie einen Laut von sich, und es schien nie Nahrung oder etwas zu trinken zu benötigen. Irgendwie besaß es die Fähigkeit, sich während dieser frühen Phase seiner Existenz selbst zu versorgen, sodass er sich nicht um sein Wohlergehen kümmern musste, sondern nur darum, dass es in Sicherheit war und am Leben blieb.

Mitte Dezember, als der Zwischenfall in Salt Lake City stattfand, verwandelte es sich im Schnitt nur noch einmal täglich. Zwei Tage war es während dieser Zeit eine Katze. Anderthalb Tage verbrachte es als Schimpanse. Einmal wurde es, nur für ein paar Stunden, zu einem Wolf mit tigerartigen Streifen im Gesicht, der auf unheimliche Weise an Geist erinnerte.

Kurz darauf verwandelte es sich in den kleinen Jungen, der er jetzt war, und sagte ein einziges Wort – *Nest*. Als es den Namen innerhalb eines Tages noch zweimal wiederholte, entschloss sich Ross, das Risiko einzugehen und nach Hopewell zurückzukehren.

»Weil er Nest sagte und du annahmst, er würde damit mich meinen«, sagte sie ruhig.

»Weil ich annahm, dass er dich meinen *könnte*, ja.« Sie sah, wie Besorgnis seine Züge anspannte. »Weil ich gerade gesehen hatte, wie er sich in eine Miniaturausgabe von Geist verwandelte, und mich dies stutzig machte. Hauptsächlich jedoch, weil ich mit meinem Latein am Ende war – dies noch immer bin, um genau zu sein – und weil ich deshalb etwas Neues ausprobieren musste.«

Er lehnte sich auf seinem Stuhl zurück. »Ich bin erschöpft, die Zeit läuft mir davon, und ich habe nicht das Geringste erreicht. Ich habe ihn seit zweiundzwanzig Tagen bei mir und weiss noch immer nicht, wie ich ihn erreichen kann. Ich dachte, ich würde während dieser Zeit etwas lernen, auf irgendein Geheimnis seiner Magie stoßen. Doch alles, was mir gelungen ist, war uns beide am Leben und in Freiheit zu halten. Es hat keine Kommunikation gegeben, kein Informationsaustausch, keinerlei Entdeckung. Dein Name war der erste Durchbruch. Das und der Umstand, dass er jetzt seit vier Tagen ein kleiner Junge geblieben ist. Vielleicht hat das etwas zu bedeuten.«

Sie nickte und stand dann auf, um ihnen neuen Kaffee einzuschenken. Draußen war der Tag hell, klar und kalt. Der morgendliche Raureif war an schattigen Stellen und an den Baumstämmen zu sehen. Ross hörte die Ölheizung brummen, wie sie Wärme in den Raum pumpte, um gegen die Kälte anzukämpfen.

»Jetzt, wo er hier ist, scheint er nicht sonderlich viel Interesse an mir zu haben«, bemerkte sie vorsichtig.

Er nippte an seinem Kaffee. »Ich weiß. Er hat auch deinen Namen nicht mehr ausgesprochen. Er hat kein einziges Wort gesagt. Vielleicht hatte ich also Unrecht.«

»Wie viel Zeit bleibt noch?«

»Bevor er völlig verschwindet?« Ross schüttelte den Kopf. »Ein paar Tage, denke ich. Man geht bei einem Morph von durchschnittlich etwa dreißig Tagen Lebenszeit aus, demnach hätte dieses hier noch acht.«

»Interessant«, sagte sie, »dass er ein kleiner Junge geworden ist.«

»Interessant«, stimmte er ihr zu.

Sie sprachen noch eine Weile über die Neigungen von Gypsy-Morphs, doch da es für diese Kreaturen keine Gebrauchsanleitungen gab und sie in ihrer Entwicklung völlig unterschiedlich waren, gab es nicht viele Anhaltspunkte, aus denen sie Vermutungen über die Absichten des Morphs ableiten konnten. Nest hätte gerne mehr über diese seltsamen Kreaturen gewusst, doch tatsächlich wusste sie nicht einmal über Pick besonders viel, und den kannte sie schon ihr ganzes Leben. Kreaturen des Waldes und der Magie neigten dazu, Menschen ebenso fremd zu sein wie Plankton – selbst jenen, die so an den Umgang mit ihnen gewöhnt waren wie sie.

Bennett tauchte wieder auf. Sie trug Jeans, ein altes Sweatshirt, das sie aus ihrem Rucksack gekramt hatte, und ein Paar von Nests Wanderschuhen. Sie machten sich daran, für das Frühstück zu decken, das sie an dem größeren Tisch im Wohnzimmer zu sich nahmen. Alle aßen, außer dem Morph, das sein Essen nur herumschob und nichts sagte.

»Hallo, Junge«, sagte Harper während der Mahlzeit zu ihm.

Das Gypsy-Morph musterte sie ernst.

»Ist er immer so ruhig?«, fragte Bennett stirnrunzelnd Ross.

Er nickte. »Er versteht alles, aber er spricht nicht.« Er zögerte. »Die Wahrheit ist, wir sind auf dem Weg nach Chicago, um nach den Feiertagen einen Spezialisten aufzusuchen.«

»Dann lassen Sie am besten auch gleich seinen Appetit überprüfen«, empfahl sie ihm. »Er hat überhaupt nichts gegessen.«

»Er hat vorhin schon ein paar Frühstücksflocken gehabt.«

»Mami?«, fragte Harper und schaute sie mit großen, neugierigen Augen an. »Junge, reden?«

»Vielleicht später, Liebling«, sagte Bennett und widmete sich wieder ihrem Frühstück.

Nach dem Essen packte sie Harper dick ein und verkündete Nest, dass sie mit ihr einen Spaziergang durch den Park machen wollte. Sie fragte Ross, ob Little John mitkommen wolle, aber Ross erwiderte, dass es ihm nicht so gut ginge und er besser im Haus bliebe. Ihre Absichten waren gut, aber er konnte kein Risiko eingehen und das Gypsy-Morph aus den Augen lassen.

Bennett und Harper verließen das Haus durch die Hintertür und gingen über den Rasen in die frostige Weite des Parks hinaus. Es war noch vor dem Mittag. Von seiner Position auf der Couch, wo es wieder durch das Fenster starrte, sah das Gypsy-Morph ihnen nach. Ross stand eine Zeit lang neben ihm und redete leise auf den Jungen ein, ohne irgendeine Reaktion zu erhalten.

Schließlich kehrte er in die Küche zurück und nahm sich ein Handtuch, um das Geschirr abzutrocknen, das Nest abwusch.

»Du hast einen Geschirrspüler«, erinnerte er sie und deutete auf die Maschine, die vor ihr stand.

»Ich mache es gerne mit der Hand. Ich mag es, wie ich mich dabei fühle.«

Sie arbeiteten eine Weile schweigend und fielen dabei in einen angenehmen Rhythmus. Dann sagte Ross: »Sie werden hierher kommen, das weißt du.«

Sie nickte. »Das sind sie bereits. Zumindest einer von ihnen. Findo Gask, Mann des Glaubens.«

»Es werden noch mehr kommen. Es wird gefährlich, wenn ich bleibe.«

Sie blickte ihn an. »Kein Scheiß, wie Robert sagen würde.«

Er wusste nicht, wer Robert war, verstand aber die Botschaft. »Ich sollte also noch heute Abend vielleicht besser gehen.«

»Vielleicht solltest du das. Aber vielleicht war es auch genau das Richtige, hierher zu kommen. Geben wir der Sache noch ein wenig Zeit und warten ab.« Sie reichte ihm ein Saftglas. »Lass mich eine Sache klarstellen, John. Ich bitte dich nicht zu gehen. Diese Brücke haben wir gestern Nacht bereits überquert.«

Er war damit fertig, die Gläser abzutrocknen, und hatte sie auf einem Geschirrtuch aufgestellt, das auf dem Tresen lag. »Das bedeutet sehr viel. Ich weiß nicht, wann ich zuletzt so müde war.«

Sie lächelte. »Es ist komisch, aber ich dachte, ich würde Weihnachten dieses Jahr ganz allein verbringen. Und jetzt habe ich das Haus voller Leute. Das verändert alles.«

»Das Leben hat so eine Art, dies zu tun.« Er lächelte melancholisch. »Das hält uns davon ab, zu selbstzufrieden zu werden.«

Sie waren gerade damit fertig, das Geschirr wegzuräumen, als es an der Vordertür klopfte. Nest wechselte einen schnellen Blick mit Ross und ging dann durch den Flur, um zu öffnen. Er blieb in der Küche und lauschte ein paar Minuten dem zäh verlaufenden Gespräch, das sich entspann, dann trat er ans Fenster und schaute hinaus.

Der Wagen eines County Sheriffs parkte in derEinfahrt.

Kapitel 10

Bennett Scott durchquerte Nest Freemarks Garten und betrat den Sinnissippi-Park. Sie hatte den Kopf gesenkt und die Augen gegen das strahlend helle Sonnenlicht zusammengekniffen. An schattigen

Stellen war das Gras von einer dünnen Frostschicht überzogen, die unter ihren Stiefeln knirschte. Sie schaute Harper zu, die vor ihr herhüpfte und leise vor sich hin sang. Sie war in ihre eigene private Kinderwelt versunken, zu der Erwachsene keinen Zutritt hatten. Sie entsann sich aus ihrer eigenen Kindheit daran, einer nicht so fernen Vergangenheit, die sie sorgfältig in ihrer Erinnerung beiseite gelegt hatte. Es war eine Welt, in die sie häufig gegangen war, während sie aufwuchs, oftmals, wenn sie vor Big Mama und den Unerfreulichkeiten ihres richtigen Lebens fliehen wollte. Sie nahm an, dass Harper dies genauso tat, und das trieb ihr fast die Tränen in die Augen.

»Mami, Vögelchen!«, rief das kleine Mädchen und deutete auf ein paar dunkle Schatten, die zwischen den Bäumen flatterten.

»Rotkehlchen«, vermutete Bennett und lächelte ihrer Tochter zu.

»Otkehlchen«, plapperte Harper nach, hüpfte weiter und musterte dabei die fließende Bewegung ihres Schattens, der sich neben ihr ausbreitete.

Bennett warf ihr dunkles Haar zurück und hob das Gesicht tapfer dem Sonnenlicht entgegen. Hier würde es besser sein, dachte sie. Besser als es auf den Straßen gewesen war, als sie die ganze Zeit an der Nadel hing. Besser als in den Obdachlosenasylen, wo sie immer in einer Hand ihr Schnappmesser und in der anderen Harpers Handgelenk gehalten hatte. Sogar besser als in den Entziehungseinrichtungen, in denen sie sich immer verbraucht und hoffnungslos gefühlt hatte, in denen sie durch die Litanei des Clean-Werdens gegangen war und sich doch ständig nach einem neuen Schuss gesehnt hatte. Sie hatte versucht, Harper abzuschirmen, doch die Wahrheit war, dass alles bei ihr selbst seinen Ursprung hatte. Es gab für Harper keinen Schutz außer durch die Trennung von Bennett, und das konnte sie nicht ertragen.

Aber es war ein paar Mal geschehen, einfach, weil es notwendig gewesen war, wenn sie überleben wollte. Das lag jetzt hinter ihr, sodass sie es ertragen konnte, wieder daran zu denken, wenn auch nur mit Mühe. Aber sie hatte Harper an Orten gelassen, an denen sich nur Ratten zu Hause fühlten, und bei Leuten, denen sie sonst nicht einmal einen Hund anvertraut hätte, und es war ein echtes Wunder, dass ihrem Baby nichts geschehen war. Ihr Heimkommen nach Hopewell und zu Nest war ein Versuch, alles wieder ins Lot zu bringen, weitere Zwischenfälle zu verhüten und damit aufzuhören, Harper den Risiken auszusetzen, die ihre Mutter ständig einging. Die Männer, der Sex, die Krankheiten, die Drogen, das Leben – alles zusammen bildete einen großen Ball des Bösen und des Übels, der sie in den Abgrund ziehen und unter sich begraben würde, wenn sie ihm genug Raum ließ.

Nie wieder, dachte sie, *niemals wieder*.

Sie überquerten die Baseballfelder, um zu der Straße zu gelangen, die zu den Klippen führte, und wanderten bis oben hinauf, wo man einen Blick auf den Bayou und den dahinter liegenden Fluss hatte. Harper hatte ein Stöckchen gefunden und malte damit Zeichen in den Raureif. Bennett kramte eine Zigarette hervor, zündete sie an, inhalierte tief und seufzte. Sie war ein Wrack. Sie hing nicht an der Nadel, aber ihre Gesundheit war ruiniert und in ihrem Kopf war alles ganz wirr, wo die Vernunft mit Bedürfnissen und Gefühlen kämpfte, die alle paar Tage in einem Feuerwerk zersplitterten, das Furcht erregend war. Sie dachte an ihre Mutter und hoffte, dass sie in der Hölle schmorte. Im nächsten Augenblick tat ihr der Gedanke jedoch bereits Leid, und Tränen stiegen ihr in die Augen. Sie hatte ihre Mutter geliebt, hatte sie verzweifelt geliebt, mit einer Stärke, von der sie hoffte, dass auch Harper sie so liebte. Aber ihre Mutter hatte sie im Stich gelassen, hatte sie wieder und wieder enttäuscht und zurückgewiesen. Was hatte sie denn anderes tun können, als zu fliehen, als zu versuchen, sich selbst zu retten? Ihre Flucht hatte ihr vielleicht das Leben gerettet, hatte sie aber auch einen bedeutenden Teil der Unschuld ihrer Kindheit und ihres Selbstwertgefühls gekostet. Und sie hatte ihr jede Möglichkeit geraubt, dem Süchtigen-Leben ihrer Mutter zu entgehen.

Aber für Harper würde es anders werden. Diesen Schwur hatte

sie an dem Morgen geleistet, als sie in der Klinik erfuhr, dass sie schwanger war, und beschloss, dass sie diese neue Chance auf etwas Gutes, die ihr irgendeine höhere Macht gegeben hatte, nicht vermasseln würde.

So war sie also hier, war dorthin zurückgekehrt, wo alles begonnen hatte, dorthin, wo einige Dinge noch möglich schienen. Sie trug die Kleider einer anderen Frau, und die Kleider, die ihr Kind trug, waren gestohlen oder von anderen weggeworfen worden, aber dennoch fühlte sie sich neu und hoffnungsvoll. Nest Freemark war in der Vergangenheit so gut zu ihr gewesen. Wenn irgendjemand ihr helfen konnte, einen Weg zu finden, der von der dunklen Straße zurückführte, der sie so lange gefolgt war, dann war das Nest.

Ein Zug tutete in der Ferne, und das Geräusch hallte in der Stille des Mittags von der grauen, flachen Oberfläche der Felsen wider.

»Husch-husch«, sagte Harper und machte Eisenbahngeräusche nach. Sie ging im Kreis, zog ihren Stock nach und stieß Atemwolken in den Sonnenschein hinaus.

Ich kann das durchziehen, dachte Bennett und starrte in die Ferne, wo noch immer die Zugpfeife durch die Stille des Winters hallte.

»Hallo, du da, Süße«, sagte eine Stimme hinter ihr. »Du bist ja das süßeste kleine Schätzchen, das ich je gesehen habe.«

Bennett drehte sich rasch um und platzierte sich dabei in einer geübten Bewegung zwischen dem Neuankömmling und Harper. Die junge Frau, die ihr gegenüberstand, lächelte und zuckte mit den Achseln, als wolle sie sich für ihr plötzliches Auftauchen entschuldigen, während sie gleichzeitig ein »Na und?«, vermittelte. Sie war ungefähr in Bennetts Alter, groß und dünn, mit wildem rotem Haar, das ihr vom Kopf abstand. Ihre hellen, grünen Augen richteten sich mit einer Intensität auf Harper, die unbehaglich war. »Hallo, du.«

Dann schaute sie zu Bennett, und ihr Blick wurde kälter und härter. »Du bist eine glückliche Mom, jemanden wie sie zu haben. Guten Tag. Mein Name ist Penny.«

Sie streckte die Hand aus. Bennett zögerte, bevor sie sie ergriff. »Ich bin Bennett. Das ist Harper.«

Penny verlagerte ihr Gewicht, ohne die Füße zu bewegen, und nahm eine lockere, abwartende Haltung an. »Also, seid ihr von hier oder nur auf der Durchreise, so wie ich?« Penny grinste. »Ich besuche meine Großmutter über die Feiertage, aber du kannst mir glauben, wenn ich dir sage, dass dieser Ort in einem Zeitloch liegt. Es gibt nichts zu tun, keinen Platz, wo man hingehen kann, niemanden, den man besuchen könnte. Ich kann es kaum erwarten, hier wegzukommen. Und du?«

»Ich stamme von hier und bin zurückgekommen, um eine … Freundin zu besuchen, eine alte Freundin.« Bennett hielt der anderen wachsam stand, eine Hand in der Jackentasche um das Schnappmesser geschlossen. »Wir werden eine Zeit lang bleiben.«

Penny schniefte. »Wie auch immer. Am sechsundzwanzigsten Dezember bin ich hier weg, und das ist keinen Tag zu früh.«

Sie schaute in die Ferne, als ein Güterzug auftauchte, der mit einem langsam lauter werdenden Rumpeln die Schienen entlang stampfte. Sie standen reglos da, alle drei, und starrten den Zug an, der den Horizont mit einer scheinbar endlosen Schlange von Autos in zwei Teile schnitt. Als er verschwunden war, verebbte auch sein Schnauben, das jedoch noch lange hörbar war, nachdem der Zug das Blickfeld verlassen hatte.

»Na, hast du Spaß hier im Park, Harper?«, fragte Penny plötzlich und richtete ihren Blick erneut auf das Mädchen.

Harper nickte wortlos und rückte dichter an Bennett heran. Sie spürte ebenso wie ihre Mutter, dass etwas an der Frau nicht in Ordnung war. Bennett fühlte sich plötzlich schutzlos und verwundbar, wie sie inmitten des winterlichen Frostes hier am Rand des bewaldeten Hügels stand, weit weg von allem und jedem. Aus dem Westen waren Wolken aufgezogen und hatten die Sonne verhüllt. Der graue Himmel verschmolz im Hintergrund mit den skelettartigen Bäumen.

»Wir müssen jetzt gehen«, meinte Bennett und griff nach Harpers Hand, ohne ihre Augen von Penny zu lösen.

»Oh, natürlich«, erwiderte Penny mit einem fröhlichen Lächeln, bei dem in ihren grünen Augen Lichter tanzten. Sie zuckte mit den Achseln und trat beiseite. »Wenn du gehen musst, dann geh, Mädchen. Aber, hey, du siehst ein wenig verspannt aus, wenn du weißt, was ich meine.«

»Nein.« Bennett schüttelte schnell den Kopf. Sie wollte nichts weiter hören, da sie bereits ahnte, was kommen würde.

Sie ging los, doch Penny setzte sich ebenfalls in Bewegung. »Nun, du kannst sagen, dass es dir gut geht, aber das tut es eindeutig nicht, weißt du? Das kann ich sehen. Und ich kann es dir nicht verdenken. Mir würde es auch nicht gut gehen, wenn ich nicht eine gewisse Sache hätte, die mir über die Runden hilft, das kann ich dir sagen.«

Bennett wirbelte zu ihr herum. »Hör zu, ich weiß nicht, wer du bist …«

»Hey, ich bin nur ein weiteres Opfer des Lebens, eine Schwester, die auch nur darum kämpft, den nächsten Tag zu überstehen.« Penny hob beruhigend die Hände. »Du brauchst dir wegen mir keine Sorgen zu machen. Glaubst du, ich bin ein Bulle? Das bin ich nicht, meine Liebe. Ganz und gar nicht.« Sie zwinkerte mit den Augen. »Ich hoffe, du gehörst auch nicht zur Polizei, weil ich etwas für dich habe, wenn du es willst. Etwas, wonach es dir besser gehen wird.«

Bennett hörte das Blut in ihrem Kopf pochen. Sie spürte das vertraute Gefühl von Adrenalin, das sie durchflutete, die automatische Reaktion ihres Körpers auf die Möglichkeit eines Schusses. Alles schien gleichzeitig in ihr hochzusteigen, all die vertrauten Erwartungen, all die unersättlichen Bedürfnisse. Sie war überrascht, wie stark sie waren, selbst angesichts ihrer Entschlossenheit, sie zu ignorieren.

Penny trat mit leuchtenden Augen dichter an sie heran. »Was ich habe, ist ein bisschen weißer Staub, von dem ein einziger Hauch genügt, um dich sanft und zuckerwattesüß ins Traumland davonzutragen. Von diesem Stoff kannst du tagelang leben, Mädchen. Du bleibst völlig klar, stark und konzentriert, aber gleichzeitig nimmt er den Dingen die Schärfe. Ich habe es mir besorgt, bevor ich nach Trübsinnsstadt kam, da ich wusste, was mich hier erwartete. Ich habe es vorgestern genommen, und ich fliege noch immer.«

»Nein danke«, sagte Bennett abrupt, schüttelte den Kopf und setzte sich wieder in Bewegung. Es kostete sie alle Kraft, die sie besaß, dies zu sagen, und ihre Füße dazu zu bringen, loszugehen, aber sie schaffte es. »Wir müssen gehen.«

»Hey, warte, Bennett!« Penny eilte ihr nach und marschierte neben ihr her. »Sei nicht böse. Ich habe nicht versucht, dich zu verführen oder so etwas. Ich wollte nur nett sein, ein wenig plaudern. Hey, ich gebe zu, ich bin einsam hier. Du scheinst so zu sein wie ich, das ist alles. Ich habe nur nach ein wenig Gesellschaft gesucht.« Sie hielt inne. »Ich wollte nicht nach Geld fragen, weißt du. Ich wollte mit dir teilen, es dir umsonst geben.«

Bennett ging weiter und versuchte, die Worte auszublenden, Penny verschwinden zu lassen. *Selbst hier*, dachte sie. *Sogar hier hat jemand das Zeug und will, dass ich es benutze.* Sie ging schneller, zog Harper praktisch hinter sich her. Sie wollte fliehen und gleichzeitig wollte sie es nicht.

»Wir können uns später treffen und zusammen etwas nehmen«, schlug Penny vor, die keine Mühe hatte, Schritt zu halten. »Bei mir vielleicht. Granny weiß sowieso nicht, was um sie herum passiert, also wird sie keinen Stress machen.«

»Aua, Mami«, beschwerte sich Harper und versuchte, sich aus dem Griff ihrer Mutter zu befreien.

Bennett schaute Penny wütend an. »Ich kann nicht …«

»Was sagst du?«, unterbrach Penny sie. »Willst du gleich ein bisschen? Nur ein wenig, damit du siehst, ob es sich lohnt, später mehr davon zu nehmen?«

Bennett hielt an und stand mit gesenktem Kopf und geschlossenen Augen da. Sie wollte nichts lieber. Sie wollte es so sehr, dass sie kaum abwarten konnte, dass es geschah. Sie fühlte sich in ihrem Inneren leer und krank, und sie ertappte sich, wie sie dachte: *Was für einen Unterschied macht es schon, zum Teufel, bei all den anderen Drogen, die ich genommen habe?*

Pennys Hand lag auf ihrer Schulter, und ihr krauser Rotschopf war dicht zu ihr gebeugt. »Es wird dir nicht Leid tun, Baby, das verspreche ich. Nur eine Probe, damit du bis heute Abend über die Runden kommst, okay? Komm schon. Ich kenne die Anzeichen. Du bist völlig ausgelaugt und angespannt, und du willst ein wenig Raum für dich selbst. Warum solltest du den nicht haben?«

Bennett spürte, wie ihr Widerstand bröckelte und das Verlangen ihrer Sucht sie mit unnachgiebiger Macht durchströmte. Das Kribbeln zog ihr Rückgrat hinauf und ihre Kehle entlang, und sie glaubte – sie wusste –, dass sie auf spektakuläre Weise wie eine Selbstzerstörungsbombe explodieren würde, wenn sie nicht annahm, was ihr angeboten wurde. Außerdem war eine Probe nicht viel, und später konnte Nest ihr helfen, ihr die Stärke geben, die ihr jetzt fehlte, sodass sie wieder von vorne anfangen konnte.

»Komm schon, ich nehme ein wenig mit dir zusammen«, lockte Penny. Sie flüsterte jetzt und war so dicht bei ihr, dass Bennett ihren Atem hörte.

Ihre Augen waren noch immer geschlossen, doch jetzt, am Rand der Kapitulation, an der Grenze eines Hungers, der so intensiv war, dass sie keine Worte fand, um ihn zu beschreiben, öffnete sie sie.

Und sah den Indianer.

Nest Freemark öffnete die Tür und erblickte Deputy Sheriff Larry Spence, der vor ihr stand, in den großen Händen die abgestreiften Lederhandschuhe. Er trug seine Uniform und darüber eine Lederjacke, die an Kragen und Manschetten mit dunklem Pelz abgesetzt war. Kleine Metallstege und -besätze glitzerten matt im grauen Licht und gaben ihm das gepanzerte Aussehen, das Gesetzeshüter und Militärs bevorzugen.

»Wie geht es dir, Mädchen?«, fragte er freundlich.

Sie schaute an ihm vorbei zu dem leeren Polizeiwagen. Er war allein gekommen. »Kann ich dir helfen, Larry?«

Er schob die Handschuhe in seine Jackentasche, und seine Augen wandten sich ab. »Ich würde gerne eine Minute mit dir sprechen, wenn das okay ist.«

Sie musterte ihn und wartete ab. Er wurde rot. »Es ist dienstlich, nicht privat.«

Sie lächelte, behielt ihre Stellung jedoch bei. »Sicher. Immer raus damit.«

Er räusperte sich und schaute einen kurzen Moment an ihr vorbei. »Ich frage mich, ob wir nicht drinnen reden könnten.«

Das Letzte, was sie wollte, war Larry Spence in ihrem Haus zu haben. Andererseits war es unhöflich, ihn in der Kälte stehen zu lassen, und ihr fiel keine Ausrede ein, ihn nicht solange hereinzulassen, dass er sagen konnte, was er wollte.

Sie trat beiseite. »Klar.«

Er kam in den Vorraum, und sie schloss die Tür hinter ihm. Er schaute sich um und nickte anerkennend. »Du hast ein sehr schönes Zuhause. Sehr einladend.«

»Möchtest du vielleicht Tee?«, fragte sie. »Wir können uns in die Küche setzen.«

Sie führte ihn den Flur entlang und in die Küche. John Ross stand mit dem Rücken zur Spüle auf seinen Stock gelehnt da, und eine Mischung aus Neugier und Vorsicht spiegelte sich in seinen grünen Augen. Doch es war der merkwürdige Ausdruck auf Larry Spences Gesicht, der sie überraschte. Irgendetwas war hier nicht in Ordnung, aber sie hatte keine Idee, was das sein mochte.

»John, das ist Larry Spence«, sagte sie. »Larry, mein Freund John Ross. Er ist über die Feiertage mit seinem Sohn zu Besuch.«

Die Männer gaben sich mit einer kontrollierten Geste die Hand, der jede Wärme fehlte und die zur Vorsicht mahnte. Nest führte Larry zu dem alten Holztisch und schenkte beiden frischen Tee ein.

Während Ross an der Spüle stehen blieb, setzte sie sich Spence gegenüber an den Tisch. »Also, was liegt an, Larry?«

Er räusperte sich und richtete sich gerade auf. »Es hat Gerüchte über Drogenhandel im Park gegeben, Nest. Ich ziehe ein paar Erkundigungen ein, nur für den Fall, dass jemand in den letzten Tagen etwas Ungewöhnliches beobachtet hat. Du hast keine Fremden in der Nähe gesehen, oder?«

Das war das Erste, was Nest über diese Sache hörte. Wenn es Drogenhandel im Sinnissippi-Park gab, hätte Pick es bemerkt und ihr davon erzählt. Sie runzelte die Stirn. »Ziemlich schwierig für jemanden, sich in dieser Jahreszeit im Park zu verstecken, Larry.«

»Mag sein. Du musst nur wissen, dass diese Leute sehr gefährlich sind.«

Sie zuckte mit den Schultern. »Ich habe niemanden gesehen.«

Er schaute zu Ross. »Wie ist es mit Ihnen, Mr. Ross? Wissen Sie etwas über diese Sache?«

Sein Tonfall und die Betonung, die er den Worten gab, machten seine Frage zu einer Anschuldigung. Nest war verblüfft.

John Ross schüttelte den Kopf. »Ich bin erst spät gestern Abend hier angekommen.«

»Haben Sie niemanden draußen im Park gesehen, als Sie herfuhren?«

»Ich bin mit dem Bus gekommen.«

»Sind Sie aus dieser Gegend, Mr. Ross?«

»Nein, ich ...«

»Einen Augenblick, John.« Nest hatte genug. Sie fixierte Larry Spence mit einem vernichtenden Blick. »Als Deputy Sheriff gibst du einen guten Nazi ab, Larry. Was tust du da eigentlich? John ist ein alter Freund und ein Gast in diesem Haus. Ich habe ihn aus Freundschaft eingeladen, nicht um dir Gelegenheit zu geben, deine Verhörtechniken auszuprobieren.«

Der große Mann nickte und fuhr sich durch den blonden Haarschopf. »Sein Name ist bei meinen Ermittlungen gefallen, Nest.«

»Was?« Sie starrte ihn an. »Wie?«

Er zuckte mit den Achseln. »Anonyme Quelle.«

»Anonyme Quelle? Wie praktisch.«

Er holte langsam und tief Atem. »Ich tue nur meinen Job, indem ich diese Fragen stelle, Mädchen. Und ich mache mir Sorgen um deine Sicherheit. Mr. Ross ist ein Fremder, und ich wollte nur sicher gehen, dass …«

Erregt sprang sie auf. »Du brauchst in meinem Haus nicht sicher zu gehen, Larry. Du brauchst einfach nur höflich zu sein. Ich denke, du gehst jetzt besser.«

Er stand widerstrebend auf und nickte Ross dann zu. »Ich entschuldige mich für mein grobes Verhalten, Mr. Ross. Ich bin nicht hergekommen, um Streit anzufangen.«

John Ross nickte zurück. »Sie müssen sich nicht mir gegenüber entschuldigen, Deputy.«

Larry Spence schaute zu Boden. »Nest, es tut mir Leid. Aber ich mache mir Sorgen um dich. Falls es Drogenhandel im Park geben sollte, möchte ich nicht, dass du damit in Verbindung gebracht wirst.«

Nest starrte ihn an. Einen kurzen Augenblick spürte sie, dass er von etwas völlig anderem redete, dass er ihr etwas sagen wollte. Sie schüttelte langsam den Kopf und trat auf ihn zu. »Larry, ich danke dir für deine Fürsorge. Aber Drogen waren nie ein Teil meines Lebens – und ganz sicher nicht von Johns. Ich verspreche dir, dass wir dich anrufen werden, falls wir etwas Verdächtiges beobachten.«

Der große Mann nickte, drehte sich um und ging den Flur entlang. Er bemerkte Little John, der auf dem Sofa kniete und in den Park starrte, und drehte sich wieder zu John um. »Ihr Sohn?«

Ross nickte.

Spence musterte den Jungen, und Verwirrung zeigte sich auf seinem Gesicht, als wäre die Anwesenheit des Kindes für ihn schwer zu begreifen. Dann ging er weiter den Flur entlang zur Haustür, bei der er stehen blieb.

»Die Einladung wegen Weihnachten steht noch. Die Kinder würden sich freuen.«

»Ich denke nicht, Larry«, erwiderte sie und fragte sich, was er sich bloß dachte.

Er nickte, öffnete die Tür und trat nach draußen. Nest stand in der Tür und schaute ihm zu, wie er in seinen Wagen stieg und langsam losfuhr. Ihre Hände waren zu Fäusten geballt, und ihre Kehle war vor Ärger wie zugeschnürt.

Larry Spence war ein Idiot, entschied sie.

Der Indianer schien aus dem Nichts zu kommen. Er tauchte inmitten der kahlen Bäume auf, die in einem bewaldeten Stück hinter der Rodelbahn standen, und zunächst war er nichts als ein großer dunkler Schatten in dem grauen Licht. Er war ein großer Mann, der eine Militärhose, einen dicken Armeepullover, darüber eine Weste und Kampfstiefel trug. Sein schwarzes Haar war geflochten und straff über die Kopfhaut gezogen, sodass es wie Waffenstahl glänzte, und seine kupferfarbene Haut schimmerte wie orangenes Feuer. Er trug einen Rucksack und eine zusammengerollte Decke über der Schulter, und seine Augen waren, selbst aus dieser Entfernung, leuchtende Nadelstiche unter den schweren Brauen.

Bennett Scott vergaß Penny, die Drogen und alles andere, und starrte ihn einfach nur an, während er langsam näher kam.

In letzter Minute spürte Penny, die ihr noch immer süße Versprechungen und dringliche Bitten ins Ohr flüsterte, dass etwas nicht in Ordnung war. Sie zog sich rasch zurück und drehte sich um, als der Indianer über ihr aufragte. Bennett hörte, wie ihr überraschtes Keuchen zu einem warnenden Zischen wurde.

»Guten Tag«, sagte der Indianer, dessen kupfernes Gesicht ausdruckslos blieb, mit tiefer, sanfter Stimme. Er wandte sich an Bennett und Harper, während er durch Penny glatt hindurchschaute. »Ein schöner Tag für einen Spaziergang im Park.«

Niemand antwortete. Die Frauen und das kleine Mädchen standen erstarrt da, als wären sie zu Eis geworden. Der Indianer schaute ruhig von Bennett zu Harper. »Ah, Kleines«, sagte er sanft zu dem Kind. »Wartest du auf den Schnee heute Abend, damit du morgen mit Mama einen Schneemann bauen kannst?«

Harper nickte langsam. »Jaha.«

Der Indianer lächelte. »Mama«, sagte er zu Bennett und sprach an einer kochenden Penny vorbei, als wäre sie überhaupt nicht vorhanden. »Kennst du eine Frau namens Nest Freemark?«

Bennett schluckte wegen der Trockenheit in ihrer Kehle und war so verängstigt, dass ihr dies kaum gelang. Die Indianer, denen sie bislang begegnet war, hatten zumeist auf der Straße gelebt. Betrunkene, Obdachlose und Sozialfälle, die kaum in der Lage waren, sich von ihrer Straßenecke zur Suppenküche zu schleppen. Dieser hier war von völlig anderer Art: groß, kraftvoll und selbstsicher. Er hatte weder Harper noch sie bedroht, doch er schien zu allem in der Lage zu sein.

»Kennst du Nest Freemark?«, wiederholte er sanft.

Bennett nickte. »Sie wohnt gleich dort drüben«, brachte sie heraus. Sie hatte plötzlich wieder Kontrolle über sich, und ihr Kopf wurde frei.

»Ist sie deine Freundin?«

»Ja, ich wohne bei ihr.«

»Würdest du gehen und ihr sagen, dass Two Bears im Park wartet und mit ihr sprechen möchte?«

Das war eine seltsame Bitte. Warum ging er nicht einfach hinüber und sagte es ihr selbst? Sie hatte jedoch keine Lust, darüber zu diskutieren, und es gab ihr die Entschuldigung, die sie brauchte, um von Penny wegzukommen. »Okay«, sagte sie. »Komm, Harper.«

Sie griff nach der Hand des kleinen Mädchens, aber Penny trat ihr sofort in den Weg und wirbelte zu dem Indianer herum. »Warum verschwindest du nicht einfach, Tonto? Kümmere dich um deinen eigenen Kram. Wir unterhalten uns gerade.«

Zum ersten Mal schaute er sie an. Und Penny, nun, Penny mit all ihren Drogen und ihrem coolen Getue, sah aus, als würde sie sich in eine Salzsäule verwandeln. Sie zuckte vor ihm zurück, als hätte er sie geschlagen, und zog sich in eine geduckte Kampfhaltung zurück. Dann tauchte etwas Hässliches und Dunkles in ihren Augen auf, und sie sah plötzlich wie ein wildes Tier aus. Sie sprang den Indianer mit schlangenhafter Geschwindigkeit an. Metall blitzte auf, doch es flog wirbelnd davon, und Penny kreischte auf. Sie ließ sich auf ein Knie fallen, hielt sich das Handgelenk und bleckte die Zähne gegen Two Bears. Ein Dutzend Schritte entfernt lag ein Messer auf dem Boden, das ihr aus der Hand geschlagen worden war. Bennett hatte nicht gesehen, dass der Indianer sich bewegt hatte.

»Du solltest vorsichtiger sein«, sagte der große Mann zu Penny und wandte sich dann von ihr ab, als sei sie bereits fort. Er beugte sich zu Harper hinab. »Komm, Kleines«, sagte er und ergriff ihre winzige Hand. »Ich gehe ein Stück mit euch.«

Harper ging gehorsam mit, ohne etwas zu sagen. Bennett folgte ihr und ließ Penny zurück, die noch immer auf dem Boden kniete. Sie schaute nicht zurück.

Kapitel 11

Nest Freemark zog ihren Parka über, ohne sich um Knöpfe oder Reißverschlüsse zu kümmern, öffnete lautstark die Fliegentür, stampfte die Verandastufen hinab und durch den Garten. Sie stieß ihren Atem als weiße Wolke aus, während ihr der Kopf schwirrte. Erst Larry Spence mit seiner bizarren Geschichte über Drogenhandel im Park, und jetzt tauchte O'olish Amaneh wieder auf. Der heutige Tag entwickelte sich zu einer Wiederholung von gestern, und sie war sich nicht sicher, ob sie das durchstehen würde.

Sie suchte bereits den Park nach der vertrauten Silhouette des Indianers ab, als Pick sich auf ihre Schulter fallen ließ.

»Das entwickelt sich zu einer Art Klassentreffen, was?«, meinte er feixend und klammerte sich mit seinen zweigartigen Händen an ihrem Kragen fest. »He, pass auf, was du tust!«

Sie wickelte sich fester in den Mantel und schleuderte Pick dabei umher. Es war kälter, als sie geglaubt hatte. Die Temperatur fiel wieder, die nachmittägliche Kühle wurde mit dem Verschwinden der Sonne hinter einer Wolkenbank schärfer, und das strahlende Wetter des Morgens war nur noch eine verblassende Erinnerung.

»Versuch, auch mal an andere zu denken!«, schimpfte Pick, der sein Gleichgewicht wiedergefunden hatte.

»Hör auf zu stänkern.« Sie war nicht in der Stimmung für Waldschrat-Unsinn. Pick meinte es gut, aber manchmal war er einfach nur nervig. Sie hatte genug anderes, um das sie sich kümmern musste. »Du hast ihn gesehen, nehme ich an?«

»Welchen meinst du? Diesen Deputy Sheriff, John Ross oder den Indianer? Ich habe sie alle gesehen. Was geht denn vor?«

Sie schüttelte den Kopf. »Da bin ich mir nicht ganz sicher.«

Sie zwängte sich durch die Hecke auf den Feldweg, der den Park vom Freemark-Grundstück trennte. Vor ihr erstreckte sich das tote Gras der Baseballfelder als ein grauer, windverbrannter Teppich. Dahinter zogen sich in der Ferne von den Rändern der Klippen nach rechts bis zum Riverside-Friedhof und nach links bis zur Rodelrutsche die kahlen Stämme und Zweige der Laubbäume, die vor dem stahlgrauen Himmel wie Spinnweben aussahen.

Two Bears war nirgends zu erblicken.

»Ich sehe ihn nicht«, sagte sie und schaute sich nach allen Seiten um, während sie weiterging.

»Er ist hier«, betonte Pick. »Er war heute früh hier und saß alleine an einem der Ausflugstische.«

»Na, jetzt sehe ich ihn jedenfalls nicht.«

»Und du willst, dass *ich* aufhöre zu stänkern? Verflixt noch mal!« Er saß einen Moment lang schweigend auf ihrer Schulter. »Was will er diesmal? Hat das Scott-Mädchen etwas darüber gesagt?«

»Nein. Ich glaube nicht, dass sie etwas weiß.«

Nests Stiefel knirschten und rutschten auf der frostigen Feuchtigkeit, die im Laufe des Tages getaut war und jetzt wieder überfror. Sie hatte beide Kinder bei Bennett gelassen, die nach ihrer Begegnung mit Two Bears verwirrt und aus dem Gleichgewicht gebracht schien. Da wartet ein Indianer draußen im Park, hatte sie berichtet. Bear Claw hatte sie ihn genannt. Ross war unter der Dusche. Vielleicht brauchte er hiervon nichts zu erfahren. Vielleicht brauchte er nicht einmal herauszufinden, dass O'olish Amaneh hier war. Vielleicht konnten Kühe fliegen.

Sie machte sich keine Illusionen darüber, warum der Indianer hier war. Wenn Two Bears auftauchte, bedeutete das Ärger der schlimmsten Sorte. Sie hätte sein Erscheinen eigentlich vorhersehen können, erkannte Nest. Findo Gask, der auf der Suche nach dem Gypsy-Morph hier herumschnüffelte, John Ross, der mit dem Morph zu ihr kam, um es in Sicherheit zu bringen, und eine mit ziemlicher Sicherheit bevorstehende tödliche Konfrontation zwischen den Streitern des Wortes und der Leere – das alles ließ es unvermeidbar erscheinen, dass O'olish Amaneh in der Nähe sein würde.

Ein Hund kam durch den Park gelaufen, ein schwarzer Labrador, doch die Pfeife seines Besitzers ließ ihn umdrehen und wieder zurück jagen. Sie warf einen Blick hinter sich auf ihr Haus, das in dem grauen Licht von den Schatten der großen Bäume bedeckt war. Es wirkte sehr weit weg und leer. Sie fragte sich erneut, was Larry Spences unerwarteter Besuch zu bedeuten hatte. Eines war sicher: Er war wegen mehr gekommen, als sie vor Drogengeschäften im Park zu warnen, und dieses »Mehr« hatte eindeutig mit John Ross zu tun. Larry mochte Ross nicht, aber sie wusste nicht, warum. Sie glaubte nicht, dass die beiden einander begegnet waren, als Ross vor fünfzehn Jahren in Hopewell gewesen war.

»Da ist er«, unterbrach Pick ihre Gedanken.

Two Bears stand neben der Rodelbahn, ein dunkler Schatten zwischen den schweren Holzbalken. In der Sprache seines Volkes, der

Sinnissippi, war er O'olish Amaneh. Er hatte Nest einst erzählt, dass er der Letzte von ihnen war, dass sein Volk vollständig verschwunden war. Sie fröstelte bei der Erinnerung. Aber Two Bears war mehr als nur ein Native American. Two Bears war ein weiterer Botschafter des Wortes, eine Art Prophet, ein Chronist von Dingen, die in der Vergangenheit verloren gegangen waren, und ein Seher von Dingen, die in der Zukunft lagen.

Er trat vor, als sie sich ihm näherte, und wirkte so gleichmütig wie immer. Groß und wettergegerbt, das schwarze, glänzende Haar geflochten, sah er aus, als wäre er nicht einen Tag gealtert. Tatsächlich, er schien in den gesamten fünfzehn Jahren, die sie ihn kannte, nicht gealtert zu sein.

»Kleines Vogelnest«, sagte er mit einem warmen Brummen und hob ihr die Hände entgegen.

»O'olish Amaneh«, sagte sie, legte ihre Hände in seine und sah, wie sie zwischen seinen großen Fingern verschwanden.

Er machte keine Anstalten, sie zu umarmen, sondern schaute sie einfach nur an, nahm sie mit seinen dunklen Augen in sich auf. Sie war jetzt fast so groß wie er, fühlte sich aber in seiner Gegenwart klein und verwundbar.

»Du hast viel mit deinem Leben getan, seit wir das letzte Mal miteinander gesprochen haben«, sagte er schließlich und ließ ihre Hände los. »Olympische Spiele, Weltmeisterschaften, alle möglichen Auszeichnungen. Dir sind Flügel gewachsen, und du bist weit geflogen. Du solltest stolz sein!«

Sie lächelte und schüttelte den Kopf. »Ich habe eine gescheiterte Ehe hinter mir, besitze keine Familie, ein Geisterwolf lebt in mir, und ich habe ein Haus voller Probleme.« Sie erwiderte seinen stetigen, ruhigen Blick. »Ich habe keine Zeit für Stolz.«

Er nickte. »Vielleicht hattest du die nie.« Seine Augen richteten sich auf Pick. »Du hast noch immer deinen schüchternen kleinen Freund, wie ich sehe. Mr. Pick, der Park sieht gepflegt und gesund aus, die Magie ist im Gleichgewicht. Sie sind ein fähiger Verwalter.«

Pick runzelte die Stirn und stieß ein leises Schnauben aus, bevor er knurrig nickte. »Ich könnte ein wenig Hilfe gebrauchen.«

Two Bears lächelte. »Manche Dinge ändern sich nie.« Seine Augen kehrten zu Nest zurück. »Geh ein Stück mit mir. Wir können unten am Fluss besser reden.«

Er ging los, ohne auf ihre Erwiderung zu warten, und sie folgte ihm. Sie wanderten an der Rodelbahn vorbei und zwischen den Bäumen hindurch bis an den Rand der eisigen Kruste, die den Bayou bedeckte. Die Temperatur sank rasch, während der Nachmittag verstrich und der Himmel sich immer mehr bewölkte. Ihr Atem formte weiße Wolken vor ihren Mündern. Nest war versucht, als Erste zu sprechen und ihn das Offensichtliche zu fragen, aber Two Bears hatte um das Gespräch gebeten, und sie hielt es für besser, zu warten.

»Es war ein schönes Gefühl, dich meinen Namen aussprechen zu hören – zu wissen, dass du ihn nicht vergessen hast«, sagte er und schaute dabei in die Ferne.

Als ob ich das könnte, dachte sie, ohne es auszusprechen. Als ob das möglich wäre. Sie war Two Bears erst zweimal begegnet, aber beide Male hatte sich ihr Leben für immer verändert. O'olish Amaneh und John Ross, die Vorboten der Veränderung; sie fragte sich, ob die beiden sich selbst ebenso sahen. Beide dienten dem Wort, doch auf unterschiedliche Weise, und ihre Beziehung zueinander war ein wenig rätselhaft. Two Bears hatte Ross den runenverzierten Stock gegeben, der zugleich der Talisman seiner Macht und die Kette war, die ihn an sein Schicksal band. Ross hatte mindestens einmal versucht, den Stock zurückzugeben, und es nicht gekonnt. Beide waren zu Nest sowohl als Retter als auch als Henker gekommen, aber die Rollen zwischen ihnen hatten sich dabei beständig verändert und waren noch immer nicht wirklich klar. Beide Männer mochten sie, aber nicht sich gegenseitig. Vielleicht legten ihre Rollen ihren Gefühlen Beschränkungen auf. Vielleicht war es ihnen erlaubt, sie zu mögen, nicht aber den anderen.

Sie war sich nicht sicher, wie sie selbst für die beiden empfand. Sie nahm an, dass sie Ross mehr mochte, weil sie vor zehn Jahren in Seattle Zeugin seiner Verwundbarkeit geworden war, als ein Dämon ihn beinahe durch fehlgeleitete Liebe korrumpiert hatte. Er hatte damals fast alles verloren, war jeder Illusion, jeder Hoffnung beraubt worden. In ein paar Sekunden blendend klarer Erkenntnis war ihm bewusst geworden, wie allgegenwärtig das Böse war und wie unmöglich es war, vor dem Krieg gegen dieses Übel davonzulaufen. Er hatte erneut den schwarzen Stock seines Amtes ergriffen, sein Leben als Ritter des Wortes wieder aufgenommen und damit weitergemacht, weil es nichts anderes gab, was er tun konnte. Dies ließ ihn in ihren Augen tapfer und wunderbar erscheinen.

Der gleiche Umstand, so nahm sie an, hatte sie von Two Bears distanziert. Es war nicht, was er getan hatte, sondern zu was er in der Lage war, wie sie hatte erkennen müssen. Nach Seattle war er gekommen, um zu beobachten, ob sie in der Lage war, die Richtung zu ändern, in die John Ross trieb, sodass er der Falle entkommen konnte, die sich um ihn schloss. Two Bears war gekommen, um zuzusehen, doch auch, um zu handeln, falls sie in ihren Bemühungen versagen sollte. Er war gekommen, um sicherzustellen, dass John Ross auf keinen Fall zu einem Diener der Leere wurde. Das hatte er ihr klargemacht, als er sie drängte, zu Ross zu gehen, selbst nachdem dieser ihre Hilfe zurückgewiesen hatte. Dies hatte ihr einen Einblick in das Wesen von Two Bears gewährt, den sie lieber nicht bekommen hätte.

Aber das war vor langer Zeit, dachte sie, während sie mit ihm durch den Park wanderte, *und dies ist eine andere Sache.*

»Ich bin überrascht, dass du dich Bennett gezeigt hast«, sagte sie schließlich und warf ihren Entschluss zu schweigen über Bord.

»Sie brauchte jemanden, der sie vor bösen Geistern beschützte.« Er hielt den Blick geradeaus gerichtet, und sie konnte nicht erkennen, ob er es ernst meinte.

»Ich hatte Besuch von einem Dämon namens Findo Gask«, sagte sie.

»Ein böser Geist von der Art, die ich meinte. Einer der bösesten. Aber das weißt du bereits.«

Sie trat ungeduldig gegen den gefrorenen Boden. »John Ross ist ebenfalls hier. Er hat ein Gypsy-Morph zu mir gebracht.«

»Ein Haus voller Probleme, wie du behauptest, wenn du noch die junge Frau und ihr Kind mitrechnest.« Er hätte ebensogut über das Wetter reden können. »Was wirst du tun?«

Sie verzog das Gesicht. »Ich hatte gehofft, das würdest du mir sagen.« Auf ihrer Schulter murmelte Pick verärgert vor sich hin, aber sie hatte keine Ahnung, was oder wer ihn aufgeregt hatte.

Two Bears blieb ein Dutzend Meter vom Flussufer entfernt in einer kleinen Ansammlung von Hickory-Bäumen stehen. Er schaute sie forschend an. »Es ist nicht meine Aufgabe, dir zu sagen, was du tun sollst, kleines Vogelnest. Du bist eine erwachsene Frau, die über eine ungewöhnliche Kraft des Geistes, des Herzens und des Körpers verfügt. Du hast schwierige Zeiten und harte Wahrheiten überstanden. Die Antworten, die du suchst, musst du selbst finden, nicht ich.«

Sie runzelte ungeduldig die Stirn. »Aber du hast mit mir sprechen wollen, O'olish Amaneh.«

Er zuckte mit den Achseln. »Nicht hierüber. Über etwas anderes.« Er setzte sich wieder in Bewegung, und Nest folgte ihm. »Ein Haus voller Probleme«, wiederholte er, wich einem Bestand von Zürgelbäumen und Diestelsträuchern aus, ging auf den Abgrund zu, der sich unterhalb des wilden Waldes befand, und folgte einem kleinen Bach. »Ein Haus voller Probleme kann dich zu einer Gefangenen machen. Um frei zu werden, musst du alles, was böse ist, aus dem Haus kehren und es mit dem füllen, was gut ist.«

»Du meinst, ich soll alle rauswerfen und neu anfangen?« Sie sah ihn mit hochgezogenen Augenbrauen an. »Soll ich neue Gäste einladen?«

Er schaute sie noch immer nicht an, sondern ging stetig weiter, als hätte er ein bestimmtes Ziel im Sinn und sei fest entschlossen, es zu erreichen. »Manchmal ist eine Veränderung nötig. Manchmal erkennen wir ihre Notwendigkeit, wissen aber nicht, wie wir sie bewirken können. Wir missverstehen ihre Natur. Wir denken, sie liege außerhalb unserer Reichweite, und erkennen nicht, dass unsere Unfähigkeit, sie zu erreichen, ein Problem ist, das in uns selbst liegt. Veränderung ist die Lösung, die wir brauchen, aber sie ist ein Ziel, das nicht leicht zu erlangen ist. Es erfordert Vorsicht und Verständnis, das zu identifizieren, was uns Beschwerden macht, und es dann zu beseitigen.«

Wie immer, wenn er von Problemen und ihren Lösungen sprach, ging er auf vage, hintersinnige Weise vor. Er war der Überzeugung, dass jeder seine Angelegenheiten auf seine eigene Art klären musste, und das Einzige, was er beizutragen vermochte, war, eine Taschenlampe anzubieten, mit der man seinen Weg durch das Dunkel ein wenig erhellen konnte. Sie mühte sich mit dem Licht ab, das er ihr gespendet hatte, aber es war zu schwach, um zu helfen.

»Jeder in meinem Haus braucht mich«, erklärte sie leise. »Ich kann sie nicht bitten zu gehen, selbst wenn es mich in Gefahr bringt, wenn sie bei mir bleiben.«

Er nickte. »Ich hätte auch nichts anderes von dir erwartet.«

»Also müssen die Probleme, die sich in meinem Haus befinden, auch dort gelöst werden, schätze ich.«

»Du hast schon früher Probleme gelöst, die sich in deinem Haus befanden, kleines Vogelnest.«

Sie dachte einen Augenblick darüber nach. Er sprach von Granny und Old Bob, als John Ross vor fünfzehn Jahren das erste Mal gekommen war und sie die Wahrheit über ihre unglückselige Familie erfahren hatte. Doch dies hier war etwas anderes. Die Geheimnisse gehörten diesmal nicht ihr, sondern dem Gypsy-Morph. Oder vielleicht auch John Ross.

Oder etwa nicht?

Sie musterte ihn scharf, als sie plötzlich spürte, dass er doch über sie sprach, dass er ihr ein Verständnis für ihr eigenes Leben vermittelte.

»Nicht alle Probleme, die uns plagen, können wir selbst lösen«, erklärte Two Bears und wanderte unbeirrt weiter. »Das Leben bietet für manche seine eigenen Lösungen an, und wir müssen diese Lösungen akzeptieren, wie wir es bei einem Wetterumschwung tun.« Er schaute sie erwartungsvoll an.

»Nun, ich bin nicht sonderlich gut darin, mich zurückzulehnen und darauf zu warten, dass das Leben meine Probleme für mich löst.«

»Nein. Und das solltest du auch nicht tun. Du solltest die Probleme, die du gut verstehst, lösen, aber die anderen in Ruhe lassen. Du solltest dort Lösungen finden, wo du kannst, und akzeptieren, dass dies genug ist.« Er machte eine Pause und seufzte dann. »In einem Haus voller Probleme kann nicht alles gerettet werden.«

Okay, dachte sie, man rettet also, was man kann, und lässt den Rest sausen. Das klang vernünftig. Aber wie konnte sie irgendetwas retten, wenn sie nicht einmal wusste, wo sie überhaupt anfangen sollte?

»Kannst du mir etwas über das Gypsy-Morph erzählen?«, fragte sie hoffnungsvoll.

Er nickte. »Sehr mächtige Magie. Sehr unvorhersehbar. Ein Gypsy-Morph wird zu dem, was es will, wenn es überhaupt zu etwas wird, was selten ist. Meistens findet es seine Gestalt nicht und wird wieder zu Luft, wild und unerreichbar. Geister verstehen es, weil sie den Raum mit ihm teilen. Sie streifen es, sie treiben durch es hindurch, bevor es zu einem massiven Ding wird, während es noch darauf wartet, Gestalt anzunehmen.« Er zuckte mit den Achseln.

Sie stieß eine Atemwolke aus. »Na gut, aber wie stelle ich es an herauszufinden, wie diese Lösung lautet? Dieses Morph ist zu einem kleinen Jungen geworden. Was hat das zu bedeuten? Ist das die Gestalt, die es endgültig annehmen will? Was will es von mir?Es hat meinen Namen zu John Ross gesagt, aber jetzt, da es hier ist, schaut es mich nicht einmal an.«

Sie hielten auf der alten Holzbrücke an, die über das fast gefrorene Rinnsal des Baches führte. Two Bears lehnte sich gegen das Geländer und umfasste es mit den Händen.

»Sprich mit ihm, kleines Vogelnest.«

»Was?«

»Hast du irgendetwas zu ihm gesagt? Dieser kleine Junge, hast du mit ihm gesprochen?«

Sie dachte einen Augenblick darüber nach. »Nein.«

»Die Lösung ist oft irgendwo im Problem verborgen. Wenn das Gypsy-Morph dich braucht, wird es dir dies vielleicht sagen. Aber vielleicht muss es vorher wissen, dass du Anteil nimmst.«

Auch hierüber dachte sie einen Moment nach. Das Gypsy-Morph war ein Kind, ein Neugeborenes, das vor noch nicht einmal dreißig Tagen Gestalt angenommen hatte. Und als ein vierjähriger Junge musste man es möglicherweise beruhigen und für sich gewinnen. Das hatte sie nicht getan. Sie hatte sich von Ross so gedrängt und unter Druck gesetzt gefühlt, dass sie es nicht einmal versucht hatte. Das Morph mochte sie dringend brauchen, aber brauchen und vertrauen waren zwei völlig verschiedene Dinge.

»In Ordnung«, sagte sie.

»Gut.« Er löste sich von dem Geländer und richtete sich zu voller Größe auf. »Jetzt werde ich dir den Grund dafür erklären, warum ich dich sprechen wollte. Es ist sehr einfach. Ich bin dein Freund und wollte mich verabschieden. Ich bin der Letzte der Sinnissippi, und ich bin heimgekommen, um bei meinem Volk zu sein. Ich wollte, dass du es weißt, weil es möglich ist, dass wir uns nicht wiedersehen.«

Nest starrte ihn an und versuchte, den Schock über seine Worte zu verdauen. »Alle Leute deines Volkes sind tot, O'olish Amaneh. Heißt das, dass du ebenfalls sterben wirst?«

Er lachte, und sein Lachen war herzlich und ehrlich. »Du solltest dein Gesicht sehen, kleines Vogelnest! Ich hätte Angst, mit einem solch grimmigen Antlitz vor Augen zu sterben! Mr. Pick! Schauen Sie sie an! Solch eine grimmige Entschlossenheit und solch ein Tadel in ihrem Blick! Wie widerstehen Sie dieser Macht, wenn sie gegen Sie gerichtet ist?«

Dann wurde er wieder ernst und schüttelte den Kopf. »Es ist schwer zu erklären, aber ich werde es versuchen. Um mich meinem Volk anzuschließen, das von dieser Erde verschwunden ist, brauche ich mein eigenes Leben nicht auf die Weise aufzugeben, die du meinst. Aber ich muss mich auf andere Weise mit ihnen verbinden. Um dies zu tun, muss ich etwas von mir selbst aufgeben. Es ist schwierig, vorher zu wissen, was dies sein wird. Ich verabschiede mich nur für den Fall, dass ich nicht zu dir zurückkehren kann.«

»Verwandlung?«, fragte sie. »Du wirst zu etwas anderem werden?«

»Auf gewisse Weise. Aber andererseits war ich das schon immer.« Er tat die Sache mit einer Handbewegung ab. »Wenn ich gehe, werde ich nicht für immer fort sein. So wie die Jahreszeiten werde ich in der Saat der Erde sein und warten.« Er zuckte mit den Achseln. »Mein Gehen ist nur eine kleine Sache. Ich werde nicht vermisst werden.«

Sie stieß scharf die Luft aus. »Sag das nicht. Es ist nicht wahr.«

Es entstand ein langes Schweigen, während sie sich in dem grauer werdenden Winterlicht anschauten, bewegungslos in der Kälte und mit Atemwolken vor ihren angespannten Gesichtern. »Für dich ist es nicht wahr«, sagte er schließlich. »Dafür bin ich dankbar.«

Sie kämpfte noch immer dagegen an zu akzeptieren, dass er nicht mehr da sein würde, dass er für sie ebenso verloren sein würde wie Granny und Old Bob, wie ihre Mutter, ihr Vater und so viele ihrer Freunde. Es war seltsam, so bei jemandem zu reagieren, den sie zuvor erst zweimal gesehen hatte und für den sie so gemischte Gefühle empfand. Es war eine komische Reaktion, wie immer sie es auch betrachtete. Die sinnvollste Parallele, die sie ziehen konnte, war die zu Geist, als er an ihrem achtzehnten Geburtstag verschwunden war. Sie hatte angenommen, dass der Wolf für immer fort war, bis sie ihn in sich selbst wiederfand.

Würde es mit O'olish Amaneh ebenso sein?

»Wann wird dies geschehen?«, fragte sie mit gepresster, leiser Stimme.

»Wenn es an der Zeit ist. Vielleicht wird es überhaupt nicht passieren. Vielleicht wollen die Geister meines Volkes mich nicht bei sich haben.«

»Vielleicht werden sie Sie zurückweisen, wenn sie merken, dass Sie ständig in Rätseln reden!«, knurrte Pick.

Two Bears Lachen donnerte durch den leeren Wald. »Vielleicht muss ich bei Ihnen leben, wenn sie das tun, Mr. Pick!« Er schaute Nest an. »Komm, geh noch ein Stück mit mir.«

Sie folgten ihren Spuren zurück, wanderten durch die Schlucht zum Bayou, dann am Ufer entlang, wo der Wald bis ans Wasser reichte und die kahlen Zweige den grauen Himmel wie mit einem Spinnennetz überzogen. Die Luft war kalt, und es lag eine frische Feuchte darin, der Geruch von dickem, schwerem Schnee. Der Rock River war unterhalb der Schlittenbahn gefroren, und bei Beginn der Dämmerung würden Schlittschuhe auf dem Eis dahingleiten.

Als sie den Waldrand erreichten und in Sichtweite der hölzernen Rutsche waren, hielt Two Bears an.

»Selbst wenn ich bei meinem Volk bin, wirst du mich vielleicht wiedersehen, kleines Vogelnest«, sagte er.

Sie runzelte die Stirn. »Wie ein Gespenst?«

»Möglicherweise. Hast du Angst davor, was dies bedeuten könnte?«

Sie schaute ihn bedeutungsvoll an. »Wir sind doch Freunde, oder?«

»Immer.«

»Dann habe ich keinen Grund, Angst zu haben.«

Er schüttelte den Kopf. »Falls ich zu dir komme, werde ich dies so tun, wie meine Vorfahren es für mich vor fünfzehn Jahren getan haben – im Traum. In jener Nacht sind sie auch zu dir gekommen. Erinnerst du dich?«

Das tat sie. Vor fünfzehn Jahren hatten ihre Träume von den Sinnissippi ihr ihre Großmutter als junges Mädchen gezeigt, das mit einem Dämon durch den Park lief. Sie war mit Fressern um die Wette gerannt, und ihre dunklen Augen hatten wild und tollkühn geleuchtet. Diese Träume hatten ihr Dinge enthüllt, die alles verändert hatten.

»Es gibt immer Grund, vor dem Angst zu haben, was unsere Träume uns zeigen«, flüsterte er. Eine Hand hob sich, um sanft ihr Gesicht zu berühren. »Sag noch einmal meinen Namen.«

»O'olish Amaneh«, erwiderte sie.

»Niemand wird es sagen und mir damit so viel Freude bereiten wie du. Die Winde tragen deine Worte in den Himmel hinauf und zerstreuen sie dort als Sterne.«

Er deutete nach oben, und ihre Augen folgten der Geste und suchten gehorsam den Himmel ab.

Als sie wieder nach vorne schaute, war er fort.

»Sag mir nur eines«, meinte Pick nach einem langen Moment des Schweigens. »Hast du irgendeinen Schimmer, wovon er gesprochen hat?«

John Ross kam ins Wohnzimmer und fand Bennett Scott vor, die in einem Sessel lag und in einer *Sports Illustrated* las, während Harper auf dem Boden ein Stück Papier bemalte. Das Gypsy-Morph kniete auf dem Sofa und starrte aus dem Fenster, als hätte es sich in Stein verwandelt.

Bennett schaute hoch, und er fragte: »Wo ist Nest?«

Sie zuckte mit den Achseln. »Draußen im Park. Sie redet mit einem Indianer.«

Ein kalter Kloß bildete sich in seinem Magen. Two Bears. Er stützte sich schwer auf seinen Stock und dachte, dass alles aufs Neue geschehen würde, eine neue Konfrontation zwischen dem Wort und der Leere, eine weitere Schlacht in einem endlosen Krieg. Was wurde diesmal von ihm erwartet? Dass er das Rätsel des Morphs entschlüsselte, so viel wusste er. Doch falls er versagte …

Er schob diese Gedanken beiseite, als er bemerkte, wie sie in eine Dunkelheit hinabtrudelten, der er sich nicht nähern wollte. Er dachte plötzlich an das Fairy Glen und die Lady zurück, an seinen letzten Besuch dort und an das Geheimnis, das er entdeckt hatte und niemals mit jemandem teilen konnte. Der Gedanke daran ließ ihn plötzlich seines Lebens überdrüssig werden.

»Sind Sie in Ordnung?«, fragte Bennett Scott.

Er musste fast lachen – er würde niemals in Ordnung sein, und er fand es seltsam, dass ausgerechnet sie ihn das fragte. »Ja«, sagte er und ging in die Küche.

Er hatte sich eine frische Tasse Kaffee eingeschenkt und sie bereits halb ausgetrunken, als die Türklingel schellte. Als sie zum zweiten Mal erklang, ging er zur Küchentür hinüber und schaute ins Wohnzimmer. Harper saß mit einem Bilderbuch in den Händen auf dem Schoß ihrer Mutter. Bennett schaute auf und zuckte gleichgültig mit den Schultern, sodass stattdessen Ross den Gang entlang humpelte.

Als er die Haustür öffnete, stand Josie Jackson vor ihm.

Kapitel 12

Es war fünfzehn Jahre her, dass sie einander gesehen hatten, aber es hätte ebenso gut gestern sein können. Körperlich hatten sie sich verändert, die Jahre und die Erfahrungen des Lebens hatten ihnen Falten ins Gesicht gezeichnet. Sie hatten sich mit dem Verstreichen der Zeit abgefunden und waren sich bewusst, dass sie allmählich alt wurden. Doch gefühlsmäßig waren sie eingefroren, waren noch in dem selben Zustand gefangen wie damals, als sie das letzte Mal miteinander gesprochen hatten. Ihre Gefühle füreinander waren so tief, und die Erinnerungen an die wenigen Tage, die sie miteinander verbracht hatten, waren so lebendig und präsent, dass beide sofort von dem überwältigt wurden, was sie für immer verloren geglaubt hatten.

»John!« Josie sagte seinen Namen leise, aber der Schock, der in ihren dunklen Augen stand, war klar und schmerzlich.

Sie war älter geworden, aber nicht so sehr, dass er es mehr als flüchtig wahrgenommen hätte. Größtenteils war sie so, wie er sich an sie erinnerte. Sie besaß noch immer dieses gebräunte, frische Aussehen und die zahlreichen Sommersprossen auf der Nase. Ihr blondes, zerzaustes Haar war jetzt kürzer, aber es hob ihr Gesicht hervor und verlieh ihm eine weiche Schönheit wie die einer geschnitzten Miniatur.

Nur das Lächeln fehlte, jenes bezaubernde, wunderbare Lächeln. Aber er konnte auch nicht erwarten, dass sie ihm dies jetzt schenken würde. Als er ihr begegnet war, war ihre Anziehung elektrisierend gewesen. Obwohl er gewusst hatte, dass eine Beziehung mit ihr katastrophal enden würde, insbesondere, falls er sich in sie verliebte, ließ er es dennoch geschehen. Zwei Tage lang erlaubte er es sich vorzustellen, wie es wäre, ein normales Leben zu führen, das er mit einer Frau teilte, der er etwas bedeutete, und das vielleicht in etwas Dauerhaftes mündete. Sie hatten gemeinsam einen Abend im Sinnissippi-Park verbracht und an einem Picknick mit anschließender Tanzveranstaltung teilgenommen. Als er von Männern angegriffen und verprügelt wurde, die ihn für jemand anderen hielten, nahm sie ihn mit nach Hause, wusch ihn, verband seine Wunden, pflegte ihn und gab sich ihm hin. Als er sie am nächsten Morgen verließ, um sich dem Dämon zu stellen, der Nest Freemarks Vater war, und von ihr fortging, während sie in ihrem Auto saß und ihm hinterherschaute, hatte er geglaubt, er würde sie niemals wiedersehen.

»Hallo, Josie«, brachte er hervor, und seine Stimme klang ihm fremd in den Ohren, gezwungen und rau. »Wie geht es dir?«

»Gut.« Der Schock in ihren Augen war abgeebbt, aber es schien für sie ebenfalls nicht leicht zu sein, ein Gespräch zu führen. »Ich wusste nicht, dass du hier bist.«

»Mein Auftauchen war ziemlich unerwartet.«

Er fühlte sich in ihrer Gegenwart unbeholfen und war sich bewusst, wie abgerissen er aussah, in seinen Jeans, dem einfachen Arbeitshemd und den ausgelatschten Stiefeln, die langen, zurückgebundenen Haare noch feucht von der Dusche. Sein dunkles Haar war mit grauen Strähnen durchsetzt und wich an den Schläfen deutlich zurück. Auf Gesicht und Unterarmen trug er die Narben aus seinen Kämpfen mit den Dienern der Leere, und sein versehrtes Bein schmerzte in den letzten Jahren immer öfter. Josie kam ihm ebenso frisch und jugendlich vor wie immer, doch er glaubte, dass er für sie alt und verbraucht aussehen musste.

Er blickte hinab und sah erst jetzt den Teller mit Keksen, den sie in der Hand hatte.

Ihre Augen senkten sich. »Ich habe sie für Nest gebracht. Sie backt ständig Kekse für alle anderen, und ich fand, es müsste auch mal jemand welche für sie backen. Darf ich reinkommen?«

»Natürlich«, sagte er rasch und trat zurück. »Ich schätze, ich bin mit meinen Gedanken woanders. Komm rein.« Er wartete, bis sie im Flur war, und schloss dann die Tür. »Nest ist draußen im Park, aber sie müsste in ein paar Minuten zurück sein.«

Sie starrten sich in dem schattigen Flur an. Die Standuhr tickte vor sich hin, und Bennett war leise zu hören, wie sie Harper vorlas.

»Du siehst müde aus, John«, sagte sie schließlich.

»Du siehst wunderbar aus.«

Die Worte waren ihm über die Lippen gekommen, bevor er sie stoppen konnte. Josie wurde rot und ließ dann das bezaubernde Lächeln aufblitzen. Es war genauso wie früher.

»Dieses Lächeln – also das ist etwas, an das ich oft gedacht habe«, gestand er und schüttelte den Kopf über das, was er in seinem Inneren spürte. Er wusste bereits, dass er es nicht zulassen sollte, doch er konnte sich nicht davon abhalten.

Sie erwiderte seinen Blick, und das Lächeln blieb auf ihrem Gesicht. »Ich habe dich auch vermisst. Ist das nicht bemerkenswert?«

»Es ist eine lange Zeit her«, sagte er.

»Aber nicht so lange, dass du das Bedürfnis gehabt hättest anzurufen oder zu schreiben?«

Er schaute sie reuevoll an. »Ich bin mit beidem nie sehr gut gewesen. Ich sage mir immer, dass ich es tun werde, aber dann mache ich es doch nicht. Ich weiß einfach nicht, was ich sagen soll. Es fühlt sich komisch an, das, was ich denke, zu Papier zu bringen oder es in ein Telefon zu sprechen. Ich weiß nicht. Frag Nest. Ich habe auch ihr weder geschrieben noch sie angerufen.«

Das Lächeln verblasste, und sie schüttelte langsam den Kopf. »Schon gut. Ich glaube, ich habe niemals wirklich geglaubt, dass du es tun würdest.« Sie reichte ihm den Keksteller. »Hier, halte die bitte einen Augenblick.«

Sie schlüpfte aus ihrem Mantel und hängte ihn an die Garderobe. Sie legte ihren Schal darüber und steckte die Handschuhe in die Jackentaschen. Anschließend strich sie sich unsicher das Haar zurück, schob ihre Bluse ordentlich in die Hose und nahm die Kekse wieder an sich.

»Gieß mir ein Glas Milch ein, und ich teile mit dir«, bot sie ihm an, und das Lächeln war zurückgekehrt.

Sie gingen den Flur entlang, und als sie am Wohnzimmer vorbeikamen, schauten Bennett und Harper auf. Little John, der auf dem Sofa kniete, bewegte sich nicht. Josie beugte sich an Ross vorbei, um hallo zu sagen, und fragte, ob jemand einen Imbiss wolle. Die Frauen schienen einander nicht zu kennen, aber keine machte sich die Mühe, sich vorzustellen, daher ließ Ross es dabei bewenden. Er ging mit Josie in die Küche, half ihr mit den Milchgläsern und blieb dann gegen die Spüle gelehnt stehen und schaute in die baumverhüllte Ferne, während Josie ein Tablett für Bennett und die Kinder ins Wohnzimmer brachte.

Als sie zurückkam, setzte er sich mit ihr an den Holztisch, die Kekse und die Milch zwischen ihnen. Einen Moment lang sagte keiner etwas.

»Hast du noch immer das Café?«, fragte er schließlich.

»Ja. Es sind sogar noch größtenteils dieselben Kunden. Nichts verändert sich.« Sie zog eine Augenbraue hoch. »Und du?«

»Ich bin umhergereist«, sagte er. »Hab hier und dort Jobs angenommen und versucht, einen Sinn für mein Leben zu finden. Wie geht es deiner Tochter?«

»Erwachsen geworden, geheiratet, zwei Kinder. Ich bin Großmutter. Wer hätte das gedacht?«

»Ich jedenfalls nicht. Ich sehe dich nicht auf diese Weise.«

»Danke. Wie lange wirst du hier sein?«

Er schüttelte den Kopf. »Ich weiß es noch nicht. Über Weihnachten, denke ich. Kommt darauf an.«

Sie nickte langsam. »Auf sie?« Sie deutete mit einem Kopfnicken aufs Wohnzimmer.

»Nun, zumindest auf den Jungen.«

Sie wartete ab und beobachtete ihn dabei aufmerksam. Als er nichts hinzufügte, fragte sie: »Wer ist er?«Er räusperte sich leise. »Er ist mein Sohn. Ich bringe ihn nach Chicago zu einem Spezialisten. Er spricht nicht.«

Sie wurde sehr still. »Sind das deine Frau und deine Tochter dort bei ihm?«

»Was?«

»Die Frau und das kleine Mädchen?«

Er blinzelte. »Nein. Wieso nimmst du … Nein, sie ist gerade erst zwanzig, und ich bin nicht …«

»Es schien dir irgendwie unangenehm zu sein, die beiden vorzustellen«, sagte sie.

»Oh, na ja, mag sein.« Er schüttelte den Kopf. »Ich kenne sie nicht, das ist das Problem. Ich bin erst gestern Nacht angekommen. Sie waren bereits hier, und ich weiß nicht mehr über sie als du.«

Sie biss ein Stück von einem Keks ab und trank einen Schluck Milch, während sie die Augen abwandte. »Erzähl mir von deinem Sohn. Wo ist seine Mutter?«

Er schüttelte erneut den Kopf. »Ich weiß nicht.« Die Lüge kam ihm über die Lippen, bevor er sie stoppen konnte, daher fügte er schnell hinzu: »Er ist adoptiert. Eine Alleinerziehenden-Adoption.« Sein Verstand arbeitete auf Hochtouren. »Das ist ein weiterer Grund, warum ich hier bin. Ich bin nicht sehr gut darin. Ich hoffe, dass Nest mir helfen kann.«

Er ritt sich immer tiefer in die Bredouille, aber er schien einfach nicht aufhören zu können. Er hatte nicht erwartet, die Anwesenheit des Gypsy-Morph irgendjemandem außer Nest erklären zu müssen. Er hatte gedacht, er würde einfach nachts hereinschlüpfen, ihr sagen, warum er gekommen war, und dann darauf warten, dass sich etwas entwickelte, bevor er wieder verschwand. Stattdessen fand er sich in einer Situation wieder, in der er gezwungen war, sich fast schneller Sachen auszudenken, als er dazu in der Lage war.

»Wie, glaubst du, kann Nest dir helfen?«

Er blickte sie ermattet an. »Ich weiß es nicht«, gab er zu und erkannte, dass er immer wieder und wieder das Gleiche sagte, diesmal aber die Wahrheit sprach. »Die Sache ist mir über den Kopf gewachsen, und ich weiß nicht, an wen ich mich sonst wenden kann.«

Ihr Gesicht wurde sofort weicher. »John, du kannst Nest um alles bitten. Das weißt du. Wenn sie dir helfen kann, wird sie es tun.« Sie schwieg einen Moment. »Ich hoffe, du weißt, dass du auch mich fragen kannst.«

Er grinste schuldbewusst. »Es hilft, dass du es aussprichst. Ich war nicht sicher, wie die Dinge zwischen uns stehen.«

Sie nickte langsam. »Sie stehen so, wie sie es immer taten. Merkst du das nicht?«

Deputy Sheriff Larry Spence hielt am Quik Stop an und ging hinein, um sich Kaugummi zu kaufen. Als er wieder herauskam, bemerkte er den immer grauer werdenden Himmel und den böig auffrischenden Wind. Er zog seine schwere Lederjacke fest um sich, blieb bei dem Münztelefon stehen, das an dem Gebäude angebracht war, und wählte die Nummer, die ihm der FBI-Agent gegeben hatte. Er war sich wegen dieser Sache zwar noch immer nicht ganz sicher, aber er wollte bei Nest keine Risiken eingehen.

Er trommelte mit den Fingern auf das metallene Gehäuse des Apparats, während er darauf wartete, dass jemand abnahm. Er mochte Robinson nicht sonderlich, genauso wenig wie diese weibliche Agentin, vor allem nach ihrem Besuch bei ihm zu Hause. Seine Kinder schienen sie ebenfalls nicht zu mögen. Beide hatten in der letzten Nacht nicht gut geschlafen, und Billy war ein halbes Dutzend Mal aufgewacht und hatte dabei etwas von Messern geschrien. Er fand, dass sie einen besseren Ort hätten finden können, um mit ihm über John Ross zu sprechen. Er hatte daran gedacht, die Behörde anzurufen, um die Agenten zu überprüfen, hatte jedoch Angst gehabt, sich dadurch zum Narren zu machen. Wie auch immer, sie wollten nur wissen, ob John Ross hier war oder nicht. Sobald er ihnen das gesagt hatte, war er aus der Sache heraus.

Dann würde vielleicht das Summen in seinen Ohren nachlassen, und seine Kopfschmerzen würden verschwinden, und er würde nicht mehr seine ganze Zeit damit verbringen, mit sich selbst im Streit zu liegen, was er tun sollte.

Das Telefon auf der anderen Seite wurde abgenommen, und eine Stimme sagte: »Ja?«

Das Summen hörte auf. »Agent Robinson?«

»Guten Tag, Deputy Sheriff Spence.« Robinsons Stimme war glatt und beruhigend. »Was haben Sie für mich?«

Spence schaute in die Ferne und war sich wieder unsicher. Ross war ihm nicht sehr bedrohlich vorgekommen. Teufel, mit diesem verkrüppelten Bein konnte er ja nicht einmal richtig laufen. Nest schien nicht sonderlich von ihm eingenommen zu sein, jedenfalls nicht auf die Weise, die Robinson angedeutet hatte. Er war ziemlich alt für sie, mehr wie ein Vater. Die Sache kam ihm einfach nicht richtig vor.

»Deputy?«

»Entschuldigung, ich habe etwas überprüft.« Er schob seine Bedenken beiseite und hörte höhnisches Wispern, das ihn dringend vor den Gefahren von Zweideutigkeiten warnte. Er war begierig, die Sache hinter sich zu bringen. »Ich war vor kurzem draußen bei Nest Freemark. John Ross war dort.«

»Gute Arbeit, Deputy. Welchen Grund haben Sie ihnen für Ihren Besuch genannt?«

»Oh, ich habe behauptet, ich würde Gerüchten über Drogenhandel im Park nachgehen. Ich fragte nur, ob einer von ihnen etwas gesehen hätte.« Die wütende Reaktion von Nest, als er bei Ross ein wenig härter rangegangen war, tauchte vor seinen Augen auf, und er entschied, über diesen Teil nichts zu sagen. »Es sind auch noch eine Frau und zwei Kinder im Haus.«

Auf der anderen Seite der Leitung herrschte einen Moment lang Schweigen. »Haben Sie irgendetwas Ungewöhnliches bemerkt? Hat Ross etwas bei sich gehabt?«

Spence runzelte die Stirn. »Was denn zum Beispiel?«

»Ich weiß nicht, Deputy. Das frage ich ja Sie.«

Die Zurechtweisung ließ Spence rot werden. »Er hatte einen Gehstock. Sein Bein ist steif.«

»Ja. Sonst noch etwas?«

»Nichts, was ich gesehen hätte.« Das Summen kehrte zurück, zog sich durch seinen ganzen Kopf und machte ihn verrückt. Er presste die Finger gegen die Schläfen. »Ich verstehe nicht. Nach was soll ich Ausschau halten?«

Robinsons Stimme war in Samt gehüllter Stahl. »Dies ist eine laufende Ermittlung, Deputy. Ich bin nicht befugt, bereits alles preiszugeben.«

Das Wispern brannte sich einen Weg durch das Summen und erfüllte Larry Spences Kopf mit Lärm und Schmerz.

Stell keine dummen Fragen! Geh nicht an Orte, wo du nichts zu suchen hast! Tu, was man dir sagt! Denk daran, was auf dem Spiel steht!

Nest! Nest stand auf dem Spiel!

Er rief sie sich vor Augen, wie sie jetzt sauer auf ihn war, und das alles wegen John Ross. Er fühlte sich plötzlich wütend und streitlustig. Es war nicht richtig, wie sie ihn beschützte. Was tat er hier überhaupt? Er nahm allen Raum in ihrem Leben ein, sodass für jemand anderen kein Platz mehr war.

Wie mich! Sie sollte bei mir sein!

Tu einfach, was man dir sagt, und alles kommt in Ordnung, schien jemand zu sagen. Dann hörte er Robinson hinzufügen: »Wir bleiben in Kontakt.«

Er holte tief Luft. »Aber ich dachte, das war alles, was Sie von mir wollten«, sagte er, und die Verbindung wurde unterbrochen.

Ross und Josie aßen ihre Kekse, tranken ihre Milch und warteten auf Nests Rückkehr. Josie redete über ihr Leben in Hopewell, über ihre Arbeit in dem Café, über die Leute, die dort verkehrten und wie sie waren. Ross hörte hauptsächlich zu, da er nur wenig berichten konnte, ohne ihr zu viel über das zu verraten, was er geheim halten wollte. Er erzählte ihr, er sei mehrmals an die Universität zurückgekehrt und hätte ein paar Seminare geleitet. Er sprach nur wenig von den Orten, an denen er gewesen war. Josie hörte zu, ohne ihn zu drängen. Sie nahm, was er ihr geben konnte, und ließ ihm den Raum, den er brauchte, falls er sich zurückziehen wollte.

»Ich sollte allmählich gehen«, sagte sie schließlich. »Erzähl Nest bitte, dass ich vorbeigeschaut habe.«

Sie erhob sich, und er stand ebenfalls auf, wobei er sich auf den Stock stützte. »Bist du sicher, dass du nicht noch warten willst?«

»Ich glaube nicht.« Sie trug ihre Gläser und den leeren Teller zur Spüle und begann abzuwaschen. »Sehe ich dich noch einmal, bevor du wieder abreist?«, fragte sie über die Schulter.

Die Frage überraschte ihn. »Ich weiß es nicht«, sagte er automatisch. Dann fügte er hinzu: »Ich hoffe es.«

Sie drehte sich um, und ihre Augen senkten sich in seine. »Möchtest du morgen Abend zum Essen kommen?«

Die Hintertür ging auf und wieder zu, und sie schauten beide zum Gang hinüber. Einen Augenblick später tauchte Nest auf und rieb sich wärmend die Hände. »Kalt draußen. Hi, Josie.« Sie schaute von einem zum anderen. »Habe ich etwas verpasst?«

»Ich habe nur mal reingeschaut«, meinte Josie Jackson. »Ich habe ein paar Kekse vorbeigebracht, Nest. John hat mir Gesellschaft geleistet.« Sie zögerte nur eine Sekunde. »Ich habe ihn gerade gefragt, ob er nicht morgen Abend zum Essen kommen möchte.«

Nest schaute John Ross überhaupt nicht an. Sie ging zur Spüle hinüber, nahm sich einen Keks vom Tablett und begann, daran herumzuknabbern. »Scheint mir eine gute Idee zu sein. Warum gehst du nicht, John?«

Ross spürte, wie Josies Augen ihn fixierten. »Ihr seid natürlich alle eingeladen«, fügte sie hinzu, und ihr Lächeln war warm und einladend.

»Nein, aber vielen Dank«, warf Nest rasch ein. »Ich muss zu einer Weihnachtsfeier. Ich hatte vor, Bennett und Harper mitzunehmen. Ich nehme Little John einfach auch mit. Es werden eine Menge Kinder da sein.«

Sie schaute Ross an. »John, geh du zu Josie.«

Ross dachte, dass er das besser nicht tun sollte. Er wollte es, aber das konnte nur zu den gleichen Problemen führen, die er bereits vor fünfzehn Jahren mit Josie Jackson gehabt hatte. Es machte keinen Sinn, die Geschichte zu wiederholen. Außerdem bedeutete es, dass er das Morph mit Nest allein lassen müsste, was für sie gefährlich sein konnte.

Andererseits schien Nest Freemark die einzige Hoffnung des Gypsy-Morphs zu sein. Er hatte das Morph hergebracht, um es zu retten. Irgendwann musste er es aufgeben, und die Zeit wurde knapp. Vielleicht würde es helfen, wenn sie ein wenig Zeit ohne ihn miteinander verbringen konnten.

»John?«, fragte Nest ruhig.

Er schaute noch immer Josie an, nahm ihre vertrauten Züge in sich auf, ihr Gesicht und ihren Körper. An so vieles konnte er sich nach all den Jahren noch gut erinnern. Alles an Josie war genau richtig, passte so gut zusammen, dass er es sich nicht anders vorstellen konnte. Wenn er bei ihr war, hatte er das Gefühl, dass alles möglich war und nichts davon eine Rolle spielte. Nur sie, und nur jetzt.

Fünfzehn Jahre, und sie löste noch immer diese Gefühle in ihm aus. Ein süßer Schmerz erfüllte ihn, dann ein leises Wispern der Verzweiflung. Welche Gefühle sie auch immer in ihm weckte, es würde auf die gleiche Weise enden.

»Ich komme besser später darauf zurück.«

Josie starrte ihn einen Augenblick schweigend an. »In Ordnung, ich verstehe.« Sie bewegte sich mit gesenkten Augen zur Küchentür. »Mach's gut, Nest.«

Sie ging den Flur entlang, zog sich Mantel, Schal und Handschuhe an und verließ das Haus. Ihr Wagen sprang an, setzte aus der Auffahrt und verschwand auf der Woodlawn.

Nest beschäftigte sich an der Anrichte und packte die restlichen Kekse ein. Als sie wieder zu Ross schaute, war ihr Gesichtsausdruck neutral. »Setz dich, und ich werde dir erzählen, was im Park geschehen ist.«

Er gehorchte und hörte ihr geduldig zu, während sie ihm über ihr Treffen mit Two Bears berichtete. Aber seine Gedanken trieben dahin wie Rauch im Wind.

Draußen begann es zu schneien.

Kapitel 13

Bei Einbruch der Nacht waren bereits zwanzig Zentimeter Schnee gefallen und es wurde immer mehr. Der Wetterbericht sagte bis zum Morgen einen halben Meter voraus, und für Weihnachten wurde ein zweiter Sturm erwartet. Ross hörte dem Meteorologen im Radio zu und starrte dabei aus dem Küchenfenster auf den dicken weißen Teppich, der alles bedeckte, so weit man schauen konnte – was nicht sehr weit war, da noch immer große, wirbelnde Flocken fielen, die das Licht der Straßen- und Hausbeleuchtungen in feinen, gelben Regenbögen reflektierten und die Nacht durchschnitten.

Bennett Scott saß mit Harper auf dem Wohnzimmerfußboden und arbeitete an einem alten Holzpuzzle. Harper nahm jedes Puzzleteil in die Hand, musterte es und legte es dann wieder hin, um nach dem Nächsten zu greifen. Das Puzzle bestand nur aus zwölf Teilen, aber sie schien die Vorbereitung für wichtiger zu halten als das eigentliche Zusammenfügen. Little John hatte den Fensterplatz verlassen, saß neben ihnen auf dem Boden und schaute konzentriert zu. Er sprach noch immer nicht. Er reagierte noch immer kaum, wenn man ihn ansprach. Er war noch immer ein vollständiges Rätsel.

Nest bereitete einen Eintopf für das Abendessen zu. Sie zerstückelte Kartoffeln, Zwiebeln, Karotten und Sellerie, fügte eingefrorene Erbsen hinzu und verrührte das Ganze mit angebratenen Fleischstücken und etwas Brühe. Sie arbeitete ohne ein Rezept, und hin und wieder zögerte sie und dachte nach, bevor sie die eine oder andere Zutat hinzufügte. Sie sprach nur wenig mit Ross, der am Tisch saß und seine Gedanken zu Josie treiben ließ.

Es beunruhigte ihn, dass er so besessen von dem Gedanken an sie war. Es war nicht so, dass er vor ihrem Wiedersehen heute Nachmittag viel an sie gedacht hätte. Tatsächlich war sie ihm in den fünfzehn Jahren, seit er Hopewell verlassen hatte, kaum in den Sinn gekommen – jedenfalls nicht nach den ersten paar Monaten, in denen er ausschließlich an sie gedacht hatte. Er nahm an, dass ihr Wiedersehen und die Erinnerung daran, wie viel er für sie empfunden hatte, die Leere seines Lebens besonders schmerzlich deutlich machte. Ohne Familie und Freunde, ohne jemanden, den er liebte, ohne Beziehungen und die Art von Existenz, die andere Menschen besaßen, war er selbst einer der Obdachlosen, mit denen er vor Jahren in Seattle gearbeitet hatte. Es war nur natürlich, so nahm er an, dass es ihn nach diesen Dingen verlangte, die andere besaßen und er nicht.

Ein- oder zweimal grübelte er über Two Bears Auftauchen nach, aber ihm fiel dazu nichts ein, was nicht offensichtlich war. Ein entscheidender Moment im Krieg zwischen dem Wort und der Leere stand bevor, und Two Bears war hier, um das Geschehen zu überwachen. Vielleicht war er auch hier, um zu versuchen das Gleichgewicht zu verändern, wie er es bereits zweimal zuvor in Nest Freemarks Leben getan hatte, aber Ross wusste, dass es unmöglich war herauszufinden, was O'olish Amaneh tatsächlich vorhatte. Der Indianer lebte in einer Sphäre der Existenz, die außerhalb jener von normalen Menschen war, und er würde tun, was von ihm verlangt wurde. Weiter über diese Sache nachzudenken, wäre reine Zeitverschwendung.

Aber das war das Denken an Josie ebenfalls. Da hatte er's.

Es war nach sechs und bereits seit zwei Stunden dunkel, als Robert Heppler anrief. Er wollte wissen, ob Nest zum Schlittenfahren in den Park käme. Die Leute von der Parkaufsicht hatten das Eis geprüft und befunden, dass es dick genug war, um einen Schlitten mit acht Personen zu tragen, und da die Rutsche mit Schnee bedeckt war, stand einem rasanten Rodelspaß nichts mehr im Weg. Robert wollte mit Kyle hingehen, während Amy zu Hause bei ihren Eltern blieb, aber er brauchte noch ein paar Leute, um das Gewicht des Schlittens zu erhöhen.

Während sie Robert zuhörte, und bevor Ross auch nur mitbekam, um was es in dem Gespräch ging, bemerkte er, dass sie etwas Seltsames tat. Sie setzte dazu an, etwas in der Art zu sagen, dass es nicht so recht gelegen käme, doch dann blickte sie ins Wohnzimmer hinüber, wo Harper und Little John mit Bennett auf dem Boden saßen, zögerte einen Augenblick, während ihre Augen ins Nichts starrten, und sagte dann, sie würde kommen und ihre Gäste mitbringen, zwei Erwachsene und zwei Kinder. Robert musste ihr zugestimmt haben, denn sie sagte, sie würden sich um acht an der Rutsche treffen, und legte auf.

Sie erzählte Ross, um was es in dem Gespräch gegangen war, und zuckte mit den Achseln. »Es könnte den Kindern gut tun, aus dem Haus zu kommen und etwas zu tun, was ihnen Spaß macht.«

Er nickte und dachte, dass sie zwar die Sicherheit des Morphs gefährdete, indem sie es nach draußen brachte, wo es verwundbar und angreifbar war; andererseits war das Morph jedoch auch nutzlos, solange es ihr nicht gelang, dicht genug an es heranzukommen, um herauszufinden, was es von ihr wollte. Vielleicht würde es helfen, wenn sie zusammen etwas unternahmen. Nest war mehrmals zu Little John gegangen, bevor sie mit dem Kochen begonnen hatte. Sie hatte sich zu ihm gesetzt und versucht, mit ihm zu sprechen, aber nicht die geringste Reaktion erhalten. Das Verhalten des Morphs stellte sie vor ein Rätsel, und der Versuch, etwas anderes zu unternehmen, wie gering die Erfolgschancen auch waren, war das Einzige, was ihnen noch blieb.

»Vielleicht wird Little John Kyle mögen«, meinte sie, als hätte sie seine Gedanken gelesen. »Möglicherweise wird er mit jemandem sprechen, der ungefähr in seinem Alter ist.«

Ross nickte und stand auf, um ihr mit dem Besteck und den Servietten zu helfen, während sie Teller zum Tisch trug. Das Morph hatte die Gestalt eines Kindes aus einem bestimmten Grund angenommen, daher mochte es zu neuen Erkenntnissen führen, wenn man es auch als Kind behandelte. Er hielt es für weit hergeholt, aber ihm fiel nichts Besseres ein. Die Ereignisse der letzten zwanzig Tage hatten ihn ausgelaugt, und das Gypsy-Morph war eine Last, von der er nicht wusste, ob er sie noch lange tragen konnte.

Sie setzten sich an den Tisch, aßen Eintopf mit heißen Butterbrötchen und tranken dazu kalte Milch. Während das Morph fast nichts zu sich nahm, aß Harper genug für drei. Anschließend räumten sie das Geschirr ab, zogen sich warm an und gingen in die Nacht hinaus. Nest besaß genug Kleidung, um alle ausstaffieren zu können, selbst Ross, der übrig gebliebene Sachen aus der Zeit trug, als sie mit Paul zusammengelebt hatte. Die Nacht war klar und ruhig, der Wind war abgeklungen. Es fiel noch immer Schnee in einem nebligen Treiben großer, feuchter Flocken, und der Boden knirschte unter ihren Stiefeln.

Ross humpelte vorsichtig am Ende der Gruppe, und sein Stock stieß beim Aufsetzen tiefe Löcher in den Boden. Die ganze Zeit über schaute er sich wachsam um, da er noch immer um Little Johns Sicherheit fürchtete. Als sie den Feldweg überquerten, nahm er aus dem Augenwinkel eine rasche Bewegung wahr. Eine Eule flog zwischen den Bäumen hindurch, die an die Anwesen grenzten, und bog dann zum Park hin ab. An ihrem Hals hing ein winziger Schatten – Pick war auf Patrouille.

»Mami, guck!«, rief Harper, tanzte mit offenem Mund und ausgestreckter Zunge herum und versuchte, damit Schneeflocken aufzufangen. »Mmmmmmhh, Er'beer! Mmmmhh, Vanil'!«

Sie überquerten die Baseballfelder in Richtung des östlichen Endes des Parks, wo sich die Rodelbahn befand. Auf dem Parkplatz, der voller Autos war, leuchteten Lichter, und von den Hängen erklangen die Rufe und Schreie der Schlittenfahrer. Ross blinzelte durch den Schneefall, der jetzt nachließ und zu einem trägen Treiben einzelner Flocken vor dem Hintergrund des schwarzen Himmels und weißer, schneebedeckter Erde wurde. Die Rodelbahn kam jetzt in Sichtweite. Mit ihren klobigen dunklen Holzbalken wirkte sie wie das Skelett einer halb gefressenen Kreatur.

»Mami, Mami!«, rief Harper aufgeregt, zerrte an Bennetts Arm und versuchte sie dazu zu bringen, schneller zu gehen.

Robert wartete an der Rutsche auf sie, während Kyle mit Schneebällen nach einem anderen Jungen warf. Nest stellte rasch alle einander vor. Robert schien sich zu freuen, Bennett Scott und Harper zu sehen, während er Ross gegenüber reserviert war. John konnte es ihm nicht verübeln. Robert Heppler hatte keinen Grund, sich mit Wohlwollen an ihn zu er innern. Aber Robert schüttelte ihm fest die

Hand, als wolle er seine Entschlossenheit demonstrieren, das Beste aus diesem unerwarteten Treffen zu machen, und führte sie zur Rutsche.

Die Rodelbahn befand sich schon im Sinnissippi-Park, seit Nest ein kleines Mädchen war. Es hatte verschiedene Versuche gegeben, sie abzubauen, weil sie unsicher wäre und die Kinder dazu verführte, darauf herumzuklettern. Irgendwann würde sie ein Kind das Leben oder die Gesundheit kosten und zu einer ernsthaften Klage gegen die Parkverwaltung führen, so die Argumente.

Doch jedes Mal, wenn das Thema angesprochen wurde, war der Aufschrei der Bevölkerung von Hopewell so heftig, dass die Verwaltung die Angelegenheit schnell wieder fallen ließ.

Die Rutsche war auf einem Holzgerüst errichtet worden, das von schweren Eisenbolzen zusammengehalten wurde und in Betonfundamenten verankert war. Eine Leiter führte zu einer fünf Meter hohen Plattform hinauf, die von einem massiven Geländer umgeben war. Zwei Gruppen konnten sich gleichzeitig auf der Plattform aufhalten, wobei die eine bereits abfahrbereit in der Rutsche saß, während die andere darauf wartete, ihren Platz einzunehmen. Die Bahn führte von der Anhöhe bis hinunter zum Rand des Bayou, wo sie sich zum Eis hin öffnete. Es war ein Weg frei geräumt worden, der bis zu dem Damm führte, auf dem die Eisenbahnschienen verliefen.

Am oberen Ende der Bahn stand ein Angestellter der Parkverwaltung. Er hatte einen schweren Hebel in der Hand, der den Schlitten an seinem Platz hielt, solange die Gruppen einstiegen, und ihn freigab, wenn die Fahrt beginnen konnte.

Nachdem Ross sich genau angeschaut hatte, wie alles funktionierte, nahm er Nest beiseite. »Ich kann das nicht machen«, sagte er leise. »Es ist einfach zu schwer, dort hinaufzuklettern.«

»Oh.« Sie warf einen kurzen Blick auf seinen Stock. »Das hatte ich vergessen.«

Sein Blick schwenkte zu den anderen. »Ich warte besser hier.«

Sie nickte. »Okay, John. Ich passe auf ihn auf.«

Er brauchte nicht zu fragen, wen sie meinte. Er trat beiseite, während Robert den Rest von ihnen in einer Reihe aufstellte und den Schlitten hochkant trug, während das Steuerungsseil auf dem Boden schleifte. Als sie zur Leiter kamen und hochkletterten, ergriff Nest das untere Ende des Schlittens, um beim Hochwuchten zu helfen. Ross schaute den Hang hinunter, dorthin, wo die Rutsche in ihrem Gerüst aus Stützbalken ruhte und sich immer weiter der Erde näherte, während sie in einem langen, allmählichen Gefälle auf das Eis zu führte. Lichter erhellten den Fahrweg, sodass die Rutsche bis zum Ende gut zu sehen war. Auf dem Eis hingegen war alles dunkel.

Roberts Gruppe stieg zur Plattform hinauf und wartete darauf, dass der Schlitten vor ihnen bestiegen und freigegeben wurde. Ross verlagerte sein Gewicht im Schnee, lehnte sich auf seinen Stock und ließ seinen Blick zu den Bäumen schweifen. Ein paar Fresser glitten wie Quecksilber durch die Schatten. Er verkrampfte sich und schüttelte dann mahnend den Kopf. *Hör auf, dir Sorgen zu machen*, sagte er sich selbst. Hier waren überall Lichter und Menschen. Ein paar Fresser, die in der Dunkelheit herumkrochen, hatten nicht unbedingt etwas zu bedeuten.

Er schaute hoch, suchte den Himmel nach Pick ab, sah ihn aber nicht.

Nur wenige Augenblicke später stieg Roberts Gruppe auf den Schlitten. Robert lenkte, hinter ihm saß Kyle, dann kamen Bennett, Harper, Little John und Nest. Kyle und Harper lachten und schrien. Little John starrte in die Dunkelheit.

Als der Bremsklotz gelöst wurde, glitt der Schlitten von der Plattform in die Nacht hinein. Er wurde immer schneller, und seine flachen Kufen kreischten laut auf dem gefrorenen Schnee. Der Schlitten sauste hinab, schoss auf einer Welle aus Kälte und Schnee, eisiger Luft und Gekreische ins Tal. Ross schaute ihm nach, bis er das Eis erreichte und aus seinem Sichtfeld verschwand.

Um ihn herum stellten sich Familien für eine neue Fahrt an.

Diese eine Fahrt war für Bennett Scott mehr als genug. Harper, das verrückte Gör, war jedoch völlig wild darauf. Den ganzen Weg hinab hatte sie gekreischt und geheult wie eine Banshee, hysterisch gelacht, als die Fahrt zu Ende war, und den ganzen Weg nach oben gebettelt, es sofort noch einmal zu machen.

»Mami, Mami, geh schnell, geh schnell!«, trällerte sie.

Wenn die Rutschpartie nicht genügt hatte, Bennett einen Herzschlag zu bescheren, so würde der Weg den Hügel hinauf dies sicher vollenden, und als sie endlich oben angekommen waren, keuchte sie laut und lechzte nach einer Zigarette.

»Macht es dir etwas aus, wenn ich diese Runde aussetze?«, fragte sie Nest, als sie sich für eine neue Fahrt anstellten. Dieser unheimliche Typ, Ross, stand abseits und sah irgendwie genervt aus, und wenn er es nicht für nötig befunden hatte, sein eigenes Kind zu begleiten, warum sollte Bennett dann unbedingt mit ihrer Tochter fahren?

»Überhaupt nicht«, meinte Nest und musterte sie. »Bist du okay?«

Bennett zuckte mit den Schultern. »Definiere *okay*. Ich brauche nur eine Zigarette, das ist alles.« Sie schaute Harper an. »Spatz, magst du mit Nest gehen, damit Mami eine Pause machen kann?«

Das kleine Mädchen sah sie fragend an, nickte dann und drehte sich um, um etwas zu Kyle zu sagen. Er schien sich gut mit ihr zu verstehen, auch wenn Little John das nicht tat. Unheimliches Kind für einen unheimlichen Vater. Der Kleine tat ihr Leid, aber so liefen die Dinge nun einmal. Sie sollte das am besten wissen.

Bennett wich absichtlich John Ross aus, der sowieso irgendwo anders hinschaute, und wanderte davon, während die anderen sich anstellten. Sie holte tief Luft, ihre Lungen schmerzten vor Kälte und Erschöpfung. Sie fischte in ihrer Tasche nach Zigaretten, klopfte eine aus der Packung und suchte nach Feuer.

Das Feuerzeug von jemand anderem flammte direkt vor ihrem Gesicht auf, und sie neigte die Spitze ihrer Zigarette, um sie zu entzünden. Sie nahm einen tiefen Zug und blickte in Pennys wilde, grüne Augen.

»Hallo, Freundin«, sagte Penny und ließ das Feuerzeug zuschnappen.

Bennett atmete aus und blies ihr den Rauch ins Gesicht. »Geh weg von mir.«

Penny lächelte. »Das meinst du nicht so.«

»Leg es doch darauf an.« Bennett begann sich von ihr zu entfernen.

»Warte!« Penny holte sie ein und lief neben ihr her. »Ich habe etwas für dich.«

»Ich will es nicht.«

»Natürlich willst du. Es ist guter Stoff. Er lässt dich die ganze Nacht lang fliegen. Ich habe vorhin etwas davon genommen. Lass dir sagen, danach wird diese Stadt zu einem viel besseren Ort.«

Bennett sog an ihrer Zigarette und hielt ihren Blick abgewandt. »Lass mich einfach in Frieden, okay?«

»Schau, du hasst diese Gegend doch ebenso wie ich. Tu nicht so, als würde das nicht stimmen.« Penny fuhr sich durch das wilde Haar, ihre Augen zuckten hungrig hin und her, waren überall gleichzeitig. »Diese Stadt ist nur was für Versager. Sie ist das Nichts! Ich versuche krampfhaft, etwas zu finden, das ich tun kann, außer meiner Großmutter beim Schnarchen zuzuhören. Es gibt hier nicht mal eine Disko! Nur einen Haufen Bars, in denen sich hinterwäldlerische Farmer und Stahlarbeiter herumtreiben. Wie geht es der Ernte dieses Jahr, Jeb? Oh, ziemlich gut, Harv. Immer nur solches Zeug. Der einzige Weg, hier nicht den Verstand zu verlieren, ist, etwas zu nehmen, um abzuschalten.«

»Ich bin von den Drogen weg.« Bennett blieb am Waldrand stehen, wo die Dunkelheit so dicht wurde, dass sie nicht einmal die Stämme sehen konnte. Sie war schon viel zu weit vom Licht weg. »Ich bin clean und ich bleibe clean.«

»Ja, klar.«

Penny zuckte mit den Achseln. »Also, was jetzt? Gehst du dorthin zurück, um noch ein wenig Spaß beim Schlittenfahren zu haben?« Ihre Augen waren auf die Plattform gerichtet, die im Lichtschein gut auszumachen war. »Willst du zu deinen Freunden?«

Bennett schaute hoch. Nest, Robert und die Kinder standen auf der Plattform und warteten darauf, dass sie an die Reihe kamen. »Vielleicht.«

Penny lachte, und ihr kantiger Körper krümmte sich bekräftigend. »Du lügst miserabel. Du würdest da nicht mal für Geld raufsteigen! Aber du redest dir alles ein, solange es dir nur hilft, die Schmerzen durchzustehen. Ich habe da einen besseren Weg. Schau dir das hier an.«

Sie zog einen Plastikbeutel hervor, der mit einem glitzernden weißen Pulver gefüllt war, nahm ein wenig davon auf den Finger und zog es durch die Nase ein. Sie keuchte einmal und grinste dann. »Wie Muttermilch, Mädchen. Willst du ein wenig probieren?«

Bennett befeuchtete sich die Lippen, während ihre Augen an dem Beutel klebten. Der Drang in ihr war so stark, dass sie sich nicht traute, zu sprechen oder sich zu bewegen. Sie wollte so dringend einen Schuss, dass sie den Gedanken daran kaum ertrug. Nur ein bisschen, dachte sie. Nur dieses eine Mal. Penny hatte Recht. Sie war in ihrem Inneren völlig verdreht. Sie kämpfte darum, sauber zu bleiben, ohne wirklich daran zu glauben, dass es irgendeine Hoffnung gab.

Es würde nichts schaden. Ich habe es schon früher genommen und konnte weitermachen. Außerdem wird es Harper so oder so gut gehen. Nest ist hier. Nest passt auf sie auf, wahrscheinlich besser als ich. Harper mag Nest. Sie braucht mich nicht. Und überhaupt, ein wenig Koks reinzuziehen hilft mir vielleicht, konzentrierter zu bleiben. Nur ein bisschen. Ich kann so viel nehmen, wie ich will, und dann aufhören. Das konnte ich schon immer. Ich kann jederzeit aufhören. Wann immer ich will.

Oh, Gott, dachte sie und presste die Augen zusammen, bis es wehtat. *Nein. Nein.* Sie schlang die Arme um sich und schaute wieder zu der Schlittenbahn. »Behalte es.«

Penny blickte sie noch einen Moment lang an, dann steckte sie den Beutel wieder in ihre Manteltasche. Sie warf einen Blick zur Plattform, wo Nest und die anderen gerade in den Schlitten einstiegen.

Ihr Lächeln war wie eine rote Schnittwunde auf ihrem bleichen Gesicht. »Geh lieber zurück zu deinen Freunden und mach noch eine Rutschpartie die Bahn hinab«, sagte sie. Sie lächelte auf eine finstere Weise und schaute Bennett mit einem Blick an, in dem böse Gefühle und harte Gedanken mitschwangen.

Dann ging sie zum Rand der Anhöhe und schaute zum Bayou hinunter. »Sei eine gute Mami! Leiste deinem Kind Gesellschaft.« Sie griff in ihre Tasche, holte eine Taschenlampe hervor, richtete sie bergab und schaltete sie zweimal kurz ein.

Mit steinernem Gesicht drehte sie sich wieder zu Bennett um. »Vielleicht später, Freundin«, sagte sie. »Es gibt immer ein Später.«

Sie winkte beiläufig über die Schulter zurück, während sie davonging.

Im Schutz der großen Eichen und Birken, die am Rand des Bayou aufragten, stand Findo Gask. Er sah Penny Dreadfuls Taschenlampe oben auf der Anhöhe zweimal aufblinken und lächelte. Es war an der Zeit, Nest Freemark zu demonstrieren, welche Konsequenzen es hatte, sich so widerspenstig zu geben. Er hatte genug Zeit mit ihr verschwendet, damit war jetzt Schluss.

Er trat aus den Schatten, um zum Ufer zu gehen. Das Wasser war jetzt natürlich zu Eis gefroren. Aber alles war veränderlich. Man musste nur den richtigen Druck ausüben. Das war eine Lektion, die Nest Freemark besser gelernt hätte, bevor es zu spät war.

Mit seinem schwarzen Gehrock und dem flachen Hut hätte er ein Priester sein können, der an den Fluss kam, um neue Gemeindemitglieder zu taufen. Doch der Dämon hatte etwas Dauerhafteres im Sinn als eine Reinigung der Seele. Eine Taufe war nicht wirklich seine Sache. Ein Begräbnis passte viel eher zu seinem Stil.

Er war sich der Horde von Fressern bewusst, die hungrig aus den Schatten gekrochen kamen, um ihm nahe zu sein, während er sich neben die Eisfläche kniete. Fresser mochten Findo Gask; sie konnten sich immer darauf verlassen, dass sie bei ihm eine gute Mahlzeit bekamen. Er sah keinen Grund, sie jetzt zu enttäuschen.

Er streckte die Hand aus, berührte das Eis mit den Fingern und schloss die Augen, um sich zu konzentrieren. Langsam erschien ein Riss in der Oberfläche, der breiter wurde und sich ausdehnte. Er zog sich auf die Dunkelheit zu, wo das Eis für die Schlitten freigeräumt war, dicht vor der Stelle, an der der Bahndamm wie eine schwarze Wand aufragte. Er nahm die Hand vom Eis und lauschte intensiv. Aus der Dunkelheit, von dort, wohin er mit seiner Magie den Spalt geschickt hatte, hörte er ein Brechen und Splittern und dann das leise Plätschern von Wasser.

Eine nette Überraschung würde diesmal auf Nest Freemark und ihre Freunde warten, wenn sie die Bahn herabkamen.

Er stand auf und sah gerade noch einen großen Vogel, der hinter ihm aus den Bäumen kam und auf die Rutsche zuglitt.

Oben auf der Plattform wurde der Bremsklotz gelöst.

Der Schlitten glitt aus der Startposition, unter den Holzkufen knirschte das Eis, und er sauste immer schneller die Rutsche hinunter. Sie waren diesmal nur zu fünft auf dem Schlitten. Robert hatte die Lenkseile mit behandschuhten Händen fest im Griff, hinter ihm saß Kyle, dann kamen Harper, Little John und Nest. Sie saßen dicht aneinander gedrängt, und mit eingezogenen Köpfen sahen sie, wie die Landschaft um sie herum allmählich verschwamm, während der kalte Wind und der Schnee ihnen ins Gesicht bliesen.

»Festhalten!«, brüllte Robert übermütig und grinste über die Schulter zurück.

»Fes'halten!«, wiederholte Harper glücklich.

Das zischende Geräusch von Kufen, die über festgefahrenen Schnee, Eis und Holzbretter sausten, wurde immer lauter, als sie schneller und schneller wurden, und vermischte sich mit dem Brausen des Fahrtwinds, bis sie kaum noch ihr eigenes aufgeregtes Juchzen und Schreien hören konnten. Nest klammerte sich an Little John und hoffte auf eine Reaktion, doch der Junge verharrte in stoischem Schweigen. Er hatte die blauen Augen auf irgendetwas in der Nacht gerichtet, und sein bleiches Kindergesicht blieb ausdruckslos und abwesend.

»Iiik!«, schrie Harper in gespielter Angst und vergrub das Gesicht in Kyles Parka. »Ssu schnell! Ssu schnell!«

Sie waren die Rutsche halb hinunter, die Dunkelheit vor ihnen kam rasch auf sie zu, und der Schlitten flog förmlich über die festgefahrene Oberfläche des Kanals. Nest grinste, der Wind brannte ihr auf den Wangen, und sie fühlte sich wunderbar. Robert hatte sich ganz nach vorn über die geschwungene Nase des Schlittens gebeugt, um noch mehr Geschwindigkeit herauszuholen.

»Los, Robert!«, schrie sie impulsiv.

Sie hatten fast das Ende der Holzrutsche erreicht, als ein dunkler, geflügelter Schatten aus der Nacht heranschoss und sich neben Nest setzte. Mächtige Flügel und ein massiver Körper erschienen innerhalb ihres Gesichtsfeldes, und Picks Stimme schrie ihr ins Ohr: »Runter vom Schlitten, Nest! Gask hat direkt vor euch das Eis aufgebrochen! Runter mit euch!«

Zuerst dachte sie, sie würde sich die Dinge nur einbilden – sie fing einen kurzen Blick von der Eule auf, hörte Pick, der ihr aus dem Nichts Warnungen zurief, die völlig verrückt klangen. Sie drehte den Kopf in diese Richtung und erwartete halb, dass der Schatten und die Stimme verschwanden und sich als Hirngespinst herausstellten. Stattdessen schoss der Schatten dichter heran, knapp über die Köpfe von Leuten hinweg, die ihre Schlitten den Hügel hinaufzogen. Überraschte Rufe erklangen, als der hinabsausende Schlitten und der ihm folgende Schatten vorbeirasten.

»Nest, runter da!«, schrie Pick.

Ein Blitz des Begreifens durchzuckte sie, ein Augenblick heftigen Schocks. Sie bildete sich nicht ein, was sie sah und hörte. Es war real.

Der Schlitten schoss aus der Mündung der Rutsche und auf das Eis hinaus, hinein in die plötzliche Dunkelheit, als die Lichter hinter ihnen verschwanden.

»Robert, wende den Schlitten!«, schrie sie ihm zu.

Robert warf verwirrt einen schnellen Blick über die Schulter. Sie warf sich nach vorne, wobei sie die drei Kinder zusammenquetschte, packte Roberts rechten Arm und beugte sich wieder zurück, sodass er heftig an den Steuerseilen riss. Doch die Seile ließen nur eine geringe Kontrolle zu, und der Schlitten schoss weiter. Er schleuderte zwar ein wenig hin und her, blieb aber in der Spur.

»Nest, hör auf!«, schrie Robert und riss seinen Arm los. »Was machst du da?«

Die Dunkelheit vor ihnen war eine schwarze Leere unter dem bewölkten Himmel und dem fallenden Schnee, und nur ein paar entfernte Lichter sorgten für eine geringe Beleuchtung. Nest spürte, wie sich ein dicker Kloß in ihrem Magen bildete, als sie sich vorstellte, was sie erwartete, und sie zog erneut an Roberts Arm.

»Robert! Da ist ein Loch im Eis!«

Schließlich packte sie ihn verzweifelt an den Schultern, wodurch die laut protestierenden und schreienden Kinder zwischen ihnen eingeklemmt wurden, und ließ sich seitlich vom Schlitten fallen, wobei sie die anderen mit sich zog. Das Gefährt legte sich schräg, schlitterte einen Augenblick auf einer Kufe weiter und fiel dann um, sodass sie auf das Eis geschleudert wurden. Die Passagiere und der Schlitten lösten sich voneinander; die ersteren rutschten über das Eis in eine Schneewehe, während letzterer weiter durch die Dunkelheit sauste.

Als sie in einem Durcheinander von Körpern dalag, keuchend Atem holte und versuchte, auf dem glatten Eis des Bayou Halt zu finden, während Harper weinte und Robert fluchte, hörte Nest ein plötzliches Platschen. Eine dunkle Vorahnung stieg in ihr auf. *Psst!*, zischte sie den anderen zu. Sie brauchte ihr Schweigen, um zu hören, was vor sich ging, fürchtete sich aber zugleich vor dem, was seinerseits nach ihnen lauschen mochte. *Psst!*

Die Dringlichkeit in ihrer Stimme ließ sie verstummen. In der Stille, die darauf folgte, wehte ein eisiger Wind über die Oberfläche des Bayou, die Temperatur fiel um fast zehn Grad und das letzte bisschen Wärme, das noch in der Luft gewesen war, verschwand plötzlich. Eis brach und krachte, verschob sich und bildete sich neu, als die Kälte es erreichte. Der Spalt schloss sich rasch wieder. Ein Splittern von Holz erklang, als das Eis den Schlitten einschloss wie einen Zahnstocher im Maul eines Riesen.

Nest nahm Harper in die Arme und beruhigte sie mit leisen Worten und einer Umarmung, in der ihre Schluchzer allmählich nachließen. Kyle starrte mit weit aufgerissenen Augen in die Dunkelheit. Little John starrte ebenfalls dorthin, doch sein Gesicht war dabei völlig ausdruckslos.

»Verdammt!«, flüsterte Robert leise, als die letzten Geräusche verklungen waren. »Was war das?«

Das willst du gar nicht wissen, Robert, dachte Nest in der düsteren Stille ihrer Wut und Angst.

Kapitel 14

Sie trotteten den Abhang wieder hinauf, hinter ihnen das nun leere Eis. Nest und Robert trieben die Kinder vor sich her; niemand sprach. Die Schlittenfahrten waren abgebrochen worden. Jetzt hatte der Rutschenaufseher, ein Mann namens Ray Childress, der seit zwanzig Jahren für die Parkverwaltung arbeitete und den Nest kannte, seit sie ein kleines Kind war, die Schranke vor der Rutsche herabgelassen. Er hatte die Leute von der Plattform geschickt und eilte den Abhang hinab, um herauszufinden, was passiert war. Als er sie erreichte, hielt er sich an Robert, da ihn wohl der Ausdruck auf Nests Gesicht warnte, sie besser nicht anzusprechen. Robert tat sein Bestes, um die Sache zu erklären. Da er sie jedoch selbst nicht recht verstand, konnte er nicht mehr tun, als zu improvisieren und vorzuschlagen, die Schlittenfahrten aus Sicherheitsgründen für den Abend einzustellen und das Geschehen am kommenden Tag bei Tageslicht zu untersuchen.

Bennett war als Nächste da; sie kam aufgeregt den Hang herunter und riss Harper mit solcher Gewalt an sich, dass das kleine Mädchen aufschrie.

»Baby, Baby, bist du in Ordnung?« Während sie die Kleine noch umarmte und küsste, wirbelte sie wütend zu Nest herum. »Was hast du dir dabei gedacht? Sie ist doch noch so klein! Du hattest kein Recht, ihre Sicherheit aufs Spiel zu setzen, Nest! Ich dachte, ich könnte dir vertrauen!«

Es war ein irrationaler Ausbruch, der einer Mischung aus Angst und Selbstbeschuldigung entsprang. Nest verstand es. Bennett war eine Süchtige, und sie sah alles, was geschah, als die Schuld von anderen an, während sie sich gleichzeitig selbst dafür verantwortlich machte.

»Es tut mir Leid, Bennett«, erwiderte sie. »Ich habe mein Bestes getan, um Harper vor jeder Gefahr zu bewahren. Ich habe das nicht beabsichtigt. Übrigens hat sie sich sehr gut verhalten, als wir umkippten. Sie ist ein sehr tapferes kleines Mädchen.«

»Tut mir Leid, Mami«, sagte Harper leise.

Bennett Scott schaute sie an, und alle Wut schmolz sofort dahin. »Ist schon gut, Baby.« Sie schaute nicht hoch. »Mami tut es auch Leid. Sie wollte nicht so wütend klingen. Ich hatte bloß Angst.«

Als sie auf der Kuppe ankamen, verkündete Ray Childress denen, die noch immer hier warteten, dass sie nach Hause gehen sollten; die Rutsche sei geschlossen und würde am kommenden Abend wieder geöffnet werden, falls alles in Ordnung war. Den Erwachsenen, denen kalt war und die bereits an wärmere Orte dachten, war dies nur recht, während die Kinder ein wenig maulten, bevor sie davonschlurften und ihre Schlitten hinter sich herzogen. Autos sprangen an und verließen den Parkplatz, ihre Scheinwerfer durchschnitten die Dunkelheit, und die Reifen knirschten auf dem gefrorenen Schnee.

Nest suchte den Himmel nach einem Zeichen von Pick ab, aber der Waldschrat war verschwunden. Zweifellos war auch Findo Gask fort. Sie machte sich Vorwürfe, so unvorsichtig gewesen zu sein. Sie war so dumm gewesen! Sie hatte geglaubt, Gask könne ihr nichts anhaben. Sie hielt sich für eine zu erfahrene Veteranin im Krieg zwischen Wort und Leere, als dass er sie herausfordern würde, und hatte zudem darauf vertraut, von Geistes Magie beschützt zu werden. Oder vielleicht war es auch nur zu lange her, dass sie von irgendetwas bedroht worden war, und sie hatte sich für unangreifbar gehalten.

»Du siehst aus, als könntest du Eisennägel durchbeißen«, sagte Robert, der zu ihr herüberkam.

Sie legte ihm die Hand auf die Schulter und lehnte sich an ihn. »Vielleicht beiße ich nur die Knöpfe an deinem Mantel ab. Wie wäre das?«

»Ich habe keine Knöpfe, nur Reißverschlüsse.« Er seufzte. »Also, erzähl es mir. Was ist da unten passiert? Ich meine, was ist wirklich passiert?«

Sie zuckte mit den Schultern und schaute weg. »Da war ein Loch im Eis. Ich habe es gerade noch rechtzeitig gesehen.«

»Es war stockfinster, Nest. Ich konnte nicht das Geringste sehen.«

Sie nickte. »Ich weiß, aber ich sehe nachts ziemlich gut.«

Er fuhr sich durch seinen blonden Haarschopf und schaute zu John Ross, der vor Little John kniete und leise auf ihn einredete, während der Junge irgendwo anders hin blickte. »Ich weiß nicht, Nest. Als hier das letzte Mal so etwas Unheimliches passierte, war er ebenfalls hier. Erinnerst du dich?«

»Fang nicht damit an, Robert.«

»Vierter Juli, vor fünfzehn Jahren, als die Feuerwerkskörper direkt unter uns am Hang explodierten und du ihm nachjagtest und ich hinter dir herlief und du mich zwischen den Bäumen auf die Bretter geschickt hast …«

Sie trat von ihm zurück. »Hör auf, Robert. Das hier war nicht Johns Schuld. Er war nicht einmal bei uns auf dem Schlitten.«

Robert zuckte mit den Achseln. »Mag sein. Aber vielleicht ist es einfach nicht gut, dass er hier ist. Ich habe kein gutes Gefühl bei ihm, Nest. Tut mir Leid.«

Sie schüttelte den Kopf und schaute ihn an. »Robert, du warst immer ein wenig halsstarrig. Das war eine liebenswerte Eigenschaft, als wir Kinder waren, und ich nehme an, das ist sie noch immer. In gewisser Weise. Aber ich hoffe, du verstehst es, wenn ich deine einseitige Beurteilung von Menschen, die du nicht wirklich kennst, nicht teile.«

Sie holte tief Luft. »Versuch bitte daran zu denken, dass John Ross ein Freund ist.« Er schaute sie so verblüfft an, dass sie beinahe lachen musste. Stattdessen schubste sie ihn spielerisch. »Nimm Kyle und geh heim zu Amy und deinen Eltern. Wir sehen uns morgen Abend.«

Er nickte und begann sich zu entfernen. Dann schaute er zu ihr zurück. »Ich mag halsstarrig sein, aber du bist zu vertrauensselig.« Er nickte erst in Richtung von Ross und dann von Bennett Scott. »Tu mir einen Gefallen. Pass auf dich auf.«

Sie winkte ab und ging zu Ross hinüber, der aufstand, als sie näher kam. »Geht es dir gut?«, fragte er.

Sie schaute sich um, ob sie niemand belauschen konnte. Little John stand neben ihnen, aber sein Blick war leer und in die Nacht hinaus gerichtet. Sie legte dem Jungen tröstend die Hand auf die Schulter, doch er reagierte nicht darauf.

»Gask hat bei unserer letzten Fahrt das Eis vor uns aufgebrochen«, sagte sie leise. »Pick hat mich rechtzeitig gewarnt, und ich habe den Schlitten umgeworfen und uns in eine Schneewehe fallen lassen. Der Schlitten rutschte ins Wasser, und das Eis schloss sich über ihm und zerdrückte ihn zu Kleinholz. Glaube ich. Es war dunkel, und ich hatte keine Lust, näher heranzugehen, um es mir genauer anzuschauen. Ich nehme an, was mit dem Schlitten passiert ist, war für uns vorgesehen.« Sie schüttelte den Kopf. »Es tut mir Leid. Ich weiß, es ist meine Schuld. Ich war es, die uns dazu gebracht hat, hierher zu kommen. Ich hatte einfach nicht geglaubt, dass Gask etwas unternehmen würde.«

Ross nickte. »Gib dir nicht die Schuld. Ich habe auch nicht damit gerechnet.« Sein Blick wanderte zu den Bäumen. »Ich frage mich, gegen wen dieser Angriff gerichtet war.« Er brach ab und schaute sie wieder an. »Verstehst du, was ich meine?«

Sie trat mit gesenktem Kopf nach dem Schnee. »Das tue ich. War Gask hinter uns her oder hinter Little John?« Sie dachte einen Moment darüber nach. »Weiß er, dass Little John ein Gypsy-Morph ist, und wenn er das weiß, würde er versuchen, ihn zu vernichten, statt nach einem Weg zu suchen, seine Magie für sich zu gewinnen?«

Ross atmete ermattet aus, sodass sich eine Wolke zwischen ihnen bildete. »Dämonen können Morphs nicht identifizieren, solange diese nicht ihre Magie benutzen, und das geschieht gewöhnlich nur, wenn sie ihre Gestalt verändern. Little John hat sich nicht verändert, seit wir hier sind.« Er runzelte zweifelnd die Stirn. »Möglicherweise hat Gask die Wahrheit erraten.«

Nest schüttelte den Kopf. »Das kommt mir nicht richtig vor. Dieser Angriff war eine Breitseite, die jeden beseitigen sollte, der im Weg war. Sie war nicht zielgerichtet.« Sie hielt inne. »Gask hat mich gewarnt, was passieren würde, wenn ich versuchen sollte, dir zu helfen.«

Eine müde und abgekämpfte Bennett kam mit Harper herbei und sagte, dass dem kleinen Mädchen kalt wäre und es nach Hause wolle. Harper stand neben ihr, schaute auf ihre Stiefel und sagte nichts. Nest nickte und schlug vor, dass sie alle zu ihrem Haus zurückgingen und sich einen heißen Kakao genehmigten.

Sie marschierten über die schneebedeckten Baseballfelder auf die Lichter der Sinnissippi-Siedlung zu. Dünne Rauchfäden aus den Schornsteinen wurden von Haus- und Straßenlampen beleuchtet und hoben sich von dem diesigen Himmel ab. Die letzten Autoscheinwerfer bewegten sich auf den Parkausgang zu und verschwanden. Aus Richtung der Häuser, die an den Feldweg grenzten, rief jemand einen Namen, wartete einen Augenblick und schlug dann eine Tür zu.

Nest schaute sich noch einmal nach Pick um, doch es war noch immer kein Zeichen von ihm zu sehen. Sie machte sich kurz Sorgen, dass etwas geschehen war, entschied dann jedoch, dass dies unwahrscheinlich war und sie sonst etwas gespürt hätte. Pick würde am Morgen auftauchen.

Sie erreichten das Haus, legten Stiefel, Mäntel, Handschuhe und Schals bei der Hintertür ab und gingen in die Küche, um sich an den Tisch zu setzen. Nest machte Milch warm, fügte Schokopulver hinzu und holte ein paar von Josies Keksen hervor. Sie war noch immer zornig auf sich, so unvorsichtig gewesen zu sein, aber sie war ebenso wütend auf Findo Gask und fragte sich, was sie gegen ihn unternehmen konnte. Wenn er bereit war, sie im Freien anzugreifen, inmitten all der Leute, dann mochte er bereit sein, sie überall anzugreifen.

Sie aßen die Kekse, tranken ihren Kakao, und Bennett brachte Harper ins Bett. Als sie zurückkam, hatte Nest bereits aufgeräumt und saß alleine am Tisch.

Bennett ging zur Spüle hinüber und schaute aus dem Küchenfenster. »Ich gehe Zigaretten holen.«

Nest hielt ihren Gesichtsausdruck neutral. »Es ist schon ziemlich spät.« Sie wollte mehr sagen, Bennett davon abraten, irgendwohin zu gehen, aber ihr fiel kein Weg ein, das zu tun. »Vielleicht solltest du bis morgen warten.«

Bennett schaute zu Boden. »Es dauert nicht lange. Ich laufe nur schnell zur Tankstelle.«

»Möchtest du Gesellschaft?« Nest stand auf.

»Nein, ich muss ein wenig allein sein.« Bennett stieß sich rasch von der Spüle ab und ging zur Tür. »Ich bin gleich wieder da.«

Nest starrte ihr nach. Einen Augenblick später öffnete und schloss sich die Hintertür, und Bennett war fort.

Bennett Scott ging die Auffahrt hinunter und bog auf die Woodlawn Road ein. Sie zog den Reißverschluss ihrer Jacke hoch, als die Kälte ihr auf der Haut brannte, und ihre Stiefel zogen tiefe Spuren durch den frisch gefallenen Schnee. Sie atmete die beißende Luft ein und verschränkte die Arme vor ihrem schmalen Körper. Sie hatte die Kälte nie gemocht. Die Schneepflüge waren noch nicht bis hierher gekommen, und die Woodlawn lag noch immer unter einem weißen Teppich. Ein paar Autos fuhren langsam vorbei und vertrauten auf ihren Allradantrieb, doch die meiste Zeit war die Straße leer und die Nacht still.

Bennett senkte gegen die Kälte den Kopf. Sie wusste, dass sie nicht vernünftig handelte. Sie wusste nicht, was sie wieder hinausgetrieben hatte, nur, dass sie für eine Weile fort musste. Als sie erkannt hatte, dass der Schlitten umgefallen war und Harper irgendwo dort draußen in der Dunkelheit war, wo sie sie nicht sehen konnte, war etwas in ihr zerbrochen. Das war der Grund, warum sie Nest angegriffen hatte, ohne darüber nachzudenken. Instinktiv waren ihre eigenen Ängste hochgekommen. Den Gedanken, Harper zu verlieren, konnte sie einfach nicht ertragen. Das kleine Mädchen war wirklich alles, was sie hatte, das Einzige in ihrem Leben, das sie nicht vermasselt hatte. Sie würde alles tun, um sie zu beschützen, und sie erwartete, dass alle anderen das ebenfalls taten, auch wenn sie dies nicht wirklich glaubte, und das war es, was an ihr nagte. Aber sie hatte Vertrauen zu Nest gehabt; sie hatte ihrer großen Schwester vertraut.

Sie trottete mit gesenktem Kopf durch den Schnee, die Augen auf einen Punkt vor ihren Stiefeln gerichtet. Es schmerzte, so wütend zu sein und dann zu erkennen, dass ihre Wut fehlgeleitet und falsch war. Sie würde eine Weile herumwandern und darauf warten, dass die

Dinge sich wieder abkühlten. Nest war nicht wütend auf sie und würde es ihr nicht übel nehmen, dass sie explodiert war. Nicht Nest.

Als sie bei der Tankstelle ankam, ging sie hinein und kaufte zwei Schachteln Zigaretten und einen Kaffee. Die Kälte zerrte erneut an ihr, als sie wieder ins Freie kam und über den Parkplatz in Richtung der Woodlawn Road ging. Sie zündete sich eine Zigarette an und sog den heißen, bitteren Rauch tief in die Lungen. Der Tabak vernebelte ihr sofort den Kopf, und das Elend ihres Lebens verblasste so weit, dass sie es ertragen konnte. Möglicherweise würde sie hier, im guten alten Hopewell, das finden, was sie brauchte. Es würde nicht so schwer werden, auf dem rechten Weg zu bleiben, wenn sie nur hart genug daran arbeitete. Sie musste nur einen Job finden, Harper in einem Kindergarten unterbringen und ein paar Freunde gewinnen. Sie konnte es schaffen.

Ja, klar. Sie schüttelte wütend den Kopf. Als ob es überhaupt eine Chance für jemanden wie sie gab. Wen glaubte sie, damit täuschen zu können? Sie weinte ein bisschen darüber, was für ein Durcheinander ihr Leben war und wie gering ihre Chancen standen, das alles jemals wieder geregelt zu bekommen.

»Es ist kalt hier draußen, Freundin«, sagte Penny Dreadful und tauchte neben ihr aus dem Nichts auf. »Hey, mein Wagen ist gleich dort drüben. Komm schon. Lass mich dich fahren.«

Bennett schaute sie trüb an, als wäre sie eine Unvermeidlichkeit, eine Konstante in ihrem Leben, die sich einfach weigerte, sich zu verändern oder zu verschwinden. Sie fühlte sich plötzlich müde, ausgelaugt und allein. Die Kälte betäubte sie, aber es war nicht angenehm. Sie wollte sich wegen irgendetwas gut fühlen. Nur für eine kurze Weile. Nur ein bisschen.

Sie warf ihre Zigarette in den Schnee und erlaubte Penny, ihren Arm zu nehmen und sie fortzuführen.

Deputy Sheriff Larry Spence saß alleine in seinem Wohnzimmer an einem Ende der großen Couch und starrte auf den Fernseher. Er schaute hin, ohne wirklich wahrzunehmen, was dort lief. Sein Verstand versuchte sich auf die Stimme zu konzentrieren, die durch den Telefonhörer mit ihm sprach, den er sich ans Ohr hielt. Seine Kinder waren im Bett und schliefen oder gaben es zumindest vor. Sie bereiteten sich auf die letzten anderthalb Schultage vor den Weihnachtsferien vor und dachten sich aus, was der Weihnachtsmann ihnen wohl bringen würde. Billy schlief wieder besser und hatte keine Albträume mehr, aber in seinen Augen war noch immer dieser gepeinigte Blick, der Larry beunruhigte.

»Sie müssen dort morgen früh noch einmal hinfahren und nach ihm schauen«, erklärte Special Agent Robinson durch das Telefon, und seine Worte hallten in Spences verwirrtem Verstand wider. »Sie müssen sicherstellen, dass er ihr nicht wehgetan hat.«

»Warum sollte er das tun?«, fragte Spence und starrte ins Nichts. »Er hat doch keinen Grund dazu.«

Robinson machte eine bedeutungsvolle Pause. »Er ist gefährlich, und gefährliche Menschen sind zu allem fähig. Er benutzt sie, um ein Versteck zu haben. Er ist ein Drogenhändler. Was glauben Sie wohl, tut er, wenn sie dies herausfinden sollte?«

»Aber sie will nicht, dass ich sie besuche. Sie hat mich praktisch rausgeworfen. Was soll ich denn tun?«

»Sie besuchen sie beruflich, genau wie heute. Sie haben schließlich das Recht, eine Untersuchung durchzuführen.«

»Worüber? Was soll ich denn angeblich untersuchen?«

»Was meinen Sie, Deputy? Was wäre wohl möglich?«

Larry Spence blinzelte und schüttelte den Kopf. »Er ist ein Dealer. Also ist er hier, um einen Verkauf durchzuziehen. Irgendetwas muss im Park vorgehen, richtig?«

»Scheint mir ein guter Ort, um anzufangen.«

»Ich kann behaupten, jemand hätte etwas gesehen, und beobachten, ob er darauf irgendwie reagiert.«

»Vielleicht hat jemand etwas gesehen. Das tut eigentlich immer jemand.«

Spence rückte auf der Couch herum und beugte seine große Gestalt vor. »Ich kann nicht zulassen, dass man dem Mädchen wehtut. Sie weiß nicht, wie die Menschen sind. Sie glaubt von allen nur das Beste, aber sie hat keine Ahnung.«

»Jemand muss ihr die Augen für die Wahrheit öffnen«, stimmte Robinson ihm zu. »Dafür wäre sie sicher sehr dankbar, meinen Sie nicht?«

Larry Spence nickte langsam. »Das könnte ich für sie tun. Ich könnte ihr helfen, die Dinge so zu sehen, wie sie sind. Alles, was ich tun muss, ist, ihn auflaufen zu lassen, ihn das Falsche sagen zu lassen. Ich darf nur nicht locker lassen. Ja, ich muss einfach dranbleiben.«

Er wusste nicht, dass Findo Gask ihm mit dem gleichen Interesse zuhörte, das kleine Kinder zeigen, wenn sie Ameisen beobachten, bevor sie sie zertreten. Er wusste nicht, dass er nur ein weiterer Bauer in einem Spiel war, das andere spielten. *Im schlechtesten Fall*, dachte der Dämon, *wird der gute Deputy Sheriff helfen, die lästige Miss Freemark abzulenken.* Die junge Dame erwies sich als ein viel größeres Hindernis, als er vorausgesehen hatte.

Aber das alles würde sich in den nächsten vierundzwanzig Stunden ändern. Die Ereignisse dieses Abends machten das zur Notwendigkeit.

»Das ist der richtige Weg«, murmelte Larry Spence und nickte vor sich hin.

Der Dämon gähnte. Gelangweilt sandte er einen neuen Albtraum in den Kopf des kleinen Jungen, der im hinteren Schlafzimmer des Deputy Sheriffs schlief. Dann lauschte er durch das Telefon, wie der Junge schreiend erwachte und in die starken Arme seines Vaters flüchtete.

Vereinzelte Schneeflocken trieben auf dem kalten Nachtwind durch den fast überall dunklen Sinnissippi-Park. Wie weiße Motten, die von der strahlenden Helligkeit der Laternen am Rand der Parkwege angezogen wurden, wirbelten sie in kleinen Explosionen von Weiß umher. An anderen Stellen lugte Mondlicht durch aufbrechende Wolken, das auf frostbedeckten Eisenpfosten und verkrustetem Eis auf den Straßen glitzerte. Schneewehen stiegen die Bäume und Hecken hinauf, ein weiches Weiß vor dem samtigen Schwarz.

Ray Childress beendete seine Aufräumarbeiten an der Schlittenbahn, befestigte die Ketten, die die Treppe und die Rutsche absperrten, hängte Warnschilder daran und verschloss den Geräteschuppen, in dem er seine Ausrüstung und Ersatzteile aufbewahrte. Es war still im Park, die letzten Autos waren weggefahren, die letzten Besucher nach Hause gegangen. An der Rutsche und am Rand des Bayou, wo das Eis freigeräumt war, damit man Schlittschuh laufen konnte, brannten noch Lampen, doch in ihrem Schein bewegten sich nur noch Schatten.

Ray hielt in seiner Arbeit inne und starrte in die Dunkelheit am Bayou. Verdammt komisch, dachte er, dass Eis plötzlich einfach so auseinander bricht. Er hatte es selbst am Nachmittag geprüft. Er hatte bei mehreren Bohrungen eine solide, zehn Zentimeter dicke Schicht vorgefunden, und es gab keine Anzeichen dafür, dass es unter den Schlittenfahrten gelitten hatte.

Verdammt komisch.

Er war schon seit einer Reihe von Jahren im Park angestellt, und er hatte diese Rutsche in den meisten Wintern bedient. In dieser Zeit hatte er eine Menge seltsamer Dinge erlebt, aber niemals etwas wie dies.

Ein Loch, das ohne Grund im Eis auftauchte.

Während er dastand und darüber nachdachte, hörte er, scharf und durchdringend in der Stille der Nacht, das unverkennbare Geräusch von sich zusammenschiebendem Eis – ein langsames, fast gemächliches Knirschen, so wie Glas, das unter einem Fuß zermahlen wurde.

Er drehte sich um und schaute nach. Zwanzig Jahre, und so etwas war noch nie passiert.

Er war ein gründlicher, methodischer Mann, jemand, der zu Ende brachte, was er anfing, und sicher ging, dass der Job richtig erledigt wurde. Er hatte es sich zum Grundsatz gemacht, jedem Problem, das bei seiner Arbeit auftauchte, auf den Grund zu gehen, damit es nicht wieder auftreten konnte oder er zumindest darauf vorbereitet war.

Impulsiv schnappte er sich seine große Taschenlampe und machte sich auf den Weg den Hang hinunter. Er nahm sich Zeit, suchte sich seinen Weg sorgsam über die vereisten Stellen und fand bei jedem Schritt einen sicheren Halt. Er konnte einfach nicht anders – er musste nachschauen. Es war dumm, das jetzt, im Dunklen, zu tun, statt auf den Morgen zu warten. Aber er wollte sehen, was dort geschah. Es würde ja auch schließlich nicht lange dauern, nur einmal einen Blick drauf zu werfen.

Unzählige, laternenartige Augen folgten seinem Abstieg zum Bayou. Sie lugten aus den dunklen Schatten der umstehenden Bäume und beobachteten jede seiner Bewegungen, doch er konnte sie nicht sehen.

Sein Atem bildete Wolken vor seinem Mund, während er neben der Schlittenbahn zum Ufer hinabstieg und an der Mündung der Rutsche vorbei auf das Eis trat. Carol war bei ihrer Kirchengruppe und würde noch einige Zeit fort sein, er hatte also keine Eile, nach Hause zu kommen. Er schlurfte mit langsamen, stetigen Schritten über das Eis und hielt sich dabei am Rand des freigeschaufelten Gebiets, damit seine Stiefel besseren Halt fanden. Der Strahl der Taschenlampe durchschnitt die Dunkelheit.

Es ist so still, dachte er. Nicht einmal der Wind war noch …

Er blieb abrupt stehen, als er etwa hundert Meter hinausgelaufen war, und starrte den grabsteinartigen Umriss von Hepplers Schlitten an, der leicht schräg aus dem Eis ragte, die gebogene Nase in den Himmel gereckt, das untere Ende zur Hälfte im eisigen Wasser gefangen. Teile des Schlittens waren abgesplittert und geborsten, Latten ragten in bizarren Winkeln heraus, Verstrebungen waren gebrochen und zerfetzt.

Ray schüttelte den Kopf. So etwas hatte er noch nie gesehen. Ein Loch, das sich öffnete und dann wieder schloss und dabei einen Schlitten zu Kleinholz zerquetschte. Verdammt, das war unheimlich!

Er setzte sich wieder in Bewegung und wollte nur noch ein paar Schritte näher herangehen, doch plötzlich gab das Eis unter ihm nach und zerbrach, als bestünde es nur aus einer hauchdünnen Kruste. Ray warf sich nach hinten, doch er glitt bereits in das eisige Wasser, und der Schock der Kälte raubte ihm den Atem. Er tauchte vollständig unter und kämpfte sich wieder an die Oberfläche, die er heftig keuchend erreichte. Seine schweren Stiefel und der Mantel zogen ihn nach unten, und er streifte sie heftig strampelnd ab, während er gleichzeitig aus den Handschuhen schlüpfte und verzweifelt nach einem festen Stück Eis suchte, an dem er sich festhalten konnte.

»Hilfe!«, schrie er mit dünner, hoher Stimme. »Hilfe! Um Gottes willen!«

Er schlug in dem eiskalten Wasser wild um sich und versuchte, den Rand des Eises zu erreichen. Doch seine Taschenlampe war fort, ihr Licht war aus, und er fand die Kante des Lochs nicht.

»Helft mir!«, schrie er in einem langen, verzweifelten Heulen.

Dann sah er die Augen. Gelb und leuchtend waren sie überall um ihn herum. Sie huschten am Rand seines Gesichtsfeldes durch die Dunkelheit und beobachteten seinen Kampf.

Sie warteten.

Das Eis begann sich zu bewegen. Er hörte es knacken und brechen, dann spürte er, wie das Wasser um ihn herum sich in einer langsamen Woge hob. Das Knirschen, das darauf folgte, war tief und durchdringend, und es erfüllte die Stille der Nacht. Er schrie erneut, doch irgendetwas zog an seinen Beinen und zerrte ihn unter Wasser. Er ging unter, kam wild um sich schlagend wieder an die Oberfläche und schnappte nach Luft. *Nein!*, schrie es im Inneren seines Kopfes. *Oh, bitte, nein!*

Er ging erneut unter, und als er diesmal wieder nach oben kam, stieß er mit dem Gesicht gegen das Eis, das sich über ihm schloss. Er tastete nach dem Rand des Lochs und konnte einen Arm hinausstrecken, bevor das Eis sich um sein Handgelenk schloss und alles außer seinen Fingern unter dem Eis gefangen hielt. Er trat um sich und warf sich wie wild nach oben, doch das Eis gab nicht nach.

Von oben, gerade noch in Sichtweite, schauten die seltsamen gelben Augen hungrig zu ihm hinab.

Ein paar Sekunden zuckte seine freie Hand noch in der Nachtluft. Als sie schließlich aufhörte, sich zu bewegen, bildete sich Frost auf ihrer Haut, bis es so aussah, als trüge sie einen weißen Handschuh.

Die Augen schauten noch eine Weile zu und verschwanden dann.

Dienstag, 23. Dezember

Kapitel 15

Es war noch dunkel, als Nest am nächsten Morgen aufstand. Das Licht der Straßenlaternen bildete helle Flecken auf dem Schnee, und die Leuchtkristalle auf ihrem Wecker teilten ihr mit, dass es noch nicht einmal fünf war. Sie zog sich im Dunkeln eine Trainingshose und Laufschuhe an, streifte einen Pullover über und schlich auf Zehenspitzen durch den Flur zur Hintertür, wo sie sich eine Strickmütze, Handschuhe und einen Schal holte. Ein Blick zur Garderobe verriet ihr, dass Bennetts Parka nicht da war. Anscheinend war sie nicht nach Hause gekommen. Die morgendliche Luft war so kalt, dass sie ihr den Atem raubte. Sie joggte die Auffahrt hinab, stapfte durch Schneeverwehungen zur Straße und begann zu laufen. Die Schneepflüge waren früh unterwegs gewesen, und die Woodlawn Road war bereits bis zum Asphalt in einem breiten Streifen freigeräumt, der wie ein Fluss durch die Verwehungen schnitt. Irgendwo in der Ferne arbeiteten die Schneepflüge; das Brummen der großen Maschinen und das raue Kratzen der Metallschaufeln waren deutlich zu hören. Auf der Straße vor ihr rührte sich nichts, und sie lief alleine mitten auf ihr entlang. Sie suchte sich ihren Weg und vermied Stellen, die mit Eis oder Schnee bedeckt waren. Tief und gleichmäßig atmend lief sie ins offene Land hinaus.

Draußen in der Einsamkeit und der Stille, in dem tiefen Schweigen des Winters, konnte sie Frieden finden.

Straßenlaternen beleuchteten den Weg, bis sie Hopewells Häuser hinter sich gelassen hatte und zwischen den umliegenden Feldern entlang lief. Mittlerweile zeigten sich am östlichen Himmel die ersten Spuren von Helligkeit, und das Schwarz der Nacht schwächte sich zu Tiefgrau ab. Sterne blinkten durch kleine, ferne Öffnungen in der aufbrechenden Wolkendecke, und die schneebedeckten Felder warfen ihren silbrigen Schein zurück.

Sie erhöhte das Tempo, Adrenalin rauschte durch ihren Körper und summte ihr in den Ohren. Die Wärme ihres Bluts vertrieb die nächtliche Kälte, bis sie sie nicht mehr spürte. Die Energie ihres Körpers ließ auch ihren Verstand arbeiten, und ihre Gedanken wirbelten hin und her, wie Kinder, die im Klassenzimmer eifrig mit den Händen wedelten, um Fragen stellen zu dürfen. Sie rang schweigend mit ihnen, während sie dem Hämmern ihrer Schuhe auf dem Asphalt lauschte, und arbeitete sich durch den Wust an Gefühlen, den diese Gedanken auslösten. Sie hätte es gestern besser wissen müssen, als sie alle zum Schlittenfahren mitzunehmen und in Gefahr zu bringen. Sie hätte es bei Bennett besser wissen müssen, als sie hinterher alleine weggehen zu lassen. Sie hätte es wahrscheinlich bei einer Menge Sachen besser wissen müssen – wie zum Beispiel dabei, so früh morgens allein zu laufen, wo sie einem Angriff der Dämonen schutzlos ausgeliefert war, die hinter John Ross und dem Gypsy-Morph her waren. Es war fast so, als wolle sie sie dazu bringen, etwas zu unternehmen.

Und vielleicht, dachte sie düster, stimmte das sogar. Sollten sie doch versuchen, es mit Geist aufzunehmen.

Sie schüttelte ihre Tollkühnheit schnell wieder ab. Vernunft und Vorsicht würden ihr besser dienen. Aber es war Wut, die ihr Denken antrieb. Sie hatte nicht darum gebeten, in diese Position zu gelangen, sagte sie sich immer wieder. Sie hatte nicht gewollt, dass Ross wieder in ihr Leben zurückkehrte und Ärger in Gestalt eines vierjährigen Jungen mitbrachte, der sich niemandem mitteilen wollte. Dass er ihren Namen ausgesprochen und sie damit zu ihr gebracht hatte, war schon schlimm genug. Aber dass ihr Name das Einzige war, wie er auf sie reagieren konnte, dass er eine Grenze bildete, die er nicht überschreiten konnte, konnte einen rasend machen.

Letzte Nacht, als Ross und Harper schliefen und sie auf Bennett wartete und gerade begann, sich Sorgen zu machen, dass vielleicht nicht alles so war, wie es sein sollte, war er aus seinem Zimmer gekommen, um sich zu ihr zu setzen. Lautlos und geschmeidig wie ein Schatten hatte er den Platz neben ihr auf der Couch eingenommen. Er hatte sie nur einen kurzen Moment angeschaut; seine blauen Augen waren über ihr Gesicht geglitten, und dann hatte er seine Aufmerksamkeit auf die Dunkelheit draußen gerichtet, hatte erneut aus dem Fenster in den Park gestarrt. Sie hatte ihn eine Zeit lang schweigend beobachtet und sich dann umgedreht und sich neben ihn gekniet. Die Lampen waren, mit Ausnahme eines Nachtlichts im Flur, alle ausgeschaltet gewesen, sodass es keine Spiegelungen im Fenster gegeben hatte und der schneebedeckte Park weiß und leicht schimmernd hinter der gezackten Wand der Hecke zu sehen war.

»Was denkst du, Little John?«, hatte sie gefragt und erneut versucht, Two Bears Rat zu befolgen. »Was siehst du?«

Keine Antwort. Die Züge des Jungen waren fein und zart, sein Körper schlank. Der Schopf seines dunkelblonden Haares hing ihm in ausgefransten Strähnen in die Stirn und über die Ohren. Er brauchte einen Haarschnitt, hatte sie gedacht. Er brauchte Nahrung und Liebe und ein Gefühl dafür, irgendwohin zu gehören. Er war zu zerbrechlich, immer in Gefahr, einfach zu entschwinden.

»Kannst du irgendetwas sagen, Little John?«, hatte sie beharrlich weiter gefragt. »Kannst du nicht wenigstens ein kleines bisschen mit mir reden? Du hast einmal meinen Namen gesagt. John hat es mir erzählt. Du hast Nest gesagt. Das ist mein Name. Wusstest du von mir? Sag mir, ob du von mir wusstest, Little John. Erzähl mir, was du brauchst, und ich werde versuchen, es dir zu geben.«

Keine Antwort. Die Augen des Jungen blieben starr auf den Park gerichtet.

»Ich besitze ebenfalls Magie«, hatte sie schließlich gesagt und war so dicht an ihn herangerückt, dass sie sich berührten. Sie hatte halb erwartet, dass er zurückzucken würde, doch er war vollkommen reglos geblieben. »Ich wurde mit Magie geboren, genau wie du. Es ist nicht einfach, Magie zu besitzen, nicht wahr? Magie tut Dinge mit dir, die du nicht immer magst. Es macht dich zu etwas, das du nicht unbedingt sein möchtest. Ist das mit dir passiert?«

Sie hatte gewartet und dann gesagt: »In mir lebt eine Magie, die ich dort nicht haben will. Es ist die Magie meines Vaters, und er hat sie mir gegeben, als ich noch sehr klein war. Ich fand es heraus, als ich vierzehn war. Diese Magie ist ein Geisterwolf namens Geist. Geist ist sehr groß und gruselig. Als ich klein war, ist er mir überallhin gefolgt und hat auf mich aufgepasst. Jetzt lebt er in mir. Ich weiß nicht genau, wie das geschehen ist …«

Sie hatte abgebrochen, da sie das Gefühl nicht mochte, das sie erfasste, wenn sie über Geist und die Magie nachdachte. Bilder von Seattle und ihrem Kampf mit dem Dämon, der versucht hatte, John Ross zu verführen, waren vor ihrem inneren Auge aufgetaucht. Diese Konfrontation mit dem Dämon war es gewesen, die Geist aus ihr herausgebracht und seine Anwesenheit offenbart hatte. Er hatte sie miteinander verschmolzen, sodass sie einen Teil seiner dunklen Wut, seiner schrecklichen Macht gespürt hatte.

Er war erneut aufgetaucht, ungefragt und ungewollt, als sie das letzte Mal an einem Wettrennen teilgenommen hatte …

Sie schloss für einen Moment die Augen. »Wenn du mir von deiner Magie erzählen würdest, könnten wir einander vielleicht helfen, Little John. Vielleicht könnten wir dann ein wenig von dem verstehen, was mit uns geschehen ist. Ich mag nicht so mit mir selbst leben. Und du?« Sie legte ihm sanft ihre Finger auf das Hangelenk und spürte seine Wärme und das Schlagen des Pulses. »Vielleicht würden wir uns ein bisschen besser fühlen, wenn wir miteinander darüber sprechen würden.«

Doch das Gypsy-Morph hatte nicht geantwortet, und obgleich sie noch lange bei ihm geblieben war und mit ihm gesprochen hatte, reagierte er nicht. Schließlich war sie zu Bett gegangen, nachdem sie ihn zu seinem eigenen Zimmer geführt hatte. Sie hatte sich abgewiesen gefühlt, und die späte Stunde und ihre Unfähigkeit, auch nur den kleinsten Fortschritt zu erzielen, verstärkten noch das Gefühl des Versagens.

Sie rannte jetzt in ruhigem Tempo, die Straße lag frei und offen vor ihr und führte zur Moonlight Bay und zum Fluss. Ihre Sorgen verschwanden im Rhythmus des Laufens, blieben ebenso sicher hinter ihr zurück wie der Ort, von dem sie gestartet war. Wenn sie zurückkehrte, würden sie natürlich dort wieder auf sie warten. Aber dann würden sie ihr nicht mehr so schlimm vorkommen; sie würden leichter zu handhaben sein. Das war die Art, wie Laufen bei ihr funktionierte.

Bei der Fünf-Meilen-Marke drehte sie sich um und machte sich auf den Rückweg; sie fühlte sich locker und befreit, ihr Kopf war viel klarer. Sie lief fast jeden Tag, wenn das Wetter es erlaubte, sie lief, weil Laufen das war, was sie ihr Leben lang getan hatte, um sich besser zu fühlen. Das war es gewesen, was ihr Kraft gegeben hatte, wenn sie sie als Mädchen gebraucht hatte. Das war es gewesen, was sie zu den Olympischen Spielen gebracht und zu ihrer acht Jahre dauernden Karriere als professionelle Läuferin geführt hatte. Das war es gewesen, was ihr bei mehr als einer Gelegenheit das Leben gerettet hatte.

Manchmal fragte sie sich, was sie ohne das Laufen getan hätte. Es war schwer, sich das vorzustellen; Laufen beschrieb, wer sie war, es definierte, wie sie an das Leben heranging. Nicht, dass sie vor dem Leben davonlief; sie lief hindurch und darum herum, um Einblick darin zu erlangen und die Antworten zu finden, die sie brauchte, um mit ihm klarzukommen. Hauptsächlich, so glaubte sie, lief sie darauf zu. Sie war sehr direkt in der Art, wie sie auf Dinge zuging, eine Lektion, die sie vor vielen Jahren von Granny gelernt hatte. Nest störte das nicht. Sie nahm an, dass Grannys Weg alles in allem wahrscheinlich der beste war.

Doch im Augenblick hatte sie Schwierigkeiten, diese Herangehensweise an das Leben umzusetzen.

Als sie in ihre Auffahrt einbog, entdeckte sie neue Fußabdrücke im Schnee. Bennett war zurückgekommen. Sie trat leise durch die Hintertür ins Haus, da sie nicht wusste, ob schon jemand wach war, und hörte Stimmen aus dem Wohnzimmer. Sie streifte Mütze, Schal, Handschuhe und Laufschuhe ab, ging leise durch den Flur und lugte um die Ecke.

»Und so lief der kleine Bär nach Hause zu seiner Mutter und ging nie wieder in den Wald, ohne vorher zu fragen. Ende.« Bennett Scott klappte das Buch zu, aus dem sie Harper vorgelesen hatte, und legte es beiseite. »Das ist auch eine gute Lehre für kleine Mädchen. Geh niemals aus dem Haus, ohne vorher deine Mutter zu fragen. Da denkst du immer dran, Spatz, okay?«

»'kay, Mami.«

Harper saß auf dem Schoß ihrer Mutter. Sie hatte noch ihren Schlafanzug an und kuschelte sich in eine alte Decke, die Bennett um sie beide gelegt hatte. Bennett trug noch immer ihre Sachen vom letzten Abend und sah ausgezehrt und bleich aus.

»Mami würde sich nämlich ganz, ganz schlecht fühlen, wenn ihrem kleinen Baby irgendetwas Schlimmes passieren würde. Das weißt du doch, Harper?« Bennett umarmte sie. »Mami möchte, dass es dir immer gut geht.«

»Aua, Mami«, beschwerte sich Harper, als ihre Mutter sie zu fest drückte.

»Entschuldige, Spatz.« Bennett verwuschelte ihr das Haar. »Hey, schau mal, die Sonne geht auf! Schau, Harper! Alles ist golden und rot, violett und rosa! Schau dir nur all die schönen Farben an!«

Sie drehten sich auf dem Sofa um, sodass sie nach Osten aus dem Fenster blicken konnten, wo das erste Sonnenlicht gerade über den Baumwipfeln im Park auftauchte. Nest schaute schweigend zu, wie Bennett Harpers kleinen Körper an sich zog und hinausdeutete.

»Weißt du, was das ist, Harper?«, fragte sie sanft. »Erinnerst du dich, was ich dir gesagt habe? Das ist Engelsfeuer. Ist es nicht wunderschön?«

»Wunderschön.«

»Erinnerst du dich, was Mami dir über das Engelsfeuer erzählt hat? Zu Beginn jeden Tages ziehen die Engel um die ganze Welt und sammeln ein bisschen von der Liebe ein, die Mamis für ihre Babys haben. Sie nehmen kleine Stückchen, eigentlich nur winzige Schnipsel, weil die Mamis das meiste davon selbst brauchen, um ihre Babys zu beschützen. Aber die Engel sammeln so viel ein, wie sie können, und sie tragen alles zusammen, bevor jemand aufgewacht ist, und machen daraus den Sonnenaufgang. Manchmal ist er richtig strahlend und voller Farben, so wie heute, weil mehr Liebe übrig war als gewöhnlich. Doch es ist immer genug vorhanden, um einen Sonnenaufgang zu machen, genug um einen neuen Tag zu beginnen.«

Sie verstummte und vergrub ihren Kopf in Harpers dichtem Haar. Nest huschte an der Tür vorbei zu ihrem Schlafzimmer. Dort angekommen, zog sie ihre Sportkleidung aus und ging ins Badezimmer. Sie duschte ausgiebig, wusch sich die Haare, zog sich an und schminkte sich, während sie sich die ganze Zeit über fragte, was sie zu Bennett sagen wollte. Vielleicht gar nichts, dachte sie. Vielleicht war es besser, die Sache auf sich beruhen zu lassen.

Sie wollte gerade ihr Zimmer verlassen, um das Frühstück vorzubereiten, als sie sah, dass ihr Anrufbeantworter blinkte.

Es war ein einziger Anruf.

»Hi. Hier ist Paul. Ich dachte, ich erwische dich noch zu Hause, aber du bist wohl schon unterwegs. Oder du schläfst noch, aber das glaube ich nicht. Nicht du. Wie auch immer, ich wollte nur Hi sagen oder vielleicht Frohe Weihnachten. Ich habe in letzter Zeit viel an dich gedacht. Wir haben eine ganze Weile nicht miteinander gesprochen, daher dachte ich, ich rufe mal an. Ich hoffe, es geht dir gut. Na ja, ich versuche es später noch mal. Bye.«

Der Apparat bot ihr an, die Nachricht zu löschen, zu speichern oder zu wiederholen. Sie saß auf dem Bett und starrte das Telefon an. Sie hatte seit Monaten nichts von Paul gehört. Warum rief er sie jetzt an? Vielleicht wollte er nur mit ihr reden, wie er gesagt hatte. Vielleicht war es auch etwas anderes. Sie war sich nicht sicher, ob sie es wissen wollte.

Sie verließ ihr Schlafzimmer und ging in die Küche. Sie holte gerade Töpfe und Pfannen hervor und überlegte, was sie zum Frühstück machen sollte, als Bennett hereinkam und sich an den alten Küchentisch setzte.

Nest schaute zu ihr hinüber. »Morgen.«

»Morgen«, sagte Bennett und erwiderte ihren Blick nur einen Moment, bevor sie die Augen senkte. Sie sah ziemlich fertig aus, viel schlimmer, als Nest vorher bemerkt hatte. »Kann ich dir helfen?«

Nest sah, dass Harper im Wohnzimmer spielte und im Augenblick keine Beschäftigung brauchte. »Mach dir doch einen Kaffee.«

Bennett stand auf und ging zur Kaffeemaschine. Sie holte die Schachtel mit den Filtertüten und öffnete die Kaffeedose, als ihre Hände zu zittern begannen. Sie schien es nicht unterbinden zu können, versuchte aber weiter, den Filter einzusetzen, wobei er zu Boden fiel.

Nest ging zu ihr, ergriff ihre Hände und hielt sie fest. »Niemand hat gesagt, dass es leicht werden wird.«

Bennetts Gesicht verdüsterte sich. »Es geht mir gut. Lass mich in Ruhe.«

»Wo warst du letzte Nacht, Bennett?«

»Ich war aus, Nest. Pass auf, ich will nicht darüber sprechen, okay? Lass mich einfach nur in Ruhe!«

Sie zog ihre Hände weg, ließ sich wieder auf den Stuhl fallen und biss sich auf die Lippen. Nest blieb, wo sie war, und beobachtete sie. Dann drehte sie sich um und begann, den Kaffee selbst zu machen.

»Willst du, dass ich gehe?«, fragte Bennett nach einer Weile mit gesenktem Kopf, das Gesicht hinter dem Schleier ihrer dunklen Haare verborgen. »Du brauchst es nur zu sagen. Harper und ich können im Nu weg sein. Wir müssen nicht hier bleiben.«

»Ich möchte, dass du bleibst«, sagte Nest ruhig.

»Nein, das willst du nicht! Du willst, dass ich verschwinde! Gib es zu, okay? Lüg mich nicht an! Du willst dein Leben zurück, so wie es war, bevor ich aufgetaucht bin!«

Nest beendete ihre Arbeit an der Kaffeemaschine und ging dann zum Herd zurück. Sie hatte sich für Pfannkuchen und Würstchen entschieden. »Nun, wir kriegen im Leben nicht immer das, was wir wollen, und manchmal ist das, was wir bekommen, besser als das, was wir gerne hätten. Granny hat das immer gesagt. Ich glaube, dich und Harper, John und Little John über Weihnachten hier zu haben, ist ein gutes Beispiel für das, was sie damit gemeint hat. Meinst du nicht?«

Sie wartete einen Moment und drehte sich dann um. Bennett weinte. Sie hatte den Kopf in den Händen vergraben und die Schultern hochgezogen. Nest ging zu ihr und kniete sich neben sie.

»Ich habe nicht einmal ein Geschenk für sie!« Bennetts Stimme war ein Flüstern der Verzweiflung und der Wut. »Nicht ein einziges beschissenes Geschenk!Ich habe nicht mal Geld, um ihr eines zu kaufen! Zu was für eine Art von Mutter macht mich das?«

Nest legte Bennett den Arm um die Schulter. »Dann lass uns eines für sie machen. Du und ich. Etwas wirklich Schönes. Das habe ich mit Granny immer getan, weil sie lieber Geschenke gemacht hat, als welche zu kaufen. Sie fand es persönlicher, wenn man sie selbst anfertigte. Warum tun wir das nicht auch?«

Bennetts Nicken war kaum wahrnehmbar. »Ich bin so eine Versagerin, Nest. Ich kann nichts richtig machen. Überhaupt nichts.«

Nest beugte sich näher zu ihr. »Wenn die Feiertage vorbei sind, werden du und ich zu einem Mann gehen, der mit Süchtigen arbeitet. Er ist sehr gut. Er leitet ein Projekt in einer Wohngruppe. Du kannst dort wohnen, musst es aber nicht. Ich mag ihn, und ich glaube, das wirst du auch. Vielleicht kann er dir helfen, davon loszukommen.«

Bennett schüttelte den Kopf. »Sicher, warum nicht?« Sie klang nicht so, als würde sie daran glauben. Sie seufzte, vergrub das Gesicht in den Händen, und das Schluchzen hörte auf. »O Gott, ich hasse mein Leben.«

Nest ging zum Herd zurück. Sie beschäftigte sich mit dem Frühstück, bis der Kaffee durchgelaufen war, dann schenkte sie eine Tasse ein und brachte sie zu Bennett, die sich nicht vom Tisch wegbewegt hatte. Das Mädchen trank ein paar Schlucke und stand dann auf, um den Tisch im Esszimmer zu decken. Nach einer Weile erschienen John Ross und Little John. Der Junge ging geradewegs zur Couch, um erneut aus dem Fenster zu schauen. Harper, die auf dem Boden saß, starrte ihn eine Weile an und spielte dann weiter.

Sie aßen ihr Frühstück bei Lampenschein im Esszimmer. Der Himmel bewölkte sich wieder, und die Sonne verschwand, bis sie nur noch ein blasser, dunstiger Ball war. Ohne sie wurde die Luft grau und kalt. Die Autos bewegten sich draußen wie träge Käfer, begleitet vom Winseln der Winterreifen und vom Rasseln der Schneeketten. Andy Wilts kam von der Texaco-Tankstelle, um die Zufahrt mit seiner Zugmaschine freizupflügen. Bennett erzählte Harper von Schnee-Engeln und Eiszapfenlutschern, und Nest sprach davon, einen Weihnachtsbaum zu besorgen, da sie ja jetzt Gesellschaft zu Weihnachten hatte. Ross aß schweigend, und das Gypsy-Morph starrte ins Nichts.

Als sie gerade den Tisch abräumten und die Teller in den Geschirrspüler stellten, klopfte es an der Haustür. Nest schaute durchs Fenster und sah einen Wagen des Sheriffbüros in der Auffahrt stehen. *Nicht schon wieder*, dachte sie sofort. Sie ließ Bennett das Geschirr allein weiter einräumen, ging den Flur entlang und war sauer, sich noch einmal mit Larry Spence auseinander setzen zu müssen. Was konnte er bloß diesmal wollen? Ross war in seinem Zimmer, also konnte sie vielleicht eine neuerliche Konfrontation vermeiden.

»Guten Morgen, Larry«, sagte sie, als sie die Tür öffnete, und kämpfte gegen den Drang an, ihm zu erzählen, was sie ihm wirklich sagen wollte.

Larry Spence stand in seinem Uniformmantel vor ihr und hatte den Hut in der Hand. »Morgen, Nest. Entschuldige, dass ich dich noch mal behelligen muss.«

»Schon gut. Was kann ich für dich tun?«

Er räusperte sich. »Nun, es wäre vielleicht besser, wenn ich hereinkommen dürfte und wir drinnen darüber sprechen könnten.«

Sie schüttelte den Kopf. »Ich denke nicht. Das haben wir gestern probiert, und es ist nicht sehr gut gelaufen. Du sagst mir besser hier draußen auf der Veranda, was du willst.«

Seine große Gestalt versteifte sich. »Also gut. Wie du willst.« Sein Tonfall veränderte sich und wurde etwas schärfer. »Es geht um diesen Drogenhandel im Park. Der findet noch immer statt. Gestern Nacht wurde ein großer Deal abgewickelt. Zeugen haben es beobachtet und uns angerufen. Es ist möglich, dass jemand darin verwickelt ist, der sich in deinem Haus befindet.«

Sie dachte sofort an Bennett Scott, die die ganze Nacht fort gewesen war. War Bennett in ein Drogengeschäft verwickelt? Sie starrte Larry Spence an und versuchte, in seinem Gesicht zu lesen. Wie hätte Bennett für einen »großen Deal« zahlen sollen? Sie hatte überhaupt kein Geld.

»Wen glauben deine Zeugen gesehen zu haben?«, fragte sie ruhig.

»Das kann ich dir nicht sagen.«

»Wer sind deine Zeugen?«

»Das kann ich dir ebenfalls nicht sagen.«

»Aber es gibt Zeugen, und sie haben jemanden gesehen, der in diesen Drogenkauf verwickelt war und den sie identifizieren können, ist das richtig?«

»Richtig.«

Aber Nest glaubte es nicht. Er wollte etwas aus ihr herauslocken. Sonst wäre er nicht hier, um ihr Fragen zu stellen. Sonst hätte er einen Haftbefehl für Bennett.

»Schau, Larry.« Sie schloss die Tür hinter sich, nachdem sie auf die Veranda hinausgetreten war, und stand mit verschränkten Armen vor ihm. »Meine Gäste waren gestern Nacht alle hier und haben friedlich in ihren Betten geschlafen. Wenn du jemanden hast, der etwas anderes behauptet, dann hol ihn her. Wenn nicht, dann ermittle woanders weiter.«

Sein Gesicht wurde rot. »Du brauchst nicht so aggressiv zu werden. Ich tue nur meine Arbeit. Drogenhandel ist eine üble Sache, und die Leute, die damit zu tun haben, sind gefährlich. Es wäre klug, wenn du darüber nachdenken würdest.«

»Wovon redest du, Larry? Ich kenne niemanden, der mit Drogenhandel zu tun hat. Ich habe vier Gäste in meinem Haus – Freunde, die ich seit langer Zeit kenne, und dazu zwei kleine Kinder. Ich kann mir kaum vorstellen, dass sie zu der Art von Leuten gehören, von der du sprichst.«

Er schüttelte stur den Kopf. »Vielleicht kennst du sie nicht so gut, wie du glaubst.«

»Vielleicht ist das so. Aber wieso glaubst du, dass du sie besser kennst? Das ist jetzt schon das zweite Mal innerhalb von zwei Tagen, dass du hier rauskommst und haltlose Anschuldigungen ausstößt. Wenn du etwas weißt, von dem ich nichts weiß, warum sagst du es mir dann nicht einfach, statt darauf zu warten, dass ich zusammenbreche und gestehe?«

»Schau, Nest, ich will nicht …«

»Nein, du sagst mir, was du weißt, oder du machst, dass du von meiner Veranda kommst!«

Er holte tief Luft, sein Gesicht war puterrot. »John Ross ist ein gefährlicher Mann. Es sind Leute hier, die gegen ihn ermitteln. Ich versuche, dich da rauszuhalten, Mädchen!«

Sie starrte ihn an. »John Ross? Es geht hier um John?« Erst jetzt erkannte sie, dass es nie um Bennett gegangen war, dass Larry Spence die ganze Zeit von John gesprochen hatte. Darüber, dass John Ross mit Drogen handelte. Sie hätte am liebsten gelacht.

Larry Spence sah verwirrt aus. »Hey, du wachst besser auf, was Mr. Ross angeht. Die Leute, die gegen ihn ermitteln …«

Etwas klickte hinten in ihrem Verstand. »Was für Leute?«, fragte sie rasch.

»Das kann ich dir nicht sagen.«

»Du scheinst nicht in der Lage zu sein, mir viel zu erzählen. Da frage ich mich doch, wie viel du überhaupt weißt.« Sie trat einen Schritt auf ihn zu. »Wer behaupten diese Leute zu sein, Larry? Hast du sie überprüft? *Mir* drängt sich da nämlich ein Verdacht auf.«

Sein Mund verhärtete sich. »Es ist eine offizielle Untersuchung, Nest. Ich habe schon mehr gesagt, als ich dürfte, und ich …«

»Ist einer von ihnen ein älterer Mann mit grauen Augen und einem ledernen Buch, der aussieht wie ein altmodischer Prediger?«

Larry Spence starrte sie an und ließ seinen Satz unbeendet. Sie spürte seine Unsicherheit. »Hör mir zu, Larry«, sagte sie langsam. »Du steckst da bis zum Hals in einer Sache, der du nicht gewachsen bist. Nicht im Mindesten. Bleib von diesem Mann weg, hörst du? Er ist es, der gefährlich ist, nicht John Ross.«

Der Mund des großen Mannes verhärtete sich erneut. »Du weißt etwas von dieser Drogensache, nicht wahr?«

»Es gibt keine Drogensache«, herrschte sie ihn wütend an. »Geht das nicht in deinen …«

Sein Funkgerät schrillte in seiner Manteltasche, und er wandte sich von ihr ab, als er es herauszog. Er sprach leise hinein, sodass sie ihn nicht verstehen konnte, hörte dann zu und drehte sich wieder zu ihr um. »Ich muss gehen. Wir sprechen später über diese Sache. Pass auf dich auf, Mädchen. Ich glaube nicht, dass dir klar ist, was hier vorgeht.«

Ohne auf ihre Erwiderung zu warten, verließ er die Veranda, setzte sich in seinen Wagen und fuhr davon. Sie drehte sich um, ging wieder ins Haus und stand innerlich kochend in ihrem Vorraum. Larry Spence war ein Dummkopf. Findo Gask benutzte ihn, das war klar. Aber wozu benutzte er ihn? Sie dachte daran, wie die Dämonen, mit denen sie früher zu tun gehabt hatte, sich Menschen zu nutze gemacht hatten, um zu bekommen, was sie wollten. Sie erinnerte sich an ihren Vater, der zurückgekommen war, um sie für sich zu fordern. Sie erinnerte sich an Stefanie Winslow.

Die Geschichte wiederholt sich immer wieder, dachte sie wütend. *Man kann nichts tun, um das zu ändern. Selbst bei den kleinen Din-*

gen in unserem Leben machen wir immer wieder die gleichen Fehler. Wie konnte sie verhindern, dass dies hier passierte?

Sie rieb sich die Arme durch den Pullover hindurch, um den letzten Rest der winterlichen Kälte aus ihrer Haut zu vertreiben. Aber die Kälte, die sich in ihrem Magen ausgebreitet hatte, blieb bestehen.

Kapitel 16

Sobald sie sich genügend beruhigt hatte, um an etwas denken zu können, lud Nest alle in ihren Taurus und fuhr zu einer Baumschule nördlich der Stadt. Mit einer Bügelsäge ausgerüstet, die sie sich vom Besitzer auslieh, marschierte sie los, um einen akzeptablen Baum auszusuchen. Andere Kunden gingen ebenfalls bereits die Baumreihen entlang. Die Luft war kalt und trocken, und ein Westwind strich über die weißen Felder, der immer wieder Schnee aufwirbelte. Vom Mississippi zogen schwere Wolken auf, und Nest konnte den bevorstehenden Schneefall riechen und schmecken.

Freudig erregt atmete sie die Winterluft ein. Wenn sie schon Weihnachten feierte, würde sie es richtig tun.

Harper rannte voraus, flitzte zwischen den Bäumen hindurch und spielte mit jedem Verstecken, der mitmachte. Sie sprang unerwartet hinter den Tannen hervor und lachte, wenn die Erwachsenen Überraschung und Angst vortäuschten. Little John schaute ihr eine Zeit lang mit ausdruckslosem Gesicht zu. Er machte nicht mit, aber er wirkte auch nicht desinteressiert. Irgendetwas an dem Spiel erregte seine Neugier, und ein- oder zweimal wurde er langsam genug, dass Harper die Möglichkeit hatte, vor ihm aus den Schatten zu springen und fortzulaufen. Nest beobachtete, wie er das mehrmals tat, und fragte sich, was dies zu bedeuten hatte. Sie ermutigte ihn mitzumachen, doch er ging einfach weiter.

Sie fanden eine eineinhalb Meter hohe Fichte, vor der Harper auf und ab hüpfte, also sägten sie den Baum ab und schleppten ihn zum Baumwirt, der ihn ausmaß und die Bezahlung entgegennahm. Nachdem sie den Baum in den Kofferraum geladen und die Klappe zugebunden hatten, damit er nicht verrutschen konnte, fuhren sie nach Hause zurück. Nest wollte alle beschäftigen, also schlug sie vor, dass sie den Baum in einem Wassereimer auf die Veranda stellten, und dann gemeinsam einen Spaziergang machten.

Der Schnee begann in großen, trägen Flocken zu fallen, als sie in den Park marschierten, Harper voran, und dahinter Nest, Ross und Little John. Bennett, die mit brennender Zigarette hinterher schlurfte, hatte die schmalen Schultern gegen die Kälte hochgezogen und wirkte, als ob sie lieber ganz woanders gewesen wäre. Sie war im Lauf des Vormittags immer misslauniger geworden und hatte sich allmählich von allen zurückgezogen, einschließlich Harper. Nest hatte versucht, sich mit ihr zu unterhalten, um sie aus ihrer düsteren Stimmung zu holen, doch nichts hatte funktioniert. Jedes Mal, wenn man sie ansprach, wanderten Bennetts Augen davon, als würden sie nach etwas suchen. Was immer letzte Nacht geschehen war, dachte Nest düster, es war nichts Gutes.

Doch sie beschloss abzuwarten und zunächst nichts zu sagen. Bennett befand sich bereits in einer derart finsteren Stimmung, dass Nest es nicht für geraten hielt, sie darin noch zu bestärken. Vielleicht würde sie nach Weihnachten etwas sagen.

Sie schlenderten langsam über die schneebedeckten Baseballfelder auf die Schlittenrutsche zu. Ursprünglich wollten sie aus Neugier wegen ihres Unfalls vom Vorabend dorthin, doch dann sahen sie eine Ansammlung von Polizei-, Feuerwehr und Notarztwagen. Der Wagen des Sheriffbüros gehörte Larry Spence. Nest warf Ross einen Blick zu, doch er schüttelte den Kopf, um ihr zu verstehen zu geben, dass er keine Ahnung hatte, was dort vorging. Eine Menschenmenge hatte sich oben auf dem Abhang gebildet, der zum Bayou hinabführte. Die Leute flüsterten oder schwiegen, und ihre Augen waren auf eine Gruppe von Feuerwehrmännern und Sanitätern gerichtet, die sich auf dem Eis zusammendrängten.

Nests Gruppe wurde langsamer, als sie die anderen erreichten. Das Erste, was sie sahen, war Roberts zerquetschter Schlitten, der auf der Seite lag. Ein dunkles Wasserloch glitzerte, wo das Eis mit Spitzhacken und Äxten aufgebrochen worden war. Doch dann sah sie, dass die Männer nicht daran gearbeitet hatten, den Schlitten frei zu bekommen. Die Feuerwehrmänner und Sanitäter bemühten sich um eine triefende, reglose Gestalt.

»Was geht da vor?«, fragte sie einen Mann, der in der Nähe stand.

Der Mann schüttelte den Kopf. Er hatte einen Bart und eulenhafte Züge, und sie kannte ihn nicht. »Irgend jemand ist durch das Eis gebrochen und ertrunken. Muss in der Nacht passiert sein. Sie haben ihn gerade herausgefischt.«

Nest holte tief Luft, um den Schock zu verdauen, und schaute dann wieder zu dem Geschehen auf dem Eis. »Wissen Sie, wer es ist?«, fragte sie.

Der Mann zuckte mit seinen breiten Schultern. »Keine Ahnung. Es ist noch keiner hochgekommen, um es uns zu sagen. Irgendein armer Tropf.« Es schien ihn nicht weiter zu bekümmern.

Jemand, der durch das Eis gebrochen ist, wiederholte sie in Gedanken und wusste sofort, dass Findo Gask dafür verantwortlich war.

»Sie mussten das Eis regelrecht aufbrechen, um zu ihm zu gelangen«, sagte der Mann und wurde redseliger. Er schien sich zu freuen, dass er sein Wissen weitergeben konnte. »Seine Hand ragte heraus, als sie ihn fanden. Das Eis muss sofort über ihm zugefroren sein, als er ertrank. Er hat nur seine Hand herausbekommen. Sie haben ihn neben diesem Schlitten da gefunden. Der war ebenfalls festgefroren.«

Wer war der Tote?, fragte sich Nest. Jemand, der auf das Eis hinausgewandert war, als die Dämonenmagie noch aktiv gewesen war? Der Zauber hätte wahrscheinlich auf jeden reagiert, der dicht genug herankam.

Der Mann neben ihr schaute wieder auf das Eis hinunter. »Wer es auch sein mag, er war sehr leichtsinnig. Auf das Eis hinauszugehen, nachdem die Rutsche gesperrt und die Lichter ausgeschaltet worden waren? Dummheit, wenn Sie mich fragen. Er hat es ja förmlich herausgefordert.«

Eine Frau, die ein wenig weiter entfernt stand, wandte sich zu ihnen um. Ihre Stimme war leise und vorsichtig, als befürchtete sie, dass man sie belauschen könnte. »Jemand hat erzählt, es sei ein Mann, der für die Parkverwaltung gearbeitet hat. Sie sagen, er hätte gestern Abend die Rutsche bedient, bis sie nach einem Unfall geschlossen wurde. Er muss hinterher auf das Eis hinausgegangen sein, um etwas zu überprüfen, und ist dabei eingebrochen.« Ihre Augen wanderten zwischen Nest und dem Mann hin und her.

Ray Childress, dachte Nest benommen. *Das da unten ist Ray Childress.*

Sie drehte sich um und ging wieder auf die Straße zu. »Lasst uns gehen«, sagte sie zu den anderen.

»Mami, was ist das?«, fragte Harper, und Bennett brachte sie sanft zum Schweigen und nahm sie an der Hand.

Nest hielt die Augen gesenkt. Sie war traurig, frustriert und wütend. Ray Childress. Der arme Ray. Er hatte nur seine Arbeit getan, aber er war zur falschen Zeit am falschen Ort gewesen. Diese ganze Sache war ihre Schuld. Es war geschehen, weil sie darauf bestanden hatte, alle zum Schlittenfahren hierher zu bringen, obwohl sie gewusst hatte, dass Findo Gask eine Gefahr für sie war. Sie hätte vorhersehen müssen, dass auch andere in Gefahr geraten würden. Sie hätte Ray warnen müssen. Tränen stiegen ihr in die Augen, als sie daran dachte, wie lange sie ihn gekannt hatte. Fast ihr ganzes Leben. Er war dabei gewesen, als ihr Großvater bei der Explosion des Feuerwerks vor fünfzehn Jahren fast gestorben wäre. Er war einer der Männer gewesen, die Old Bob in Sicherheit gebracht hatten.

Jetzt war er tot, und man konnte mit einigem Recht behaupten, dass er ihretwegen gestorben war.

»Nest!«, rief Ross scharf.

Sie ignorierte ihn zunächst, da sie mit niemandem sprechen wollte und noch ganz in ihrer Trauer versunken war. Doch dann rief er sie erneut, und diesmal bemerkte sie die Dringlichkeit in seiner Stimme und blickte auf.

Ein Dutzend Meter entfernt stand Findo Gask am Rand eines Gehölzes aus Erlen und Blautannen. Er war plötzlich aufgetaucht, seine schwarz gekleidete Gestalt hob sich kaum von den dunklen, dünnen Stämmen der Erlen und ihren schmalen Schatten ab. Er trug seinen üblichen flachen Hut und hatte das abgegriffene Lederbuch in der Hand. Seine Augen glitzerten unter reifbedeckten Brauen und fixierten sie.

»Eine tragische Wendung der Ereignisse, Miss Freemark«, sagte er sanft. »Aber Unfälle geschehen manchmal.«

Einen Augenblick starrte sie ihn sprachlos an. Sein unerwartetes Auftauchen erschreckte sie, doch es machte sie zugleich auch wütend. »Wer sollte das besser wissen als Sie?«, fragte sie.

Sein Lächeln veränderte sich nicht. »Das Leben ist voller Ungewissheiten. Der Tod kommt, wenn wir ihn am wenigsten erwarten. Das liegt in der Natur des Menschen, Miss Freemark. Ich beneide Sie nicht.«

Sie warf über die Schulter einen Blick zu Ross, Bennett, Harper und Little John, die in einer losen Gruppe zusammenstanden und warteten. Dann schaute sie wieder den Dämon an. »Was kann ich für Sie tun, Mr. Gask?«

Er lachte leise. »Sie können mir das geben, was ich haben will, Miss Freemark. Sie können mir geben, weshalb ich hergekommen bin. Sie und Mr. Ross. Sie können es mir geben, und ich verschwinde wieder. Puff – einfach so.«

Sie trat ein paar Schritte auf ihn zu, um sich weiter von den anderen abzusetzen, und blieb dann stehen. »Das Gypsy-Morph?«, fragte sie.

Er nickte und neigte den Kopf leicht zur Seite.

»Ich soll es Ihnen übergeben, und dann verschwinden Sie? Keine weiteren unerwarteten Unfälle? Keine Besuche von irregeführten Gesetzeshütern bei mir zu Hause, die wegen Drogengeschäften im Park ermitteln?«

Sein Lächeln wurde breiter. »Sie haben mein Wort.«

Jetzt erwiderte sie sein Lächeln. »Ihr Wort? Wie kommt es, dass ich das nicht sonderlich beruhigend finde?«

»In diesem Fall können Sie darauf vertrauen. Ich habe kein Interesse an Ihren Freunden. Ich will nur das Morph. Wo ist es, Miss Freemark?«

Seine Augen senkten sich forschend in ihre, und eine Erkenntnis durchzuckte sie wie ein Blitz: Er weiß nicht, dass es Little John ist, nach dem er sucht. Das war der Grund für die Drohungen und Angriffe; er konnte nichts tun, solange er nicht ihre Kooperation erzwingen konnte. Ohne sie konnte er das Morph nicht identifizieren.

Sie lachte beinahe laut auf.

»Mein Ersuchen scheint Sie zu verwirren, Miss Freemark«, meinte Findo Gask freundlich, doch eine leichte Schärfe hatte sich jetzt in seine Stimme eingeschlichen. »Gibt es etwas, das Sie daran nicht verstehen?«

Sie schüttelte den Kopf. »Nein, ich verstehe vollkommen. Aber wissen Sie was? Ich mag es nicht, bedroht zu werden. Insbesondere von jemandem wie Ihnen. Insbesondere jetzt, wo ich mich in keiner guten Stimmung befinde, wo ich wütend und verletzt bin, und zwar hauptsächlich Ihretwegen. Ich kannte den Mann, den Sie auf dem Eis umkommen ließen, fast mein ganzes Leben. Er hat Ihnen nichts getan, aber das hat nicht genügt, um ihn zu retten. Das ist Ihnen vollkommen gleichgültig, nicht wahr? Es ist ihnen egal. Völlig egal.«

Findo Gask schürzte die Lippen und schüttelte langsam den Kopf. »Ich dachte, wir wären über das Stadium von Anschuldigungen und Beschimpfungen hinaus. Ich dachte, Sie würden Ihre Position in dieser Angelegenheit besser begreifen, als es jetzt den Anschein hat.«

»Da haben Sie wohl falsch gedacht, was?« Sie kam noch einen Schritt näher. »Lassen Sie mich Ihnen eine Frage stellen. Wie sicher fühlen Sie sich hier draußen?«

Er starrte sie überrascht an. Sein Lächeln verschwand, und sein faltiges Gesicht verlor jeden Ausdruck.

Sie trat noch einen Schritt vor, dann zwei. Jetzt war sie nur noch wenige Schritte von ihm entfernt. »Ich habe keine Angst vor Dämonen, Mr. Gask. Ich habe ihnen schon früher gegenübergestanden, mehrfach. Ich weiß, wie man sie behandeln muss. Ich weiß, wie sie vernichtet werden können. Ich besitze die Magie, um dies zu tun. Wussten Sie das?«

Er wich nicht zurück, doch eine Spur Unsicherheit trat in seine eisigen Augen. »Seien Sie nicht töricht, Miss Freemark. Hier sind Kinder, an die Sie denken müssen. Und ich bin nicht allein gekommen.«

Sie nickte langsam. »Das ist besser. Viel besser. Jetzt sehe ich Sie, wie Sie wirklich sind. Die Drohungen von Dämonen sind gut und schön, doch sie funktionieren am besten, wenn sie gegen Kinder gerichtet sind und aus dem Schutz einer Gruppe von anderen ausgestoßen werden.«

Ihre Worte waren voller Gift, und heiße Wut kochte in ihr. Geist war erwacht und regte sich in ihrem Inneren voller Ungeduld und dunklem Verlangen. Ihre Bitterkeit spornte seinen Drang an, hervorzubrechen und anzugreifen. Sie war versucht. Sie war kurz davor, ihn freizugeben, ihn aus ihrem Körper zu lassen, um sich auf die verhasste Gestalt vor ihr zu stürzen. Sie war sich allerdings nicht sicher, wie dies ausgehen würde.

»Ich habe einen Fehler begangen, als Sie vor zwei Tagen zu meinem Haus kamen, Mr. Gask«, sagte sie. »Ich hätte Sie niemals fortlassen dürfen. Ich hätte die Sache sofort beenden sollen.«

Sein Mund verzog sich. »Sie überschätzen sich, Miss Freemark. Sie sind nicht so stark, wie Sie glauben.«

Sie lächelte erneut. »Das Gleiche könnte ich von Ihnen sagen, Mr. Gask. Da wir jetzt also wissen, wie wir in dieser Sache zueinander stehen, warum sagen wir nicht einfach Lebewohl und gehen getrennte Wege?«

Er dachte einen Moment schweigend nach, während seine Augen zu Ross und den anderen schwenkten, bevor sie wieder zu ihr zurückkehrten. »Vielleicht sollten Sie sich selbst einmal genauer unter die Lupe nehmen, Miss Freemark, bevor Sie Ihre ganze Energie darauf verschwenden, andere zu verurteilen. Sie sind kein gewöhnliches, normales Mitglied der menschlichen Rasse, zu der Sie sich so gerne rechnen. Sie sind eine Abweichung, ein Freak. Sie haben Dämonenblut in Ihrem Körper und Dämonenlust in Ihrer Seele. Sie stammen aus einer Familie, die mehr als einmal mit dämonischer Magie herumgepfuscht hat. Sie glauben, Sie wären besser als wir und dass Ihr Dienst für das Wort und für die Sache der Menschen Sie retten wird. Aber das stimmt nicht. Es wird Sie vernichten.«

Er hob das in Leder gebundene Buch. »Ihr Leben ist eine Scharade. Alles, was Sie erreicht haben, ist ein direktes Ergebnis Ihres dämonischen Erbes. Das meiste davon haben Sie über die Zeit hin abgelehnt, bis nichts mehr davon übrig war. Ich kenne Ihre Geschichte, ich habe mich informiert. Ihre Familie ist tot, Ihr Ehemann hat Sie verlassen, und Ihre Karriere ist dahin. Ihr Leben ist leer und nutzlos. Vielleicht glauben Sie, dass Sie den Sinn und Antrieb finden, der Ihnen fehlt, indem Sie sich mit Mr. Ross verbünden. Das werden Sie nicht. Stattdessen werden Sie weiterhin unschöne Wahrheiten über sich selbst entdecken, und am Ende wird Ihre Belohnung dafür in einem sinnlosen Tod bestehen.«

Seine Worte waren bösartig und schmerzhaft, und es lag genug Wahrheit in ihnen, dass sie sich ihrer Wirkung nicht entziehen konnte. Aber es waren die gleichen Worte, die sie sich häufig genug selbst gesagt hatte, wenn ihr Leben besonders düster gewesen war und nur die Akzeptierung von bitteren Wahrheiten sie hatte retten können. Sie konnte sich diese Worte daher jetzt anhören, ohne zurückzuzucken. Findo Gask würde ihre Entschlossenheit mit Angst und Zweifeln brechen, doch nur, wenn sie dies zuließ.

Er lächelte ohne Wärme. »Denken Sie besser darüber nach, Miss Freemark. Wenn es zu einem Kräftemessen zwischen Ihrer Magie und meiner kommen sollte, sind Sie einfach nicht stark genug, um zu überleben.«

»Darauf würde ich nicht wetten, Mr. Gask«, erwiderte sie ruhig. »Es mag sein, dass Sie einen solchen Kampf gewinnen würden und dass Ihre Magie mächtiger ist als meine. Aber das werden Sie auf sehr harte Weise herausfinden müssen. John Ross und ich sind uns einig. Wir werden das Gypsy-Morph nicht ausliefern – nicht weil Sie sagen, wir müssten es tun, oder weil Sie uns bedrohen oder sogar verletzen. Wir werden Ihnen einfach nicht eine solche Macht über unser Leben zugestehen.«

Findo Gask antwortete nicht. Er stand einfach da, schwarz wie die Nacht und wie aus Stein gemeißelt. Plötzlich erhob sich eine Windböe, die zwischen ihnen den Schnee aufwirbelte. Einen Augenblick lang war der Dämon noch zu sehen, bevor der Schnee ihn verhüllte. Als die Brise erstarb und der Schnee sich wieder legte, war er fort.

Einige Lektionen lernt man sehr früh im Leben, und einige von ihnen sind sehr hart. Nest lernte eine sehr wichtige, als sie zwölf war und in die siebte Klasse ging. Ein Jahr zuvor hatte sie die Konsequenzen erlebt, die es hatte, ihre Magie einzusetzen, obwohl Granny sie davor gewarnt hatte, und sie versuchte noch immer, damit klarzukommen, dass sie immer anders sein würde als alle anderen. Sie hatte ein Buch aus der Schulbücherei mitgenommen und vergessen, sich einzutragen. Als sie versuchte, es heimlich zurückzubringen, wurde sie erwischt. Miss Welser, die die Bibliothek mit eiserner Hand und offenem Misstrauen gegenüber den Schülern führte, ertappte sie, beschuldigte sie zu lügen, als Nest versuchte zu erklären, was passiert war, und verurteilte sie als Strafe zu Nachmittagsdiensten. Nest war beigebracht worden, die Autorität von Erwachsenen, insbesondere von Lehrern, nicht in Frage zu stellen, also akzeptierte sie ihre Strafe ohne Murren. Tag um Tag, Woche um Woche kam sie nach der Schule zu Miss Welser, um die Aufgaben zu erledigen, die diese ihr übertrug – Regale einräumen, Bücher einlagern, katalogisieren, sauber machen –, und das alles in duldendem Schweigen.

Aber nach einem Monat fragte sie sich, ob sie nicht genug für eine Übertretung gebüßt hatte, die sie ihrer Meinung nach gar nicht wirklich begangen hatte. Sie nahm ihren Mut zusammen und fragte Miss Welser, wann sie von ihrem Dienst befreit würde. Es war bereits März, und in ein paar Wochen würde das Frühlingstraining auf der Rennbahn beginnen. Laufen war schon damals Nests Leidenschaft, und sie wollte es nicht aufgeben, nur weil Miss Welser ihr wegen des Buches nicht glaubte. Doch Miss Welser sah das anders. Sie sagte, Nests Dienst würde so lange dauern, wie es nötig war. Stehlen und Lügen wären Vergehen, die einer schweren Strafe bedürften, um sicherzustellen, dass sie nicht wiederholt wurden.

Nest fühlte sich unglücklich und in einer Situation gefangen, aus der sie sich anscheinend nicht selbst befreien konnte. Alles hatte begonnen, sich um Miss Welsers immer unerträglicher werdende Kontrolle über ihr Leben zu drehen. Falls Granny bemerkte, was vor sich ging, so sagte sie jedenfalls nichts dazu, und Nest wollte es ihr nicht erzählen. Mit zwölf begann sie zu lernen, dass sie mit den meisten Dingen selbst fertig werden musste.

Schließlich, eine Woche vor Beginn der Laufsaison, erzählte sie ihrem Trainer, Mr. Thomas, dass sie möglicherweise nicht an den Wettkämpfen teilnehmen könnte. Eine Sache führte zur nächsten, und schließlich berichtete sie ihm alles. Trainer Thomas war ein großer, bulliger Mann, der seinen Sportlern Hingabe und Selbstaufopferung predigte. Gewinnen war nicht das Einzige, was zählte, sagte er gerne, aber es war dennoch wichtig.

Ihre Einstellung schien ihn zu verwundern. »Wie lange machst du den Bibliotheksdienst schon?«, fragte er, als hätte er nicht richtig verstanden. Als sie es ihm sagte, schüttelte er angewidert den Kopf und winkte sie aus dem Raum. »Sag Miss Welser, dass das Lauftraining am nächsten Montag beginnt, und dass Trainer Thomas dich auf der Aschenbahn sehen will und nicht in der Bibliothek beim Sortieren von Büchern.«

Sie tat, was er ihr aufgetragen hatte, und fürchtete dabei, dass sie jetzt wahrscheinlich lebenslang Dienst tun musste. Doch Miss Welser sagte kein Wort. Sie nickte nur und blickte weg. Nest machte noch bis zum Ende der Woche Dienst und kam danach nie wieder. Nach einiger Zeit begriff sie, dass sie früher etwas hätte sagen müssen, dass sie darauf hätte bestehen müssen, mit dem Direktor oder ihrem Vertrauenslehrer zu sprechen. Miss Welser hatte sie weiterarbeiten lassen, weil sie sich nicht gewehrt hatte. Sie hatte Miss Welser Macht über ihr Leben gegeben, einfach indem sie die Annahme akzeptiert hatte, dass sie selbst sich in einer Lage befand, in der sie nichts dagegen tun konnte. Das war ein Fehler, den sie nicht wieder begehen würde.

Sie musste an dieses Erlebnis denken, während sie die Stelle anstarrte, an der Findo Gask eben noch gestanden hatte. Wenn sie dem Dämon Macht über sich gab, indem sie zugab, dass sie Angst hatte, verlor sie damit jede Möglichkeit, sich jemals von ihm zu befreien.

Ross, Bennett und die Kinder kamen zu ihr. Die Hände des Mannes umklammerten seinen runenverzierten Stock, als er ein paar Schritte an ihr vorbei humpelte, um die Schatten der Bäume sorgfältig zu mustern. Weit entfernt, in der Düsternis der Nadelbäume, war eine Bewegung auszumachen. Ross ging darauf zu. Er sah so angespannt aus, dass Nest befürchtete, er würde nach allem schlagen, was sich bewegte.

»John«, sagte sie leise und zog damit seinen düsteren Blick auf sich. »Lass ihn gehen.«

Ross schüttelte langsam den Kopf. »Ich denke, das sollte ich nicht tun. Ich denke, ich sollte diese Sache hier und jetzt beenden.«

»Vielleicht hofft er, dass du genau das versuchen wirst. Er sagte, er wäre nicht allein.« Sie machte eine Pause, damit er sich klar werden konnte, was das zu bedeuten hatte. »Verschieb es auf später. Lass uns einfach nur nach Hause gehen.«

»Ich mag diesen alten Mann nicht«, murmelte Bennett und verzog das schmale Gesicht, während sie Harper an sich zog. »Wovon hat er eigentlich gesprochen? Es war kaum etwas zu verstehen.«

»Grusliger Mann«, murmelte ihre Tochter und erwiderte Bennetts Umarmung.

»Gruslig ist richtig«, stimmte Nest zu und streichelte in dem Versuch, die düstere Stimmung aufzulockern, über die Kapuze des kleinen Mädchens. Ihre Augen fanden die von Bennett, und sie sprach über Harpers Kopf hinweg. »Mr. Gask glaubt, wir hätten etwas, das ihm gehört. Er ist nicht sehr vernünftig, was diese Sache angeht, und ich kann ihn anscheinend nicht dazu bringen, uns in Ruhe zu lassen. Öffne auf keinen Fall die Tür, falls er noch einmal zum Haus kommt.«

Bennetts Mund wurde hart. »Keine Angst, das werde ich nicht.« Dann zuckte sie mit den Achseln. »Wie auch immer, Penny sagt, er …«

Sie brach ab und versuchte sich abzuwenden, doch Nest trat schnell vor sie. »Penny? Welche Penny? Was hat Penny gesagt?«

Bennett schüttelte rasch den Kopf. »Nichts. Ich habe nur …«

Das kann nicht sein, dachte Nest, die sich an das seltsame Mädchen mit den wilden Haaren erinnerte, das sie in der Kirche kennen gelernt hatte. »Welche Penny?«, beharrte sie und ließ sich nicht abwimmeln.

»Lass mich in Frieden!«

»Welche Penny, Bennett?«

Bennett blieb stehen und hob mit einem trotzigen Blick den Kopf. Sie fuhr sich mit einer behandschuhten Hand über das glatte Haar. »Halt dich zurück, Nest! Ich brauche dir nicht alles zu erzählen!«

»Das weiß ich«, sagte Nest. »Das brauchst du nicht. Aber das ist wichtig. Bitte. Welche Penny?«

Bennett holte tief Luft und schaute in die Ferne. »Ich weiß es nicht. Sie hat mir ihren Nachnamen nicht gesagt. Sie ist nur ein

Mädchen, das ich ein paarmal getroffen habe, das ist alles. Wir haben uns unterhalten.«

»Sie ist jemand, der Findo Gask kennt?«

Bennett winkte wegwerfend ab. »Sie sagt, er sei ihr Onkel.« Sie kramte in ihren Taschen nach Zigaretten. »Ich glaube nicht, dass sie ihn besser leiden kann als wir. Sie macht sich die ganze Zeit über ihn lustig.«

»Die ganze Zeit«, wiederholte Nest und schaute Bennett zu, wie sie sich eine Zigarette anzündete und einen tiefen Zug nahm. *Vielleicht die ganze letzte Nacht. Weil sie es war, bei der du gewesen bist.* »Was hat sie über Findo Gask gesagt?«, fragte sie.

Bennett stieß einen dünnen Rauchschwaden aus. »Nur, dass er die Stadt in ein oder zwei Tagen verlassen würde und nicht wieder zurückkäme. Sie sagte, das sei das Einzige, worüber sie sich jemals einig gewesen seien: dass er aus dieser beschissenen kleinen Stadt verschwinden wollte.« Sie zuckte mit den Achseln. »Was soll der ganze Wirbel?«

Ross starrte sie beide an, und seine Augen wanderten zwischen ihnen hin und her.

»Hat Penny wirres rotes Haar?«, fragte Nest ruhig.

Bennett schaute hoch. »Ja. Woher weißt du das?«

Nest fragte sich, wie sie es erklären sollte. Sie kam zu dem Schluss, dass sie es nicht konnte. »Ich möchte, dass du mir zuhörst, Bennett«, sagte sie stattdessen. »Ich kann dir nicht vorschreiben, wie du dein Leben führen sollst. Ich werde es nicht einmal versuchen. Das ist nicht meine Aufgabe. Du bist mit Harper hier, weil du es willst, und ich will dich nicht dadurch vertreiben, dass ich dir Befehle gebe. Aber ich werde nicht wegsehen, wenn ich glaube, dass du dich in Gefahr befindest. Also pass auf: Bleib weg von Penny und Gask und jedem, der zu ihnen gehören könnte. Du musst mir in dieser Sache vertrauen, so wie ich dir bei anderen Dingen vertrauen muss. Okay?«

»Ja, okay.« Bennett nahm einen letzten Zug von der Zigarette und ließ sie in den Schnee fallen. »Ich schätze schon.«

Nest schüttelte rasch den Kopf. »Nicht schätzen. Ich weiß ein paar Dinge, von denen du keine Ahnung hast, und dies ist eines davon. Das sind gefährliche Leute. Penny ebenso wie Gask. Es ist mir egal, was sie sagt oder tut, sie ist nicht deine Freundin. Bleib von ihr weg.«

Ross schaute dorthin, wo sie gerade Ray Childress vom Bayou herauftrugen. »Vielleicht sollten wir jetzt nach Hause gehen«, sagte er und sah sie bedeutungsvoll an.

Nest drehte sich um, ohne ein weiteres Wort zu sagen, und ging los. *Vielleicht sollten wir uns stattdessen ein Loch buddeln, hineinkrabbeln und es hinter uns wieder zuschaufeln,* dachte sie. *Ansonsten scheint es nirgends sicher zu sein.*

Aber sie behielt diesen Gedanken für sich.

Kapitel 17

Sie hatten die Parkstraße gerade überquert, als Nest es sich anders überlegte und ihren Begleitern sagte, sie sollten ohne sie weitergehen. Es war eine spontane Entscheidung, doch sie verspürte den dringenden Wunsch, die Gräber ihrer Großeltern und ihrer Mutter zu besuchen. Sie war schon längere Zeit nicht mehr dort gewesen, obwohl sie es mehr als einmal vorgehabt hatte, und ihre Begegnung mit Findo Gask verlieh ihrem Vorsatz neue Dringlichkeit. Es bestand immer die Gefahr, dass man Dinge zu lange hinausschob. Ross, Bennett und die Kinder konnten nach Hause gehen und schon einmal damit beginnen, den Baum zu schmücken. Alles, was sie dazu brauchten, befand sich in beschrifteten Kartons in der Garage. Sie würde bald nachkommen.

Bennett und die Kinder waren damit zufrieden, doch Ross sah besorgt aus. Ohne es anzusprechen, machte er deutlich, dass er befürchtete, Findo Gask könnte sich noch im Park befinden. Nest hatte selbst über diese Möglichkeit nachgedacht, aber sie hielt die Gefahr einer zweiten Begegnung für gering. Der Park war voller Familien und Leute, die ihre Hunde ausführten, und auch auf dem Friedhof würde es noch andere Besucher geben.

»Es wird nicht lange dauern«, versicherte sie ihm. »Ich laufe nur hin, bleibe ein paar Minuten und komme dann zurück.« Sie schaute zum Himmel hoch. »Ich will dort sein, bevor es wieder schneit.«

Ross bot an, sie zu begleiten, und zwar ziemlich eindringlich, wie sie fand, aber sie lehnte ab. Er würde ebenso nötig gebraucht, um bei dem Weihnachtsbaum zu helfen, sagte sie und nickte in Richtung von Bennett und den Kindern. Ross verstand.

Sie überquerte in flottem Tempo die Ebene. Der Himmel war dicht bewölkt, und die ersten träge dahintreibenden Schneeflocken begannen zu fallen. Im Westen war es dunkel und diesig. Der Sturm würde heftig werden.

Ein steter Strom von Autos zog in beiden Richtungen an ihr vorbei. Bei einigen waren Schlitten auf die Dächer geschnallt oder ragten aus den Kofferräumen. Anscheinend hatte es sich noch nicht herumgesprochen, dass die Rutsche geschlossen war. Kleinere Rodelschlitten rutschten die Abhänge zum Bayou hinab, und die überfrorenen Spielplätze wimmelten von Kindern, die unter den wachsamen Augen der Erwachsenen herumtollten.

Als sie die Kinder beim Spielen sah, wurde Nest daran erinnert, wie viel Zeit ihres Lebens sie im Sinnissippi-Park verbracht hatte. Als kleines Mädchen war der Park ihre ganze Welt gewesen. Sie hatte gewusst, dass es andere Orte gab, und ihre Großeltern hatten sie zu einigen mitgenommen. Ihr war klar gewesen, dass es eine Welt außerhalb ihrer eigenen gab. Aber diese Welt war unwichtig. Sie war so fern und unzugänglich wie der Mond. Ihre Familie und Freunde lebten am Rand des Parks. Pick lebte im Park. Sogar die Fresser tauchten hauptsächlich im Park auf. Die Magie hatte natürlich ihren Ursprung im Park, und seit fünf Generationen hatten die Freemark-Frauen sich um diese Magie gekümmert.

Erst im Sommer nach ihrem vierzehnten Geburtstag, als ihr Vater in ihr Leben zurückgekehrt war, hatte sich alles geändert. Der Park war noch immer ein Teil von ihr, doch es war nie wieder wie früher. Die tödlichen Machenschaften ihres Vaters hatten sie gezwungen, die Welt ihrer Kindheit aufzugeben und sich einer viel größeren zu stellen. Vielleicht war es unvermeidlich, dass dies geschah, wenn nicht zu jenem Zeitpunkt, so auf jeden Fall später.

Doch selbst nachdem sie erwachsen geworden und für eine Zeit lang fortgezogen war, hatte sie nie jenes Gefühl verloren, hierher zu gehören, das ihr nur der Park vermitteln konnte. Sie staunte darüber, als sie jetzt im winterlich grauen Licht die schneebedeckten Wiesen entlang schritt – darüber, wie geborgen sie sich hier fühlte. Selbst jetzt, da sie jeden Grund hatte, vor dem auf der Hut zu sein, was hier lauern mochte, fühlte sie sich nicht bedroht. Es war das Erbe ihrer Kindheit, ihrer prägenden Jahre, die sie in der Gesellschaft von Magie und magischen Kreaturen verbracht hatte, in einer Welt, von der nur wenige wussten, dass sie existierte.

Sie fragte sich, ob sie dieses Gefühl jemals verlieren würde. Sie konnte es nicht wissen, insbesondere nicht jetzt. Findo Gask war eine mächtige und zudringliche Präsenz, deren Bestreben es war, alles in ihrem Leben zunichte zu machen. Ihr das Leben zu nehmen, korrigierte sie sich rasch, wenn er einen Weg dazu fand. Sie blickte über den Fluss hinweg, wo Rauchwolken aus den Schornsteinen aufstiegen. Es war wieder der John-Ross-Faktor. Jedes Mal, wenn sie mit ihm Kontakt hatte, veränderte sich ihr Leben auf eine Weise, die sie nie für möglich gehalten hätte. Das würde auch diesmal geschehen. Es wäre töricht, etwas anderes anzunehmen.

Die Ungeheuerlichkeit dieser Einsicht ließ sie den Kopf schütteln. Sie musste versuchen, sich dieser Bürde Stück für Stück zu stellen, um nicht von ihr überwältigt zu werden. Vielleicht gelang es ihr dann, sie zu tragen.

Der Wind fegte die Straße entlang und blies ihr einen Schauer Eisnadeln ins Gesicht und die Kehle hinab. Die Kälte war rau und scharf, aber Nest fühlte sich durch sie lebendig. Obwohl der Tod von Ray Childress sie bedrückte und ihre Konfrontation mit Findo Gask sie wütend gemacht hatte, fühlte sie sich dennoch erregt. Es lag in ihrer Natur, positiv an die Dinge heranzugehen, sich an ihren eigenen Gefühlen aus dem Sumpf zu ziehen. Aber es lag auch in ihrer symbiotischen Beziehung zum Park. Es gab diese Verbindung zu ihm, die jede Veränderung überdauert hatte, die sie in den neunundzwanzig Jahren ihres Lebens durchgemacht hatte.

Möglicherweise, so grübelte sie hoffnungsvoll, würde sie diese Verbindung zum Park auch dieses Mal retten können. Trotz der Veränderung, die ihr bevorstand. Trotz der Rücksicht von John Ross.

Sie überquerte die Brücke, wo jener Weg abzweigte, der sich zum Bayou und zu den Höhlen hinabschlängelte, in denen die Fresser hausten. Sie folgte jedoch dem anderen Pfad, der zu den Klippen und dem Wendekreis hinaufführte. Der Parkplatz war leer, und der Schnee bedeckte alles bis hinüber zu den Bäumen. In den Schatten der Nadelhölzer kauerten einige Fresser, die flachen, leeren Augen wachsam aufgerissen. Sie zeigten im Augenblick kein besonderes Interesse an ihr, aber das konnte sich im Handumdrehen ändern.

Sie fand die Lücke im Friedhofszaun, die sich vor zwei Jahren gebildet hatte und noch nicht repariert worden war, und zwängte sich hindurch. Die Grabsteine und Gedenkschilder des Riverside-Friedhofs erstreckten sich vor ihr. Seine hügelige, wellige Weite wurde von Wegen durchzogen, die von Laubbäumen und zerzausten Nadelbäumen gesäumt waren. Die Wege waren freigeräumt, und sie stapfte zum nächst gelegenen hinüber und folgte ihm auf den Rand der Klippen zu. Der Wind war stärker geworden, und die Schneeflocken fielen jetzt schneller, sodass sie einen Schleier vor dem nachlassenden, grauen Tageslicht bildeten. Gegen vier Uhr würde es dunkel sein; der Abend kam während der Zeit der Wintersonnenwende früh, die Tage waren kurz und die Nächte umso länger. Sie zog ihren Kragen hoch und ging schneller.

Bei den Grabstätten ihrer Großeltern und ihrer Mutter angekommen, kniete sie sich in den Schnee. Die raue Oberkante des Marmors und die sorgsam gepflegten Gräber waren mit Schnee bedeckt, doch die senkrechte Oberfläche des Steins war frei und entzifferbar. Sie las schweigend die Namen. ROBERT ROOSEVELT FREEMARK. EVELYN OPAL FREEMARK. CAITLIN ANNE FREEMARK. Ihre Großeltern und ihre Mutter, Seite an Seite an einer von Bäumen beschatteten Stelle, von der man einen Blick auf den Fluss hatte. Eines Tages würde auch sie hier liegen. Sie fragte sich, ob sie sie dann sehen würde; und falls sie es tat, wie sie sich dabei wohl fühlen würde.

»Ein ziemlich kalter Tag, um deinen Toten den Respekt zu erweisen«, meinte eine Stimme hinter ihr.

Aus ihrer knienden Haltung schaute sie über die Schulter und erblickte Two Bears. Er stand ein paar Schritte entfernt und hatte die muskulösen Arme über der mächtigen Brust verschränkt. Schneeflocken bedeckten seine geflochtenen Haare und den Armeepullover. Unter einen Arm hatte er seine Schlafrolle geklemmt, und die Riemen seines Rucksacks, der an seiner Tarnhose und den schweren Stiefeln herabhing, waren darum gewunden. Trotz der wenigen Kleidung, die er trug, schien ihm nicht kalt zu sein.

»Trägst du nie einen Mantel?«, fragte sie und rutschte ein wenig zu ihm herum, ohne aufzustehen.

Er zuckte mit den Achseln. »Wenn es kalt genug ist, tue ich es. Was führt dich dazu, die Geister deiner Vorfahren zu besuchen, kleines Vogelnest? Sehnst du dich nach den Toten?«

»Nach Granny und Old Bob. Ich denke die ganze Zeit an sie. Ich erinnere mich, wie gut ich mich gefühlt habe, wenn sie bei mir waren. Am meisten vermisse ich sie zu Weihnachten, wenn Familie so wichtig ist.« Sie neigte den Kopf nachdenklich zur Seite. »Meine Mutter vermisse ich ebenfalls, aber auf eine andere Weise. Ich habe sie nie gekannt. Wahrscheinlich vermisse ich sie aus diesem Grund.«

Er kam ein paar Schritte näher. »Ich vermisse meine Leute auf die gleiche Weise.«

»Du hast sie noch nicht gefunden, nehme ich an.«

Er schüttelte den Kopf. »Ich habe auch nicht allzu sehr nach ihnen gesucht. Es bedarf einer gewissen Vorbereitung, die Geister der Toten zu rufen. Es kostet Mühe. Es ist nötig, sich von der Gegenwart zu lösen und einen Schritt über die Leere in die Zukunft zu tun. Es bedeutet, sie auf halbem Weg zwischen Leben und Tod zu treffen.« Er schaute zum Fluss. »Niemand lebt an jenem Ort. Nur Besucher kommen dorthin.«

Sie stand auf und klopfte sich den Schnee von den Knien. »Ich bin deinem Ratschlag gefolgt. Ich habe versucht, mit dem Gypsy-Morph zu sprechen. Es hat nicht funktioniert. Er hat nicht geantwortet. Er hat mich nur angestarrt – wenn er mich überhaupt angeschaut hat. Ich habe in der letzten Nacht mehrere Stunden mit ihm zusammengesessen, und ich habe kein einziges Wort aus ihm herausbekommen.«

»Hab Geduld. Er ist nur ein Kind. Er ist noch keine dreißig Tage alt. Denk daran, was er gesehen hat und wie er über das Leben denken muss. Seit er geboren wurde, ist er gejagt worden.«

»Aber er hat nach mir gefragt!«, rief sie ungeduldig. »Er ist gekommen, um mich zu finden!«

Two Bears verlagerte sein Gewicht. »Vielleicht kostet der nächste Schritt mehr Zeit und Mühe. Möglicherweise ist er nicht so einfach zu erlangen.«

»Aber wenn er mir nur sagen würde …«

»Vielleicht tut er das, und du hörst nur nicht zu.«

Sie starrte ihn an. »Was soll das bedeuten? Er spricht nicht!« Dann blinzelte sie, als ihr ein Licht aufging. »Oh. Du meinst, er versucht vielleicht, auf eine andere Weise mit mir zu kommunizieren?«

Two Bears lächelte. »Ich bin nur ein Schamane, kleines Vogelnest, kein Prophet. Ich bin ein Sinnissippi-Indianer ohne Heimat und Volk. Und ich bin müde. Ich gebe Ratschläge, die mir richtig vorkommen, aber ich kann nicht sagen, was funktionieren wird. Vertrau in dieser Sache auf dein eigenes Urteilsvermögen. Du besitzt noch deine Magie, nicht wahr?«

Ihr Mund verzog sich vorwurfsvoll. »Du weißt, dass ich sie noch besitze. Aber meine Magie ist ein Spielzeug, bis auf jenen Teil, den Geist darstellt und der meinem Vater gehörte. Du willst mir doch nicht sagen, dass ich ihn benutzen soll, oder?«

Er schüttelte den Kopf. »Du bist zu schnell bereit, deine Fähigkeiten gering zu schätzen und deine Stärken zu verwerfen. Denk einen Moment lang nach. Du hast vieles überlebt. Du hast viel erreicht. Was du getan hast, hat dich stark gemacht. Daran solltest du dich immer erinnern.«

Ein flüchtiges Lächeln zuckte in ihren Mundwinkeln. »Genügt es nicht, dass ich immer daran denke, deinen Namen zu sagen? O'olish Amaneh. Ich sage ihn jedes Mal, wenn ich mich schwach fühle, wenn ich mich fürchte oder alleine bin. Ich benutze ihn wie einen Talisman.«

Das kupferfarbene Gesicht erwärmte sich, und der große Mann nickte beifällig. »Ich fühle es, wenn du das tust. Hier drinnen.« Er tippte sich gegen die Brust. »Wenn du meinen Namen aussprichst, gibst du damit auch mir Stärke. Du erinnerst dich an mich, sodass ich nicht vergessen werde.«

»Nun, ich weiß nicht, ob es viel nützt, aber wenn du das glaubst, freut es mich.« Sie seufzte und stieß eine Wolke frostiger Luft aus. »Ich gehe besser zurück.« Sie schaute zum Himmel hoch. »Es wird schnell dunkel.«

Sie standen ohne zu sprechen an den Gräbern ihrer Familie. Schneeflocken wirbelten im böigen Wind um sie herum, und die dunklen Baumstämme und die blassen, flachen Steine der Gräber verschwammen hinter einem dichter werdenden weißen Schleier.

»Heute Nacht wird viel Schnee fallen«, sagte Two Bears mit seiner tiefen, sanften Stimme. Seine schwarzen Augen fixierten sie. »Es könnte eine gute Zeit sein, um über die Reisen nachzudenken, die du in deinem Leben zurückgelegt hast, über die Straßen, die du beschritten hast.«

Sie wollte ihn nicht fragen, warum er das vorschlug. Sie glaubte, dass sie es nicht wissen wollte. Außerdem nahm sie an, dass er es ihr sowieso nicht sagen würde.

»Leb wohl, kleines Vogelnest«, sagte er und trat einen Schritt zurück in den weißen Schleier. »Beeil dich, heim zu kommen.«

»Leb wohl, O'olish Amaneh«, erwiderte sie. Sie ging los und drehte sich dann noch einmal um. »Ich sehe dich später.«

Er antwortete nicht. Er ging einfach in den dicht fallenden Schnee davon und verschwand.

Aus dem Schutz eines dichten Tannengehölzes beobachtete Findo Gask, wie Nest Freemark mit dem großen Indianer sprach. Er sah ihnen durch den immer dichter werdenden Schneefall zu, bis Nest zum Park zurückging, und wandte sich dann an eine ungeduldige Penny Dreadful.

»Holen wir sie«, schlug Penny eifrig vor.

Findo Gask dachte kurz nach und schüttelte dann den Kopf. »Ich denke nicht. Noch nicht.«

Penny sah ihn an, als sei er gerade vom Mars gekommen. Ein Windstoß ließ ihr rotes Haar korkenzieherartig von ihrem Kopf abstehen. »Du wirst doch nicht etwa weich, Opa? Willst du ihr nicht wehtun, nachdem sie so mit dir geredet hat?«

Er lächelte. »Ich will ihr so sehr wehtun, dass sie sich nie wieder davon erholt. Aber der direkte Weg ist nicht unbedingt der beste, um dies zu erreichen.«

Sie verzog das Gesicht. »Ich habe es satt, mit unserem Fräulein Olympia herumzuspielen. Ich verstehe nicht, worauf du mit deinen kleinen Psycho-Spielen hinauswillst. Wenn du Spiele magst, dann lass uns ein paar spielen, bei denen Körperteile abgeschnitten werden. Das ist der Weg, um jemandem wehzutun, sodass er es nicht vergisst.«

Findo Gask schaute dabei zu, wie Nest Freemark langsam in dem Schneegestöber verschwand. »Wenn wir sie jetzt töten, wird John Ross mit dem Morph untertauchen, und wir finden ihn vielleicht nicht wieder. Er ist der Gefährlichere von beiden. Aber er verlässt sich auf sie. Sie hat etwas, das er braucht. Ich will wissen, was das ist.«

Er machte ein Zeichen in das Gehölz hinter ihm, wo Twitch und der Ur'droch warteten. Dann ging er los, dicht gefolgt von Penny.

»Wir kümmern uns stattdessen um den Indianer«, teilte er ihr mit.

Sie beschleunigte ihre Schritte, um neben ihn zu gelangen. »Den Indianer? Wirklich?« Sie war erregt.

Er ging zwischen den Tannen hindurch und war in seiner schwarzen Kleidung nur schattenhaft zu sehen, während seine Augen über das schneebedeckte Gebiet glitten. Er hatte Geschichten über einen Indianer gehört, der auf irgendeine Weise mit dem Wort in Verbindung stand, entweder als ein Bote oder als Prophet. Auf jeden Fall war er eine mächtige Gestalt in dem magischen Pantheon des Wortes. Er würde der mächtigste von Nest Freemarks Verbündeten sein, und so machte es Sinn, ihn als Ersten auszuschalten. Sein Plan sah vor, Nests Freunde einen nach dem anderen zu beseitigen. Er tat das nicht, um sie zu schwächen und dadurch an das Morph zu gelangen. Er tat es nicht einmal, weil er Angst hatte, dass es John Ross vertreiben würde, wenn er sie selbst tötete. Er tat es, weil irgendetwas an ihr ihn beunruhigte. Er wusste nicht genau, was es war, aber es hatte sich in der Art gezeigt, wie sie sich ihm gestellt hatte, so selbstbewusst und entschlossen. Sie wusste, dass er gefährlich war, aber es schien ihr nichts auszumachen. Bevor er sie tötete, wollte er wissen, warum das so war. Er wollte ihre Verteidigung durchbrechen, ihr Selbstvertrauen und ihre Entschlossenheit zerstören und sehen, was dahinter lag.

Er würde das Morph natürlich bekommen. Es spielte keine Rolle, was Nest Freemark oder John Ross taten, um ihn aufzuhalten. Er würde das Morph bekommen und ihre Namen in sein Buch eintragen können, bevor die Woche vorüber war.

Und gleichzeitig würde er auch ihre Seelen bekommen.

Der große Indianer war bereits außer Sicht und in dem weißen

Schleier des fallenden Schnees verschwunden. Doch Findo Gask brauchte den Mann nicht zu sehen, um ihn zu finden. Es gab andere Sinne, auf die er sich verlassen konnte. Es gab andere Wege, um zu finden, was verborgen war.

Er schaute nach links und rechts, wo er kurze Blicke auf Twitch und den Ur'droch erhaschte. Penny schritt mit angespanntem, bleichem Gesicht neben ihm, ihre Augen schossen hin und her. Sie flüsterte: »Hierher, Tonto. Hierher, mein Großer. Komm zu Penny.«

Wind kam auf und verebbte wieder, Schnee trieb wirbelnd durch die Luft, und der Riverside-Friedhof war ein surrealer Dschungel aus dunklen Baumstämmen und eisbedeckten Grabsteinen. Sie näherten sich den Anhöhen, wo der Friedhof an einem Maschendrahtzaun endete, der direkt vor den Klippen angebracht war. Noch immer gab es kein Zeichen von dem Indianer, aber Findo Gask konnte ihn spüren. Er war nicht weit vor ihnen, noch immer in Bewegung, aber anscheinend nicht in Eile. Der Verstand des Dämons arbeitete rasch. Er mochte einen oder zwei seiner Verbündeten verlieren, aber Dämonen waren ersetzbar.

Alle außer ihm natürlich.

Es gab keinen anderen wie ihn.

Sie kamen aus dem Schneegestöber in eine von Bäumen abgeschirmte Stelle, die sich kurz vor dem Rand der Klippen befand, und der Indianer wartete auf sie.

Nest suchte sich ihren Weg zwischen dem Labyrinth aus Grabsteinen hindurch zur Straße und folgte ihr zurück zum Park. Der Wind war ziemlich heftig geworden, und der Schnee blies ihr so stark ins Gesicht, dass sie kaum ein Dutzend Meter weit sehen konnte. Dunkle Sturmwolken zogen über den Himmel, und das Licht war zu einem eisernen Grau verblasst, das die Landschaft diesig und farblos erscheinen ließ.

»O'olish Amaneh«, flüsterte sie vor sich hin.

Ein dunkler Schatten schoss an ihrem Kopf vorbei, und sie zuckte automatisch zurück und duckte sich. Der Schatten war blitzschnell verschwunden, und dann war er wieder da, tauchte als dunkler Fleck aus dem herumwirbelnden Schnee auf. Es war eine Eule, die flach wie ein großer Drache dicht über den Grabsteinen flog. Geräuschlos schoss sie direkt auf Nest zu. Im letzten Augenblick schwenkte das Tier zur Seite, und Pick fiel mit einem Grunzen auf ihre Schulter.

»Verflixt, ich kann überhaupt nichts sehen«, knurrte er, als er sich an ihrem Kragen festhielt. »Ganz schön kalt da draußen. Ich mag aus Zweigen und Blättern bestehen, aber ich bin trotzdem völlig durchgefroren!«

»Was tust du?«, fragte sie und richtete sich wieder auf, während sie die weiße Wand musterte, wo eben die Eule aufgetaucht war.

»Nach was sieht es denn aus? Ich patrouilliere durch den Park!«

»Bei diesem Wetter?« Sie stieß den Atem aus. »Was soll das denn bewirken?«

»Du meinst, außer dir möglicherweise das Leben zu retten?«, herrschte er sie ärgerlich an. »Oh, richtig, ich vergaß. Das war gestern, nicht wahr? Ich schätze, heute vergeude ich hier draußen nur meine Zeit.«

»Okay, okay. Es tut mir Leid.« Sie hatte ihn seit dem Zwischenfall am letzten Abend nicht gesehen und vergessen, ihm zu danken. »Was kann ich sagen. Ich bin undankbar. Du hast mein Leben gerettet. Unser aller Leben.«

Sie spürte, wie er sich aufplusterte. »Gern geschehen.«

»Ich meine es aufrichtig. Vielen Dank.«

»Schon gut.«

»Ich bin nur ein wenig abgelenkt.«

Er gestikulierte ungeduldig. »Geh schon los. Es ist eiskalt hier draußen, und ich muss dich sicher nach Hause bringen, bevor ich selbst Schutz suche. Mr. Gask treibt sich noch immer hier herum, und er hat ein paar Dämonenkumpel dabei. Sie haben dich beobachtet, als du mit dem Indianer gesprochen hast.«

»Mit Two Bears?« Sie schaute sich rasch um.

»Mach dir keine Sorgen, sie sind dir nicht gefolgt. Ich habe sie beobachtet, um sicher zu gehen. Komm schon, beweg dich, schau dich nicht so um, als würdest du den Weg nicht kennen. Ich werde für uns beide aufpassen.«

Sie stapfte zu dem Loch im Zaun und zwängte sich hindurch. Der Park vor ihr war nur eine weiße, verschwommene Masse. Doch selbst bei derart schlechten Wetterbedingungen konnte sie ihren Weg finden, schließlich war ihr der Park ebenso vertraut wie ihr eigenes Schlafzimmer in der finstersten Nacht. Den Kopf gegen den bitterkalten Wind gesenkt, marschierte sie den Weg zu den indianischen Grabhügeln entlang.

»Erzähl mir, was du über gestern Nacht weißt«, bat sie.

»Da gibt es nicht viel zu erzählen.« Pick war so leicht, dass sie ihn kaum auf ihrer Schulter spürte. »Ich patrouillierte auf Jonathan durch den Park, wie ich es immer tue, wenn Ärger in der Luft liegt. Nach dem, was du mir über Mr. Gask erzählt hast, wusste ich, dass er zurückkommen würde. Und tatsächlich fand ich ihn unten beim Eis, wo er sich zwischen den Bäumen versteckte. Er schien nichts zu unternehmen, daher ließ ich Jonathan hoch in die Luft steigen. Ihr seid ein- oder zweimal mit dem Schlitten gefahren, und Mr. Gask beobachtete euch dabei. Dann blinkte jemand oben an der Rutsche mit einer Lampe, und unser Dämonenfreund ging zum Eis hinunter und berührte es mit der Hand. Als ich die Risse sah, die sich zur Mitte hin ausbreiteten, wusste ich, worauf das hinauslief. Ihr wart bereits unterwegs, daher flog ich zu euch, um dich zu warnen.«

»Das war wirklich eine gute Idee«, dankte sie ihm.

Er grunzte. »Das ist die Untertreibung des Monats. Das war eine ziemlich bösartige Magie, die er da gewirkt hat. Tödliches Zeug. Es hat dich verfehlt, aber es hat den Typ vom Park erwischt.«

»Ray Childress. Ich weiß. Es macht mich krank.«

Pick schwieg eine Weile. »Du gibst besser Acht, Nest«, sagte er schließlich. »Es gibt schlimme Dämonen, und es gibt schlimmere. Ich glaube, Findo Gask ist eine Klasse für sich. Er wird nicht aufgeben. Er wird hinter dir her sein, bis er hat, was er haben will.«Er machte eine Pause. »Vielleicht solltest du es ihm einfach geben.«

Nest schüttelte den Kopf. »Das werde ich nicht. Das habe ich ihm auch bereits gesagt.«

Pick seufzte. »Na ja, das überrascht mich nicht. Ist John Ross bei dieser Sache mit dir einer Meinung?«

»Bis zum bitteren Ende.«

»Gute Wortwahl. So wird es wahrscheinlich ausgehen.« Pick rutschte auf ihrer Schulter umher, um es sich bequemer zu machen. »Ich wünschte, dies hier würde im Sommer passieren, wenn es wärmer ist. Das würde meinen Job um einiges erleichtern.«

Sie schaute zu ihm hinunter. »Du gibst besser ebenfalls auf dich Acht, Pick.«

Er schnaubte. »Ha! Du brauchst dir keine Sorgen um mich zu machen. Ich habe Augen im Hinterkopf, und Jonathan hat sie in den Flügelspitzen. Wir sind schon sicher. Achte du nur darauf, dass deine Instinkte geschärft sind.«

Sie schluckte und befeuchtete sich die Lippen. Es war eindeutig an der Zeit für ein wenig Ablenkung. »Wie kommt es, dass du ihn Jonathan nennst? Und vorher waren es Benjamin und Daniel. Was für Namen sind das denn für Eulen? Fällt dir nicht etwas … ich weiß nicht, weniger Gewöhnliches ein?«

Er richtete sich auf, und seine zweigartigen Hände verkrampften sich in ihrem Kragen. »Diese Namen sind nur für dich gewöhnlich, nicht für mich. Ich bin ein Waldschrat, erinnerst du dich? Wir benutzen in der Regel keine Namen wie Daniel, Benjamin oder Jonathan. Verflixt! Versuch daran zu denken, dass wir nicht wie du sind!«

»Ist ja schon gut.«

»Manchmal entsetzt du mich.«

»Schon gut!«

»Verflixt aber auch.«

Sie trottete durch die verschneite Düsternis und folgte dem dunklen Band der Straße, das allmählich unter dem Schnee verschwand.

Findo Gask war überrascht. Der Indianer stand einfach da und schaute sie an. Er musste gewusst haben, dass sie ihm folgten, und doch hatte er nicht versucht zu entkommen oder sich zu verstecken. Warum nicht?

»Guck mal, Opa«, höhnte Penny. »Da will jemand spielen.«

Gask ignorierte sie. Er verlangsamte sein Tempo, um seinen Widersacher zu mustern. Der Indianer war größer, als er vorhin gewirkt hatte, seine kupferfarbene Haut war dunkel, das schwarze Haar feucht und glänzend, die Augen hart und durchdringend. Er hatte seine Schlafrolle und den Rucksack fallen lassen, als hätte er vorausgesehen, dass er die Hände frei haben musste.

»Sucht ihr nach mir?«, knurrte er leise.

Findo Gask blieb sechs Meter entfernt stehen, dicht genug, um die Augen des anderen zu sehen, aber weit genug weg, um nicht in Reichweite seiner riesigen Hände zu geraten. Der Indianer schaute nicht zu Penny. Er blickte nicht zu den Seiten, wo Twitch und der Ur'droch mit den Bäumen verschmolzen waren.

»Hey, Tonto«, rief Penny ihm zu. »Erinnerst du dich an mich?«

Gask ließ kurz seinen Blick zu ihr schweifen. Sie stand näher bei dem Indianer als er. Sie hatte in beiden Händen Messer, deren metallene Klingen glänzten, als sie sie mit kleinen Bewegungen kreisen ließ.

Der Indianer warf ihr einen kurzen Blick zu und tat sie achselzuckend ab. »Warum sollte ich? Du bist ein Dämon. Ich habe schon viele wie dich gesehen.«

»Nicht wie mich«, fauchte sie ihn an.

Der Indianer blickte wieder zu Findo Gask. »Warum vergeudest du meine Zeit? Was willst du von mir?«

Gask hob das lederne Buch vor sich und packte es mit beiden Händen. »Wie ist dein Name?«, fragte er.

Der Indianer stand reglos wie aus Stein gemeißelt da. »O'olish Amaneh in der Sprache meines Volkes, der Sinnissippi. Two Bears in der Sprache der Engländer. Doch solltest du dich entschließen, meinen Namen auszusprechen, so wird er deine Zunge versengen und deine Kehle bis dorthin verbrennen, wo sich dein Herz in Kohle verwandelt hat.«

Findo Gask schaute ihn prüfend an. Aus den Augenwinkeln konnte er Twitch sehen, der hinter dem Indianer am Zaun entlang glitt, seine Bewegungen fließend und lautlos im Schneegestöber, seine große Gestalt kaum zu erkennen. Den Ur'droch konnte er nicht sehen, da er sich irgendwo im Tannengehölz hinter ihm verbarg, aber er wusste, dass er da war. Penny kicherte. Sie war unberechenbar und fähig, einfach alles zu tun, insbesondere in dieser Situation, und das machte sie nützlich.

Two Bears schien Gasks Begleiter nicht wahrzunehmen. »Du bist ein Dämon, der stolz darauf ist, wie gut er die Menschen versteht«, sagte er und musterte seinen Gegner. »Doch was du verstehst, wird durch das begrenzt, was du fühlst. Dämonen fühlen so wenig. Die freundlicheren Emotionen fehlen ihnen. Am Ende wird das dein Verderben sein.«

Findo Gask lächelte ohne Wärme. »Ich glaube nicht, dass mein Verderben im Augenblick zur Debatte steht, was meinst du?«

»Steht es nicht?« Das sonnenverbrannte Gesicht des Indianers blieb ausdruckslos. »Du tätest gut daran, deine Feinde nicht falsch einzuschätzen, Dämon. Ich denke, dass du das in diesem Fall möglicherweise getan hast.«

Gask hielt dem Blick des anderen stand. »Ich habe es mir zum Grundsatz gemacht, meine Feinde niemals falsch einzuschätzen. Ich glaube, du bist es, der seine Gegner diesmal falsch beurteilt. Du hast einen großen Fehler begangen, dich bei diesem Streit auf die Seite von Miss Freemark zu stellen. Das ist ein Fehler, den ich zu korrigieren gedenke.«

Twitch war jetzt hinter dem Indianer und keine zehn Schritte von ihm entfernt. Gask wusste, dass der Ur'droch sich auf seiner anderen Seite befinden würde. Two Bears war eingeschlossen, konnte nirgendwohin ausweichen. Aus Nordwesten trieb Schnee in stetigen Schwaden heran. Die Sturmwolken schienen bis zu den Baumwipfeln herabgesunken zu sein, und das Licht war düster und grau geworden.

Two Bears verlagerte leicht sein Gewicht. »Wie willst du diese Korrektur bewerkstelligen, Mr. Dämon?«

Findo Gask neigte den Kopf zur Seite. »Ich werde dich von diesem Ort entfernen. Ich werde dich so fortschicken, dass du nie wieder zurückkommen kannst.«

Jetzt war es der Indianer, der lächelte. »Wie kommst du auf den Gedanken, dass ich überhaupt wirklich hier war?«

Twitch stürmte los und warf sich auf den Indianer. Ein Wirbeln schattenhafter Bewegung zeigte den Angriff des Ur'drochs auf der anderen Seite. Penny schrie ekstatisch auf, ließ sich auf ein Knie fallen, den rechten Arm zum Wurf zurückgebogen; in ihren Messern fing sich das Licht.

Doch im selben Augenblick stob Schnee um Two Bears herum auf, der direkt aus der Erde aufstieg, auf der er stand, und eine Wolke aus weißen Teilchen erfüllte die Luft. Der Wind peitschte und zerrte an ihm, und für einen Sekundenbruchteil verschwand alles.

Als der Schnee sich legte und die Winterluft sich wieder klärte, war Two Bears fort. Sein Rucksack und seine Schlafrolle lagen auf dem Boden, aber der Indianer war verschwunden. Twitch hockte an der Stelle, wo sich der Schamane gerade noch befunden hatte, und sein großer Kopf pendelte hin und her. Der Ur'droch war ein dunkler Fleck, der auf dem aufgewühlten Schnee umherglitt und vergeblich nach seinem Opfer suchte.

Penny fauchte frustriert, als die Messer wieder in ihrer Kleidung verschwanden. »Ist das irgendein Trick? Wo ist er?«

Findo Gask stand eine Weile bewegungslos da, prüfte die Luft und suchte nach Spuren von Magie. »Ich weiß es nicht«, gab er schließlich zu.

»Haben wir ihn getötet oder nicht?«, kreischte Penny.

Gask suchte weiter, doch er nahm nichts wahr, keine Spur, kein

Wispern. Der Indianer hatte sich einfach in Luft aufgelöst. Seine letzten Worte flüsterten im Kopf des Dämons. *Wie kommst du auf den Gedanken, dass ich überhaupt wirklich hier war?* Aber nein, er war in bestimmter Weise hier gewesen. Er war mehr gewesen als nur ein Abbild.

Findo Gask ignorierte Pennys Flüche, öffnete das ledergebundene Buch und las den letzten Eintrag, der sich in die verwitterten Seiten gebrannt hatte.

Nach dem Namen von Ray Childress war alles frei.

Er schloss das Buch langsam. Enttäuschung bohrte sich in seinen Stolz. Der Indianer wäre eine schöne Ergänzung gewesen.

»Weg ist weg«, sagte er. »Ein netter Trick, aber nachdem man ihn ausgeführt hat, kommt man eine ganze Weile nicht zurück. Er hat sich selbst aus dem Spiel gebracht, wo immer er jetzt auch ist.« Er zuckte abschätzig mit den Achseln, und sein verwittertes Gesicht verzog sich zu einem trägen Lächeln. »Kümmern wir uns um die anderen.«

Kapitel 18

John Ross stand am Wohnzimmerfenster und hielt nach ihr Ausschau, als Nest aus dem Schneegestöber auftauchte. Sie wurde als dunkler Fleck in dem Schleier aus weißen Flocken sichtbar, zwängte sich durch die skelettartigen Zweige der Hecke und stapfte durch den Garten zum Haus. An der Art, wie sie die Schultern vorgeschoben hatte, und an ihren großen Schritten erkannte er, dass sie von Entschlossenheit erfüllt war, die durch die Begegnung mit Findo Gask nicht gedämpft worden war. Ob sie ihre Meinung darüber geändert hatte, das Gypsy-Morph zu beschützen, blieb abzuwarten, er nahm es jedoch nicht an.

Er humpelte zur Hintertür, als sie hereinkam. Bennett und Harper schmückten bereits den Baum, der gegenüber des Kamins in einer Ecke stand. Ross hatte geholfen, ihn aufzustellen, und sich dann zurückgezogen. Little John hatte wieder seinen Platz auf der Couch eingenommen und schaute aus dem Fenster in den Park.

»Puh, da draußen ist es jetzt unangenehm«, verkündete Nest, als er sich ihr näherte. »Man sieht kaum noch die Hand vor Augen. Wie sieht es hier bei euch aus?«

»Gut.« Er trat zur Seite, um sie vorbei zu lassen, und folgte ihr durch den Flur. »Sie schmücken den Baum.«

Sie schaute überrascht zu ihm zurück. »Little John auch?«

»Nun, nein.« Er zuckte leicht mit den Achseln. »Und ich eigentlich auch nicht.«

»Was ist deine Entschuldigung?«

»Ich schätze, ich habe keine.«

Sie musterte ihn. »Das dachte ich mir. Versuch daran zu denken, dass Weihnachten ist, John. Komm schon.«

Sie führte ihn wieder zurück ins Wohnzimmer und gab ihm eine Aufgabe beim Dekorieren. Sie holte Little John vom Sofa und versuchte ihm zu zeigen, wie man den Schmuck aufhängte. Er starrte sie mit leerem Ausdruck an, schaute Harper ein paar Minuten zu, hängte eine Christbaumkugel auf und ging dann zur Couch zurück. Nest schien dies nichts auszumachen. Sie brachte eine Zeit lang Lametta und Lichter an, ging dann zu ihm hinüber, kniete sich neben ihn und redete leise auf ihn ein. Ross konnte nicht alles verstehen, was sie sagte, aber es war etwas über den Park und die Wesen, die darin lebten. Er hörte, wie sie Pick und die Fresser erwähnte. Er hörte sie von Tatterdemalions, Waldschraten und der Magie sprechen, die diese Kreaturen wirkten. Sie nahm sich Zeit, übereilte nichts, sondern sprach mit ihm, als wäre es das Natürlichste auf der Welt.

Als der Baum geschmückt war, brachte sie Kekse und heiße Schokolade, und sie saßen um den Baum herum und redeten über den Weihnachtsmann und Rentiere. Harper stellte Fragen, und Nest beantwortete sie. Bennett hörte zu und blickte ins Nichts. Draußen wurde es dunkel, das Dämmerlicht verfinsterte sich, und der Schneesturm verschwand in einer Schwärze, die nur von dem verschwommenen Glimmen der Straßenlaternen und Verandalichter durchbrochen wurde. Autos tasteten sich langsam die Straße entlang. Das Holz knackte und prasselte beruhigend im Kamin.

Es war fast fünf, als das Telefon klingelte. Nest ging in die Küche, um abzunehmen, sprach ein paar Minuten und holte dann John. »Es ist Josie«, sagte sie. Sie zog fragend eine Augenbraue hoch und reichte ihm den Hörer.

Er sah sie einen Moment an, hob den Hörer dann ans Ohr und schaute aus dem Küchenfenster in die von den Straßenlaternen gemilderte Dunkelheit.

»Hallo.«

»Ich möchte dich nicht belästigen, John«, sagte Josie rasch. »Aber die Art, wie wir uns gestern getrennt haben, gefiel mir nicht. Es ist eine lange Zeit vergangen, und dich zu sehen, hat mich wirklich umgehauen. Ich weiß nicht einmal mehr, was ich genau gesagt habe. Außer, dass ich dich für heute zum Abendessen eingeladen habe, und wenn ich darüber nachdenke, war ich dabei ein bisschen aufdringlich.«

»Das fand ich nicht«, sagte er.

Er hörte sie leise seufzen. »Du hast ein wenig irritiert gewirkt.«

»Nein.« Er verlagerte das Gewicht, damit er sich gegen die Spüle lehnen konnte. »Ich habe mich über die Einladung gefreut. Ich wusste nur nicht, was ich sagen sollte. Ich habe Bedenken wegen Little John.«

»Du könntest ihn mitbringen. Er wäre mir willkommen.« Sie machte eine Pause. »Ich schätze, das ist schon wieder eine Einladung, was? Ich stehe in der Küche, mache dieses Essen und muss an dich denken. Also rufe ich dich an, um dir zu sagen, dass es mir Leid tut, gestern so aufdringlich gewesen zu sein, und dann werde ich schon wieder aufdringlich. Jämmerlich, was?«

Er konnte sich noch immer an ihre Küche erinnern, wie sie vor fünfzehn Jahren ausgesehen hatte, als sie seine Wunden verbunden hatte, die er bei seinem Kampf mit den Stahlarbeitern im Sinnissippi-Park erlitten hatte. Er konnte sie sich jetzt vorstellen, wie sie dort stand, wie sie aussah, während sie mit ihm sprach.

»Ich würde gerne kommen«, sagte er leise.

»Aber?«

»Aber ich fürchte, ich kann nicht. Es ist kompliziert, aber es hat nichts mit dir zu tun.«

Einen Moment blieb es still. »In Ordnung. Aber falls du später reden möchtest, bin ich hier. Gib deinem Sohn einen Kuss von mir.«

Die Verbindung wurde unterbrochen. Ross legte den Hörer auf und ging zurück ins Wohnzimmer. Harper und Bennett saßen beim Baum und spielten mit alten Christbaumkugeln. Nest stand vom Sofa auf, wo sie bei Little John gesessen hatte.

»Ich muss den Petersons ein wenig Suppe bringen«, sagte sie auf dem Weg zur Küche. »In zwanzig Minuten bin ich wieder da.«

Sie erwähnte den Anruf mit keinem Wort und war in wenigen Augenblicken aus der Tür. Ross schaute ihr nach und dachte an Josie. Es war immer dasselbe, wenn er dies tat. Es ließ ihn an all das denken, was er aufgegeben hatte, um ein Ritter des Wortes zu sein. Ihm wurde wieder einmal bewusst, wie leer sein Leben ohne Familie, ohne Freunde und ohne jemanden war, der ihn liebte. Außer Stefanie Winslow hatte es in den letzten fünfundzwanzig Jahren nur Josie Jackson gegeben. Und nur Josie zählte.

Zweimal ging er zum Telefon, um sie zurückzurufen, und tat es dann doch nicht. Jedes Mal war es das gleiche Problem – er wusste nicht, was er ihr sagen sollte. Die Gefühle, die sie in ihm weckte, waren so überwältigend, dass sie das Bedürfnis weckten, zu handeln, nicht zu sprechen. Er fühlte sich gefangen von den Umständen, von seinem ganzen Leben. Er hatte nach Regeln gelebt, die ihm zu anderen Menschen keinen Kontakt außer dem gestatteten, der nötig war, um seine Pflichten als Ritter der Worte zu erfüllen. Nichts anderes durfte ihn beschäftigen. Alles andere war eine Ablenkung, die er sich nicht leisten konnte.

Als Nest zurückkam, war sie eher noch schweigsamer. Sie nahm Bennett mit ins Arbeitszimmer, um an einem Weihnachtsgeschenk für Harper zu basteln, und übertrug es Ross, auf die Kinder zu achten. Während Harper neben Little John auf dem Sofa saß und vorgab, ihm aus einem Buch vorzulesen, trat Ross zum Kamin und starrte in die Flammen. Seine Suche nach dem Gypsy-Morph und die Reise zu Nest Freemark waren unvermeidlich gewesen. Beides war von Notwendigkeiten bestimmt worden und erforderte Opfer, die über persönliche Belange hinausgingen. Die Anwesenheit von Findo Gask und seinen Verbündeten war nicht unerwartet, aber beunruhigend. Sie schloss eine ganze Zahl von Optionen von vornherein aus. Sie erforderte ein Umdenken. Nest war nur bedroht, weil Ross hier war. Wenn er verschwand, würden sie ihr Interesse an ihr verlieren. Wenn er das Gypsy-Morph woanders hinbrachte, würden sie ihm folgen.

Das war eine Möglichkeit, aber keine schlüssige. Eine weitere, die düsterer und gefährlicher war, zugleich aber auch mehr Sinn ergab, bestand darin, die Dämonen anzugreifen und zu vernichten, bevor sie weiteren Schaden anrichten konnten.

Das würde dem Morph gestatten, bei Nest zu bleiben. Und dies wiederum würde ihr eine bessere Chance geben, sein Geheimnis zu entschlüsseln.

Eine ganze Weile dachte er über die Möglichkeit eines Präventivschlags nach. Er wusste nicht, wie viele Dämonen hier waren, aber er hatte schon früher mehreren gleichzeitig gegenüber gestanden. Spür sie auf, verbrenn sie zu Asche, und die Bedrohung ist vorbei.

Er schaute zu den Holzscheiten, die im Kamin brannten, und ihr Feuer spiegelte sein eigenes wider. Es war die Sache wert, dachte er. Selbst wenn es ihn das Leben kosten sollte …

Er rief sich seinen letzten Besuch im Fairy Glen ins Gedächtnis und die Dinge, die die Lady ihm mitgeteilt hatte. Die Erinnerung loderte in der Glut des Feuers auf: *Tapferer Ritter, dein Dienst ist fast vollendet. Noch eines musst du für mich tun, dann gebe ich dich frei. Eine letzte Suche nach einem Talisman von unvergleichlichem Wert. Ein letztes Opfer für all das, wonach du gestrebt hast, und für alles, was von Wert ist in dieser Welt. Nur noch dies, und du wirst frei sein …*

Sein Blick richtete sich auf die Couch, auf der die Kinder saßen. Little John hatte sich umgedreht und schaute in das Bilderbuch. Ein bestimmtes Bild schien ihn zu interessieren, und Harper hielt es hoch, sodass er es besser betrachten konnte.

Ross holte tief Luft. Er musste etwas unternehmen. Er konnte es sich nicht leisten, darauf zu warten, dass die Dämonen einen neuen Angriff starteten. Es war sicher, dass sie das tun würden. Sie würden eine neue Taktik anwenden, und diesmal mochte es nicht das Leben eines Parkangestellten, sondern eines Bewohners dieses Hauses kosten. Wenn der Angriff nicht am kommenden Tag stattfand, dann käme er am darauffolgenden, und damit würde es nicht enden. Es würde weitergehen, bis die Dämonen das Gypsy-Morph besaßen oder vernichtet hatten.

Ross musterte den kleinen Jungen auf der Couch. Ein Gypsy-Morph. Zu was würde es werden, wenn es überlebte? Was machte es so wichtig? Er wünschte, er wüsste es. Er wünschte, die Lady hätte es ihm gesagt.

Ein paar Minuten später kamen Nest und Bennett mit mehreren Paketen aus dem Arbeitszimmer, die sie unter den Baum legten. Nest war fröhlich und lächelte, so als hätte allein das Einpacken von Geschenken sie erneut mit dem Geist von Weihnachten erfüllt. Sie ging zur Couch, um sich das Bilderbuch anzuschauen, das Harper las, umarmte beide Kinder und erklärte ihnen, dass der Weihnachtsmann sie in diesem Jahr nicht vergessen würde. Im Gegensatz zu Nest war Bennett noch immer missmutig und distanziert, in einer Welt gefangen, in die sie niemanden hineinließ. Sie zwang sich zu einem Lächeln, wenn es gefordert war, aber darüber hinaus konnte sie sich kaum mit den anderen unterhalten, und ihre Augen huschten gehetzt und verloren umher. Ross studierte sie heimlich. Irgendetwas war seit gestern passiert, das sie verändert hatte. Wenn er ihre Vergangenheit als Süchtige berücksichtigte, konnte er dazu eine begründete Vermutung anstellen.

»Wir müssen zu Roberts Party hinüber«, verkündete Nest ein paar Minuten später und zog ihn beiseite. »Es werden eine Menge anderer Erwachsener und Kinder da sein. Er sollte dort sicher sein.«

Er schaute sie skeptisch an. »Ich weiß, was du denkst«, sagte sie. »Aber ich hoffe noch immer, dass irgendetwas in Little John klickt, wenn ich ihn nur genügend unterschiedlichen Situationen aussetze. Vielleicht helfen ihm andere Kinder, sich zu öffnen. Wir können ihn die ganze Zeit über genau beobachten.«

Er akzeptierte ihre Einschätzung. Es machte wahrscheinlich keinen Unterschied, in welchem Haus sie sich befanden, falls die Dämonen sie angriffen, und sie hatte wahrscheinlich Recht, dass es unwahrscheinlicher war, dass sie es inmitten einer Menschenmenge versuchten. Selbst am letzten Abend hatten sie sich bemüht, Nest und die Kinder zu isolieren, bevor sie zuschlugen.

Nest half den Kindern mit ihren Stiefeln und Mänteln. Während sie dies tat, ging Ross in die Küche zurück und schaute aus dem Fenster. Es schneite noch immer heftig, die Sicht war stark eingeschränkt, und eine dicke Schicht aus Weiß bedeckte alles. Es würde den Dämonen schwer fallen, bei diesem Wetter viel zu unternehmen. Obwohl die Kälte ihnen nichts anhaben konnte, würde der Schnee ihre Beweglichkeit einschränken. Aller Wahrscheinlichkeit nach würden sie sich bis zum Morgen irgendwo verkriechen. Es war die perfekte Zeit, um sie zu überraschen. Er würde sie jetzt aufspüren und vernichten.

Aber wo sollte er nach ihnen suchen?

Er starrte in das weiße Wirbeln hinaus und grübelte.

Als sie alle angezogen waren, zwängten sie sich in den Wagen und fuhren die Woodlawn Road entlang bis zum Spring Drive und von dort wieder in den Wald zu Roberts Haus. Mehrere Autos parkten bereits in der Auffahrt, und weitere kamen gerade an. Nest hielt an der Vordertür, und Bennett und die Kinder stiegen aus und eilten ins Haus.

Ross blieb, wo er war. *Wo würde ich mich aufhalten, wenn ich Findo Gask wäre?*

Nest starrte ihn an. »Ich muss etwas tun«, sagte er schließlich. »Es kann eine Weile dauern. Leihst du mir den Wagen?«

Sie nickte. »Was hast du vor?«

»Eine kleine Erkundungstour. Wirst du mit den Kindern und Bennett klarkommen? Es kann sein, dass ihr euch nachher von jemandem nach Hause bringen lassen müsst.«

Es gab eine lange Pause. »Ich mag nicht, wie das klingt.«

Er lächelte sie an. »Mach dir keine Sorgen. Ich gehe keine Risiken ein.«

Die Lüge kam ihm leicht über die Lippen. Er hatte genug Übung darin, alles sagen zu können, ohne sich dabei zu verraten.

Sie kramte in ihrer Tasche und gab ihm einen Haustürschlüssel. Ihre Finger legten sich auf seinen Arm. »Tu dir selbst einen Gefallen, John. Was immer du vorhast – vergiss es. Geh zum Abendessen zu Josie.«

Er starrte sie bestürzt an. »Ich hatte nicht vor …«

»Hör mir zu«, unterbrach sie ihn rasch. »Du bist seit Wochen auf der Flucht, schaust ständig über die Schulter, hast beim Schlafen immer ein Auge offen. Das heißt, wenn du überhaupt schläfst. Du bist so angespannt, dass du kurz davor stehst zu zerbrechen. Du bemerkst das vielleicht nicht, ich aber schon. Du musst das alles wenigstens für ein paar Stunden vergessen. Du kannst so nicht weitermachen.«

»Es geht mir gut«, beharrte er.

»Nein, das tut es nicht.« Sie beugte sich zu ihm. »Es gibt nichts, was du heute Nacht tun kannst. Was du auch zu unternehmen gedenkst, du kannst es nicht tun. Ich kenne dich. Ich weiß, wie du bist. Du musst dich ausruhen. Wenn du das nicht tust, wirst du etwas Dummes machen.«

Er musterte sie, ohne etwas zu sagen. Er nickte zögernd. »Ich scheine aus Glas zu bestehen. Du kannst glatt durch mich hindurch sehen, nicht wahr?«

Sie lächelte. »Komm mit rein, John. Du könntest eine schöne Zeit haben, wenn du es nur zulässt.«

Er dachte an seinen Plan, die Dämonen aufzuspüren, und sah jetzt, wie sinnlos es war. Er wusste nicht einmal, wo er beginnen sollte. Er hatte keinen Plan, wie er sie finden konnte. Und sie hatte Recht, er war müde. Er war geistig, gefühlsmäßig und körperlich erschöpft. Welche Chance hatte er in diesem Zustand überhaupt, falls er die Dämonen fand?

Doch als er zu dem hell erleuchteten Haus der Hepplers hinüberschaute, hatte er auch nicht das Gefühl, dass er dorthin gehörte. Zu viele Leute, die er nicht kannte. Zu viel Lärm und Unterhaltungen.

»Darf ich mir noch immer den Wagen leihen?«, fragte er ruhig.

Sie stieg wortlos aus. Bevor sie die Tür schloss, beugte sie sich noch einmal hinein und sagte: »Sie lebt immer noch in derselben Wohnung, John. Pass auf den Straßen auf, während du in die Stadt zurückfährst.«

Dann schloss sie die Tür und verschwand im Haus.

Er brauchte eine lange Zeit, um zu seinem Ziel zu gelangen. Es war, als führe er durch ein explodiertes Federkissen. Überall flogen weiße Teilchen herum, während die Nacht eine schwarze Wand um ihn bildete. Der Wagen schlitterte über Eisflächen und durch tiefe Schneisen im Schnee und drohte, ganz vom Asphalt zu rutschen. Er konnte die Straße vor sich kaum erkennen und folgte stattdessen den Spuren anderer Autos und dem Korridor aus Straßenlaternen, die auf beiden Seiten erstrahlten. Hin und wieder gab es heller erleuchtete Stellen, wo er an Geschäften, einem Walgreens oder einem Pizza Hut vorbeikam, doch auch hier war es nicht einfacher, sich zurecht zu finden.

Er dachte erneut daran, nach den Dämonen zu suchen, sie anzugreifen, während sie alle irgendwo zusammen hockten und auf das

Ende des Sturms warteten. Die Vorstellung war noch immer reizvoll. Doch Nest hatte Recht. Es war eine Chance von eins zu einer Million, und es erforderte eine Energie, die er nicht hatte.

Noch auszehrender als seine Erschöpfung waren seine Einsamkeit und Verzweiflung. Er hatte beides eine lange Zeit hindurch verleugnet, hatte die Leere in seinem Inneren abgetan und vorgegeben, sie würde ihm nichts ausmachen. Aber das stimmte nicht. Er war ein Ritter des Wortes, aber er war auch ein Mensch.

Es war das Wiedersehen mit Josie gewesen, das all diese Gefühle ausgelöst hatte. Aber es war auch die Rückkehr nach Hopewell und zu Nest, zu einer Stadt, die so sehr wie die aussah, in der er aufgewachsen war, und zu dem letzten Mitglied einer Familie, die seiner eigenen so ähnlich war. Seine bloße Anwesenheit hier genügte, dass er sich dabei ertappte, wie er versuchte, einen Teil seiner Vergangenheit wiederzufinden. Er konnte sich sagen, dass das nicht der Grund war, weshalb er hergekommen war, aber die Wahrheit war einfach. Er wollte seine Menschlichkeit bestätigt wissen. Er wollte seinen Panzer abstreifen und sich erlauben, wieder zu fühlen, wie es war, ein Mensch zu sein.

Er fuhr den Lincoln Highway entlang, bis er zur Fourth Avenue wurde, und bog dann nach rechts zum Fluss hin ab. Er fand den Weg, ohne sich anstrengen zu müssen. Er steuerte den Taurus die Sackgasse entlang zu dem alten, zweistöckigen Holzhaus und parkte am Rinnstein. Er schaltete den Motor und die Scheinwerfer aus und saß schweigend im Wagen. Er betrachtete das Haus und dachte über das nach, was er tun wollte.

Du musst jetzt noch gar nichts entscheiden, sagte er sich. *Woher willst du wissen, was nach so langer Zeit geschehen wird?*

Aber er wusste es. Seine Instinkte schrien es ihm zu. Diese Gewissheit brannte durch sein Zögern und seinen Zweifel hindurch.

Er stieg aus dem Wagen, schloss ihn ab, humpelte durch das Schneegestöber, stieg die Stufen zur Tür hinauf und klopfte. Er musste noch zweimal klopfen, bevor sie die Tür öffnete.

Sie starrte ihn an. »John?«

Sie sprach seinen Namen aus, als wäre er ihr nicht bekannt, als hätte sie ihn gerade erst gelernt. Ihre blauen Augen leuchteten. Sie zeigten ganz offen die Verwunderung über den Umstand, dass er hier war. Sie trug Jeans und ein bedrucktes Hemd, dessen Ärmel hochgekrempelt waren. Sie hatte gerade gekocht, nahm er an. Er machte keine Anstalten einzutreten oder auch nur etwas zu sagen, sondern wartete einfach nur ab.

Schließlich streckte sie die Hand aus, zog ihn hinein und schloss die Tür. Sie grinste jetzt und schüttelte den Kopf. Er ertappte sich, wie er die Sommersprossen betrachtete, die ihren Nasenrücken und die Wangen bedeckten. Er ertappte sich, wie er ihr zerzaustes Haar berühren wollte.

Dann schaute er ihr in die Augen und dachte, dass er Recht hatte – es hatte niemals jemanden wie sie gegeben.

Sie bürstete ihm Schnee von den Schultern und begann, seinen Mantel zu öffnen. »Ich sollte gar nicht überrascht sein«, sagte sie und betrachtete ihre Finger, wie sie den Reißverschluss aufzogen. »Du warst nie berechenbar, nicht wahr? Was tust du hier?Du sagtest, du würdest nicht kommen!«

Sein Gesicht fühlte sich erhitzt an. »Ich hätte wohl lieber anrufen sollen.«

Sie lachte. »Du hast fünfzehn Jahre lang nicht angerufen, John. Warum hättest du es jetzt tun sollen? Komm schon, zieh den Mantel aus.«

Sie half ihm, Parka, Handschuhe und Schal abzulegen und bückte sich sogar, um seine Stiefel aufzuschnüren. In Strümpfen und auf seinen noch immer feuchten Stock gelehnt, folgte er ihr in die Küche. Sie winkte ihn zu einem Stuhl an einem kleinen Frühstückstisch, schenkte ihm ein Glas heißen Cider ein und verbrachte ein paar Momente damit, verschiedene Knöpfe und Anzeigen am Ofen einzustellen. Appetitliche Gerüche stiegen aus Töpfen und Pfannen auf.

»Hast du schon gegessen?«, fragte sie und warf ihm über die

Schulter einen Blick zu. Er schüttelte den Kopf. »Gut. Ich auch nicht. Wir können in ein paar Minuten essen.«

Sie machte sich wieder an die Arbeit. Er beobachtete sie schweigend und genoss die Gewandtheit ihrer Bewegungen, die Geschmeidigkeit ihres Körpers. Sie wirkte so jung, als hätte das Alter beschlossen, sie nur kurz zu streifen. Wenn sie ihn anblickte und lächelte – dieses verwirrende, wunderbare Lächeln –, konnte er kaum glauben, dass fünfzehn Jahre vergangen waren.

Er wusste, dass er sie liebte, und wunderte sich, wieso er das zuvor nicht bemerkt hatte. Er wusste nicht, warum er sie liebte, nicht mit dem Verstand zumindest, denn eine zu genaue Untersuchung dieses Umstands würde ihn wie Glas zerspringen lassen. Er konnte diese Tatsache nicht in ihre Einzelteile zerlegen wie ein Puzzle, bei dem jedes Stück zu einem größeren Bild beitrug. So einfach ist es nicht zu erklären. Aber dieses Gefühl war echt, und er empfand es so tief, dass er glaubte, weinen zu müssen.

Nach einer Weile setzte sie sich zu ihm und fragte nach Nest, Bennett und den Kindern. Sie sprang rasch von einem Thema zum nächsten, erfüllte den Raum mit Worten und Lachen und vermied tiefe Blicke und lange Pausen. Sie fragte nicht, wo er gewesen war oder warum er ein Kind hatte. Sie fragte nicht, warum sie fünfzehn Jahre lang nichts von ihm gehört hatte. Sie ließ ihn in Ruhe.

Josie deckte den Tisch, füllte die Teller am Tresen und stellte sie erst dann auf den Tisch. Es gab Schmorfleisch mit Brot und Salat, und er aß mit gutem Appetit. Er spürte, wie seine Anspannung und die Leere in ihm dahinschwanden, und er merkte, dass er das erste Mal seit Wochen lächelte.

»Ich bin froh, dass du gekommen bist«, sagte sie nach einer Weile. »Das klingt vielleicht dumm, aber selbst nachdem du sagtest, du könntest nicht kommen, dachte ich, du würdest es doch tun.«

»Ich fühle mich deshalb ein wenig komisch«, gab er zu und schaute sie an. Er wollte sie für immer anschauen. Er wollte sie genau betrachten, bis er alles kannte, was es zu wissen gab. Dann bemerkte er, dass er sie anstarrte, und senkte den Blick. »Ich wollte nicht mit vielen Leuten zusammen sein, die ich nicht kenne. Ich wollte nicht mit vielen Leuten zusammen sein, Punkt. In einem fremden Haus und zu Weihnachten. Ich dachte, ich würde …« Er brach ab und schaute zu ihr auf. »Ich weiß nicht, was ich dachte. Ich weiß nicht, warum ich vorhin sagte, ich würde nicht kommen. Na ja, ich weiß es schon, aber es ist schwer zu erklären. Es ist … es ist kompliziert.«

Das schien sie nicht zu bekümmern. »Du brauchst mir nichts zu erklären«, sagte sie.

Er nickte und widmete sich wieder dem Essen. Draußen brauste der Wind um die Ecken und Dachrinnen des alten Hauses und machte dabei seltsame, heulende Geräusche. An den frostbedeckten Fenstern trieb Schnee vorbei, als wäre der Sturm eine Filmrolle, die außer Kontrolle herumwirbelte. Ross schaute zu und fühlte, wie Zeit und Möglichkeiten dahinschwanden.

Als er mit dem Essen fertig war, trug Josie die Teller zur Spüle und brachte heißen Tee. Sie tranken schweigend, lauschten dem Wind und tauschten schnelle Blicke aus, die den anderen kurz streiften und dann wieder davonglitten.

»Ich habe nie aufgehört, an dich zu denken«, sagte er schließlich, stellte die Tasse ab und sah sie an.

Sie nickte und nippte langsam an ihrem Tee.

»Es stimmt. Ich habe nicht geschrieben oder angerufen, und ich war manchmal weit weg und an einigen sehr düsteren Orten, aber ich habe nie damit aufgehört.«

Er hielt die Augen fest auf sie gerichtet, wollte mit aller Kraft, dass sie ihm glaubte. Sie setzte ihre Tasse ab, stellte sie sorgfältig auf die Untertasse.

»John«, sagte sie. »Du bist nur für heute Abend hier, nicht wahr? Du bist nicht nach Hopewell zurückgekommen, um zu bleiben. Du hast nicht vor, mich zu bitten, dich zu heiraten oder mit dir fortzugehen oder darauf zu warten, dass du wiederkommst. Du wirst mir nichts versprechen, was über die nächsten paar Stunden hinausgeht.«

Von ihrer Direktheit aus der Fassung gebracht, starrte er sie an. Er spürte, wie die Leere und die Einsamkeit zurückkehrten. »Nein«, gab er zu.

Sie lächelte sanft. »Ich möchte nämlich glauben, dass die eine Sache, die wir nach all dieser Zeit voneinander erwarten können, Ehrlichkeit ist. Um mehr bitte ich nicht. Ich wüsste nicht, was ich damit tun sollte.«

Sie beugte sich leicht nach vorn. »Ich werde diese wenigen Stunden nehmen, John. Ich werde sie gerne nehmen. Ich hätte sie in den letzten fünfzehn Jahren meines Lebens jederzeit genommen. Ich habe ebenfalls an dich gedacht. An jedem Tag habe ich an dich gedacht. Ich habe darum gebetet, dass du zurückkommst. Am Anfang wollte ich, dass du für immer zurückkommst. Dann nur für ein paar Jahre, ein paar Monate, Tage, Minuten, was auch immer. Ich konnte nicht anders. Ich kann auch jetzt nicht anders. Ich will dich so sehr, dass es wehtut.«

Sie fuhr sich nervös durch das zerzauste Haar. »Also lass uns jetzt keine Zeit damit verschwenden, uns gegenseitig Erklärungen oder Entschuldigungen anzubieten. Lass uns keine Versprechungen machen. Lass uns nicht einmal mehr reden.«

Sie stand auf und kam um den Tisch herum. Dann beugte sie sich zu ihm herab und küsste ihn auf den Mund. Sie hielt ihre Lippen auf die seinen gepresst, schmeckte ihn, erforschte ihn. Ihre Arme schmiegten sich um seine Schultern, die Hände gruben sich in sein Haar. Sie küsste ihn eine lange Zeit und zog ihn dann auf die Füße.

»Ich schätze, du erinnerst dich, dass ich ein ziemlich forsches Mädchen war«, flüsterte sie, das Gesicht nur Zentimeter von seinem entfernt, die Arme um seinen Hals geschlungen und ihren Körper an ihn gepresst. »Ich habe mich nicht verändert. Lass uns nach oben gehen. Ich wette, du erinnerst dich noch an den Weg.«

Wie sich herausstellte, tat er das wirklich.

Kapitel 19

Bennett Scott blieb fast zwei Stunden auf der Party der Hepplers, bevor sie sich davonmachte, obwohl sie schon vor dem Herkommen gewusst hatte, was sie tun würde. Sie spielte mit Harper und Little John, sofern man mit Little John spielen konnte – was für ein seltsames Kind –, und half ein paar Teenagern, die aussahen, als könnten sie kein Wässerchen trüben, die anderen Kinder zu hüten, die im Keller ihr Reich hatten. Sie besuchte die Erwachsenen – ein langweiliger, geisttötender Haufen, mit Ausnahme von Robert Heppler, der noch immer schräg drauf war – und bewunderte die Weihnachtsdekorationen. Sie ertrug die Blicke, die sie erhielt, jene, die ihre Piercings, Tätowierungen und manchmal auch die Nadelspuren auf ihren Armen musterten, jene, die sie bedauerten oder als asozial abtaten. Sie aß etwas vom Büfett und steckte sich dabei heimlich ein paar Hühnerflügel und Brötchen ein, da sie wusste, dass sie möglicherweise eine ganze Weile nichts anderes zu essen bekommen würde. Sie achtete darauf, gesehen zu werden und dabei glücklich auszusehen, damit niemand, vor allem Nest nicht, Verdacht schöpfte, was sie vorhatte. Sie hing so lange herum, wie sie es ertragen konnte, und viel länger, als sie gedacht hätte, und verdrückte sich dann, als niemand herschaute.

Zuerst verabschiedete sie sich von Harper.

»Mami liebt dich ganz, ganz fest«, sagte sie und kniete sich in dem dunklen Flur, der vom Aufenthaltsraum zum Heizungskeller führte, vor das kleine Mädchen, während im Hintergrund die anderen Kinder lautstark spielten. »Mami liebt dich mehr als alles andere auf der ganzen weiten Welt. Glaubst du mir das?«

Harper nickte unsicher und starrte sie fest an. »Ja.«

»Ich weiß, dass du das tust, aber Mami hört gerne, dass du es sagst.« Bennett kämpfte darum, dass ihre Stimme nicht bebte.

»Mami muss dich für eine Weile allein lassen, Baby. Nur für eine Weile, okay? Mami muss eine Kleinigkeit erledigen.«

»Was denn, Mami?«, fragte Harper sofort.

»Nur eine Kleinigkeit, Baby. Aber ich möchte, dass du artig bist, während ich fort bin. Nest wird sich um dich kümmern. Ich möchte, dass du tust, was sie dir sagt, und ein wirklich braves kleines Mädchen bist. Versprichst du mir das?«

»Harper kommt auch«, erwiderte sie. »Kommt mit Mami.«

Bennett traten Tränen in die Augen, und sie wischte sie schnell weg und zwang sich zu einem Lächeln. »Das fände ich schön, Baby. Aber Mami muss alleine gehen. Das ist Zeug für Große. Nichts für kleine Mädchen. Okay?«

Warum fragte sie das immer wieder? *Okay? Okay?* Wie so eine Art sprechende Mama-Puppe. Sie konnte es nicht mehr ertragen. Sie zog Harper an sich und umarmte sie heftig. »Mach's gut, Baby. Ich muss los. Ich liebe dich.«

Dann schickte sie Harper in den Aufenthaltsraum zurück und huschte die Treppe hinauf. Sie holte sich ihren Mantel von dem Stapel, der auf dem Sofa im hinteren Schlafzimmer lag, und drängte sich durch die Menschenmenge zur Vordertür durch. Allen, die sie neugierig musterten, erzählte sie, dass sie nur schnell draußen eine Zigarette rauchen wollte. Sie hatte Glück; Nest war nirgends zu sehen, sodass sie nicht versuchen musste, sie anzulügen. Die Nachricht, in der sie alles erklärte, befand sich in Nests Manteltasche. Sie würde sie dort finden und das Richtige tun. Darauf konnte Bennett sich bei Nest verlassen.

Sie war nicht scharf darauf, in die Kälte hinauszugehen, und sie trödelte nicht lange herum, sobald die Tür sich hinter ihr geschlossen hatte. Mit hochgeschlagenem Kragen stapfte sie die zugeschneite Auffahrt hinab und ging mit raschen Schritten den Spring Drive entlang zur Woodlawn Road und von dort nach Hause. Sie würde mit leichtem Gepäck reisen, hatte sie bereits viel früher entschieden. Nicht, dass sie überhaupt viel besaß, aber mit Ausnahme des Parkas und der Stiefel würde sie alles zurücklassen, was Nest ihr überlassen hatte. Sie würde ein paar Bilder von Harper mitnehmen, die sie anschauen konnte, um sich daran zu erinnern, was sie zurückgewinnen wollte, was sie verloren hatte.

Was ihre Sucht sie gekostet hatte.

Den ganzen Tag hatte der Drang nach einem Schuss an ihr genagt. Anscheinend war das, was Penny ihr in der letzten Nacht gegeben hatte, nicht allzu stark gewesen. Es war jedes Mal aufs Neue überraschend, wie schnell der Drang zurückkehrte, sobald sie einen Fix gehabt hatte, wie alles verzehrend und unnachgiebig er war. Er war wie ein verborgenes Tier, immer da und immer auf der Lauer, ewig hungrig und nie befriedigend. Man konnte sich seiner bewusst sein, man konnte sich ihm stellen und an ihm vorbeigelangen. Aber man konnte nie frei von ihm werden. Er folgte einem überallhin. Es war nur ein Moment der Schwäche nötig, und er würde sich zeigen und einen erneut verschlingen.

Das war es gewesen, was gestern Abend passiert war. Penny hatte ihr die Gelegenheit und die Mittel gegeben, ein wenig Ermutigung, ein freundliches Gesicht, und sie war fällig gewesen. Penny mit ihrem ungekämmten, roten Haar, ihrer Piss-auf-alles-Einstellung und ihrer Verachtung für alles Normale und Gewöhnliche. Bennett kannte Penny; sie verstand sie. Sie waren verwandte Geister. Zumindest für die Zeit, die es brauchte, sich einen Schuss zu setzen und high zu werden, und dann waren sie auf ihren eigenen, unterschiedlichen Trips unterwegs, und Bennett trieb in der Helligkeit und dem Frieden jenes sicheren Hafens dahin, den Drogen einem verschafften.

An diesem Morgen, als sie wieder allein gewesen und weit genug heruntergekommen war, um zu begreifen, was sie getan hatte, hatte sie die Wahrheit über sich selbst erkannt. Sie würde sich nie ändern. Sie würde nie aufhören, Drogen zu nehmen. Vielleicht wollte sie das nicht einmal, nicht tief in ihrem Inneren, wo es wirklich darauf ankam. Sie war durch und durch eine Süchtige und würde niemals etwas anderes sein. Einen Schuss zu bekommen war für sie die wichtigste Sache auf der Welt, und da machte es keinen Unterschied, wie viele Chancen man ihr gab, damit aufzuhören. Es spielte keine Rolle, dass Nest versuchen würde, ihr zu helfen. Es spielte keine Rolle, dass sie sich an einem sicheren Ort befand. Es spielte nicht einmal eine Rolle, dass sie Harper verlieren würde.

Das Einzige, was sie tun konnte, hatte sie entschieden, war, Harper bei Nest zurückzulassen. Was sie tun konnte, war, ihrer Tochter die Chance auf ein besseres Leben als ihr eigenes zu geben. Vielleicht würde etwas Gutes dabei herauskommen. Vielleicht würde es ihr helfen, einen Weg zu finden, ihre Sucht loszuwerden. Vielleicht. Vielleicht auch nicht. Wie auch immer, bei beiden Möglichkeiten würde Harper besser dran sein.

Sie hatte den ganzen Tag darüber nachgedacht. Sie konnte die schlimmen Dinge ertragen, die ihr zustießen, doch nur, solange sie nicht auch Harper betrafen. Das konnte sie nicht ertragen; sie konnte nicht damit leben. Diese Möglichkeit verfolgte sie. Um zu verhindern, dass dies geschah, musste sie Harper bei Nest lassen.

Sie zitterte in ihrem Parka, der raue und beißende Wind fegte in plötzlichen Stößen über sie hinweg, gefrorene Schneeteilchen stachen in ihre Haut und trieben ihr das Wasser in die Augen. Autos zogen in dem Schneetreiben an ihr vorbei, und sie wünschte sich, eines würde anhalten und sie mitnehmen, doch das geschah nicht. Wenn sie zum Haus kam, würde sie sich ein paar Minuten aufwärmen können, bevor Penny kam. Penny würde Drogen und eine Fahrgelegenheit in die Stadt mitbringen. Bennett würde den Zehn-Uhr-Bus aus der Stadt nehmen, und am Morgen würde sie bereits in einem anderen Staat sein.

Sie bedauerte, dass sie Nest einen Haustürschlüssel und Geld hatte stehlen müssen, um ihren Abgang zu ermöglichen, aber das waren die kleinsten Sünden, die sie in ihrem Leben als Süchtige begangen hatte. Nest war ihre große Schwester und ein guter Mensch, und sie war mehr Familie für sie gewesen als Big Mama und ihre Geschwister, die sie alle ebenso verloren hatte wie ihre Kindheit. Manchmal vermisste sie Jared. Sie erinnerte sich, wie verschossen Nest in ihn gewesen war. *Verschossen*. Sie lachte laut auf. Wo hatte sie das Wort denn aufgeschnappt? Sie hoffte, dass Jared irgendwo war, wo es ihm gut ging. Es wäre schön zu wissen, dass es so war.

Big Mama war eine andere Sache. Sie hoffte, dass Big Mama in der Hölle schmorte.

Sie brauchte lange, um das Haus zu erreichen. Ihr Gesicht brannte, und ihre Finger und Zehen waren vor Kälte taub geworden. Sie zog den Hausschlüssel hervor, schloss die Tür auf und ging hinein. Sie stand in der Eingangshalle und atmete in der Wärme, während sie darauf wartete, dass die Kälte aus ihren Gliedern wich. Sie hustete, und in ihrer Brust rasselte es. Sie war krank, aber sie fragte sich, wie krank. Es war lange her, dass sie zum letzten Mal bei einem Arzt gewesen war. Oder Harper. Nest würde auf solche Dinge besser achten.

Harpers Plüschteddy lag neben dem Weihnachtsbaum, und sie begann zu weinen. *Harper*, flüsterte sie lautlos. *Baby*. Sie rief die Nummer an, die Penny ihr gegeben hatte. Penny nahm ab und sagte, sie wäre gleich da, und Bennett legte auf. Ihre Tasche war bereits gepackt, sodass sie nach dem Telefonat wenig zu tun hatte, außer zu warten. Sie ging von der Küche ins Wohnzimmer, trat ans Fenster und schaute ins Nichts. Nach einer Weile schaltete sie den Baum an. Die farbigen Lichter spiegelten sich im Fensterglas und im Garderobenspiegel auf dem Flur, und sie lächelte. Harper würde ein schönes Weihnachten haben. Sie schaute auf das Geschenk hinunter, das sie für Harper gemacht hatte – eine Lumpenpuppe, auf deren Schürze ihr Name eingestickt war. Es war eine Handarbeit, die Nest in einem Magazin gefunden und bei der sie Bennett geholfen hatte. Sie wünschte, sie könnte Harpers Gesicht sehen, wenn sie das Geschenk öffnete. Vielleicht würde sie von unterwegs anrufen, um frohe Weihnachten zu wünschen.

Sie schloss die Augen, verschränkte die Arme und dachte daran, wie viel besser sie sich fühlen würde, sobald Penny mit den Drogen kam. Sie würde nur so viel nehmen, um durch die Nacht zu kommen, und den Rest für später aufheben. Sie würde so viel davon kaufen, wie sie konnte. Es war großartiges Zeug, was immer es auch sein mochte, irgendwelche Kristalle, wirklich sanft. Sie wusste nicht, wie Penny an etwas so Gutes gekommen war, aber es ließ einen immer höher und höher fliegen. Penny hatte gesagt, sie würde es ihr umsonst geben, aber Bennett glaubte ihr nicht. Man bekam es nur das erste Mal umsonst, und das war in der letzten Nacht gewesen. Heute würde es etwas kosten. Weil es auch Penny etwas gekostet hatte. Das musste es.

Das Telefon klingelte einmal, aber sie ging nicht dran. Niemand würde sie anrufen. Sie begann sich Sorgen zu machen, dass Nest sie vermissen und ihr folgen würde, bevor Penny ankam. Sie brachte ihre kleine Tasche zur Haustür und schaute in die von Straßenlaternen erhellte Dunkelheit hinaus. Autos fuhren vorbei, jedoch nur wenige, und zeichneten sich als vage erkennbare Schemen in dem Schneetreiben ab. Sie fragte sich, ob es die ganze Nacht über schneien würde.

Zu dem Zeitpunkt, als endlich ein Wagen in die Auffahrt bog, waren ihre Erwartungsfreude und ihr Verlangen so heftig geworden, dass sie Gänsehaut bekam. Sie spähte hinter der Gardine hervor, da sie nicht sicher war, wer es war, und sie wusste nicht, ob sie sich verstecken oder hinausstürmen sollte. Als sich die Fahrertür öffnete und Pennys Strubbelkopf auftauchte, stieß sie einen hörbaren Seufzer der Erleichterung aus und eilte zur Haustür, um sie hereinzulassen.

»Ohh, kleines Mädchen, was bist du aufgelöst!«, kicherte Penny, als sie eintrat, die Tür hinter sich schloss und den Mantel abstreifte. »Wir müssen dich hier und jetzt wieder in Form bringen!«

Sie setzten sich ihre Schüsse gleich im Flur. Sie saßen mit gekreuzten Beinen auf dem Holzfußboden und flüsterten sich Ermunterungen zu und lachten. Es spielte keine Rolle, was gesagt wurde, welche Worte benutzt wurden, welche Gedanken sie austauschten. Es zählte nichts, außer dem Injizieren der Droge und dem Warten auf den ersten, köstlichen Flash.

Bennett hatte keine Ahnung, wie viel von dem Zeug sie nahm, aber es traf sie wie ein Vorschlaghammer, und sie keuchte vor Schock auf, als die Wirkung einsetzte. Sie warf den Kopf zurück, ließ den Mund offen stehen, und alles veränderte sich.

»Und schon bist du auf der Reise«, flüsterte Penny von irgendwo weit, weit weg; ihre Stimme war fern und leise, kaum vorhanden, kaum mehr als ein Wispern im Nebel. »Hoch hinauf mit dir. Mama geht's jetzt super!«

Bennett lachte und schwebte, und sie sah zu, wie sich alles um sie herum in Zuckerwatte verwandelte. Sie war kaum noch wach, als Penny aufstand und die Haustür öffnete. Sie war sich kaum des schwarz gekleideten Mannes bewusst, der hereinkam und zu ihr herabschaute.

»Hey, Freundin«, zischte Penny, und der Ton ihrer Stimme war plötzlich scharf und höhnisch. »Wie ist das, als unerwartete Überraschung? Schau, wer sich unserer Party angeschlossen hat!«

Bennett hob träumerisch die Augen, als Findo Gask sich über sie beugte.

Es war schon nach halb zehn, als Nest Bennett Scott vermisste. Sie hatte einen netten Abend, plauderte mit Freunden, die sie zum Teil seit ihrer Kindheit kannte, tauschte Geschichten und Erinnerungen aus. Zu Beginn war Robert ständig in der Nähe und versuchte, seine provokativen Kommentare über John Ross durch übermäßige Aufmerksamkeit wieder gutzumachen. Sie erduldete seine Bemühungen eine Weile, weil sie wusste, dass er es gut meinte, aber manchmal konnte Robert es ziemlich übertreiben. Glücklicherweise war Amy da, obwohl sie sich nicht viel besser fühlte, und als Nest absichtlich ein Gespräch mit ihr über Schwangerschaften und Babys begann, verschwand Robert rasch.

Hin und wieder schlenderte Nest zum Aufenthaltsraum, um

nachzusehen, wie es den Kindern ging. Als kleines Kind hatte sie viel in diesem Haus gespielt, daher kannte sie es gut. Der Aufenthaltsraum war sicher und ungefährlich. Ein einziger Zugang führte vom Hauptflur aus die Treppe hinunter. Es gab keine Türen oder Fenster, die nach draußen führten. Die Mädchen, die Babysitter spielten, wussten, dass nur Eltern und Freunde herein durften, und hatten Anweisung, um Hilfe zu bitten, falls es ein Problem gab.

Harper fügte sich problemlos bei den anderen Kindern ein, aber Little John hatte sich in eine Ecke gesetzt und bewegte sich nicht von der Stelle. Sie schaute immer wieder nach ihm und hoffte, dass sich im Laufe des Abends etwas verändern würde, aber das tat es nicht. Ihre Versuche, ihn dazu zu bringen, sich den anderen Kindern anzuschließen, erwiesen sich als vergeblich, und schließlich gab sie auf.

Ein- oder zweimal sah sie Bennett, aber da ihre vordringliche Sorge den Kindern galt und es Bennett gut zu gehen schien, kümmerte sie sich nicht sonderlich um sie.

Doch schließlich merkte sie, dass es spät wurde und sie sich darum kümmern musste, wie sie nach Hause kamen, und jetzt fiel ihr auf, dass sie Bennett schon längere Zeit nicht mehr gesehen hatte. Nachdem sie zweimal das ganze Haus abgesucht hatte, ohne sie zu finden, ging sie zu Robert und zog ihn beiseite.

»Ich will keine große Sache daraus machen, aber ich kann Bennett Scott nicht finden«, teilte sie ihm ruhig mit. Ihr Gesichtsausdruck verriet ihm sofort, dass sie besorgt war.

Er hob und senkte in einer typischen Robert-Geste eine Augenbraue. »Vielleicht ist sie nach Hause gegangen.«

»Ohne Harper?«

Er zuckte mit den Achseln. »Vielleicht ist ihr schlecht geworden. Bist du sicher, dass sie nicht noch irgendwo hier ist? Soll ich mal rumfragen?«

Sie drehte sich abrupt um und stieg in den Aufenthaltsraum hinunter. Sie kniete sich neben Harper, die gerade etwas aus Knetmasse formte, und fragte sie, ob ihre Mami hier sei.

Harper schaute kaum auf. »Mami Winke-Winke.«

Nest zog sich vor Panik die Kehle zusammen. »Hat sie dir das gesagt, Harper? Hat sie dir Winke-Winke gesagt?«

Harper nickte. »Ja.«

Nest stand wieder auf und schaute sich hilflos um.

Wann war Bennett gegangen? Wie lange war sie schon fort? Wo würde sie ohne Harper hingehen? Ohne es jemandem zu sagen und ohne einen Wagen? Sie kannte die Antwort, noch bevor sie die Frage formuliert hatte, und eine Welle aus Zorn und Verzweiflung stieg in ihr hoch.

Sie rannte die Treppe hinauf, um Robert zu finden. Sie musste natürlich nach ihr suchen – auch wenn sie nicht wusste, wo sie anfangen sollte. Sie würde John anrufen müssen, damit er auf die Kinder aufpasste, während sie den Wagen nahm und die Stadt durchkämmte.

In einem Schneesturm, wo alles geschlossen war und kaum Autos fuhren? In einer Nacht, in der der Wind so eisig war, dass man erfrieren konnte?

Sie spürte, wie die Sinnlosigkeit dessen, was sie vorhatte, sie zu überwältigen drohte, aber sie verdrängte ihre Zweifel, um sich auf die Aufgabe zu konzentrieren, die vor ihr lag. Sie fand Robert, als dieser gerade die Treppe aus dem ersten Stock herunterkam und den Kopf schüttelte.

»Keine Ahnung, Nest. Ich habe überall nachgeschaut …«

Nest schnitt ihm das Wort mit einer ungeduldigen Handbewegung ab. »Sie ist fort. So viel habe ich aus Harper herausbekommen. Sie ist vor einiger Zeit gegangen. Ich weiß nur nicht, warum.«

Robert seufzte müde. »Aber du kannst es dir vorstellen, nicht wahr? Sie ist eine Süchtige, Nest. Ich habe die Spuren an ihren Armen gesehen.« Er schüttelte den Kopf. »Schau, ich weiß, dass es mich nichts angeht, aber …«

»Fang bitte nicht so an, Robert. Bitte nicht!« Sie packte sein Handgelenk derart fest, dass er zusammenzuckte. »Belehre mich nicht über den Umgang, den ich habe, über Bennett und John Ross und all die seltsamen Dinge, die passieren, und darüber, dass es dich an das erinnert, was vor fünfzehn Jahren am Vierten Juli geschehen ist. Lass nur einfach deinen Wagen warmlaufen, während ich den Kindern die Mäntel und Stiefel anziehe, und dann bring uns nach Hause.«

Sie ließ sein Handgelenk los. »Meinst du, du kannst das tun?«

Er sah irritiert aus. »Natürlich kann ich das tun! Himmel!«

Sie beugte sich vor und küsste ihn auf die Wange. »Du bist ein guter Junge, Robert. Aber du brauchst eine feste Hand. Jetzt setz dich in Bewegung.«

Die Dämonen wickelten Bennett in ihren Parka und brachten sie aus dem Haus in die Nacht hinaus, wobei die Drogen in ihrem Kreislauf dafür sorgten, dass sie sich fügte. Überall wirbelte Schnee herum, der Wind blies so kalt, dass Nasenhaare gefroren, aber Bennett Scott schwebte irgendwo außerhalb ihres Körpers und spürte kaum etwas außer dem angenehmen Gefühl, nicht ganz mit der Wirklichkeit in Verbindung zu sein. Immer mal wieder drang irgendetwas um sie herum scharf in ihr Bewusstsein – das Beißen des Windes, die weiße Gestalt des Schnees, der skelettartige Schatten eines krummen Zweiges oder die Gesichter von Findo Gask und Penny Dreadful, die sie stützten und mit sich schleppten. Doch die meiste Zeit über war da nur ein leises Summen in ihren Ohren und ein wundersames Gefühl des Friedens.

Findo Gask hatte alles im Haus so gelassen, wie er es vorgefunden hatte, und die Tür hinter sich geschlossen, ohne sie abzuschließen. Er wollte, dass Nest bei ihrer Rückkehr nicht vermutete, dass er dort gewesen war, daher hatte er sorgfältig darauf geachtet, nichts zu tun, was sie misstrauisch machen konnte. Wenn sie zu vorsichtig wurde, würde dies die Überraschung verderben, die er für sie dagelassen hatte.

Während Penny die ganze Zeit über lachte und ohne Unterlass

plapperte, stiegen sie in den Wagen und setzten aus der Auffahrt. Sie fuhren zum Parkeingang, stellten das Auto vor der herabgelassenen Schranke ab und gingen zu Fuß weiter. Der Sinnissippi-Park war ein schwarzes Loch aus Kälte und Eisregen. Die Dunkelheit war hier vollständig und dehnte sich über den Ebenen und Wäldern endlos aus. Der Schnee gefror im Griff des Nordwindes, der den Flusslauf entlang heulte, zu Eis. Die Lichter, die gewöhnlich den Weg erleuchteten, waren vor einiger Zeit ausgegangen, als ein Strommast umgefallen war, und der Vorhang aus treibendem Schnee verhüllte das fahle Licht der jetzt sehr fern wirkenden Wohnhäuser und Siedlungen. Heute Nacht könnte sich der Park ebensogut auf dem Mond befinden.

Bennett Scott stolperte und wankte durch die immer tieferen Schneeverwehungen. Ihre Füße schlurften über den Boden, und ihr Körper war zusammengesackt. Sie kam nur voran, weil die Dämonen ihre Arme gepackt hatten und sie mit sich zogen. Das Mädchen sog eiskalte Luft in ihre Lungen und hatte den Kopf eingezogen, um sich zu schützen, doch das waren nur automatische Reflexe ihres Körpers, da ihr Verstand kaum bemerkte, was sie eigentlich tat. Sie erinnerte sich daran, dass Penny da gewesen war, dass sie Drogen miteinander genommen hatten, die ihr solche Erleichterung verschafft hatten. Und sie entsann sich der schwachen, zerbrechlichen Hoffnung, an die sie sich klammerte, dass sie irgendwann, irgendwie einen Weg zurück zu Harper finden würde. Hin und wieder hörte sie die Stimme ihrer Tochter nach ihr rufen, kleine Wörter, leise Geräusche, Erinnerungsfetzen, die durch den Nebel ihrer Gedanken trieben.

Sie sah nichts von den Augen, die um sie herum in der Dunkelheit auftauchten, helle Paare gelber Schlitze, die zu zweit oder zu dritt aus dem Nichts kamen, bis sie zu Dutzenden angewachsen waren.

Sie durchquerten den Park bis zu den Anhöhen und gingen dann nach Westen, an den Indianergrabhügeln vorbei zu dem Wendekreis und den Klippen. Die Straße war unter dem Schnee verschwunden, und das gesamte Gelände war ein weißer Teppich, der sich unter den zerzausten Wipfeln der Nadelhölzer ausbreitete. Findo Gask hatte keine Sorge, gestört zu werden; außer ihnen befand sich niemand im Park. Zusammen mit Penny drängte er Bennett auf den Rand der Klippen zu, bis sie nur noch wenige Meter vom Abgrund entfernt war.

Die Fresser drängten immer näher heran, begierig, an dem Geschehen beteiligt zu sein.

»Lass sie los, Penny«, befahl Gask.

Sie traten von Bennett zurück und ließen sie allein am Rand der Klippe stehen. Sie war dem Fluss zugewandt, der Kopf baumelte haltlos, und die Arme hingen herab. Die Fresser schmiegten sich an sie, berührten sie vorsichtig, stubsten sie wortlos weiter, drängten sie, ihnen zu geben, was sie brauchten.

Bennett stand bewegungslos da, ihr Verstand befand sich in einer anderen Zeitzone und glitt durch Täler und über Hügel, wo das Land von goldener Helligkeit erfüllt war. Das Singen des Blutes in ihren Venen war ungemein beruhigend. Sie schwebte eine lange Zeit ungebunden dahin und starrte ins Nichts, dann erinnerte sie sich plötzlich, dass sie nicht allein hergekommen war.

»Penny?«, brachte sie hervor.

Der Wind heulte um sie herum.

»Penny?«

Eine Kinderstimme rief laut: »Mami!«

Bennett hob den Kopf und stierte in den Schnee und die Dunkelheit. Es war Harper!

»Mami, kannst du mich hören?«

»Baby, wo bist du? Baby?«

»Mami, ich brauche dich! Bitte, Mami!«

Bennett spürte plötzlich die Kälte. Sie durchdrang den Panzer ihrer Benommenheit und ließ sie zittern und schwer atmen. Sie fuhr sich mit der Zunge über die trockenen Lippen und blickte sich um. Jetzt sah sie die Augen, dicht bei ihr und hungrig, und sie fuhr erschreckt und verängstigt zurück.

»Harper!«, schrie sie.

»Mami, lauf!«, hörte sie Harper rufen.

Da sah sie ihre Tochter, eine vage Gestalt, direkt vor sich in der Dunkelheit, die von einem fahlen weißen Licht beleuchtet wurde, das mit dem Schlagen ihres eigenen Herzens, mit dem Pulsschlag ihres Blutes, heller wurde und verblasste. Sie sah Harper und griff nach ihr, doch das Mädchen entfernte sich bereits.

»Harper!«, klagte sie.

Sie konnte nicht zu ihr gehen, sie wusste, dass sie es nicht konnte, wusste, dass etwas an dem Versuch, es zu tun, fürchterlich falsch war. Sie hatte eine vage Erinnerung daran, schon einmal in dieser Situation gewesen zu sein, aber sie konnte sich nicht entsinnen, wann oder warum das gewesen war.

»Mami!«, bettelte Harper und stolperte, während sie sich zurückzog.

Irgendetwas zog das kleine Mädchen, schleifte es fort – etwas Finsteres, Formloses und Böses. Es war zu viel für Bennett Scott. Sie schüttelte ihre Lethargie und ihre Angst ab, stürmte durch das Wimmeln der Augen hindurch, die sich gegen sie pressten, und sprang auf ihre Tochter zu.

Sie war nah genug, um Harper zu berühren, um die Angst in den Augen ihrer Tochter zu erkennen, als der Boden unter ihren Füßen verschwand und sie ins Dunkel stürzte.

Kapitel 20

Robert Heppler bog mit dem großen Navigator in die leere Einfahrt. Nest stieß einen kleinen Seufzer der Erleichterung aus. Es schneite so heftig, dass die Einfahrt und alle Reifenspuren, die ihre Lage markiert hätten, schon lange verschwunden waren. Es war daher gut, dass er den Weg blind kannte, sonst hätte es sein können, dass sie im Vordergarten gelandet wären. Sie schaute zu den erleuchteten Fenstern des Hauses, sah aber keine Bewegungen dahinter. Es waren mehr Lampen an, als sie angelassen hatten. Eine Welle der Hoffnung stieg in ihr auf. Vielleicht hatte sie Unrecht wegen Bennett. Vielleicht wartete sie drinnen.

»Möchtest du, dass ich mit reinkomme?«, fragte Robert. Sie richtete ihren Blick auf ihn, und er machte eine vage Geste. »Nur, um sicher zu gehen.«

Sie wusste, was er meinte, auch wenn er es nicht offen sagte. »Nein, ich komme damit klar. Danke, dass du uns nach Hause gefahren hast.«

Er zuckte mit den Achseln. »Jederzeit. Ruf an, wenn du mich brauchst.«

Sie öffnete die Tür, stieg in den böigen Wind hinaus und versank bis zu den Knien im Schnee. *Verflixt*, wie Pick sagen würde. »Pass bei der Rückkehr auf dich auf, Robert!«, rief sie ihm zu.

Sie holte die Kinder heraus und scheuchte sie auf das Haus zu. Der Wind stieß sie hin und her, während sie mit gebeugten Köpfen und hochgezogenen Schultern durch den dicken Schneeteppich stapften. Es war bitterkalt, und Nest spürte es bis in die Knochen. Sie hörte das Brummen des Navigators, als er aus der Auffahrt zurücksetzte und auf die Straße bog. Innerhalb von Sekunden war das Motorengeräusch im Heulen des Windes untergegangen.

Sie stiegen die eisverkrusteten Holzstufen zur Veranda hinauf, wo die Kinder Nest dabei nachahmten, mit den Stiefeln aufzustampfen und den Schnee von den Mänteln zu bürsten. Nest stellte fest, dass die Haustür unverschlossen war – ein sicheres Zeichen, dass jemand daheim war –, und schob Harper und Little John hinein.

Es war still im Haus, nachdem sie die Tür geschlossen hatte, so still, dass sie sofort wusste, dass sie sich geirrt hatte; es war niemand sonst hier. Falls jemand da gewesen sein sollte, war er wieder gegangen. Sie hörte das Ticken der Standuhr und das Rattern der Fensterläden, die vom Wind gegen die Rahmen geschlagen wurden, aber das war auch schon alles.

Sie schaute nach unten und sah Bennetts kleine Tasche, die gepackt neben der Tür stand. Dicht daneben erblickte sie die feuchten Abdrücke von Stiefeln. Dann sah sie etwas Metallenes auf ihrem Teppich blitzen. Sie bückte sich langsam, um es aufzuheben. Es war eine Kanüle.

Einen Augenblick lang fühlte sie sich unglaublich traurig. Sie warf die Kanüle in eine kleine Vase auf dem Garderobentisch und wandte sich dann den Kindern zu, um ihnen beim Ausziehen ihrer Mäntel zu helfen. Harpers Gesicht war von der Kälte gerötet, und ihre Augen wirkten müde. Little John sah so aus wie immer – bleich, abwesend und gehetzt. Aber er wirkte auch zerbrechlich, als würde die verstreichende Zeit ihm Energie und Leben entziehen und allmählich ihre Wirkung zeigen. Sie starrte ihn einen Moment lang an und zog ihn dann an sich. Sie umarmte ihn fest und versuchte, ihm eine Spur von dem zu vermitteln, was sie fühlte, versuchte erneut, zu ihm durchzudringen.

»Little John«, flüsterte sie.

Er reagierte nicht darauf, umarmt zu werden, aber als sie ihn losließ, sah er sie an, und Neugier und Verwunderung standen in seinen Augen.

»Ness«, sagte Harper neben ihrem Ellenbogen und berührte ihren Ärmel, »Appelsaff?«

Sie schaute zu dem kleinen Mädchen und lächelte. »In einer Minute, Liebes. Lass uns nur schnell die Mäntel und Stiefel ausziehen.«

Sie warf die Mäntel auf Bennetts Tasche, um sie zu verbergen, zog den Kindern die Stiefel aus und hängte ihre Handschuhe und Schals über den alten Heizkörper. Draußen rumpelte ein Wagen mit Schneeketten über den schneebedeckten Asphalt und war nur kurz zu hören, bevor das Geräusch im heulenden Wind unterging. Schatten zuckten über die Fensterrahmen, als inmitten des Schneegestöbers Zweige schwankten und sich schüttelten. Nest stand bewegungslos an der Tür, gefesselt von den Bewegungen und Geräuschen. Sie fragte sich, ob Bennett dumm genug gewesen war, dort hinauszugehen. Die gepackte Tasche an der Tür deutete etwas anderes an, doch das Haus fühlte sich so leer an.

»Kommt, Leute«, sagte sie, nahm die Kinder an der Hand und führte sie den Flur entlang zur Küche.

Sie schaute über die Schulter zurück. Hinten im Haus war es dunkel. Falls Bennett hier war, schlief sie. Ihr Blick glitt zu den schattigen Ecken des Wohnzimmers, als sie daran vorbeigingen, und unter dem Weihnachtsbaum machte sie hinter den Geschenken Hawkeyes glühende Augen aus.

Dann schaute sie nach vorne, den Flur entlang. Die Kellertür stand offen. Plötzlich alarmiert, wurde sie langsamer. Diese Tür war zu gewesen, als sie gegangen war. Konnte Bennett aus irgendeinem Grund dort hinuntergegangen sein?

Sie blieb bei der Küche stehen und starrte die Tür an. Es war nichts im Keller. Nur der Heizungsraum, der Sicherungskasten und Vorräte. Es gab keine richtigen Räume.

Draußen frischte der Wind heftig auf und zerrte so stark an der Hintertür, dass das Glas klirrte. Nest zuckte bei dem Geräusch zusammen und ließ die Hände der Kinder los.

»Setzt euch an den Tisch«, befahl sie und scheuchte sie sanft in die Küche.

In der Tür stehend, nahm sie das Telefon ab, um John Ross anzurufen, doch die Leitung war tot. Sie legte den Hörer wieder auf und schaute erneut zur Kellertür.

Sie war albern, sagte sie sich selbst, während sie rasch hinüberging und die Tür schloss, ohne die Treppe hinabzublicken. Sie stand einen Augenblick da, dachte darüber nach, was sie getan hatte, und war überrascht, wie viel besser sie sich danach fühlte.

Zufrieden ging sie in die Küche zurück und holte Cider und Kekse. Als sie die Kekse verteilt hatte, ging sie rasch zu den Schlafzimmern hinüber, nur um sicher zu gehen, dass Bennett nicht da war. Sie war es nicht. Nest kehrte in die Küche zurück und dachte darüber nach, was sie tun konnte. Nur eine Sache ergab irgendeinen Sinn. Sie würde die Polizei rufen müssen. Sie mochte nicht darüber nachdenken, was das bedeutete.

Sie trank mit den Kindern Cider und knabberte Kekse, als das Kreischen von zerreißendem oder brechendem Metall sich aus dem Inneren des Hauses erhob. Sie hörte das Geräusch noch einmal, dann wurde alles still.

Nest saß einen Augenblick bewegungslos da, dann stand sie auf, verließ die Küche und ging ein paar Schritte den Flur entlang, bevor sie stehen blieb und lauschte. »Bennett?«, rief sie leise.

Einen Augenblick später gingen die Lichter aus.

John Ross träumt von der Zukunft. Der Tag ist grau und bewölkt, das Licht sehr schwach. Es ist Morgen, aber die Sonne ist nur ein verschwommener Fleck Helligkeit in einem dicht bezogenen Himmel. Auf allen Seiten ist er von den Wänden halb verfallener Gebäude umgeben, die ihn von der Welt dahinter abschneiden und ihm ein Gefühl davon vermitteln, wie sich eine Ratte in einem Labyrinth fühlen muss. Er bewegt sich mit raschen, verstohlenen Bewegungen durch die Gänge und Straßen, huscht von Türöffnung zu Alkoven, von Gasse zu Gasse. Er fühlt sich gejagt, und er spürt, dass seine Jäger aufholen.

Er ist in einem Dorf. Erschöpft und seiner Magie beraubt, verbirgt er sich hier schon seit mehreren Tagen. Er trägt seinen mit Runen verzierten schwarzen Stock, doch seine Magie ruht. Eine Verausgabung dieser Magie in der Vergangenheit hat ihn ihrer Verwendung in der Gegenwart beraubt. Es ist schon über eine Woche her, dass er die Magie benutzen konnte, die längste Zeit, die er je ohne ihren Schutz auskommen musste. Er weiß nicht, warum ihn die Magie so lange und so vollständig im Stich lässt, aber ihm läuft die Zeit davon. In der Welt der Zukunft, die zu verhindern er versagt hat, bedeutet eine Woche ohne Schutz oder Waffen eine ganze Lebenszeit.

Vor sich sieht er durch einen Nebel, der sich niemals hebt, die Umrisse von Bäumen. Wenn er es bis zu diesem Gehölz schafft, hat er vielleicht eine Chance. Irgendjemand im Dorf hat ihn verraten, wie es immer jemand tut. Sie brauchen ihn, aber sie vertrauen ihm nicht. Die Magie, über die er verfügt, ist mächtig, aber sie ist auch angsteinflößend. Früher oder später kommt immer jemand zu dem Schluss, dass er gefährlicher ist als die Einst-Menschen und Dämonen, gegen die er kämpft. Sie kommen aus dem fehlgeleiteten Glauben zu dieser Entscheidung, dass sie ihr eigenes Leben retten können, indem sie seines opfern. Das ist ein menschlicher Charakterzug, der durch den Zusammenbruch der Zivilisation gefördert wurde. Er hat schon lange akzeptiert, dass dies der Lauf der Dinge ist, aber er kann sich nicht daran gewöhnen. Selbst während er wieder einmal um sein Leben rennt, ist er mit Zorn und Verachtung für jene erfüllt, die er zu beschützen versucht.

Die Geräusche der Verfolger sind jetzt hörbar, und er wird schneller, strebt dem Schutz der Bäume zu. Sobald er aus dem Dorf heraus und tief genug in den Wäldern ist, wird er kaum noch zu finden sein. Er ist körperlich fit, die Jahre des Überlebens in dieser schönen neuen Welt der triumphierenden Leere haben ihn abgehärtet. Er wird nicht mehr von dem Humpeln behindert, das ihn in der alten Welt fesselte, als das Wort sich noch behaupten konnte. Er versteht ebenso gut zu fliehen und sich zu verstecken wie anzugreifen und zu kämpfen, und er wird nicht so leicht aufgestöbert werden. Er erinnert sich, wie wenig von solchen Dingen er in seinem alten Leben wusste. Auch damals war er ein Ritter des Wortes, doch in der alten Welt hatte es noch Hoffnung gegeben. Bitterkeit erfüllt seine Gedanken; wenn er damals nicht versagt hätte, würde er jetzt keine Überlebenstaktiken brauchen.

Fresser folgen ihm schattenhaft, als er das Gehölz erreicht und mit seiner dunklen Masse verschmilzt. Sie sind stets bei ihm, immer hoffend, dass sie eines Tages von ihm zehren können, wie sie es bei so vielen anderen getan haben. Wo immer er sich auch befindet, zieht es sie zu ihm. Auch dies hat er inzwischen akzeptiert. Er ist ein Magnet für Raubtiere jeglicher Art, und die Fresser sind nur die am wenigsten greifbaren von ihnen. Manchmal fordern sie ihn heraus, doch seiner Magie können sie nicht standhalten. Erst jetzt, da er keinen Zugang zu dieser Macht hat, spüren sie, dass sie eine Chance haben. Er versucht den Hunger zu ignorieren, der sich in ihren Augen spiegelt, während sie mit ihm Schritt halten, aber es gelingt ihm nicht vollständig.

Hinter ihm sind Schreie im Dorf zu hören. Die Dämonen und Einst-Menschen bringen ihre Ernte des Todes ein und verwandeln das Dorf in einen Hexenkessel. Es ist unvermeidlich. Alle Gemeinschaften der Menschen, seien es Stadtfestungen oder unbefestigte Dörfer, sind für dieses Ende vorgesehen. Die Vernichtung der Menschheit ist das Ziel, dem die Diener der Leere entgegenstreben. Es ist ein Ziel, das in nicht allzu ferner Zukunft erreicht sein wird, obgleich noch immer ein paar wenige wie er selbst darum kämpfen, dies zu verhindern. Es wird geschehen, weil jede Chance zu gewinnen in der Vergangenheit verspielt wurde und das Wort nur noch eine halb vergessene Erinnerung ist.

Rechts von ihm bewegt sich etwas, und er erkennt, dass seine Verfolger an ihm vorbeiziehen und anscheinend schneller vorankommen, als er erwartet hat. Er wird langsamer, lauscht und versucht zu entscheiden, was er tun soll. Aber es bleibt nur wenig Zeit zum Nachdenken, und nach einem kurzen Augenblick läuft er weiter, hofft darauf, sie abhängen zu können. Er hat keinen Erfolg damit. Sekunden später sind sie über ihm, erst nur ein oder zwei, die wild aufschreien, als sie ihn entdecken, und damit schnell weitere herbeiholen, bis es zwischen den Bäumen von ihnen nur so wimmelt. Noch immer rennt er weiter, läuft Abhänge hinunter und Hügel hinauf und stößt die wenigen von sich, die mutig genug sind, sich ihm allein in den Weg zu stellen. Er versucht, seine Magie zu beschwören, hofft, dass sie zurückgekehrt ist, dass sie ihm jetzt, wo er sie am dringendsten braucht, nicht verwehrt wird, aber er erhält keine Reaktion.

Sie stellen ihn in einer Lichtung, die groß genug ist, dass sie sich von allen Seiten auf ihn stürzen können. Er wehrt sich heftig, aber seine Angreifer überwältigen ihn durch ihre pure Masse. Er wird zu Boden geworfen und von vielen Händen festgehalten; der Gestank der Einst-Menschen, die ihn fiebrig und gierig anstarren, steigt ihm in die Nase. Fresser stürzen sich auf ihn, als sie erkennen, dass er endlich hilflos ist, und beginnen bereits damit, ihn zu berühren, sich an seinen Gefühlen zu laben, während er hilflos daliegt.

Ein Dämon taucht aus der Menge auf und reißt ihm den schwarzen Stock aus den Händen. Das hat noch nie jemand zu tun vermocht, doch das liegt daran, dass er sich sonst immer mit seiner Magie dagegen wehren konnte, und jetzt besitzt er sie nicht. Das verzerrte Gesicht des Dämons, der jetzt den Stock mustert, ist von borstigem Haar bedeckt, und die ledrige Haut seiner eingefallenen Wangen bildet tiefe Höhlungen. Er versucht, den Stock mit all seiner unmenschlichen Kraft zu zerbrechen, doch es gelingt ihm nicht. Frustriert wirft der Dämon ihn zu Boden und stampft darauf herum, aber der Stock bricht nicht.

Schließlich verbrennt er ihn mit Magie. Verkohlt und rauchend bleibt der Stock auf einem Fleck geschwärzter Erde zurück.

Jetzt bringen sie ihn von der Lichtung weg, wobei Dutzende von Händen ihn gepackt halten, während sie ihn durch den Wald zum Dorf zurückzerren. Der Dämon hält die Überreste des Stocks in seinen Klauen. John Ross hört erneut das Schreien und Stöhnen der Verwundeten und Sterbenden, jener Menschen, die ihm erst Obdach gewährten und ihn dann verstießen. Viele von ihnen werden vor Ende des Tages tot sein, und diesmal, das weiß er, wird er zu ihnen gehören. Der Gedanke ans Sterben macht ihm keine Angst; er hat zu lange mit dieser Möglichkeit gelebt, um sie noch zu fürchten. Auch vor dem Schmerz hat er keine Angst. Seine Haut ist aufgerissen und zerschunden, und Blut fließt aus Wunden an Armen und Beinen, aber er spürt nichts davon. Der Schmerz, den er verspürt, kommt hauptsächlich von innen, tief aus seinem Herzen.

Seine Fänger schleppen ihn an dem Dorf vorbei und durch einen verwüsteten Obstgarten, eine kleine Anhöhe hinauf zu einer Kirche. Das Gebäude raucht noch von einem Feuer, das bereits fast erloschen ist. Das Dach ist eingebrochen, die Wände sind verkohlt, und die Fenster zerschmettert. Eine Horde Einst-Menschen hat ein großes Holzkreuz aus der Kirche geholt und es auf den Boden gelegt. Die Metallklammern, mit denen es an der Wand hinter dem Altar befestigt war, sind verbogen und zerbrochen. Einst-Menschen mit Hämmern und eisernen Nägeln stehen wartend da und schauen rasch zu ihnen, als sie sich nähern.

Eifrige Hände drücken ihn zu Boden und pressen ihn gegen das Holzkreuz, die Arme ausgestreckt, die Beine an den Knöcheln gekreuzt. Sie reißen ihm die Stiefel herunter, sodass seine Füße ungeschützt sind. Er kämpft nicht gegen sie an. Es gibt keinen Grund dafür. Seine Zeit als Ritter des Wortes ist vorüber. Er schaut fast desinteressiert zu, als der Dämon ihm den zerstörten Stock vor die Füße wirft und die Männer mit den Hämmern und Nägeln sich neben ihn knien. Sie öffnen mit Gewalt eine seiner Hände und stellen einen Nagel auf seine Handfläche. Er erinnert sich an einen Traum, den er einst hatte – vor langer Zeit, als es noch Hoffnung gab –, in dem er sich in dieser Zeit befunden und sterbend an einem Kreuz gehangen hatte. Er erinnert sich und denkt, dass das Maß jedes Lebens möglicherweise die Verbindung von Vergangenheit und Zukunft beim Zeitpunkt des Todes ist.

Dann hebt sich der Hammer und fällt, und der Nagel wird durch die Knochen und das Fleisch seiner Hand getrieben …

Ross erwachte mit einem Keuchen, und seine Hände waren in die Decken und Laken gekrallt, der Körper verkrampft und schweißnass. Er lag da und starrte eine Weile in die Dunkelheit des Zimmers, während er sich daran zu erinnern versuchte, wo er war. So waren seine Träume immer – so verstörend, dass er sich völlig ziellos und verwirrt fühlte, wenn er aus ihnen hochschreckte.

Dann spürte er, wie Josie Jackson sich neben ihm regte, ihren Körper an ihn schmiegte, und er erinnerte sich, dass er in ihrem Haus war, in ihrem Schlafzimmer, und dass er eingeschlafen war, nachdem sie sich geliebt hatten. Ein Lichtstrahl der Straßenbeleuchtung, der vom Frost und von der Kälte silbrig gefärbt wurde, fiel durch einen Spalt in den Vorhängen. Josie legte ihm den Arm über die Brust, ihre Finger kamen weich und warm auf seiner Schulter zur Ruhe. Ihre Körperwärme erfüllte ihn mit einem Gefühl der Sicherheit.

Doch jede Zufriedenheit, die er verspürte, war nur eine Illusion. Der Traum hatte ihm deutlich gemacht, dass sein Versagen, das Gypsy-Morph zu retten, seinen Panzer aus Selbstschutz zu durchdringen, den Schlüssel zu seiner Magie zu entdecken und sie damit freizusetzen, seine eigene Zukunft festschrieb.

Er lag eine lange Zeit da und dachte darüber nach, was es bedeutete, den Rest seines Lebens mit dem Wissen zu leben, dass sein Ende vorherbestimmt war, auch wenn er alles andere überlebte. Er wusste nicht, ob er damit leben konnte. Er wusste nur, dass seine einzige Chance, die Dinge zu verändern, jetzt war.

Was tat er dann also hier?, fragte er sich wütend. Nest befand sich zumindest bei Little John, beobachtete seine Fortschritte und suchte nach einem Weg, zu ihm vorzudringen. Was tat er hier, fern von beiden, während er Bedürfnisse befriedigte, die mit keinem von ihnen etwas zu tun hatten?

Der bittere Geschmack in seinem Mund ließ ihn die Lippen zu einem schmalen Strich zusammenpressen. Er war auch nur menschlich. Es war nicht fair, mehr zu erwarten. Er konnte nicht mehr geben.

Er schloss die Augen. Wie dem auch sein mochte, es war Zeit zu gehen.

Sanft löste er sich aus Josies Umarmung, kroch aus dem Bett, sammelte seine Kleider auf und schlüpfte aus dem Zimmer. Er zog sich im Flur an und stieg ins Erdgeschoss hinunter, um seinen Mantel und die Stiefel zu holen. Die Uhr in der Küche sagte ihm, dass es fast Mitternacht war. Er schaute sich um. Das alte Haus war dunkel und still, und er fühlte sich wohl darin. Er wollte es nicht verlassen.

Er holte tief Luft. Er liebte Josie Jackson. Das war der Grund, warum er hier war. Das war der Grund, warum er hier bleiben wollte. Für immer.

Er blieb noch ein paar Augenblicke, wo er sich befand, und ging dann zur Treppe, um in die Dunkelheit hinaufzuschauen. Er sollte zu ihr gehen. Er sollte ihr Lebewohl sagen.

Er zog dies nur kurz in Betracht. Dann drehte er sich um und ging durch die Tür in die Nacht hinaus.

Nest Freemark erstarrte in der plötzlichen Dunkelheit, die sie überrascht hatte und ihr ein vages Unbehagen vermittelte. Die Lichter waren alle aus. Das Summen des Kühlschranks war verstummt. Der Strom war komplett ausgefallen. Sie hörte nichts außer dem Ticken der Standuhr.

Sie ging rasch in die Küche zurück. Die Kinder saßen am Tisch und schauten sich verwirrt um. »Ness«, flüsterte Harper. »Ssu dunkel.«

»Ist schon gut, Spätzchen«, sagte sie und ging zum Küchenfenster, um hinauszuschauen. Überall an der Straße brannten Lichter. Ihr Haus war das Einzige, das dunkel geworden war. Sie ließ ihren Blick durch den Garten schweifen, sah jedoch nur treibenden Schnee und die Schatten von Zweigen, die sich spinnenartig über den Verwehungen ausbreiteten. »Es ist alles okay«, flüsterte sie.

Sie wünschte sich plötzlich, John Ross und Pick wären hier, um ihr ein wenig Rückhalt zu geben. Sie fühlte sich in dem alten Haus sehr allein mit den beiden Kindern, um die sie sich kümmern musste. Es war albern, wusste sie. Genau wie die Kellertür …

Die Stufen der Kellertreppe knarrten leise. Sie hörte das

Geräusch ganz deutlich. Jemand stieg sie hinauf. Einen Augenblick verwarf sie den Gedanken als lächerlich, wollte das Geräusch als Einbildung abtun. Dann hörte sie es erneut.

Sie ging zum Küchentisch und beugte sich dicht zu den Kindern. »Bleibt einen Moment still sitzen und bewegt euch nicht«, sagte sie.

Sie öffnete die Schublade des Besenschranks und holte Old Bobs Taschenlampe heraus, die große, verlässliche mit den vier Magnumbatterien, die er immer benutzt hatte. Sie ergriff sie fest, und ihr Gewicht flößte ihr eine gewisse Sicherheit ein, als sie leise aus der Küche und den Gang entlang zur Kellertür huschte. Sie horchte einen Augenblick, ohne etwas zu hören.

Dann holte sie tief Luft, riss die Tür auf, knipste die Lampe an und tauchte die Treppe mit ihrem starken Strahl in helles Licht.

Sie übersah fast, was sich dort befand, weil es die Wand hinaufgeklettert war und von der Decke hing. Es war formlos und schwarz, mehr Schatten als Substanz, eine Art sich bewegender Fleck, der sich am Rand des Lichts befand. Als sie erkannte, dass es vorhanden war, und die Taschenlampe ganz darauf richtete, wurden Arme und Beine deutlich. Augen glitzerten inmitten einer spinnenhaften Masse, Klauen und Zähne wurden kurz sichtbar, und es sprang von der Decke auf sie herab.

Nest reagierte instinktiv, indem sie die Magie beschwor, mit der sie geboren worden war, die Magie, die seit sechs Generationen das Erbe der Freemark-Frauen war. Sie starrte der dunklen Monstrosität in die Augen, die die Stufen hinaufkroch, und schleuderte ihr die Magie entgegen. Es war, als würde man im Urschleim wühlen, als besäße das Wesen keine Knochen und keinerlei Substanz. Doch es stolperte trotzdem und verlor den Halt, als die Magie ihm seinen Schwung raubte und seine Reaktionen verdrehte, und es fiel ins Dunkel zurück.

Nest schlug die Tür zu, drückte den Schlossknopf hinein und eilte zurück in die Küche. Sie schnappte sich einen der Holzstühle und rammte ihn mit der Lehne fest unter den Knauf der Kellertür.

Ihr Atem kam stoßweise. Sie musste die Kinder hier wegbringen. Sie eilte wieder in die Küche, hob Harper hoch und ergriff Little John am Arm. »Kommt mit«, drängte sie die beiden so ruhig, wie sie konnte. »Schnell, beeilt euch.«

Sie brachte sie zur Haustür und begann damit, sie in ihre Mäntel zu wickeln. Harper protestierte, und Little John stand einfach nur da und schaute sie an. Sie kämpfte darum, nicht die Fassung zu verlieren, und lauschte nach Geräuschen von dem Ding im Keller, während sie fieberhaft nachdachte.

Kein Licht, kein Telefon, kein Fahrzeug, gefangen.

Die Kellertür flog krachend auf, als das Schloss nachgab und der Stuhl zersplitterte.

Die Kinder hinter sich zurücklassend, trat sie in den Flur, um sich dem Angreifer zu stellen – nur war er nicht da. Sie fuhr mit dem Strahl der Taschenlampe durch die Dunkelheit und suchte nach ihm. Sie versuchte es zuerst mit der Decke und anschließend mit den Wänden. Nichts. Sie zog sich zu den Kindern zurück, während ihre Augen wachsam nach links und rechts huschten. Das Wesen musste sich in der Küche oder im Wohnzimmer befinden. Es musste durch eine der beiden Türöffnungen geglitten sein. Sie spürte, wie sich ihr Magen umdrehte und Kehle und Brust sich vor Angst zusammenzogen. Sie fühlte, wie Geist in ihr erwachte. In wenigen Sekunden würde er damit beginnen, sich frei zu kämpfen. Sie konnte das nicht zulassen. Nicht vor den Kindern.

Hawkeye schoss wie ein Blitz aus orangenem Fell unter dem Weihnachtsbaum hervor und verschwand im Gang.

Sie richtete den Strahl der Taschenlampe hektisch suchend wieder auf die Küche.

Wo ist es?

Es kam von hinten, aus der Dunkelheit des Flurs, aus Richtung der Schlafzimmer. Sie spürte es, bevor sie es hörte, und wirbelte herum, um seinen Angriff abzublocken, gerade als es durch den Lichtstrahl hindurch auf sie zuschoss. Es stürmte als schwarze, formlose

Masse auf sie zu und schwenkte im letzten Moment unerwarteterweise ab, um an ihr vorbeizugelangen. Sie schleuderte ihre Magie wie eine Decke nach dem Wesen und richtete ihre Taschenlampe darauf. Sie sah, wie es sich im Griff der Magie wild verrenkte und stolperte und nicht in der Lage war, sich zu befreien. Ein Teil von ihm schlug wütend nach ihr, versetzte ihren Armen einen betäubenden Schlag, und die Taschenlampe flog davon. Dann war es bei ihr, den Flur entlang und in den Schatten verschwunden.

Die Taschenlampe ging aus, und das Haus wurde erneut in Dunkelheit gehüllt. Nest ergriff die Kinder bei den Armen und zog sie buchstäblich den Flur entlang zu ihrem Schlafzimmer. Es war jetzt zu spät, um sie fortzubringen oder Hilfe zu rufen. All ihre Optionen waren verschwunden. Sie brauchte einen Ort, wo sie sich verteidigen konnte. Nach dem letzten Angriff wurde ihr jetzt etwas klar, das sie vorher nicht bemerkt hatte. Das Wesen, das sie angriff, war nicht hinter ihr her. Es wollte die Kinder.

Sie schob die Kleinen in das Schlafzimmer und schlug die Tür hinter sich zu. Es war das Beste, was sie tun konnte. In ihrem Inneren wirbelte alles durcheinander, und sie wusste, dass sie Geist nicht mehr lange gefangen halten konnte. Außerdem hatte sie gar keine Wahl; wenn sie am Leben bleiben wollten, musste sie ihn herauslassen. Der Geisterwolf war der Einzige, der sie noch schützen konnte. Ihre eigene Magie war schmerzlich unzureichend; mit ihr vermochte sie bestenfalls ein Patt zu erreichen. Harper schluchzte und weinte nach ihrer Mutter, aber es war keine Zeit, sie zu trösten. Nest drängte die Kinder in den Schrank, der auf der anderen Seite des Zimmers stand, schob sie hinein und befahl ihnen, sich auf den Boden zu legen und dort zu bleiben.

Sie hatte die Schranktür kaum geschlossen, als sie draußen im Flur Geräusche hörte. Die Vorhänge waren noch offen, und der Raum wurde vom Licht einer Straßenlaterne erhellt. Sie konnte alles klar erkennen. Ihre Augen waren bei allen Lichtverhältnissen immer außergewöhnlich gut gewesen – ein Geschenk ihrer Magie und ihres Erbes, hatte Granny gesagt. Sie konnte nachts mit Pick durch den Park streifen und alles ebenso deutlich sehen wie er. Dieses Talent würde sie jetzt brauchen.

Die Schlafzimmertür flog krachend auf, und das schwarze Ding wogte ins Zimmer. Diesmal ging es nicht direkt auf sie los, sondern schwebte eine Wand hinauf. Sie schob sich auf die Mitte des Raumes zu, weg vom Bett, aber mit dem Rücken zur Schranktür, sodass sie zwischen dem Angreifer und den Kindern blieb. Das schwarze Ding sickerte für einen Moment an der Wand entlang und ließ sich dann in einer Ecke herabfallen. Seine Bewegungen waren fließend und fast hypnotisch.

Langsam breitete es sich in einem dunklen Fleck auf dem Boden aus und bewegte sich auf sie zu.

Jetzt brach Geist aus ihr heraus und zerschmetterte dabei die Fesseln, mit denen sie ihn bisher zurückgehalten hatte. Es war nicht zu verhindern; ihre Not war zu groß. Der große Geisterwolf katapultierte sich quer durch den Raum auf das Ding an der Wand zu, das Maul mit den Tigerstreifen wütend verzerrt, die Kiefer weit aufgerissen; seine Zähne blitzten. Nest konnte nicht verhindern, dass sie ihm folgte, ein Teil von ihr war in ihm gefangen. Ihre Augen sahen durch die seinen, ihr Herz schlug in der großen, sehnigen Brust. Sie fühlte sich so wie er, urtümlich und ungezügelt, ein Jäger und Raubtier. Sie war in seinem dunklen, berauschenden Instinkt gefangen, sie um jeden Preis zu beschützen.

Das schwarze Ding startete einen Gegenangriff, und einen Moment lang war alles ein wildes Durcheinander aus Zähnen und Klauen, aus kehligen Lauten und ineinander verkrümmten Körpern. Geist kämpfte mit ungestümer Wildheit, doch das schwarze Ding war trotz seiner formlosen, fließenden Masse unglaublich stark. Es hämmerte gegen Geist, und Nest spürte den Aufprall, als wäre es ihr eigener Körper. Der Wolf wurde heftig zurückgeschleudert und ging in einem Wirrwarr aus Beinen und gesträubten Haaren zu Boden, das Tigergesicht in wilder Raserei verzerrt.

Sofort wieder auf den Beinen, griff er mit gesenktem Kopf und gefletschten Zähnen erneut an.

Aber das schwarze Ding war fort.

Nest brauchte einen Augenblick, um zu begreifen, was geschehen war. Geist lief zur offenen Tür, und bohrende Augen durchsuchten die Dunkelheit. Draußen im Flur öffnete und schloss sich die Haustür. Geist erstarrte zu einer riesigen, bedrohlichen, schattenhaften Silhouette in der Türöffnung. Nest spürte, wie sich ihre Verbindung zu ihm unerwartet lockerte.

Dann knarrte hinter ihr leise die Schranktür und Little John kam in Sicht. Einen Moment stand er wie erstarrt da, als hätte ihn der Anblick, der sich ihm bot, hypnotisiert. Seine Augen wanderten von Nest zu Geist und wieder zurück. Schrecken und Verzweiflung spiegelten sich in ihnen; Nest erkannte dies deutlich. Aber es lag auch ein dunkles und drängendes Verlangen darin. Es war ein unmissverständliches Bitten um Kontakt. Nest war wie benommen. Das Gypsy-Morph verlangte endlich nach ihr, griff in wortloser Verzweiflung nach ihr. Die Tiefe seines stummen Hilfeschreis erschütterte sie.

Sie reagierte instinktiv und rief Geist mit einem Gedanken zu sich, zog ihn in dem Versuch in ihr Inneres, seine Gegenwart vor dem Jungen abzuschirmen. Der Geisterwolf kam rasch und gehorsam. Er wusste, was von ihm erwartet wurde, strahlte aber auch ein Gefühl des Widerstrebens aus, über das sie in der Hitze des Augenblicks nicht nachdachte.

Aber Little John wurde hysterisch. Er stürmte auf sie zu, durchquerte den Raum mit wirbelnden Armen und Beinen und erreichte sie nur Sekundenbruchteile, nachdem der Wolf in ihr verschwunden war. Er warf sich auf sie, dieser seltsame, rätselhafte Junge, der nicht verstanden oder enthüllt werden konnte, und schlang die Arme um sie, als wäre sie für ihn das wertvollste Lebewesen überhaupt.

In der Stille, die darauf folgte, stand sie in der Mitte ihres Schlafzimmers und hatte Little John fest an die Brust gedrückt. Während sie versuchte, ihn zu beruhigen und ihm zu versichern, dass sie für ihn da war, dass sie ihm alles geben würde, was er brauchte, hörte sie ihn leise weinen.

Mama, sagte er mit seiner Kinderstimme. *Mama*.

Mittwoch, 24. Dezember

Kapitel 21

Um sechs Uhr am nächsten Morgen war Nest wach, angezogen und bereit, loszugehen. Sie wanderte in der stillen, kalten Dunkelheit die Straße entlang zu der Telefonzelle bei der rund um die Uhr geöffneten Tankstelle am Lincolnway und verbrachte zwanzig Minuten damit, Reparaturleute vom Stromwerk und von der Telefongesellschaft zu finden, die ohne Termin einen frühmorgendlichen Stopp bei ihrem Haus einlegen würden. Da sie ihr ganzes Leben in Hopewell verbracht hatte, wusste sie, wen sie anrufen musste, um dies hinzubekommen. Nicht, dass es leicht gewesen wäre, die Leute, die sie kannte, dazu zu überreden, am Tag vor Weihnachten ihre gesamten Arbeitspläne umzustellen, aber am Ende schaffte sie es.

Sie hatte sich gestern Nacht die Zeit genommen, das Ausmaß des Schadens festzustellen, bevor sie endlich ins Bett gegangen war. Die Telefonleitung war dort durchgeschnitten worden, wo sie ins Haus führte, das war also keine große Sache. Doch der gesamte Sicherungskasten war aus der Wand gerissen worden, und sie hatte keine Ahnung, wie aufwändig es war, dies zu reparieren.

Sie brachte eine Schachtel voller Doughnuts und Styroporbecher mit heißer Schokolade und Kaffee mit zurück zum Haus, damit sie sich wenigstens stärken konnten. Es hatte aufgehört zu schneien, und der Wind war abgeebbt, sodass die Welt um sie herum still und ruhig war. Die Kinder schliefen; sie waren von den Ereignissen der vergangenen Nacht erschöpft. Sie hatte sehr lange gebraucht, um sie ins Bett zu bekommen, vor allem Little John, der ihr gegenüber wie ausgewechselt war. Statt sich von ihr zu distanzieren, wie er es zuvor getan hatte, statt sich in seine private Welt zurückzuziehen, wo er über Dinge nachdachte, die ihr verborgen blieben, hatte er sich so vollständig an sie gehängt, dass es den Anschein hatte, jede noch so kurze Trennung würde ihm das Herz brechen. Sie konnte ihn kaum dazu bringen, sie so lange loszulassen, dass sie John Ross begrüßen konnte, der eine knappe halbe Stunde nach ihrem Kampf mit dem Ding aus dem Keller nach Hause kam und das Gypsy-Morph dabei vorfand, wie es wie eine zweite Haut an ihr klebte.

Sie freute sich über Little Johns Verwandlung, aber er war ihr auch ein Rätsel. Er hatte sie zweimal Mama genannt, aber seither nichts mehr gesagt. Er schien am Boden zerstört darüber zu sein, dass sie nicht verstand, was er wollte. Sie hielt ihn, redete besänftigend auf ihn ein und sagte ihm, dass alles in Ordnung sei, dass sie da war und dass sie ihn liebte, aber nichts schien zu helfen. Er war auf eine Weise untröstlich und hilflos, die sie nicht verstand.

»Es hat etwas mit Geist zu tun«, hatte sie John Ross erzählt.

Sie hatten nach den dramatischen Ereignissen der Nacht auf dem Sofa im Wohnzimmer gesessen, nachdem die Kinder endlich im Bett waren und sie das Haus so gut wie möglich gesichert hatten. Es war kalt im Haus, und ohne funktionierende Heizung wurde es immer kälter, daher hatte sie die Kinder in Schlafsäcken vor den Kamin gelegt und ein Feuer angezündet, um sie zu wärmen.

Sie flüsterte, um sie nicht aufzuwecken. »Als er mich dort stehen sah, während Geist noch auf der anderen Seite des Raumes war, war er sehr aufgeregt und hatte so viel Hoffnung in den Augen, John. Aber als Geist in mich zurückkam, war er verzweifelt.«

»Vielleicht war er wegen dem verängstigt, was er gesehen hatte.« Ross schaute mit gerunzelter Stirn zu dem schlafenden Jungen hinüber. »Möglicherweise hat er es nicht verstanden.«

Nest schüttelte den Kopf. »Er ist ein Geschöpf der Magie. Er hat verstanden, was geschehen ist. Nein, es war etwas anderes. Es war Geist, der ihm so zusetzte. Aber warum? Geist war die ganze Zeit über hier gewesen.«

»Und das Gypsy-Morph wollte die ganze Zeit über nichts von dir wissen.« Ross schaute sie bedeutungsvoll an.

»Nein«, stimmte sie ihm zu.

»Vielleicht wird von dir gefordert, eine Wahl zu treffen.«

»Zwischen zwei Sorten von Magie? Oder zwischen unterschiedlichen Leben? Was für eine Art von Wahl?«

»Ich weiß es nicht. Ich stelle nur Vermutungen an. Vielleicht, eine Magie für die andere aufzugeben?« Ross schüttelte den Kopf.

Sie dachte erneut darüber nach, als sie von der Tankstelle zurück nach Hause ging. Anscheinend fand das Gypsy-Morph keinen Weg, um ihr mitzuteilen, was es wollte. Little John war ein Junge, aber kein wirklich echter Junge, sondern so etwas wie Pinocchio, hölzern, zusammengesetzt und aus Elfenstaub erschaffen. Vielleicht wollte er, dass sie ihn statt Geist wählte. Aber wie sollte sie das tun? Sie hatte schließlich wieder und wieder versucht, sich von dem Geisterwolf oder von der Magie ihres Vaters zu befreien. Sie wollte diese Magie nicht in sich haben. Sie kämpfte ständig darum, sie unter Kontrolle zu halten. Letzte Nacht hatte sie versagt und war gezwungen gewesen, sie wegen der dämonischen Bedrohung freizugeben. Sie wusste, dass sie keinen Frieden finden würde, solange Geist in ihr war. Aber das war nichts, was sie beeinflussen konnte.

Schneepflüge rumpelten an ihr vorbei und räumten die Woodlawn und die angrenzenden Nebenstraßen. Lichtschein kam von Straßenlaternen und Hausbeleuchtungen, aus einzelnen Fenstern und von den Scheinwerfern vorbeifahrender Autos, doch die Dunkelheit war an diesem Morgen noch immer allumfassend und ungebrochen. Die Wintersonnenwende war gerade erst vorüber, und die kurzen Tage würden noch bis weit in den Januar anhalten. Es würde erst nach acht Uhr hell werden, und um vier würde es bereits wieder dunkel sein. Sie hatten Glück, wenn die Sonne sich überhaupt sehen ließ. Den Kopf gedankenverloren gesenkt, stapfte sie weiter.

Ross war bereits wach, als sie zurückkehrte, und wartete auf sie, während er am Küchenfenster stand und hinausschaute. Die Kinder schliefen noch. Sie gab ihm Kaffee und einen Doughnut und nahm sich das gleiche, und sie setzten sich an den Tisch.

»Ich war fast die ganze Nacht wach«, berichtete er ihr, doch sein Blick war trotzdem ruhig und wachsam. »Ich konnte nicht schlafen.«

Sie nickte. »Ich auch nicht.«

»Ich hätte nicht zu Josie gehen dürfen. Ich hätte bei dir und Little John bleiben müssen.«

Sie beugte sich vor. »Das hätte nichts geändert. Das weißt du. Wir hätten Bennett trotzdem verloren. Und wenn du hier gewesen wärst, um uns vor dem Ding aus dem Keller zu beschützen, wäre Geist vielleicht nicht herausgekommen und Little John hätte nicht so auf mich reagiert, wie er es getan hat. John, das war das erste Mal, dass er mich wirklich wahrgenommen hat. Das war die erste positive Reaktion, die ich von ihm bekommen habe. Ich bin so dicht davor, zu ihm durchzudringen. Ich spüre es.«

»Wenn noch genug Zeit dafür ist.« Er schüttelte den Kopf. »Ich weiß nicht, Nest. Diese Sache ist völlig außer Kontrolle geraten. Findo Gask lauert überall und wartet nur auf eine Gelegenheit, uns erneut anzugreifen. Ich bin sicher, dass er für das Ding im Keller verantwortlich ist. Wahrscheinlich ist er auch an Bennetts Verschwinden schuld.«

Nest schwieg einen Moment. »Wahrscheinlich.«

»Hast du die Polizei angerufen, um sie als vermisst zu melden?«

Sie schüttelte den Kopf. »Noch nicht. Sie war auch vorletzte Nacht weg und ist von selbst wiedergekommen. Ich hoffe noch, dass sie das auch diesmal tut.« Sie stieß ermüdet den Atem aus. »Aber wenn sie nicht zurück ist, wenn das Telefon wieder funktioniert, werde ich diesen Anruf machen.«

Ross stellte den schwarzen Stock vor sich hin und umklammerte ihn mit festem Griff. »Es ist zu gefährlich, wenn ich noch länger hierbleibe«, sagte er leise. »Ich hätte gar nicht erst kommen dürfen. Ich muss mit Little John verschwinden, bevor noch etwas passiert – bevor ein anderes Monster in deinem Keller oder deinem Schlafzimmer oder sonstwo auftaucht und du dieses Mal vielleicht nicht schnell genug reagieren kannst, um dich zu retten.«

Nest nippte an ihrem Kaffee und dachte angestrengt nach. Draußen schwand die Dunkelheit ganz allmählich. Die Welt schimmerte weiß hinter einem bleichen grauen Schleier hervor. Sie ließ den gestrigen Kampf mit dem schwarzen Ding noch einmal vor ihrem inneren Auge ablaufen. Sie durchlebte noch einmal das Grauen und die Wut, die sie überwältigt hatten, und erinnerte sich daran, wie es sich angefühlt hatte, als Geist aus ihr hervorgebrochen war. Nach so langer Zeit, nachdem sie so hart darum gekämpft hatte, ihn davon abzuhalten. Sie sah erneut Little Johns gepeinigten Blick. Sie konnte diesen Blick nicht vergessen. Sie konnte nicht aufhören, daran zu denken, was dies bedeutete.

»Ich habe eine Idee, John«, sagte sie schließlich und schaute ihn wieder an. »Ich werde mit Pick darüber reden müssen, aber es könnte uns eine Atempause verschaffen.«

Ross wirkte nicht sonderlich überzeugt. »Wenn ich Little John nehme und gehe, hast du eine größere Atempause.«

»Wenn du Little John nimmst und gehst, haben wir aufgegeben. Ganz zu schweigen davon, was es auf ihn für Auswirkungen haben wird.« Sie schaute ihm in die Augen. »Lass mich mit Pick sprechen. Dann sehen wir weiter. Okay?«

Er nickte schweigend, sah aber nicht glücklich aus. Sie stand auf, um nach den Kindern zu schauen, bevor er noch etwas sagen konnte.

Der Elektriker kam kurze Zeit später, ein größerer, bulliger Mann namens Mike, der sich kopfschüttelnd den zerstörten Sicherungskasten anschaute und wissen wollte, wie zur Hölle so etwas passieren konnte. Nest erzählte ihm, dass jemand ins Haus eingebrochen sei und wahllos verschiedene Sachen zerstört hätte. Mike machte sich achselzuckend an die Arbeit und schien ihre Erklärung zu akzeptieren. Der Telefontechniker tauchte auf, als sie Harper und Little John gerade die restlichen Doughnuts, die heiße Schokolade und Apfelsaft auftischte, und reparierte die Leitung innerhalb von zwei Minuten. Anders als Mike schien der Telefonmann nicht an Erklärungen interessiert zu sein. Er reparierte einfach den Schaden und verschwand wieder.

Anschließend rief Nest die Polizei an, um Bennett als vermisst zu melden, und sorgte dafür, dass die Kinder das Gespräch nicht hören konnten. Das war leichter als erwartet, da Little John sie jetzt wieder ignorierte. Sie hatte ihn umarmt, als er aufgewacht war, und er hatte kaum reagiert. Seine Augen waren wieder teilnahmslos auf irgendetwas gerichtet, das weit weg war. Er saß auf dem Sofa und starrte in den Park hinaus, bis sie ihn in die Küche brachte, um ihm etwas zu essen zu geben. Dort blieb er sitzen, nachdem er fertig war, und verlor sich wieder in seiner eigenen Welt. Sie war zu beschäftigt, um darüber beunruhigt zu sein, doch sie wusste, dass sie das später sein würde, wenn er nicht von dort zurückkam, wo immer er sich gerade befand.

Der Polizeibeamte nahm ihre Aussage zu Protokoll und sagte, sie würden in Verbindung bleiben. Im Augenblick hatten sie keine Nachrichten, was wahrscheinlich ein gutes Zeichen war. Nest hoffte noch immer, dass Bennett von selbst durch die Tür gewandert kam, ob auf Drogen oder nicht. Sie glaubte noch immer, dass sie Bennett helfen konnte, ohne die Polizei einzuschalten.

Doch dann, als sie ihren Mantel aufhängte, den sie in der vergangenen Nacht einfach zu Boden hatte fallen lassen, fand sie in einer Tasche Bennetts Nachricht.

Liebe Nest,
es tut mir Leid, einfach so davonzulaufen und Harper bei Dir zu lassen, aber ich muss weg. Ich habe letzte Nacht gefixt, und ich weiß, dass ich es schon bald wieder tun werde. Ich will es nicht, aber ich kann nicht anders. Ich schätze, ich bin wirklich ein hoffnungsloser Fall. Ich mag es nicht, dass Harper dabei ist, wenn ich fixe, darum lasse ich sie bei Dir.

Ich schätze, ich habe vielleicht die ganze Zeit vorgehabt, sie bei Dir zu lassen. Ich kann nicht mehr für sie sorgen, und ich kann sie auch nicht bei Fremden lassen. Schätze, da bleibst nur Du übrig. Bitte, kümmere Dich um sie, große Schwester. Ich vertraue Dir. Harper ist alles, was ich habe, und ich möchte, dass es ihr gut geht und sie nicht so aufwachsen muss wie ich. Wenn es mir besser geht, werde ich zu ihr zurückkommen. Sag ihr, dass ich sie liebe und jeden Tag an sie denken werde. Es tut mir Leid, Dir so viel Schwierigkeiten zu machen. Ich liebe Dich.

Bennett

Nest las den Brief mehrere Male und überlegte, was sie tun sollte. Aber es gab eigentlich nichts, was sie unternehmen konnte. Bennett konnte überall und bei jedem sein. Sie mochte gar nicht über die verschiedenen Möglichkeiten nachdenken. Sie hatte kein Problem mit der Aussicht, sich um Harper zu kümmern, obwohl sie nicht wusste, wie das kleine Mädchen reagieren würde, wenn es herausfand, dass seine Mutter es verlassen hatte. Es war schon früher passiert, aber das bedeutete nicht, dass es dadurch diesmal irgendwie leichter wurde.

Mike, der Elektriker, kam aus dem Keller herauf, um zu verkünden, dass er innerhalb der nächsten Stunde alles wieder in Ordnung bringen würde, daher ließ sie die Kinder in Johns Obhut, zog ihren Parka an und ging in den Park, um nach Pick zu suchen.

Er war nicht schwer zu finden. Als sie durch ihren Hintergarten und auf die schneebedeckte Ebene der Baseballfelder stapfte, kam er auf Jonathans Rücken aus dem Wald im Osten herbeigeflogen. Der Himmel war grau wie Blei und hart wie Eisen. Die Wolken hingen tief und bedrohlich über der Erde, als könnte es jeden Augenblick erneut zu schneien beginnen. Vom Fluss zogen Nebelschwaden durch den Wald, lange Tentakel, die sich um Baumstämme und Zweige wanden und bis zu den angrenzenden Wohngebieten und Straßen vordrangen. Der Park war an diesem Tag leer, sodass Nest die Einzige war, die Pick und Jonathan beobachtete, während sie näher kamen.

Die Eule schwenkte in einem weiten Bogen um Nest herum und landete dann in einer Eiche, die direkt am Weg stand. Pick stieg ab und begann den Stamm hinunterzuklettern. Er bewegte sich mit schnellen, ruckhaften Bewegungen, wie ein Eichhörnchen auf Nahrungssuche, ließ sich von Ast zu Ast fallen, umkreiste den Stamm, wenn er einen besseren Weg brauchte, und machte immer wieder Halt, um sich umzuschauen. Jonathan faltete seine breiten Flügel, zog den Kopf zwischen die Schultern und wurde zu einem Teil des Baums.

Nest wartete, bis Pick tief genug war, um von den Zweigen auf ihre Schulter zu springen, wo er sich vor Anstrengung keuchend hinsetzte.

»Verwünschter Vogel!«, schimpfte er. »Man sollte doch glauben, dass er auf einem tieferen Ast landen könnte, oder? Für eine Eule ist er ein wenig schwer von Begriff.«

Sie drehte sich um und setzte sich mit dem Rücken zum Baum in den Schnee. »Ich brauche deine Hilfe.«

»Ist das was Neues?«

Der Waldschrat kicherte und war mit seinem Versuch eines Scherzes hochzufrieden. »Kannst du dich an eine Zeit erinnern, als du meine Hilfe nicht gebraucht hast?«

Er kicherte noch einmal. Es war ein eher erschreckendes Geräusch, wenn man bedachte, dass es von einem Stockmännchen erzeugt wurde, das nur zwölf Zentimeter groß war.

Nest seufzte; sie war entschlossen, sich nicht reizen zu lassen. »Ich brauche dich, um eine Antidämonenmagie zu wirken. Etwas in der Art, wie du es benutzt, um die Bäume im Park zu schützen, wenn sie von etwas angegriffen werden.«

»Holla, warte mal einen Moment!« Pick richtete sich abrupt auf und war plötzlich voll bei der Sache. Sein Zweig-Finger stach in ihre Richtung. »Reden wir hier von Findo Gask?«

»Das tun wir.«

»Na, da kannst du sofort aufhören!« Pick warf die Arme in die

Luft. »Nach was sehe ich eigentlich aus? Ich bin ein Waldschrat, verflixt noch mal! Diese Art von Magie besitze ich nicht! Unter deinem Dach befindet sich ein echter Ritter des Wortes. Benutze ihn! Er hat die Art von Magie, von der du sprichst, die Art, mit der man einem Maentwrog während eines Augenblinzelns die Haut abziehen kann. Was willst du denn von mir, wenn du ihn hast?«

»Beruhigst du dich jetzt und hörst mir einen Moment lang zu?«, fragte sie.

»Nicht, wenn der Rest unserer Unterhaltung so weiter geht!« Pick war auf den Beinen und wedelte wild mit den Armen. »Ich bin ein Waldschrat!«, wiederholte er. »Ich kämpfe nicht gegen Dämonen!Ich stürze mich nicht in Gefechte mit Wesen, die mich zum Frühstück verspeisen können! Alles, was ich tue, ist, mich um den Park zu kümmern, und das ist genug Arbeit, das kannst du mir glauben. Diese kleine Aufgabe zu erledigen, erfordert meine gesamte Energie und Zauberkraft, Nest Freemark, und da brauche ich nicht auch noch dich, die mich bittet, irgendeine Art von …«

»Pick, bitte!«

»… halbgarer Magie zu wirken, die selbst zu meinen besten Zeiten nichts gegen ein so finsteres …«

»Pick!«

Er verstummte und keuchte fast nach seiner Tirade. Er funkelte sie unter seinen moosigen Brauen hervor an und forderte sie förmlich dazu heraus, noch mehr über das Thema Dämonen und Waldschratmagie zu sagen.

»Lass mich noch einmal von vorne beginnen«, sagte sie ruhig. »Ich erwarte nicht, dass du wirklich eine Antidämonenmagie beschwörst. Das war eine schlechte Wortwahl.«

»Humph«, grunzte er.

»Ebenso wenig erwarte ich, dass du deine Zeit und Energie für eine Sache opferst, in der du nichts ausrichten kannst. Ich weiß, wie hart du daran arbeitest, den Park zu beschützen, und ich würde niemals um etwas bitten, das diese Bemühungen gefährden könnte.«

Ihr Versuch, ihn zu beruhigen, schien zu wirken. Zumindest hörte er wieder zu. Sie sah ihn mit ihrem besten »Das ist eine ernste Sache«-Blick an. Das war nicht sonderlich schwer, wenn man bedachte, was sie ihm zu berichten hatte. Sie erzählte ihm, was während des Schneesturms geschehen war, einschließlich des Verschwindens von Bennett Scott und des Angriffs des schwarzen Dings, das sich in ihrem Keller versteckt hatte. Sie erzählte ihm, wie Geist sie verteidigt hatte, und von seinem Kampf mit dem Angreifer.

»Findo Gask, ganz eindeutig!«, schnaubte Pick. »Man kann Dämonenwerk mit nichts anderem verwechseln.«

»Na ja, dann verstehst du sicher, dass ich wegen dieser ganzen Sache mehr als nur ein wenig nervös bin.« Sie entspannte sich etwas, behielt ihn aber scharf im Auge und wartete darauf, dass sein quecksilbriges Temperament erneut mit ihm durchging. »Ich kann nicht zulassen, dass ich jedes Mal, wenn ich den Kopf aus der Tür stecke, auf etwas Ähnliches gefasst sein muss. Ich muss einen Weg finden, um zu verhindern, dass es noch einmal passiert. John Ross meint, er sollte am besten das Gypsy-Morph nehmen und aus Hopewell verschwinden. Aber wenn er das tut, verlieren wir jede Möglichkeit, eine Lösung für sein Rätsel zu finden. Das Morph wird noch ein paar Tage durchhalten und dann auseinander fallen und verschwinden. Die Magie wird für immer verloren sein.«

Pick zuckte mit den Achseln. »Die Magie ist möglicherweise sowieso verloren, wenn man bedenkt, dass niemand weiß, was sie ist und wie man sie benutzt. Vielleicht hat Ross Recht.«

Jetzt war es an Nest, ihn düster anzufunkeln. »Du glaubst also, ich sollte einfach aufgeben?«

»Das habe ich nicht gesagt.«

»Ich soll mich um nichts anderes kümmern, als dir im Park zu helfen? Zur Hölle mit dem Rest der Welt?«

Er verzog das Gesicht. »Hör auf zu fluchen. Das mag ich nicht.«

»Nun, ich mag es nicht aufzugeben! Oder dass man mir sagt, ich soll aufgeben!«

»Beruhigst du dich jetzt bitte wieder?«

»Nicht, wenn du mir sagst, du würdest nicht einmal versuchen mir zu helfen!«

»Verflixt!« Pick war wieder auf den Beinen und wanderte auf ihrer Schulter hin und her. »Also gut, also gut! Was soll ich tun?« Er wandte sich ihrem Gesicht zu. »Das heißt: Was soll ich tun, das nichts mit Antidämonenmagie zu tun hat?«

Sie hob besänftigend die Hände. »Ich werde nichts von dir verlangen, von dem ich weiß, dass du es nicht tun kannst.« Sie hielt kurz inne. »Ich möchte, dass du eine Art Frühwarnsystem schaffst. Ich möchte, dass du ein Netz aus Magie spinnst, das du über mein Haus wirfst, sodass die Dämonen nicht wieder ohne mein Wissen eindringen können.«

Er musterte sie zweifelnd. »Du verlangst nicht, dass ich sie mit meiner Magie fern halte?«

»Nein. Ich bitte dich nur, deine Magie dazu zu verwenden, mich wissen zu lassen, falls sie versuchen hereinzukommen. Ich bitte dich, ein Warnsystem zu erschaffen.«

»Nun!«, knurrte er. »Nun!« Er warf die Hände in die Luft. »Warum hast du das nicht gleich gesagt! Das kann ich tun! Natürlich kann ich das tun!« Er schaute zum Himmel hinauf. »Schau dir an, wie viel Zeit wir damit verschwendet haben, darüber zu sprechen, statt es bereits zu installieren. Verflixt, Nest! Du hättest schneller auf den Punkt kommen sollen!«

»Nun, ich ...«

»Komm schon«, unterbrach er sie, sprang von ihrer Schulter und kletterte den Baum hinauf zu Jonathan. »Wir vergeuden Zeit!«

Er flog mit Jonathan zu ihrem Haus, während sie ihm zu Fuß durch den Park folgte. Der Mittag näherte sich, aber es war noch immer neblig und grau, die Wolken hingen tief und bedrohlich über ihr, die Luft war beißend kalt. Der Wind war nicht wieder aufgefrischt, und es schneite auch nicht mehr, aber es war nur allzu wahrscheinlich, dass beides bald passieren würde. Nest schaute zu den Häusern hinüber, die am Rand des Parks standen; sie wirkten gleichförmig und abgeschieden, ihre Dächer waren schneebedeckt, und von den Dachrinnen hingen Eiszapfen. Es waren Autos unterwegs, doch nur wenige, und sie bewegten sich vorsichtig auf den glatten Straßen. Es war Heiligabend, aber sie nahm an, dass die Leute in diesem Jahr versuchen würden, ihre Feiern auf ihre Wohnungen zu beschränken.

Als sie bei ihrem Haus ankam, hatte Pick bereits mit der Arbeit begonnen. Sie hatte schon einmal gesehen, wie er dies im Park bei einem Baum getan hatte. Die Vorgehensweise war die gleiche. Er flog mit Jonathan von einem Baum zum Haus, wieder zu einem Baum, zurück zum Haus und immer so weiter, und formte dabei ein Zickzackmuster, das die Fäden der Magie, die er dabei zurückließ, zu einem komplexen Spinnennetz verwob. Bei jedem Baum hielt er lange genug an, um eine Art Empfänger zu beschwören, der unsichtbar war, aber einen doppelten Zweck erfüllte: die Magie an diesem Ort zu verankern und gleichzeitig ihre Kraftlinien zu versorgen. Er benutzte keinerlei Materialien, und nichts von seiner Arbeit war sichtbar, aber das Ergebnis bestand darin, das Haus so sicher einzuhüllen, als wäre ein feinmaschiges Stahlnetz darüber geworfen worden. Alle Zugänge waren bedeckt. Alle Eingänge waren gesichert. Jeder Versuch, sie zu passieren, in welcher Gestalt auch immer, würde sofort entdeckt werden.

Er brauchte fast eine Stunde, um sein Werk zu vollenden, und arbeitete sich dabei langsam und sorgfältig von Punkt zu Punkt um das Haus herum, spann seine magischen Fäden und gab Acht, nichts auszulassen. Sie kam ihm bei seiner Arbeit nicht in die Quere und schaute schweigend zu. Es würde keine Überraschungen wie in der letzten Nacht mehr geben. Wenn die Dämonen versuchen sollten zurückzukommen, würde sie es wissen.

»Es gibt eine Sache, an die du denken musst«, erklärte er ihr, als er fertig war. Er saß wieder auf ihrer Schulter, während sich Jonathan ein Stück entfernt in einer Platane niedergelassen hatte und darauf wartete, dass man ihn rief. »Jeder Versuch eines Dämons, das Netz zu durchqueren und in das Haus einzudringen, wird den Alarm auslösen. Dieser Alarm ist nichts, was klingelt, heult oder pfeift oder so etwas. Er ist ein Gefühl, aber du wirst es erkennen.« Er hob warnend einen Finger. »Ein Mensch, der das Haus betritt, wird den Alarm nicht auslösen. Ebenso wenig ein Mensch, der es verlässt. Aber wenn du ein Fenster oder eine Tür öffnest und offen lässt, lädst du damit den Dämon ein, und das System versagt. Also mach alles zu und halt es verschlossen.«

Sie runzelte die Stirn. »Diesen Teil kannte ich nicht.«

»Nun, im Park hat es wenig Bedeutung, wenn wir die Bäume damit umgeben, da sowieso nichts außerhalb des Netzes lebt, das es öffnen könnte. Hier ist das anders. Halte alles gut verschlossen. Wenn du das tust, kommen die Dämonen nicht an dem System vorbei, ohne dass du es erfährst. Glaubst du, du kannst dir das merken?«

»Ich kann es mir merken.« Sie lächelte ihn an. »Danke, Pick.«

»Denk einfach nur an das, was ich dir gesagt habe. Das ist Dank genug.«

Er wirkte außerordentlich stolz auf sich selbst, als er von ihrer Schulter sprang und durch den Garten lief, um auf Jonathan zu steigen. Gemeinsam flogen sie in den Nebel davon. Sie schaute ihnen nach und dachte, dass Pick von all ihren Freunden über die Jahre hinweg noch immer der verlässlichste war.

Sie blickte zum Haus. Es wirkte völlig unverändert, und sie spürte auch in sich selbst nichts anderes. Sie konnte sich bei dieser Sache mit der Warnanlage nur auf ihr Vertrauen stützen, doch wenn es Pick betraf, reichte Vertrauen völlig aus. Die Dämonen würden das System sicher entdecken. Vielleicht würde das schon genügen, um sie eine Zeit lang in Schach zu halten. Vielleicht war das Zeit genug, um herauszufinden, womit sie Little Johns Geheimnis entschlüsseln konnte.

Sie fragte sich plötzlich, wie sie zu diesem Punkt in ihrem Leben gekommen war. Sie war in ihrem Haus mit einem Wesen gefangen, das sie nicht verstand, und wurde von Dämonen bedroht. Sie kämpfte mit ihrer eigenen Magie und mit der anderer Kreaturen – eine Kombination, die sie ständig zu überwältigen drohte. Sie verbarg Geheimnisse, die sie vernichten konnten. Sie war neunundzwanzig und trieb ziel- und richtungslos durch ihr Leben und in eine ungewisse Zukunft.

Was war der Grund, warum sie lebte? Ihre Gabe der Magie schien sinnlos zu sein. Ihr Leben schien nirgendwohin geführt zu haben. Sie war seit ihrer Geburt etwas Besonderes gewesen, doch nichts von dem, was sie bislang getan hatte, hatte ihr Aufschluss darüber gegeben, zu was sie hätte werden sollen. Sie war an einem toten Punkt angelangt, und die Ereignisse der letzten Tage hatten nur noch deutlicher gemacht, wie durch und durch ratlos sie war.

Könnte Granny mir sagen, was ich tun soll, wenn sie noch hier wäre? Würde sie den Grund für all das erkennen, was in meinem Leben geschehen ist? Oder wäre sie ebenso ratlos wie ich?

Wahrscheinlich würde sie mir einfach raten weiterzumachen.

Es gab keinen Einfluss in ihrem Leben, der ihr Halt gab. Keine Eltern, Großeltern, keinen Ehemann, keine Kinder. Keine Familie. Es gab Freunde, aber das war nicht dasselbe. Sie spürte das Fehlen eines Ankers, eines Prüfsteins, der ihr ein Gefühl der Zugehörigkeit gegeben hätte. Das Haus hatte ihr das früher vermittelt. Und der Park. All die Orte, an denen sie aufgewachsen war, der Gobelin ihrer Reise durch die Kindheit. Doch irgendwie reichte das alles nicht mehr. Es diente nur noch dazu, Erinnerungen auszulösen, die sie in der Vergangenheit gefangen hielten.

Sie stand lange da und dachte darüber nach, während sie ins Nichts starrte und Entfernungen durchreiste, die zu weit weg waren, um sie deutlich zu erkennen.

Dann öffnete sich die Tür, und John Ross trat heraus. »Du kommst besser rein, Nest«, sagte er ruhig. »Das Sheriffbüro ist am Telefon. Sie haben Bennett Scott gefunden.«

Kapitel 22

Nest ertappte sich dabei, wie sie über die zyklische Natur des Lebens nachdachte, während sie zum städtischen Krankenhaus fuhr und den Taurus zwischen den schmutz- und ascheverkrusteten Schneebergen hindurchlenkte, die sich an den Straßenrändern auftürmten. Sie dachte nicht so sehr darüber nach, dass es so war – das war offensichtlich –, sondern über die Arten, wie es geschah. Manchmal konnte man es im Lauf seines Lebens nicht verhindern, dass man dort endete, wo man begonnen hatte. Man mochte weite Strecken zurückgelegt und seltsame Erfahrungen gemacht haben, doch wenn alles gesagt und getan war, brachte einen die Reise wieder dorthin zurück, wo alles angefangen hatte.

So war es auf unerwartete Weise mit Bennett Scott geschehen. Vor fünfzehn Jahren, als sie erst fünf gewesen war, wäre sie beinahe bei den Klippen im Sinnissippi-Park gestorben. Damals war Nest dagewesen, um sie zu retten, doch dieses Mal nicht. Nest musste darüber nachdenken, ob die Art von Bennetts Tod auf irgendeine Weise vorherbestimmt gewesen war, ob ihre Rettung auf den Klippen damals das Unvermeidliche nur hinausgezögert hatte. Es war seltsam und beunruhigend, dass Bennett auf diese Weise starb, nachdem sie einmal entkommen war, nachdem es so gewirkt hatte, als wäre sie bei allen Bedrohungen, denen sie ausgesetzt war, zumindest vor dieser sicher gewesen.

Das Nachdenken über die zyklische Natur von Bennett Scotts Leben und Tod erinnerte Nest an ihre Mutter. Caitlin Anne Freemark war ebenfalls am Fuß der Klippen des Sinnissippi-Parks gestorben, kurz nachdem Nest geboren wurde. Über Jahre war die Art ihres Todes umstritten gewesen – ob sie ausgerutscht und gefallen war, ob sie versehentlich über den Rand geraten war oder ob sie Selbstmord begangen hatte. Erst als Nest sich ihrem Vater gestellt hatte, hatte sie die Wahrheit erfahren. Er war es gewesen, der die Ereignisse und das emotionale Trauma herbeigeführt hatte, die zum Tode ihrer Mutter geführt hatten. Ob man es Selbstmord nannte oder kalte Berechnung, Ursache und Wirkung blieben die gleichen.

Jetzt fragte sie sich, ob auch für den Tod von Bennett Dämonen verantwortlich waren. Hatten Findo Gask und dieses Mädchen, Penny, und wer immer noch zu ihnen gehörte, die Ereignisse in Gang gesetzt, die zu Bennetts Tod geführt hatten?Nest wurde das Gefühl nicht los, dass es so war. Genau wie ihre Mutter, genau wie die Kinder, die sie und Pick in jenem Sommer vor fünfzehn Jahren so oft gerettet hatten, genauso war auch Bennett Scott der Willkür von Dämonen zum Opfer gefallen. Sie sah Bennett noch immer als Fünfjährige vor sich, die am Rand der Klippen stand, direkt über dem Abgrund, während Massen von Fressern um sie herumwimmelten, sie weiter drängten und sich an der Angst, den Zweifeln und der Traurigkeit mästeten, die ihr Leben durchdrang. Es war dieses Mal sicher nicht viel anders gewesen. Bennett Scotts Leben hatte sich nicht allzu sehr verändert.

Es war Larry Spence, der sie mit dieser Nachricht angerufen hatte. Eine junge Frau war am Fuß der Klippen beim Wendekreis im Sinnissippi-Park gefunden worden, hatte er ihr berichtet. Sie passte auf die Beschreibung von Bennett Scott, die am Morgen vermisst gemeldet worden war. Könnte Nest wohl bitte vorbeikommen und den Leichnam identifizieren? Nest ertappte sich dabei, wie sie sich irrationalerweise fragte, ob niemand außer Larry Spence im Sheriffbüro arbeitete.

Sie stellte den Wagen auf dem Besucherparkplatz des Krankenhauses ab, betrat die Empfangshalle, ging zu den Fahrstühlen hinüber und fuhr, den Schildern folgend, zur Leichenhalle hinunter.

Larry Spence erwartete sie, als sich die Fahrstuhltüren öffneten und sie hinaustrat. »Es tut mir Leid, Mädchen.«

Sie war sich nicht ganz sicher, was ihm eigentlich Leid tat, aber sie nickte trotzdem. »Lass sie mich sehen.«

Spence führte sie durch zwei dicke Türen und einen kurzen Gang entlang, der von weiteren Türen gesäumt war. Sie gingen zu der zweiten auf der linken Seite. Helles Licht überflutete einen kleinen Raum, in dem ein Operationstisch stand, auf dem ein Körper lag, der mit einem Tuch bedeckt war. Jack Armbruster, der Gerichtsmediziner, schaute im Stehen auf einen Fernseher und trank einen Kaffee. Er drehte sich um, als sie eintraten, und begrüßte Nest mit einem Nicken.

Sie ging zum Tisch und stand schweigend da, während er das Tuch von Bennett Scotts Gesicht hob. Sie sah fast aus wie ein Kind. Ihre Haut war sehr weiß. Die Metallringe und Stäbe ihrer diversen Piercings verliehen ihr das Aussehen von etwas, das irgendwie zusammengeschustert worden war.

Ihre Augen waren geschlossen; sie hätte ebenso gut schlafen können. Nest starrte sie eine lange Zeit schweigend an, dann nickte sie. Armbruster senkte das Tuch, und Bennett war fort.

»Ich möchte, dass sie zu Showalters gebracht wird«, verkündete Nest rasch, während ihr gegen ihren festen Willen Tränen in die Augen traten. »Ich werde Marty anrufen. Ich möchte, dass er die Beerdigung übernimmt. Ich werde für alles bezahlen.«

Sie konnte kaum noch etwas sehen. Die Tränen ließen ihre Sicht verschwimmen und gaben ihr das Gefühl, als würde alles von ihr wegschweben. Es entstand ein bedrückendes Schweigen, als sie fertig war, und sie rieb sich wütend die Augen.

»Du wirst warten müssen, bis Jack mit seiner Arbeit hier fertig ist, Nest«, erklärte Larry Spence, und seine Stimme nahm einen offiziellen Tonfall an. Sie funkelte ihn düster an. »Es gibt ungeklärte Umstände bei ihrem Tod. Es muss eine Autopsie durchgeführt werden.«

Sie schaute zu Armbruster. »Um herauszufinden, wie sie gestorben ist?«

Der Gerichtsmediziner schüttelte den Kopf. »Ich weiß, wie sie starb. Lang anhaltende Unterkühlung. Aber da ist noch etwas anderes zu berücksichtigen.«

»Was er meint ist, dass erste Blutproben ergeben haben, dass sich Rauschgift in ihrem Kreislauf befunden hat«, warf Spence rasch ein. »Sehr viel Rauschgift. Außerdem sind ihre Arme und Beine von Nadelspuren übersät. Du weißt, was das bedeutet.«

»Sie war süchtig«, bestätigte Nest und warf einen vernichtenden Blick in seine Richtung, ohne Augenkontakt aufzunehmen. »Das wusste ich, als sie zu Besuch kam. Sie hat es mir sofort erzählt. Sie kam mit ihrer Tochter nach Hopewell zurück, um Hilfe zu finden.«

»Das mag so sein«, erwiderte Spence und vergrub die Hände in den Taschen seiner Sheriffjacke. »Es bleibt jedoch die Tatsache bestehen, dass sie unter verdächtigen Begleitumständen gestorben ist, und wir müssen so viel wie möglich über ihren Zustand zum Zeitpunkt ihres Todes erfahren. Das verstehst du doch, oder?«

Das tat sie natürlich. Gerüchte über Drogenhandel im Park, eine Süchtige, die in ihrem Haus lebte, und geheimnisvolle Fremde, die sie besuchten. Larry Spence hatte sich bereits eine Meinung über das gebildet, was passiert war, und jetzt suchte er nach Beweisen. Es war lächerlich, aber man konnte nichts dagegen tun. Er würde in dieser Sache nach eigenem Gutdünken vorgehen, und nichts, was sie sagte, konnte etwas daran ändern.

»Wer hat sie gefunden?«, fragte sie.

Larry Spence schüttelte den Kopf. »Ein anonymer Anruf.«

Oh, klar, dachte Nest.

»Es gibt verschiedene Verletzungen an ihrem Körper, aber nichts, was nicht zu ihrem Sturz passt«, erklärte Armbruster, der bereits mit den Vorbereitungen für seine Arbeit begann, stählerne Instrumente und Schalen zurechtrückte, und Decken ausbreitete. »Aber ich glaube nicht, dass sie daran gestorben ist. Ich denke, es war die Kälte. Möglicherweise finde ich aber auch heraus, dass die Drogen sie getötet haben. Ich kann es noch nicht sagen.«

Nest setzte sich in Richtung Tür in Bewegung. »Sorgen Sie bitte dafür, dass sie zu Showalters gebracht wird, wenn Sie damit fertig sind herumzustochern, okay?«

Sie stürzte aus der Tür und den Gang entlang und war so wütend, dass sie nur mit Mühe verhindern konnte, dass sie zusammenbrach. Sie bemerkte, dass Larry Spence ihr folgte und sich beeilte, sie einzuholen.

»Es besteht die Möglichkeit«, rief er ihr nach, »dass die junge Dame nicht versehentlich über die Klippen gefallen ist. In Fällen wie diesem dürfen wir das Offensichtliche nicht ignorieren.«

Komm mir nicht zu nahe, Larry, dachte sie. *Denk nicht einmal daran, mich zu berühren.*

Sie ging zurück in den kleinen Warteraum und drückte auf den Fahrstuhlknopf. Die Türen öffneten sich, und sie trat hinein. Es war unangenehm eng.

»Ich habe dir von diesen Gerüchten erzählt«, beharrte er. »Vielleicht waren es nicht nur Gerüchte; vielleicht sind es Tatsachen. Es ist möglich, dass diese junge Dame in das verwickelt war, was auch immer dort vorgeht.«

Du bist so ein Armleuchter, Larry, wollte sie sagen, behielt es aber für sich. Er hatte nicht den geringsten Schimmer, was hier vorging. Er hatte keine Ahnung, dass er benutzt wurde. Er nahm alles in gewöhnlichen Begriffen wahr, auf vertraute Arten, und diese Denkweise funktionierte hier nicht. Seine Wirklichkeit und die ihre waren völlig verschieden. Sie könnte versuchen, ihn aufzuklären, aber sie nahm nicht an, dass er ihr zuhören würde. Nicht, wenn es um Dämonen und Fresser ging. Nicht, wenn sie von Magie sprach. Oder vom Krieg zwischen dem Wort und der Leere und der Art, wie dieser Krieg das Leben der Menschen beeinflusste.

»Ich muss zu dir rauskommen, um deine Aussage aufzunehmen«, fuhr er fort. »Und die von Mr. Ross.«

Ihre Wut ging in eine kalte, klamme Traurigkeit über, die sie mit Schmerz und Verlorenheit erfüllte. Sie schaute ihn mit stumpfen Augen an, als sie aus dem Fahrstuhl in die Empfangshalle des Krankenhauses trat.

»Schau, Larry, alles, was ich weiß, steht in der Vermisstenanzeige, die ich heute Morgen aufgegeben habe. Wenn du willst, dass ich das wiederhole, werde ich es tun. John wird dir ebenfalls seine Aussage geben. Komm zu meinem Haus, wenn du das tun musst. Aber ich sage dir jetzt schon, dass es hierbei nicht um Drogen geht. Denk darüber, was du willst.«

Er starrte sie an. »Worum geht es dann?«

Sie seufzte. »Es geht um Kinder, Larry. Es geht darum, sie vor Dingen zu beschützen, die sie vernichten wollen.« Sie zog den Reißverschluss ihres Parkas hoch. »Ich muss gehen. Ich muss mir überlegen, wie ich einem kleinen Mädchen beibringe, dass es seine Mutter nicht mehr sehen wird.«

Sie marschierte aus dem Krankenhaus, stieg in ihren Wagen und fuhr durch die verschneiten Straßen und den bleigrauen Tag nach Hause. Es überraschte sie nicht, dass Findo Gask Bennett Scott umgebracht hatte. Nichts, was Dämonen taten, überraschte sie noch. Aber welchem Zweck diente dieser Mord? Warum hatte er sich überhaupt mit Bennett abgegeben? Sie hatte nichts mit Findo Gasks Bemühen zu tun, an das Gypsy-Morph zu gelangen. Sie hatte nicht einmal gewusst, was ein Morph war. Sie hatte auch nicht gewusst, dass Dämonen existierten.

Ihre Stimmung wurde immer düsterer, je länger sie darüber nachdachte. Diese ganze Sache roch nach Böswilligkeit und Rache. Sie schmeckte nach Dämonenwut. Gask war zornig auf sie – zuerst, weil sie John Ross und das Morph aufgenommen hatte, und dann, weil sie sich geweigert hatte, sie preiszugeben. Die Angriffe an der Schlittenrutsche und in ihrem Haus hatten dazu gedient, ihr Angst zu machen, indem sie drohten, das Leben jener zu gefährden, die ihr nahestanden. Sie war bereit zu wetten, dass Bennetts Tod dem gleichen Zweck dienen sollte.

Sie war wütend und aufgelöst, als sie in ihre Auffahrt bog und aus dem Wagen stieg. Die ersten vereinzelten Schneeflocken taumelten vom Himmel herab, und das Licht war selbst in der kurzen Zeit zwischen ihrer Fahrt zum Krankenhaus und zurück dunkler geworden.

Ein weiterer Sturm zog auf. Sie hoffte, er würde bald losbrechen. Sie hoffte, er würde alle, einschließlich der Dämonen, für Wochen in ihren Wohnungen einsperren.

Drinnen fand sie John Ross, wie er die letzten Schlösser an den Türen und Fenstern überprüfte, eine Aufgabe, die sie ihn gebeten hatte, während ihrer Abwesenheit zu erledigen, nachdem sie ihm von Picks Bemühungen erzählt hatte, ein Frühwarnsystem zu errichten. Als sie ihm von Bennett Scott erzählte, schüttelte er nur wortlos den Kopf. Mike der Elektriker war gegangen, nachdem er seine Arbeit erledigt hatte und Heizung und Licht wieder funktionierten. Sie schaute ins Wohnzimmer, wo Harper und Little John mit gekreuzten Beinen vor dem Weihnachtsbaum auf dem Boden saßen und spielten. Farbige Lichter aus dem Baum spiegelten sich in den Schleifen und dem Geschenkpapier der Päckchen, die hinter ihnen verstreut lagen. Die Szene hatte etwas von einer kitschigen Weihnachtskarte.

Sie ging in die Küche und sah, dass der Anrufbeantworter blinkte. Es waren zwei Nachrichten. Die Erste war von Paul.

»Hi, ich bin's noch mal. Ich hab ja gesagt, dass ich's noch mal versuche. Scheint, dass ich dich verpasst habe. Aber ich versuche es weiter. Ich denke noch immer an dich. Wir sprechen dann später. Frohe Weihnachten.«

Den vertrauten Klang seiner Stimme zu hören, ließ sie lächeln und versetzte ihr gleichzeitig einen Stich. Sie verspürte ebenfalls das Bedürfnis, mit ihm zu reden. Die wenigen Worte, die sie gehört hatte, weckten Erinnerungen und Gefühle in ihr, an die sie eine lange Zeit nicht gerührt hatte. Vielleicht kam es, weil sie so einsam war. Vielleicht kam es, weil sie das, was sie einst besessen hatten, mehr vermisste, als sie bereit war zuzugeben.

Sie schloss einen Moment die Augen und stellte sich sein Gesicht vor, dann spielte sie die zweite Nachricht ab. Es war nur eine Telefonnummer. Das war alles. Aber sie erkannte die Stimme sofort. Ihre guten Gefühle verschwanden, und sie starrte das Telefon lange an, bevor sie die Nummer eintippte.

»Miss Freemark«, sagte Findo Gask, als er abhob. Kein Zögern, keine Begrüßung. »Warum geben Sie mir nicht einfach, was ich haben will, und wir können diese ganze Angelegenheit beenden.«

Obwohl sie wusste, dass er es sein würde, durchzuckte es sie unangenehm, als seine Stimme erklang.

»Das wäre das einfachste, nicht wahr?«, erwiderte sie. Sie war überrascht, wie ruhig sie klang, wenn man bedachte, welche Gefühle in ihr brodelten.

»Vielleicht können Sie sich dadurch weitere Unannehmlichkeiten ersparen«, betonte er. »Vielleicht wird dann niemand mehr über den Rand einer Klippe treten. Vielleicht finden Sie keine weiteren Überraschungen in Ihrem Keller vor. Vielleicht könnte Ihr Leben wieder so werden, wie es war.«

Sie schüttelte den Kopf. »Ich denke nicht. Ich glaube nicht, dass das noch möglich ist.«

Er lachte leise, und sie hasste ihn so sehr, dass sie sich kaum zurückhalten konnte, es herauszuschreien. »Nun, das Leben verlangt, dass man sich Veränderungen anpasst, schätze ich. Der Trick besteht darin, sich auf eine Weise anzupassen, die einem selbst und denen, die einem nahestehen, am wenigsten Schaden bereitet. Das haben Sie in der letzten Zeit nicht sehr gut gemacht, Miss Freemark. Ihre Entscheidungen haben das Leben von Bennett Scott und Ray Childress gekostet. Sie haben zu Ihrer hässlichen Begegnung mit dem Ur'droch geführt. Was halten Sie von ihm, Miss Freemark? Möchten Sie, dass er Ihnen noch einen Besuch abstattet? Er mag Kinder sehr gern.«

Sie holte tief Luft. »Das nächste Mal werde ich ihn erwarten, Mr. Gask. Sein Besuch könnte dann einen anderen Ausgang nehmen.«

Seine seriöse Stimme schnurrte. »Solche Sturheit, auch wenn sie töricht und sinnlos ist. Sie können nicht gewinnen, Miss Freemark. Glauben Sie nicht, Sie könnten es. Ihre Verbündeten schmelzen dahin. Selbst dieser große Indianer im Park. Auch ihn haben Sie verloren.«

Ihre Kehle schnürte sich zusammen, und sie spürte, wie ihr der Atem stockte. Two Bears? Nein, sie konnten ihm nichts angetan haben. Nicht ihm. Sie sah ihn vor sich, ein Fels, unbeweglich, mächtig. O'olish Amaneh. Nein, er nicht. Sie würde es wissen.

»Ich spüre, dass Sie mir nicht glauben«, sagte Findo Gask ruhig. »Wie Sie wollen. Was Sie glauben oder nicht glauben, verändert nichts. Er ist fort, und er wird nicht wiederkommen. Soll Mr. Ross der Nächste sein? Wie sieht es mit dem kleinen Waldschrat aus, der im Park lebt? Sie mögen ihn sehr gerne, nicht wahr? Was halten Sie davon, wenn der Ur'droch ihn ...«

Sie legte den Hörer sanft auf die Gabel, und die verhasste Stimme brach ab. Sie starrte das Telefon an, und Findo Gasks Worte hallten in ihrem Kopf wider. Ihre Hände zitterten. Sie wartete lange darauf, dass das Telefon klingelte, dass Findo Gask zurückrief, aber nichts geschah.

Schließlich wandte sie sich ab. Sie würde nur überleben, wenn sie überlegt handelte. Sie musste eine Sache nach der anderen in Angriff nehmen, voraussehen, was geschehen konnte, dann hatte sie vielleicht eine Chance. Findo Gask konnte so viel davon sprechen, Entscheidungen zu treffen und die Konsequenzen dafür zu tragen, wie er wollte. Sie hatte in dem Augenblick, als sie Bennett Scotts totes Gesicht gesehen hatte, den Entschluss gefasst, dass sie das Gypsy-Morph und seine Magie nicht den Dämonen ausliefern würde, was immer auch geschah. Es war eine Grenze überschritten worden, und es gab kein Zurück mehr. Sie wusste nicht, was ihre Entscheidung sie am Ende kosten würde, aber sie wusste sehr wohl, dass die Kosten einer Kapitulation zu groß waren, um damit leben zu können.

Ihre Entschlossenheit überraschte sie. Es war nicht so, dass sie tapfer war oder daran glaubte, dass das Gute über das Böse siegen würde. Sie wusste, dass Findo Gasks Einschätzung von ihr stimmte: Sie war unglaublich stur. Doch irgendwann – wahrscheinlich nach den Ereignissen der letzten Nacht, nahm sie an – hatte sie entschieden, dass sie nicht nachgeben würde, was immer auch ihr oder jenen in ihrer Nähe passieren würde. Etwas Wichtiges geschah hier, und selbst wenn sie nicht genau verstand, um was es dabei ging, würde sie dafür kämpfen. Sie verspürte die überwältigende Überzeugung, dass ein Kampf in diesem Fall notwendig war und dass sie ihn führen musste, wie auch immer die Konsequenzen aussahen.

John Ross würde es verstehen, glaubte sie. Er hatte über die Jahre mit Sicherheit ähnliche Schlachten geschlagen, war für Anliegen eingetreten, deren Auswirkungen ihm nicht vollständig deutlich gewesen waren, und hatte sich nur darauf verlassen können, dass seine Instinkte ihn die richtige Entscheidung fällen lassen würden, wenn der Verstand nicht ausreichte.

Sie schaute aus dem Fenster in den Park. Sie würde Pick vor Gasks Drohung warnen müssen – obgleich der Waldschrat wahrscheinlich ohnehin auf der Hut war. Doch wenn selbst O'olish Amaneh den Dämonen nicht widerstehen konnte, welche Chance hatte dann Pick – oder überhaupt einer von ihnen? Sie konnte sich niemanden vorstellen, der stärker war als Two Bears. Sie konnte nicht glauben, dass er möglicherweise fort war.

Sie drängte ihre Gedanken über den letzten der Sinnissippi beiseite und ging ins Wohnzimmer. Harper und Little John spielten noch immer. Sie lächelte Harper an, als das kleine Mädchen aufblickte. »Komm, sprich eine Weile mit mir, Spätzchen«, sagte sie sanft.

Sie brachte Harper den Gang entlang zum Arbeitszimmer ihres Großvaters und schloss die Tür hinter sich. Sie führte Harper zu dem großen Ledersessel, den Old Bob zum Lesen, zum Nachdenken und für seine Nickerchen bevorzugt hatte, setzte sich und zog das Kind auf ihren Schoß.

»Als ich klein war, hat mich mein Großvater immer hierher gebracht und auf seinen Schoß gesetzt, wenn er mir etwas Wichtiges zu erzählen hatte«, begann sie und wiegte Harper in ihren Armen. »Manchmal wollte er über unsere Familie sprechen. Manchmal wollte er über Freunde reden. Wenn ich etwas falsch gemacht hatte, brachte er mich hierher, um mir zu erklären, warum ich es nicht wieder tun sollte.«

Das kleine Mädchen starrte sie an. »War Harper böse?«

»Nein, Liebes, du warst nicht böse. Ich habe dich nicht hierher gebracht, weil du etwas Böses getan hast. Aber deiner Mutter ist etwas Böses geschehen, und ich muss dir davon erzählen. Ich will es nicht tun, weil es dich sehr traurig machen wird. Aber manchmal geschehen Dinge, die uns traurig machen, und wir können nichts dagegen tun.«

Sie stieß matt den Atem aus und begann, Harpers lange Haare zu streicheln. »Harper, Mami kommt nicht nach Hause, Liebes.« Harper wurde ganz still. »Sie ist sehr krank geworden, und sie kommt nicht heim. Sie wollte nicht krank werden, aber sie konnte nichts dagegen tun.«

»Mami krank?«

Nest biss sich auf die Lippen. »Nein, Spatz. Nicht mehr. Mami ist gestorben, Liebes.«

»Mami gestorben?«

»Verstehst du, Harper? Mami ist fort. Sie ist im Himmel, bei all den Engeln, von denen sie dir erzählt hat, bei denen, die den Tag hell machen, mit der Liebe, die Mamis für ihre Babys haben. Sie hat mich gebeten, für dich zu sorgen, Liebes. Du und ich, wir werden so lange in diesem Haus zusammen leben, wie du es willst. Du kannst dein eigenes Zimmer bekommen und deine eigenen Spielsachen. Du kannst mein kleines Mädchen sein. Das hätte ich sehr, sehr gerne.«

Harpers Lippen bebten. »Okay, Ness.«

Nest umarmte sie und hielt sie ganz fest. »Deine Mami hat dich so sehr geliebt. Sie hat dich mehr geliebt als alles andere. Sie wollte nicht sterben. Sie wollte immer bei dir sein. Aber sie konnte es nicht.« Sie schaute aus dem Fenster in den Park, wo das diesige Licht zu Dunkelheit verblich. »Wusstest du, dass meine Mami auch starb, als ich ein kleines Mädchen war? Ich war sogar noch jünger als du.«

»Will Mami sehen«, schluchzte Harper.

»Ich weiß, Liebes, ich weiß.« Nest strich ihr sachte über das dunkle Haar. »Ich wollte meine Mami auch sehen, und ich konnte es nicht. Aber wenn ich meine Augen schließe, kann ich sie dort in der Dunkelheit meines Kopfes sehen. Kannst du das tun? Schließe deine Augen und denk an Mami.«

Sie spürte, wie Harper ganz still wurde. »Sehe Mami«, sagte sie leise.

»Sie wird immer dort sein, Harper, wann immer du nach ihr suchst. Mamis müssen manchmal fortgehen, aber sie lassen ein Bild von sich in deinem Kopf, damit du sie nicht vergisst.«

Harpers Kopf hob sich von ihrer Brust. »Hat L'il John Mami, Ness?«

Nest zögerte und lächelte dann beruhigend. »Er hat dich und mich, Harper. Wir sind seine Mamis. Wir müssen uns um ihn kümmern, okay?«

Harper nickte ernst und fuhr sich mit dem Ärmel über die Augen. »Harper will Appelsaff, Ness.«

Nest stellte sie auf die Füße und legte die Hände auf die Schultern des kleinen Mädchens. »Lass uns welchen holen, Spatz. Und lass uns auch welchen für Little John holen.« Sie beugte sich vor und küsste Harpers Stirn. »Ich liebe dich, Harper.«

»Lieb dich, Ness«, antwortete Harper, und ihre dunklen, tiefen Augen waren strahlend und voller Staunen.

Nest nahm ihre Hand und führte sie aus dem Zimmer. Sie brauchte all ihre Kraft, um nicht zu weinen. In diesem Augenblick hatte sie das Gefühl, ihr Herz müsse zerspringen. Doch sie konnte nicht sagen, ob vor Traurigkeit oder vor Freude.

Kapitel 23

Während Nest im Arbeitszimmer mit Harper sprach, stand John Ross in der Tür zum Wohnzimmer und schaute zu, wie Little John mit den Teilen seines Puzzles spielte. Der Junge saß vor dem Weihnachtsbaum und hob ein Teil nach dem anderen auf und betrachtete es. Er schien das Puzzle in seinem Kopf und nicht auf dem Fußboden zusammenzusetzen, denn er legte jedes Teil wieder zurück, nachdem er es angeschaut hatte, ohne sich darum zu bemühen herauszufinden, wie es an die anderen passte. Er schien zu imitieren, was er Harper vor ein paar Tagen hatte tun sehen. Seine blauen Augen leuchteten vor Konzentration in seinem bleichen, ovalen Gesicht. Er hattte in den letzten vierundzwanzig Stunden Farbe verloren; er wirkte auf eine Art ausgezehrt und zerbrechlich, die darauf hinwies, dass es ihm nicht gut ging. Natürlich war Little John nur eine Hülle, die erschaffen worden war, um die Lebenskraft zu verbergen, die sich darunter befand, und jedes Anzeichen von Krankheit mochte auf etwas ganz anderes hindeuten, als es den Anschein hatte.

Little John war schließlich kein echter Junge, sondern ein Geschöpf der Magie.

Doch als er so gedankenverloren dasaß, sich so stark auf irgendwelche Gedankenspiele konzentrierte, die in seinem Kopf vor sich gingen, dass er nichts anderes wahrnahm, kam er Ross ebenso echt vor wie jedes Kind, das er je gesehen hatte. Waren Gypsy-Morphs wirklich so verschieden von Menschen? Little Johns Lebensenergie befand sich in der Hülle dieses Körpers, aber war das bei Menschen nicht ebenso? Lebte ihr Geist nicht in Behausungen aus Fleisch und Blut, existierten sie nicht weiter, wenn diese vom Tod ereilt wurden?

Manche Leute glaubten, dass dies so war, und Ross gehörte zu ihnen. Er wusste nicht genau, warum er es glaubte. Er nahm an, dass sein Glaube sich während seiner Jahre im Dienst für das Wort entwickelt hatte. Er musste aus der Akzeptanz geboren worden sein, dass das Wort und die Leere real waren, dass sie Gegner waren und dass die Zeitlinie der menschlichen Evolution ihr Schlachtfeld war. Vielleicht glaubte er einfach nur daran, weil er es musste, weil die Art seines Kampfes dies von ihm verlangte. Wie dem auch sei, die Möglichkeit, dass Menschen und Gypsy-Morphs beide einen spirituellen Kern besitzen könnten, der nach dem Tod ihres Körpers weiterlebte, beeindruckte ihn tief.

Er lehnte sich auf seinen Stock und grübelte darüber nach. Er wusste, dass diese Gedanken von dem unausweichlichen und unangenehmen Umstand ausgelöst wurden, dass ihnen allen die Zeit davonlief. Was immer auch noch mit Little John, Nest, Harper und ihm geschehen würde, es sollte nicht hier geschehen. Nest mochte wünschen, in ihrem Heim zu bleiben und sich den Dämonen auf vertrautem Grund zu widersetzen. Sie mochte glauben, dass der Waldschrat Pick ein schützendes Netz aus Magie um ihre Festung spinnen konnte, sodass sie nicht erneut von einem Angriff überrascht wurde. Aber John Ross war überzeugt davon, dass ihre einzige Überlebenschance darin bestand, so schnell wie möglich von hier zu verschwinden und sich so lange zu verstecken, bis das Rätsel des Gypsy-Morphs sich auf die eine oder andere Weise geklärt hatte. Sie mussten noch an diesem Nachmittag fortgehen, davon war Ross überzeugt. Findo Gask würde nicht warten, bis das Fest vorüber oder der weihnachtliche Geist verblasst war. Er würde sie bei Einbruch der Nacht heimsuchen, und wenn sie sich dann noch hier befanden, würde mit ziemlicher Sicherheit erneut jemand sterben.

Ross lauschte dem Ticken der Standuhr und wurde von dem gemessenen Rhythmus daran erinnert, wie erfolglos er bislang mit der Zeit umgegangen war, die ihm zur Verfügung stand. Er wusste, was von ihm verlangt wurde, wenn er das Geheimnis des Morphs entschlüsseln wollte. Er hatte es von Anfang an gewusst. Er hatte unendlich lange gebraucht, um auch nur bis hierher zu gelangen, und er hatte für all seine Bemühungen fast nichts vorzuweisen. Dass das Morph ihn zu Nest Freemark geführt hatte, war ein fragwürdiger Fortschritt. Dass sie annahm, es würde etwas von ihr wollen, war reine Vermutung. Sie war besonnen und intuitiv, aber ihre Schlussfolgerung war in der Hitze eines Kampfes ums Überleben gezogen worden und konnte fehlgeleitet sein. So viel ihres Denkens war spekulativ. Wie viel davon basierte auf Wunschdenken und puren Emotionen? Konnte sie wirklich glauben, dass Geist und das Morph irgendeine Verbindung besaßen? Was konnte Geist mit dem Interesse des Morphs an Nest zu tun haben? Wieso sollte es das Morph kümmern, dass der gespensterhafte Wolf einen untrennbaren Teil ihrer Magie darstellte?

Ross wog ab, was er wusste, während er weiterhin den Jungen beobachtete. *Sei fair*, warnte er sich. *Denk sorgfältig über diese Sache nach.* Es konnte sein, dass es ein Problem darstellte, dass der Wolf im Grunde genommen aus dämonischer Magie erschaffen worden war. Vielleicht konnte das Morph diese Gegenwart nicht ertragen. Doch andererseits besaßen Morphs die Fähigkeit, alles zu werden. Ihre Magie konnte gut oder böse sein, sie konnte zu jedem Zweck verwendet werden, sodass die Anwesenheit von anderen Magiearten logischerweise keine Auswirkung haben dürfte. War es etwas an der Gestalt des Wolfes, das das Morph störte? Konkurrierte Geists Magie auf irgendeine Weise mit seiner eigenen?

Ross grübelte über diese Fragen nach. Dieser Junge, dieser Junge! So eine rätselhafte Gestalt, so verschlossen und abgekapselt, so undurchdringlich! Warum war das Morph überhaupt zu einem Jungen geworden? In dieser einen Frage lag die Antwort auf alles andere verborgen, dessen war Ross sich sicher. Alles, was geschehen war, entsprang der letzten, endgültigen Verwandlung des Morphs in Little John, die Gestalt, die es angenommen hatte, bevor es nach Nest gefragt hatte, die Gestalt, die es angenommen hatte, bevor sie hierher gekommen waren.

Seine Hände schlossen sich fest um das glatte Holz des Stocks.

Wonach suchte das Gypsy-Morph? Was war es, das es anscheinend nicht in der Frau fand, deren Namen es mit solcher Dringlichkeit ausgesprochen hatte?

Die Tür des Arbeitszimmers öffnete sich, und Nest kam mit Harper an der Hand heraus. Beide schwiegen, als sie an ihm vorbeikamen und in die Küche gingen. Ross folgte ihnen mit den Augen und schwieg ebenfalls. Er sah, dass sie geweint hatten; es war nicht schwer herauszufinden, warum. Nest goss Apfelsaft in Harpers Kinderbecher und gab ihn ihr. Anschließend füllte sie einen Becher für Little John und brachte ihn ins Wohnzimmer, während Harper hinter ihr her trottete. Die Kinder setzten sich wieder zusammen und spielten weiter mit dem Puzzle.

Nest beugte sich zu ihnen hinunter und sprach leise mit ihnen, als das Telefon klingelte. Sie kniete auf dem Boden zwischen Harper und Little John und blieb, wo sie war.

»John«, rief sie leise, ohne hochzuschauen. »Könntest du bitte hingehen?«

Er ging durch den Flur zur Küche und nahm den Hörer ab. »Bei Freemark.«

»Ich schätze, das zeigt nur, wie schamlos ich bin, jemandem nachzulaufen, der mitten in der Nacht ohne etwas zu sagen verschwindet«, sagte Josie Jackson.

Er rieb sich die Stirn. »Es tut mir Leid. Ich bin es, der schamlos ist. Aber ich habe mir plötzlich Sorgen um Little John gemacht. Du hast so friedlich ausgesehen, dass ich dich nicht wecken wollte.«

»Das ist wahrscheinlich auch der Grund, warum du heute Morgen nicht angerufen hast. Du wolltest mich verschlafen lassen.«

»Die Dinge sind hier ein wenig hektisch gewesen.« Er überlegte, wie viel er ihr erzählen sollte, und senkte dann die Stimme. »Bennett Scott ist letzte Nacht verschwunden. Sie haben sie heute morgen am Fuß der Klippen im Sinnissippi-Park gefunden.«

»Oh, John.«

»Nest hat es gerade eben Harper erzählt. Es ist schwer zu sagen, wie sie damit fertig wird. Ich glaube, Nest versucht es im Augenblick herauszufinden.«

»Soll ich rüberkommen?«

Er zögerte. »Lass mich Nest von deinem Angebot erzählen. Sie kann dich dann zurückrufen, wenn sie meint, dass du kommen solltest.«

»Okay.« Sie schwieg einen Moment. »Falls ich nicht komme, denkst du dann darüber nach, hierher zu kommen?«

»Um dir die Wahrheit zu sagen, Josie«, sagte er, »denke ich daran, seit ich fortgegangen bin.«

Nicht, dass er zu ihr gehen würde, ermahnte er sich ernsthaft. Er hatte bereits beschlossen, was er tun musste. Er musste Hopewell verlassen, und zwar rasch – mit Little John, Nest und Harper. Vielleicht konnte er zurückkommen, wenn diese ganze Angelegenheit mit dem Gypsy-Morph vorüber war. Vielleicht konnte er dann für immer bleiben. Vielleicht würden er und Josie eine Chance für ein gemeinsames Leben erhalten.

Aber vielleicht auch nicht.

Er wurde erneut an das erinnert, was vor ein paar Monaten geschehen war, um mit der Lady zu sprechen. Er wurde erneut daran erinnert, wie trügerisch Hoffnung sein konnte.

Es war Anfang Oktober, als das Tatterdemalion zu ihm gekommen war. Er hatte noch in Cannon Beach bei Mrs. Staples gewohnt und im Buchladen gearbeitet. Mit der Hilfe von Anson Robbington hatte er die Höhle gefunden, in der das Gypsy-Morph erscheinen würde, und war viele Male dorthin zurückgekehrt, um Vorbereitungen für dieses Ereignis zu treffen. Er hatte sich den Grundriss der Höhle genau eingeprägt und damit begonnen, darüber nachzudenken, wie er das Morph einfangen konnte. Bislang war ihm jedoch noch keine Möglichkeit eingefallen, des schwer greifbaren Wesens habhaft zu werden. Er hoffte, dass der Traum von dem gekreuzigten Ritter wiederkehren und ihm etwas Neues offenbaren würde.

Er trat auf der Stelle.

Das Tatterdemalion erschien ihm, als er aus einem anderen Traum erwachte, aus einem besonders schlimmen, in dem er Zeuge der Zerstörung einer weiteren Stadt und der Ermordung ihrer Bewohner geworden war. Er konnte sich nicht an den Namen der Stadt erinnern, was ihn ziemlich beunruhigte. Er konnte sich nicht einmal erinnern, in welchem Teil des Landes sie sich befunden hatte. Es waren Leute in diesem Traum vorgekommen, deren Namen und Gesichter er kannte, doch beim Erwachen konnte er sich nicht mehr daran erinnern. Er hatte auf einer Straße gekämpft, die aus dieser Stadt herausführte, und eine Gruppe von Frauen, Kindern und alten Leuten hatte sich unter seinem Schutz befunden. Er hatte sie aus der Stadt herausgeführt, aber sie kamen nicht schnell genug voran, um ihre Verfolger abzuhängen. Schließlich war Ross gezwungen gewesen, sich ihnen zu stellen. Einst-Menschen und Dämonen hatten die Gruppe schnell umzingelt, und es gab keinen Ausweg. Ross war noch immer bei dem verzweifelten Versuch, durchzubrechen, als er erwachte.

Einen Augenblick konnte er sich nicht erinnern, wo er war. In seinem Kopf schwirrten noch immer die Bilder seines Traumes umher, und in seinen Ohren klang noch der Kampfeslärm nach. Es war eine warme, windstille Nacht, die noch einmal den vergangenen Sommer aufleben ließ, und die Fenster seines Zimmers waren weit geöffnet. Das Tatterdemalion stand an dem Fenster, das dem Meer am nächsten war. Es war blass und leuchtete; ein Kind unbestimmbaren Geschlechts, sehr jung und mit verlorenen, gequälten Augen, in denen sich Fragmente des menschlichen Lebens spiegelten, die man am liebsten vergessen wollte.

»Bist du John Ross?«, fragte es mit einer sanften, hohen Stimme.

Ross blinzelte und nickte. Er wusste wieder, wo er war, und die Erinnerung an den Traum verblasste allmählich. »Ja.«

»Ich habe eine Botschaft von der Lady für dich. Sie will mit dir sprechen. Sie wünscht, dass du zu ihr kommst.«

»Zum Fairy Glen?«, fragte er rasch und setzte sich auf.

Das Tatterdemalion schimmerte sanft. »Sie wünscht, dass du sofort kommst.«

»Zum Fairy Glen?«, wiederholte er.

Aber das Tatterdemalion verblasste bereits, sein Schimmer verebbte, seine Umrisse lösten sich auf, seine Gegenwart wurde zur Erinnerung. Innerhalb von Sekunden war es vollständig verschwunden, und Ross war wieder allein.

Er nahm am nächsten Nachmittag einen Flug von Portland nach New York, wechselte am Kennedy Airport die Maschine und landete am nächsten Mittag in Heathrow. Von dort nahm er einen Zug nach Cardiff, mietete ein Auto und fuhr nach Betwys-y-Coed. Die Reise kostete ihn das meiste von dem, was er den Sommer über in dem Buchladen verdient hatte. Er hatte kaum Zeit gehabt, ein paar Kleidungsstücke zu packen, bevor er das Haus verlassen hatte. Als er ankam, war er ziemlich erschöpft, und obwohl seine Instinkte ihm sagten, sofort zum Glen zu fahren, war sein Körper anderer Meinung. Er brach auf seinem Bett zusammen und schlief zehn Stunden durch.

Als er erwachte, hatte er zwar Albträume gehabt, war jetzt aber besser in der Lage, die Entscheidungen zu treffen, die man ihm möglicherweise abverlangen würde. Er duschte, zog sich an und aß in der Gaststube der Herberge zu Mittag. Anschließend fuhr er an einem typischen walisischen Oktobertag – bedeckt, hin und wieder kurze Schauer, zwischen denen die Sonne hervorblitzte, und ein leiser Hauch von Winter in der Luft – zum Fairy Glen.

Es standen ein paar Autos auf dem Parkplatz, und im Glen befanden sich eine Hand voll Leute, die über die Felsen kletterten und die schlammigen Pfade entlang wanderten. Das Tal war grün und saftig, der kleine Fluss wand sich durch sein Bett und war von den letzten Regenfällen stark angeschwollen. Ross stieg vorsichtig den Pfad hinab, der von der Straße in die Schlucht führte, und stützte sich sorgsam auf seinen Stock. Die vertrauten Geräusche erfüllten ihn mit Erregung und Hoffnung – das Rauschen des Wasserfalls, das Plätschern des Flusses, das Wispern des Windes in den Blättern und das Singen der Vögel. Er atmete die feuchte Wildheit der Erde und der Pflanzen ein, ein intensiver Geruch, der mit den Düften von Wildblumen und Laubwerk durchsetzt war. Es war erstaunlich, wie sehr er hier zur Ruhe kam, wie nahe er allem war, als wäre dieser Platz seine Heimat.

Er wusste, dass er die Lady und die Elfenwesen, die ihr dienten, nicht während des Tages sehen würde. Er hoffte, er würde Owain Glyndwr in seiner vertrauten Verkleidung als Angler treffen, doch es spielte nicht wirklich eine Rolle, ob Owain erschien. Hauptsächlich war er gekommen, um die Schlucht bei Tageslicht zu sehen und erneut die Verlockungen dieses Ortes zu spüren, der sein Leben so dramatisch verändert hatte. Er stieg bis zum Tal hinunter und setzte sich auf die Felsen. Er betrachtete den Wasserfall und den Fluss, die Bäume, Pflanzen und die winzigen Wildblumen. Er hielt nach nichts Besonderem Ausschau, sondern ließ die ganze Schlucht und ihre Farben auf sich wirken.

Nach einer Weile fuhr er in die Herberge zurück und machte ein kurzes Nickerchen. Als er wieder erwachte, machte er einen Spaziergang durch das kleine Dorf und kehrte zum Abendessen zurück. Der Gastwirt erinnerte sich von seinem letzten Besuch an ihn, und sie unterhielten sich eine Weile über die Tücken der Welt da draußen. Betwys-y-Coed war eine Insel der Ruhe und Beständigkeit und bot seinen Bewohnern ein Gefühl der Sicherheit. Der Gastwirt hatte sein ganzes Leben in dem Dorf verbracht; er konnte nicht verstehen, warum jemand woanders leben wollte.

Eine Stunde vor Mitternacht kehrte Ross zum Fairy Glen zurück. Die Nacht war schwarz und ohne Sterne, und der Mond lugte wie ein Eindringling zwischen den Wolken hervor. Ross parkte, ging zu dem Gatter und stieg den Fußweg zur Schlucht hinab. Die feuchte Luft war kühl, und Ross vergrub sein Kinn im Kragen des schweren Mantels und schaute zu, wie sein Atem weiße Wolken bildete. Mit

Hilfe seines Stocks suchte er sich seinen Weg zum Rand des Flüsschens und blieb dort stehen, um sich umzuschauen. Er atmete die nächtlichen Gerüche ein und lauschte dem sanften Rauschen des Wasserfalls.

Fast sofort tauchte Owain Glyndwr auf. Der frühere Ritter des Wortes und jetzige Diener der Lady stand wie aus Stein gemeißelt auf der anderen Seite des Flusses, den Mantel um den hageren Körper gewickelt, den breitkrempigen Hut tief ins Gesicht gezogen. Er hatte seine Angelrute locker in der Hand, und die Schnur trieb träge im Wasser.

Er nickte Ross freundlich zu. »Ist 'ne gute Nacht, um Elfen zu beobachten«, sagte er ruhig. »Du bist gekommen, um sie zu sehen, nicht wahr?«

»Das bin ich«, bestätigte Ross.

»Warte ein bisschen, dann werden sie erscheinen«, versicherte ihm Owain. »Deine Augen verraten, dass du ihren Trost brauchst. Das ist gut so. Jene, die glauben, werden immer Trost bei ihnen finden.«

Er verlagerte leicht das Gewicht, und sein Gesicht trat aus dem Schatten. Ross sah sich selbst in diesem Gesicht, seine Züge ähnelten denen seines Vorfahren stärker als noch bei seinem letzten Besuch. Er war natürlich älter geworden, aber das war nicht alles. Es war, als hätte ihre Ähnlichkeit sich verstärkt, weil sie beide ein Leben als Ritter des Wortes geführt hatten.

Owain Glyndwr begann sich langsam flussabwärts zu bewegen und von Ross zu entfernen. Er blieb einmal stehen, um seine Angel neu auszuwerfen. Ross beobachtete ihn eine Weile und schaute dann zum Wasserfall hinüber. Als er wieder zurückblickte, war der andere Mann verschwunden.

Ross blieb, wo er war, und wartete geduldig. Die Dunkelheit der Schlucht legte sich hart und kalt um ihn, aber sie war zugleich auch seltsam angenehm. Sie hüllte ihn ein und hieß ihn willkommen. Sie gab ihm Frieden. Das war bei seinem letzten Besuch vor zehn Jahren nicht so gewesen, als er hier gewesen war, um der Lady zu sagen, dass er ihr nicht mehr als Ritter des Wortes dienen könnte. Damals hatte sich der Glen feindlich und abweisend angefühlt; er hatte ihn zurückgewiesen. Die Lady war nicht erschienen, und er war deprimiert und frustriert fortgegangen. Er hatte seinen Weg verloren, ohne es zu wissen. Als Folge davon wäre er beinahe gestorben.

Plötzlich blinkten Lichter im Vorhang des Wasserfalls, die hell pulsierten, während sie sich durch das dunkle Wasser bewegten. Hunderte von ihnen erschienen gleichzeitig, als wären winzige Glühwürmchen außerhalb ihrer Zeit zusammengekommen, um ihn zu Hause zu begrüßen. Er lächelte bei ihrem Anblick und bei der Erkenntnis, dass die Elfen sich zeigten und damit seine Anwesenheit guthießen. Es wurden immer mehr, bis sie den ganzen Wasserfall mit ihrem Licht erfüllten, und Ross glaubte, dass er nie wieder etwas so Wunderschönes sehen würde.

Dann hörte er, wie leise sein Name gerufen wurde.

»John Ross.«

Er erkannte ihre Stimme sofort, wusste, wer es war.

»John Ross, ich bin hier.«

Sie stand dort, wo Owain Glyndwr verschwunden war, direkt auf der Wasserfläche und sanft in der Luft schwebend. Sie war so jung und schön und vergänglich wie immer. In dem fahlen Licht, das ihr Bild umgab, war sie fast nicht vorhanden. Sie hob die Arme in seine Richtung, und das Licht bewegte sich mit ihnen, hüllte sie in Silber und zog eine leuchtende Spur hinter sich her. Sie kam in einer mühelosen, gleitenden Bewegung näher, eine schwebende Gestalt aus Schatten und Mondlicht.

»Mein tapferer fahrender Ritter«, flüsterte sie, als sie bei ihm ankam. »Du hast wohl getan in meinen Diensten. Du bist in mehr als nur dem Aussehen das Abbild deines Vorfahren. Sein Blut fließt in deinen Adern, und sein Herz schlägt in deiner Brust. Sechshundert Jahre sind seit seiner Zeit verstrichen, doch du spiegelst das wider, was am besten in ihm war.«

Er zitterte, nicht aus Angst oder Erwartung, sondern einfach nur, weil er ihr so nah war, dass er ihre Gegenwart spüren konnte. Er konnte nichts erwidern, sondern nur darauf warten, dass sie weitersprach.

»John Ross«, flüsterte sie durch seidige Schwärze und schimmerndes Licht. »Tapferer Ritter, dein Dienst ist fast vollendet. Noch eines musst du für mich tun, dann gebe ich dich frei.«

Er konnte nicht glauben, was er hörte. Auf diese Worte hatte er seit mehr als fünfundzwanzig Jahren gewartet. Er war dreiundfünfzig Jahre alt, und die Hälfte dieser Zeit war er ein Ritter des Wortes. Vor zehn Jahren hatte er vergeblich darum gebeten, freigegeben zu werden. Jetzt bot sie ihm diese Freiheit an, ohne dass er danach verlangt hätte. Er war wie benommen.

»Du musst zurückgehen, um auf das Erscheinen des Gypsy-Morphs zu warten«, wies sie ihn an. »Es wird kommen, wie in deinem Traum angekündigt. Wenn es das tut, musst du bereit sein. Du musst es für die Zeit, die ihm bemessen ist, vor der Leere beschützen. Es ist sehr wertvoll für mich, und du musst es in Sicherheit bringen. Wenn es sich das letzte Mal verwandelt hat, ist dein Dienst für das Wort beendet. Dann darfst du heimkommen.«

Er konnte kaum begreifen, was sie ihm mitteilte. Seine Stimme versagte, als er zu sprechen versuchte; die Worte wollten sich in seinem Mund nicht formen.

»Gib mir deine Hand«, verlangte sie.

Ohne nachzudenken, kniete er sich hin, als sie näher kam, und hob die Hand, um die ihre zu berühren. Alles, was sie war, und alles, was das Wort war, erfüllte ihn mit Stärke und Entschlossenheit. Er spürte, wie ihm etwas in die Hand gedrückt wurde, und als er sie zurückzog, sah er, dass er ein spinnenwebfeines Netz darin hielt.

»Du wirst dies benutzen, um das Wesen zu fangen, nach dem du suchst. Wirf das Netz, wenn es erscheint und damit beginnt, Gestalt anzunehmen. Dann wird das Gypsy-Morph dein sein – um es zu beschützen und wie ein neu geborenes Lamm zu behüten.« Die

Lady hob den Arm, um die Luft mit Licht zu erfüllen. »Übergib es dem Schutz deiner Magie, deines Glaubens und deines großen Herzens. Wende dich nicht von ihm ab, wie groß die Versuchung oder die Gefahr auch sein mag. Tue dies für mich.«

»Das werde ich«, sagte er, und die Worte kamen fast ungewollt, als seine Stimme zurückkehrte.

»Erheb dich«, sagte sie, und er tat es. »Das Wort findet Wohlwollen an dir, John Ross – ebenso wie ich. Geh jetzt und diene uns gut.«

Er tat, wie ihm befohlen wurde, und verließ das Fairy Glen mit dem spinnwebartigen Netz, das das Gypsy-Morph einfangen würde, und er war entschlossen, zu tun, was notwendig war, um seinen Dienst für das Wort endlich zu beenden.

Erst später, als er sich wieder in Cannon Beach befand und auf Thanksgiving und das Erscheinen des Morphs wartete, hatte er begonnen, genauer über die Worte der Lady nachzudenken. Und erst in den letzten Tagen, während die Zeit verrann und die Dämonen immer näher kamen, wurde ihm langsam bewusst, dass er die Bedeutung dieser Worte missverstanden haben könnte.

»Meinst du das auch wirklich, John?«, erklang plötzlich Josies Stimme durch den Hörer und riss ihn aus seinen Gedanken. »Denn ich würde nicht wollen, dass du es sagst, wenn du es nicht meinst.«

Er verdrängte die Gedanken an die Lady und das Fairy Glen. »Ich sage es, weil es wahr ist, Josie.«

»Kommst du dann also zu mir? Heute Abend?«

»Wenn ich kann.«Er holte tief Luft. »Ich möchte dir versprechen, dass ich kommen werde. Ich möchte dir viele Dinge versprechen. Aber du hattest gestern Abend Recht. Das ist nicht der Grund, warum ich zurückgekommen bin. Ich bin nicht in der Lage, irgendetwas zu versprechen. Zumindest noch nicht. Eines Tages könnte ich dies ändern. Ich hoffe es. Ich nehme an, ich hoffe es mehr als alles andere auf der Welt.«

Es gab ein langes Schweigen am anderen Ende. Er stand reglos am

Telefon und wartete darauf, dass sie etwas sagte. Hawkeye tauchte von irgendwo auf, schlenderte durch den Flur und zum Wohnzimmer. Ohne Ross weiter zu beachten, stolzierte er zu Little John hinüber und ließ sich neben ihm nieder. Der Junge begann sofort, ihn zu streicheln. Die Augen der Katze schlossen sich genüsslich.

»Ich liebe dich, John«, sagte Josie plötzlich. Ihre Stimme klang belegt. »Große Überraschung, was? Aber ich musste es wenigstens einmal sagen. Merkwürdig, es hat überhaupt nicht wehgetan. Ruf mich später an, okay?«

Sie legte auf, bevor er etwas sagen konnte. Er starrte das Telefon an und hörte das Freizeichen, dann legte er den Hörer auf die Gabel. Der Schmerz in seinem Inneren war bittersüß, und er ließ ihn nach einer Lösung verlangen, die er nicht bekommen würde. Er sollte sie zurückrufen. Er sollte ihr sagen, dass er sie ebenfalls liebte. Aber er wusste, dass er es nicht tun würde.

Er grübelte noch immer über diese Sache nach, als er vor dem Küchenfenster eine Bewegung bemerkte. Als er näher trat, um besser hinaussehen zu können, erblickte er einen Polizeiwagen, der in der Auffahrt parkte, und Larry Spence, der auf das Haus zuschritt.

Kapitel 24

Der Ausdruck auf dem Gesicht von John Ross verriet Nest bereits, wer es war, noch bevor sie auf das Klopfen an der Haustür reagierte. Ihre Ungeduld und ihr Ärger auf Larry Spence drängten sich in ihre Gedanken, doch sie zwang sich, beides zu ignorieren. Dieser Besuch hatte nichts mit ihr zu tun, er drehte sich um Bennett Scott. Weil es notwendig war, dass sie irgendwann mit ihm über Bennett sprach, war sie bereit, die Unannehmlichkeiten zu erdulden, die diese Unterhaltung mit sich bringen würde.

»Tag«, grüßte er, als sie die Tür öffnete. »Wäre es dir Recht, wenn ich jetzt diese Aussage aufnehmen würde?«

Als ob sie eine Wahl hätte. Sie brachte ein schwaches Lächeln zustande. »Sicher. Komm rein.«

Er wälzte sich durch die Tür, klopfte sich den Schnee von den Stiefeln und hängte Mantel und Hut an die Garderobe. Er wirkte ein wenig nervös, als wären seine Größe und seine Autorität hier fehl am Platz, als würden sie ganz woanders hingehören, aber nicht in ihr Haus. Sie fühlte sich ein wenig besser, als sie dies bemerkte, und fand, dass es nichts schaden konnte, wenn er eine Weile wie auf Eiern ging.

»Armbruster hat die Autopsie abgeschlossen«, verkündete er und senkte dabei verschwörerisch die Stimme. »Die junge Dame hatte genug Drogen im Körper, um ein ganzes Schlachtschiff zum Schweben zu bringen. Aber das Rauschgift hat sie nicht getötet. Sie ist erfroren. Die Verletzungen an ihrem Körper stammen von dem Sturz von der Klippe. Ich würde sagen, sie hat sich verlaufen und ist über den Rand gefallen, aber das ist nur eine Vermutung.«

»Larry«, sagte sie ruhig und drehte ihn an den Armen herum, sodass er dem Wohnzimmer den Rücken zuwandte. »Ich weiß nichts über Bennett Scott und die Drogen, mit Ausnahme des Umstands, dass sie süchtig war. John weiß sogar noch weniger. Er ist seit fünfzehn Jahren nicht mehr hier gewesen. Damals war Bennett fünf. All dieses Gerede über Drogenhandel im Park hat nichts mit uns zu tun. Behalt das bitte im Gedächtnis.«

Sein Gesicht verfinsterte sich. »Ich werde für alles offen sein, das kann ich dir versprechen.« Er schaute über die Schulter. »Ich muss mir das Zimmer der jungen Dame anschauen. Du brauchst es mir natürlich nicht zu zeigen. Aber es würde mir den Weg zum Gericht ersparen, um mir einen Durchsuchungsbefehl zu besorgen.«

»Um Himmels willen, Larry!«, fuhr sie ihn an. »Du kannst dir alles ansehen, was du willst!« Sie seufzte. »Komm mit. Ich zeig dir, wo sie geschlafen hat.«

Sie gingen den Flur entlang am Arbeitszimmer und an Nests Schlafzimmer vorbei zum Gästezimmer. Der Raum war leer und von grauen Schatten erfüllt. Bennetts Kleider lagen noch immer in ihrer Tasche vor dem Schrank, und Nest hatte bereits hinter Harper aufgeräumt und das Bett gemacht. Sie blieb im Türrahmen stehen, während Larry Spence herumsuchte, den Schrank und die Schubladen überprüfte, unters Bett und in das angrenzende Badezimmer schaute und Bennetts abgewetzten Rucksack durchwühlte. Er schien nichts von Bedeutung zu entdecken und räumte alles wieder ordentlich an seinen Platz.

»Ich schätze, das war's«, sagte er ohne viel Enthusiasmus. »Warum nehmen wir jetzt nicht die Aussagen auf? Dann lass ich dich in Ruhe.«

»In Ordnung«, erwiderte sie. »Wo wollen wir sprechen?«

Er zuckte mit den bulligen Schultern, und sie hörte das Knarren seines ledernen Pistolenhalfters. »Ich kann dich und Mr. Ross im Wohnzimmer befragen. Vielleicht könnten die Kinder solange hier spielen, während wir uns unterhalten?«

Sie schüttelte den Kopf. »Ich möchte nicht, dass Harper jetzt schon allein in diesem Zimmer ist. Ich habe ihr gerade erst von ihrer Mutter erzählt.« Sie zögerte. »Sie können in meinem Schlafzimmer spielen.«

Sie ging an ihm vorbei und dachte bereits an das dringlichere Problem, wie sie die nächsten vierundzwanzig Stunden bewältigen sollte. Little John war eine Last, die sie kaum zu tragen vermochte, und trotzdem musste sie einen Weg finden, es zu tun. Ross würde wahrscheinlich verschwinden und sich verstecken wollen; er hatte es nicht gesagt, aber sie konnte spüren, dass er den Entschluss gefasst hatte. Was auch immer sie unternahm, später würde sie es in Frage stellen.

Sie brachte Harper, Little John, das Puzzle und ein paar andere Spielsachen in ihr Schlafzimmer. Sie erzählte den beiden, dass sie im Wohnzimmer mit jemandem sprechen müsse, aber sie würde hin und wieder nach ihnen sehen. Es würde nicht lange dauern, und wenn sie fertig war, könnten sie zurückkommen.

Larry Spence hatte die Tür zu Bennetts Zimmer geschlossen und wartete im Flur auf sie. Sie ließ die Schlafzimmertür nur einen Spalt offen, damit Harper nichts von dem hörte, über was sie sprachen, und führte ihn dann zu John Ross. Sie setzten sich im Wohnzimmer zusammen, Nest und Ross auf der Couch, Spence in einem Sessel. Er holte einen kleinen Schreibblock und einen Stift hervor, machte ein paar Notizen und bat dann Nest anzufangen.

Sie tat dies ohne große Vorrede und schilderte die Ereignisse vom Verlassen des Hauses bis zu dem Zeitpunkt, als sie auf Roberts Party bemerkt hatte, dass Bennett fort war. Sie ließ alles aus, was Ross betraf, und überließ es ihm, seine eigene Geschichte zu erzählen. Auch den Ur'droch erwähnte sie nicht, sondern sagte stattdessen, dass sie bei ihrer Rückkehr festgestellt habe, dass ins Haus eingebrochen worden war und Strom und Telefon ausgefallen waren.

Als sie mit ihrem Bericht fertig war, holte sie die Nachricht hervor, die Bennett in ihrer Manteltasche zurückgelassen hatte. »Das habe ich vorhin vergessen, aber ich fand es heute Morgen, kurz bevor du angerufen hast. Bennett muss es gestern Abend in meinen Mantel gesteckt haben, bevor sie sich bei den Hepplers verdrückt hat.«

Sie reichte den Zettel Spence, der ihn sorgfältig durchlas. »Das klingt fast, als hätte sie geahnt, dass ihr etwas zustoßen würde, nicht wahr?«, murmelte er. Er räusperte sich und rutschte in seinem Sessel umher. »Nur noch ein oder zwei Fragen. Dann nehme ich die Aussage von Mr. Ross auf und verschwinde.«

Tatsächlich stellte er noch eine ganze Menge Fragen, fand sie, wobei er sich mehrfach wiederholte und sie beträchtlich verärgerte. Doch sie ließ es über sich ergehen, da sie das Ganze nicht später noch einmal durchmachen wollte. Ein- oder zweimal stand sie auf, um kurz in den Flur zu schauen, und jedes Mal rief Larry Spence sie rasch zurück und sagte, er sei fast fertig, da wären nur noch zwei oder drei Fragen. Es wirkte fast, als fürchtete er, sie würde weggehen und nicht wiederkommen.

Als er mit ihr fertig war, befragte er Ross, ein Verhör, das deutlich weniger Zeit in Anspruch nahm als bei ihr. Er zog eine Augenbraue hoch, als Josie Jackson erwähnt wurde, sagte aber nichts dazu. Wenn sie es nicht besser gewusst hätte, hätte sie angenommen, dass er jedes Interesse an Ross verloren hatte.

»Das war's, denke ich«, verkündete er schließlich, sah zum bestimmt zwanzigsten Mal auf die Uhr, klappte seinen Notizblock zu und stand auf. »Es tut mir Leid, dass es so lange gedauert hat.«

Er war noch immer nervös, als Nest ihn zur Tür brachte. Er schaute überall hin, nur nicht zu ihr, und sah aus, als hielte er mit Mühe etwas zurück, das aus ihm heraus wollte. An der Haustür angekommen, gab er ihr einen kleinen Hinweis darauf, was es war.

»Schau, ich möchte nicht, dass du das falsch verstehst, aber ich mache mir Sorgen, dass du hier draußen bist.« Er stand mit gesenktem Kopf da und schien nicht zu wissen, wie er weitermachen sollte. »Es gibt Dinge bei dieser Untersuchung, von denen du nichts weißt. Dinge, über die ich dir nichts sagen darf.«

Das könnte ich genauso sagen, dachte sie. »Nun, ruf mich an, sobald du es darfst, okay?«

Er nickte geistesabwesend. »Wenn du vielleicht später in mein Büro kommen könntest – alleine –, werde ich dich einweihen.« Er schüttelte den Kopf. »Ich sollte dies nicht tun, weißt du, ich sollte dir nichts davon erzählen, aber ich kann dich einfach nicht im Dunkeln lassen. Du verstehst, was ich meine?«

Sie starrte ihn an. »Nicht wirklich.«

Er nickte erneut. »Ja, das glaube ich. Es ist ziemlich kompliziert, selbst für mich. Aber du hast dich in eine schwierige Lage gebracht, Mädchen. Ich weiß, dass du nichts mit dem zu tun hast, was hier vorgeht, aber …«

»Nicht das schon wieder, Larry«, unterbrach sie ihn schnell.

»Ich weiß, was du empfindest, aber …«

»Du hast keine Ahnung, was ich empfinde«, explodierte sie. »Und wenn du meine ehrliche Meinung wissen willst, hast du auch keine Ahnung, worüber du redest. Wenn dies hier mit dem alten Mann in dem schwarzen Mantel mit dem ledernen Buch zu tun hat, so sage ich dir zum letzten Mal – bleib weg von ihm. Hör auf nichts, was er sagt, und tue nichts, was er von dir verlangt. Er ist gefährlich, Larry. Vertrau mir. Du willst nichts mit ihm zu tun haben.«

Larry Spence verzog das Gesicht. »Er gehört zum FBI, Nest!«, zischte er leise.

Sie sah ihn an, als sei er gerade aus einer Fliegenden Untertasse geklettert. »Nein, Larry, das tut er nicht. Er ist keiner von den guten Jungs. Er ist nicht dein Freund, und er ist gewiss nicht meiner. Er ist nichts von dem, was er zu sein scheint. Hast du ihn überprüft? Hast du dich bei jemandem erkundigt, ob er der ist, der er zu sein vorgibt?«

»Sag mir bitte nicht, wie ich meinen Job zu machen habe.«

»Nun, vielleicht sollte das mal jemand tun! Schau, tu dir selbst einen Gefallen. Ruf in Washington an oder wo auch sonst. Vergewissere dich. Denn weißt du was? Es ist gut möglich, dass dieser alte Mann für das verantwortlich ist, was mit Bennett passiert ist.«

»Du bist völlig auf dem Holzweg, Mädchen!« Spence war plötzlich erregt und streitlustig. »Du hast keine Ahnung, was vorgeht. Du sagst das bloß, um Ross zu beschützen!«

»Ich sage es, um dich zu beschützen!«

Sein Kopf wurde dunkelrot. »Hältst du mich für blöd? Glaubst du, ich sehe nicht, was hier vor sich geht? Du und Ross, ihr seid …«

Er brach ab, doch es war zu spät. Sie wusste genau, was er hatte sagen wollen. Ihre Züge verhärteten sich. »Geh, Larry«, befahl sie und konnte sich kaum noch beherrschen. »Jetzt, sofort. Und komm nicht wieder.«

Er rauschte mit einem Schnauben an ihr vorbei, stürmte aus der Tür und knallte sie hinter sich zu. Sie schaute ihm nach, wie er zu seinem Wagen stapfte, einstieg und aus der Auffahrt setzte. Sie war so wütend, dass sie ihm nachsah, bis er außer Sicht war, und dabei die Befürchtung hegte, er könne seine Meinung ändern und zurückkommen.

Es brodelte noch immer in ihr, als das Telefon klingelte. Sie marschierte in die Küche und nahm den Hörer ab. »Hallo?«

»Nest? Hi. Du klingst ein wenig sauer. Hab ich dich in einem schlechten Moment erwischt?«

Sie atmete scharf aus. »Paul?«

»Ja. Bist du in Ordnung?«

Sie strich sich das krause Haar zurück. »Mir geht es gut.«

»Du klingst aber nicht so.«

Sie schaute aus dem Fenster zur leeren Auffahrt. »Tut mir Leid. Ich hatte gerade einen Besucher, der mich geärgert hat. Wie geht es dir?«

»Bei mir ist alles klar.«Er klang entspannt und gut gelaunt. Sie mochte es, ihn so zu hören. »Du hast meine Nachrichten bekommen, nicht wahr?«

»Das habe ich. Tut mir Leid, dass ich noch nicht zurückgerufen habe, aber ich war ziemlich beschäftigt. Ich habe ein paar Gäste über die Feiertage, und ich habe …« Sie wusste nicht weiter und ließ den Satz unvollendet. »Na ja, jedenfalls war es ziemlich hektisch.«

»Ja, so sind die Feiertage. Manchmal machen sie mehr Arbeit, als es wert ist. Vor allem, wenn du ein volles Haus hast.«

»So schlimm ist es heute«, log sie.

»Wenn du meinst. Wie auch immer, was hältst du davon, noch einen Gast zu bekommen, vielleicht irgendwann nach dem ersten Januar?«

Sie konnte ihm nicht sagen, wie sehr sie das wollte, wie dringend sie ihn sehen musste. Sie war überrascht über die Tiefe der Gefühle, die er in ihr weckte. Sie wusste, dass es zum Teil an den gegenwärtigen Umständen lag, an der Einsamkeit und der Ungewissheit, die sie empfand, an dem Gefühl des Verlustes und dem Bewusstsein ihrer

Sterblichkeit. Sie wusste ebenso, dass sie noch immer starke Gefühle für Paul hegte. Ein Teil von ihr hatte ihn nie aufgegeben. Ein Teil von ihr wollte ihn zurück.

»Das fände ich schön.« Sie lächelte. »Das fände ich wirklich schön.«

»Ich auch. Ich habe dich vermisst. Es kommt mir vor, als wäre es eine Ewigkeit her, seit ich dich zuletzt gesehen habe. Na ja, seit irgendjemand dich gesehen hat.« Seine Stimme wurde scherzhafter. »Gutes altes Hopewell. Ich kann nicht glauben, dass du noch immer dort lebst. Es kommt mir wie der falsche Platz für dich vor, nach allem, was du in deinem Leben erreicht hast. Trainierst du noch immer regelmäßig, Nest?«

»Sicher, ein wenig.«

»Denkst du daran, an den nächsten Olympischen Spielen teilzunehmen?«

Sie stutzte verwirrt. »Nicht wirklich. Nein.«

»Na, wie auch immer, du hast eine tolle Geschichte zu erzählen, und ein Chefredakteur wird eine Menge Geld dafür zahlen. Wir können über deine Karriere sprechen, über Erinnerungen und die alten Zeiten. Ich kann ein altes Bild von dir benutzen oder vom Fotografen ein Neues machen lassen. Das liegt an dir. Aber du könntest es aufs Cover schaffen, daher würde ein Neues Sinn machen.«

Sie schüttelte verwirrt den Kopf. »Wovon redest du eigentlich?«

»Vom Magazin. Das Cover. Ich möchte eine Story über dich machen, während ich dich besuche. Das Geschäft mit dem Vergnügen verbinden. Jeder will wissen, was du seit der letzten Olympiade getan hast. Wer könnte diese Geschichte besser erzählen als ich? Wir können in unserer Freizeit daran arbeiten. Sie werden dafür eine hübsche Summe zahlen, Nest. Es ist leicht verdientes Geld.«

Sämtliche Atemluft strömte aus ihren Lungen, und ihr wurde am ganzen Körper kalt. »Du willst eine Geschichte über mich machen?«, fragte sie ruhig und erinnerte sich an den Redakteur von Pauls Magazin, der sie vor etwa einem Monat angerufen hatte.

Er lachte. »Ja, klar. Ich bin Journalist, erinnerst du dich?«

»Darum geht es bei deinem Besuch hier?«

»Äh, nein. Natürlich nicht. Ich meine, vor allem will ich dich natürlich wiedersehen, aber ich dachte, es wäre nett, wenn …«

Nest legte den Hörer auf. Sie stand da, starrte das Telefon an und konnte nicht glauben, was gerade geschehen war. Eine Geschichte. Er wollte sie sehen, damit er eine Geschichte schreiben konnte. Hatte der Magazinredakteur ihn darauf angesetzt? Hatte er geglaubt, er würde über Paul an sie herankommen? Tränen stiegen ihr in die Augen. Sie kämpfte darum, sie zurückzuhalten, und gab schließlich auf. Sie ging ein paar Schritte weiter, sodass Ross sie nicht sehen konnte, und weinte leise. Das Telefon klingelte erneut, aber sie hob nicht ab. Sie stand allein in einer Ecke und wünschte, alle würden einfach fortgehen.

Sie brauchte ein paar Minuten, um ihre Fassung zurückzugewinnen. Draußen wurde es rasch dunkel, und der Schnee fiel erneut wie ein weißer Vorhang. Entlang der Woodlawn Road waren Straßenlaternen und Hausbeleuchtungen angegangen, und Weihnachtsbaumlichter blinkten durch zugefrorene Fenster und hinter Zäunen. Auf einem schneebedeckten Rasen gegenüber wurde ein Krippenspiel von weißem Licht angestrahlt.

Ross tauchte in der Küchentür auf. »Bist du in Ordnung?«

Jedermanns Lieblingsfrage. Sie nickte, ohne ihn anzuschauen. »Nur enttäuscht.«

DasTelefon klingelte erneut. Diesmal hob sie ab. »Schau, Paul«, setzte sie an.

»Nest, hier ist Larry Spence.« Sie hörte ihn schwer in den Hörer atmen, als sei er gerade gerannt. »Ich wollte dir nur sagen, dass es mir Leid tut, das ist alles. Es tut mir Leid. Ich weiß, du wirst wahrscheinlich nie wieder mit mir reden, aber Robinson hat Recht – wir dürfen bei dieser Sache kein Risiko eingehen. Du siehst nicht klar, Mädchen. Wenn du das tätest, würdest du merken, in welcher Gefahr du schwebst, und würdest machen, dass du da wegkommst. Ich tue nur, was ich tun muss, nichts anderes. Aber es tut mir Leid, dass ich es sein musste, weil ich weiß, dass du …«

»Geh weg, Larry«, sagte sie und legte auf.

Sie starrte geistesabwesend das Telefon an. Wovon hatte er gesprochen? Sie hatte keine Ahnung, aber sein Tonfall beunruhigte sie. Er hatte beklommen geklungen, fast panisch. Sich immer wieder derart dafür zu entschuldigen, ein paar langweilige Fragen gestellt zu haben …

Dann fielen ihr plötzlich und unerwartet die Kinder ein. Sie hatte sie in der ganzen Hektik völlig vergessen. Sie schaute zu ihrem Schlafzimmer hinüber. Sie hörte keinen Laut.

Sie eilte durch den Flur und knipste im Gehen das Licht an. Sie benahm sich albern. Sie reagierte hysterisch. Picks Warnnetz war an Ort und Stelle. Niemand konnte in ihr Haus gelangen oder es verlassen, ohne dass sie es merkte. Sie zwang sich dazu, nicht zu laufen. Nein, sagte sie sich immer wieder und versuchte sich zu beruhigen. Nein!

»Harper! Little John!«

Sie erreichte das Schlafzimmer und zog die Tür auf. Ein orangefarbener Blitz schoss unter dem Bett hervor, an ihr vorbei und verschwand im Flur – Hawkeye, der mit gesträubtem Fell vor Wut und Angst fauchte. Ihre Augen suchten hektisch den Raum ab. Schatten hatten es sich in den Ecken gemütlich gemacht und bedeckten das Bett mit breiten Streifen. Das Puzzle und die Spielsachen lagen auf dem Boden verstreut. Harpers Becher mit dem Apfelsaft stand halb leer auf dem Nachtschrank.

Aber die Kinder waren fort.

Kapitel 25

Zuerst konnte sie sich nicht bewegen. Sie stand einfach da und starrte ungläubig und schockiert den leeren Raum an. Eine Flut verwirrter Gedanken schoss ihr durch den Kopf. Die Kinder mussten da sein. Sie hatte sie selbst hergebracht. Vielleicht spielten sie Verstecken und wollten, dass sie nach ihnen suchte. Vielleicht waren sie unter dem Bett oder im Schrank. Sie konnten nicht einfach verschwunden sein!

Sie zwang sich dazu, nach ihnen zu suchen, denn ihre lärmenden Gedanken machten sie verrückt. Obwohl sie wusste, was sie finden würde, schaute sie unter dem Bett und im Schrank nach und an jedem anderen Ort, der ihr einfiel. Während sie dies tat, verflüchtigte sich der Schock, und die Wut kehrte zurück. Sie sollten hier eigentlich sicher sein; das Haus war angeblich geschützt! Niemand dürfte ohne ihr Wissen hineingelangen können! Es war das erste Mal, dass Pick sie im Stich gelassen hatte, und sie war fürchterlich wütend auf ihn.

Erst als sie verzweifelt auch die angrenzenden Räume absuchte, entdeckte sie, dass ein Fenster in Bennetts Zimmer weit offen war, und jetzt begann Larrys Anruf Sinn zu ergeben. Sie hatte ihn in diesem Raum allein gelassen, während sie die Kinder geholt hatte, und er hatte die Gelegenheit dazu genutzt, eines der Fenster von innen zu öffnen. Pick hatte sie gewarnt, dass das Warnnetz verwundbar war. Larry befand sich noch immer unter dem Einfluss von Findo Gask, und er hatte dem Dämon ohne ihr Wissen Zutritt verschafft. Er war in Wirklichkeit nur deshalb zu ihrem Haus gekommen, um Gask dabei zu helfen, die Kinder zu entführen.

Ross, den die Stille beunruhigte, kam den Flur entlang. Er war es, der den feuchten Fußabdruck auf dem Teppich entdeckte. Der Abdruck war nicht von einem Menschen; er ähnelte dem einer großen Echse: dreizehig und mit Klauen an den Spitzen.

Der Ur'droch hat sie geholt, erkannte sie sofort. Und jetzt waren sie in der Gewalt der Dämonen.

Sie wollte sich zusammenrollen und sterben. Sie wollte jemanden angreifen. Es prasselten so widersprüchliche Gefühle auf sie ein, dass sie es kaum schaffte, sich zusammenzureißen, während sie mit Ross in dem dunklen Flur stand und die verschiedenen Möglichkeiten durchsprach.

»Gask hat sie«, sagte sie mit gedämpfter Stimme, als könnten die Wände ihre Gedanken an jene weitergeben, die sie nicht hören sollten.

Ross nickte. Er stand sehr aufrecht und still da, wie ein weiterer Schatten, den die draußen aufziehende Nacht geformt hatte. »Er will sie gegen das Morph austauschen.«

»Aber er hat das Morph bereits.«

»Das weiß er nicht. Wenn er das täte, hätte er sich nicht mit Harper abgegeben.« Ross sah sie an, und seine grünen Augen senkten sich in ihre. »Er glaubt, wir hätten es noch immer irgendwo versteckt. Er hat die Kinder geraubt, um uns zu zwingen, es ihm auszuhändigen. Alles andere hat nicht funktioniert – weder Drohungen noch Angriffe oder der Einbruch ins Haus. Aber er weiß, was du für die Kinder empfindest.«

Sie dachte erneut an Larry Spence. »Ich war dumm«, sagte sie verbittert. Sie lehnte sich gegen die Wand und fuhr sich durch das Haar. »Ich hätte es kommen sehen müssen. Gask hatte es schon gestern auf die Kinder abgesehen gehabt. Ich habe bloß nicht erkannt, was er vorhatte. Ich dachte, er hätte sie angegriffen, um mir Angst einzujagen. Dabei hat er versucht, sie zu rauben.«

»Diesmal ist er dabei listiger vorgegangen. Er hat den Deputy Sheriff benutzt, um das Haus zu öffnen und uns abzulenken.«

Sie stieß ein angewidertes Schnauben aus. »Larry begreift nicht, was vorgeht. John, was sollen wir tun?«

»Abwarten.«Er ging zum Wohnzimmer zurück. »Gask wird anrufen.«

Das tat der Dämon fünfzehn Minuten später. Zu dieser Zeit saßen sie in der Küche, tranken Kaffee und lauschten schweigend dem Ticken der Standuhr. Draußen hatte die Dunkelheit das letzte Tageslicht nach Westen vertrieben und sich auf die schneebedeckte Landschaft gesenkt.

»Guten Abend, Miss Freemark«, grüßte Findo Gask sie freundlich, als sie den Hörer beim zweiten Klingeln abnahm. »Ich habe hier jemanden, der gerne mit Ihnen sprechen möchte.«

Es gab eine kleine Pause. »Ness?«, fragte Harper mit leiser, verängstigter Stimme.

Dann war wieder Findo Gask zu hören. »Keine Spiele mehr, Miss Freemark. Das ist vorbei. Sie haben verloren. Geben Sie mir, was ich haben will, oder Sie werden diese Kinder niemals wiedersehen. Das verspreche ich Ihnen. Stellen Sie mich hierbei besser nicht auf die Probe.«

»Das werde ich nicht«, erwiderte sie ruhig.

»Gut. Ich weiß nicht, wo Sie das Morph versteckt haben, aber ich gebe Ihnen bis Mitternacht Zeit, um es zu holen. Dann werde ich Sie erneut anrufen, um Ihnen Zeit und Ort des Austauschs mitzuteilen. Ich werde nur einmal anrufen. Irgendwelche Verzögerungen, Ausflüchte oder Tricks, und Sie und Mr. Ross werden ein sehr einsames Weihnachtsfest verbringen. Verstehen wir uns?«

Sie schloss die Augen. »Ja.«

Er unterbrach die Verbindung. Sie legte den Hörer auf die Gabel und blickte Ross an. »Du hattest Recht«, sagte sie. »Er will einen Handel machen. Die Kinder für das Morph.«

Er nickte, ohne etwas zu sagen.

»Nur dass wir das Morph nicht haben, um es ihm zu geben.«

»Nein«, sagte er leise.

Findo Gask legte die Finger sorgsam um das Buch der Namen und starrte ins Nichts. Irgendetwas war falsch. Er konnte es nicht erklären, aber irgendetwas stimmte nicht. Es hatte nichts mit der Situation zu tun, die sich genau so entwickelte, wie er es geplant hatte, und es war auch nichts an Nest Freemarks Stimme, die angemessen gedrückt und besorgt klang. Nein, es war etwas anderes, etwas, das er übersehen hatte.

»Opa!«, herrschte Penny ihn ungeduldig an. »Was hat sie gesagt?«

Er kam einfach nicht darauf, also beschloss er, später darüber nachzudenken. »Sie wird tun, was wir verlangen.«

Penny kicherte und wirbelte in gespielter Freude umher. »Unserem kleinen Fräulein Flinkfuß sind die Tricks ausgegangen! Wie schade, wie schade! Keine Goldmedaille für sie! Vielleicht hat sie nächstes Mal mehr Glück!«

Sie tanzte um den Tisch, dass ihr zotteliges Haar wild herumflog, und sang quietschvergnügt *Tra-la-la-la*. Sie tanzte zu Twitch hinüber, der sie nur dumpf anstarrte, dann zu dem Ur'droch, der sich in einer Ecke verkrochen hatte. Gask wartete geduldig ab.

»Mach den Kindern etwas zu essen«, sagte er, als sie sich so weit beruhigt hatte, dass sie ihm wieder zuhören konnte. »Keine lustigen Spielchen, und mach ihnen keine Angst.«

»Was macht das für einen Unterschied?«, fragte sie schmollend. »Du bringst sie doch sowieso um. Warum kann ich nicht vorher ein bisschen Spaß haben?«

»Weil ich es sage, Penny«, antwortete er und sah sie streng an. »Reicht dir das als Grund?«

Der Mund des Rotschopfs verzog sich böse. »Schon klar, Opa. Alles, was dein kleines altes Herz verlangt.«

Sie verschwand vor sich hin summend in der Küche. Sie wurde allmählich immer unberechenbarer und schwerer zu kontrollieren. Wenn sie völlig abdrehte, was früher oder später bevorstand, würde er sie töten müssen. Nicht, dass er davor zurückschreckte, aber es kam ihm ungelegen. Vielleicht brauchte er ihre Hilfe noch. Seine Gegner waren einfallsreich, und ihre Verzweiflung würde sie unberechenbar machen. Penny Dreadful stellte ein gutes Gegengewicht zu einem solchen Verhalten dar. Er würde vielleicht einwilligen müssen, ihr die Kinder als Belohnung zu überlassen. Das würde sie mögen. Wenn sie das Versprechen erhielt, sie zu bekommen, wenn dies alles vorüber war, blieb sie möglicherweise disziplinierter. Das wäre kein sonderlich hoher Preis.

Die Kinder befanden sich im Keller, in einem großen, L-förmigen Aufenthaltsraum, in dem eine alte Modelleisenbahn, eine Jukebox und eine Bar standen. Außerdem gab es einen Spieltisch, eine Dartscheibe, sowie zwei Sofas und ein paar Stühle, die vor einem Fernseher aufgestellt waren. Es gab nur einen einzigen Zugang über eine Treppe, die im Inneren des Hauses endete, sodass es leicht war, die Kinder zu bewachen. Trotzdem schickte er den Ur'droch hinunter, um aufzupassen, ohne sich sehen zu lassen.

Er war überrascht, als das Telefon klingelte. Es war nicht vorgesehen, dass jemand anrief. Er hob langsam ab. »Ja?«

»Mr. Robinson?«

Es war dieser Deputy Sheriff, Dingsda Spence. Findo Gask unterdrückte eine Grimasse. »Was kann ich für Sie tun?«

»Wir müssen miteinander reden. Je früher, desto besser.«

»Immer los, Deputy Sheriff. Reden Sie.«

»Nein, nicht am Telefon. Persönlich. Ich muss nur ein paar Dinge klären. Darüber, was da mit John Ross und dieser Drogensache vorgeht. Ich mache mir Sorgen wegen der Kinder. Ich möchte mich überzeugen, dass sie in Sicherheit sind. Wo können wir uns treffen?«

Findo Gask schüttelte den Kopf. Der Dämon erkannte es an der Art, wie der Sheriff sprach. Er hatte ihn überprüft und herausgefunden, dass niemand etwas über eine FBI-Aktion in Hopewell oder über einen Beamten namens Robinson wusste. Spence hatte es mit der Angst bekommen. Auf Robinsons Anweisung hatte er ein Schlafzimmerfenster im Freemark-Haus geöffnet, damit die Kinder entfernt und in Sicherheit gebracht werden konnten, bevor die Aktion der Eingreiftruppe gegen den gefährlichen Mr. Ross gestartet wurde. Jetzt fürchtete Spence, dass er Komplize bei einer Straftat gewesen war und damit seine Karriere begraben konnte.

Was war da zu tun?

»Ich werde Ihnen eine Adresse geben, Deputy Sheriff.« Gask schaute zu dem riesigen Twitch hinüber, der zusammengesackt auf dem Sofa saß und dumpf und mit leeren Augen in den Fernseher starrte. »Ich habe mir überlegt, dass die Kinder bei den örtlichen Behörden besser aufgehoben wären. Ich wäre Ihnen dankbar, wenn Sie sie abholen könnten. Dann können wir auch miteinander reden.«

»Ja, klar, das wäre gut.« Spence klang erleichtert.

Gask gab dem Deputy Sheriff ihre Adresse. Er machte sich keine Sorgen, dass Spence ihren Unterschlupf mit einer Armee von Polizisten stürmen könnte; der Deputy Sheriff würde nach einem Weg suchen, seinen Job zu behalten. Wenn es ihm gelang, die Kinder unverletzt zurückzubringen, wäre alles gut. So würde er das sehen. Er würde allein kommen.

Findo Gask legte auf. Ein Bild davon, wie er diese Sache beenden würde, nahm Gestalt an. Zeitungsschlagzeilen und Fernsehspots zogen vor seinem inneren Auge vorbei. Eine Familientragödie, die sich an Eifersucht und Missverständnissen entzündet hatte. Zwei Männer und eine Frau waren darin verwickelt, letztere eine bekannte Sportlerin. Mehrere Morde an Erwachsenen und Kindern waren die Folge. Mord und Selbstmord zeigten ihr hässliches Gesicht im kleinen Städtchen Hopewell.

»Was sollen wir tun, John?«, wiederholte Nest, und ein Hauch von Verzweiflung hatte sich in ihre Stimme geschlichen.

Ross humpelte mit Hilfe seines Stocks zum Küchentresen und lehnte sich mit dem Rücken dagegen. Er verschränkte die Arme vor der Brust und schloss sie um den Stock. Sein hageres Gesicht war von Müdigkeit gezeichnet, doch in seinen Augen loderte Feuer.

»Da ist etwas, das ich dir nicht erzählt habe«, sagte er nach einem Moment des Nachdenkens. »Nicht, weil ich es dir vorenthalten wollte, oder weil ich dir nicht vertraute, sondern weil es eigentlich nichts mit dir zu tun hatte. Ich habe dir erzählt, dass ein Traum mich zu dem Gypsy-Morph geführt hat. Aber ich habe dir nicht erzählt, worum es in diesem Traum ging. In ihm wurde ein Ritter des Wortes an ein Kreuz geschlagen. Dämonen und Einst-Menschen hatten ihn gekreuzigt. Er lag im Sterben. Gerade als ich aufwachte, erblickte ich sein Gesicht. Es war mein eigenes.«

Er hob die Hand, um ihren erschreckten Zwischenruf zu unterbrechen. »Zunächst war ich nicht sicher, ob der Ritter am Kreuz wirklich ich war oder ob ich mich bloß in ihm sehen sollte. Ich hoffte, ich würde die Antwort von der Lady bekommen, als sie mich vor zwei Monaten nach Wales rief. Ich erhielt sie nicht, aber ich erfuhr etwas noch Wichtigeres. Ich erfuhr, dass ich für immer von meiner Verpflichtung für das Wort entbunden werde, wenn ich dabei Erfolg habe, das Gypsy-Morph während seiner endgültigen Verwandlung zu beschützen.«

»John!«, hauchte sie.

Er nickte. »Ich weiß. Vor zehn Jahren, als man es mir nicht erlaubte, habe ich hart darum gekämpft, frei zu werden, und jetzt wird es mir angeboten, ohne dass ich auch nur darum gebeten hätte. Ich will es, Nest, das gebe ich zu. Ich habe zu viel gesehen, sowohl in der Gegenwart als auch in der Zukunft. Ich bin des Kampfes und der Zerstörung müde. Seit fünfundzwanzig Jahren bin ich ein Ritter des Wortes. Die Hälfte meines Lebens. Es ist alles, an was ich mich überhaupt noch erinnere. Es scheint die einzige Existenz zu sein, die ich je besessen habe. Ich muss sie aufgeben. Ich muss mich ausruhen.«

»Aber das kannst du jetzt!«, rief sie schnell. »Du hast getan, was von dir erwartet wurde. Das Morph hat sich seit Tagen nicht mehr verändert. Seine Zeit ist fast abgelaufen, und es ist noch immer ein kleiner Junge. Es hat aufgehört, sich zu verwandeln, oder?«

»Vielleicht, vielleicht auch nicht. Ich bin mir nicht sicher. Es ist keine solche Verbindung mit dir eingegangen, wie ich erwartet hatte. Es scheint nach etwas zu suchen. Ich weiß nicht, was es ist, aber die Art, wie es gestern Nacht auf dich reagiert hat, als Geist aus dir herauskam, lässt vermuten, dass es noch darauf wartet, dass etwas geschieht. Das könnte eine weitere Verwandlung sein.«

Sie musterte ihn einen Moment. »In Ordnung. Was tun wir also?«

»Wir lassen uns von Findo Gask anrufen und vereinbaren einen Austausch. Wir werden uns mit ihm treffen. Wir müssen einen Weg finden, Harper von den Dämonen zu trennen. Deine Aufgabe ist es, sie in Sicherheit zu bringen. Meine ist es, zu tun, was ich kann, um das Morph zu retten.«

Sie ging zum Fenster und schaute in die Nacht hinaus. Es schneite wieder heftig, dicke Flocken fielen aus dem bewölkten Himmel und legten eine frische Decke über das Land. »Sie werden etwas in der Art erwarten«, sagte sie ruhig.

»Ich weiß.«

»Du wirst das Morph verlieren. Und dein Leben dazu.«

»Vielleicht.«

»Wir werden dadurch nichts gewinnen.«

»Wir werden Harper gerettet haben.«

Sie dachte darüber nach. Gask würde einen Ort für den Austausch suchen, an dem die Dämonen im Vorteil waren. Er würde seine Verbündeten dort überall versteckt haben. Er würde sicherstellen, dass sie und Ross überwältigt wurden, falls sie versuchten, ihn zu überraschen. Verschiedene Möglichkeiten gingen ihr durch den Kopf, alle trüb und hoffnungslos. Nichts von dem, was sie sich ausmalen konnte, hatte ein Happy End.

Dann kam sie plötzlich zu einer düsteren Erkenntnis. Sie sah das nicht richtig. Es würde keinen Handel geben. Es gab keinen Grund dazu. Warum sollte Findo Gask einen von ihnen am Leben lassen, wenn er es nicht musste? Für einen Dämon war es völlig logisch, sie nicht gehen zu lassen, sondern zu töten.

Unterschätze ihn nicht!

Sie musste eine Möglichkeit finden, ihm einen Schritt voraus zu sein. Wo war er jetzt? Wo versteckte er Harper und Little John? Wenn sie nur wüsste, dass …

Sie stutzte. Aber sie wusste es ja. Sie hatte es die ganze Zeit über gewusst, auch wenn es ihr nicht bewusst gewesen war. Sie wusste genau, wo sie waren.

Das Telefon klingelte und unterbrach ihren Gedankengang. Sie nahm den Hörer ab. »Hallo?«

»Nest, hier ist Robert. Ich habe gerade von Bennett Scott gehört.« Er klang erschüttert. »Es tut mir wirklich Leid.«

Sie legte müde die Hand über die Augen. »Danke, Robert.«

»Es tut mir Leid, dass sie gestorben ist, und es tut mir all das Leid, was ich über sie gesagt habe. Und was ich über John Ross gesagt habe. Lauter Schwachsinn. Ich wünschte, ich hätte nichts davon gesagt, aber das habe ich, und es ist zu spät, es zurückzunehmen. Das war mein ganzes Leben lang ein Problem für mich.«

»Es ist schon gut, Robert.«

»Ich weiß, dass das Ganze ziemlich hart für euch sein muss, vor allem für die Kleinen. Amy und ich möchten, dass du darüber nachdenkst, am Weihnachtstag zu uns rüber zu kommen. Ihr alle, einschließlich Ross. Ihr braucht nicht den ganzen Tag zu kommen, nur solange ihr möchtet. Aber es wäre gut für die Kleinen, andere Kinder zum Spielen zu haben. Es wäre für euch alle gut, andere Leute um euch zu haben.«

Sie sagte nichts; ihre Kehle hatte sich vor plötzlicher Trauer und Verzweiflung zusammengezogen. Sie konnte an nichts anderes denken als daran, dass sie dabei war, Harper und Little John an die Dämonen zu verlieren, und dass sie nichts tun konnte, um sie zu retten.

»Nest?«, fragte er.

»Du bist ein guter Junge, Robert«, sagte sie ruhig. »Richte Amy aus, wie viel mir eure Einladung bedeutet. Lass mich darüber nachdenken, und ich werde euch morgen früh anrufen.«

Sie legte auf, blickte einen Moment ins Nichts und schaute dann Ross an. »Was meinst du, John? Ich habe es satt, herumgeschubst zu werden. Lass uns nicht auf Findo Gasks Anruf warten. Lass uns die Kinder jetzt gleich zurückholen.«

Kapitel 26

Es kostete Nest viel Mühe, Ross davon zu überzeugen, dass sie Recht hatte. Wenn sie Findo Gask die Bedingungen dieses Handels diktieren ließen, so argumentierte sie, würde er sie kalt erwischen. Er würde eine Situation schaffen, in der sie keine Chance hatten, Harper oder Little John zu befreien. Außerdem würde er den Austausch sowieso nicht durchführen, nicht einmal, wenn sie ihm offenbarten, dass er das Gypsy-Morph bereits in seiner Gewalt hatte. Er würde sie einfach töten. Wenn sie überhaupt eine Chance haben wollten, mussten sie jetzt handeln, während Gask sie für hilflos hielt. Sie mussten die Dämonen auf ihrem eigenen Territorium angreifen.

Ross hatte nichts gegen einen Präventivschlag; die Idee kam ihm sogar entgegen. Er hatte eine fatalistische Haltung eingenommen, was seine eigene Zukunft anging, und seine einzige Sorge galt den Kindern. Aber er blieb bei der Auffassung, dass ihre beste Vorgehensweise darin bestand, Nest völlig aus dem Geschehen herauszuhalten. Er würde selbst hingehen, sich Gask stellen und die Kinder befreien, wenn er konnte. Falls Opfer erforderlich wurden, würde er sie bringen.

»John, du kannst das nicht alleine tun«, appellierte sie an seine Vernunft. »Du weißt nicht einmal, wie du dort hinkommst, wo sie sich befinden. Ich muss uns fahren. Hör mir zu. Wenn wir dort hinkommen, muss einer von uns die Dämonen ablenken, während der andere die Kinder befreit. Es wird schon schwer genug, wenn wir beide zusammenarbeiten. Alleine kannst du es unmöglich schaffen.«

Es gab wenigstens vier Dämonen, fügte sie hinzu. Findo Gask, Penny, den Ur'droch und einen riesigen Albino namens Twitch. Das waren einfach zu viele für ihn allein.

»Für mich steht bei dieser Sache ebenso viel auf dem Spiel wie für dich, John«, sagte sie ruhig. »Ich bin für Harper verantwortlich. Bennett hat sie in meine Obhut gegeben. Und was ist mit Little John? Er hat nach mir gefragt und dich zu mir gebracht. Und letzte Nacht hat er mich Mama genannt, als hätte nur ich die Möglichkeit, ihm das zu geben, was er am meisten braucht. Das kann ich nicht ignorieren. Ich kann nicht vorgeben, dass es nichts zu bedeuten hätte, und es ist nicht richtig von dir, dies von mir zu verlangen.«

»Du bist darauf nicht vorbereitet, Nest«, beharrte er ärgerlich. »Du hast nicht die nötigen Mittel. Die einzige Waffe, die du besitzt, ist eine, die du nicht einsetzen willst. Was wird passieren, wenn du Geist rufen musst, um dich zu schützen? Was ist, wenn du es nicht kannst? Die Dämonen werden dich im Handumdrehen vernichten. Ich habe die Magie, um mich selbst zu beschützen, doch ich bezweifle, dass ich uns beiden helfen kann.

Außerdem«, meinte er und schüttelte abwehrend den Kopf, »warst nicht du es, die zum Beschützer des Morphs bestimmt wurde. Das ist meine Aufgabe. Dies ist nicht dein Kampf.«

Darüber musste sie lächeln. »Ich finde, es ist mein Kampf, seit Findo Gask auf meiner Schwelle aufgetaucht ist und mir erzählt hat, was passieren würde, wenn ich dich aufnehmen würde. Ich glaube nicht, dass ich eine Wahl habe.«

Am Ende gab er nach. Sie würden es gemeinsam tun, aber nur, wenn sie versprach, sofort zu verschwinden, sobald sie die Kinder hatten, und sich keiner Gefahr auszusetzen, die nicht unvermeidbar war.

Die Kinder befanden sich in einem alten Haus an der Third Street, unten am Westwerk von MidCon Steel, erzählte sie ihm. Sie war an dem gleichen Abend, als er bei ihr aufgetaucht war, mit den Weihnachtssängern dort gewesen.

In dem allgemeinen Durcheinander der Ereignisse hatte sie den Zwischenfall mit Twitch und Allen Kruppert fast vergessen. Sie hatte den Verdacht gehabt, dass irgendetwas mit dem Haus und den seltsamen Leuten, die darin wohnten, nicht stimmte, aber nachdem

Ross und das Morph aufgetaucht waren, hatte sie nicht mehr daran gedacht. Erst jetzt war ihr eingefallen, dass Bennett auf ihr Drängen hin erzählt hatte, dass Penny vorgegeben hatte, Findo Gasks Nichte zu sein.

»Wenn diese Verbindung stimmt«, erklärte sie Ross, »dann befinden sie sich alle in dem Haus an der Third Street. Dort werden sie die Kinder gefangen halten. In jener Nacht war Gask nicht da, oder zumindest hat er sich nicht gezeigt. Ich nehme an, dass er mich auf die Probe stellen wollte, um herauszufinden, wie stark ich bin und ob man mich leicht einschüchtern kann. Aber er war so vorsichtig, sich selbst verborgen zu halten. Ich glaube nicht, dass er ahnt, dass wir von seiner Verbindung zu dem Haus wissen.«

»Mag sein«, gab Ross widerwillig zu. »Doch selbst wenn du Recht haben solltest, können wir dort nicht einfach eindringen. Wenn du klug genug warst, von Pick ein Schutznetz um dein Haus legen zu lassen, wird Gask sicher etwas Ähnliches haben, oder?«

Sie musste zugeben, dass das wahrscheinlich war. Wie sollten sie an seinen Sicherheitsmaßnahmen vorbeikommen? Und woher sollten sie überhaupt wissen, wo sie nach den Kindern zu suchen hatten? Wenn es ihr nicht gelang, zu den Kleinen zu gelangen, bevor die Dämonen bemerkten, was sie vorhatten, war ihr Leben verwirkt. Selbst eine Ablenkung durch Ross würde nicht ausreichen, um sie zu retten. Zumindest einer der Dämonen würde zuerst zu den Kindern gelangen.

Es schneite noch immer heftig. Pick mit seinen Kenntnissen über Magie hatte vielleicht eine Lösung für ihr Dilemma, aber es war unwahrscheinlich, dass sie ihn in einer solchen Nacht finden würde. Ross musste auf ihre Nachfrage zugeben, dass er über keine Magie verfügte, die es ihm erlaubte, ein Warnsystem der Dämonen zu umgehen. So wie die Dinge standen, war wahrscheinlich jeder Versuch, in das Haus an der Third Street einzudringen, zum Scheitern verurteilt.

Nest spürte, wie ihnen die Zeit davonlief. Es war bereits kurz vor acht Uhr. Sie hatten nur noch knapp vier Stunden, um etwas zu unternehmen. Das Wetter wurde immer schlimmer, und die Straßen würden bald unpassierbar sein, wo die Schneepflüge sie nicht freigeräumt hatten, sodass es bereits ein Problem sein würde, überhaupt zu den Dämonen zu gelangen.

Hawkeye war wieder aus seinem Versteck aufgetaucht und hatte es sich auf der Wohnzimmercouch bequem gemacht. Das Haar entlang seines Rückgrats war aufgerichtet, seine grünen Augen funkelten wild, wütend und empört. Sie beobachtete ihn eine Weile, während sie in der Küchentür stand. Er musste eine Begegnung mit dem Ur'droch gehabt haben, als dieser die Kinder aus dem Schlafzimmer entführt hatte. Der Kater hatte wahrscheinlich Glück, noch am Leben zu sein.

Plötzlich kam ihr eine Idee, die jedoch ziemlich seltsam war. Mehr als seltsam. Unter anderen Umständen hätte sie nicht einmal darüber nachgedacht. Doch wenn man verzweifelt war, war man bereit, Wege zu gehen, die man sonst mied.

»John«, sagte sie und zog seine Aufmerksamkeit auf sich. »Ich gehe kurz nach draußen.« Sie sprach rasch, bevor sie es sich anders überlegen konnte. »Ich will etwas ausprobieren, das uns helfen könnte. Warte hier auf mich.«

Sie zog sich Parka, Handschuhe, Schal und Stiefel an. Sie hörte, dass Ross irgendetwas sagte, aber sie antwortete nicht und ging hinaus.

Es war kalt und schneite, aber der Wind hatte nachgelassen, und die Luft war nicht so beißend wie in der letzten Nacht. Atemwolken stiegen vor ihr auf, während sie durch ihren Garten stapfte und sich durch die dürren Zweige der Hecke zwängte. Lichter strahlten in den Fenstern ferner Häuser, aber es waren die Augen der Fresser, die sich schnell um sie versammelten, die ihre Aufmerksamkeit auf sich zogen. Es waren Dutzende der Kreaturen, die durch die Schatten huschten und immer wieder vom wirbelnden Schnee verdeckt wurden. Sie waren zu ihr gekommen, um von der Magie zu zehren, die sie entfesseln wollte – irgendwie mussten sie ihr Vorhaben gespürt haben.

Ihr Plan war einfach, aber zugleich unangenehm. Sie hatte vor, Geist freizulassen und ihn auf der Suche nach Pick in den Park zu schicken. Ihre eigenen Bemühungen würden vergeblich sein, da ihre bloße Anwesenheit nicht ausreichte, um den Waldschrat aus dem Schutz hervorzulocken, den er sich irgendwo gesucht haben musste. Außerdem würde es Zeit kosten, die sie nicht besaß. Doch Geist war reine Magie, und eine Magie, die in dieser Masse durch Picks Revier streifte, würde den Waldschrat sofort alarmieren.

Das Problem bestand darin, dass sie für diesen Plan Geist freilassen musste, etwas, das zu tun sie verabscheute, insbesondere, wenn sie selbst sich nicht in unmittelbarer Gefahr befand. Die Schwierigkeiten, die sie heraufbeschwor, indem sie Geist freigab, waren erschreckend. Sie wusste nicht mit Gewissheit, ob sie ihn kontrollieren können würde. Sie wusste nicht, wie viel Energie sie für all dies aufbringen musste, und sie sah einer Nacht entgegen, in der sie diese Energie brauchen würde, um am Leben zu bleiben.

Doch ohne Picks Hilfe hatte sie keine Chance, an Findo Gasks Sicherheitsmaßnahmen vorbeizuschlüpfen oder herauszufinden, wo die Kinder versteckt waren. Ohne Pick waren ihre Erfolgsaussichten gleich Null.

Es war ein Risiko, das es wert war, eingegangen zu werden, entschied sie erneut und hoffte, dass sie bei klarem Verstand war.

Sie fand einen Fleck tiefer Schatten inmitten einer Ansammlung kahler, dunkler Bäume und Büsche nahe dem Hintergarten der Petersons und stellte sich dorthin. Die Fresser drängten sich um sie, doch sie zwang sich dazu, die Kreaturen zu ignorieren. Sie stellten keine Bedrohung für sie dar, solange sie ruhig blieb.

Sie schloss die Augen, versenkte sich auf der Suche nach Geist in sich selbst. Es war das erste Mal, dass sie dies absichtlich tat. Sie war sich nicht sicher, wie sie vorgehen musste, und tastete herum, als wäre sie blind und taub. Da waren keine Pfade, denen sie folgen konnte, und es fehlte ihr an Zorn und Furcht, um sein Interesse zu wecken. Sie suchte, und nichts geschah. Sie jagte, doch sie fand nur Stille und Dunkelheit.

Sie öffnete stirnrunzelnd die Augen. Es funktionierte nicht.

Kurz dachte sie daran aufzugeben, ihre Suche abzubrechen und ins Haus zurückzugehen, um Ross zu holen. Aber sie war von Natur aus stur, und sie war neugierig, warum sie sich so anstrengen musste. Es hätte zumindest eine Spur des Wolfes geben müssen. Irgendein kleiner Hinweis auf seine Anwesenheit. Warum war da nichts?

Sie strich die Schneeflocken weg, die sich auf ihren Augenlidern niedergelassen hatten, und versuchte es erneut. Doch diesmal suchte sie nach etwas, von dem sie wusste, dass sie es finden konnte – ihre eigene Magie, die Magie, mit der sie geboren worden war. Sie fand sie sofort, und eine sirupartige Wärme breitete sich in ihrem Körper und ihren Gliedmaßen aus und prickelte wie eine elektrische Ladung.

Und wirklich, das Wecken ihrer eigenen Magie brachte auch Geist hervor. Sie spürte ihn in sich aufwallen wie einen mächtigen Energiestoß, der sie ins Wanken brachte. Er war urplötzlich da. Brutal und kraftvoll erwachte er, um jeder Bedrohung entgegenzutreten. Er stieg in ihr auf, um nachzuforschen, und raubtierhafter Instinkt und Hunger überfluteten sie wie frisches Blut.

Er brach aus ihr heraus – ohne dass sie es ihm befohlen hatte, ohne dass es eine sichtbare Gefahr gab. Innerhalb eines Herzschlags wurden ihre schlimmsten Befürchtungen bestätigt. Sie konnte ihn nicht kontrollieren. Sie war die Hülle, die er bewohnte, besaß aber keine Gewalt über ihn. Die Gewissheit, mit der sie dies erkannte, war niederschmetternd. Sie wollte seine beschützende Gegenwart, aber sie wollte nicht die Verantwortung für das, was er vielleicht tun würde. Ihr fast überwältigender, instinktiver Wunsch war, dass er sie für immer verließ. Aber ihr Bedürfnis nach seiner Hilfe war noch stärker und drängte ihren Widerwillen zur Seite.

Die Fresser strömten von ihr fort, und ihre leuchtenden Augen verschwanden wieder im Dunkel der Nacht.

Geist begann zu laufen. Mit mächtigen Sprüngen hetzte er in den Park, eine niedrige, dunkle Gestalt, die durch den Neuschnee pflügte, die Beine wirbelten, der sehnige Körper war lang ausgestreckt. Sie hatte es ihm nicht befohlen, und sie gab ihm auch keine Richtung vor, doch er schien selbst zu spüren, was von ihm erwartet wurde, und handelte danach. Etwas von ihr ging mit ihm, fühlte, was er fühlte, sah durch seine Augen. Sie war in seinem Wolfskörper gefangen. Zusammen überquerten sie rasch die Schneefelder, rannten zwischen dunklen Baumstämmen hindurch und setzten über Hügel und Schneeverwehungen. Sie spürte nichts von der Kälte und dem Schnee, denn Geist bestand aus reiner Magie, und nur seine Macht und Solidität mochten zu- und abnehmen; die Elemente konnten ihm nichts anhaben. Sie fühlte seine rohe Kraft und sein großes Herz. Sie spürte die Wut, die dicht unter seiner Haut brannte.

Vor allem jedoch spürte sie die Magie ihres Vaters. Sie war zu allem fähig, unbelastet von Moralvorstellungen und Logik und durchzogen von den eisernen Fesseln der Aufgabe, für die Geist erschaffen worden war, als sie noch ein kleines Kind gewesen war – sie zu beschützen, schädliche Magie von ihr fern zu halten, sie in Sicherheit heranwachsen zu lassen, um sie schließlich in die Hände ihres Vaters auszuliefern.

Alles hatte sich im Laufe der Zeit verändert und war neu zusammengefügt worden. Ihr Vater war tot. Sie war erwachsen und zu einer eigenständigen Person geworden. Doch Geist war noch immer da.

Das gestreifte Gesicht wild und unheimlich verzerrt, setzte er mit mächtigen Sprüngen über die schneebedeckten Ebenen. Niemand war im Park, um ihn dabei zu beobachten, und das war gut so. Aus solchen Begegnungen wurden Albträume geboren. Nest fühlte sich in einen Nebel aus Gefühlen gehüllt, die sie weder genau erkennen noch voneinander trennen konnte, Gefühle, die aus der Freiheit und der rohen Kraft des Wolfes geboren wurden, Gefühle, die hervorbrachen, als er sich dem dichten Wald näherte.

Immer schneller rannte Geist, immer tiefer in die Nacht hinein.

Dann zerriss plötzlich etwas in ihr, und Nest keuchte vor Schock, und einen langen, schmerzhaften Augenblick lang wurde alles schwarz und still.

Als sie wieder sehen konnte, befand sie sich wieder in ihrem eigenen Körper und stand allein in dem schattigen Fleck hinter dem Garten der Petersons. Die Fresser hatten sich verflüchtigt. Schnee fiel ihr feucht und kalt aufs Gesicht, und der Park erstreckte sich schweigend und leer vor ihr.

Die Erkenntnis, was geschehen war, stieg rasch in ihr hoch und ließ sie erstarren. Sie konnte nicht mehr durch Geists Auge sehen. Sie war nicht mehr mit ihm verbunden.

Der Wolf hatte sich von ihr losgerissen.

Larry Spence bog mit dem Streifenwagen in die Einfahrt des alten viktorianischen Gebäudes an der Third Street und schaltete den Motor aus. In der darauf folgenden Stille blieb er im Wagen sitzen und versuchte, alles durchzudenken, zu entscheiden, wie er diese Sache angehen sollte. Aber es war schwer; sein Kopf pochte, und er hatte ein beharrliches Summen in den Ohren. Er wusste nicht genau, seit wann er den Kopfschmerz und das Summen hatte; er konnte sich nicht erinnern, wann beides begonnen hatte. Aber sie quälten ihn erbarmungslos und machten es ihm fast unmöglich, sich zu konzentrieren.

Alles schien plötzlich unglaublich schwierig zu sein.

Er wusste, dass er bei den Kindern einen Fehler gemacht hatte. Er wusste, dass er seine Karriere aufs Spiel gesetzt hatte, indem er Robinson erlaubte, sie aus Nests Haus zu holen. Sein Verrat an Nest war fast unerträglich. Es spielte keine Rolle mehr, dass er gedacht hatte, er würde das Richtige tun; er hatte zugelassen, dass er manipuliert und betrogen wurde. Dies machte ihn wütend, aber zugleich auch seltsam machtlos. Er sollte etwas unternehmen, aber selbst jetzt, da er vor dem Versteck von Robinson stand, wusste er nicht, was das sein sollte.

Er stieß müde den Atem aus. Das Wenigste, was er tun musste, war, zumindest die Kinder zurückzuholen. Was immer sonst auch geschah, ohne sie durfte er hier nicht wieder weggehen. Er wusste nicht genau, was vorging, aber zumindest war ihm klar, dass er besser daran getan hätte, Robinson damals bei seinem ersten Besuch in seinem Haus sofort vor die Tür zu setzen. Als er jetzt daran zurückdachte, fragte er sich, warum er es nicht getan hatte.

Die Kopfschmerzen pochten in seinen Schläfen, und das Summen brummte in seinen Ohren. Er presste kurz die Augen zu. Er wollte einfach nur, dass diese Sache vorbei war.

Nachdem er einmal tief und entschlossen Luft geholt hatte, stieg er aus und ging zum Haus hinüber, stieg die Stufen zur Eingangstür hinauf und klopfte dagegen. Drinnen war es still. Es waren Lichter an, aber hinter den zugezogenen Vorhängen war keine Bewegung zu erkennen. Das Viertel aus einst so eleganten Häusern wirkte wie ein Friedhof. Die Straße war aufgrund des Sturmes völlig verlassen.

Ich werde das hier schnell hinter mich bringen, sagte er sich selbst. *Ich bringe die Kinder hier weg und will dann mit diesen Leuten nichts mehr zu tun haben.*

Die Tür ging auf, und der Mann, der sich Robinson nannte, stand lächelnd in der Öffnung. »Kommen Sie rein, Deputy Sheriff.« Er trat zurück.

Vorsichtig jetzt, warnte Larry Spence sich selbst. *Bleib ganz ruhig.*

Er trat ein und schaute sich wachsam um. Er befand sich in einer großen Diele. Auf einer Seite stieg eine Treppe ins Dunkle hinauf. An der gegenüberliegenden Seite befand sich eine verschlossene Tür. Direkt geradeaus schloss sich das Wohnzimmer an. Es war ein heller, altmodisch eingerichteter Raum, in dem Möbel aus der Zeit der Jahrhundertwende standen. Zwischen Holztäfelung und Fußleisten waren die Wände von einer verblassenden Tapete bedeckt, die mit gelben Blumen bedruckt war.

»Legen Sie Ihren Mantel ab, Deputy Sheriff«, sagte Robinson. Es klang fast wie ein Befehl. »Setzen Sie sich einen Moment.«

»Ich werde nicht lange bleiben.« Larry richtete seinen Blick auf Robinson und ließ ihn dann wieder ins Wohnzimmer schweifen, wo Penny mit eingezogenen Füßen auf dem Sofa saß. Neben ihr hockte ein riesiger, fast haarloser Albino, und beide starrten auf den Fernseher. Penny erblickte ihn, winkte und lächelte ihn an. Er nickte als Erwiderung mit steinernem Gesicht.

»Wo sind die Kinder, Mr. Robinson?«, fragte er. In seinem Kopf pochte es, der Schmerz war viel schlimmer geworden und das Summen so beharrlich, dass es drohte, seine Gedanken völlig durcheinanderzuwirbeln.

»Sie spielen unten.« Der andere Mann beobachtete ihn aufmerksam.

»Ich möchte, dass Sie sie heraufholen.«

»Nun, die Dinge haben sich ein wenig verändert.« Robinson klang entschuldigend. »Ich muss Sie noch um einen letzten Gefallen bitten.«

»Ich denke, ich habe Ihnen genug Gefallen erwiesen.«

Robinson lächelte wieder. »Es ist keine große Sache. Sie sollen nur eine kleine Fahrt mit uns machen. Die Kinder können auch mitkommen. Anschließend bekommen Sie sie wieder.«

Larry fühlte bereits, dass etwas nicht in Ordnung war. Er spürte eine Veränderung in Robinsons Benehmen, die ihm signalisierte, dass dies nicht so ablaufen würde, wie er es sich gedacht hatte. Seit über fünfzehn Jahren war er Deputy Sheriff, und er vertraute seinen Instinkten. Er musste die Oberhand über diese Leute gewinnen und durfte keine Risiken eingehen.

»Ich habe ein paar Nachforschungen angestellt«, sagte er und beschloss, die Sache durchzuziehen. »Ich habe das FBI-Büro in Chicago angerufen und nach Ihnen gefragt. Sie haben nie von Ihnen gehört. Sie wissen auch nichts von einer Drogenoperation in dieser Gegend.«

Robinson zuckte mit den Achseln. »Sie wissen nicht, dass wir hier sind. Wir operieren von Washington aus. Wo liegt das Problem, Deputy?«

»Ist das einer Ihrer Agenten?«, fragte Larry und zeigte auf den seltsamen Mann auf der Couch.

Robinson schaute über die Schulter und dann wieder zu Spence. »Ja, er ist ein örtlicher …«

Larry hatte seinen 45er in der Hand und auf Robinsons Bauch gerichtet. »Ruhig stehen bleiben«,befahl er. »Lassen Sie Ihre Hände, wo ich sie sehen kann.« Er trat vor, klopfte dem alten Mann die Jackentaschen und die Seiten ab und machte dann wieder einen Schritt zurück. »Ich habe auch in Washington nachgefragt. Dort kennt man Sie ebenfalls nicht.«

Der Mann, der sich Robinson nannte, sagte nichts.

»Wer sind Sie also?«, drängte Larry.

Der andere zuckte mit den Achseln. »Das spielt keine Rolle.«

Penny schaute vom Fernseher auf. Als sie die Pistole in Larrys Hand bemerkte, wollte sie aufstehen.

»Sitzen bleiben!«, befahl Larry mit scharfer Stimme. Sie zögerte, dann tat sie es. Dabei grinste sie jedoch breit. »Was geht hier vor?«, verlangte Larry zu wissen.

Robinson lächelte. »Kriegen Sie es doch selbst raus, Deputy Sheriff. Sie scheinen doch ziemlich schlau zu sein.«

»Ihre Anwesenheit hier hat nichts mit Drogen zu tun, oder?«

Robinson schürzte die Lippen. »Nein, Deputy Sheriff, das hat sie nicht. Aber sie hat mit Sucht zu tun. Ich bin ein Spezialist für Süchte, wussten Sie das? Süchte, die die menschliche Rasse heimsuchen. Es gibt Hunderte von ihnen. Tausende. Die Menschen werden von ihren Süchten versklavt, und ich bin der Ansicht, dass ich ihre Handlungsweise beeinflussen kann, indem ich die Natur der Süchte ergründe, von denen sie beherrscht werden.«

Er zog eine Augenbraue hoch. »Nehmen Sie zum Beispiel sich selbst. Ich wusste fast von Beginn an, dass ich mein Anliegen nur mit Ihren offenkundigen Gefühlen für Miss Freemark zu verknüpfen brauchte, wenn ich etwas von Ihnen wollte. Wenn Sie sich auf sie konzentrierten, waren Sie für alles andere blind. Eigentlich ziemlich dumm, da sie sich nicht die Bohne um Sie schert. Aber Sie sehen sie als Ihre zukünftige Frau und die Mutter Ihrer Kinder, und daher tun Sie alles, von dem Sie annehmen, dass es diesem Wunsch dienlich ist.«

Larry stieg die Zornesröte ins Gesicht. »Das ist keine Sucht. Wovon zum Teufel reden Sie eigentlich?«

»Süchte gibt es in allen Größen und Gestalten«, fuhr Robinson mit milder Stimme fort, »und die Menschen, die an ihnen leiden, halten sie immer für etwas anderes. Abhängigkeiten, Deputy Sheriff. Sie verleihen einem die Illusion der Kontrolle, die einem fehlt. Die Ihre ist nur eine kleine Abhängigkeit, aber eine tief sitzende, und sie beherrscht Sie. Das ist der Grund, warum Sie so nützlich für mich waren. Ich gebe Ihnen die Illusion der Kontrolle über Ihr Bedürfnis, Miss Freemark zu beeinflussen, und Sie sind dafür bereit, über glühende Kohlen zu laufen.«

Die Kopfschmerzen und das Summen attackierten Larry Spence jetzt mit solcher Heftigkeit, dass er sich kaum auf das konzentrieren konnte, was Robinson sagte. »Holen Sie jetzt endlich die Kinder rauf!«, herrschte er ihn wütend an.

»Das tun wir lieber nicht«, erwiderte Robinson ruhig.

Larry starrte ihn an. Was bildete der sich ein? Dass Larry nicht schießen würde, dass er die Waffe nicht benutzen würde, wenn der andere Mann auch nur die geringsten Anstalten machte, ihn aufzuhalten? Glaubte er, dass Larry die Lage hier nicht im Griff hatte, dass er nicht fähig war zu tun, was nötig war, nur weil er sich zuvor hatte hereinlegen lassen?

Dann blickte er in Robinsons Augen, und er sah die Wahrheit. Seine Pistole spielte keine Rolle. Ebenso wenig wie sein Dienstabzeichen oder das Gesetz oder Larry selbst. Nichts von alledem spielte eine Rolle. Diese Augen waren tot. Sie waren schon eine lange, lange Zeit tot.

Larry wurde es in schneller Folge kalt und heiß, und plötzlich wollte er nichts weiter, als so schnell wie möglich von hier zu verschwinden. Aber er wusste, dass es dafür zu spät war, dass er es nicht konnte, dass er ebenso sicher in der Falle saß, als würde Robinson die Waffe auf ihn richten.

»Oh, mein Gott«, flüsterte er.

Seine Hand war erstarrt. Plötzlich von Panik erfasst, wollte er den Abzug ziehen, aber seine Finger verweigerten den Dienst. Robinson trat vor, nahm ihm die Waffe aus der Hand und steckte sie ihm wieder ins Holster. Larry konnte nichts tun, um ihn aufzuhalten. Überhaupt nichts. Er war gelähmt von dem Pochen in seinem Kopf, dem Summen in seinen Ohren und einer eiskalten Gewissheit, dass er vollständig hilflos war. Er stand mit leeren Händen vor Robinson, und all seine Handlungsmöglichkeiten hatten sich verflüchtigt. Er wollte schreien, aber er konnte es nicht. Tränen liefen ihm übers Gesicht, und seine kräftige Gestalt bebte, als er zu weinen begann.

»Bitte«, bettelte er gegen seinen Willen. »Bitte.«

Robinson lächelte, doch es lag keine Wärme in diesem Lächeln.

Stille.

Nest stand wie gelähmt in der eisigen Dunkelheit am Rand des Sinnissippi-Parks und versuchte verzweifelt, ihre rasenden Gedanken zu ordnen. Die Ungeheuerlichkeit dessen, was gerade geschehen war, drohte sie zu überwältigen. Sie hatte Geist verloren! Irgendwie, auf irgendeine Weise hatte sie ihn verloren. Sie hatte das nicht vorgehabt und es nicht einmal für möglich gehalten. Es stimmte, dass der Wolf nur eine Hand voll Male aus ihr hervorgekommen war, seit er sich dort niedergelassen hatte, aber es hatte nie ein Anzeichen dafür gegeben, dass er sich losreißen könnte. Sie fühlte sich auf eine Weise leer und beraubt, die sie nie erwartet hätte. All ihre Hoffnungen, die Kinder vor den Dämonen zu retten, schienen mit den Schneeflocken davonzutreiben.

Was hatte sie getan?

Eine lange Zeit stand sie einfach nur da und konnte sich nicht bewegen, während sie zu entscheiden versuchte, was sie tun sollte. Sie konnte nicht ins Haus zurückkehren. Sie musste Geist finden und ihn wieder unter Kontrolle bringen. Sie musste es einfach! Sie starrte in die schwarzweiße Weite des Parks und erkannte, wie hoffnungslos ihre Aufgabe war. Geist konnte sich um so vieles schneller bewegen als sie. Er würde niemals gefunden werden, wenn er das nicht wollte. Sie konnte ewig nach ihm suchen, ohne ihn jemals wiederzusehen. Er brauchte ihr nicht einmal davonzulaufen. Er konnte sich einfach in Luft auflösen, wie er es getan hatte, als sie klein gewesen war. Er konnte so vollständig verschwinden wie die Wärme des letzten Sommers, und sie hatte keine Möglichkeit, ihn wieder herzubringen.

Verzweiflung brachte sie zum Wanken; sie geriet fast in Panik. Sie riss sich nur durch reine Willenskraft zusammen. Sie konnte es sich nicht leisten, dem nachzugeben, was sie empfand. Wenn sie das tat, hatte keiner von ihnen mehr eine Chance.

Dann schwebte ein Schatten aus der Dunkelheit heran, glitt lautlos durch den fallenden Schnee. Sie erkannte Jonathan, der seine großen Flügel weit ausgebreitet hatte, und als er näher kam, konnte sie Pick ausmachen, der auf seinem Rücken saß. Indem sie nach der schwachen Hoffnung griff, die das Auftauchen des Waldschrats bot, löste sie sich aus den Schatten und sprang in das diesige Mondlicht. Jonathan glitt an ihr vorbei und machte einen weiten Bogen. Er flog erneut über sie hinweg, diesmal jedoch niedriger, und plötzlich stand Pick auf ihrer Schulter.

»Verflixt, was machst du bei diesem Wetter hier draußen?«, verlangte er angewidert zu wissen. Aber es lag auch eine gewisse Besorgnis in seiner Stimme; er wusste, dass etwas nicht stimmte.

»Oh, Pick, alles ist schief gegangen!«, jammerte sie und legte ihre behandschuhten Hände wie einen Becher zusammen, sodass er hineinspringen konnte.

Er tat dies, während er dabei heftig knurrte. »Das dachte ich mir schon, als ich eine Störung in der Magie des Parks spürte und plötzlich Geist durch den Wald rannte, als wäre er besessen. Ha, und das ist er ja wohl auch auf gewisse Weise!«

Sie zuckte zusammen. »Du hast Geist gesehen? Wo ist er? Warum ist er nicht bei dir?«

»Würdest du dich bitte beruhigen?«, schnaubte er und streckte abwehrend die zweigartigen Hände von sich. »Seit wann ist es meine Aufgabe, auf Geist aufzupassen? Sehe ich so aus? Schließlich ist er dein Schoßhund!«

»Er hat sich von mir losgerissen!«, rief sie aus. »Ich habe ihn in den Park geschickt, um nach dir zu suchen, und er hat sich losgerissen! Warum sollte er so etwas tun? Er ist weg, und ich weiß nicht, wie ich ihn zurückbekomme!«

Sie klang wie ein kleines Kind, aber sie konnte nicht anders. Pick schien es nicht zu bemerken. Er wischte vereinzelte Schneeflocken fort, die auf sein Gesicht gefallen waren. »Würde es dir etwas ausmachen, eine etwas geschütztere Stelle zu suchen?«, fragte er ärgerlich. »Wäre das zu viel verlangt?«

Sie zog sich in den Schutz der Bäume und des Unterholzes zuruck. Schatten hullten sie ein, und die Augen von ein paar einzelnen Fressern tauchten auf.

»Fang am Anfang an«, befahl er, »und lass mal sehen, ob ich mir einen Reim auf das machen kann, was du zu sagen hast!«

Sie erzählte ihm alles, was seit dem Zeitpunkt geschehen war, als Larry Spence in ihr Haus gekommen war – das Durchbrechen des Warnsystems, die Entdeckung des Verschwindens der Kinder, Findo Gasks Anruf und ihr Versuch, Geist in den Wald zu schicken, um Pick zu suchen. Sie berichtete ihm, dass sie versuchen würde, die Dämonen zu überraschen und die Kinder aus dem alten Haus in der Third Street zu befreien, wo Findo Gask sie versteckt hielt.

»Aber ich brauche jemanden, der nach Fallen Ausschau hält, die er aufgestellt haben könnte, damit jemand unbemerkt eindringen kann. Ich brauche jemanden, der in das Haus geht und herausfindet, wo die Kinder versteckt sind. Ich brauche dich, Pick.«

Nach ihrer Bitte war er ungewohnt still. Er saß in ihren Händen, kaute auf einzelnen Strähnen seines moosigen Bartes herum und murmelte vor sich hin. Sie ließ ihn in Frieden; es gab nichts, was sie noch hinzufügen konnte, um ihn zu überreden.

»Zu dumm, dass dieser Typ dein Schlafzimmerfenster geöffnet hat«, sagte er schließlich. »Aber wenn Gask die Kinder so unbedingt haben wollte, hätte er ihnen auf jeden Fall nachgestellt. Das ist es, was er in der letzten Nacht versucht hat. Ich glaube nicht, dass ihn das Warnnetz aufgehalten hätte.«

Sie nickte schweigend.

»Dämonen«, murmelte er.

Sie wartete.

»Ich mag es nicht, den Park zu verlassen«, erklärte er. Er hob schnell die Hände, als sie zu sprechen ansetzte. »Nicht, dass ich es nicht hin und wieder tue, wenn es nötig ist.« Er schnaubte. »Ich mag es auch nicht sonderlich, in seltsame Häuser zu gehen. Solltest du diese Sache nicht lieber bleiben lassen? Das könnte besser für dich sein. Vier Dämonen sind ganz schön viel, um damit fertig zu werden, selbst wenn ein Ritter des Wortes mithilft. Ich kenne dich. Du bist stur. Aber du kannst nicht jedermanns Schlachten schlagen. Du kannst nicht die ganze Welt retten.«

»Pick«, sagte sie sanft und beugte sich zu ihm hinunter. »Ich kann nicht genau erklären, warum ich das hier tun muss. Ich fühle es, so wie du eine Störung im Gleichgewicht der Magie fühlst. Ich weiß, es ist das Richtige. Harper ist ganz allein, und da ist etwas an Little John, etwas, das mit mir zu tun hat.«

Er schnaubte.

»Es ist wichtig für mich, Pick. Ich muss diese beiden Kinder retten. Mit oder ohne deine Hilfe, ich muss es tun.«

»Wann hast du denn einmal ohne meine Hilfe etwas getan, das mit Magie oder Dämonen zu tun hatte?«, fragte er gereizt. »Schau, ich werde es tun. Ich werde den Boden, die Wände, Decken und Fenster nach Fallen absuchen, und ich werde auch drinnen mal nach den Kindern sehen. Aber wenn ich damit fertig bin und dir dann sagen sollte, dass es nicht möglich ist, dann war es das. Ist das fair?«

»Abgemacht«, sagte sie.

Er spuckte über seine Schulter. »Also, was soll jetzt dieser Unsinn darüber, dass du Geist verloren hättest? Du kannst keine Magie verlieren, wenn sie dir einmal gegeben wurde. Sie wandert nicht einfach von allein davon. Du musst sie aufbrauchen, sie weitergeben, sie freigeben oder wegzaubern. Hast du eins davon getan?«

Sie schüttelte den Kopf. »Ich denke nicht. Ich habe nichts getan. Ich habe ihn nur ausgeschickt, um deine Aufmerksamkeit zu erregen, und dann gab es dieses Reißen in meinem Inneren, das Gefühl, als würde etwas losgerissen werden, und ich spürte ihn nicht mehr.«

Pick zuckte mit den Schultern. »Nun, davon weiß ich nichts. Ich weiß nur, dass er da drüben steht und dich beobachtet.«

Sie blickte sich schnell um. Tatsächlich, Geist stand im Schutz der Bäume der Petersons, reglos wie aus Stein gemeißelt. Er hatte das Gesicht mit den Tigerstreifen gesenkt, und die leuchtenden Augen betrachteten sie. Sie starrte überrascht und ungläubig zurück. Was tat er da?

»Pick?«, fragte sie leise.

»Ich weiß, ich weiß«, murmelte er. »Er hat sich aus irgendeinem Grund von dir zurückgezogen. Bist du sicher, dass du ihm nichts getan hast?«

»Was hätte ich denn tun können?«, herrschte sie ihn ärgerlich an.

»Ich weiß es nicht! Ruf ihn! Schau, was er tut!«

Sie tat es und sprach seinen Namen aus, erst leise, dann bestimmter. Aber Geist rührte sich nicht. Schnee sammelte sich auf seinem gesträubten Fell. Überall um sie herum war die Nacht still und kalt.

»Vielleicht will er einfach noch nicht in dich zurückkommen«, meinte Pick. »Möglicherweise will er nur eine Weile draußen bleiben.«

»Von mir aus gerne«, erklärte sie rasch und war zugleich frustriert und verwirrt. »Ich bin sowieso nicht allzu glücklich darüber, dass er in mir lebt. Das war ich noch nie.«

Pick blickte sie an. »Vielleicht spürt er das.«

»Dass ich nicht will, dass er in mich zurückkehrt?«

»Möglicherweise. Mir hast du es deutlich genug gesagt. Vielleicht war es auch für ihn deutlich genug.«

Sie schüttelte den Kopf. »Warum ist er dann nicht schon früher gegangen? Warum ist er nicht einfach ...«

Dann erkannte sie plötzlich, warum. Auf einmal wusste sie es. Ihre Erkenntnis war blitzartig und verblüffend. Er war nicht in ihr geblieben, weil er es wollte, sondern weil sie ihn nicht fortgelassen hatte. Er lebte in ihrem Körper, weil sie es verlangte. Vielleicht war es am Anfang noch nicht so gewesen; damals hatte er möglicherweise freiwillig auf ihr Bedürfnis reagiert, das echt und drängend gewesen war. Sie war noch ein Mädchen gewesen. Sie war nie ohne seinen Schutz gewesen und hatte Angst gehabt, ihn zu verlieren. Doch an irgendeinem Punkt hatte sich ihr Verhältnis verändert. Zumindest unterbewusst hatte sie entschieden, dass sie ihn nicht aufgeben konnte. Ihr war nicht bewusst gewesen, was sie getan hatte, sie hatte nichts von der Kette bemerkt, die sie geschmiedet hatte, um ihn bei sich zu behalten. Schließlich hatte sie angenommen, dass er fort war. Erst als er sich vor zehn Jahren in Seattle gezeigt hatte, als ihr Leben bedroht wurde und sie seinen Schutz gebraucht hatte, hatte sie entdeckt, dass er noch immer da war.

Die Gewaltigkeit ihrer Entdeckung erschütterte sie und ließ sie zuerst glauben, dass sie sich geirrt hatte. Sie hatte sich solange gewünscht, dass er verschwand, dass es lächerlich schien, sich vorzustellen, dass sie ihn ihrem Willen unterworfen hatte – auch wenn dies auf einer unterbewussten Ebene passiert war –, ohne dass sie bemerkt hatte, dass sie ihn gezwungen hatte, in ihr gefangen zu bleiben. Aber seine Magie gehörte ihr; ihr Vater und ihre Großmutter hatten sie ihr gegeben, als sie noch ein Kind war. Es war so, wie Pick gesagt hatte: Magie wanderte nicht einfach aus eigenem Antrieb davon. Geist gehörte ihr, und die Stärke ihres Bedürfnisses hatte sie davon überzeugt, dass sie ihn für immer und ewig bei sich behalten musste.

Sie starrte ihn jetzt durch die nächtlichen Schatten hindurch mit neuen Augen an und erkannte die Wahrheit. »Ich war es«, sagte sie leise zu Pick.

»Wovon redest du?«, wollte er wissen.

»Siehst du es nicht? Ich habe ihn nicht gehen lassen. Ich hatte nicht vor, ihn gefangen zu halten. Ich wollte nicht, dass er zu einem Teil von mir wurde. Aber ich habe es geschehen lassen, ohne je zu erkennen, was ich tat. Ich dachte, es sei seine Entscheidung gewesen. Aber das war es nicht. Es war meine. Es war immer meine.«

Pick rieb sich den Bart. »Das ergibt keinen Sinn. Du warst jahrelang unglücklich darüber, dass er in dir lebte. Er muss es gewusst haben, und trotzdem hat er nichts unternommen. Also warum wehrt er sich jetzt gegen dich? Wenn er sich vorher nicht von dir lösen wollte oder konnte, warum tut er es dann jetzt? Was hat sich verändert?«

Sie schaute wieder zu Geist hinüber, zu seinem gestreiften, wild und herausfordernd blickenden Gesicht, zu seinen funkelnden Augen, die auf sie gerichtet waren, als könnten sie etwas sehen, das sie nicht sah. »Das Morph«, flüsterte sie.

»Was?« Pick war verwirrt. »Wovon sprichst du?«

»Das Gypsy-Morph«, wiederholte sie. »Das ist es, was sich verändert hat.«

Jetzt konnte sie es fast erkennen, die Wahrheit, nach der sie gesucht hatte, seit John Ross und das Morph vor drei Tagen auf ihrer Schwelle gestanden hatten. Es war ein schattenhaftes Wissen, das blitzartig durch ihr Bewusstsein zuckte und dann wieder verschwunden war. Es wisperte ihr etwas über Little John zu, warum er die Gestalt eines kleinen Jungen angenommen und ihren Namen ausgesprochen hatte, warum er nach ihr gesucht und sie Mama genannt hatte. Es wisperte ihr etwas über eine Offenbarung zu, die darauf wartete, enthüllt zu werden, wenn sie nur daran glaubte.

Sie dachte plötzlich an die Freemark-Frauen, an die Art, wie die Magie von einer Generation an die nächste weitergegeben worden war. Sie dachte an Granny und an das Opfer, das sie vor vielen Jahren für Nest gebracht hatte.

Als sie sprach, klang ihre Stimme unsicher. »Pick, werde ich Geist verlieren, wenn ich ihn freigebe? Werde ich seine Magie verlieren?«

Pick schwieg eine lange Zeit. »Ich weiß es nicht«, sagte er schließlich. »Vielleicht.«

Sie nickte langsam. »Ich muss es riskieren. Ich lasse ihn draußen, um zu tun, was er will. Ich werde ihn nicht mehr in mir aufnehmen.« Sie holte tief Luft und drehte sich von dem Wolf weg. Es waren keine Worte nötig. Geist würde es wissen.

»Ruf Jonathan«, wies sie Pick an. »Flieg zu dem Haus an der Third Street und sieh dich um. Aber sei vorsichtig. Ich fahre mit John im Wagen, und wir treffen uns dort.«

Pick knurrte einen Moment vor sich hin und stieß dann einen scharfen Pfiff aus. Die Schleiereule tauchte aus den Bäumen auf und glitt an Nests ausgestreckter Hand vorbei, sodass die großen Flügel sanft ihre Schulter streiften. Der Waldschrat sprang auf den Rücken des Tiers, und Sekunden später waren beide fort, glitten durch den nächtlichen Schneefall davon.

Nest blickte ihnen nach, bis sie in der Ferne verschwunden waren, und drehte Geist dabei weiterhin den Rücken zu. Als sie nicht mehr zu sehen waren, schaute sie nach, ob er noch da war. Er war es nicht. Der geisterhafte Wolf war verschwunden. Sie starrte die Stelle an, wo er eben noch gestanden hatte, und schaute sich dann rasch um. Es gab keine Spur von ihm.

»Gute Jagd, Geist«, flüsterte sie in die Nacht.

Dann rannte sie zurück zum Haus.

Kapitel 27

Sie fuhren schweigend durch die verlassenen Straßen von Hopewell, Nest am Steuer und Ross neben ihr auf dem Beifahrersitz. Keiner sagte etwas. Der noch immer fallende Schnee bildete einen Vorhang aus dicken, weichen Flocken, und alles war in Weiß gehüllt. Die Hauptstraßen waren von den Schneepflügen geräumt worden, aber die Seitenstraßen waren zumeist noch unberührt. Das Licht der Straßenlaternen funkelte auf dem Schnee. Über allem lag eine tiefe, alles durchdringende Stille.

Während sie durch diese Landschaft fuhren, die einer geschüttelten Schneekugel glich, wurde Nest von Zweifeln geplagt. Sie konnte sich nicht vorstellen, die kommenden Ereignisse durchzustehen, ohne dass Geist an ihrer Seite war, obgleich sie akzeptiert hatte, dass es nötig sein mochte. Sie versuchte, nicht an das gewaltige Unterfangen zu denken, das vor ihr lag – in den Unterschlupf der Dämonen einzudringen, die Kinder zu finden und in Sicherheit zu bringen, und das alles ohne die Hilfe von Geists Magie. Sie versuchte, nicht ihren Glauben in Frage zu stellen, dass es auf irgendeine Art notwendig gewesen war, Geist frei zu geben, um das Geheimnis des Gypsy-Morphs zu entschlüsseln. Sie hatte Ross nichts davon erzählt. Sie hatte ihm nicht gesagt, dass sie Geist frei gelassen hatte. Hätte er es gewusst, hätte er sie niemals mitkommen lassen. Sie hatte ihm nur berichtet, was sie für notwendig hielt – dass Pick vorausgeflogen war, um das Grundstück und die Eingänge zu suchen.

Als sie die Kreuzung Fourth Street West und Avenue G erreichten, fuhr sie auf den fast nicht zu erkennenden Parkplatz einer Reinigung, der sich zwei Blocks von ihrem Ziel entfernt befand und von dort nicht zu sehen war. Von hier aus gingen sie zu Fuß durch den tiefen Schnee, bis das alte viktorianische Gebäude vor ihnen auftauchte. Die Third Street war geräumt worden, aber die alten Häuser hinter den schneebedeckten Rasen und Vorgärten waren zumeist dunkel. Selbst in dem Gebäude, in dem Findo Gask und seine Dämonen sich eingenistet hatten, brannten nur wenige Lampen, als wäre der Strom teuer und müsse rationiert werden.

Sie befanden sich schon fast vor dem Haus und hielten sich in den Schatten, fern dem blassen Schein der Straßenlaternen, als sie den Streifenwagen des Sheriffbüros in der Einfahrt stehen sahen.

Nest schüttelte an Ross gewandt den Kopf, als sie unter einem großen alten Hickory-Baum anhielten. »Larry Spence.« Sie sprach seinen Namen mit Abscheu aus. »Er kriegt es einfach nicht fertig, sich hier herauszuhalten.«

Ross nickte, ohne seine Augen vom Haus abzuwenden. »Wir können jetzt keine Rücksicht auf ihn nehmen. Wir müssen trotzdem hinein.«

Sie holte tief Luft. Sie hatte nicht einmal im Traum daran gedacht, Larry Schaden zuzufügen. Sie hatte immer gehofft, er würde von allein das Interesse an der Sache verlieren. Aber vielleicht war das niemals eine Möglichkeit gewesen. Vielleicht hatten die Dämonen ihn zu sehr im Griff, als dass dies hätte geschehen können.

Sie warf noch einen letzten Blick auf den Streifenwagen und brach ihren Gedankengang ab. Das würde sie jetzt niemals mehr erfahren.

Sie arbeiteten sich vorsichtig an der Hecke entlang, die das viktorianische Gebäude von der dunklen, zerfallenden Kopie eines englischen Herrenhauses abgrenzte. Sie kamen neben der Zufahrt an und knieten sich in den Schnee, um sich möglichst weit in den Schatten zu verbergen.

Wenn ich bei dieser Sache falsch liege, ging es Nest immer wieder durch den Kopf, ohne den Gedanken beenden zu können.

Plötzlich tauchte Pick auf. Er fiel aus dem Nichts auf ihre Schulter und erschreckte sie dabei so sehr, dass sie laut aufkeuchte.

»Verflixt, beruhige dich!«, herrschte er sie ärgerlich an und hielt sich schnell an ihrem Kragen fest, um nicht abgeschüttelt zu werden. Sein moosiger Bart war mit Schnee bedeckt, und sein hölzerner

Körper war feucht und schlüpfrig. »Du hast dir Zeit genommen, herzukommen, was?«

»Nun, durch diese Straßen zu manövrieren ist nicht ganz so einfach, wie durch die Luft zu segeln«, erwiderte sie verärgert. Sie stieß eine Atemwolke aus, die auf ihn zutrieb. »Was hast du herausgefunden?«

Er schnaubte. »Was denkst du denn, was ich herausgefunden habe? Der Ort wimmelt nur so von Fallen und Stolperdrähten aus Dämonenmagie. Er stinkt förmlich danach. Aber das da drinnen sind Dämonen, keine Waldschrate, daher tendieren sie dazu, ein wenig sorglos zu sein. Überhaupt kein Stolz auf handwerkliches Geschick. Es gibt Löcher in ihrem Sicherheitsnetz, die groß genug sind, dass eine Eule hindurchfliegen kann – und genau das haben wir getan. Dann bin ich durch einen Riss im Fliegennetz der Hintertür geschlüpft, den sie ebenfalls übersehen haben, und habe mich ins Haus geschlichen. Sie haben die Kinder in einem großen Spielzimmer im Keller. Du kannst leicht zu ihnen gelangen.«

Sein Gesicht legte sich in Falten. »Die schlechte Nachricht ist, dass irgendetwas bei den Kleinen unten ist. Ich weiß nicht, was es ist. Könnte ein Dämon sein, könnte auch etwas anderes sein. Ich konnte es nicht sehen, aber ich konnte es ganz deutlich riechen!«

Nest nickte. Sie wusste, was es war. Sie warf einen Blick zu Ross und schaute dann wieder Pick an. »Kannst du mir genau sagen, wo es sich befindet? Ich meine, an welcher Stelle in dem Raum?«

»Natürlich kann ich das!«, fuhr er auf. »Du könntest das ebenfalls, wenn du meine Nase hättest!«

»Das ist genau, worauf ich hinaus will«, fuhr sie rasch fort. »Würdest du mit mir hineingehen und mir genau zeigen, wo es sich versteckt?«

Es gab eine lange Pause, während er darüber nachdachte, sich den Bart rieb und ärgerlich vor sich hin murmelte. *Sag nichts wegen Geist,* bat sie ihn schweigend, da sie wusste, dass er daran dachte, genau das zu tun.

Er überraschte sie, indem er einfach nur mit den Achseln zuckte und stattdessen sagte: »Nun, du kannst es wahrscheinlich nicht alleine tun. Also lass es uns hinter uns bringen.«

Es wurde vereinbart, dass Nest mit Pick durch die Hintertür hineinschlüpfen und sich dann verstecken sollte, bis der Waldschrat noch einmal im Keller nachgesehen hatte. Pick würde feststellen, wo sich das seltsame Wesen genau aufhielt, und tun, was er konnte, um Nest die Möglichkeit zu geben, als Erste zu den Kindern zu kommen. Dafür wurden zwanzig Minuten veranschlagt. Am Ende dieser Zeit würde Ross durch die Vordertür kommen, die Dämonen angreifen und sie lange genug ablenken, dass Nest und die Kinder durch die Hintertür fliehen konnten.

Sie standen eine lange Zeit wie Statuen im Schneetreiben und starrten das alte Haus an. Seine Wände erhoben sich schwarz und einsam vor dem Hintergrund des Stahlwerks und des Flusses, und von den Giebeln hingen Eiszapfen herab. Nest fragte sich, ob sie dabei war, Selbstmord zu begehen. Sie glaubte daran, dass Geist kommen würde, wenn sie ihn brauchte, dass er ihr den Schutz seiner Magie nicht versagen würde. Sie glaubte daran, und doch konnte sie sich nicht sicher sein. Nicht, bevor es zu spät war, irgendetwas zu unternehmen, falls sie sich geirrt hatte. Alles, was sie tun wollte, baute auf ihrem Glauben auf. Auf Vertrauen in ihre Instinkte. Auf Glauben an sich selbst.

»Okay, Pick«, sagte sie schließlich.

Sie huschten an der Hecke entlang bis dorthin, wo sie parallel zur Rückseite des alten Hauses verlief, und überquerten dann rasch den Schnee. Pick lenkte sie, indem er ihr hastige Anweisungen ins Ohr flüsterte, um sie um die Fallen herumzuführen, die von den Dämonen errichtet worden waren. Sie erreichten die Veranda, wo Pick ihr den Riss in der Fliegentür zeigte. Das verrostete Drahtnetz gab bereitwillig nach, als sie das Loch vorsichtig erweiterte, und sie schlüpfte hindurch. Sie stand auf der verfallenen, morschen Veranda, von der man einen Blick auf das hatte, was einst ein blühender

Garten gewesen sein musste. Sie schlich zur Hintertür, die geschlossen, aber nicht abgeschlossen war. Pick saß ruhig auf ihrer Schulter, während sie das Ohr an die Tür legte und lauschte.

Sie konnte das leise Geräusch des Fernsehers ausmachen, der im Hintergrund lief. Sie schaute auf ihre Uhr. Sieben von ihren zwanzig Minuten hatte sie bereits verbraucht.

Vorsichtig öffnete sie die Hintertür und trat hindurch. Sie befand sich am Ende eines langen Flurs, der zum Rest des Hauses führte. In eine eichengetäfelte Wand waren Kleiderhaken eingelassen, und auf der linken Seite öffnete sich eine Tür zu einer Waschküche. Rechts vor ihr führte eine Treppe in den Keller hinab. Von unten kam Licht herauf, das nur schwach durch die Schwärze drang.

Sie schaute nach Pick, um ihm zu sagen, dass er sich auf den Weg machen sollte, aber er war schon fort. Sie stand bewegungslos und still im Gang und lauschte auf die Geräusche des Hauses, gedämpftes Knarren, das leise Summen der alten Ölheizung und einen tropfenden Wasserhahn. Sie hörte die Stimmen aus einer Fernsehsendung, und hin und wieder sagte einer der Dämonen etwas. Sie konnte beides problemlos auseinander halten; ersteres hatte eine Spur von mechanischer Wiedergabe an sich, während letzteres tiefer, scharf und direkter war. Sie zwang sich, langsam und gleichmäßig zu atmen, und schaute ab und zu auf die Uhr, um die Zeit im Blick zu behalten.

Als Pick wieder auftauchte, hatte sie nur noch drei Minuten. Er nickte und winkte sie zum Keller. Er hatte die Kinder und das Wesen gefunden, das sie bewachte.

Es war fünfundzwanzig Minuten vor Mitternacht.

Sie zog die Stiefel, den Mantel und die Handschuhe aus und stieg auf Strümpfen die Treppe hinunter. Langsam und vorsichtig setzte sie einen Fuß vor den anderen und prüfte jede der alten Stufen, bevor sie ihr ganzes Gewicht darauf verlagerte. Ein Teppich dämpfte ihre Schritte, und sie verursachte keinen Laut. Pick saß schweigend auf ihrer Schulter, das hölzerne Gesicht war nach vorne gerichtet, und seine kleinen Augen leuchteten in der Düsternis.

Am Fuß der Treppe befand sie sich noch immer in der Dunkelheit. Eine einzelne Tischlampe, die auf einer alten, lederbeschlagenen Bar stand, erhellte den L-förmigen Raum vor ihr. Die Kinder saßen dicht zusammen in einem Sessel und schauten sich ein Bilderbuch an. Harper tat so, als würde sie lesen, und murmelte Little John etwas zu, der zur Treppe blickte und Nest anschaute.

Er weiß, dass ich hier bin, dachte sie überrascht.

Pick deutete auf die Dunkelheit am offenen Ende der Bar, hinter der Stelle, wo die Kinder saßen. Dort verbarg sich der Ur'droch. Nest spürte eine plötzliche Hoffnung in sich aufsteigen. Der Weg zu den Kindern lag offen vor ihr.

Sie holte tief und langsam Luft. Wie sollte sie jetzt vorgehen?

Das Problem wurde für sie durch die Explosion gelöst, die das Haus über ihr erschütterte.

John Ross schaute zu, während Nest und Pick an der schutzbietenden Hecke entlangschlichen, über den Hintergarten liefen und in das Haus schlüpften. Er lauschte auf irgendeine Reaktion der Dämonen, aber es gab keine. Geduldig wartete er zehn der abgesprochenen zwanzig Minuten ab, ging dann zu dem Streifenwagen hinüber und verbarg sich dahinter. Er hatte als Ritter des Wortes eine Menge Kämpfe durchgestanden, sowohl in der Gegenwart als auch in der Zukunft, wach und in seinen Träumen, und er wusste, was er zu erwarten hatte. Die Dämonen würden instinktiv reagieren, aber zumindest für ein paar Augenblicke würden sie verwirrt sein. Wenn er schnell genug zuschlug, waren sie nicht in der Lage, ihre zahlenmäßige Überlegenheit dazu zu nutzen, ihn zu überwältigen.

Er beobachtete die Fenster des Hauses, ob sich dahinter Bewegungen zeigten. Es gab keine. Er schaute auf die Uhr. Er hatte keine fünf Minuten mehr. Ein Hauch von Furcht strich über ihn hinweg, und er packte seinen schwarzen Stock fester. Das Haus würde von dämonischer Magie umgeben sein; er konnte nicht darauf hoffen, daran vorbeizuschlüpfen, wie Nest es getan hatte. Seine beste

Chance bestand darin, so dicht wie möglich heranzukommen. Er versuchte zu bestimmen, wo die Abwehrzauber begannen. Am Rand der Veranda, entschied er. Sie würden sich wahrscheinlich nicht bis in den Vorgarten erstrecken.

Aber es gab nur eine Möglichkeit, dies herauszufinden.

Er wartete, bis nur noch zwei Minuten übrig waren, dann verließ er den Schutz des Streifenwagens und eilte auf den Vordereingang zu. Er durchquerte den Garten bis zu den Verandastufen und blieb dort stehen, um das Haus und die Fenster genau zu mustern. Nichts bewegte sich. Nichts veränderte sich.

Seine Uhr sagte ihm, dass Nests zwanzig Minuten vorüber waren. Er wappnete sich. Jetzt war es an der Zeit zu handeln.

Er stieg rasch die Stufen hinauf und benutzte das Geländer und seinen Stock, um sich auf die Veranda zu hieven. Oben angekommen, ging er in Position und schleuderte seine Magie mit solcher Macht gegen die Tür, dass sie aus den Angeln flog. Sekunden später war er durch die Öffnung und musterte die Szenerie, die sich ihm dahinter bot. Direkt vor ihm war durch einen Vorhang aus Rauch ein Wohnzimmer zu sehen. Stumme Bilder flackerten auf einem Fernsehschirm. Gestalten bewegten sich rasch und zielstrebig durch den wogenden Dunst. Rechts von ihm saß Larry Spence steif und reglos in seiner Sheriffuniform in einem Lehnstuhl und starrte ins Nichts.

Ross glitt geduckt zu einer Seite der Eingangsdiele. Das Mädchen Penny tauchte mit verzerrtem Gesicht, wild flackernden Augen und Wurfmessern in den Händen kurz in seinem Blickfeld auf. Mit einem Schrei schleuderte sie die Waffen nach ihm, doch der Stock lenkte sie ab, sodass sie zur Seite flogen. Jetzt schleuderte er ihr seine Magie entgegen und schmetterte sie nach hinten. Mit einem schrillen, hasserfüllten Schrei taumelte sie zurück. Findo Gasks Rockschöße flatterten hinter ihm, als er an der Wand entlang glitt und angriff. Ross schlug sofort nach dem Dämon und schleuderte ihn durch die Luft, während der flache Hut davonsegelte.

Dann war Twitch über ihm, der plötzlich mit laut dröhnender

Stimme von der anderen Seite der Diele auftauchte. Der Riese krachte gegen Ross, trieb ihm die Luft aus den Lungen und schleuderte ihn gegen die Wand. Keuchend kam der Ritter des Wortes wieder auf die Beine und sandte dem Albino das Feuer seines Stocks entgegen. Rasend vor Wut schrie Twitch unverständliche Worte, während er sich erneut auf ihn stürzte. Ross verbrannte ihn noch einmal mit der Magie, und der Riese torkelte gepeinigt und wütend zur Seite und schlug in die Luft. Ross hetzte rasch an ihm vorbei ins Wohnzimmer, entschlossen, sich so zu platzieren, dass er sie davon abhalten konnte, zu Nest zu gelangen. Aber Gask war bereits wieder auf den Beinen, und das weiße Haar stand wild von seinem Kopf ab und bildete eine Art Heiligenschein um sein ledriges Gesicht. Er warf die Arme hoch und gestikulierte in die Richtung von Ross, der schützend seinen Stock hochriss. Doch es war Larry Spence, der ihn angriff, ihn von hinten umschlang und ihm die Arme und den Stock gegen den Leib presste. Der Mann, der wie eine Marionette Gasks Gesten folgte, drehte Ross auf Penny zu, die von der Wand wegsprang und beide Arme hochriss. Zwei weitere, schlanke Wurfmesser zuckten so schnell durch die Luft, dass sie kaum zu sehen waren. Während Spence ihn noch immer umklammerte, krümmte Ross sich verzweifelt zusammen, packte seinen Stock fester, und die Magie des Wortes flammte schützend auf. Larry Spence stöhnte vor Schmerz, ließ ihn abrupt los und torkelte zurück. In Schulter und Seite steckten Pennys Messer. Er ließ sich auf ein Knie fallen, zog seinen 45er und begann wahllos auf alles und jeden zu schießen. Ross erhaschte einen Blick auf sein Gesicht. Seine Augenhöhlen bluteten und waren leer. Die Augen waren herausgerissen worden.

Dann sprang Penny mit einem weiteren Messer in der Hand aus dem rauchigen Dunst auf ihn zu. Kreischend und spuckend schlug sie nach seinem Unterleib. Unterstützt von Dämonenmagie durchbrach die schmale Klinge seine Verteidigung und drang in seine Seite. Die Wucht des Hiebes und der plötzliche Schmerz ließen ihn aufkeuchen. Penny riss das Messer zurück und stieß erneut nach Ross, doch diesen Schlag lenkte er zur Seite.

Fast gleichzeitig tauchte Twitch wieder auf. Er packte Ross mit seinen riesigen Händen am Hals und begann zuzudrücken.

Als Nest hörte, wie die Haustür aus den Angeln gerissen wurde, rief sie Pick zu: »Festhalten!«

Sie stürmte aus der Dunkelheit der Treppe ins Licht und rannte auf die Kinder zu. Sie hatte jedoch vergessen, dass sie ihre Stiefel ausgezogen hatte, und fand in Strümpfen nicht genug Halt. Sie kam auf dem gefliesten Boden fast sofort ins Rutschen. Harper klammerte sich an Little John, und beide Kinder waren wie erstarrt und wussten nicht, was vor sich ging.

»Lauft!«, rief sie ihnen zu.

Sie erwartete, dass der Ur'droch sich auf sie stürzen würde, und hatte sich darauf vorbereitet, sich mit ihrer Magie zu verteidigen. Dennoch war sie nicht darauf gefasst, als der Dämon sich aus den Schatten auf sie stürzte, noch während sie die Kinder rief. Ein Schwaden aus Finsternis tauchte vor ihr auf und durchbrach ihre Magie, als wäre sie nicht vorhanden. Er krachte mit einer heftigen Wucht gegen sie, die unerwartet für ein Wesen war, das so unwirklich erschien. Der Aufprall schleuderte sie zur Seite gegen die Wand, wo sie auf die Knie sackte. Pick flog kopfüber von ihrer Schulter und verschwand.

Der Ur'droch wogte zurück, hielt sich einen Moment in den Schatten und griff erneut an. Benommen und keuchend schleuderte sie ihm ihre kleine Lanze aus Magie entgegen, um sich eine kurze Atempause zu verschaffen. Diesmal kam der Dämon ins Wanken, krachte gegen das Sofa und warf es um. Eilig glitt er in die Dunkelheit zurück.

Nest sah sich rasch nach den Kindern um. Harper und Little John klammerten sich nur wenige Meter von ihr entfernt aneinander.

»Lauft!«, schrie Nest noch einmal.

Über ihr bebte die Decke. Der Lampenschirm auf der Bar verrutschte und warf seltsame, schwankende Muster aus Licht und

Schatten durch den Raum. Nest richtete sich gegen die Wand gelehnt auf und zwang sich mit reiner Willenskraft dazu, aufrecht zu bleiben. Alles in ihrem Körper fühlte sich zerbrochen an. Die Kinder rannten mit ausgestreckten Armen auf sie zu. Der Ur'droch schoss aus derDunkelheit wie ein wogender, schwarzer Schatten hinter ihnen her. Nest schleuderte ihm ihre Magie entgegen und versuchte, ihn zurückzutreiben. Doch sie hatte nur noch wenig Kraft und kaum noch Konzentration, und beides zerfiel im Angesicht des heftigen Angriffs ihres Gegners.

Da tauchte plötzlich und explosiv Geist auf, der auf ihre verzweifelte Not und ihr unausgesprochenes Gebet reagierte. Er schoss aus der vielschichtigen Dunkelheit heran wie aus dem Zentrum eines Albtraums. In diesem einen, kostbaren Augenblick glaubte Nest Freemark aus ganzem Herzen, dass alles möglich war.

Die Lefzen seiner gestreiften Schnauze gefletscht, rammte der große Wolf seinen Feind und schleuderte ihn in die Schatten. Sofort setzte er ihm nach. Sekunden später tauchten sie als wildes Durcheinander rasender Wut wieder auf, rissen aneinander und stießen urtümliche, grausige Geräusche aus. Durch den ganzen Raum wogte ihr Kampf auf Leben und Tod.

Die Kinder erreichten unbehelligt Nest und klammerten sich an ihre Beine. Sie war so schwach, dass sie davon fast wieder zu Boden geworfen worden wäre. In ihrem Kopf drehte sich alles. Sie musste sie hier rausbringen, aber sie hatte nicht die Kraft dazu.

Und sie konnte Geist nicht verlassen. Nicht, nachdem er zu ihr gekommen war. Nicht, ohne zu versuchen, ihm zu helfen.

Der Geisterwolf und der Ur'droch tobten ineinander verbissen durch den schwachen Schein des verrutschten Lampenschirms und die Flecken aus Finsternis, durch den ganzen Raum und über die Trümmer der Möbel hinweg.

Harper schluchzte und klammerte sich verzweifelt an Nests Bein, und Little John sagte immer wieder und wieder *Mama, Mama.*

Bring sie hier raus! Geist ist nur manifestierte Magie! Er ist nicht real! Es spielt keine Rolle, was mit ihm geschieht! Bring die Kinder raus!

Sie zog die beiden in verwirrter Benommenheit an sich und konnte die Augen nicht von der wilden Schlacht lösen, die vor ihr tobte.

Tu etwas!

Der Ur'droch versuchte unablässig, den Kampf in die Schatten zu verlagern, und nutzte jede Gelegenheit, zu den dunklen Stellen zu gelangen. Er zerrte an Geist, zog ihn aus dem Licht …

Intuitiv stolperte Nest zu der Reihe von Schaltern hinüber, an denen sie vorbeigekommen war. Als sie dort angekommen war, drückte sie auf alle.

Der ganze Aufenthaltsraum wurde in Licht getaucht, das alle Schatten vertrieb, und plötzlich gab es keine Dunkelheit mehr. Der Ur'droch wirbelte verwirrt herum, und Geist nutzte seinen Vorteil. Er warf sich auf den Dämon, packte einen Teil von ihm, den Nest nicht identifizieren konnte, und schüttelte seinen Feind mit wilder Raserei. Der Ur'droch wurde hin und her geschleudert, als bestünde er aus alten Lumpen. Fetzen und kleine Teile lösten sich von ihm. Er gab keinen Laut von sich, doch Dinge, die klauenbewehrte Füße sein mochten, kratzten über den Boden und schlugen in die Luft. Geist hatte seine Beine fest in den Boden gerammt und den gestreiften Kopf erhoben, um den Dämon in der Luft zu halten, und schüttelte ihn noch immer.

Dann explodierte der Ur'droch plötzlich in schwarzem Rauch und zerstob zu Asche. Die kleine, geflügelte Kreatur, die seine verdorrte Seele war, unternahm einen vergeblichen Versuch zu entkommen, doch Geist schloss sofort seine mächtigen Kiefer darum und zermalmte sie.

Ein Luftstoß und eine kleine Wolke pechschwarzen Rauchs, und der Ur'droch war vernichtet.

Im selben Moment kämpfte Ross darum, sich aus dem Griff des riesigen Twitch zu befreien. Aus seinem Stock schlug Magie gegen den

Leib des Albinos und brannte sich hinein. Die gewaltigen Hände lösten sich von seinem Hals, aber dafür schlossen sich die baumstammdicken Arme um seine Brust. Ross spürte, wie seine Rippen knackten, als ihn selbst die Magie des Wortes nicht mehr beschützen konnte. Verzweifelt hämmerte er seine Stirn gegen die Nase des Albinos. Twitch brüllte auf, schüttelte sich, und seine Arme lockerten sich weit genug, dass Ross sich herauswinden konnte. Er fiel zu Boden, rollte von dem um sich schlagenden Riesen fort und gegen Penny, die mit blutigem Gesicht und wild blitzenden Augen wieder und wieder mit ihren Messern nach ihm schlug. Er wehrte sie mit einem heftigen Tritt ab und schlug dann mit dem Stock nach ihr. Er traf sie mit voller Wucht an den Knöcheln, sodass sie auf die Knie fiel. Larry Spence stolperte vorbei und zog noch immer am Abzug seines leeren 45ers, *Klick, Klick, Klick*. Mit einem bösartigen Seitwärtshieb ihrer Klinge schlitzte Penny ihn bis zum Rückgrat auf.

Larry Spence fiel sterbend zu Boden, während Ross seinen Stock in Pennys Gesicht schmetterte und ihren Schädel zertrümmerte. Mit zerstörtem Gesicht und um sich tastend versuchte sie noch immer, zu ihm zu gelangen. Die Messer waren fort, ihre Finger waren zu Krallen geworden, und sie schlug um sich, bis seine Magie sich in das Innerste ihres Körpers bis zu ihrer verdorbenen, schwarzen Seele bohrte und beides zu Asche verbrannte.

Eine Feuerzunge leckte die Vorhänge empor und an der Wand entlang. Findo Gask hatte sein ledergebundenes Buch fest an sich gepresst und hockte lachend beim Kamin. Ross versuchte zu ihm zu gelangen, doch Twitch tauchte wie die verkörperte Zerstörungswut vor ihm auf und schlug wahllos in die Luft und gegen die Möbel. Ross wich nicht zurück, sondern sammelte seine verbliebene Kraft und beschwor ein letztes Mal seine Magie herauf. Als Twitch nach ihm griff, rammte Ross ihm das Ende seines Stocks in die Kehle und schickte die magische Energie hindurch. Twitch zuckte zurück und erbebte, als hätte er ein Stromkabel berührt, während er wütend aufschrie. Ross schob ihn gegen die nächste Wand und drückte ihn fest dagegen. Aus Ohren, Nase und Mund des Riesen schlugen Flammen, und er wand sich unter Krämpfen.

Als der Dämon schließlich zusammenbrach, sah Ross, wie die winzige Fledermaus aus purer Bosheit, die seinen Kern ausmachte, aus der toten, leeren Hülle des Riesen zu entfliehen versuchte: Er schmetterte sie auf den Boden und verbrannte sie.

Nachdem jetzt alle um ihn herum tot waren, sackte Ross auf die Knie und starrte quer durch den Raum zu Findo Gask. Der Dämon erwiderte seinen Blick. Einen Moment bewegte sich keiner von ihnen. Der Raum flackerte schattenhaft als das Feuer, das durch die magischen Stöße der Kämpfenden entflammt war, immer mehr von dem alten Haus verzehrte. Das Feuer loderte unheimlich vor der dahinter liegenden Dunkelheit, als wäre etwas erwacht, das die Nacht herausforderte.

»Mr. Ross!«, rief Gask ihm zu.

John versuchte aufzustehen und fiel wieder zurück. Er hatte keine Kraft mehr.

»Sie sterben, Mr. Ross!«, sagte Findo Gask und lachte.

Sein ledriges Gesicht war mit Schweiß und Asche verschmiert, und sein schwarzer Gehrock war zerrissen. Er schob sich langsam an der Wand entlang in Richtung des hinteren Teils des Hauses. Erneut versuchte Ross vergeblich, wieder auf die Beine zu kommen. Sein Körper gehorchte ihm nicht. Er beschwor seine Magie, doch es war kaum noch etwas von ihr übrig.

»Dämonengift, Mr. Ross!« Findo Gask spuckte ihm die Worte hasserfüllt entgegen. »Ein einziger Kratzer würde für normale Menschen genügen. Aber die damit bestrichene Klinge eines Dolches, die man in den Bauch bekommt, tötet sogar einen Ritter des Wortes!«

Ross berührte seine verwundete Seite und versuchte mit aller Willenskraft, das ausströmende Blut zu stoppen und die Verletzung zu heilen. Die ganze Zeit über hielt er die Augen auf Findo Gask gerichtet.

»Ich werde jetzt gehen, Mr. Ross«, höhnte der Dämon. »Es ist an der Zeit, nach Miss Freemark zu sehen. Sie ist unten im Keller, nicht wahr? Machen Sie sich nicht die Mühe aufzustehen, um mir den Weg zu zeigen. Ich finde ihn schon selbst. Machen Sie doch einfach mit dem Sterben weiter.«

Er war bereits fast im dunklen Flur, als er sich ein letztes Mal umdrehte. »Es war alles umsonst, Mr. Ross! Wirklich alles! Sie haben alles verloren!«

Dann drehte er sich wieder um und war fort.

In der Stille nach der Vernichtung des Ur'drochs kniete Nest vor Harper und Little John und berührte sanft ihre Wangen. »Es ist alles gut«, sagte sie ihnen. »Alles ist in Ordnung.«

Geist stöberte in den Überresten des Dämons herum und schnüffelte mit gesenktem Kopf an seiner Asche. Über ihnen ging der Kampf mit unverminderter Härte weiter.

»Komm her, Liebes«, lockte Nest Harper, und als das kleine Mädchen es tat, nahm sie es in die Arme und redete sanft auf Harper ein. »Alles ist gut, alles ist gut.«

Little John sah sie beide mit misstrauischen und unsicheren Augen an. Nest streckte die Hand nach ihm aus, aber er wollte nicht kommen. Sie winkte mit den Fingern. Er blieb, wo er war.

Sie löste Harper zärtlich von ihrem Hals und setzte das Mädchen ab, sodass es sich gegen ihren Schenkel lehnen konnte und sie beide Arme frei hatte. »Little John«, sagte Nest leise. »Es ist alles gut.«

Der Junge starrte sie mit einer solchen Sehnsucht an, dass sie kaum verhindern konnte, in Tränen auszubrechen. Sein Verlangen war überwältigend, aber er konnte sich anscheinend nicht von seiner Unentschlossenheit oder seinen Zweifeln lösen, oder was immer es war, was ihn zurückhielt. Sie schaute ihm in die Augen, hielt ihre Arme ausgestreckt und wartete geduldig ab. Jetzt bemerkte sie das erste Mal, wie sehr die Farbe seiner Augen und seiner Haut der ihren glich. Sie war überrascht, wie sehr sich ihre Gesichtszüge ähnelten.

Seltsam, dachte sie. Sie hatte nicht in Erinnerung, dass seine Augen grün waren, genau wie ihre. Sie waren ihr immer so blau vorgekommen …

Nein, sie waren wirklich blau gewesen, erkannte sie plötzlich.

»Oh, mein Gott!«, flüsterte sie.

Er veränderte sich direkt vor ihren Augen. Nur ein bisschen, kaum genug, um zu bemerken, dass überhaupt etwas geschah. Sein Gesicht war es jetzt, das sich verwandelte. Es begann, auf fast nebensächliche Weise das ihre widerzuspiegeln – gerade genug, dass sie nicht umhin konnte zu sehen, was er tat, was er versuchte geschehen zu lassen.

Mama, hatte er sie genannt. *Mama.*

»Möchtest du, dass ich deine Mutter bin, kleiner Junge?«, fragte sie ihn leise. »Ist es das, was du willst? Ich möchte das auch. Ich möchte mehr als alles andere deine Mutter sein. Du und ich und Harper. Wir können eine Familie sein, nicht wahr?«

»Lieb dich, Ness«, murmelte Harper ohne aufzublicken und hielt ihr Gesicht an Nests Schenkel gepresst.

»Komm her, Little John«, lockte Nest erneut. »Komm, lass mich dich halten, mein Herz.«

Das Gypsy-Morph schaute zu Geist hinüber. Der große Wolf hob sofort den Kopf und starrte zurück. Einen Augenblick später machte er einen Schritt auf das Morph zu, und Little John zuckte zusammen und griff nach Nest. Sie nahm ihn ohne zu zögern in die Arme, zog ihn an sich und strich ihm übers Haar.

»Es ist in Ordnung, Little John«, beruhigte sie ihn. »Er wird dir nichts tun. Er kommt nicht hierher. Er bleibt dort, wo er ist.«

Sie funkelte Geist warnend an, als könnte ihr Blick allein ihm vermitteln, was sie wollte. Der Geisterwolf starrte mit leuchtenden, wilden Augen zurück, die nichts von seinen Gedanken verrieten. Schließlich wandte er sich wieder ab.

»Kleiner Junge«, sagte sie zu dem Gypsy-Morph. »Erzähl mir, was du möchtest. Bitte, kleiner Junge.«

Sein Kopf hob sich, und er schaute zu Geist, um sicherzugehen, dass der Wolf nicht versuchte, zu ihr zurückzukommen.

»Er kommt nicht zu mir zurück, nicht wie er es früher getan hat, nicht in mein Inneres. Dort gehört er nicht hin. Er will nicht einmal dort sein. Es war meine Schuld, Little John. Ich habe ihn dazu gebracht, dort zu leben. Aber er wird nicht wieder zurückkommen. Ich werde es nicht zulassen. Es ist jetzt alles gut. Es gibt nur noch dich und mich.«

Oben war es still geworden, aber sie roch Rauch und spürte die Hitze von Flammen. Das Haus brannte, und ihre Zeit war abgelaufen. Wenn sie jetzt nicht zu ihm durchdrang, würde sie es nie tun. Sie musste ihn hier herausbringen, aber sie wollte nicht unterbrechen, was gerade geschah. Sie war ihm so nahe gekommen wie nur irgend möglich. Sie konnte spüren, dass er bereit war, sich ihr zu offenbaren. Irgendetwas krachte oben, und sie fragte sich plötzlich, was sie wohl vorfinden würde, wenn sie die Kinder schließlich hinaufbrachte.

»Ich liebe dich, Little John«, flüsterte sie, und ein Hauch Verzweiflung kroch in ihre Stimme.

Sie spürte, wie er sich rührte und dichter an sie presste.

»Sag mir, was du willst, kleiner Junge«, bat sie.

Als er es tat, war es überhaupt nicht, was sie erwartet hatte, aber so viel mehr, als sie je zu hoffen gewagt hätte.

Weihnachten

Kapitel 28

Langsam ging Findo Gask den Flur des alten viktorianischen Gebäudes entlang und suchte nach Nest Freemark. Seine schwarzen Kleider waren schmutzig und zerrissen, er hatte seinen flachen Hut und einen guten Teil seiner Gelassenheit verloren. Sein Buch der Namen hatte er fest gegen die Brust gepresst. Hinter ihm züngelten Flammen die Wände empor und fraßen sich hungrig durch die Decke. Seine seltsamen grauen Augen brannten mit der Intensität des Feuers, dem er den Rücken zuwandte, und spiegelten die Mischung aus Wut und Enttäuschung wider, gegen die er ankämpfte.

John Ross und Nest Freemark waren viel stärker und verwegener gewesen, als er vorausgesehen hatte. Er konnte nicht glauben, dass sie die Tollkühnheit besessen hatten, sich ihm zu stellen, geschweige denn den Mut, trotz solch geringer Chancen anzugreifen. Es war nicht der Verlust von Twitch und Penny, der ihn irritierte. Sie waren von Anfang an entbehrlich gewesen. Es war der Verlust seiner Kontrolle über die Situation. Es war die Impertinenz, die Ross und Nest Freemark bewiesen hatten, indem sie ihn angriffen, während er geglaubt hatte, sie fest im Griff zu haben. Er war stolz darauf, immer vorsichtig und gründlich zu sein, sich niemals überraschen zu lassen, und die Ereignisse dieser Nacht hatten seine zufrieden um sich selbst kreisende Welt aus der Bahn geworfen.

Sein gefurchtes Gesicht wurde hart. Das war jetzt nicht mehr zu ändern. Das Beste, was er jetzt tun konnte, war, die Dinge wieder ins Lot zu bringen. Er würde dafür sorgen müssen, dass Nest Freemark diese Welt verließ. Anschließend musste er das Gypsy-Morph finden und zumindest jede Möglichkeit beseitigen, dass seine Magie eines Tages dem Wort dienen konnte.

Als er die Kellertreppe erreichte, blieb er stehen. Da unten brannte Licht, doch er nahm weder Bewegungen noch Geräusche wahr. Wer oder was auch immer im Keller noch am Leben war, verhielt sich sehr leise. Dann hörte er, wie sich etwas rührte, eine Kinderstimme erklang, und er wusste, dass sie ihm nicht entkommen waren. Schritte näherten sich der Treppe, und er zog sich rasch in die Schatten zurück. Als er Nest Freemark am Fuß der Treppe auftauchen sah, trat er noch weiter in den Flur zurück. Wo sollte er sich ihr entgegenstellen? Sie würde die Kinder mitbringen und versuchen, durch die Hintertür zu fliehen. Es waren die Kinder, an die sie zuerst denken würde, nicht Ross. Die Kinder waren es, zu deren Rettung sie gekommen war, da sie zu Recht angenommen hatte, dass sie alle getötet werden würden, wenn sie auf einen Austausch mit dem Morph wartete.

Sie war intelligent und einfallsreich. Es war zu schade, dass sie nicht stärker nach ihrem Vater geriet. In all seinen Jahren im Dienst der Leere war er niemals jemandem wie ihr begegnet.

Er seufzte müde. Er würde draußen auf sie warten, beschloss er, wo er sie endgültig vernichten konnte.

Als sie auf der hinteren Veranda auftauchte, stand er im Schatten der Hecke am Ende des Fußwegs. Er konnte sie klar im Schein des Feuers sehen. Sie trug das kleine Mädchen auf dem Arm, und auf ihrer Schulter saß der Waldschrat. Der Junge war nirgends zu sehen.

Als sie die Verandastufen hinabstieg, trat er hervor.

»Miss Freemark!«, rief er scharf und sah, wie ihr Kopf herumfuhr. »Gehen Sie doch nicht so schnell. Sie haben noch etwas, das mir gehört!«

Sie blieb am Fuß der Treppe stehen und schaute ihn wortlos an. Sie brach nicht in Panik aus. Sie machte nicht kehrt oder rannte davon. Sie stand einfach nur da und hielt seinem Blick stand.

»Wir sind fertig, Miss Freemark, Sie und ich«, sagte er und kam ein paar Schritte näher. »Das Spiel ist aus. Es ist niemand mehr übrig außer uns beiden.« Er machte eine Pause. »Sie haben den Ur'droch vernichtet, nicht wahr?«

Ihr bestätigendes Nicken war kaum wahrzunehmen. Sie schien zu versuchen, sich über etwas klar zu werden. »Gratuliere«, sagte er. »Das hätte ich nicht für möglich gehalten. Der Ur'droch war so gut wie unverwundbar. Damit sind also alle aus dem Spiel, nicht wahr? Mr. Ross hat Twitch und Penny erledigt, während sie ihn und den Deputy Sheriff beseitigt haben. Es bleiben nur wir.«

Er registrierte, dass sie auf seine Worte keine Reaktion zeigte. Sie stand einfach nur schweigend und wachsam da. Es gefiel ihm nicht, dass sie so ruhig und unberührt wirkte. Sie bestand aus Feuer und puren Emotionen und sollte eigentlich viel heftiger reagieren.

»Überlegen Sie, wie viel einfacher es gewesen wäre, wenn Sie am ersten Tag auf mich gehört hätten, als ich Sie um Hilfe bat.« Er seufzte. »Sie waren so halsstarrig, und das hat Sie so viel gekostet. Jetzt sind wir wieder da, wo alles angefangen hat. Versuchen wir es also noch einmal, ja? Ein letztes Mal. Geben Sie mir, was ich haben will. Geben Sie mir das Gypsy-Morph, damit ich für immer aus Ihrem Leben verschwinden kann!«

Ein winziges Lächeln trat auf ihr Gesicht. »Ich habe eine hübsche kleine Geschichte für Sie, Mr. Gask. Sie hatten die ganze Nacht über, was Sie haben wollten, ohne es zu bemerken. Sie hatten es direkt vor Ihrer Nase. Little John war das Gypsy-Morph. Der Junge war es, nach dem Sie gesucht haben. Es war seine letzte Verwandlung, bevor er hierher kam. Wie finden Sie das, Mr. Gask?«

Findo Gask hörte auf zu lächeln. »Sie lügen, Miss Freemark.«

Sie schüttelte den Kopf. »Sie wissen, dass ich das nicht tue. Sie würden es merken. Dämonen erkennen Lügen besser als jeder andere; das ist es, was sie am besten können. Nein, Mr. Gask, Sie hatten das Morph. Das war einer der Gründe, warum John und ich heute Abend herkamen – weil wir nichts hatten, um es gegen die Kinder auszutauschen, und es keinen anderen Weg gab, sie zu befreien.«

Sie drückte das Mädchen auf ihrem Arm an sich. Der Kopf des

Kindes war in ihre Schulter vergraben. »Wie auch immer, jetzt ist es für uns beide verloren. Sie bemerken, dass ich es nicht bei mir habe? Nun, raten Sie mal. Seine Zeit ist abgelaufen. Seine Magie brach dort unten im Keller auseinander. Puff! Also sind es jetzt wirklich nur noch Sie und ich.«

Findo Gask betrachtete sie genau, musterte ihr Gesicht, ihre Augen und ließ sich ihre Worte noch einmal genau durch den Kopf gehen. Log sie ihn an? Er glaubte es nicht. Aber hätte er es nicht spüren müssen, wenn das Morph vernichtet worden wäre? Nein, antwortete er sich selbst, überall im Haus schwirrte Magie herum, und er hätte die einzelnen Arten und Herkünfte nicht voneinander trennen können.

»Schauen Sie mir in die Augen, Mr. Gask«, verlangte sie ruhig. »Was sehen Sie da?«

Was er sah, war, dass sie die Wahrheit sagte. Dass das Morph die ganze Zeit über der Junge gewesen war und dass der Junge jetzt fort war. Dass die Magie ein letztes Mal auseinander gebrochen war. Dass es sich jenseits seines Zugriffs befand. Das war es, was er sah.

Seine Kehle brannte. »Sie waren eine beträchtliche Quelle des Verdrusses für mich, Miss Freemark«, sagte er sanft. »Vielleicht ist es an der Zeit, dass Sie die Konsequenzen Ihres törichten Verhaltens zu spüren bekommen.«

»Also wollen Sie jetzt auch mich töten«, erwiderte sie. »Was ja die ganze Zeit über Ihr Plan gewesen ist, nicht wahr?«

»Was Sie ebenfalls wussten. Ist das nicht ein weiterer Grund, warum Sie herkamen, statt auf meinen Anruf zu warten?«

Er machte einen Schritt auf sie zu.

»Ich würde nicht näher kommen, wenn ich Sie wäre, Mr. Gask«, sagte sie scharf. »Ich kann mich besser verteidigen als die meisten.«

Sie schaute nach rechts, und Gask folgte automatisch ihrem Blick. Der große Geisterwolf, dem der Ur'droch in der letzten Nacht in ihrem Haus begegnet war, stand in den Schatten. Er hatte den Kopf gesenkt, die Lefzen gefletscht und beobachtete den Dämon mit angespanntem Körper. Gask musterte ihn eine Weile und wunderte sich, dass er noch am Leben war, dass der Sieg über den Ur'droch nicht auch ihn selbst getötet hatte. Er hatte angenommen, dass der Ur'droch jeder Kreatur zumindest ebenbürtig war.

»Ich glaube nicht, dass Ihr Freund stark genug ist, um mich aufzuhalten«, sagte er zu Nest Freemark, ohne seine Augen von dem Tier zu lösen.

»Ich habe in den letzten Tagen viel verloren, Mr. Gask«, erwiderte sie. »Dieses Kind in meinen Armen ist eines der wenigen Dinge, die ich noch habe. Ich habe seiner Mutter versprochen, mich um Harper zu kümmern. Wenn Sie vorhaben, dies zu verhindern, müssen Sie es auf die harte Tour versuchen.«

Gask musterte noch immer den Geisterwolf. Was er sah, gefiel ihm nicht. Diese Kreatur war durch sehr mächtige Dämonenmagie erschaffen worden, die seither mindestens einmal verstärkt worden war. Sie wurde nicht von den Gesetzen behindert, denen die Diener des Wortes unterlagen. Der Wolf würde ihn bekämpfen, wie es ein Dämon täte. Er hatte bereits den Ur'droch vernichtet. Findo Gask war stärker und klüger als seine Mitstreiter, aber er war nicht unverwundbar. Er mochte den bevorstehenden Kampf gewinnen, doch zu welchem Preis?

In der Ferne durchbrachen Feuerwehrsirenen die Stille. In den angrenzenden Häusern waren Lichter angegangen. Auf der Straße versammelten sich Menschen.

Er ließ die Anspannung in seinem Körper verebben. Es war Zeit, diese Sache abzubrechen und weiterzuziehen. Er konnte es sich nicht leisten, dass persönliche Gefühle seine Arbeit behinderten. Es würde andere Tage geben und wichtigere Kämpfe.

Eine Schicht Schneeflocken hatte sich auf seinen Schultern und den Aufschlägen seines Gehrocks angesammelt, und er bürstete sie abfällig weg. »Was ist schon das Leben eines einzelnen Kindes wert?«, fragte er rhetorisch. »Gar nichts. Das Ende wird für alle das gleiche sein. Früher oder später wird die Leere sie alle verschlingen.«

»Vielleicht«, berichtete sie.

Er zog sich langsam zurück und behielt dabei wachsam den Geisterwolf im Auge. »Sie haben versagt, Miss Freemark. Es sind Menschen für Sie gestorben, und was haben Sie dafür vorzuweisen? Mr. Ross hat sein Leben geopfert, und was hat es ihm gebracht? Was war der Sinn für dies alles? Was haben Sie erreicht?«

Die gelben Augen in dem mit Tigerstreifen bedeckten Gesicht glühten wie lebendige Kohlen, während sie seinem Rückzug folgten. Findo Gask ging rückwärts durch den Garten und durch die kahle Hecke hindurch, bevor er sich umdrehte.

Er ging auf die Straße zu, ohne zurückzuschauen, und kämpfte darum, ruhig zu bleiben, seine Frustration und seine Wut zu unterdrücken und sich davon abzuhalten, etwas Törichtes zu unternehmen. Er wusste, dass er sie sich später vornehmen konnte. Er konnte einen Weg finden, sie früher oder später zu vernichten. Aber es war sinnlos. Sie hatte nichts mehr, was er haben wollte. Sein Kampf mit ihr war beendet. Es gab andere Aufgaben, denen er sich widmen musste. Es war nicht wichtig, dass es ihm nicht gelungen war, die Magie des Morphs zu erlangen. Wichtig war nur, dass sie niemals im Dienst des Wortes benutzt werden konnte. Insofern hatte er gewonnen. Das genügte, um ihn zu befriedigen.

Als er die Straße erreichte, sah er zwei Feuerwehrautos auf das Haus zufahren. Er drehte sich um und ging eilig davon. An der Ecke blieb er stehen. Unter einer Straßenlaterne öffnete er sein Buch der Namen und schaute sich den letzten Eintrag an.

Der Name *John Ross* war auf dem alten Pergament kaum zu entziffern. Noch während er ihn anschaute, wurden die Worte eine Schattierung dunkler.

Du hast aus diesen Kämpfen mitgenommen, was du konntest, dachte er. Das Leben eines Ritters des Wortes war eine ansehnliche Trophäe.

Er klappte das Buch zu und ging weiter. Sekunden später war seine große, dunkle Gestalt in der Nacht verschwunden.

Nest Freemark blieb, wo sie war, bis sie Findo Gask nicht mehr sehen konnte. Harper lag an ihrer Brust und schlief fest. Pick saß schweigend auf ihrer Schulter und hatte seine zweigartigen Finger um den Kragen ihres Parkas gewickelt.

Geist hatte sich in Luft aufgelöst. Er war frei zu gehen, wohin er wollte, aber sie glaubte, dass er sich nie weit von ihr entfernen würde.

»Er hat gute Arbeit dabei geleistet, sich selbst zu überzeugen, was?«, meinte Pick schließlich und deutete auf den verschwindenden Findo Gask.

Nest nickte. »Er hat geglaubt, was er in meinen Augen gesehen hat.«

»Du hast nicht gelogen.«

»Das brauchte ich nicht.«

Die Flammen aus dem brennenden Haus wurden heißer, als das Feuer sich bis zum Dach ausbreitete. Auf dem vorderen Rasen eilten Feuerwehrleute umher, um den Brand unter Kontrolle zu bringen, und bemühten sich hauptsächlich zu verhindern, dass das Feuer auf die umliegenden Gebäude übergriff. Es war eindeutig, dass sie nichts tun konnten, um das viktorianische Haus oder irgendjemanden, der sich noch darin befinden mochte, zu retten.

»Meinst du, er hat wegen John Ross die Wahrheit gesagt?«, fragte Pick plötzlich.

Sie beobachtete das Geschehen an der Vorderseite des Hauses, ohne etwas zu sagen, und nickte dann. »Ja.«

»Ich könnte versuchen, noch einmal hineinzuschlüpfen und nachzusehen.«

Die gesamte Front des Hauses war in Flammen gehüllt, und das Feuer breitete sich schnell aus. Jeder Versuch hineinzugehen wäre töricht. Ihr Herz konnte nicht akzeptieren, dass John Ross wirklich tot war, aber sie wusste, dass es stimmte. Wenn er noch am Leben wäre, wäre er bereits zu ihr gekommen.

»Lass es sein, Pick«, sagte sie leise.

Pick verstummte und ließ ihre Worte auf sich wirken. Harper regte sich in ihren Armen. Das kleine Mädchen wurde allmählich schwer, aber Nest wollte sie nicht absetzen. Sie musste an die Zeit vor vielen Jahren denken, als sie Bennett von den Klippen im Sinnissippi-Park nach Hause getragen hatte, nachdem sie sie vor den Fressern gerettet hatte. Auch Bennett hatte sie damals nicht abgesetzt, bis das Mädchen sicher in seinem Bett gelegen hatte. Das Gleiche würde sie auch mit Harper tun.

»Du solltest besser gehen«, sagte Pick schließlich.

Sie nickte. »Du ebenfalls.«

Er zögerte. »Nicht, dass du dir später Vorwürfe machst!«, herrschte er sie plötzlich an. »Du hast alles getan, was du konntest! Sogar noch mehr, um genau zu sein! Verflixt, du solltest stolz auf dich sein!«

Er sprang von ihrer Schulter und verschwand im Gestrüpp der Hecke. Kurz darauf erhaschte sie einen Blick auf eine Schleiereule, die durch den Schneefall und die Nacht in Richtung des Flusses flog.

Komm gut heim, Pick, wünschte sie ihm.

Sie drehte sich um und machte sich auf den Weg zur Straße. Sie stapfte mit Harper auf dem Arm durch die Vordergärten der alten Häuser und hielt sich dabei in den Schatten der Bäume und Verandas. Ein einziges Mal schaute sie zu dem brennenden Haus zurück, und als sie dies tat, traten ihr Tränen in die Augen. Sie begann leise zu weinen, als sie erkannte, was sie dort zurückließ, und musste an John Ross denken. Sie dachte an all das, was sie in den letzten fünfzehn Jahren gemeinsam erlebt hatten. Sie dachte daran, was er in seinen fünfundzwanzig Jahren als Ritter des Wortes erlitten hatte. Er hatte im Dienst der Lady alles gegeben. Am Ende hatte er sogar sein Leben gegeben.

Sie fuhr sich mit dem Rücken ihrer behandschuhten Hand über die Augen. John Ross mochte für sie und die Kinder gestorben sein, aber er war nicht umsonst gestorben. Und keiner von ihnen hatte bei dem versagt, was sie zu tun vorgehabt hatten.

Sie kämpfte darum, ihre Fassung wiederzuerlangen, während sie eine Seitenstraße entlang ging und sich ihrem Wagen näherte. Sie wünschte, er hätte lange genug gelebt, um das Baby zu sehen. *John Ross Freemark* würde sie es nennen. Es würde im nächten Herbst geboren werden, ein weiteres jener Kinder, die Findo Gask unwichtig fand. Aber dieses würde ihn überraschen. Erschaffen aus wilder Magie und geboren von einer Frau, deren Vermächtnis Magie war, konnte der Junge zu allem werden. Sie spürte ihn in sich, tief in ihrem Schoß, verwandelt zu dem, was er die ganze Zeit hatte werden wollen – ihr zukünftiges Baby, ihr Kind. Sie kannte seine Pläne nicht – die kannte er vielleicht selbst noch nicht. Selbst dem Wort mochten sie unbekannt sein. Sie alle würden die Zeit abwarten müssen; sie mussten warten und sich überraschen lassen.

Sie stieg in den Wagen und setzte Harper auf den Platz neben sich. Das kleine Mädchen rollte sich zusammen, und sein Kopf ruhte im Schoß der Frau. Nest startete den Wagen und ließ ihn ein paar Sekunden warmlaufen. Sie spürte, wie die Unvermeidlichkeit dessen, was mit dem Gypsy-Morph passiert war, Erinnerungen in ihr weckte. Sie schaute auf die vergangenen Tage zurück und sah all die Einzelheiten seiner Transformation und seiner Reise zu ihr vor sich. Sie fühlte seine letzten Momente außerhalb ihres Körpers, wie er sich gegen sie gepresst hatte, dann sein Eindringen in sie, schließlich seine letzte Verwandlung. Sie verstand jetzt, warum Geist ein solches Hindernis für seine Bedürfnisse gewesen war. Damit das Gypsy-Morph zu dem werden konnte, was es sein wollte, konnte Geist nicht in ihr bleiben. Ihr Körper musste einzig dem ungeborenen Kind gehören. Es war für das Morph nötig gewesen, dass sie ein Opfer brachte, von dem sie bis heute nicht gewusst hatte, dass sie dazu in der Lage war.

Warum hatte es sich dazu entschieden, ihr Kind zu werden? Auf diese Frage gab es keine Antwort, zumindest keine, die sie in der nächsten Zeit finden konnte, wenn überhaupt. Es musste genügen, dass es diese Wahl getroffen hatte, dass sein Verlangen dem ihren entsprochen hatte und dass ihre Vereinigung sich gut und richtig anfühlte.

Ein Kind. Ein einzelnes Kind. Findo Gask hatte Unrecht damit, was dies wert war. Eines Tages würde er von seinem Fehler erfahren.

Sie verließ den Parkplatz und fuhr durch Hopewell zurück. Sie würde Harper jetzt nach Hause und ins Bett bringen. Morgen, wenn sie aufwachte, würden sie ihre Geschenke auspacken. Dann würden sie zu Roberts Haus gehen, um Amy und die Kinder zu besuchen und bei ihnen essen.

Es würde den Beginn eines neuen Lebens markieren.

Es würde ein schöner und freudiger Weihnachtstag werden.

Während um ihn herum die Flammen an den Wänden des Wohnzimmers hinaufzüngelten, lag John Ross auf dem Boden, kämpfte gegen das Gift an, das in ihm wütete, und brachte dabei all seine verbliebene Kraft, Magie und Ausdauer zum Einsatz. Er stemmte sich auf die Beine und wankte Findo Gask hinterher. Er brauchte eine lange Zeit dazu. Sein einziger Gedanke war, dass er den Dämon einholen musste, bevor dieser Nest erreichte. Er kam zu spät. Als er endlich die Hintertür erreichte, hatte die Konfrontation zwischen ihnen bereits stattgefunden. Gask war verschwunden, und Nest ging davon. Sie schien nicht verletzt zu sein.

Er hatte kurz daran gedacht, ihr zu folgen, dann aber erkannt, dass er zu schwach war. Es war am besten, sie einfach gehen zu lassen. Er schaute ihr von der Türöffnung aus nach, während die Flammen um ihn herum das Haus verzehrten und sich durch den Gang auf ihn zubewegten. Er schaute ihr nach, bis sie mehrere Häuser entfernt war, dann trat er aus der Tür und in die Nacht hinaus.

Er würde stattdessen zu Josie gehen, beschloss er. Er würde zu ihrem Haus gehen und sie würde sich um ihn kümmern. Er würde allmählich wieder gesund werden, und dann würden sie für den Rest ihres Lebens zusammen sein.

Seine Instinkte übernahmen die Kontrolle und er folgte ihren Anweisungen. Er schwankte und stolperte durch Hintergärten, durch Baumgruppen und an Zäunen und Mauern entlang. Er bewegte sich durch Häuserschatten und über schneebedeckte freie Flächen, und das alles, ohne jemanden zu sehen oder gesehen zu werden. Es war nach Mitternacht, und abgesehen von jenen, die sich vor dem brennenden Haus versammelt hatten, schlief die ganze Welt. Er stützte sich auf seinen Stock und zog die Kraft aus ihm, die er brauchte, um weiterzumachen.

Sein Inneres war zerschmettert und gebrochen, und die Wunde von Pennys Messer brannte unter seiner Kleidung. Ihm wurde immer kälter.

Als er in der Nähe der Brücke, über die die Avenue G nach Lawrence Island führte, das Ufer des Rock River erreichte, war er überrascht, wie weit entfernt er von dort war, wo er hinwollte. Er wusste, dass Josies Haus sich in der entgegengesetzten Richtung befand. Er sackte gegen den rauen Stamm einer alten Eiche und starrte in die Nacht hinaus. Der Fluss war bis auf die Mitte zugefroren, wo die Strömung stark genug war, um das Eis daran zu hindern, sich zu schließen. Er schaute dem Fließen des dunklen Wassers zu, dessen Oberfläche die Lichter von der Brücke reflektierte. Alles würde gut werden. Es war still hier. Er kam zur Ruhe.

Kurz darauf erschien eine neue Helligkeit auf dem Fluss, ein Licht, das sich immer weiter ausbreitete. Die Lady erschien. Sie tauchte in ihrer hauchzarten, fließenden Robe aus der Dunkelheit auf und ihre fein gezeichneten, sanften Züge waren bleich und lieblich. Sie kam auf ihren winzigen Füßen über das Eis und beugte sich zu ihm herab.

»Tapferer Ritter, du hast wohl getan«, sagte sie sanft. »Du hast alles getan, was ich von dir erbeten habe. Du hast dein Versprechen und deine Pflicht erfüllt. Du hast deinen Dienst für das Wort vollendet. Du bist entlassen. Du bist frei.«

Eine große Müdigkeit überkam ihn. Er konnte nicht sprechen, aber er lächelte anerkennend. Er war zufrieden. Dies war, wofür er so lange gearbeitet hatte. Es war, was er sich so sehr gewünscht hatte.

»Tapferer Ritter«, flüsterte sie. »Komm mit mir heim. Komm nach Hause, wo du hingehörst.«

Sie streckte die Hand nach ihm aus. Unter großer Anstrengung hob er seine eigene und legte sie in ihre. Das Licht, das sie umgab, strömte hinab, durch ihn hindurch und umhüllte ihn ebenfalls.

Als er aufstand, war er erneuert und wieder geheilt. Der schwarze Stock fiel aus seiner Hand.

Gleich darauf war er fort.

Der Stock lag dort, wo er hingefallen war. In der tiefen Stille der Nacht begann der fallende Schnee, ihn zu bedecken. Stück für Stück verschwand er unter einer weißen Decke.

Dann erschien eine Gestalt aus den Schatten, ein großer Mann mit kupferner Haut und langem, schwarzem Haar, das in einem Zopf über seinen Rücken fiel. Es war ein Mann, der Armeehosen und Kampfstiefel trug. Er ging zu dem Stock und bückte sich, um ihn aufzuheben. Er strich den Schnee von der dunklen Oberfläche und blickte den Stock gedankenverloren an.

Er war ein einsamer Krieger und Wahrheitssucher, und er schaute über das Eis zu dem noch fließenden Wasser und dann darüber hinaus dorthin, wo die Schlacht des Wortes gegen die Ignoranz und Verweigerung einer schlafenden Welt noch immer tobte.